BASTEI
LÜBBE

Zur Autorin:

Sandra Paretti, geboren 1935 in Regensburg, studierte Musik und Germanistik und promovierte über das Thema »Das Kunstmärchen in der ersten Hälfte des 20. Jahrhunderts«. Sie arbeitete als Journalistin und Musikkritikerin in München. 1967 reüssierte mit ihrem ersten Roman. Alle weiteren Romane von Sandra Paretti wurden Bestseller, von denen viele mit namhaften Schauspielern verfilmt wurden. Nach schwerer Krankheit schied sie 1994 freiwillig aus dem Leben.

Sandra Paretti

Der Wunschbaum

BASTEI LÜBBE

BASTEI LÜBBE TASCHENBUCH
Band 15 139

1. Auflage: Januar 2004

Vollständige Taschenbuchausgabe

Bastei Lübbe Taschenbücher ist ein Imprint
der Verlagsgruppe Lübbe

Lizenzausgabe: Verlagsgruppe Lübbe GmbH & Co. KG, Bergisch Gladbach
Titelbild: Bavaria Film/Erika Hauri
Satz: hanseatenSatz-bremen, Bremen
Druck und Verarbeitung: GGP Media, Pößneck
Printed in Germany
ISBN 3-404-15139-9

ERSTER TEIL

1 Es war noch sehr früh, und sie fragte sich, woher kommt die Helligkeit – ein zarter Schein hinter den gelben Kretonnevorhängen, nicht kräftig genug, um in den Raum vorzudringen, aber doch zu hell für diese Stunde, denn es war Winter und noch nicht sechs Uhr.

Ihr Zimmer lag nach Osten; sie hatte sich das gewünscht. Der Morgen war ihre Tageszeit; diese kurze Spanne, in der die Welt aus dem Schlaf erwachte und alles ganz neu war, verbrachte sie im Winter wie im Sommer draußen, in dem weitläufigen Park, der das Haus umgab. Niemand hörte sie das Haus verlassen, niemand sah sie zurückkommen; aber etwas von dem Schmelz der morgendlichen Natur blieb an ihr haften und strahlte von ihr aus. Warum stehe ich nicht auf, dachte sie. Wovor habe ich Angst? Bin ich gar nicht mehr im Haus, in meinem Zimmer? Hatte man sie bereits daraus vertrieben?

Wo hing das Gemälde der Großmutter, das mit dem Strohhut, auf dem sie ihr so ähnelte? Wo stand der Sekretär, an dem sie gestern so viele Briefe begonnen und nicht vollendet hatte? Wo hing das Kleid, das sie am Abend tragen sollte? Der Raum gab nichts davon preis; undurchdringliches Halbdunkel umgab sie, lag auf ihr wie ein Albdruck, machte ihr das Atmen schwer. Sie zwang sich, den Kopf zu heben, wobei sie das Gewicht der langen dunklen Haare spürte, die sie nachts in Zöpfen geflochten trug. Sie begann das Haar zu lösen, aber es fehlte ihr immer noch die Kraft aufzustehen, es war fast wie in dem schrecklichen Traum von heute Nacht.

Es kam selten vor, dass sie sich beim Erwachen an Träume erinnerte, und noch seltener, dass sie nachts wach lag. Sie hatte den festen Schlaf einer Siebzehnjährigen; gestern war sie früh zu Bett gegangen – auch sofort eingeschlafen – mit dem festen Vorsatz, diesen Tag, den letzten des Jahres 1900, der so wichtig in ihrem Leben sein würde, ausgeruht zu beginnen. Im Grunde war bereits alles entschieden; sie hatte dem Vater ihr Versprechen gegeben; da gab es kein Zurück, und es würde auch kein Retter in letzter Minute auftauchen. Sie würde den Tag durchstehen, und sollte ihr zum Weinen sein, so würde sie ihre Tränen vor den anderen zu verbergen wissen.

Wieder kehrten ihre Gedanken zu dem Traum zurück: Ohne Klopfen hatte sich die Tür zu ihrem Schlafzimmer aufgetan, und Rothe war hereingekommen, war an ihr Bett getreten, ungeniert, als sei das schon sein Recht, hatte sich über sie gebeugt und die Hand nach ihr ausgestreckt; so nahe war seine Hand gekommen, dass sie die schwarzen Haare gesehen hatte, die darauf wuchsen, bis hin zum Mittelglied der Finger ... in diesem Augenblick war sie voller Entsetzen aufgeschreckt, und selbst in der Erinnerung schnürte es ihr wieder den Hals zu.

Jeden Stundenschlag hatte sie von da an gehört. Die Steglitzer Kirche, die Uhren aus dem Haus: aus der Halle die Standuhr, aus der Bibliothek die Jahresuhr, die einen besonders hellen, weithin tragenden Ton hatte. Aus den entferntesten Teilen des großen Hauses waren die Geräusche zu ihr gedrungen. Die dicken Ziegelmauern schienen plötzlich durchlässig; Heizungsrohre, Wasserleitungen und Kamine sandten ihre Signale. Kurz vor zwölf Uhr war eine Kutsche am Haupteingang vorgefahren; der Arzt, den die Mutter hatte rufen lassen. Um drei Uhr war der Vater nach Hause gekommen; die Zeit sagte ihr, dass er die Nacht beim Spiel verbracht hatte. Wie immer, wenn es so spät wurde, benützte er die rückwärtige Einfahrt zu den Stallungen, und wie immer ging er dann nicht gleich zu Bett, sondern hielt sich noch eine Weile in seinem Arbeitszimmer auf und rekapitulierte mit einem Paket neuer Spielkarten die interessantesten Partien, vor allem, wenn er verloren hatte. Sie hatte sich überlegt, ob sie nicht mitten in der Nacht zu ihm gehen und ihm sagen sollte, dass sie ihr Versprechen zurücknahm, gleichgültig, was das für Folgen haben würde. Aber die Folgen, allen voran der Verlust dieses Hauses, waren ihr nicht gleichgültig. Und schließlich, was konnte sie ihrem Vater von Angesicht zu Angesicht abschlagen, wenn sie es nicht einmal hatte schreiben können ...

Die Helligkeit begann das Dunkel allmählich aufzulösen, und das erste, was in Umrissen sichtbar wurde, war das Kleid, das ihrem Bett gegenüber außen am Schrank hing. Zwei Dienstmädchen hatten es aus dem Bügelzimmer heraufgetragen, damit die empfindliche Seide keinen Knick bekam. Abends bei der Silvesterfeier würde sie darin vor der Familie und den Gästen erscheinen. Wie sollte sie die langen Stunden bis Mitternacht durchhalten, bis der Vater an sein Glas klopfte, einen Toast auf das neue Jahr ausbrachte und anschließend die Verlobung seiner jüngsten Tochter mit Alexander Rothe bekannt gab? Waren wirklich alle so ahnungslos, wie der Vater behauptete? Auch Keith?

Sie konnte nur hoffen, dass er in diesem Augenblick bereits draußen im Garten war, um die letzten Vorbereitungen für das Feuerwerk zu treffen.

Was für ein herrlicher Tag dieser 31. Dezember 1900 hätte werden können! Was für ein gutes Ende das alte Jahr hätte nehmen können, und was für einen guten Anfang das neue Jahr. Noch als sie den Stoff für das Ballkleid kaufte, wie glücklich und unbeschwert war sie da gewesen, neun Meter Zephyrseide, neun Meter gesponnenes Sonnengold, aber jetzt im Halbdunkel war die Farbe ein bleiches Gespenstergrau.

Gemeinsam mit dem Vater hatte sie den Stoff ausgesucht, in Paris, als Belohnung für ihre Mitarbeit während der Weltausstellung, auf der auch die Firma Hofmann einen Stand im Pavillon der deutschen Parfümeriefabriken hatte. Jetzt fragte sie sich, ob der Vater nicht schon damals einen Hintergedanken damit verbunden hatte. Von heute auf morgen konnte es ja schließlich nicht geschehen, dass kein Geld mehr da war und die Situation so kritisch wurde, dass der Vater – ausgerechnet er! – nur noch einen Ausweg sah, wenn er sie gegen einen Einschuss in die Firma Alexander Rothe zur Frau gab.

Alexander Rothe. Wenn sie wenigstens gewusst hätte, wie Rothe auf sie verfallen war. Sie versuchte sich die wenigen Begegnungen ins Gedächtnis zurückzurufen: ein paar allgemeine Bemerkungen zur neuesten Wildenbruch-Premiere im Foyer eines Theaters; ein nichts sagendes Gespräch auf dem Wohltätigkeitsbasar im Hotel Kaiserhof, wo sie als Verkäuferin in der so genannten »Seelenapotheke« mitgeholfen hatte, einem der erfolgreichsten Stände, der mit seinem »Liebes-Heil-Serum« und »Anti-Eifersuchtin« einen horrenden Umsatz erzielte; ein einziger Tanz auf einem Fastnachtsball. Nie war ein persönliches Wort zwischen ihr und Rothe gefallen; nie hatte er ihr geschrieben oder den Versuch gemacht, sich mit ihr zu verabreden. Nie hatte sie einen Gedanken an ihn verschwendet, es sei denn, dass schon bei den kurzen Begegnungen sein eigenartiges Haarwasser sie gestört hatte, und noch mehr seine Art, geräuschvoll durch den halb offenen Mund zu atmen; und auch das war ihr erst wieder eingefallen, nachdem der Vater ihr eröffnet hatte, Alexander Rothe habe um ihre Hand angehalten.

Sie hatte es im ersten Augenblick nur komisch gefunden – der Vater als Heiratsvermittler, in der Rolle also, die der Mutter auf den Leib geschrieben war, aber ihm gewiss nicht. Nach und nach war er dann mit der Wahrheit herausgerückt, nicht direkt, das war nicht seine Art. Man hätte meinen können, nicht er sei es, der in Schwierigkeiten steckte, sondern ein Dritter, und als verfolge er das aufziehende Unheil mit der Neugier eines Unbeteiligten, der eine gewisse Schadenfreude nicht unterdrücken kann. So viel war schließlich herausgekommen: Er steckte bis zum Hals in Schulden, und nur ihre Verbindung mit Alexander Rothe konnte ihn noch retten.

Damals vor drei Wochen, als dieses Gespräch stattfand, war alles noch weit weg; hinzu kam, dass sie mit drei Schwestern aufgewachsen war, von denen jede den Mann geheiratet hatte, den die Eltern für sie ausgesucht hatten. In den letzten sieben Jahren war immer irgendetwas in der Schwebe gewesen; seit ihre Töchter im heiratsfähigen Alter waren, hatte die Mutter das zu ihrem Lebensinhalt gemacht, überall hatte sie nach Möglichkeiten sondiert, überall hatte sie ihre Fühler ausgestreckt, rastlos und mit geradezu kriminalistischem Spürsinn. Und die Töchter hatten die Autorität der Mutter in diesen Belangen voll anerkannt; ein Veto von ihr genügte, um eine Neigung im Keim zu ersticken; und wenn sie ihre Wahl schließlich getroffen hatte, war alles Weitere nur noch eine Formalität. Bei Camilla, ihrer jüngsten Tochter, hatte sie seltsamerweise keinerlei Aktivität in dieser Richtung entwickelt, was Camilla nachträglich darauf schließen ließ, dass auch die Mutter den finanziellen Ruin längst hatte kommen sehen und dass sie wusste, für Camilla stand nicht mehr jene Mitgift von einhunderttausend Mark zur Verfügung, die für eine Partie nach ihrem Geschmack unabdingbar war.

Was für eine Komödie war das gewesen, bis Maxi, Alice und Lou unter der Haube waren. Camilla hatte das sogar unterhaltsam gefunden, vor allem aber selbstverständlich, dass es bei einer Heirat nicht nur um Liebe gehen musste, sondern dass Name, Rang und Vermögen des Mannes Faktoren von weit größerer Bedeutung waren. Eine Ehe ohne Liebe, vielleicht war das ganz normal, vielleicht war nichts daran schrecklich, nicht so schrecklich jedenfalls, wie sie es sich vorstellte ...

Die Helligkeit hinter den Vorhängen gewann immer mehr an Kraft, und allmählich nahm der Raum Gestalt an, die zarten grünen Streifen der hellen Tapete wurden sichtbar, die Konturen der Möbel aus Nussbaum, das Muster des Smyrnateppichs, des letzten und schönsten, den die Großmutter geknüpft hatte. Dennoch blieb das Licht eigenartig; auch die Geräusche aus dem Garten klangen anders als sonst. Von dem überlangen Nachthemd behindert, lief sie barfuß zum Fenster. Und dann, als sie die Vorhänge zur Seite zog, gab es eine ganz natürliche Erklärung für dieses verfrühte Hellwerden, das sie so irritiert hatte: Schnee war gefallen über Nacht, nicht nur ein dünner Belag, der keinen Tag überdauern würde, sondern Massen von Schnee, und der Himmel hielt noch mehr bereit. Ja, es schien keinen Himmel mehr zu geben, nur einen grenzenlosen weißen Raum, durch den sich andeutungsweise Linien zogen, die einmal Wege waren, und in dem sich kleine Hügel erhoben, die Sträucher sein mochten. Nur der Baum in der Mitte der weiten Lichtung stand dort wie immer, der breite schwarze Stamm und darüber die mächtige Krone.

Um den Park an diesem Morgen noch für sich allein zu haben, war es jetzt allerdings zu spät; schon führte ein freigeschaufelter Pfad zum Gärtnerhaus, und ein zweiter zu den Treibhäusern, aus denen die Palmen, die Lorbeerbäume und die vielen, vielen Blumen für das heutige Fest kommen würden. Auch der Weg zur Lieferantentür war bereits zur Hälfte freigeschaufelt; sehen konnte sie niemanden, aber als sie nun das Fenster öffnete, hörte sie das Einstechen der Schaufel und den dumpfen Aufprall, mit dem der Schnee auf die volle Schubkarre flog. Die Geräusche sagten ihr, dass der Schnee fest war und nicht gleich wieder schmelzen würde. Sie hatte sich Schnee gewünscht; gegen die Vorhersage des Gärtners und Tante Lenkas, die Stein und Bein geschworen hatten, dass es im alten Jahr keinen mehr geben würde; und eigentlich mussten sie es wissen, da sie aus Rußland stammten. Aber nun war der Schnee da! Sie hatte Recht behalten, und nun würde Keith, der in seinem ganzen Leben noch keinen Schnee gesehen hatte, vor seiner Abreise das Haus und den Park doch noch im Schnee erleben.

Sie stand dort, vor dem offenen Fenster, atmete in tiefen Zügen die Luft ein, durstig, als könnte sie damit die fiebrige Unruhe beschwichtigen. Nicht mehr lange, und es würde heller Tag sein. Als sie das Fenster schloss und sich in den Raum wandte, der jetzt vom kühlen winterlichen Licht erfüllt war, leuchtete ihr das gelbe Ballkleid hell entgegen, bedrohlich und unausweichbar. Sie hielt es plötzlich nicht länger aus. Sie musste nach draußen, ins Freie.

Es schlug sieben, als sie ihr Zimmer verließ, in Mantel und festen Stiefeln und einer Pelzkappe, unter der das lange dunkle Haar hervorquoll. Von der Einfahrt her hörte sie eine Kutsche vorfahren: der Barbier, der kam, um den Vater zu rasieren; jeden Tag um diese Stunde, auf die Minute genau. Eine Nebensächlichkeit; aber in diesem Moment maß Camilla ihr Bedeutung bei. Noch ist alles wie bisher, dachte sie, während sie die breite Treppe mit dem geschnitzten Holzgeländer hinunterschritt, noch hat sich nichts verändert. Ein Mädchen staubte in der Halle mit einem Federwisch die Goldrahmen der Rembrandtkopien ab; am Abend würde hier die Tanzfläche sein. Der Korb des Gärtners stand dort, schon halb voll mit den alten Schnittblumen, die er aus den Zimmern zusammentrug, bevor er die neuen brachte. Ein anderes Dienstmädchen war mit einem Korb voller Bettwäsche auf dem Weg zu den Gästezimmern im Westflügel: Im Laufe des Tages würden die drei verheirateten Schwestern mit ihren Männern eintreffen, um an der Silvesterfeier teilzunehmen, und sie würden, wie jedes Jahr, bis zum Dreikönigstag bleiben.

Bald würde Tante Lenka das Haus verlassen, um die Frühmesse zu besuchen. Der Vater würde sich mit dem Barbier über das Neujahrsrennen der Traber unterhalten. Und später, in einer halben Stunde etwa, würde in dem großen Klingelkasten in der Küche die »15« aufleuchten, und Mamsell Schröter würde für die Mutter das Frühstück zubereiten; den Tausendgüldenkraut-Tee und den Zwieback, den der Arzt sicher in der Nacht verordnet hatte; die Mutter würde alles zurückweisen und ihren Kaffee verlangen, eine spezielle Sorte, die per Express von Hamburg geschickt werden musste; dazu etwas »Herzhaftes«, ein paar Krabben vielleicht, etwas ausgelöstes Wachtelfleisch mit Cumberland-Sauce, nicht etwa Reste vom Sonntagsessen, sondern eigens für sie jetzt am Morgen zubereitet, denn Aufgewärmtes war in den Augen der Mutter Gift.

Unten ging die Haustür, und durch den Windfang, einen schweren roten Filzvorhang, der dort im Winter aufgemacht wurde, trat der Barbier. Er klopfte sich den Schnee von den Füßen, hing den Mantel mit der dreifachen Pelerine an die Garderobe und verschwand dann mit seiner Ledertasche in dem Korridor, der zur Bibliothek, zum Rauchzimmer und zu den Räumen des Vaters führte.

Camilla lauschte auf die Schritte, die sich langsam entfernten, wartete, bis sie die Tür hörte und die Stimme des Vaters erklang: »Morgen, Schütte. Na, was sagen Sie zu dem Schnee? Da werden die russischen Pferde ganz schön im Vorteil sein ...« Camilla lächelte. Es war gut, die Stimme des Vaters zu hören, die fest gefügte Ordnung des Hauses überall bestätigt zu finden, das Ticken der vielen Uhren, die Schritte der Dienstboten, die leise Geschäftigkeit, die aus den Wirtschaftsräumen zu vernehmen war.

Nein, es durfte nicht sein, niemals, dass all das ein Ende nahm.

2

Es war etwas Merkwürdiges an Camillas Liebe zu diesem Haus. Der Vater hatte es erbaut, und die Mutter herrschte darin, aber Camilla fühlte sich als die eigentliche Besitzerin. Es stand nun seit sechs Jahren; von 1893 auf 1894 war es gebaut worden. Steglitz war damals noch ein verschlafener Vorort gewesen, und, verglichen mit den Bauerngehöften und kleinen Einfamilienhäusern, hatte sich das Haus, das der Apotheker Hofmann hinstellte, wie ein Palast ausgenommen: ein lang gestreckter Bau mit einem zweistöckigen Mitteltrakt und einstöckigen Seitenflügeln, hellgrau verputzt, mit einem Schieferdach, weißen Fensterläden und vielen Fenstern – genau wie Camilla sich »ihr Haus« vorstellte, seit Tante Lenka ihr einmal eine Geschichte aus einem alten Buch in kyrillischer Schrift vorgelesen hatte. Camilla hatte die Geschichte von da an immer wieder hören wollen, eigentlich nur wegen der einen Stelle, an der die Tante den Blick hob und sagte: »Und das Haus besaß dreihundertundfünfundsechzig Fenster.« Worauf sie noch mal eine Pause machte: »Für jeden Tag des Jahres eines.«

Zu der Zeit hatten Camillas Eltern noch in Neukölln gewohnt, zwischen Landwehr- und Teltowkanal, kurz vor dem Zusammenfluss, wo keine Kastanien mehr standen, sondern die Ufer kahl waren; im Sommer war das Wasser dort immer mit einer irisierenden Ölschicht bedeckt, und im Winter fror es nicht zu wegen der vielen Abwässer. Die Apotheke, ein alter Bau und lange im Besitz der Familie Hofmann, war noch das Stattlichste, aber das Hinterhaus, in dem die Familie wohnte, war mehr als einfach, und außerdem war es ewig dunkel und feucht. Von ihrer Kammer im dritten Stock blickte Camilla auf den Fabrikhof; er stieß unmittelbar an den Kanal, sodass die Rohstoffe dort angeliefert und die fertigen Waren verschickt werden konnten.

Nur wegen des Geldes hatte ihr Vater mit der Fabrikation von Seife begonnen – erst später war er auch auf Parfümerie-Artikel übergegangen –, und man konnte kein Fenster öffnen, ohne dass nicht der Gestank der Fette, die zu Seife verkocht wurden, hereinströmte; auch bei geschlossenen Fenstern sickerte der Geruch durch, das ganze Haus war getränkt davon, sogar die Kleider; und darunter litt Camilla am meisten, denn noch in der Schule hing der Trangeruch an ihr.

Am Morgen weckte sie der Lärm, wenn die gusseisernen Kessel angeheizt wurden; von Jahr zu Jahr waren es mehr geworden, der Gestank immer penetranter, und sie hatte sich immer geniert, wenn auf dem Markt am Maybacher Ufer in den Buden die Hofmann'sche Kernseife ausgeschrien wurde oder wenn sie auf der Straße den Wagen begegnete, mit denen die Berliner Kunden der Firma beliefert wurden, an den Seitenwänden die Reklamefigur, die stadtbekannt war: die lachende Wäscherin, die hinter einem Waschbottich voll schäumender Seife stand. Dieselbe Reklamefigur, nur riesig vergrößert, war an den Brandmauern der seitlich angrenzenden Häuser zu sehen, ein unvermeidlicher Anblick, sooft Camilla ans Fenster trat.

Aber alles das war von einem Tag auf den anderen unwichtig geworden; an jenem Sonntag nämlich, als ihr Vater sie zu einem Besuch des Tiergartens mitnahm. Sie hatten nicht wie üblich die Pferdebahn bestiegen, sondern eine Droschke, und der Vater war mit ihr, der Neunjährigen, aus der Stadt hinausgefahren, immer weiter, in eine Gegend, die für sie ganz neu war. Schließlich hatte der Vater die Droschke anhalten lassen, und sie waren zu Fuß weitergegangen.

Es war ein heißer Tag. Sie kamen über verwildertes Weideland, dann in ein Gebiet, das von Kiefern und Föhren bestanden war. Das hohe verschilfte Gras raschelte leise im Wind, in den Buchenhecken schrien die Kiebitze. Der Vater schien die Orientierung verloren zu haben, zweimal legte er einen Grenzstein frei, kontrollierte die Himmelsrichtung, in der sie sich bewegten, bis sie dann endlich auf die Lichtung hinaustraten, in deren Mitte eine mächtige Linde stand. Von da an war kein Wort mehr gefallen; er hatte sie nicht mehr wie zuvor auf Pflanzen und Vögel aufmerksam gemacht. Er hatte ihre Hand genommen, und sie waren auf den großen Baum zugegangen. Sie waren unter seine weit ausladende Krone getreten, und dort hatte der Vater, indem er beide Arme ausbreitete, als wollte er die ganze Lichtung umfangen, verkündet: »Hier wird unser Haus stehen!«

So hatte er sie in sein Geheimnis eingeweiht. Das erste große Geheimnis, das man ihr anvertraut hatte, denn er hatte sie zu strengstem Stillschweigen verpflichtet. Erst viele Jahre danach hatte sie begriffen, dass ihr Vater damals eine Verbündete gebraucht hatte für seinen kühnen Plan und dass er niemand andern gehabt hatte als sie, ein Kind. Armer Vater!

Der Pakt zwischen ihnen hatte sich bewährt. Sie hatte das Geheimnis gehütet, und er hatte sie bei allem, was nun folgte, ins Vertrauen gezogen: Er hatte die ersten Bauskizzen vor ihr ausgebreitet; sie waren gemeinsam vor dem ausgeschachteten Fundament gestanden. Es war eine schreckliche Zeit gewesen, als sie an den Masern erkrankte und die Ausflüge zum »Observatorium« ausfallen mussten. Aber der Vater war jeden Abend an ihr Bett gekommen, hatte ihr vom Fortgang der Arbeiten berichtet, mit gedämpfter Stimme trotz der verriegelten Tür.

Der Rohbau wurde fertig gestellt, das Richtfest gefeiert, der Innenausbau in Angriff genommen – immer noch herrschte der übrigen Familie gegenüber strengstes Stillschweigen. Selbst als die Arbeiten am Haus beendet waren und der Vater bereits den Hausschlüssel bei sich trug, zögerte er noch immer, die übrige Familie einzuweihen, aber Camilla zersprang fast vor Ungeduld, das Haus in Besitz zu nehmen, und so gab er ihrem Drängen nach und verkündete beim Mittagessen, dass die ganze Familie nachmittags ein »Picknick im Grünen« machen würde. Es war der 22. August 1894, das Datum prägte sich Camilla für alle Zeit ein; und kurz nach drei Uhr, nachdem die Mutter ihre Siesta gehalten hatte, wurde die große Equipage angespannt. Damit man ganz unter sich war, kutschierte der Vater selber. Immer wieder hielt er an, wies auf die Schönheiten der Gegend hin, aber nach und nach wurde er einsilbig, so als könnte ihm sein Geheimnis zu früh entschlüpfen. Auf jeden Fall deutete Camilla es so, die neben ihm auf dem Bock saß und kaum erwarten konnte, dass auch die Mutter und die Schwestern das Wunderwerk zu Gesicht bekämen. Für Camilla war das Haus ein Wunderwerk; auch wenn es nicht für jeden Tag des Jahres ein Fenster hatte, so gab es doch so viele Fenster, wie das Jahr Wochen hatte, man musste nur ein bisschen großzügig beim Zählen sein. Das Herz klopfte ihr bis zum Hals, als sie Steglitz erreichten, an der Kirche vorbeifuhren, das letzte Haus hinter sich ließen, von der Straße abbogen. Ein paar Meter noch, eine letzte Krümmung des Weges, und die Baumreihe würde auseinander treten, das schmiedeeiserne Einfahrtstor sichtbar werden, dahinter das Haus. Und dann ... Wie oft hatte sie sich den nächsten Moment ausgemalt!

Aber es endete alles mit einer Katastrophe. Die »Überraschung« löste nicht Freude aus, sondern schroffe Ablehnung. Camilla hatte das Gesicht der Mutter bis heute nicht vergessen, zuerst ungläubig, dann versteinert. Kaum dass der Vater sie dazu bewegen konnte, wenigstens einen Rundgang durch das Haus zu machen. Vielleicht hatte er sich davon einen Umschwung erhofft; aber die Mutter machte bei der Besichtigung nicht ein einziges Mal den Mund auf, und auch während der Heimfahrt, die auf ihren Wunsch sogleich angetreten wurde, hüllte sie sich in eisiges Schweigen. Erst zu Hause war der Streit zwischen den Eltern ausgebrochen, hinter verschlossenen Türen zwar, aber laut genug, dass Camilla, die am Gang lauschte, alles verstand. Die Mutter lehnte es kategorisch ab, »sich ans Ende der Welt« verbannen zu lassen. Eine Flut von Anklagen ergoss sich über den Vater. Vor allem einen Satz, der immer wiederkehrte, prägte sich Camilla ein. »Dafür ist also Geld da!«

In den folgenden Tagen und Wochen flammte dieser Streit bei jeder Gelegenheit wieder auf; ein halbes Jahr wehrte sich die Mutter. Tatsächlich blieb das Haus in Steglitz den ersten Winter über leer stehen, erst im Frühjahr erzwang der Vater den Umzug mit der Begründung, er brauche das Hinterhaus zur Vergrößerung der Fabrik. Der Kampf der Eltern war damit allerdings nicht beendet. Er dauerte an, nicht mehr laut, ohne dramatische Szenen, aber unablässig und unversöhnlich bis zum heutigen Tag. Auch der Arzt, den die Mutter heute Nacht hatte rufen lassen, war ein Requisit in diesem Kampf ...

All das ging Camilla durch den Kopf, während sie das Haus verließ und an den Treibhäusern vorbei den Weg in den Park einschlug. Auf Schritt und Tritt kamen ihr die Erinnerungen: das jahrelange Hin und Her der Eltern, wie Park und Garten angelegt werden sollten. Der Vater wollte hinter dem Haus, wo Camilla sich jetzt befand, das ursprüngliche Gepräge der Landschaft möglichst erhalten; die Mutter wartete nur, bis er eine längere Reise unternahm; während seiner Abwesenheit ließ sie dann einen künstlichen Teich anlegen, eine Holzpagode bauen, Volieren aufstellen und exotische Nadelbäume anpflanzen. Glück hatte sie damit nicht, die Bäume gingen ein, und auch die Vögel überstanden den ersten Winter nicht. Durch diesen Misserfolg keineswegs abgeschreckt, brachte die Mutter im folgenden Jahr von einer Reise an die oberitalienischen Seen einen Waggon voller Palmen, Magnolien und Orangenbäume mit. Auch sie hielten dem nördlichen Klima nicht stand. Nach diesem zweiten Fehlschlag hatte die Mutter keine weiteren Versuche unternommen, dem Park ein »kultiviertes Aussehen« zu geben, sondern sich mit einem Ziergarten im französischen Stil vor dem Haus getröstet, und mit den beiden Treibhäusern, in denen nicht nur die vielen Blumen für den Hausschmuck gezogen wurden, sondern auch ein Regiment südlicher Zierbäume, wie die Zitronenbäume, die heute Abend zur Dekoration des Speisesaals dienen würden.

Camilla hatte all diese Dinge niemals mit Geld in Zusammenhang gebracht – jetzt freilich tat sie es: Was hatte das wohl alles gekostet? Das Grundstück, das Haus, die Stallungen, die Kutschen und Pferde, die Treibhäuser, die vielen Dienstboten ...

Sie war ins Freie gegangen, um solchen Gedanken zu entrinnen, aber sie ließen sich nicht abschütteln, sie folgten ihr auf Schritt und Tritt.

Das hohe schmiedeeiserne Tor der Einfahrt war eben aufgegangen, der geschlossene Wagen einer Delikatessenhandlung fuhr am Lieferanteneingang vor. Die Köchin erschien, der Diener, und dann wurden Kisten und Körbe ins Haus geschleppt. Den ganzen Vormittag würde das so weitergehen; der Patisseur, der Fischhändler, der Fleischer, der Tapezierer, der die Girlanden in der Halle anbrachte, und schließlich, allerdings erst am späten Nachmittag, die zusätzlich engagierten Lohndiener und die Musiker für den Ball. So war das bei jedem großen Fest. Nur im Kreis der Familie zu feiern, ohne Gäste und ohne eine gewisse Prachtentfaltung, das wäre für die Mutter kein Fest gewesen. Auch das hatte Camilla bisher als selbstverständlich hingenommen, aber jetzt musste sie an die Kosten denken, die damit verbunden waren, an die vielen Rechnungen, die schließlich alle auf dem Schreibtisch des Vaters landen würden; sie hatte die große Ledermappe gesehen, in der er sie aufbewahrte; bei dem Gespräch über ihre Verbindung mit Rothe hatte der

Vater ihr diese Mappe gezeigt, prall gefüllt; sie erinnerte sich an die Geste, mit der er die Mappe wieder unter die Rennzeitungen geschoben hatte, und an seine Bemerkung: »Bis zum Jahresende werden sie warten – aber dann?«

Camilla hatte die freigeschaufelten Wege in der Nähe des Hauses längst verlassen. Es war nicht so kalt, wie sie gedacht hatte. Wildspuren zogen sich über den Schnee; sie hatten ein paar Eichhörnchen im Park und viele Vögel. Die Wolkendecke hing immer noch tief herab, aber Camilla war sich nicht sicher – bedeutete das noch mehr Schnee oder Regen? Sie war ganz ziellos gelaufen, nur um sich zu bewegen, um frische Luft zu atmen und irgendwie mit ihren Gedanken fertig zu werden. Ohne sich dessen recht bewusst zu sein, hatte sie den Weg zu der alten Linde eingeschlagen, die allein inmitten der Lichtung stand. Der Boden stieg an in der Nähe des Baumes, sie hatte das Gefühl, dass es seine Wurzeln waren, die den Boden wölbten.

Sie blieb einen Moment stehen, um den Baum zu betrachten. Sie kannte ihn bei allen Jahreszeiten, und in jeder hatte er seine besondere Schönheit. Die Krone war so hoch und dicht, dass im Sommer das Sonnenlicht nur tropfenweise durchsickerte; nicht einmal im Herbst, wenn er sein Laub abwarf, wurde er kahl wie die anderen Bäume. Von der Ferne gesehen, blieb die Krone auch dann voll und dicht. Jetzt war jeder Zweig, bis hinein in die feinsten Verästelungen, vom Schnee wie mit einem Silberstift nachgezeichnet, und in diesem Filigran hing der Himmel, schien darauf zu ruhen.

In dem weiten Kreis, den die Krone bildete, lag der Schnee dünner; in unmittelbarer Nähe des Stamms kam das Moos durch. Der Schnee, der von den Enden der Zweige fiel, hatte unten eine Linie gezeichnet, und das verstärkte den Eindruck, dass der Baum in einem magischen Kreis stand.

Vom ersten Tag an, noch ehe sie davon wusste, welche Kräfte man ihm andichtete, hatte dieser Baum sie seltsam angezogen. Weithin sichtbar hatte er sich über die flache Ebene erhoben, einsam und herrisch; und sein Duft – er blühte damals – hatte die ganze Gegend erfüllt. Jedes Jahr im Frühling, wenn im Haus die Fenster offen standen, verbreitete sich der starke Duft seiner Blüten in den Räumen. Der Baum war sehr hoch für eine Linde, und um seinen Stamm zu umfassen, bedurfte es dreier Männer. Die Schätzungen über sein Alter schwankten; zweihundert sagten die einen, vierhundert andere. Eigentlich war es ein Wunder, dass er so alt geworden war, denn er stand in einem Gebiet, wo Holz knapp war. Vielleicht hatte man ihn wegen des Schattens wachsen lassen, den er im Sommer gab, oder vielleicht, weil er so schön war, groß und ebenmäßig, mit dieser gewaltigen Kuppel aus Zweigen und Blättern.

Die Leute in der Umgebung, die Bauern, die Fischer und Jäger, nannten ihn nur den Wunschbaum. Wie er zu diesem Namen und zu der Legende gekommen war, die damit verknüpft war, darüber gab es ebenso viele Meinungen wie über sein Alter; alle aber glaubten an die wunderbaren Kräfte, die dem Baum innewohnten: Wenn man unter diesem Baum einen Wunsch aussprach, so konnte man sicher sein, dass er in Erfüllung ging.

Dies war nicht nur eine Legende, die unter ein paar alten Leuten kursierte; immer wieder kamen Fremde, die um Erlaubnis baten, dem Baum einen Besuch abstatten zu dürfen: Die meisten aber drangen einfach nachts heimlich in den Park ein, sodass der Gärtner immer zu tun hatte, die beschädigten Stellen im Zaun zu flicken. Camilla stand jetzt unter dem Baum, mit dem Rücken an den breiten, glatten Stamm gelehnt. Die Föhren jenseits der Lichtung schwankten leise im Wind, aber hier war es ganz still. Wie lange war es wohl her, dass auch dieser Stamm sich im Winde gebogen hatte? Wie viele Winter und Sommer hatten vergehen müssen, wie tief hatte er seine Wurzeln in die Erde senken müssen, um so stark zu werden?

Sie hatte viel über die Legende nachgedacht, und in den ersten Jahren war sie manchmal auch versucht gewesen, den Zauber des Baumes auf die Probe zu stellen. Irgendetwas hatte sie aber immer daran gehindert: einmal der Gedanke, dass es nicht recht war, den Zauber wegen einer Kleinigkeit in Anspruch zu nehmen; zum anderen hielt sie eine gewisse Nüchternheit ab, die ihr sagte, bloßes Warten und Hoffen sei kein Weg, damit Wünsche sich erfüllten. Aber jetzt, in diesem Augenblick, als sie so allein dort stand, den Stamm in ihrem Rücken, und hinüber zum Haus blickte, fühlte sie sich versucht, die Augen zu schließen und einen Wunsch zu tun: Lass es nicht geschehen, lass mich in diesem Haus bleiben! – Aber dann sah sie die Kutsche des Barbiers wegfahren, und ihre Gedanken nahmen eine andere Richtung: Ich muss den Vater fragen, ob er die Überschreibung des Hauses auf mich schon in die Wege geleitet hat. So überrumpelt sie auch von dem Heiratsprojekt des Vaters gewesen war, am Schluss hatte sie ihren kühlen Kopf wiedergefunden und dieses Versprechen mit ihm ausgehandelt.

Das Pferd vor dem zweirädrigen Gefährt des Barbiers fiel in Trab; von ihm selber waren unter dem schwarzen Dach nur die Hände zu sehen, mit denen er die Zügel hielt; jetzt zog er mit der Rechten den schwarzen Hut und grüßte eine große schlanke Frau in einem bis zu den Knöcheln reichenden Pelzmantel. Tante Lenka, die von der Frühmesse zurückkehrte. Als habe sie nur darauf gewartet, trat Camilla schnell aus dem Schutz des Baumes und lief quer über die Lichtung zum Haus zurück.

3

Offiziell titulierte man Tante Lenka im Haus als die Majorin Hofmann, oder kurz: die Majorin. Camillas Mutter, für die Name und Rang eines Menschen von größter Wichtigkeit waren, hatte das eingeführt; sie fand, Majorin Hofmann, das hatte Klang und machte aus ihrer verwitweten Schwägerin fast eine Person von Stand. Das Schicksal der jungen Frau – Lenka war neunzehn und erst knapp ein Jahr verheiratet, als ihr Mann 1870 gleich in den ersten Tagen des Kriegs bei Metz fiel – hatte Emmi Hofmann keine Ruhe gelassen. Sie sah darüber hinweg, dass sie selbst eine geborene von Weskow war und Lenka nur die Tochter eines Petersburger Kaviarhändlers, und fasste den Entschluss, sie wieder vorteilhaft zu verheiraten. Sie ließ ihre Beziehungen zum Hofe spielen, aber leider zeigte Lenka keinerlei Neigung, sich wieder zu verehelichen. Emmi Hofmann musste erleben, wie die junge Witwe das Glück mit Füßen trat; sie schlug die besten Partien aus, einen Offizier, einen geadelten Bankier, Männer, die auf der Hofliste standen, und sicher wäre es zwischen den beiden Frauen zum Bruch gekommen, wenn Lenka nichts weiter als die arme Verwandte gewesen wäre. Aber Lenka hatte Vermögen, und für die Aussicht auf eine Erbschaft – sei es nun für sich oder Camilla, deren Patentante Lenka war – hätte Emmi Hofmann noch ganz andere Charakterfehler in Kauf genommen. Geld, viel Geld, war das einzige, das dem Adel die Waage halten konnte. So gehörte die Majorin zur Familie, gehörte zum Jahresablauf wie Sommer und Winter, war selbst so etwas wie eine Jahreszeit: Ohne Ankündigung fuhr sie jedes Jahr am 10. November vor, einen Tag vor Camillas Geburtstag, und Anfang März kehrte sie nach Warnemünde zurück, wo sie ein Haus besaß. Jedes Jahr nahm sie das Versprechen mit, dass die Familie im Sommer zu ihr an die See kommen würde, aber wenn es dann so weit war, fuhr die Mutter mit den drei älteren Schwestern doch wieder nach Bad Ems oder Bad Homburg; von den Ostseebädern wäre allenfalls Heiligendamm in Frage gekommen, allerdings erst, seit es neuerdings vom Kronprinzen frequentiert wurde, nie und nimmer jedoch Warnemünde, das nach Emmi Hofmanns strengen Maßstäben rettungslos kleinbürgerlich war.

So verbrachte nur Camilla mit ihrem Vater die Ferien dort, und bei der Tante hatte sie die Wärme, die Liebe und das Verständnis gefunden, die sie an der Mutter immer vermisst hatte.

Camilla kam gerade noch zurecht, um der Tante in der Halle aus dem Mantel zu helfen. Die Tante nahm den kleinen Handbesen, um ein zweites Mal ihre schwarzen hochgeknüpften Stiefel zu reinigen.

»Nun, was sagst du? Jetzt haben wir doch noch Schnee bekommen!« Camilla sah die Tante an; sie war neunundvierzig, und obwohl ihre dunklen altmodischen Kleider und ihre Frisur eher dazu angetan waren, sie älter erscheinen zu lassen, strahlte ihre Erscheinung etwas sehr Junges und Frisches aus.

»Schnee, sagst du! Das nennst du Schnee? Aber Kind, fühle meine Hände! Spürst du, dass sie kalt sind? Und ich habe nicht mal Handschuhe getragen. Ein Winter in Petersburg – vorher kannst du nicht mitreden über Schnee. Einmal vor die Haustür, und die Unterröcke waren steif wie Bretter.«

»Aber du hast bezweifelt, dass es überhaupt schneien wird.«

»Ihr Berliner mit eurem Schnee – Puderzucker!« Sie hatte eine dunkle Stimme und ein noch dunkleres Lachen.

Die Flügeltüren zum Speisesaal standen auf. Der Diener und ein Mädchen waren dabei, weißen Damast über die lange Tafel zu breiten. Ein anderes Mädchen kam aus der Küche, ein silbernes Tablett in der Hand, auf dem ein Stapel Karten lag. Tante Lenka winkte das Mädchen heran und nahm eine der gedruckten Menükarten, auf denen die Namen der Gäste handschriftlich eingesetzt waren. »Silvester 1900/1901 Gala-Diner«, las die Tante halblaut, »Kaisersuppe, Lachsforelle, Lammrücken garniert; 1883er Kiedricher Auslese, getrüffelte Gänseleberschnitten, Roederer ... Da schon Champagner!«, entfuhr es ihr. »Poularde, Salat, Artischockenböden mit Mark, 1878er Château d'Yquem, Haselnussbombe, Käsestangen, Cliquot, Mokka, Mitternachtsbüfett.« Sie legte die Karte zu den anderen zurück. »Es ist gut«, sagte sie zu dem Mädchen, das mit einem Lächeln knickste. »Gehn Sie nur.« Die Tante wartete, bis das Mädchen im Speisesaal verschwunden war. »Da übertrifft sich jemand!« Sie schüttelte den Kopf. »Ist etwas Besonderes im Gange?«

»Was soll denn Besonderes sein ...« Camilla, die zur Garderobe getreten war, um Mantel und Mütze abzulegen, blickte kurz in den Spiegel: Nein, man sah ihr nicht an, dass sie kaum geschlafen hatte. Wie immer, wenn sie von draußen kam, war ihre Gesichtsfarbe frisch und gesund und ohne die geringste

Spur jener Blässe, die für ein junges Mädchen ihrer Kreise fast unerlässlich war. Nein, dachte sie, wie jemand, der unglücklich ist, sehe ich nicht gerade aus, und das ist gut so.

»78er Château d'Yquem – den Jahrgang habe ich lange nicht mehr auf dem Tisch gesehen, dein Vater hütet die letzten Flaschen ...« Tante Lenka war einem guten Wein nicht abgeneigt.

»Vergiss nicht – Mamas Schwiegersöhne werden da sein.«

Die Tante schien nicht weiter in Camilla dringen zu wollen, jedenfalls wandte sie sich jetzt zur Treppe. »Wie geht es deiner Mutter? Ich habe heute Nacht den Arzt gehört.«

»Das musst du nicht so ernst nehmen. Ich glaube, sie tut es selber auch nicht. Und sie kann wunderbar von ihrem Bett aus regieren.« Die Treppe mit dem roten Läufer in der Mitte war breit genug, dass sie nebeneinander die Stufen hinaufsteigen konnten. Die Zimmer der Tante lagen im zweiten Stock, ein großer Wohnsalon und ein kleineres Schlafzimmer. Lenka hatte die Räume selbst eingerichtet; nach dem Tod ihres Mannes hatte sie die Wohnung in Berlin aufgegeben, einen Teil der Möbel nach Warnemünde geschafft, den Rest aber in Berlin untergestellt, über zwanzig Jahre lang, bis Schwager und Schwägerin ihr hier, in dem neuen Haus in Steglitz, zwei Zimmer für dauernd zur Verfügung stellten. Nicht einmal dann hatte sie es fertig gebracht, sich auch nur von einem einzigen Stück zu trennen, sondern alles in diese beiden Räume gestopft, sodass sie mit zu vielen und zu schweren Möbeln überfüllt waren, mit Schränken und Vitrinen, die ihrerseits fast aus den Nähten platzten, so voll standen sie mit Sammeltassen, kolorierten Miniaturen, Freundschaftsalben, Daguerreotypien, Scherenschnitten, Spieldosen, aber auch seltsameren Dingen, nach deren Herkunft Camilla nie zu fragen wagte, wie ein Paar Abendschuhe mit ganz dünnen Sohlen und einer Schnalle aus unechten Steinen. Allein der alte bemalte Flügel nahm einen großen Teil des Raumes ein.

Auf diesem Flügel legte die Tante jetzt die schwarze Samttasche ab, nachdem sie das Wohnzimmer betreten hatte, und Camilla musste lächeln bei dem Gedanken, was diese Tasche enthielt: Neben dem Gebetbuch, vielleicht sogar zwischen den Seiten des heutigen Evangeliums, lag bestimmt ein dünnes Papierkärtchen mit dem Tageshoroskop. In Warnemünde war eine Dame die Lieferantin; hier in Steglitz holte die Tante sich die Karten an der Station der Stadtbahn, wo ein automatischer Astrologe stand, ein rot-grünes Ungeheuer, in dem eine mechanische Figur nach Einwurf der Münze die Hand über eine Kristallkugel streichen ließ und dann plötzlich anhielt, wenn der Automat seine grüne Karte ausspuckte.

Wie ernst die Tante das alles nahm, hätte Camilla nicht sagen können, und es schien ihr auch nicht wichtig. Selbst die Behauptung der Mutter, Tante Lenka würde an spiritistischen Sitzungen teilnehmen, hatte bei Camilla keine Neugier wecken können; und sie machte auch jetzt keine Bemerkung, als die Tante an den Tisch trat, auf dem ein Kartenspiel ausgebreitet lag – die meisten der Karten mit dem Rücken nach oben –, und eine davon aufnahm.

»Das Pik-As, ausgerechnet, da kann ich mich ja auf etwas gefasst machen.« Sie blickte Camilla an und lächelte unvermittelt. »Sei froh, dass ich nicht deine Mutter bin, sonst hättest du das bestimmt geerbt. Ich habe es auch von meiner Mutter, und die von ihrer. Das geht durch eine Familie wie rote Haare. Wir möchten zu gerne all das wissen, was dem Menschen verborgen ist, alle Geheimnisse zwischen Himmel und Erde ...« Sie legte das Pik-As zurück und wandte sich zu der Anrichte, wo der Samowar stand. »Ich mache uns jetzt erst einmal einen Tee.« Sie zündete die Flamme unter dem Samowar an, holte zwei gehäkelte Deckchen aus einer Schublade, stellte zwei Tassen bereit. Wieder ging ihr Blick zu Camilla, und erst jetzt bemerkte sie, dass Camilla noch nicht gekämmt war. »Setz dich«, sie deutete auf den Hocker, der wie alle Polstermöbel einen gehäkelten Überwurf hatte; die Tante stellte sie selber her, aus feinstem naturfarbenem Seidengarn. Camilla folgte der Tante mit den Augen, als diese jetzt in das Schlafzimmer ging, um Kamm und

Bürste zu holen. Das Bett, das dabei sichtbar wurde, war sicher das merkwürdigste Stück unter den Möbeln der Tante: Eine Art gotischer Schrein aus Ebenholz mit roten Damastdraperien und einem spitzen Baldachindach, stand es auf einem zweistufigen Podest, das mit verblichenem Gobelinstoff bezogen war. Seit sie zugesehen hatte, wie es aus dem Möbelwagen gehoben, durch das Haus transportiert und im Schlafzimmer der Tante aufgestellt wurde, beschäftigte dieses Bett Camillas Neugier; sie hätte gerne gewusst, wie es hinter den roten Damastdraperien aussah, im Halbdunkel des Baldachins, aber gleichzeitig vermied sie es, auch nur in die Nähe des Bettes zu kommen. Die Tante hatte das offene Haar über Camillas Schulter ausgebreitet und begann es nun auszukämmen. »Was für schönes Haar!«, sagte sie.

»Ich glaube, ich werde es abschneiden.«

»Abschneiden! Das wäre ein Jammer.«

»Es stört mich.«

»Wobei stört es dich?«

Camilla antwortete nicht darauf, sondern fragte: »Bin ich eigentlich hübsch?«

»Was hast du heute?«

»Bin ich es?«

Tante Lenka legte den Kamm zur Seite und nahm die Bürste. »Hast du dich verliebt?«

»Nur weil ich frage, ob ich hübsch bin?«

»Ist es dieser Amerikaner, Keith?«

»Nein!«

»Wie lange bleibt er noch?«

»Ein paar Tage, so viel ich weiß.«

»Ein wenig unpassend, ihn hier im Haus wohnen zu lassen, auch wenn er der Sohn von guten Freunden ist. Was hat er in Berlin überhaupt getan?«

»Ich weiß nicht genau. Brauereien besichtigt ...«

»Ich kann mir nicht vorstellen, dass er dabei viel lernen kann. In Amerika ist doch alles anders als bei uns.«

»Er hat noch nie im Leben Schnee gesehen.«

»Dann hätte er noch etwas weiter fahren müssen als nur bis Berlin. Aber liegt dieses Kalifornien denn so weit im Süden? Das muss ich mir einmal auf dem Globus deines Vaters anschauen.« Tante Lenka umfasste Camillas Kopf mit beiden Händen. »Ein bisschen mehr nach vorne. Und halt still ... Sag mal, du machst doch keine Dummheiten?«

»Was meinst du mit Dummheiten?«

»Sich in jemanden zu verlieben, der nichts davon weiß und den du nie mehr im Leben wiedersehen wirst; stillhalten, sag' ich.« Sie steckte die letzten Nadeln in den Knoten, den sie aus fünf Haarsträngen geschlungen hatte. »Ein Meisterwerk ist es nicht geworden, du warst zu unruhig. Heute Abend machen wir es dafür um so schöner.« Tante Lenka ging zu der Anrichte, wo der Samowar summte. Sie füllte die Tassen auf, und dabei fiel Camillas Blick auf die beiden miteinander verbundenen Eheringe an der rechten Hand der Tante; vom langen Tragen waren sie ganz dünn geworden, sahen fast wie ein Ring aus.

»Hat Mutter meinen Vater aus Liebe geheiratet?«, fragte Camilla. Die Tante sah kurz auf, dann nahm sie ihre Tasse und setzte sich damit an ihren Platz am Fenster.

»Ich habe dich etwas gefragt«, beharrte Camilla.

»Schau, deine Mutter ...«

»Warum behandelt mich jeder wie ein Kind. Hat sie ihn geliebt? Und wenn ja, was ist daraus geworden? Mit wem soll ich sonst darüber reden?«

»Natürlich können wir darüber reden, obwohl ... meine eigenen Erfahrungen auf dem Gebiet sind nicht groß. Du würdest die Frage besser deiner Mutter stellen.«

»Ihr Fragen stellen! Wo denkst du hin? Und noch dazu solche.« Camillas Blick ging durch die halb offene Tür ins Schlafzimmer der Tante zu dem Bett; sie musste sich überwinden, die nächsten Worte auszusprechen: »Seit wir in diesem Haus wohnen, haben Vater und Mutter ihre eigenen Schlafzimmer ...« Sie fühlte, wie sie rot wurde. »... ist man mit vierzig eine alte Frau? Ich habe einmal gehört, als Mutter sagte, sie sei froh, *damit* nicht mehr behelligt zu werden ... Sie hat sich deutlicher ausgedrückt, verstehst du ...«

»Seit wann lauschst du an Türen?«

»Ich habe nicht gelauscht! Es wäre mir lieber, ich hätte das nicht mit anhören müssen, aber sie macht gar kein Geheimnis daraus. Sie redet mit Lou darüber und mit der Schröter, richtig gehässig, als sei Vater ... Ich kann nicht wiederholen, was sie wirklich gesagt hat. Und dabei konnte es ihr all die Jahre nicht schnell genug gehen, Männer für ihre Töchter zu finden; wie sie uns beobachtet hat, wie sie mit dem Arzt getuschelt hat, der uns untersuchen musste ... und sie selber lebt mit ihrem Mann wie eine Fremde. Warum hasst sie ihn?«

»Tut sie das?«

»Warum hasst sie dieses Haus?«

»Das kann ich schon eher beantworten, wenigstens zum Teil. Sie hatte sich etwas anderes vorgestellt, weißt du, sie hatte sogar schon ihre Wahl getroffen, ein Haus in der Behrenstraße bei der Hedwigskirche, also unmittelbar beim Kaiserlichen Palais. Seit Jahren ging sie dort ein und aus, weil eine ihrer Freundinnen dort wohnte, du kennst sie auch, diese Vorleserin bei Hof, den Namen kann ich mir nie merken. Also, endlich stand dieses Haus zum Verkauf, und deine Mutter wollte es unbedingt haben. Du kennst ihre Vorliebe für den Hof. Von diesem Haus aus hätte sie das ganze Auf und Ab verfolgen können: jeden Hofwagen, die Schildwachen, und mit einem Feldstecher hätte sie auch sehen können, wer alles zu den Hoffesten erschien und zu den beiden großen Couren. Aber sie dachte noch weiter, beim Krönungs- und Ordensfest hätte sie die Fensterplätze zu horrenden Preisen vermieten können. Einmal hat sie mich mitgenommen und mir alles gezeigt und erklärt ... Und dann geht dein Vater her und gibt hunderttausend gute Goldmark für ein Haus auf dem Land aus.«

»Hunderttausend?«, fragte Camilla überrascht. »Bist du sicher?«

Aber die Tante nickte nur, ohne weiter auf diesen Punkt einzugehen, und nahm das Häkelzeug aus dem Korb. »Deine Mutter hat ihm das nie verziehen. Du weißt, dass sie bei jeder Gelegenheit ihre adlige Herkunft betont und ihre Beziehungen bei Hof. Einen Jour fixe mit einem erlesenen Kreis von Leuten, das war immer ihr Traum, und dazu wäre das Haus in der Behrenstraße ideal gewesen. Im Grunde hat sie sich nie damit abgefunden, dass sie unter ihrem Stand geheiratet hat. Dein Vater ist nur ein Bürgerlicher, kein Militär, kein hoher Beamter, nicht einmal ein Gelehrter, den man, mit den richtigen Titeln und Orden ausgestattet, notfalls zur Berliner Gesellschaft zählen könnte.«

»Warum hat sie ihn dann genommen?«

»Wie soll ich das wissen? Vielleicht glaubte sie, ihr Ehrgeiz und ihre Beziehungen würden genügen, um ihm das alles mit der Zeit zu verschaffen. Nur, dein Vater zog nicht mit. Den Kommerzienrats-Titel hat er zwar, aber er benützt ihn nicht; den Kammerorden vierter Klasse besitzt er, aber er legt ihn nicht an. Er hat keinen Sinn für diese Dinge. ›Knopflochtag‹, sagt er zum Ordensfest, und das zu deiner Mutter! Und schließlich das Geld, das hat sie vollends auseinandergebracht.«

»Ich dachte immer, wir sind reich; das heißt, ich habe mir überhaupt keine Gedanken gemacht.«

»Nicht reich genug. Dein Vater ist nur ein Apotheker, mein Kind. Kein Apotheker ist arm; aber reich, wie deine Mutter sich das vorstellt? Er ist ein guter Apotheker, ein guter Chemiker, fast genial. Aber er ist kein Fabrikant. Die Seifen, die Parfümerie-Artikel – das war die Idee deiner Mutter. Wahrscheinlich sah sie ihn schon als frisch geadelten Hoflieferanten, auf jeden Fall sah sie viel Geld darin. Sie hat ihn angestachelt, sie hat ihm keine Ruhe gelassen. Tatsache ist, dass sie beide immer mehr Geld brauchten, immer mehr und mehr. So viel er auch verdiente, es reichte nie.«

Camilla starrte auf die Garnrolle in dem Handarbeitskorb der Tante. Es ist also wahr, dachte sie, und plötzlich kam ihr eine Idee. »Du meinst, Vater ist in Schwierigkeiten?«

»Ich würde sagen, er war immer in Schwierigkeiten. Er kann

mit Geld einfach nicht umgehn. So viel er auch hat, und so geschickt er es einteilen will, sobald es in seinen Händen ist, wird es zu Wasser und fließt ihm durch die Finger.«

»Wenn er ernsthaft in Schwierigkeiten wäre, würdest du ihm helfen?«

Die Tante ließ ihre Handarbeit sinken und sah Camilla prüfend an. »Was ist los, Kind? Verheimlichst du etwas vor mir?«

»Ich meinte nur, würdest du ihm helfen ... es könnte ja einmal notwendig sein ...«

»Nein, Kind, ich würde deinem Vater nicht helfen. Erstens, weil ich ihn kenne, und zweitens, ihr glaubt alle, ich sei reich, aber das war einmal. Dein Vater weiß Bescheid, denn er war es, der mich um mein Geld gebracht hat; nichts für ungut, du siehst, ich rege mich heute nicht mehr darüber auf. Aber du solltest deinen Vater so sehen, wie er ist.«

»Er hat dich um dein Geld gebracht?«

»Nicht um das ganze. Das Haus in Warnemünde gehört mir, und ich kann leben; aber der Reichtum ist dahin. Natürlich fing alles mit einer großartigen Idee an, so wie alles bei ihm. Er wollte mein Glück, und dumm wie ich war, damals mit neunzehn, bin ich prompt auf ihn hereingefallen. Es schadet nichts, einmal darüber zu reden, jetzt wo wir schon angefangen haben. Ich hatte ein ansehnliches Vermögen von zu Hause, aber ich verstand nichts vom Geld. Dein Vater erbot sich, es für mich anzulegen, als Schwager fühlte er sich wohl verpflichtet, sich meiner anzunehmen, und ich war ihm auch dankbar dafür. Unglücklicherweise kaufte er Eisenbahnaktien, in Rußland, im Balkan, im Orient, was weiß ich, wo sonst noch; dein Vater rechnete mir vor, dass ich in wenigen Jahren Millionen besitzen würde. Kurz, drei Jahre später, 1873, war der Traum vom Reichtum ausgeträumt. Dieser Mann, der die Bahnen finanzierte und projektierte, entpuppte sich als gerissener Betrüger – und alle meine schönen Aktien und Obligationen waren nicht mehr das Papier wert. Vielleicht verstehst du jetzt, dass ich deinem Vater kein Geld mehr anvertrauen würde. Er hat sich seit damals nicht geändert, er hat nichts dazu gelernt. Er ist unverbesserlich. Verzeih mir den Ausdruck, aber er ist ein Spieler. Er hat ununterbrochen großartige Ideen, einige Eisen im Feuer, wie er es nennt. Er ist ein hoffnungsloser Optimist. Er sieht immer nur, was er zu sehen wünscht, und das wird sich nie ändern. Es ist schon so. Wenn man es weiß, ist es gut. Aber man muss es wissen, dann kann man ihn mögen, so, wie er ist.«

Camilla wünschte, sie hätte ihre Frage nie gestellt, denn nun erhob sich die Tante, fasste sie beim Kinn und hob ihren Kopf, sodass Camilla ihr in die Augen blicken musste: »Was ist? Es ist doch etwas! Warum alle diese Fragen auf einmal? Was geht vor? Will man dich verheiraten?«

»Nein, nein!« Camilla hielt dem Blick der Tante stand, aber sie war nicht sicher, ob die Tante sich davon täuschen ließ.

»Camilla, so weltfremd bin nicht einmal ich! Kaisersuppe, Lachsforelle, getrüffelte Gänseleberschnitten, Poularde – so war es doch! Ich habe auch die Sitzordnung für das Silvesteressen studiert; ein Herr Rothe neben deiner Mutter, die Frau neben deinem Vater, und ein Alexander Rothe neben dir!«

Was konnte Camilla erwidern, wenn sie den Vater nicht verraten wollte? Sie konnte nicht lügen, aber sie konnte auch nicht die Wahrheit sagen und damit den Vater preisgeben; dabei hatte die Tante es ihr so leicht gemacht, und dabei war ihr selber so danach zu Mute, ihr Herz auszuschütten. Alles, was sie an Schönem erlebt hatte, hing mit dem Vater zusammen: die Besuche der Sternwarte, die vielen Zirkusvorstellungen, die Reisen, zuletzt die herrlichen Wochen in Paris während der Weltausstellung – und natürlich das Haus, das er nach Camillas Empfinden eigentlich nur für sie gebaut hatte.

»Sollst du jetzt das Geld ins Haus bringen? Ist das die Idee deiner Mutter?«

»Nein, sie hat nichts damit zu tun.« Dass der Verdacht der Tante in die falsche Richtung zielte, erleichterte Camilla einen Moment. Aber dann dachte sie: Dieses verhasste Geld! Seit wir in diesem Haus wohnen, dreht sich alles nur noch darum, im

Guten wie im Bösen. Kein Gespräch, das nicht unvermeidlich dabei endet; kein Streit, der nicht darüber entbrennt; manchmal ist das Haus auf Tage in zwei feindliche Lager gespalten, auf der einen Seite der Vater, auf der anderen die Mutter, die dann unsichtbar bleibt, bis sie ihren Willen durchgesetzt hat und der Vater mit dem Geld herausrückt.

Von früh an daran gewöhnt, hatte Camilla sich verhalten wie bei schlechtem Wetter; man weicht aus, so gut man kann, aber man nimmt es nicht weiter tragisch. Die letzte Frage der Tante ließ sie plötzlich alles mit anderen Augen sehen. Liebe, Ehe, das waren Geldgeschäfte, sonst nichts. Mädchen wurden nur geheiratet, wenn sie eine nennenswerte Mitgift hatten. Ehemänner wurden nur geliebt, wenn sie viel verdienten. Eine Familie war nur angesehen, wenn sie reich war. Geld – Geld – Geld – nur das zählte!

Immer nur Geld ...

Camilla richtete den Blick auf die Tante. Sie vergaß, dass auch Lenka einmal verheiratet gewesen war; man konnte es leicht vergessen, sie besaß mehr Jugend als die Mutter, ja sogar als die Schwestern; so, als wäre die neunundvierzigjährige Frau nur die Hülle, in der sich ein sehr junges unberührtes Mädchen verbarg.

»Ich werde nie heiraten! Niemals, nein nein, ich will nicht heiraten!«

»Aber Kind! Was ist nun wieder?«

»Ich werde so leben wie du.«

»Oh, sag so etwas nicht.«

Das Gesicht der Tante bekam jenen abwesenden Ausdruck, mit dem sie manchmal an ihrem Nähtisch saß, wenn Camilla unverhofft bei ihr eintrat.

»Aber du bist glücklicher als alle anderen.«

»Glücklicher?«

»Bist du es nicht?«

»Sagen wir lieber, ich bin nicht unglücklich, jetzt nicht mehr. Aber ich habe lange gebraucht, um dahin zu kommen. Und wenn man nicht unglücklich ist, heißt das noch nicht, dass man glücklich ist.« Sie hatte sich erhoben und füllte Tee in ihre Tasse nach. »Für dich auch noch?« Sie kehrte zu ihrem Platz am Fenster zurück. »Zwischen siebzehn und neunzehn, das waren die zwei Jahre in meinem Leben, in denen ich glücklich war. Das ist sehr viel, weißt du, zwei Jahre Glück.«

Ihre Stimme wurde immer leiser, die Worte waren kaum noch zu verstehen. Es war, als spräche sie mit sich selbst und hätte vergessen, dass jemand bei ihr war, sodass Camilla das Gefühl hatte, sich leise entfernen zu müssen. Aber ein kurzer Blick der Tante über die Schulter und eine kleine Geste, näher zu treten, sagten ihr, dass die Tante sehr wohl wusste, an wen sie ihre Worte richtete.

»Ich habe gelebt und doch nicht gelebt – soll ich dir das wünschen? Ich wünsche, dass du wirklich lebst, nicht mit Träumen, die sich nicht erfüllen, nicht mit Gedanken an etwas, das hätte sein können. Man muss vergessen können, um wirklich zu leben; man muss neugierig bleiben, und man darf nicht zu ängstlich sein. Mir fehlte es an allem.« Sie schüttelte energisch den Kopf. »Nein, mich darfst du nicht als Vorbild nehmen. Ich kann dir nicht einmal gute Ratschläge geben, wie du dir dein Leben einrichten sollst, so gerne ich es täte. Ich kann nur wünschen, dass du glücklich wirst und dass du dein Glück dann mit beiden Händen festhältst. Komm her.« Sie erhob sich und öffnete das Fenster. Es hatte wieder zu schneien begonnen.

Die Tante deutete hinaus ins Freie, mit der rechten Hand, an der die beiden miteinander verbundenen goldenen Ringe steckten.

»In Petersburg ...«, begann sie und lachte dann mit ihrer warmen dunklen Stimme und sagte: »Erinnerungen ... aber das ist nicht Glück. Glück ist Gegenwart.«

4 Sie saß in dem rosaroten Doppelbett, viele Kissen in den Rücken gestopft, und kaute, wobei sie eine Serviette vor den Mund hielt, gerade so, als zählte alles das nicht, was sie unter der Serviette in den Mund schob. Ihr rosarotes Gesicht glänzte noch von der Nachtcreme, und das blonde Haar war noch ungekämmt und nur mit ein paar Kämmen festgesteckt. Sie lehnte dort in den rosaroten Kissen, ein rosaroter weiblicher Buddha – wenn nicht die Augen gewesen wären, hellblaue, alles beobachtende Augen, und so sagte sie sofort, als die Schröter sich den Vorhängen näherte: »Nicht doch! Es ist mir hell genug hier. Willst du, dass ich wieder meine Kopfschmerzen bekomme?«

Links und rechts des breiten Betts brannten zwei Lampen mit weißen Porzellanfüßen und rosaroten Schirmen und sorgten dafür, dass Rosarot der beherrschende Farbton des ganzen Raumes war; die golddurchwirkte Seidenbespannung der Wände war davon überhaucht, die Spiegeltüren des Schranks, der die Längsseite des Raums einnahm, schienen aus Rosenquarz gefertigt, nur der Chinateppich konnte in dieser Beleuchtung seinen tiefen Bernsteinton behaupten.

Ohne sich um den Protest ihrer Herrin zu kümmern, zog die Schröter die Vorhänge etwas auf. »Wie soll ich hier aufräumen, wenn ich kein Licht habe?«

Sie war eine kleine, etwas verwachsene Person, die auch die hohen Absätze ihrer Stiefeletten und das weiße Häubchen auf dem Haar nicht größer erscheinen ließen. Sie rückte den wuchtigen Sessel zurecht, bückte sich, um vom Teppich etwas aufzuheben, und betrachtete dann voller Missbilligung die zwei leeren Pralinenschachteln, die in dem wilden Durcheinander auf dem Tisch neben dem Sessel lagen. »Eines Tages werden Sie zwei Sessel brauchen, um sich hinzusetzen.«

Emmi Hofmann lachte. Die Schröter war die einzige, die sich solche Bemerkungen erlauben durfte. Ja, Emmi Hofmann hätte wahrscheinlich nur halb so viel Befriedigung aus ihrer Esslust gezogen ohne diese beständigen Ermahnungen – sie reichten bis in ihre Mädchenzeit zurück –, die ihr das Gefühl gaben, etwas

Verbotenes zu tun. Sie wischte sich den Mund ab und ließ die Serviette aus der Hand gleiten, zu den anderen Sachen, die auf und neben ihrem Bett herumlagen: Bücher, Zeitschriften, Modehefte und natürlich der unvermeidliche adlige Taschenkalender, der griffbereit unter dem Kopfkissen steckte. Die Schröter war an das Bett getreten. »Was ist? Wenn ich das Bett machen soll, müssen Sie schon aufstehen.« Sie sprach Hochdeutsch, nur hin und wieder, und nur bei ihrer Herrin, kam ihr ursprünglicher Posener Tonfall etwas durch. Sie hatte schon dem Vater gedient, einem adligen Agrarier, wie sie ihn zu bezeichnen pflegte, der große Ländereien bei Posen besaß, und Emmi hatte sie mit in die Ehe eingebracht. »Lassen Sie mich wenigstens die Kissen aufschütteln.«

»Das hat Zeit. Ich habe einiges mit dir zu besprechen.«

»Wie Sie meinen.« Den täglichen Kleinkrieg mit ihrer Herrin nahm die Schröter gerne in Kauf, denn sie sah darin nur eine Bestätigung ihrer Vorrangstellung im Haus. Auch unter normalen Umständen verließ Emmi Hofmann ihr Schlafzimmer nicht vor elf Uhr; manchmal den ganzen Tag nicht; und dann gab es Zeiten, da wurden aus Tagen Wochen. So war es jetzt wieder einmal: Niemand im Haus hatte Emmi Hofmann seit dem zweiten Weihnachtstag mehr zu Gesicht bekommen, nur der Arzt und natürlich die Schröter. Alle waren daran gewöhnt, niemand machte sich Sorgen, denn alle wussten, eines Tages würde die Patientin wieder aus ihrem Zimmer auftauchen, blühend, aufreizend gesund geradezu.

Dass Emmi Hofmann auch während ihrer Klausuren allgegenwärtig blieb und das häusliche Regiment keineswegs laxer wurde, dafür sorgte die Schröter. Mochten Herrin und Dienerin hier im Schlafzimmer auch wie Hund und Katze sein, sobald die Schröter den Raum verließ, kam kein Wort gegen ihre Herrin mehr über ihre Lippen. Kein Klatsch, keine Bemerkung über den Gesundheitszustand; die private Sphäre der Hausherrin war sakrosankt. Nur ihre Befehle drangen nach draußen, die Anweisungen für die Küche, die Bediensteten, den Gärtner, die Lieferanten und Handwerker. Und so waren auch die Vorbereitungen für die große Silvestereinladung getroffen worden.

»Es läuft alles wie am Schnürchen für heute Abend«, sagte die Schröter. »Die Zimmer sind hergerichtet; und mit dem Dekorieren der Tafel haben sie schon begonnen.«

»Gut, dass du mich an die Dekoration erinnerst. Ich will diesmal am Tisch keine Jardinieren mit Blumen und Grün! Und keine Girlanden an den Fenstern und Kronleuchtern! Das ist ja ein wahrer Fimmel. Je höher die Temperatur steigt, um so stärker duftet das Grün. Das will ich nicht haben. Und was ist mit den Gläsern? Ein Schliff! Weihnachten sah der Tisch aus wie die Ausstellung eines Glaswarenladens.«

»Dann müssten wir nachkaufen.«

Emmi Hofmann machte eine Handbewegung, die besagte, sie doch damit nicht zu behelligen. »Und nun der Champagner.« Auf dem Tisch neben ihrem Bett stand ein Glas bereit; danach streckte sie jetzt ihren rosaroten Arm aus, nahm es und führte es zum Mund. Im Gegensatz zu ihrem glatten Gesicht und ihren glatten Armen wies ihr Hals tiefe Falten auf, die sich wie Ringe in das Fleisch gegraben hatten, und diese bewegten sich jetzt mit, während sie in kleinen Schlucken trank. Erst als das Glas ganz leer war, stellte sie es zurück. »Zu süß!«

»Zu warm vielleicht. Es ist Roederer.«

»Ich sage dir, er ist zu süß!«

»Die meisten mögen ihn süß.«

»Was ich mag, darauf kommt es wohl nicht an! Ich sage dir, Roederer, Cliquot, Crémant und Rosé sind in Acht und Bann; reine Damenweine, aber nichts zum Essen. Hier ...« Sie suchte unter dem Wust von Zeitschriften, gab es aber dann auf. »Süße Schaumweine sind passé! Verlass dich auf mich. Ein guter Sekt muss herb sein, trocken. Also, wir nehmen Pommery brut. Warte ...« Wieder begann sie zu suchen, und diesmal hatte sie mehr Glück. Sie zog ein herausgerissenes Blatt zwischen zwei Zeitschriften hervor und deutete auf eine unterstrichene Stelle. »84-er Pommery brut, das ist ein berühmter Jahrgang.«

»Wir werden ihn nicht im Haus haben.«

»Dann werden wir bestellen.«

»In den Menükarten steht aber schon der Roederer und der Cliquot.«

»Das muss dann eben geändert werden.«

»Sie meinen, die ganzen Karten neu drucken? Heute noch?«

Die auffallend kleinen Hände Emmi Hofmanns, die rosarot und friedlich auf dem durchbrochenen Bezug der Daunendecke lagen, begannen plötzlich unhörbar zu trommeln, ein Zeichen, auf das die Schröter sofort reagierte, indem sie ein anderes Thema anschnitt.

»Wir wollten die Kleider aussortieren.« Sie holte die Körbe, die sie an der Tür abgestellt hatte. »Womit fangen wir an?«

»Mit den Abendkleidern, die nehmen den meisten Platz weg. Die im linken Schrank, die gesondert hängen, brauchst du mir gar nicht zu zeigen.« Sie setzte sich etwas mehr auf, um die Schröter besser beobachten zu können.

Die Schröter rückte einen Schemel vor den Schrank und stieg darauf. Sie nahm vier lange Roben von den Bügeln, schlug sie zusammen und warf sie in den Korb.

»Wenn Sachen dabei sind, die du für deine Verwandten brauchen kannst, bitte ...«

»Die wüssten nicht einmal, wo sie solche Kleider aufheben sollen.« Sie nahm das nächste Kleid, hielt es in die Höhe. »Das haben Sie nie angehabt.«

»Gelb ist nicht meine Farbe.«

»Wenn ein Kleid zu eng ist, hat es immer die falsche Farbe. Und was ist mit diesem?«

»Das dunkelblaue? Weg! Das erinnert mich immer an unsere Ausgehkleider im Internat. Weißt du noch, wie ich immer geweint habe, wenn die Ferien vorbei waren und ich wieder zurück musste? Was habe ich dort gefroren! Aber mein Vater, dieser Geizhals ... Warum bin ich mein ganzes Leben an Männer geraten, die geizig sind?«

»Das schwarze mit dem Cape?«

»Wenn wir über jedes Kleid diskutieren, sind wir mittags noch nicht fertig. Dass wir nachher die Schuhe nicht vergessen. Ich brauche Platz.«

Die nächsten Minuten war nur noch das Klappern der Bügel und das Rascheln der Stoffe zu hören, das Aufziehen und Schließen von Schüben. Es wurde kaum noch gesprochen, die beiden Frauen verständigten sich mehr mit Blicken und Gesten. Sie waren gerade bei den Handtaschen angelangt, als es an der Tür klopfte.

Von einer Sekunde zur anderen ging eine Verwandlung mit Emmi Hofmann vor; ihre Haltung wurde steif, ihr Gesicht angespannt. Es gab drei Türen, eine zum Bad, eine auf den Gang, und eine dritte führte in einen Raum, der ursprünglich das Schlafzimmer ihres Mannes hatte werden sollen, den sie aber dann als privaten Salon für sich beansprucht hatte. An dieser Tür klopfte es jetzt ein zweites Mal.

»Einen Moment«, sagte Emmi Hofmann, und sie gab ihrer Stimme dabei einen leidenden Ton. Sie wechselte mit der Schröter einen Blick, wies mit der Hand auf den Tisch neben dem Bett, und die Schröter verstand sofort: In Windeseile trug sie das Tablett mit den Resten des opulenten Frühstücks und der Champagnerprobe hinaus, lief ins Bad und ersetzte das Tablett durch ein anderes, auf dem alle möglichen Arzneiflaschen, Pillengläser und ein Glas mit einem Fieberthermometer standen. Dann, schon auf dem Weg zur Tür, machte sie eine fragende Geste zu den vollen Waschkörben. Und die Kleider? Die Hand der Herrin antwortete: Lass sie! Es war eine Art Taubstummensprache, die von den beiden Frauen auch bei anderen Gelegenheiten – an einer Abendtafel zum Beispiel – praktiziert wurde und die sie perfekt beherrschten.

»Du kannst hereinkommen.« Emmi Hofmann sank tiefer in die Kissen und die rosaroten Rüschen ihres Nachtgewands.

Das Unglaubliche trat tatsächlich ein: Ihr Mann erschien unter der Tür, kam an ihr Bett; durch ein simples Anklopfen hatte er sich den Eintritt erzwungen, ohne wie sonst vorher über die

Schröter bei ihr anfragen zu lassen, wann sein Besuch ihr genehm sei. Mit dem Ausdruck einer Märtyrerin sah sie ihm entgegen, musterte mit steigendem Groll seine schlanke hohe Gestalt; seine sechsundfünfzig Jahre hätte niemand erraten. Wenn sie sich wenigstens damit hätte trösten können, dass er seine Taille, an der auch enggeschnittene Jacketts nicht eine Falte warfen, einem Korsett verdankte; es gab Männer, die zu solchen Hilfsmitteln griffen, aber er hatte das nicht nötig; er brauchte auch nie einen Arzt, geschweige denn irgendeine Medizin.

»Würdest du so gut sein und bitte die Vorhänge schließen«, sagte sie mit einer Stimme, als koste jedes Wort sie ihre letzten Kräfte.

Fritz Hofmann erfüllte schweigend den Wunsch seiner Frau, nur zu froh um diesen kurzen Aufschub und auch froh über das gedämpfte Licht, das leider immer noch hell genug war, ihn sofort die vollen Waschkörbe mit den abgelegten Kleidern sehen zu lassen und auch die neue Wandbespannung. Bei seinem letzten Besuch in diesem Raum, im Sommer, war noch blauer Moiré Trumpf gewesen: die Wände, die Bettbezüge, die Polstermöbel, der Teppich. Am Morgen ihres Geburtstages war er heraufgekommen, von der Schröter avisiert, um ihr zu gratulieren und sein Geschenk zusammen mit einem Orchideenbukett abzuliefern. Was für eine Backfischlaune, dachte er angesichts des rosaroten Raumes. Das war also die saftige Tapezierer-Rechnung, die er sich nicht hatte erklären können, derentwegen er aber seine Frau auch nicht zu fragen gewagt hatte. »Danke«, sagte sie. »Das Licht strengt mich doch sehr an.«

Fritz Hofmann warf einen Blick auf die Kollektion von Medikamenten am Bett seiner Frau. Er nahm das Thermometer aus dem Glas, betrachtete die Skala, wobei sie mit einer gewissen Genugtuung registrierte, dass er es weit von sich halten musste, bis er lesen konnte. Er trat noch näher an das Bett: »Du erlaubst doch«, er nahm ihre Hand und fühlte den Puls. Sie ließ es geschehen, bemerkte aber sogleich: »Sag mir nicht, dass ich keine Temperatur habe und mein Puls völlig normal ist – ich fühle mich dennoch elend.«

Sie hatte die Augen geschlossen, und so konnte er sie ungestört betrachten. Er hatte sie einmal geliebt, aber jetzt wünschte er manchmal, dass er ihr nie begegnet wäre. Zwischen den beiden Gefühlen schien nicht die lange Distanz von achtundzwanzig Jahren zu liegen; zu gut konnte er sich noch erinnern, wie sie neben ihm vor dem Altar stand, die einzige Frau auf Erden, die für ihn geschaffen war. Sicher, es war ein Naturgesetz, dass die Liebe in einer Ehe mit den Jahren abnahm, die Anziehung sich abschwächte, aber musste es so weit kommen wie mit ihnen? Noch immer gab es da Ähnlichkeiten zwischen dem Mädchen, das er geliebt hatte, und dieser Frau im Bett. Sie war üppig geworden, man sah das sogar unter der Daunendecke. Wenn sie angekleidet war, entstand durch die starke Schnürung ein herausfordernder Kontrast zwischen Taille und den übrigen ausladenden Partien unten wie oben. Aber das Haar, obwohl ungekämmt und wirr – hatte es nicht immer noch den schönen Honigton? Überhaupt: dem Gesicht schien die Zeit nichts anhaben zu können; es war immer noch schön. Die Haut war immer noch glatt und rosig. Ihre Schönheit hatte sie gut verteidigt gegen die Jahre, nur ihre Liebe nicht.

»Benützt du ein neues Rasierwasser?«, fragte sie, die Augen beharrlich geschlossen. »Es riecht scheußlich.«

»Immer dasselbe, seit achtundzwanzig Jahren.« Er ließ ihre Hand los, trat vom Bett zurück; dabei stieß sein Fuß an eines der Bücher, die dort am Boden verstreut lagen. Er hob es nicht auf, dort gehörte es hin. Er wehrte sich gegen die Erinnerung, die auch das weckte: ein weißer Liegestuhl in einem Garten, ein blonder Mädchenkopf, Bücher, die im Gras um sie herum lagen; sie hatte damals schon alles verschlungen, was ihr in die Hände fiel, Romane, Biografien, Reisebeschreibungen, wahllos und unersättlich, mit dem gleichen Heißhunger, den sie später auch für Speisen und Süßigkeiten entwickelte und dem sie zu jeder Tages- und Nachtzeit frönte, als stünde das Schreckgespenst einer Hungersnot vor ihr.

Sie hatte sich aufgesetzt, zog einen Morgenmantel, der halb aus dem Bett heraushing, zu sich und schlang ihn um die Schultern. »Was gibt es Wichtiges, dass du heraufkommst?«

Er lauschte der Stimme nach; keine Schärfe, kein Unterton von Ungeduld, aber auch keine Wärme, im Grunde nur eine andere Form ihres Schweigens. Die Angelegenheit, die er mit ihr zu besprechen hatte, war heikel; er wusste, wie schnell sie aufbrausen konnte und dann kaum wieder zu beruhigen war. »Ich hoffe, du fühlst dich bis heute Abend besser.«

»Wen interessiert es schon, wie ich mich fühle.«

»Du wirst uns doch nicht im Stich lassen? Bei zweiundfünfzig Gästen. Mussten es übrigens wirklich so viele sein?«

Sie hob die Augenbrauen, eine Warnung, dass er sich auf gefährliches Terrain begeben hatte. »Was stellst du dir unter einer Silvesterfeier vor? Ein paar Herren, denen du beim Kartenspiel Geld abnehmen kannst, falls sie genug getrunken haben? Traurig genug, dass ich zu so einem Anlass Lohndiener engagieren muss; wie spießbürgerlich das wirkt ...«

Er war in Versuchung, ihr das Personal aufzuzählen, aber wahrscheinlich hätte er die Liste nicht einmal vollständig zusammengebracht – die Schröter, eine Köchin, zwei Küchenhilfen, eine Wäscherin, eine Büglerin, zwei Hausmädchen – oder waren es inzwischen schon drei? –, der Kutscher, der Diener, das Gärtnerehepaar; waren das wirklich alle? Außerdem machte er sich nichts vor; wenn es um die Diskussion von Ausgaben ging, war er seiner Frau hilflos unterlegen.

»Ich habe dir eine Liste hinunterschicken lassen«, sagte sie. »Hast du die Sachen besorgt?«

Es handelte sich um Erinnerungsgeschenke für die Gäste heute Abend, die sich Emmi Hofmann ausgedacht hatte, silberne Flakons mit Parfüm für die Damen, für die Herren Zigarettenetuis, beides zudem mit einer Gravur versehen; er hatte überschlagen, was diese »Kleinigkeit« kosten würde, und dann resigniert bestellt, nur um einer Auseinandersetzung aus dem Weg zu gehen. »Ich halte es zwar für übertrieben, Gäste zu beschenken, aber die Sachen liegen bei mir unten. Wie ich die Rechnung allerdings ...«

»Verschone mich damit, bitte!«

Er fasste sich ein Herz.

»Das ist nicht gut möglich.«

»Und heute Nacht? Oh, ich habe gehört, wann du heimgekommen bist. Zum Spielen hast du Geld. Ich spare sowieso schon, wo ich kann.«

»Ich werde dir die letzte Rechnung des Tapezierers heraufschicken, zum Beweis, wie du sparst! Und diese Sachen?« Er deutete auf die Körbe. »Eine deiner Sparmaßnahmen? Weißt du, was das alles gekostet hat? Fragst du je danach? Ich weiß, Rechnungen interessieren dich nicht, die Rechnungen sind für mich. Aber ich sage dir, meine Liebe ...«

»Sag es mir nur. Bring es hinter dich. Dieses Lamento zum Jahresende bin ich ja schon gewohnt. Wenn du es genau wissen willst, ich verkaufe die alten Kleider für einen guten Zweck.«

»Wer nimmt sie dir ab?«

»Ein Händler im Osten.«

»Bei Lang? Er zahlt dir keine zwanzig Mark für ein Kleid, und das billigste davon hat sechshundert gekostet.«

»Gib mir einen Scheck für unser Komitee.«

»Ich kann dir einen geben, aber er wäre ungedeckt.«

»Gab es bei dir je andere?«

Sie sagte es mit Spott und jenem gelangweilten Gesicht, das ihn sonst automatisch zum Rückzug veranlasste. Diese Art der Verständigung funktionierte noch zwischen ihnen, sie dachte es nicht resigniert, sondern eher triumphierend, denn sie war es, die dabei immer recht behielt. Aber diesmal trat die gewohnte Reaktion nicht ein. Er machte keine Anstalten, sie allein zu lassen, er blieb dort stehen und wirkte zugleich unsicher und entschlossen, sodass sie irritiert überlegte, was wohl der eigentliche Anlass seines Besuches sein mochte. Eigentlich gab es nur einen

Punkt. Sie hatte sich bisher hartnäckig geweigert, der Sache Bedeutung beizumessen.

»Ist das wirklich dein Ernst, diese Verlobung?«

»Und wenn es so wäre? Du wirst doch nicht plötzlich anfangen, dir wegen Camilla den Kopf zu zerbrechen.«

»Ich wollte dich nur an deine Verantwortung erinnern.« Sie verschluckte eine Bemerkung, die ihr auf der Zunge lag; schließlich hatte sie nicht protestiert, als er mit ihr die Gästeliste durchgesprochen hatte und der Name von Alexander Rothe zum ersten Mal gefallen war, und zwar aus guten Gründen. »Ist er wirklich einer der reichsten Männer Berlins?«

Er war froh, dass sie von sich aus die Sache von dieser Seite betrachtete, trotzdem zögerte er noch, sein Anliegen vorzubringen.

»Hast du dich auch genau erkundigt, oder entspringt sein Reichtum deiner blühenden Fantasie?« Sie hatte seine zunehmenden Klagen wegen des Geldes, wegen unbezahlter Rechnungen und drängender Gläubiger ernster genommen, als sie ihm gezeigt hatte; besonders seit er die ersten Andeutungen über eine mögliche Verbindung Camillas mit Alexander Rothe hatte fallen lassen. Ein Leihhausbesitzer – sie hatte sich bis jetzt nicht an den Gedanken gewöhnen können. »Wie kann man mit einem Leihhaus zu so viel Geld kommen?«

Unter anderem durch Frauen wie dich, hätte Hofmann fast erwidert, behielt die Bemerkung aber wohlweislich bei sich. Es wurde Zeit, zum Kern der Sache zu kommen: »Rothe stellt freilich eine Bedingung.« Camillas Wunsch als eine Forderung Rothes auszugeben, das war ihm erst in diesem Moment eingefallen, und er sah darin einen geschickten Schachzug. »Bedingungen?« Emmi Hofmann vergaß alle ihre Vorsätze, die Leidende zu spielen, setzte sich auf, achtete nicht darauf, dass ihr der Morgenmantel von den Schultern glitt. »Rothe stellt Bedingungen!« Sie lachte auf. »Ein Leihhausbesitzer unter meinem Dach! Und er stellt Bedingungen! Will er etwa eine Mitgift, dieser Herr Rothe?«

»Haben deine anderen Schwiegersöhne vielleicht darauf verzichtet? Und wie sie hinter dem Geld her waren! Ein verschuldeter Rittergutsbesitzer mit einem Rudel Kinder aus erster Ehe. Ein ehrgeiziger Anwalt, der seine Frau als Köder für seine adligen Klienten benützt, und ein Gardeleutnant, der jemanden suchte, der seine Schneiderrechnungen bezahlt – das sind die Schwiegersöhne deiner Wahl.« Lächelte sie? Dieses kleine verächtliche Lächeln mit geschlossenen Lippen, das sie sich im Laufe der Ehe angeeignet hatte und aus dem allmählich ein Gesichtsausdruck geworden war. Sie hatte ihn nur in seiner Gegenwart; es war wie eine chemische Reaktion, die einsetzte, sobald er bei ihr war, und endete, wenn er sie wieder verließ. »Keine Sorge«, sagte sie. »Ich habe meine Töchter abgesichert. Sie allein haben die Verfügungsgewalt über ihr Geld, das wäre noch schöner.«

»Ich dachte, es waren lauter Liebesheiraten.«

»Sie haben es sich eingebildet, das genügt.«

Er wusste nicht, wo die Praline herkam, die sie plötzlich in der Hand hatte. Sie war ganz darauf konzentriert, das goldene Stanniolpapier zu öffnen: zwei kleine Hände mit rosarot lackierten Fingernägeln und darüber gebeugt das versunkene Gesicht. Wieder so ein Moment, wo die Erinnerung an das junge Mädchen, das sie einmal war, ihn überfiel. Warum hatte das Mädchen ihn geliebt? Und warum liebte die Frau dort im Bett ihn nicht mehr?

»Nun rück endlich damit heraus! Was sind das für Bedingungen?«

»Die Bedingung ...«, wiederholte er abwesend. »Oh, richtig, es handelt sich um eine Art Mitgift; ja, für Camilla. Du willst sicher nicht, dass sie ihren Schwestern gegenüber im Nachteil sein soll.«

»Ich dachte, es sei kein Geld mehr da?«

Er blickte zu Boden. »Darum, meine ich, müssten wir sie anderweitig entschädigen, mit etwas, das in etwa dem Wert einer Mitgift entspricht.«

»Und das wäre?«

Er hatte nicht erwartet, dass sie es ihm leicht machen würde. »Nun ich dachte daran, ihr dieses Haus ...«

»Dieses Haus!?« Sie tat sehr überrascht, aber sie wusste sofort, was er im Sinne hatte, und sie beglückwünschte sich, dass sie ihm zuvorgekommen war, als sie vor einem halben Jahr das Haus auf sich hatte überschreiben lassen. Dr. Kannenberg, ihr Vermögensverwalter, hatte ihr zu diesem Schritt geraten, aus Gründen, die sie so genau nicht hören wollte. Sie hatte sich gesperrt, einfach aus ihrer alten Voreingenommenheit gegen das Haus; aber schließlich hatte doch ihr ausgeprägter Wirklichkeitssinn gesiegt: Dieser Hausbau in einem keineswegs fashionablen Vorort, der vor elf Jahren unsinnig anmuten mochte, hatte sich im nachhinein als weitblickende Spekulation erwiesen; die Erschließung durch die Stadtbahn, der Bau anderer vornehmer Villen, hatten allein den Wert von Grund und Boden beträchtlich steigen lassen ...

»... entspricht im Wert etwa einer Mitgift von hunderttausend Mark. Ich fände es deshalb nur gerecht ...«

Sie unterbrach ihn nicht. Sie protestierte nicht, sie hörte nur zu. Es musste schlimm stehen, wenn er wagte, dieses Ansinnen an sie zu stellen.

»Kurz und gut, ich möchte, dass dieses Haus Camilla überschrieben wird. Ich möchte nicht riskieren, dass sich die Sache deswegen zerschlägt ...«

»Das muss nicht heute sein, oder?«

»Ich habe einen Termin beim Notar für heute.«

»Heute, ich finde, du mutest mir etwas zu viel zu.« Was sie eigentlich dachte, verriet sie ihm nicht. Warum protestieren, da sie über viel wirksamere Mittel verfügte, die Sache abzubiegen, um sie ihm irgendwann endgültig abzuschlagen. Sie ließ sich in ihr Kissen zurücksinken, nahm mit einem tiefen Seufzer das Thermometer, schlug es herunter und steckte es in den Mund; noch ein kleines erschöpftes Lächeln, und er wusste, was immer er tun oder sagen würde, eine Antwort würde er jetzt nicht mehr bekommen.

Er warf einen letzten Blick auf ihr glattes, vom Licht der Lampen rosarot überhauchtes Gesicht und verließ dann den Raum.

5

Vielleicht hatten die vielen Generationen von Apothekern, die aus der Familie Hofmann hervorgegangen waren, den Enthusiasmus an der Pharmazie allmählich verbraucht. Auf jeden Fall betrieb schon der Vater von Fritz Hofmann das Geschäft nur noch mit der linken Hand. Sein eigentlicher Lebensinhalt waren die Berge, allen voran die Schweizer Berge. Er hatte ein gutes Dutzend Erstbesteigungen gemacht, und um seine Leistungen zu würdigen, hatte man sogar eine Spitze, die Hofmann-Spitze, nach ihm benannt. Seine Aktivität als Apotheker erschöpfte sich mit einem Rundgang durch Laden und Rezeptierraum am Morgen und Abend; die übrige Zeit verbrachte er in einem Zimmer, das er sich neben dem Labor eingerichtet hatte, inmitten von Reliefkarten, geografischen und geologischen Werken, Fernrohren, Gesteinsproben und einer umfangreichen Sammlung alpinistischer Geräte wie Steigeisen, Mauerhaken, Hämmer und Abseilgeschirre – und auf jede Störung durch leidigen Geschäftskram reagierte er mit einem erbitterten: »Hört es denn nie auf!«

Auch der Sohn hatte sich mancherlei berufsfremden Neigungen verschrieben. Sein Arbeitszimmer, in das er sich nach der Unterredung mit seiner Frau zurückzog, legte Zeugnis davon ab, freilich auch davon, was ihn vom Vater unterschied: die Kurzlebigkeit und Sprunghaftigkeit seiner Neigungen.

In die Wände seines Arbeitszimmers waren Glasvitrinen eingelassen, und die Gegenstände, die sie enthielten, bewiesen, dass seine Begeisterung für eine Sache immer nur eine Zeit lang vorhielt: ägyptische und griechische Ausgrabungen; eine umfangreiche Kollektion von Votivgaben, Arme, Beine, Herzen,

Lungen aus Holz, Wachs, Glas, Halbedelsteinen und Silber; Petschaften in allen nur erdenklichen Ausführungen und schließlich seine Uhren. Dieser Leidenschaft war er zeitlebens treu geblieben und noch einer zweiten, und das waren Pferde. An den Wänden hingen zahlreiche Stiche, auf dem Schreibtisch standen Fotografien berühmter Pferde, gerade so, als wollte er seine Lieblinge wie ein Familienvater seine Kinder immer um sich haben; und auf dem großen Palisandertisch in der Mitte des Raums lagen Rennzeitungen aus allen Ländern der Welt. Sie waren in einer nur für ihn verständlichen Ordnung hingebreitet, durften von niemandem angerührt werden. Die Tage, an denen die großen Rennen stattfanden – das Kentucky Derby, das Queens Plate in Toronto, das British Derby und Grand National, das Irish Derby in Curragh und der Grand Prix de Paris –, waren große Tage in seinem Leben.

Auch jetzt, nach der Rückkehr in sein Reich, beschäftigte er sich vorerst mit einigen dieser Zeitungen und mit Notizen, die er sich gemacht hatte und die schon Gegenstand seiner morgendlichen Unterhaltung mit dem Barbier gewesen waren: Der Dezember und der Januar waren ergiebige Monate für seine Leidenschaft, liefen doch seit dem ersten Weihnachtstag im Moskauer Hippodrom Trabrennen, und das genau sechzig Tage lang; und wenn er die bisherige Bilanz seiner Wetten überschlug, die er täglich aufzugeben pflegte, konnte er durchaus zufrieden sein.

Aber er merkte bald, dass er sich nicht zu konzentrieren vermochte; das Gespräch mit seiner Frau brach immer wieder in seine Gedanken ein und störte ihn empfindlich bei seinen Kalkulationen für die Neujahrsrennen. Eigentlich hätte er sowieso über andere Probleme brüten sollen als über Pferde und Reiter. In seinem Schreibtisch lagen Bücher und Ordner mit langen Zahlenkolonnen, mit Bilanzen und warteten darauf, dass etwas geschah, dass er sie in Ordnung brachte, damit die Gleichung von Soll und Haben wieder aufging. Noch konnte sich alles zum Guten wenden. Alles kam auf sein Fingerspitzengefühl an.

Die Weichen waren gestellt. Ein wenig Geduld noch und ein Quentchen Glück ...

Er griff in die Westentasche, aber seine Lieblingsuhr steckte nicht dort. Diese Taschenuhr, ein Präzisionswerk Schweizer Bauart, hatte eine minimale Abweichung von etwa dreißig Sekunden im Monat; doch das war ihm so wichtig, dass er am letzten Tag jeden Monats zum Observatorium fuhr, um die Korrektur vornehmen zu lassen. Zusätzlich schickte er die Uhr jedes Jahr im Dezember zum Reinigen und Überholen nach Genf. Diese Wochen ohne seine Uhr stellten für seine Nerven eine ziemliche Belastungsprobe dar. Wann hatte er sie aufgegeben? Er suchte nach dem Postschein, dabei fiel ihm der Brief in die Hände, den der alte Rothe ihm gestern geschrieben hatte; er hatte darin um eine Unterredung für heute gebeten. Wozu? War nicht alles besprochen?

Der alte Rothe – wenn er sich nun die Auskünfte, die Hofmann ihm so beharrlich vorenthalten hatte, auf andere Weise beschafft hatte? Er stellte sich diese Frage, seitdem er den Brief erhalten hatte. Möglich, dass Rothe ihm nur das Verlobungsgeschenk für Camilla zeigen wollte. Diese Erklärung lag nahe, aber sie beruhigte ihn nicht.

Mit seiner Konzentration war es jetzt vollends aus. Er nahm eines der Kartenspiele, die in seinem Schreibtisch lagen. Er mischte mit der Fingerfertigkeit eines professionellen Croupiers, eine Beschäftigung, die eine fast magische Wirkung auf seine Nerven hatte. Deshalb führte er auch immer ein Spiel mit sich. In der Kutsche, auf den Fahrten in die Stadt, vertrieb er sich damit die Zeit; es konnte auch mitten in einer Unterhaltung geschehen, dass er die Karten nahm und mit einer geschickten Handbewegung ineinander fallen ließ. Mischen, Austeilen, ein Blatt aufnehmen, die Chancen berechnen – das war seine Art zu philosophieren: Alles war Spiel, alles Zufall, alles Glück. Wenn man nicht den Mut hatte zu verlieren, konnte man auch nicht gewinnen.

Er lachte plötzlich auf bei dem Gedanken: Ohne seine Frau

hätte er nie entdeckt, wie wichtig Geld war, und ohne das wiederum nie das Spiel. Die Seifenfabrik – dagegen war eine Partie Makao ein unschuldiges Kinderspiel. Er hatte sie mehrmals gewarnt: Ich bin ein Apotheker, kein Industrieller, aber sie hatte ihm seine Bedenken ausgeredet, ihm vor Augen geführt, wie reich er damit werden könnte. So besehen verdankte er seinen Aufstieg eigentlich nur ihr. Unversehens gewann sein Optimismus wieder die Oberhand. Er hatte eben eine Pechsträhne, weiter nichts. Wie oft hatte er im Roulette alles auf eine Zahl – mit Vorliebe die Null oder Camillas jeweiliges Alter – gesetzt und dabei Glück gehabt. Machte er jetzt nicht dasselbe? Er setzte alles, was er noch besaß, auf einmal: seinen Namen, Camilla ...

Er legte das Spiel schnell weg, als er draußen Schritte hörte. Camilla? Wie sollte er es ihr nur sagen? Aber es war die Schröter, die vor der Tür stand, als er jetzt öffnete.

»Kann ich einen Moment hereinkommen?«

Er mochte sie nicht sonderlich; seine Gespräche mit ihr beschränkten sich seit eh und je auf ein einziges Thema: seine weißen Leinenanzüge, die ihm nie gut genug gebügelt waren.

»Kann ich?«, wiederholte sie ihre Frage. »Einen Moment nur. Es ist etwas Privates.«

Sein Spürsinn sagte ihm, dass es nur etwas Unangenehmes sein konnte. »Nun, kommen Sie schon. Und machen Sie die Tür zu.« Sie nestelte an ihrer steif gestärkten Schürze, die sie wie eine Rüstung über dem violetten geblümten Kattunkleid trug. »Sie erinnern sich an meine Nichte«, begann sie. »Das Mädel hat jetzt geheiratet, einen braven Mann, wirklich. Sie arbeiten beide in der Wäscherei, und sie könnten das Geschäft jetzt kaufen.« Sie stockte, nach diesem großen Anlauf etwas atemlos. Fritz Hofmann wusste nun, warum sie gekommen war. Ob sie oben an der Tür gelauscht hatte und sich nun um ihr Geld sorgte? Wenn das einmal anfing, dann kamen sie alle; wie eine Lawine würde das sein, die über ihm niederging.

»Es ist ...«, sie suchte nach Worten, »Sie haben doch für mich Geld angelegt ...«

»Na, dann wollen wir mal sehen.« Mit der Gelassenheit eines Mannes, der das Auf und Ab des Spiels kannte, zog Fritz Hofmann den seitlichen Schub seines Schreibtisches heraus und entnahm ihm ein schwarzes Oktavheft. »Kommen Sie her, schauen wir es uns zusammen an. Vor acht Jahren haben Sie die erste Einlage gemacht.«

»Neun Jahre sind es ...«

»Sie wissen es genau, wie? Da haben wir es, fünfhundert Mark im Dezember 1892. Und eingezahlt haben Sie bisher alles in allem, ja richtig, dreitausend Mark.« Er sah sie an. »Was, denken Sie, ist daraus geworden?«

»Es geht um die Wäscherei, man muss sich da gegenseitig helfen ...«

»Sechstausend! Was sagen Sie nun? Das Doppelte, nicht ganz, aber fast. Da, sehen Sie selbst.«

Die Schröter blickte auf das Heft, das er ihr hinhielt, wie in ein Buch mit sieben Siegeln. Sie schien eher bestürzt als erfreut. »Kann ich das Geld haben?«, fragte sie schließlich.

»Sie haben lange nichts mehr einbezahlt, das ganze letzte Jahr nicht.«

»Wenn die beiden nicht schnell zugreifen ... es ist nämlich noch ein anderer Bewerber da.«

»Sie haben sechstausend! Ihr Erspartes hat sich verdoppelt! Freut Sie das gar nicht?«

»Ich brauche nur dreitausend.«

»Das Geld ist in Papieren angelegt.«

»Sie haben es nicht?«

»Ich müsste die Papiere erst verkaufen.«

»Ich habe den beiden das Geld aber fest versprochen.«

Fritz Hofmann sah ein, dass es vergeblich war, sie davon abbringen zu wollen. »Nur keine Aufregung. Wie viel wollen Sie denn? Die ganzen sechstausend?«

Die Zahl machte sie konfus. Natürlich hatte sie vorhin das Gespräch des Ehepaares belauscht und hatte Angst bekommen um ihr bisschen Erspartes. Deshalb war sie hier. Sie wollte nur die dreitausend Mark zurückhaben, die sie Fritz Hofmann im Lauf der Jahre zur Verwaltung anvertraut hatte. Und er wollte ihr sechstausend geben. Die Geschichte mit der Wäscherei hatte sie nur erfunden, um eine Begründung zu haben. Sie war sich schlau vorgekommen, aber jetzt schämte sie sich ihres Misstrauens. »Das ganze Geld brauche ich nicht«, sagte sie. »Ich möchte etwas stehen lassen. Zweitausend genügen.«

»Und Sie brauchen das Geld heute noch?«

»Ja, bitte, weil ich es doch versprochen habe.«

Ob dreitausend oder zweitausend, Fritz Hofmann wusste nicht, woher er das Geld nehmen sollte, aber er sagte: »Ich bringe das Geld aus der Stadt mit. Heute Abend haben Sie es. Zufrieden?«

»Oh, vielen Dank. Ich habe nicht gedacht, dass es so viel ist.«

Fritz Hofmann schloss das Heft weg. Bis zum Abend hatte er erst einmal Zeit gewonnen; eigentlich hätte er Gewissensbisse haben müssen, dass er die Ersparnisse einer alten Frau und treuen Angestellten verbraucht hatte, denn die Papiere existierten nur in dem Heft, aber was besagte das schon. Für den Moment hatte er sie abgewimmelt, und die Notwendigkeit, bis heute Abend zweitausend Mark aus dem Boden stampfen zu müssen, machte ihn nicht bange. Er sah darin eher eine Herausforderung. Er hatte plötzlich Lust auf das Frühstück.

»Haben Sie Camilla gesehen?«, fragte er die Schröter, die schon an der Tür war.

»So viel ich weiß, ist sie oben bei der Majorin. Vorher war sie im Park.«

»Dann sagen Sie ihr, dass ich sie erwarte. Und schicken Sie das Frühstück hierher zu mir, für mich und meine Tochter.«

Schon auf dem Gang hörte Camilla das Lachen des Vaters, eine Bemerkung, die er machte, unverständlich zwar, aber in jenem Tonfall ansteckender guter Laune, der so typisch für ihn war. Ein Lachen antwortete ihm, und als das Dienstmädchen jetzt mit dem leeren Tablett auf den Gang heraustrat, strahlte es immer noch über das ganze Gesicht.

Der Vater begrüßte Camilla mit offenen Armen, führte sie zu dem gedeckten Tisch am Fenster, der sonst als Spieltisch diente.

»Was für ein Tag heute! Und Schnee. Du warst schon draußen, wie ich höre. Dann wirst du ja ordentlich Hunger haben. Mal sehen, was wir hier alles für dich haben.«

Sie beobachtete ihn, während er unter die silbernen Deckel schaute. Seine aufgeräumte Stimmung schien echt; er besaß eine angeborene Gabe, gutes Wetter zu machen, andere Menschen aufzuheitern, sie zum Lachen zu bringen, was in diesem Haus, in dem der ernste und strenge Ton der Mutter herrschte, ein willkommenes Regulativ war. Aber Camilla ließ sich davon nicht mehr täuschen wie früher; seit jenen drei Monaten, die sie mit dem Vater zusammen in Paris verbracht hatte, wusste sie, wie schnell seine gute Laune umschlagen konnte. Er hatte ihr den Stuhl hingeschoben, sich dann selber gesetzt, sie ermuntert, sich zu bedienen, und fragte nun: »Wer ist die Kleine, die das Frühstück gebracht hat? Ist sie neu?«

»Es scheint so. Ich sehe sie auch zum ersten Mal. Mutter hat viel Wechsel in der letzten Zeit.«

»Mal eine Hübsche! Sonst achtete sie doch immer darauf, dass nur Blüten der Hässlichkeit ins Haus kamen. Eine scheußlicher als die andere. Meinst du, sie hat wirklich gefürchtet, dass ich zu den Männern gehöre, die mit dem Personal ...« Er beendete den Satz mit einem Lachen, verstummte aber dann, als sie nicht einstimmte. »Was ist mit deinem Haar? Du hast es heute anders als sonst.«

»Ich weiß nicht, Tante Lenka hat mich frisiert.« Er war ein Mann, der solche Dinge bemerkte. Sie mochte das an ihrem Vater, wie so vieles, sein Aussehen, die Art, wie er sich kleidete, seine Höflichkeit und Aufmerksamkeit; so, wie er ihr eben den Stuhl hingestellt hatte, wie er nie übersehen würde, wenn ihre Tasse leer war. So wie jetzt hatten sie in Paris in dem kleinen Hotel am Bois de Boulogne den Tag mit einem gemeinsamen Frühstück begonnen, ein Vierteljahr lang; sie hatte auch weniger angenehme Erinnerungen an Paris, aber sie wollte es dem

Vater gleichtun und nur an das Gute denken. »Vielleicht werde ich mein Haar bald abschneiden.«

»Warum denn das?«

»Irgendwann muss es doch einmal sein, oder?« Es gelang ihr einfach nicht, auf den leichten Ton des Vaters einzugehen, dazu hätte sie vergessen müssen, was Tante Lenka ihr eben über den Vater erzählt hatte. Ihr Blick ging durch das Zimmer des Vaters, als gäbe es hier etwas, das sie vielleicht davon ablenken könnte. Und wirklich entdeckte sie auf einem Regal das neue Muster einer Fleckenseife. »Ist das schon die endgültige Verpackung?«

»Was meinst du ...«, er folgte ihrem Blick, »oh, die Gallenseife, nein, irgendetwas ist immer noch nicht richtig daran.«

»Willst du es wirklich bei diesem Namen lassen – Gallenseife?«

»Er sagt genau, was es ist. Fleckenseife kaufen Hausfrauen, da macht es nicht der schöne Name.«

»Wahrscheinlich hast du recht. Der Name ist einprägsam. Und er klingt ehrlich.«

»Genau, und deshalb stimmt die Packung nicht.«

»Die Schrift sollte nicht so verschnörkelt sein, ganz einfache Buchstaben, das wäre besser.«

Er nickte. Schon in Paris hatte Camilla ihn damit verblüfft, dass sie sich ernsthaft für diese Dinge interessierte. Den ganzen Tag verbrachte sie am Stand der Firma Hofmann im deutschen Pavillon, studierte nebenbei die Produkte der anderen Ausstellerfirmen; viele davon stammten aus Berlin, angesehene Häuser – und der Vater hatte schon weitergesehen und sich ausgemalt, wie es wäre, wenn Camilla einen der Erben heiraten würde ...

»Hörst du mir zu? Wann wirst du die Seife auf den Markt bringen? Das könnte ein großer Erfolg werden.«

O Kind, dachte er in einem plötzlichen Anfall von Mutlosigkeit; du weißt nicht, wie viel ich davon verkaufen müsste, damit mir das noch helfen sollte. Fünf Pfennig, mehr verdiene ich nicht pro Stück; fünfzigtausend, damit könnte ich noch nicht einmal die Schröter zurückzahlen. Wie ernüchternd solche Zahlen waren, wie deprimierend. »Erfolg ...«, sagte er, und sein Blick ging dabei hinaus zum Fenster: »O Camilla, wenn du wüsstest ...«

»Wenn ich was wüsste?«

Eben noch war da ein Gedanke in ihm gewesen, aber jetzt, als er ihn ausdrücken wollte, verflüchtigte er sich, und so griff er nach dem Nächstbesten, was ihm einfiel. »Wir hätten nicht nach Paris auf die Weltausstellung gehen dürfen. Was allein der Stand mich gekostet hat! Ganz zu schweigen von den übrigen Unkosten. Ich habe mich von der Idee verführen lassen, internationale Beziehungen, Export und so weiter. Aber nun zeigt sich – es war ein Fehler, wie vieles, was ich in den letzten Jahren gemacht habe.«

»Du warst sehr stolz auf deine Medaillen. Zwei goldene und eine silberne. Es stand in allen Zeitungen, und du hast selbst gesagt, wenn du die Reklame hättest bezahlen müssen ...«

Er hätte sich am liebsten über den Tisch gebeugt, hätte ihre Hand genommen und gesagt: Du weißt genau, warum ich nach Paris wollte. Du weißt, wie wenig es mich interessiert hat, was am Stand geschah. Du weißt, dass ich nur meine Rennen im Kopf hatte und dass ich für den Abend eine Partie Ultimo zusammenbrachte oder zumindest einen Whist en trois. Du hast mich jeden Abend wegschleichen hören, spät in der Nacht zurückkommen, und du hast genau beobachtet, wie schnell ich die Schecks einlöste, die als Anzahlung für Aufträge eingingen. Aber wozu aussprechen, was sie beide wussten; damit machte man nichts besser. Außerdem dauerten die Momente, in denen er mit sich selber ins Gericht ging, nie länger als eben jetzt, und so sagte er mit einer Stimme, der nichts mehr anzumerken war von der düsteren Anwandlung, die ihn heimgesucht hatte: »Lass uns von etwas anderem reden. Was wirst du heute tun?«

»Ich werde mit Tante Lenka einkaufen gehn. Wir brauchen noch einiges für das Bleigießen, weißt du, das ist für sie an Silvester das Wichtigste; und später bin ich mit Keith verabredet ... Er besucht eine Fabrik in Charlottenburg. Er will noch Maschinen bestellen ...«

»Ja, die Kammers, siehst du, so einen Mann hätte deine Mutter gebraucht. Er wusste immer, was er wollte! Wir haben zusammen studiert, Keiths Vater und ich; aber er hörte schon nach dem ersten Semester auf und beteiligte sich an einer kleinen Landbrauerei. Bis ich mit meinem Studium fertig war, hatte er schon ein Vermögen gemacht. Er wollte damals, dass ich mit ihm auswandere, aber ich hatte gerade deine Mutter kennen gelernt. Manchmal habe ich wirklich Lust, hinüberzufahren und mir alles anzuschauen, vor allem sein Gestüt. Darum beneide ich ihn am meisten. Rennpferde! Kentucky ist das Pferdeland, weißt du.«

»Ich dachte, sie haben Brauereien.«

»Die bringen das Geld, aber Keith hat mir gesagt, sein Vater interessiert sich im Grunde nur für seine Pferde. Er kann es sich leisten. Ja, Kammer glückt eben alles, was er anpackt. Seine Farben haben fünfmal das Derby gewonnen, davon dreimal hintereinander; weißt du, so ein Gestüt zu besitzen und selber Pferde auf Rennen laufen zu lassen, das muss herrlich sein ...« Er hätte den Gedanken noch gerne weitergesponnen, aber irgendwie erschien es ihm unpassend, vor Camilla an diesem Tag seine geheimsten Wünsche auszubreiten. »Keith kauft Maschinen? Seit wann interessierst du dich für Brauereimaschinen?«

»Ich habe ihm einfach versprochen mitzukommen.«

»Du magst ihn?«

»Ich bin gern mit ihm zusammen«, sagte sie und fügte schnell hinzu, »vermutlich weil ich nie einen Bruder hatte.«

»Ja, ein Sohn, vielleicht hätte das einiges geändert. Stell dir vor, ich hätte einen tüchtigen Sohn, der was vom Geschäft verstünde; ich könnte mich vielleicht schon längst zurückgezogen haben und würde es so machen wie Keiths Vater, würde mich nur noch um Pferde kümmern. Vielleicht hätte ich sogar eigene, die ich auf Rennen schicken und ...«

Wieder stockte er; die Verabredung mit dem alten Rothe war

ihm plötzlich in den Sinn gekommen; dann dachte er an die zweitausend Mark, die er im Laufe des Tages für die Schröter beschaffen musste. Er legte den Teelöffel neben die Tasse und griff zur Westentasche; nur zwei Finger glitten in den kleinen Schlitz und verharrten dann dort, als sie die Uhr nicht vorfanden.

»Ich glaube, es wird Zeit für mich. Die Kutsche wird gleich vorfahren. Was hältst du davon, wenn wir uns in der Stadt verabreden, wir drei, Keith, du und ich, zu einem kleinen Imbiss ...?«

Camilla ließ die Augen auf den Teller geheftet. »Ich dachte, wir sind mit dem Notar verabredet. Du hast doch nicht vergessen?« Hofmann hatte keineswegs vergessen, aber was nützte ein Termin beim Notar ohne die Einwilligung seiner Frau, die Eigentumsrechte des Hauses auf Camilla zu übertragen. Warum schenkte er Camilla nicht endlich reinen Wein ein? Warum versuchte er immer noch vor ihr zu verheimlichen, dass er allein gar nicht mehr über das Haus verfügen konnte, dass alles von seiner Frau abhing? Glaubte er wirklich, es gab noch eine Chance? Er versuchte es sich einzureden, so wie er sich einzureden versuchte, dass er bis heute Abend die zweitausend Mark für die Schröter auftreiben würde.

»Hast du mit Dr. Berger gesprochen?«

Er hörte, wie draußen die Kutsche vorfuhr. Er faltete die Serviette zusammen, umständlich, genau Bug auf Bug. »Ich konnte leider keinen Termin mehr bei ihm bekommen. Er ist über die Feiertage verreist und wird erst nach dem 6. Januar wieder in der Kanzlei sein.« Er schob den Stuhl zurück, trat zu Camilla und küsste sie auf die Stirn. »Hast du nicht doch Lust, mit in die Stadt zu kommen?«

»Du hast es mir versprochen«, sagte sie mit einer plötzlichen Entschlossenheit. »Ich will das Haus! Maxi, Alice und Lou ...«

»Du wirst es bekommen. Am 7. Januar sind wir bei Dr. Berger und bringen die Sache unter Dach und Fach. Versprochen ist versprochen. Mir wäre es auch lieber, wir hätten die Angelegenheit heute noch erledigen können, das weißt du. Aber jetzt etwas anderes. Ich würde gerne dein Bankkonto aufrunden; das haben wir zum Jahresende doch immer so gehalten, und heute ist die letzte Gelegenheit.«

»Nichts hindert dich daran.«

»Wie viel hast du eigentlich auf deinem Konto?«

Camilla deutete auf den Schrank hinter dem Schreibtisch, in den ein Safe eingebaut war. »Wir können ja gleich mal nachsehn, du hebst das Kontobuch ja in deinem Safe für mich auf. Es müssten annähernd zehntausend Mark sein. Jedes Jahr fünfhundert Mark von Tante Lenka, das sind allein schon achttausendfünfhundert, dazu mein eigenes Erspartes vom Taschengeld und was du jedes Jahr draufgelegt hast und dann noch die Zinsen.«

Sie sprach nur aus, was er selber genau wusste. Auf den Pfennig genau kannte er ihren Kontostand. Er war in den letzten Wochen schon mehrmals in Versuchung gewesen, das Geld abzuheben. Nichts einfacher als das, schließlich hatte er Vollmacht. Aber etwas hatte ihn gehindert, und auch jetzt fühlte er wieder diese Hemmung. Ein kurzer qualvoller Kampf, und dann wusste er, heute würde er das Geld nehmen. Er hatte gar keine andere Wahl. Es war seine einzige Rettung. Camilla würde überhaupt nichts merken, denn bei nächster Gelegenheit würde er ihr Konto wieder auffüllen. Wann und womit, das fragte er sich jetzt nicht, das würde sich finden. Er küsste Camilla ein zweites Mal, fast überschwenglich. Noch vor wenigen Minuten war es ihm unmöglich erschienen, das Geld für die Schröter aufzutreiben, und jetzt hatte er es. Die Lösung war ihm in den Schoß gefallen.

Ein erstes Zeichen, dass sich doch noch alles zum Guten wenden würde? Hatte er es nicht im Gefühl gehabt? Eine Pechsträhne war schlimm, aber zu übersehen, wann die Glückssträhne begann, das konnte tödlich sein. Vielleicht war heute schon ein ganz besonderer Glückstag für ihn? Lange Zeit nichts und dann alles auf einmal – diesen Rhythmus kannte er vom Spieltisch her nur zu gut. Sein Optimismus füllte sich wie ein Segel im Wind. Ob er von dem Geld nicht etwas für die Neujahrsrennen im Hippodrom einsetzen sollte? Er sammelte die Notizen, die er sich über Pferde und Fahrer gemacht hatte, auf seinem Schreibtisch. »Du wirst sehen«, sagte er fröhlich zu Camilla, »alles wird noch gut.«

Doch dann, als er unter ihren Augen den Safe aufschließen musste und das Kontobuch herausnahm, schlug seine Stimmung noch einmal um. Die Mutlosigkeit, die ihn erfasst hatte, als Camilla von dem möglichen Erfolg der neuen Fleckenseife sprach, kehrte zurück. Erfolg, Leistung, Geld – wie er das alles hasste! Ein Galeerensträfling hatte es besser. Er war nur angekettet – das war auch er! –, aber er trug keine Verantwortung. Das machte das Leben zur Hölle. Da nützte es auch nichts, Reichtümer anzuhäufen. Und er sagte: »Häng dich nie an Geld, Kind.«

Ihre Reaktion kam für ihn unerwartet. Sie lachte. Sie saß dort am Tisch und lachte über seine Worte, die ihm so ernst gewesen waren. »Du wirst dich nie ändern«, sagte sie, »nie, solange du lebst.« Sie kannte ihn besser als er sich selber. Geld zu besitzen, ohne sich darum zu kümmern, woher es kam und wie es verdient wurde. Tante Lenka hatte schon recht, er würde immer nur das sehen, was er gerade zu sehen wünschte. Und einen Augenblick wünschte sie, auch sie selber besäße diese glückliche Veranlagung.

6

Das große Speisezimmer, mehr schon ein Saal, gehörte zu den Räumen des Hauses, die Camilla von allem Anfang an ins Herz geschlossen hatte. Eine vielköpfige Familie beim Essen um einen Tisch versammelt, das war mit das Schönste, was sie sich vorstellen konnte. Wahrscheinlich lag hier auch die Erklärung, warum sie viel früher als andere Kinder gelernt hatte, sich bei Tisch richtig zu benehmen, sodass sie sogar von der Mutter immer wieder gelobt und den älteren Schwestern als Vorbild hingestellt worden war. Der Raum war zum Festefeiern wie geschaffen. Die Walnusstäfelung gab ihm Wärme, die vier hohen Fenstertüren, die auf die Terrasse führten, Weite, die lichtgrünen Taftvorhänge Farbe, und die vierarmigen Wandleuchter Glanz; dazu kam an diesem Abend ein Akzent luxuriöser Verspieltheit durch die Zitronenbäumchen mit den künstlichen Früchten im Laub und den gelben Taftschleifen an den hohen schlanken Stämmen. Und noch eine Eigenschaft besaß der Saal: Er schien sich in seinen Dimensionen immer genau den Menschen anzupassen. Ob nun eine Tafel für zwölf Personen, für sechsunddreißig oder, wie heute, für zweiundfünfzig in seiner Mitte stand, er hatte immer die richtige Größe, sodass man sich darin nie verloren oder beengt fühlte. Es wäre nicht einmal weiter aufgefallen, dass vier Plätze an der Tafel leer geblieben waren, wenn einer dieser Plätze nicht dem Hausherrn gehört hätte und die anderen drei der Familie Rothe.

Es war ein kritischer Moment gewesen, als deswegen das Essen nicht, wie vorgesehen, um halb acht beginnen konnte. Aber die Mutter hatte die Situation gemeistert. Um keine Peinlichkeit aufkommen zu lassen, hatte sie die Hors d'œuvres in der Halle und im Wintergarten reichen lassen; die Mädchen in den schwarzen Taftkleidern mit den weißen, plissierten Seidenschürzen und die Lohndiener im Frack waren mit großen Tabletts voller Leckerbissen erschienen; man hatte ein zweites Mal Sherry und – nach französischer Sitte – Portwein ausgeschenkt; und auf einen Wink der Mutter hatte Alice sich an den Flügel gesetzt und Opernpotpourris gespielt. Nach einer Stunde vergeblichen Wartens hatte die Mutter ihre Gäste in den Speisesaal gebeten und mit dem Diner begonnen.

Camilla konnte nicht umhin, die Haltung und die Geistesgegenwart zu bewundern, die ihre Mutter an diesem Abend bewies. Nicht einen Moment hatte sie die Kontrolle über sich verloren, immer war sie die strahlende unbefangene Gastgeberin geblieben; auch jetzt während des Diners achtete sie darauf, dass die Unterhaltung niemals stockte, und spielte alle Tricks einer großen Dame der Gesellschaft aus, um die Abwesenheit des Hausherrn und dreier Gäste vergessen zu machen. Man musste ihr nur beim Essen zusehen, und der Gedanke, dass sie etwas beunruhigen könnte, schien absurd. Es gab Frauen, die waren am schönsten, wenn sie schwiegen, andere, wenn sie lächelten; meine Mutter, dachte Camilla, ist zweifellos am schönsten, wenn sie isst. Über den Tisch hinweg beobachtete sie, wie die Mutter langsam, ohne Hast, ein Bruststück der Poularde vom Knochen löste, etwas Sauce darauf träufelte; die Bewegung ihrer Hände, die niedergeschlagenen Augen, alles drückte eine wollüstige Konzentration aus. Als sie jetzt aufblickte, nickte sie Camilla mit einem sanften, zufriedenen Lächeln zu. Wollte die Mutter damit ihr Lob ausdrücken und Camilla sagen, dass auch sie ihre Rolle gut spielte? Jedenfalls gab sie sich alle Mühe, es der Mutter an heiterer Gelassenheit gleichzutun. Sie beteiligte sich voller Interesse an den Gesprächen ihrer Tischnachbarn und bildete, ähnlich wie die Mutter, einen Mittelpunkt der allgemeinen Unterhaltung. Die Worte flogen ihr zu, sie fing sie auf wie Bälle, gab sie zurück – und doch war sie mit ihren Gedanken woanders.

Immer wieder ging ihr Blick zu den großen Flügeltüren, aber immer waren es nur die Mädchen und die Lohndiener, die dort auftauchten. Es wurde immer unwahrscheinlicher, dass die Familie Rothe noch zu diesem Silvesteressen erscheinen würde. Hieß das, die Verlobung würde nicht stattfinden, nicht heute Abend, vielleicht überhaupt niemals? Noch wagte sie es nicht zu hoffen.

Sie lehnte sich in ihrem Stuhl zurück, als die Mädchen den letzten Hauptgang abtrugen und die Teller auswechselten, bevor die Haselnussbombe serviert wurde. Die Stimmung war laut, fast ausgelassen; das gute Essen und die exzellenten Weine hatten ihre Wirkung nicht verfehlt und schließlich auch die

Steifsten und Einsilbigsten aufgetaut. Die Gesellschaft setzte sich aus dreierlei Schichten zusammen; an erster Stelle rangierte der Freundeskreis der Mutter, natürlich alles Adlige, einige davon hatten sogar Ämter am Hof; darauf folgten die Offiziere; der Rest, den die Mutter als »tanzende Zivilherren« zu bezeichnen pflegte, rekrutierte sich aus Referendaren, Assessoren und Legationssekretären, wobei das Aufgebot an Junggesellen genau nach der Zahl der anwesenden allein stehenden Damen berechnet war. Es war nicht ganz die Auswahl, die sich die Mutter im Idealfall gewünscht hätte, aber beachtlich in Anbetracht der Tatsache, dass man sich in einem bürgerlichen Haus befand. Nicht zu vergessen die drei verheirateten Töchter des Hauses, Maxi und Alice mit ihren Männern, und Lou allein, denn ihr Mann, ein Oberleutnant der Gardekürassiere, hatte an Silvester auf allerhöchsten Befehl Dienst bei Hof, und zwar als erster Vortänzer.

Camilla hatte nie ein besonders enges Verhältnis zu ihren älteren Schwestern gehabt; und soweit sie das beurteilen konnte, waren Maxi, Alice und Lou sich untereinander auch nicht gerade grün.

Dass diese Uneinigkeit im Grunde von der Mutter ausging und geschürt wurde, indem sie die Schwestern immer gegeneinander ausspielte, um alle drei nur um so besser beherrschen zu können, das war Camilla ziemlich früh aufgegangen, und so hatte die Taktik der Mutter bei ihr nicht verfangen. Die Mutter hatte ihr das sehr verübelt, vor allem in der Zeit, als die beiden Ältesten bereits aus dem Haus waren und Lou unter Camillas Einfluss eine Selbstständigkeit entwickelte, die der Mutter gar nicht passte. Camilla sah die Sache allerdings genau umgekehrt. Sie hatte das Gefühl, von Lou eine Menge lernen zu können. Sie fand Lou besonders hübsch, viel hübscher und interessanter als sich selbst, mit dem roten Haar, der schneeweißen Haut, den aufreizend vollen Lippen und der angeborenen Koketterie, mit der sie jeden Mann verrückt machen konnte. Lou hatte etwas Schillerndes; entweder kleidete sie sich hochgeschlossen wie eine Nonne oder so dekolletiert, wie es kaum eine andere Frau wagte. Auch heute Abend trug sie eines dieser schulterfreien Kleider. Keith saß neben ihr, und beide waren in eine angeregte Unterhaltung vertieft. Sie fingen Camillas Blick auf, lächelten, prosteten ihr über die Tafel weg zu und steckten die Köpfe wieder zusammen. Ob Lou von der geplanten Verlobung wusste? Vermutlich, denn für solche Dinge hatte Lou, genau wie die Mutter, einen sechsten Sinn. Ob sie mit Keith darüber sprach in diesem Augenblick, ob sie deshalb lachten ...

Das Stück Haselnussbombe lag immer noch unberührt auf Camillas Teller, als die Lohndiener mit dem Nachtisch jetzt die zweite Runde machten, um noch einmal anzubieten; ihnen folgten die Mädchen mit dem Champagner. Camillas Tischherr, schon den ganzen Abend bestrebt, besonders galant zu sein, wollte Camilla persönlich nachschenken; dabei stieß er sein eigenes Glas um. Camilla half ihm, die Überschwemmung einzudämmen, und so übersah sie das Eintreten des Vaters. Sie wurde erst aufmerksam, als er am Tisch Gäste begrüßte. Er war allein, und offensichtlich eben erst zurückgekehrt, denn er trug immer noch dieselbe Kleidung, in der er am Morgen das Haus verlassen hatte, graue enge Beinkleider und eine taillierte doppelreihige Jacke. Er brachte Entschuldigungen vor, erkundigte sich, wie das Essen geschmeckt hatte. Camilla wartete auf einen Blick von ihm, auf ein Zeichen, aber er vermied es, sie anzusehen. Trotz der Nonchalance, mit der er den Herren die Hände schüttelte und den Damen Artigkeiten sagte, drückte sein Benehmen eine gewisse Angespanntheit und Nervosität aus. Er schien es eilig zu haben, endlich den Kopf der Tafel zu erreichen, wo seine Frau residierte. Als er jetzt neben ihren Stuhl trat, glaubte Camilla zu bemerken, dass er einen Moment nahe daran war, die Fassung zu verlieren, denn Emmi Hofmann machte keine Anstalten, ihre Unterhaltung mit einer Freundin zu unterbrechen. Er musste noch näher treten und sie ansprechen, bis sie von ihm Notiz nahm.

Was immer er ihr ins Ohr flüsterte, sie bewahrte Haltung.

Gelassen erhob sie sich, ruhig stand sie dort, wartete, bis aller Augen auf sie gerichtet und die Gespräche verebbt waren, und erklärte dann mit ihrer hellen Stimme, das Diner sei beendet, der Mokka würde für die Herren im Rauchsalon und für die Damen im Wintergarten gereicht, und spätestens in einer halben Stunde sei es so weit, und der Ball würde seinen Anfang nehmen. Den Beifall, mit dem diese kleine Arie einer brillanten Gastgeberin bedacht wurde, nahm sie mit einer Geste abwehrender Bescheidenheit hin und verließ dann am Arm ihres Mannes den Speisesaal.

Camilla blieb an ihrem Platz, bis alle sich erhoben hatten und die allgemeine Unterhaltung wieder in Gang gekommen war; dann folgte auch sie dem Strom der Gäste in die Halle.

Es ging bereits auf elf Uhr zu. Das Essen hatte sich zweieinhalb Stunden hingezogen, und sie spürte jetzt, wie verkrampft sie auf ihrem Stuhl gesessen sein musste, denn sie war ganz steif. Das gedämpfte Licht in der Halle tat ihr gut, und auch der kühle Luftzug, der vom Wintergarten herkam, wo die Oberlichter offen standen. Auf dem Podium, das man neben der Treppe errichtet hatte, standen bereits die Notenpulte und die Instrumentenkästen. Der Gärtner und ein paar Lohndiener waren damit beschäftigt, hohe Paravents aufzustellen, mit denen man die Halle gegen die Korridore und den Windfang hin abschirmte, um ihr so das Aussehen eines Tanzsaals zu geben. Alles nahm seinen gewohnten Verlauf, wie bei früheren Festen. Die ersten Herren kamen zu Camilla – Keith war nicht darunter – und trugen sich auf ihrer Tanzkarte ein.

Vater und Mutter waren nirgends zu sehen. Wahrscheinlich hatten sie sich in die Bibliothek oder in sein Arbeitszimmer zurückgezogen. Tante Lenka stand am Fuß der Haupttreppe und versuchte den pensionierten Kammerherrn, der seit Jahren beim Silvesterdiner ihr Tischherr war, abzuwimmeln; Camilla wusste, die Tante würde jetzt verschwinden und erst um Mitternacht zur Gesellschaft zurückkehren, zum Bleigießen. Camilla überlegte, ob sie sich nicht der Tante anschließen sollte, aber da

– war das nicht die Stimme der Mutter? Hoch und schneidend, in jener unverkennbaren Tonart, die auf Streit hindeutete ...

Camilla verließ die Halle und eilte in den Gang, der zum Arbeitszimmer des Vaters führte, denn von dort kam die Stimme. Plötzlich trat Stille ein. Die Tür wurde aufgerissen, und die Mutter stürmte heraus, weiß im Gesicht. Als sie Camilla erblickte, versteinerte sie, starrte ihre jüngste Tochter hasserfüllt an. Sekunden verstrichen, dann, als hielte sie es nicht mehr aus und müsste sich irgendwie Luft machen, warf sie die Tür krachend hinter sich zu. Einen Moment schien es, als wollte sie wortlos an Camilla vorbei, aber dann sagte sie: »Geh nur zu ihm! Ihr beide, ihr passt zusammen. Aber glaubt nicht, dass ich mir alles bieten lasse. Das badet ihr allein aus, ihr ganz allein. Geh nur zu ihm und ...« Sie verstummte. Ein letzter Blick voll eisiger Kälte, und sie wandte sich zum Gehen, den Kopf im Nacken, mit der Rechten die Schleppe ihres Kleides raffend. Dann war nur noch ihr kleiner energischer Schritt zu hören. Camilla begriff nichts mehr. Sie streckte die Hand nach der Klinke aus, aber da überfiel sie plötzlich die Angst, dass sie beim Vater die ganze Familie Rothe vorfinden würde; sie fühlte, wie ihr Mund trocken wurde. Doch dann, als sie eintrat, sah sie zu ihrer großen Erleichterung, dass der Vater allein war.

Er stand am Fenster und blickte nach draußen. Er wandte sich nicht um, und selbst als sie ihn ansprach, reagierte er nicht, nur seine Schultern schienen noch schmaler zu werden, zogen sich in die Höhe wie bei einem Menschen, der friert. »Was ist denn noch? Tu, was du nicht lassen kannst, aber verlang nicht ...« Er schien zu glauben, dass seine Frau noch einmal zurückgekommen war. Er warf einen Blick über die Schulter: »Du, Camilla?« Er kam auf sie zu, und die zwei, drei Schritte genügten, um den gequälten Ausdruck von seinem Gesicht verschwinden zu lassen. »Wie schön du bist! Das ist doch unser Stoff, nicht wahr, den wir zusammen in Paris gekauft haben? Lass dich anschaun! Und dein Haar, ja, so ist es schön. Du solltest es doch nicht abschneiden lassen. Siebzehn Jahre hat es gedauert, dass es so lang wurde. Es wäre ein Jammer, glaub mir, und dir würde es auch Leid tun ... Aber erzähl, wie war das Diner? Hast du dich gut unterhalten ...«

Vielleicht war er feige, aber doch nur, weil er ihr nicht weh tun wollte. Vielleicht kostete es ihn viel mehr Kraft, diese Komödie zu spielen, als einfach die Wahrheit zu sagen. Camilla glaubte ihren Vater in diesem Moment besser zu verstehen denn je. Vielleicht war das Leben viel einfacher, wenn man das Unangenehme wegschob und hoffte, dass es sich von selber erledigen würde. Aber sie hatte diese Gabe nicht mitbekommen.

»Vater ... was ist geschehen?«

Er ging nicht darauf ein. »Ich muss mich umziehen; so wirst du nicht mit mir tanzen wollen. Du hast doch den ersten Walzer für mich reserviert?«

Welche Frage musste sie stellen, um ihm eine Antwort abzuringen? Wenn der Streit der Eltern sich um das Fernbleiben der Familie Rothe gedreht hatte, dann konnte das eigentlich nur etwas Gutes bedeuten ...

Sie hatten beide das Klopfen überhört. Es war die Schröter; sie stand unter der Tür, kam aber nicht dazu, etwas zu sagen, denn der Vater wies sie ungeduldig hinaus. »Jetzt nicht, bitte. Sie sehen, ich habe mit meiner Tochter zu reden. Kommen Sie später, es wird noch etwas Zeit haben, oder! Sie sehen doch, dass Sie stören. Also, bitte!«

Camilla war so sehr mit sich selbst beschäftigt, dass ihr weder das sonderbare Benehmen der Schröter noch die ungewohnte Schroffheit des Vaters auffiel. Als sie jetzt wieder allein waren, sagte sie: »Kommen die Rothes nicht mehr? Ist es vorbei?«

»Ich muss mich umziehn, Kind. So kann ich nicht zur Gesellschaft.«

»Sag es mir, Vater! Ist es vorbei?«

Er stand vor ihr, die Augen immer noch auf die Tür geheftet, als könnte die Schröter jeden Moment wieder hereinkommen. Er musste Camilla die Wahrheit sagen, es half nichts. Alles musste sie wissen. Wenn jemand ein Recht darauf hatte, dann sie. Aber nach einem langen Kampf mit sich sagte er nur: »Es wird keine Verlobung geben.«

»Keine Verlobung? Ist das wahr? Deswegen war Mutter so aus dem Häuschen?«

»Moment, mein Kind, deine Mutter hatte einen anderen Grund, wütend zu sein, und das geht leider auch dich an ...« Er kam nicht weiter, denn Camilla warf die Arme um ihn. Er wollte abwehren, aber sie achtete nicht darauf, und erst als sie seine Hände nehmen und küssen wollte, entzog er sie ihr, und es geschah mit einer Geste des Erschreckens.

»Es ist also wahr! Keine Verlobung. Das hast du doch gesagt?«

»Ja, das ist vorbei.«

»Vorbei! Vorbei! Vorbei!« Sie drehte sich vor seinen Augen um sich selbst. »Vorbei! Vorbei! Vorbei! Und Mutter platzt fast vor Zorn! Herrlich!« Sie hielt inne. »Es ist doch wahr?«

»Ich werde es dir erklären ...«

»Nein, sag nur, dass es wahr ist!«

»Ja, sie kommen nicht. Weder heute noch morgen, noch irgendwann.«

»Das werde ich dir nie vergessen, nie!«

Er hatte die Verbindung mit Rothe bisher fast ausschließlich von seinem egoistischen Standpunkt aus betrachtet, sich nie ernstlich gefragt, was diese Ehe für Camilla bedeuten würde; erst jetzt, angesichts ihres Freudenausbruchs, ermaß er die Größe des Opfers, das sie bereit gewesen wäre, für ihn zu bringen.

»War es sehr schwer für dich?«

»Nicht zu schwer. Um die Wahrheit zu sagen, er hat mir die Entscheidung sozusagen abgenommen.«

Er befahl sich, ihr nun auch den anderen Teil der Wahrheit zu sagen, aber sollte er sie wirklich in diesem Moment, wo sie so glücklich war, damit belasten? Er würde ihr nur den Ball verderben, ohne dass dadurch etwas besser wurde. So oder so, zu ändern gab es nichts mehr. Von jetzt an nahm alles seinen Lauf, unaufhaltsam. Und das Seltsame war, er spürte fast so etwas wie eine Erleichterung; es war ihm, als sei eine große Bürde von ihm genommen worden. »Es wird jetzt wirklich Zeit, dass ich mich umziehe ...«

»Und du bekommst den ersten Walzer«, sagte sie, »den ersten, den zweiten und alle, die du willst ... Nun wird es doch noch ein richtiges Fest.«

7

»Was hat das Ganze zu bedeuten? Du kannst die Gäste nicht allein lassen! Nun, rede schon, Mutter, was ist passiert?«

Unbeeindruckt von diesen Fragen, die von allen Seiten auf sie einprasselten, schritt Emmi Hofmann den freien Raum zwischen Christbaum und dem quittengelben Sofa ab. Jetzt blieb sie stehen und verschaffte sich mit einem Heben beider Hände Ruhe: »Sind wir vollzählig?« Ihr Blick ging über Maxi, Alice und Lou sowie die zwei anwesenden Schwiegersöhne, die in dem Wohnzimmer mit den Schinkelmöbeln um sie versammelt waren. »Du«, sie deutete auf Maxis Mann, »bleibst an der Tür und siehst zu, dass uns niemand stört.«

Emmi Hofmann ließ sich auf das Sofa nieder. Die Reaktion auf diesen überraschend einberufenen Familienrat war nicht anders als erwartet; neben Unbehagen und Neugier fand sie auf den Gesichtern der Töchter und Schwiegersöhne vor allem Reserve, und Emmi Hofmann nahm sich vor, auf der Hut zu sein. Zum Glück hatte sie Zeit gehabt, sich auf diese Situation einzustellen. Nicht auszudenken, wenn sie sich am Nachmittag nicht aufgerafft hätte und in die Stadt gefahren wäre, um Dr. Kannenberg, den Vermögensverwalter, aufzusuchen. Eine innere Stimme hatte sie getrieben, fast schon eine Vorahnung der Katastrophe. Leider hatte sich diese Vorahnung bewahrheitet, aber es war besser, dass sie es von Dr. Kannenberg erfahren hatte. So war sie auf das Schlimmste bereits vorbereitet gewesen, hatte ihre weiteren Schritte überlegen und planen können; allerdings hatte es da noch einen Hoffnungsschimmer gegeben, nämlich Camillas Heirat mit Rothe. Damit war es jetzt auch vorbei.

Nach der Auseinandersetzung mit ihrem Mann war sie nahe daran gewesen, das Fest abzubrechen und die Gäste nach Hause zu schicken; zumal bei dem Gedanken, dass alles, was jetzt noch verzehrt und getrunken, was an Geschirr und Gläsern zerschlagen und was an Feuerwerksraketen in die Luft gejagt wurde, sozusagen von ihrem Geld wegging ... Aber sie hatte diesen Moment der Panik überwunden, so wie sie am Nachmittag die Auskünfte Dr. Kannenbergs hingenommen hatte, ohne mit der Wimper zu zucken; und sie würde auch diesen Familienrat durchstehen.

»Willst du uns nicht endlich sagen, was hier vorgeht?« Wie meist bei familiären Beratungen war es Alice, die sich als Wortführerin hervortat. Emmi Hofmann blickte auf die Standuhr. »Sei unbesorgt, bis zum ersten Tanz bist du wieder zurück. Ich mache es kurz.« Fast im selben Atemzug und mit der gleichen ruhigen Stimme wie bisher sagte sie dann: »Euer Vater ist bankrott!«

»Wie bitte! Das ist unmöglich. Bankrott – wer sagt das?«

Wieder schwirrten die Stimmen durcheinander, dann trat Stille ein. Lou, die neben dem Christbaum stand, stieß mit der Fingerspitze eine der durchsichtigen Glaskugeln an, sodass sie hin und her schwankte; Maxi, die älteste, blickte Hilfe suchend zu ihrem Mann hin, der die Tür bewachte, und Alice ging rastlos auf und ab, mit dem typischen Schritt einer Frau, die zu enge Schuhe anhat. Ihr Mann zupfte an seinem Schnurrbart. »Das kann ich nicht glauben. Mit der Fabrik ging es doch fortlaufend aufwärts.«

»Das dachte ich auch immer. Ich hätte euch bestimmt nicht hier zusammengetrommelt, wenn es nicht ernst wäre. Ich war heute Nachmittag bei Dr. Kannenberg.« Und dann begann sie in sehr ruhigem, sachlichem Ton den Inhalt der Unterredung wiederzugeben, die sie mit dem Vermögensverwalter geführt hatte.

Lange allerdings konnte sie diese Gefasstheit nicht durchhalten, denn während sie sprach, durchlebte sie noch einmal alles: Wie sie Kannenberg in seinem Büro gegenübersaß und er sagte: »Ich hätte Ihnen, weiß Gott, lieber etwas Angenehmes mitgeteilt, gnädige Frau.« Diese wohldosierte Portion menschlicher Anteilnahme hatte Kannenberg innerhalb weniger Jahre zu einem gesuchten Vermögensverwalter in Berlin gemacht. »Aber so steht es nun einmal um die Finanzen Ihres Mannes ... Ich habe hier die Zahlen. Sie können selber Einsicht nehmen ... Düster, sehr düster ... da ist nicht einmal mehr ein Vergleich möglich, mangels Masse. Freilich, wenn Rothe sich tatsächlich entschließen sollte, Kapital einzuschießen ... Das wäre zumindest ein Zeitgewinn, ein halbes Jahr ... möglicherweise ...« Unvollendete Sätze und ein sicherer Instinkt, bis zu welchem Punkt Optimismus seriös wirkte, waren andere Gaben von Dr. Kannenberg. »Ja, liebe gnädige Frau, so steht es ... Aber, wie heißt es, blicke den Tatsachen ins Auge, und du ...«

Emmi Hofmann wusste später nicht mehr, wie sie aus dem Bürohaus in der Leipziger Straße herausgekommen war. Erst während der Heimfahrt in der Kutsche, hinter zugezogenen Gardinen, war es ihr gelungen, Ordnung in ihre Gedanken zu bringen und sich eine Marschroute für die allernächste Zukunft zurechtzulegen. Dabei stellte sie sich folgende Grundregeln für ihr Verhalten auf: nichts überstürzen, besonnen bleiben, keinen Argwohn wecken, das Gesicht wahren; kurz, keine Fehler machen, und immer wachsam bleiben, selbst wenn diese Verlobung mit Rothe zu Stande kommen sollte und mit dem eingeschossenen Kapital die akute Gefahr zunächst gebannt sein würde.

Wie sie ihren Mann hasste! Nicht nur ihn, alle Männer hasste sie. Schon einmal hatte es in ihrem Leben einen ähnlichen Augenblick gegeben, ebenso schlimm, ebenso demütigend. Damals war es ihr Vater gewesen. Er war einer jener östlichen Gutsherren – sein Besitz lag bei Posen –, von deren Gütern es hieß, sie trieben zur Hälfte in der Luft, weil der Boden mehr aus Sand als aus fruchtbarer Erde bestand. Geld war nie dagewesen; nur zweimal im Jahr, an ihrem Geburtstag und ihrem Namenstag, war sie damit in Berührung gekommen, wenn der Vater ihr sein Geschenk überreichte, eine Goldmünze. Er nahm sie ihr jedes Mal sofort wieder weg, um sie angeblich an einem »sicheren Ort« für sie aufzubewahren.

Im Haushalt herrschte spartanische Einfachheit; es gab keine Einladungen, keine Reisen; die einzige Abwechslung war der Gang zur Kirche und zum Grab der Mutter. Außer ihrer Schönheit und ihrem adligen Namen besaß sie nichts, denn eine Mitgift hatte sie nicht zu erwarten, wie der Vater ihr von früh auf immer wieder versicherte. Sie hatte dankbar sein müssen, als der Apotheker Hofmann um sie anhielt. Er war nur ein Bürgerlicher, aber er nahm sie zur Frau, ohne einen Pfennig Mitgift, ohne Aussteuer; sogar die Hochzeit hatte er bezahlen müssen – und dann, einen Monat nach der Hochzeit, stellte sich heraus, dass der Vater ein steinreicher Mann war! Der Sechzigjährige hatte seine gesamten Besitzungen verkauft und war mit einer jungen Person zweifelhaften Rufs, einer Polin, nach Portofino verschwunden; wie man hörte, hatte er dort ein Schloss gekauft und eine Jacht; er hatte einen Privatzoo eingerichtet und überhaupt das Geld mit beiden Händen zum Fenster hinausgeworfen. Emmi Hofmann hatte versucht, Rechte an dem väterlichen Erbe geltend zu machen, war aber damit nicht durchgedrungen. Als sie nach dem Tod des Vaters ihre Bemühungen erneuerte, hatte sie feststellen müssen, dass es nichts mehr zu holen gab. Alles war verschleudert, und diese Person hatte noch die Unverfrorenheit besessen, in Berlin aufzukreuzen und von ihrer Stieftochter, wie sie Emmi Hofmann beharrlich titulierte, Unterstützung zu erbitten. Damals war sie jung und unerfahren gewesen; diesmal jedoch würde sie nicht die Dumme sein, das hatte Emmi Hofmann sich geschworen.

»Ja«, schloss sie ihren Bericht über die Unterredung mit Dr. Kannenberg, indem sie von der möglichen Rettung durch Rothes Kapitaleinlage wohlweislich nichts erwähnte, »so sieht es aus, ein absoluter Bankrott.« Sie blickte wieder auf die Standuhr und sah, dass keine fünf Minuten verstrichen waren; fünf Minuten hatten genügt für die Bilanz eines Lebens, einer Familie ...

Schweigen antwortete ihr. Alice hielt in ihrer rastlosen Wanderung inne. »Musste das heute Abend sein? Mit einem Haus voller Gäste? Das hatte doch wahrhaftig bis morgen Zeit.« Ihre Hände spielten mit der langen Perlenkette; während des Abends war die Schönheit dieser Kette einige Male bewundert worden, und Alice hatte dann immer stolz gesagt: »Ein Weihnachtsgeschenk meines Vaters!« Aber jetzt stiegen Zweifel in ihr auf, ob die Kette wohl bezahlt sei, ob man sie ihr nicht wieder wegnehmen würde ... Sie wandte sich an ihren Mann: »Können wir da mit reingezogen werden, Tassilo? Ich meine, Geschenke und die Mitgift ...«

Tassilo von Faber zupfte an seinem Schnurrbart und sagte dann in der übertrieben deutlichen und arroganten Art, die er sich im Gerichtssaal angewöhnt hatte: »Ich glaube nicht, dass deine Mutter mit ihrer Mitteilung so etwas gemeint hat, oder, Emmi?«

Emmi Hofmann fixierte ihre Tochter Alice, oder besser gesagt die lange Perlenkette, die sie trug: »Wenn du mir deine Hilfe anbieten willst, bitte ...«

Aber Alice hütete sich, darauf einzugehen. »Wir sind ja nicht einmal vollzählig. Der Mann von Lou fehlt. Es geht ihn genauso an.«

»Und Camilla?«, warf Maxi zaghaft ein, aber niemand achtete darauf. Lou schob ihr Kleid an der Schulter hoch. »Ich weiß zwar nicht, was es hier zu beschließen gibt, aber wegen meines Mannes braucht ihr nichts aufzuschieben. Was er dazu sagt, könnt ihr auch von mir hören.« Sie war froh, dass ihr Mann Hofdienst hatte; es war viel besser, sie brachte ihm diese peinliche Angelegenheit bei, in einem günstigen Moment, in einer etwas frisierten Version. »Also, was soll beschlossen werden?«

»Ich habe euch nur in Kenntnis gesetzt. Ihr wisst jetzt, wie es um die Finanzen eures Vaters steht. Ich habe von euch erwartet ... nun, zumindest könntet ihr euch dazu äußern.«

Otto von Donath, der Mann von Maxi, verließ seinen Posten an der Tür; er nahm mit einer Hand einen der massiven Stühle und stellte ihn zum Sofa hin. Er war ein großer Mann von mehr als zwei Zentnern, und der Stuhl ächzte vernehmlich, als er sich setzte. Sein Benehmen entsprach seiner vierschrötigen Erscheinung, und auch als Reichstagsabgeordneter der Konservativen Partei spielte er gern den Landjunker. »Was erwartest du, Emmi? Dass wir mit unserem Geld einspringen sollen?«

»Ich kann deine Frage nur mit einer Gegenfrage beantworten: Würdet ihr es tun?«

»So, wie du uns die Situation geschildert hast, scheint nichts mehr zu retten zu sein.« Er versuchte die engen Hosen, die stramm um Knie und Schenkel saßen, etwas zu lockern. »Wie ich die Sache sehe, ist das Ganze ein Fass ohne Boden. Da bleibt nichts andres übrig, als die Konsequenzen zu ziehen. Pleite ist Pleite. Hunderttausend Mark Bankschulden hast du gesagt?«

Emmi Hofmann nickte.

»Und rund der gleiche Betrag in unbezahlten Rechnungen. Keine Außenstände, kein nennenswertes Warenlager, so war es doch. Du musst mich korrigieren, wenn ich einen Fehler reinbringe.« Wieder nickte Emmi Hofmann.

»Vertreterforderungen in Höhe von fünfundzwanzigtausend Mark, ein verpfändeter Maschinenpark und als einzige Aktiva die zwei alten Häuser und das Gelände.«

Alice gab ihrem Mann mit Blicken zu verstehen, er möge dieses fruchtlose Gespräch doch zum Ende bringen, und so schaltete er sich ein. »Aussichtslos und total verfahren.«

Emmi Hofmanns Miene verriet weder ihre Gefühle noch ihre Gedanken: »Etwas habe ich vorhin vergessen. Es gab da einen Interessenten, der eventuell bereit gewesen wäre, Kapital einzuschießen.«

»Du meinst diese mysteriöse Verlobung?«, fragte Lou, plötzlich interessiert.

»Ja. Eine Idee von eurem Vater. Ich weiß nicht, wie er es fertig brachte, aber die Sache war so gut wie perfekt; und dieser ominöse Leihhausbesitzer war bereit, eurem Vater mit zweihunderttausend Mark unter die Arme zu greifen.«

»Zweihunderttausend? Für Camilla!« Der Ausruf kam von Lou, aber sie drückte damit auch die Gefühle der anderen Anwesenden aus.

»Das hätte die Situation erheblich geändert, wenn Dr. Kannenberg auch meinte, dass es sich nur um einen Aufschub gehandelt hätte. Aber das sind nur noch theoretische Erwägungen, denn die Sache ist geplatzt. In letzter Minute sozusagen. Euer Vater hat die Dinge wohl einmal wieder zu rosig gesehen – oder diesem Rothe zu rosig dargestellt. Als er dann die Zahlen zu sehen bekam, machte er einen Rückzieher.« Sie richtete den Blick auf Donath. »Immerhin, mit zweihunderttausend Mark, das hat Kannenberg mir bestätigt, wäre der Konkurs abzuwenden ... Wenn ihr also eurem Vater helfen wollt ...«

»Eurem Vater, eurem Vater!« Alice verlor die Geduld. »Ich höre immer, euer Vater. Und du, Mutter, geht dich das Ganze etwa nichts an? Hast du dich je gekümmert, woher das Geld kam? Er hat dir dreißig Jahre das schönste Leben geboten. Weißt du eigentlich, was so ein Fest wie das heute Abend verschlingt? Das interessiert dich nicht, ich weiß! Krämergespräche lehnst du ab. Pfennigfuchserei nennst du das. Nein, nein, so ganz unschuldig bist du nicht an dem Debakel. Wie glaubst du, dass wir leben? Ich kann nicht so drauflos wirtschaften!« Sie sah sich in der Runde um. »Wir alle nicht!« Es wurde still im Raum, so still, dass man aus der Halle das Stimmen der Instrumente vernehmen konnte. Emmi Hofmann hätte zufrieden mit sich sein können, denn es war ihr auch diesmal gelungen, Ruhe zu bewahren. Ein bitterer Trost. Und als sie jetzt die Stimme erhob, schwang zum ersten Mal ein Unterton von Schärfe mit: »Darf ich daran erinnern, dass ich es war, die dafür gesorgt hat, dass jede von euch eine Mitgift von hunderttausend Mark erhalten hat.«

Maxi, die einzige Tochter, die von der Mutter die Neigung

zur Fülle geerbt hatte, zog sich jetzt auch einen Stuhl neben das Sofa der Mutter. »Natürlich müssen wir einspringen. Es geht schließlich um Vater und nicht um irgendeinen Fremden. Wenn wir zusammenlegen ... Ich meine ...«, korrigierte sie sich unter dem warnenden Blick ihres Mannes, »es wäre ja nur eine Art Kredit, nicht wahr, Mutter, das meinst du doch, einen Kredit, den wir ihm geben, mit Sicherheiten.«

»Hör sie dir an!«, warf Alice gereizt ein. »Die große Schwester sagt uns wieder einmal, was wir zu tun und zu lassen haben.« Otto von Donath machte mit einer Handbewegung deutlich, dass er jetzt sprechen wollte. Er beugte sich etwas vor, fixierte seine Schwiegermutter mit einem forschenden Blick. »Du hast nicht im Ernst gedacht, dass wir unser Geld in eine, sind wir doch ehrlich, verlorene Sache stecken, oder? Verzeih, aber so naiv schätze ich dich nicht ein. Im Gegenteil, ich habe dich immer für sehr realistisch gehalten. Wenn dieser Leihhausbesitzer zurückzuckt, dann heißt das, bildlich gesprochen, dieses Schiff ist nicht mehr flottzumachen. Nach einem halben Jahr wäre auch unser Geld futsch. Gefühle sind eine schöne Sache, aber finanzielle Probleme lassen sich damit nicht lösen. Dazu braucht man einen kühlen Kopf. Vater hat nichts davon, wenn wir auch noch unser Geld verlieren. Man muss die Konsequenzen ziehen, die Sache so schnell und geräuschlos wie möglich abwickeln. Ich nehme an, in diesem Punkt sind wir uns alle einig. Gut. Dass die Hauptperson, nämlich Vater, fehlt und du nur uns zusammengetrommelt hast, darf ich doch so deuten, dass du nicht mehr mit ihm rechnest, richtig? Gut. Wäre also auch das geklärt. Wozu reden wir also länger um den heißen Brei herum?«

»Vielleicht wollte ich sehen, wie ihr reagiert, vor allem meine Töchter ...« Bei aller Ruhe und Gefasstheit hatte sich nach und nach ein Zug von Bitternis um ihren Mund gebildet; und er verstärkte sich noch, als sie jetzt sagte: »Du hast ganz Recht, ich rechne nicht mehr mit ihm. Euer Vater ist ein ...« Sie suchte nach einem Wort, das ihren ganzen Hass und ihre ganze Verachtung ausdrücken sollte, aber sie fand keines. »Er ist ein Spieler, ein Spieler von Natur, nicht nur am Kartentisch, er betrachtet das ganze Leben als Spiel. Nein, ich habe nicht die Absicht, ihn irgendwie zu schonen. Ich habe euch hier zusammengerufen, damit wir uns, die Familie, einigermaßen glimpflich aus der Affäre ziehen, ohne dass er uns noch weiter hineinreitet und ohne dass zu viel Staub aufgewirbelt wird.« Ihr Blick machte die Runde über die Versammelten und kehrte dann zu Donath zurück. »Bei allem Vertrauen zu Dr. Kannenberg: Zwei Herren kann keiner dienen, schließlich ist er immer noch der Vermögensverwalter eures Vaters. Mir wäre es deshalb lieber, wenn du in Zukunft meine Angelegenheiten in die Hand nimmst. Wie ich schon sagte, es gibt einige Aktivposten – die alte Apotheke, das Hinterhaus und das Gelände, auf dem die Fabrik steht; ich überblicke nicht, was es wert ist, wie man es verkaufen kann. Unter den gegebenen Umständen wird der maximale Preis nicht zu erzielen sein, aber einen Teil der Schulden kann man bestimmt damit abdecken.«

»Die Apotheke verkaufen!«, rief Maxi entrüstet, »die seit dreihundert Jahren im Besitz der Familie ist?«

Donath mahnte mit einer Handbewegung dazu, sachlich zu bleiben. »Ich kümmere mich selbstverständlich gerne um deine Angelegenheiten«, sagte er zu seiner Schwiegermutter. »Nur, ich brauche dazu natürlich *seine* Vollmacht.«

Emmi Hofmann lachte. »Seine Vollmacht! Die hast du. Dafür habe ich gesorgt. Er wird zu allem Ja und Amen sagen. Das wäre noch schöner. Und wenn wir schon dabei sind, sollt ihr auch das gleich wissen – dieser Mann ist für mich gestorben, ein für allemal; ich will nichts mehr mit ihm zu tun haben.«

»Du willst eine Scheidung?«, rief Maxi fassungslos.

»Eine Scheidung wirbelt zu viel Staub auf – eine Trennung erfüllt denselben Zweck. Bitte, ihr könnt euch jedes Wort dazu sparen. Mein Entschluss ist unumstößlich, und ich hoffe nur, er wird den Rest von Anstand aufbringen und von selbst aus meinem Leben verschwinden.«

»Aber was soll aus ihm werden?« Maxi fand auch diesmal keine Unterstützung bei den anderen, sie rechnete auch gar nicht mehr damit. »Und wovon willst du leben?«

Diese letzten Worte allerdings fanden offene Ohren. Alle wandten sich der Mutter zu, und Lou sprach aus, was wohl allen durch den Kopf ging: »Und vor allem, wo willst du leben?«

Emmi Hofmann strich eine nicht vorhandene Falte aus dem blauen Samt ihres Kleids. Auch darüber hatte sie bereits nachgedacht, ohne jedoch zu einem befriedigenden Schluss zu kommen. Bei Lou zu leben wäre am abwechslungsreichsten, aber es würde sehr eng in der kleinen Stadtwohnung werden. Alice führte ein großes Haus, aber sie war launisch und herrschsüchtig. Maxi kam kaum in Betracht, denn der Gedanke, die meiste Zeit des Jahres auf einem Gut in der Provinz zu verbringen, hatte nichts Verlockendes für Emmi Hofmann. Natürlich hatte sie damit gerechnet, dass alle drei sich spontan bereit erklären würden, die Mutter bei sich aufzunehmen. Aber sie sah nur betretene Gesichter: Alice, Lou, selbst Maxi – eben noch hatten sie sich bewegt, nun schienen sie erstarrt. Mit den beiden Männern war es nicht anders. Nicht zu fassen! War das dort wirklich Donath, ihr liebster Schwiegersohn, den sie bei Tisch immer neben sich setzte, weil sie sich dann nicht genieren musste, wenn sie viel aß? Keiner hatte ein Wort, keiner einen Blick für sie. Sie standen und saßen um sie herum wie vorher, und doch schienen sie sich von ihr zurückgezogen zu haben. Ihre eigenen Töchter! Das war der Dank für alles, was sie getan hatte! Das erste Mal, dass sie etwas von ihnen wollte, und sie standen da wie Ölgötzen. Nur gut, dass sie ihren letzten Trumpf zurückgehalten hatte, das Haus. Sie zwang sich zu einem Lächeln. »Nun, habt ihr mir Vorschläge zu machen?«

Unter dem Saum von Alices Abendkleid wurde die Schuhspitze sichtbar und bohrte sich in den Teppich. Donath erhob sich und richtete sich mit einem tiefen Atemzug zu seiner vollen Größe auf. Lou ließ die Tannennadeln, die sie vom Baum gezupft hatte, zu Boden fallen. »Du kennst ja meine Puppenwohnung«, sagte sie. »Da ist nicht einmal Platz für einen Kanarienvogel. Du bist an ein großes Haus gewöhnt, an Dienstboten, bei Alice wärst du besser aufgehoben.«

Emmi Hofmann saß sehr gerade; sie wandte sich an die Angesprochene. »Was meinst du dazu?«

»Das kommt überraschend. Sicher, Platz genug wäre bei uns. Ich möchte dich nur erinnern, dass du jedes Mal, wenn du bei mir warst, gesagt hast, du könntest es dort nicht aushalten, wegen des Lärms vom Oranienplatz. Überhaupt, muss das jetzt entschieden werden, so Knall auf Fall?«

»Du kannst natürlich zu uns kommen«, schaltete Maxi sich ein, »nicht wahr, Otto?«

»Danke, Maxi, aber vom Land habe ich genug. Keine zehn Pferde bringen mich in eure paradiesische Einsamkeit. Ich werde in Berlin bleiben. Lou und Alice sollen das unter sich ausmachen. Besprecht euch in aller Ruhe.« Bei der Vorstellung, wie die beiden sich darüber in die Haare geraten würden, musste Emmi Hofmann unwillkürlich lächeln. »Ja, sprecht euch ab, und gebt mir dann Bescheid. Ihr könnt jetzt wieder gehen. Kümmert euch um die Gäste ... Nein, Otto, du nicht, nur einen Augenblick, es gibt da noch etwas ...«

Lou war als erste an der Tür. Die anderen folgten. Musik klang auf, die durchdringende Stimme Rozanskis, eines entfernten Verwandten, der zur Aufstellung für den ersten Walzer aufrief.

»Es macht dir doch nichts aus, noch einen Moment zu bleiben«, sagte Emmi Hofmann und deutete auf den Platz neben sich auf dem Sofa.

»Ich tanze sowieso nicht gern, und schon gar nicht nach einem guten Essen. Ein edler Tropfen, dieser Château d'Yquem. Guter Jahrgang, der 78er. Ob du so etwas allerdings bei Lou oder Alice zu trinken bekommst, wage ich zu bezweifeln. Ich kann Maxi nur beipflichten: Bei uns in Pillkallen bist du jederzeit willkommen.«

»Ich kann schon den Namen nicht ausstehen.«

»Möbel würdest du wahrscheinlich mitbringen und eigenes Personal auch. Das ginge allerdings aus deiner Tasche.«

Emmi Hofmann lachte. Donath war einer der Männer, die erst die Mutter verehren, bevor sie die Tochter heiraten; ein zweiter Punkt, der Emmi Hofmann für ihn eingenommen hatte, war die Gerissenheit, die er beim Aushandeln des Ehevertrags an den Tag gelegt hatte.

»Bei dir weiß man wenigstens, wie man dran ist. Keine Sorge!« Sie machte eine wohldosierte Pause, bevor sie fortfuhr: »Zum Glück gehört dieses Haus mir.«

»Dieses Haus? Gehört dir?«

Das ist freilich noch ein Aktivposten, hatte Dr. Kannenberg gesagt, und diese Bemerkung hatte sich in ihr festgesetzt, hatte ihr Halt gegeben. Das Haus selber bedeutete ihr nichts. Sie war gegen ihren Willen eingezogen und hatte die Jahre dort immer als Verbannung betrachtet – aber *Aktivposten,* was für ein herrliches Wort: »Ja, es gehört mir, wenigstens ein Aktivposten.«

»Schuldenfrei? Mit keiner Hypothek belastet?« Und als sie verneinte, schmunzelte er in sich hinein: »Gratuliere. Das verändert deine Situation um hundertachtzig Grad. Du hast zwar immer auf das Haus geschimpft, aber als Wertanlage ... Na, wenn ich schätzen müsste ...« Aber er hielt es für besser, keine Summe zu nennen. »Hast du vor, in der Stadt etwas zu kaufen?«

»Wie kommst du darauf?«

Bei aller Sympathie für Donath, sie blieb auf der Hut; dabei hatte er ihre eigenen Gedanken fast erraten: wieder in der Stadt wohnen, womöglich nahe beim Schloss. Vielleicht konnte sie zu Frau von Schack ziehen, einer langjährigen Freundin, die Vorleserin am Hof war. Warum sollte ihr alter Wunsch nicht doch noch in Erfüllung gehen? Eine Wohnung, sozusagen auf gleicher Fensterhöhe mit dem Kaiser; täglich die Neuigkeiten vom Hof aus erster Quelle. Wenn sie nach der Trennung von ihrem Mann ihren Mädchennamen wieder annahm, würde sie eines Tages vielleicht doch noch auf der Hofliste stehen ...

Donath hatte im Kopf die Provision überschlagen, die es beim Verkauf des Hauses zu verdienen gab, und fragte: »Du hast doch nicht etwa vor, es zu halten? Ich brauche dir nicht vorzurechnen, was es verschlingt.«

»Nein, nein, ich werde es verkaufen, lieber heute als morgen; aber vielleicht sollten wir warten, bis der Konkurs abgewickelt ist; wenn erst einmal Gras über die Sache gewachsen ist, erzielen wir bestimmt einen viel besseren Preis.«

»Hat die Sache sonst noch einen Haken?«

»Nicht dass ich wüsste. Nein, da kann nichts passieren. Eigentlich war es Camilla zugedacht, als Mitgift, weißt du, anstelle von Bargeld.«

»Moment! Existiert eine notariell beglaubigte Überschreibung auf dich?«

»Wofür hältst du mich? Natürlich habe ich die Sache schwarz auf weiß.«

»Eigentumsrecht und Nutznießung? Keine Einschränkungen? Keine Klauseln, die Camillas Rechte absichern?«

»Nein. Ich habe mir heute Nachmittag bei Dr. Kannenberg die Urkunde noch mal genau angesehn. Da könnte sie zehn Anwälte nehmen ... abgesehn davon, dass sie so etwas niemals tun würde.«

Nach einem Moment des Brütens sagte er: »Ich werde die Sache für dich in die Hand nehmen. Die Unterschriften und Vollmachten, die ich dazu brauche, hole ich mir morgen bei deinem Mann. Die Abwicklung des Konkursverfahrens, das mache ich gratis, aber vom Verkauf des Hauses möchte ich eine Provision. Sagen wir – fünfzehn Prozent?«

Sie sahen sich offen an, zwei Komplizen, die sich gefunden hatten. Mit einem schlauen Lächeln sagte Emmi Hofmann: »Ich denke, der Verkauf dieses Hauses wird keine allzu schwierige Aufgabe werden, wenn man sich Zeit lässt. Dr. Kannenberg meinte, es würde ein Leichtes sein, einen Käufer zu finden. Er hat sich erboten ...«

»Nun gut, einigen wir uns auf zehn Prozent.« Wie schon bei

manchen früheren Gelegenheiten war er froh, dass Maxi ihrer Mutter nur äußerlich nachgeschlagen war. »Du bist eine harte Frau«, sagte er. »Ich weiß nicht, zu was für einem Mann du gepasst hättest, zu deinem jedenfalls nicht.« Er betrachtete ihr glattes, zufriedenes Gesicht. »Oder möchtest du lieber für eine unglückliche Frau gehalten werden?«

Emmi Hofmann hatte nur mit halbem Ohr zugehört. Durch die geschlossene Tür drangen die Klänge des Eröffnungswalzers; wie bei Hof war es »An der schönen blauen Donau«. In diesen Dingen war wirklich Verlass auf Rozanski. Ihre Gedanken kreisten bereits um die Übersiedlung in die Stadt. Eine günstigere Zeit gab es gar nicht, sie hätte es gar nicht besser treffen können: Alle wichtigen Hoffeste fielen in den Januar. Die Feier zur Wiederkehr der Versailler Kaiserproklamation, das Krönungs- und Ordensfest, der Geburtstag des Kaisers selbst, die Defiliercour. Und dann der Februar! Mit den großen Kostümbällen, die im Palais des Kronprinzen stattfanden, das Wohltätigkeitsfest im Eispalast und die vielen anderen Bälle und Veranstaltungen, jeden Abend ab sieben Uhr begann die Auffahrt, die man von den Fenstern der Schackschen Wohnung aus so gut beobachten konnte.

Sie erhob sich und nahm Donaths Arm: »Bring mich zu meinen Gästen.«

8

Victor Rozanski – Graf Rozanski, obwohl da gewisse Zweifel kursierten – hielt die Tänzer in Schwung. Seit mehr als dreißig Jahren Festordner, war er darin Experte; manche fragten sich, wie er davon leben konnte, bei dem Verschleiß von Frackanzügen; ganz zu schweigen von den unzähligen Hemdbrüsten, abgesprungenen Frackknöpfen und durchtanzten Lackschuhen. Vielleicht zahlte Rozanski dabei sogar drauf, nur damit sein unersättlicher Trieb nach Geselligkeit gestillt wurde. »Und aufstellen!«, scholl seine Trompetenstimme durch die Halle. »Aber meine Herren! Meine Herren! Keine Müdigkeit vorschützen! Wo bleibt Ihr Elan! Also, etwas mehr Elan bitte. Die Damen lieben das. Jetzt eine Walzerrunde im doppelten Tempo – mit Elan, also ...« Er gab der Kapelle ein Zeichen einzusetzen. »Ei-ei-ns, zwei drei.« Er begleitete seine Kommandos mit Händeklatschen. »Noch etwas schneller, bitte! Ei-ei-ns, zwei drei! Ei-ei-ns, zwei drei!«

»Das reicht! Ein Walzer im doppelten Tempo, das ist nichts mehr für mich.« Fritz Hofmann führte Camilla von der Tanzfläche. »Dafür sind jüngere Jahrgänge zuständig; halte dich lieber an die, ich ...« Er steuerte auf eine Gruppe von drei Herren zu, die etwas abseits standen und ihn mit unverhohlener Ungeduld erwarteten. »Geh nur!« Camilla kannte den Typ Männer, die meist schon gegen Ende des Essens unruhig wurden. »Eigentlich müsstest du Glück haben heute Abend.«

Sie war ihm nicht böse, dass er sie allein ließ, um sich mit seinen Freunden im Rauchsalon zum Spielen zurückzuziehen. Sie war am Rand der Tanzfläche stehen geblieben und hielt nun Ausschau nach Keith. Eigentlich war er gar nicht zu übersehen, nicht für Camilla, aber sie konnte ihn nicht entdecken. Die ganze übrige Familie tanzte; Maxi, Alice und natürlich die Mutter, die trotz ihrer Fülle als Tänzerin leicht wie eine Feder war; um allerdings Otto von Donath in Bewegung zu setzen, musste sie einige Energie anwenden, und selbst dann blieb er ein schwerfälliger Tanzbär.

Der Walzer war vorüber, und Rozanski rief eine Abklatschrunde für die Damen aus. Auf der Tanzfläche entstand ein lebhaftes Hin und Her, doch von Keith war immer noch nichts zu sehen; dasselbe traf auf Lou zu, aber Camilla wehrte sich, diese beiden Dinge in Zusammenhang zu bringen. Bis Mitternacht war noch eine halbe Stunde. Camilla machte sich auf den Weg in den Speisesaal. Die Tafel war bereits abgeräumt und auf die Hälfte zusammengeschoben; man hatte neue Damastdecken aufgelegt, und die Lohndiener waren dabei, das Mitternachtsbüfett aufzubauen. In der Mitte prangte schon die gewaltige fünfstöckige Torte, denn der Neujahrstag war gleichzeitig der Geburtstag der Mutter. Camilla durchquerte den Saal, öffnete eine der Flügeltüren und trat auf die Terrasse hinaus; sie war sicher gewesen, Keith hier zu finden, damit beschäftigt, die letzten Vorbereitungen für das Feuerwerk zu treffen, aber es war nur der Gärtner da. »Haben Sie vielleicht Keith gesehen, Willeke?«, rief sie ihm zu. Willeke, der neben einem Holzbock kniete, um ein Feuerrad zu montieren, hob den Kopf. »Er wollte mir helfen, aber jetzt kneift er wohl. Erkälten Sie sich nicht.«

Sie kehrte enttäuscht ins Haus zurück. Auf der langen Anrichte hatten die Mädchen inzwischen die Pyramiden von Tellern aufgeschichtet, die Körbe mit dem Besteck bereitgestellt. Auf einer Konsole lag eine Auswahl von falschen Nasen, Papierhütchen, Luftschlangen, Konfettitüten, Knallbonbons und anderen Scherzartikeln.

Camilla überlegte, wo Keith sich noch aufhalten konnte, im Wintergarten oder im Rauchsalon, als die Schröter, die das Arrangement des Mitternachtsbüfetts überwachte, ihr in den Weg trat. Das weiße Häubchen, das sonst wie fest gewachsen auf ihrem grauen Haar saß, war verrutscht, ihr Gesicht hochrot.

»Ich muss Sie um etwas bitten, Fräulein Camilla.« Sie sprach mit gedämpfter Stimme, aber das machte die Aufregung, in der sie sich befand, nur noch deutlicher. »Sie haben doch Einfluss auf Ihren Vater ...«

»Nicht jetzt.« Camilla wollte an der Schröter vorbei, aber die legte schnell die Hand auf ihren Arm. »Bitte, nur einen Augenblick!«

»Später, wirklich ...«

»Es muss jetzt sein. Versprochen hat er es schon heute früh, hoch und heilig versprochen, schließlich ist es nicht zu viel verlangt, wenn ich ihm einen Tag Zeit lasse. Es ist mein ganzes Erspartes. Später, was heißt das? Er hat gesagt, er bringt das Geld aus der Stadt mit. Können Sie nicht mit ihm reden? Bitte!«

Ohne recht zu wissen, warum, teilte Camilla die Antipathie

ihres Vaters gegen die Schröter. »Jetzt, mitten im Fest«, erwiderte sie gereizt, »das ist doch wirklich nicht der richtige Augenblick, das müssen Sie doch einsehn. Kommen Sie morgen zu mir, dann regeln wir die Sache.« Sie ließ die Schröter stehen und verließ den Speisesaal.

Ein Blick auf die Tanzfläche sagte ihr, dass Keith immer noch nicht aufgetaucht war; dafür wurde sie sofort von einigen Herren entdeckt und mit Aufforderungen bestürmt. Sie vertröstete alle auf später und strebte dem Wintergarten zu. Das Licht dort war gedämpft; zwischen den Palmen und den blühenden Bougainvilleenstauden drückte sich ein Paar herum; auf der Rohrbank bei der Brunnennische saßen die Mutter und Frau von Schack und konferierten so eifrig, dass sie für nichts sonst Augen und Ohren hatten.

Wo sollte sie Keith noch suchen? Unschlüssig verließ Camilla den Wintergarten und ging den Korridor entlang. Das Fest näherte sich allmählich seinem Höhepunkt, und das ganze Haus summte und vibrierte, eine Atmosphäre, die Camilla liebte. Nach einer kurzen Pause setzte die Musik wieder ein; Rozanskis Trompetenstimme erhob sich darüber, das Klatschen seiner Hände. Wie gern hätte auch sie getanzt, aber nicht mit irgendeinem, sondern mit Keith. Ziellos ging sie weiter, merkte gar nicht, dass sie sich bereits bei den Wirtschaftsräumen befand. Jetzt öffnete sich am Ende des Ganges eine Tür, und Keith trat heraus. Er war es wirklich! Und Camilla war so froh, ihn zu sehen, dass sie sich nicht fragte, was er im Bügelzimmer zu tun hatte. Sie lief ihm entgegen.

»Da bist du ja! Ich suche dich überall! Mit den anderen mag ich nicht tanzen, ich habe alle abgewimmelt, komm ...«

Er zog hastig seine lose Krawatte fest, fuhr sich mit den Händen durchs Haar. In der ersten Freude, ihn endlich gefunden zu haben, wäre ihr das bestimmt entgangen, wenn nicht dieser Parfümduft sie stutzig gemacht hätte. Keith, der nicht einmal Haarwasser benützte! Es war ein süßer schwerer Hyazinthenduft, und Camilla kannte nur eine einzige Frau, die ihn benützte. Keith hatte sie bei der Hand genommen und wollte sie mit sich ziehen. »Dann lass uns schnell alles nachholen! Komm ...«

Camilla blickte auf die Tür, die sich wieder geschlossen hatte. Sie war von selber zugegangen.

»Wo ist sie?«

»Wer? Was hast du? Komm jetzt. Ich muss dir doch beweisen, dass wir in Amerika auch Walzer tanzen können. Wenn nicht, wird es höchste Zeit, dass du es mir beibringst.«

Sein Deutsch war fehlerfrei; da aber sein Vater es ihn gelehrt hatte, sprach er es mit einem eigenartigen halb amerikanischen, halb Berliner Akzent; seine Stimme, ungewöhnlich dunkel für seine Jugend und sein Äußeres, hatte auf Camilla vom ersten Moment an eine ganz besondere Wirkung gehabt, und auch jetzt war sie nahe daran, einfach zu tun, um was diese Stimme sie bat, mit ihm tanzen, glücklich sein ... Doch da stieg ihr wieder dieses schwere Parfüm in die Nase. Sie machte sich von ihm los und eilte auf die Tür zu, aus der er gekommen war. Er holte sie ein und wollte sie zurückhalten, aber damit erreichte er nur, dass sie noch entschlossener auf die Tür zustrebte.

»Was hast du? Wir wollen doch tanzen! Komm jetzt, bitte. Ich werde es dir erklären, sei kein Kind ...«

Etwas Falscheres hätte er nicht sagen können. Sie entriss ihm den Arm, an dem er sie festhielt, und er konnte nur noch zusehen, wie sie in dem Bügelzimmer verschwand.

Der Raum lag im Halbdunkel; ein Gaszylinder brannte mit schwacher Flamme, und im Fenster stand der Schein der hellen Winternacht. Auf dem Bügeltisch stapelte sich fertige Bettwäsche. Lou konnte sie nicht sofort entdecken, aber die Schwester machte sich selber bemerkbar.

»Steh nicht so rum! Wenn du schon da bist, hilf mir lieber. Du kennst dich doch aus hier, wo ist das Nähzeug?«

Es gab in dem Raum ein Sofa, nur mit weißem Nessel bezogen, auf dem die Büglerin sich manchmal ausruhte, und dort stand Lou, einen Fuß auf dem Sitzpolster, und richtete etwas an ihrem Strumpf. Die rotblonden Locken waren nach vorne gefallen, bedeckten ihre Stirn; die eine Schulter war nackt, der Träger des Abendkleides schien gerissen zu sein. Als sie den Strumpf in Ordnung hatte, fuhr sie wieder in ihren strassbesetzten Abendschuh und wandte sich um. Vor allem wenn sie wie jetzt mit dem Mund eine Unschuldsschnute formte, hatte sie ein ausgesprochenes Puppengesicht: eine runde Stirn, runde Augen, die Wimpern lang und wie angeklebt, die Augenbrauen zwei dünne Striche, volle Wangen.

»Ein stürmischer junger Mann, das muss ich sagen!« Es klang ganz ungeniert. »Komm, hilf mir. Ich muss das Ding irgendwie befestigen.«

Camilla stand da und suchte nach Worten, die nichts von ihren Gefühlen verraten sollten: »Die Tür hat einen Riegel. Abschließen hättest du wenigstens können.«

»Aber, Kindchen, wer sagt dir, dass ich es nicht getan habe. Du willst mir doch keine Lehren erteilen, nicht in diesen Dingen.« Sie zog eine Schublade auf, kramte herum. »Ich finde doch das verdammte Nähzeug nicht.« Sie lachte vor sich hin. »Weißt du noch, wie Mutter immer sagte: ›Mit Fluchen beginnt der Pfad der Sünde.‹«

»Ich weiß nicht, ob dein Mann lachen würde.« Camilla war ärgerlich auf sich selbst. Warum ging sie nicht wieder? Warum ließ sie sich mit Lou in ein Gespräch ein?

Lou stieß einen Seufzer aus. »Mein Mann – wie grauenhaft das aus deinem Mund klingt. Weiß ich, was er in diesem Augenblick treibt? Ein Offizier der Gardekürassiere, Vortänzer und gut aussehend! Frage ich ihn danach? Liege ich wach und quäle mich mit eifersüchtigen Gedanken? Liebes Kind, du musst noch viel lernen.« Sie kam auf Camilla zu, hielt das Kleid am Ausschnitt fest. »Willst du vielleicht zu ihm gehen und klatschen? Das kannst du dir ersparen. Er würde dir kein Wort glauben, sondern dich nur für eifersüchtig halten. Bist du eifersüchtig?«

»Hast du ihn schon öfters betrogen?«

»Betrogen!« Sie schüttelte den Kopf. »Ich pflege mein heimliches Gärtchen, ich genieße meine Jugend, das ist doch nicht verboten, oder? Mit ein bisschen Geschick ist es ganz praktisch, verheiratet zu sein. Es stimmt, du solltest bei mir in die Schule gehen. Dann mach aber erst einmal ein anderes Gesicht!«

»Du hast ihn erst zweimal gesehen, an Weihnachten und heute.« Camilla musste an das Abendessen denken; sie hatte sich nichts dabei gedacht, dass Lou eifrig mit Keith flirtete; das war bei Lou nun einmal so; zu einer Unterhaltung mit einem Mann gehörte das bei ihr wie das Salz in die Suppe. Wieder lachte Lou, ein tiefes, aus dem Magen kommendes Lachen, wie das einer Puppe. »Nichts ist besser! Keine lange Vorbereitung, keine Nachspiele. Wenn du erst damit anfängst ... Aber du bist ja wirklich eifersüchtig! Sieh mal an! Die kleine Camilla! Du bist ganz schön ausgekocht.« Sie liebte starke und etwas vulgäre Ausdrücke, sie fand das pikant, und im richtigen Moment erzielte sie damit auch bei Männern »kolossale Erfolge«, wie sie es nannte. »Hält sich hier im Haus an den ungestümen jungen Mann, und gleichzeitig spekuliert sie auf einen Goldesel.« Die Tatsache, dass Rothe es sich zweihunderttausend Mark kosten lassen wollte, um Camilla zur Frau zu bekommen, spukte immer noch in ihrem Kopf herum. Von dem ganzen Palaver um die Pleite des Vaters hatte nur dieser eine Punkt sie wirklich interessiert. »Zweihunderttausend! Wie hast du das bloß angestellt?« Sie kam noch einen Schritt näher, und mit ihr ein Schwall Parfüm. »Zweihunderttausend – aber es muss ihn dann doch wohl gereut haben, das schöne Geld! Hat dich sitzen lassen! Im letzten Augenblick.« Sie schnippte mit den Fingern, und ihre Augen funkelten vor Schadenfreude. »Einfach so! Na, beruhige dich, du bist nicht die erste. Und was den jungen Mann betrifft, du kannst ihn haben. Er ist zwar recht ungestüm, aber auch ungeschickt ...«

»Niemand hat mich sitzen lassen!«

»Das wird ja immer interessanter. Dann hast wohl du die zweihunderttausend ausgeschlagen.«

»Vater hat es getan. Für mich. Ich wollte Rothe nie heiraten.«

»Vater hat es getan! Der Gute! Dein lieber Papa, aus lauter Edelmut. Die Geschichte wird ja immer rührender.«

»Ich weiß nicht, wie du redest. Ich weiß nichts von ... zweihunderttausend Mark. Vater brauchte Geld, das stimmt. Trotzdem hat er darauf verzichtet, weil er wusste, dass ich ...«

Lou unterbrach sie mit ihrem tief aus dem Körper aufsteigenden Lachen. »Sag mal, bist du so naiv, oder tust du nur so? Du machst mir doch nicht weis, dass du dir von Vater dieses Märchen hast aufbinden lassen. Dir zuliebe hätte er die Verlobung abgeblasen! Kindchen, du musst noch viel lernen über die Männer. Jetzt werde ich dir sagen, wie es wirklich war: Dein Vater hätte sich die Finger abgeschleckt, wenn es geklappt hätte. Das Wasser steht ihm bis zum Hals. Er hat mehr Schulden als Haare am Kopf. Er ist pleite, verstehst du, am Ende, tabula rasa. Dieses Fest ist der letzte Akt. Morgen geht der eiserne Vorhang herunter. Aus die Komödie, ein für allemal. Pommerland ist abgebrannt. Die Apotheke, die Fabrik, alles futsch. Wahrscheinlich kommt auch das Haus hier unter den Hammer. Du warst sein letzter Strohhalm. So war das. Aber die Rothes sind vorsichtige Leute. Sie haben wohl Erkundigungen eingezogen bei der Bank, und da haben sie kalte Füße bekommen und die Verlobung abgeblasen. Gehen dir jetzt endlich die Augen auf über deinen geliebten, selbstlosen Papa! Männer! Ah ...« Und übergangslos fuhr sie fort: »Ruiniert mir das Kleid ... Wo, verdammt, steckt das Nähzeug ...«

Camilla stand an der Tür. Es war feige wegzulaufen. Sie musste Lou widersprechen, sie musste den Vater verteidigen. Aber als ihr das bewusst wurde, hatte sie das Bügelzimmer bereits verlassen.

In der Halle war die Stimmung noch ausgelassener geworden. Von Rozanskis unwiderstehlichem Temperament mitgerissen, tanzten jetzt auch die älteren Semester. Manche hatten sich schon karnevalistisch zurechtgemacht und trugen Pappnasen im Gesicht und diese lächerlichen Hütchen am Kopf. Konfetti lag am Boden verstreut, und an den Lüstern und Wandleuchten hingen bunte Luftschlangen. In einer knappen Viertelstunde würde es Mitternacht sein, und das Personal hielt sich in Bereitschaft, um Schlag zwölf Uhr jedem Gast ein gefülltes Champagnerglas zu kredenzen.

Ein paar Herren, die gerade ohne Dame waren, begrüßten Camilla mit Hallo; sie pusteten ihr die aufblasbaren Schlangen ins Gesicht und bewarfen sie mit Konfetti.

Im Rauchsalon war niemand, nur die vier Männer an dem grünbezogenen Spieltisch. Die Lampe mit den Perlfransen war tief heruntergezogen, in ihrem Lichtkreis sah man von den vier Männern nur die Hände, die aus den weißen Manschetten ragten und die Karten hielten. Von einem Aschenbecher stieg Rauch auf und zog in die Lampe.

Eine Hand verließ jetzt den Lichtkreis, tauchte ins Halbdunkel und winkte Camilla heran.

»Komm nur, setz dich zu mir. Ihr habt doch nichts dagegen? Sie redet kein Wort, dafür garantiere ich.« Fritz Hofmann lehnte sich in seinem Stuhl zurück. »Also, komm. Du bringst mir sicher Glück.« Aus seiner Stimme sprach gute Laune, Behaglichkeit, aber was hatte sie anderes erwartet? Camilla trat zögernd näher, erwiderte den Gruß der Männer mit einem stummen Nicken und beugte sich zu ihrem Vater herab.

»Ich muss dich sprechen.«

»Jetzt?«

Sie musste an die Schröter denken. Würde er sie jetzt genauso abwimmeln? »Es muss sein«, sagte sie, »bitte!«

Das Drängende in ihrer Stimme musste ihn überzeugt haben. Jedenfalls schob er die Karten zusammen und sagte zu der Runde: »Entschuldigt mich einen Augenblick. Vaterpflichten! Und vergesst nicht, Aschenbach steigert.« Er behielt seine Karten in der Hand, als er aufstand. Er steuerte auf die Fensternische zu, die am weitesten vom Spieltisch entfernt war, entschlossen, den Raum nicht zu verlassen. »Nun, was ist so wichtig, mein Kind«, sagte er leise.

»Könnt ihr nicht endlich aufhören, mich so zu nennen!«

Wenn er ihrer Bitte auch nachgegeben hatte, in Gedanken war er weiterhin damit beschäftigt, die Stärke seines Blatts abzuschätzen. Was hatte sie da eben gesagt? Irritiert blickte er sie an.

»Ich sehe, du willst zurück zu deinem Spiel«, nahm Camilla das Wort. »Sag mir nur eines: Warum musstest du mich anlügen? Du! Ich dachte immer, zwischen uns beiden würde so etwas nie nötig sein.« Es war so widersinnig, dass sie das, was sie laut hätte schreien mögen, leise, fast flüsternd sagen musste; aber irgendwie passte es zu allem – zu dem tiefen, eigenartigen Schmerz, den sie in sich spürte. Sie stand steif da, mit herunterhängenden Armen; sie registrierte den Luftzug vom Fenster. Das Fenster schließt nicht, ich muss es nachsehn lassen! Einen Augenblick war sie ganz und gar beherrscht von diesem nebensächlichen Gedanken.

»Wenn du mir sagen würdest, wovon du redest ...«

»Von meiner Verlobung. Von Rothe. Du wolltest es gar nicht verhindern.«

»Sie hat nicht stattgefunden! Ist es nicht so? Ist das nicht die Hauptsache?«

»Aber ich habe geglaubt ...«

»Sprich etwas leiser. Schau, du hast mich gar nicht zu Wort kommen lassen. Die Sache ist ausgestanden; wieso und warum – ist das nicht egal? Freu dich, amüsier dich, tanze, genieße diesen Abend.« Warum wollte er sie nicht verstehen? Wusste er nicht, dass er für sie mehr war als nur der Vater, dass sie mehr verlor als nur den Glauben an ihn, den Glauben, dass man sich auf Menschen verlassen konnte, dass man ihnen trauen konnte ... Ihre Gedanken waren nicht klar, nur sehr peinigend. Und wieder musste sie an die Schröter denken, an ihr seltsames Benehmen im Speisesaal. »Was ist mit der Schröter? Was ist mit ihren Ersparnissen? Wollte sie ihr Geld zurück, und du konntest es ihr nicht mehr geben?«

»Dreitausend Mark habe ich für sie verwaltet, und ich habe den Betrag verdoppelt.«

Jeder, der ihn nicht kannte, hätte sich mit dieser Antwort zufrieden gegeben, und vor einer Stunde noch hätte auch Camilla es getan. Aber jetzt war sie voller Misstrauen. »Warum hast du ihr das Geld dann nicht gegeben?«

»Ich wollte es ihr geben.«

Er wich ihrem Blick aus; seine Sicherheit war plötzlich dahin, und Camilla sah alles ganz klar vor sich: Er hatte das Geld von ihrem Konto abgehoben; natürlich hatte er die Absicht gehabt, die Schröter damit zu bezahlen, aber dann hatte er es in der Stadt verspielt, in einem letzten verzweifelten Versuch, das Glück zu wenden. Sie hatte immer auf seiner Seite gestanden. Mehr noch. Er war der Maßstab für alles gewesen; es war nicht immer leicht gewesen, aber sie hatte die Dinge so lange gedreht und gewendet, bis er es war, der Recht hatte. Aber jetzt gelang ihr das nicht mehr, und wahrscheinlich würde es ihr nie mehr gelingen. Der Schmerz, den er ihr zugefügt hatte, war zu groß. Sie würde es nie vergessen können, nie ganz darüber hinwegkommen.

Worauf wartete sie noch? Hoffte sie insgeheim, dass es doch eine Rechtfertigung für ihn gab?

»Du hast es also verspielt?« Warum sagte er nicht nein? Warum gab er ihr nicht eine ehrenvolle Erklärung, gleichgültig, ob sie wahr oder erfunden war? Aber er schwieg, senkte den Kopf, und dieses stumme Schuldbekenntnis machte alles noch schlimmer.

»Ja«, sagte er schließlich. Er wusste selber nicht, wie es passiert war, wie konnte er es dann Camilla erklären. Die kurze Unterredung mit Rothe, der ihm aufgrund von Bankauskünften sowohl die geschäftliche als auch die persönliche Partnerschaft aufkündigte; der Schock, der bald nach dem Verlassen von Rothes Büro geradezu in ein Hochgefühl umgeschlagen war, in eine Nun-kann-mir-nichts-mehr-geschehen-Stimmung; seine fixe Idee, dass er mit Camillas Geld, das er in der Tasche trug, gewinnen würde, dass er als reicher Mann nach Hause kommen würde ... »Es tut mir Leid.«

Wieder entstand eine Pause, und dann sagte Camilla: »Das Traurige ist, dass ich dir nie mehr vertrauen kann.«

»Camilla ...«

Sie wandte sich ab, ehe er ihre Hand ergreifen konnte. Sie hatte noch eine Frage an ihn gehabt, wichtiger als alles andere, aber sie konnte keinen klaren Gedanken mehr fassen. Sie hatte die Blicke der Spieler in ihrem Rücken, und der Weg zur Tür schien kein Ende zu nehmen. Wie konnte man gehen, ohne seine Füße zu spüren? Und wohin konnte sie noch gehen in diesem Haus, das angefüllt war mit fröhlichen Menschen? Wo konnte sie allein sein?

Sie versuchte es mit der Bibliothek, und als sie sah, dass niemand dort war, zog sie die Tür hinter sich zu. Auf einem Tisch, von einer einzelnen Lampe beleuchtet, standen leere Mokkatassen und eine Schale mit Konfekt. Camilla löschte die Lampe, sodass der Raum nur noch von dem Feuer im Kamin erhellt wurde. In dem Ledersofa, das vor dem Kamin stand, hatte sie schon manchen Abend verbracht, allein mit einem Buch oder auch nur mit ihren Gedanken, und manchmal war sie hier auch eingeschlafen, bis die Kälte und die unbequeme Stellung sie geweckt hatten. Über dem Kamin, in die Holztäfelung eingefügt, befand sich ein Gemälde, jetzt lag es im Dunkel, denn der Schein des Feuers reichte nicht bis dorthin. Es war der Baum aus dem Park, die alte Linde, der Wunschbaum. Der Vater hatte das Gemälde kurz nach dem Einzug ins Haus in Auftrag gegeben.

Die Beine untergeschlagen, Arme und Kopf auf der runden Seitenlehne, blickte sie auf das Bild und lauschte auf das Knistern des Feuers und die Geräusche aus dem Haus. Die wichtigste Frage hatte sie dem Vater nicht gestellt: was mit dem Haus werden würde! Aber wie sollte sie noch einmal zu ihm gehen, noch einmal das Spiel unterbrechen; allein der Gedanke, wie er sie ansehen würde, dieser Blick, der darum bat, ihm doch dieses Vergnügen zu gönnen, genügte, um sie zu entmutigen. Wenn es stimmte, was Lou gesagt hatte ... dass die Apotheke und die Fabrik unter den Hammer kommen würden und wahrscheinlich auch dieses Haus ... »Bitte!«, sagte sie vor sich hin. »Bitte!« Sie meinte nichts Bestimmtes damit, es war einfach ein Ausdruck ihrer Hoffnung, dass doch noch alles gut werden würde. Sie schloss die Augen. Nicht mehr denken, nicht grübeln. Vergessen, schlafen.

Sie hörte, wie die Tür im Hintergrund sich öffnete, und dann Keiths Stimme: »Camilla, bist du hier?«

Sie hielt sich still; sie wusste, er konnte sie nicht sehen, über die hohe Rückenlehne des Sofas hinweg. Durch die offene Tür drang das Stimmengewirr aus der Halle.

Er musste sie dennoch entdeckt haben, denn seine Schritte kamen näher. »Beeil dich! Es ist gleich zwölf. Du verpasst sonst das Wichtigste!«

Sie hielt die Augen geschlossen, trotzdem wusste sie, dass er jetzt vor ihr stand, denn die Wärme des Feuers ließ nach. Sie öffnete die Augen und schrie erschreckt auf, nicht vorbereitet auf die große Pappnase, die er trug und die in dem ungewissen Licht noch entstellender wirkte. »Nimm das Ding ab!«, schrie sie, und als er nicht sofort reagierte, sprang sie auf und riss es ihm von der Nase herunter. Aber das machte es nicht besser; nun hing die Nase an ihrem Gummi um seinen Hals, baumelte groß und rot auf seiner Brust.

»Geh!«, sagte sie, »geh, lass mich allein!«

Als er sich auf die Suche nach ihr machte, hatte er sich den Moment, wenn er sie finden würde, anders vorgestellt. Was Frauen betraf und günstige Gelegenheiten, konnte er sich sonst blind auf seinen Instinkt verlassen. »Willst du nicht doch kommen«, sagte er jetzt, »... und mit mir anstoßen, auf ein – glückliches neues Jahr?«

»Es ist zu spät«, sagte sie.

»Was ist zu spät?« Nun kannte er sich überhaupt nicht mehr mit ihr aus.

»Alles ...« Sie blickte zu dem Bild über dem Kamin. »Wie können Menschen nur so etwas glauben. Wünsche, die in Erfüllung gehen ...«

Eine Uhr begann zu schlagen; der Lärm aus dem Haus schwoll an, und dann setzten draußen auf der Terrasse die Explosionen des Feuerwerks ein. Camillas Augen blieben auf das Gemälde geheftet; der Baum wechselte die Farbe mit den roten, grünen und weißen Lichtern.

Zweiter Teil

1 Plötzlich spürte sie die Kälte, und sie unterbrach ihre Suche nach den Versteinerungen. Den Blick fortwährend auf den Sandstrand gerichtet, hatte sie am Wechsel des Lichts wohl bemerkt, dass eine Wolke sich vor die Sonne geschoben haben musste, aber jetzt sah sie, dass der ganze Himmel von Wolken bedeckt war; sie zogen tief über dem Wasser dahin, die unteren Schichten schneller als die oberen. Trotz der vielen Sommer, die sie seit ihrer Kindheit an der See verbracht hatte, war sie an diese übergangslosen Witterungswechsel immer noch nicht gewöhnt. Die See – das war eine andere Welt und ein anderes Leben. Es war wie mit ihrem Haar, das nun seit einem halben Jahr kurz geschnitten war und das sie manchmal doch noch mit den Händen zu ordnen suchte.

Sie blickte hinaus über das Meer und zu den dunklen Wolkenbänken, und zuerst hielt sie auch den Vogelschwarm für eine Wolke, so dicht aufgeschlossen kam er heran, so lautlos; nur auf dem Wind, ohne Flügelschlag, ohne Schreie, steuerte der Schwarm dem Land zu, senkte sich und ließ sich auf dem schmalen Sandstreifen nieder, der hier das Ufer bildete. Es geschah ohne einen einzigen Laut, nur mit einem Aufrauschen des Gefieders, wie ein Wind, der sich legt. Erst dann erkannte sie an den leuchtend gelben Schwimmhäuten, dass es Sturmschwalben waren.

Es war ein einsames Stück Strand, nur schwer zugänglich, unter der gut vierzig Meter hohen Düne. Die Flut hatte viele Muscheln und Krebse angeschwemmt. Aber die schmalen dunklen

Vögel mit der weißen Flügelzeichnung schenkten ihnen keine Beachtung, sondern blieben ermattet im Sand liegen. Es waren sicher mehr als hundert, und Camilla musste daran denken, was die Fischer in Warnemünde sagten; dass der Sommer vorüber war, wenn die ersten Sturmschwalben aus dem Norden kamen. Vom Wasser, das im Fallen war, wehte es kalt herein; sie fühlte die Kälte vor allem an den nackten Füßen und im Nacken, den keine Haare mehr bedeckten. Sie suchte sich einen Platz unmittelbar an der Düne, wo der Sand noch warm von der Sonne war. Sie hatte dieses Strandstück entdeckt, als sie im Frühjahr Möweneier suchte; seitdem kam sie oft hierher. Vom Haus Tante Lenkas, das am westlichen Ende Warnemündes lag, war es eine Strecke von einer halben Stunde mit dem Rad. Auf dem ersten Stück war der Weg eben, von Kiefern und Stechginster gesäumt; später wurde der Bewuchs spärlicher, und der Weg führte in einer stetigen Steigung zu einer hohen Düne. Von dort aus zum Wasser hinunterzukommen war nicht schwer, man ließ sich einfach den Sand hinunterrutschen; mühevoller war die Rückkehr, aber im Laufe der Zeit hatte Camilla sich einen Pfad ausgetreten, der sie im Zickzack nach oben führte.

Unter die Sturmschwalben kam allmählich wieder Leben; sie schüttelten ihr Gefieder, pickten Futter auf, gruben mit raschen Stößen ihrer stumpfen Schwänze Schlafmulden in den Sand. Der Wind trieb immer mehr Wolken heran, immer noch in zwei Schichten. Oben zogen große weiße, und darunter, fast doppelt so schnell, kleine dunkle, die unruhige Schatten auf das Wasser warfen. Camilla nahm zu ihren Ausflügen nie eine Uhr mit; Zeit spielte keine Rolle für sie, und dann blieben ihr als Anhaltspunkt immer noch die Ausflugsdampfer, die zwischen Warnemünde und Heiligendamm verkehrten. Heute Nachmittag allerdings hatte sie keines der Schiffe bemerkt, und auch jetzt waren nur ein paar Fischerkähne draußen, um die Netze einzuholen; mit dem letzten Zug – Camilla hatte das Einladen oft beobachtet – wurden die Fische in Eiskisten verschickt, in Camillas Vorstellung alle nach Berlin.

Zwischen den Seezeichen, die zum Hafen von Warnemünde wiesen, entdeckte sie jetzt einen Frachter, dann einen zweiten und dritten, mit Kurs auf die Mündung der Warnow. Von Warnemünde selbst sah sie nur die weit ins Meer hinausreichende Mole und den hohen Leuchtturm.

Die kalte Brise hatte sie nun auch an ihrem geschützten Platz erreicht; nur ungern machte sie sich auf den Heimweg und stieg den Zickzackpfad die Düne hinauf. Ihr Rad lehnte an einer verkrüppelten Kiefer. Sie säuberte die Füße vom Sand, zog Strümpfe und Schuhe an und steckte die Hose an den Knöcheln mit Klammern fest. Es waren die ersten Hosen, die sie trug. Die Mutter hatte es ihr früher nie erlaubt; sie fand es schon skandalös, dass eine ihrer Töchter sich auf so ein »Arme-Leute-Vehikel« setzte. Auch das war anders geworden in ihrem Leben: Ein Nein der Mutter, das ihr etwas verbot, gab es nicht mehr.

Auf dem abfallenden Weg, der mit weißen zerstampften Muscheln befestigt war, den Wind im Rücken, lief das Rad von selbst. Sie bremste sogar die Fahrt, um nicht zu schnell zu Hause zu sein; aber viel half das nicht. Nach einer letzten Kurve tauchte das Seebad vor ihr auf, die lange Promenade, gesäumt mit Kugelakazien, der breite Badestrand auf der linken Seite und rechts die Reihe der Pensionen und Hotels, die kleinen zuerst, und dann, je näher sie der Mole lagen, größer und vornehmer. Tante Lenkas Haus befand sich gleich am Ortseingang, wo nur Einheimische wohnten, Fischer und Kapitänsfrauen, von denen man nie genau wusste, ob ihre Männer noch zur See fuhren oder ob sie bereits verwitwet waren.

Außer dem leisen Surren ihres Rades und dem eintönigen Rhythmus der Brandung war nichts zu hören; die Stimmen der spielenden Kinder, die sonst vom Badestrand her schollen, fehlten; die Sandburgen waren ihrer bunten Wimpel beraubt; das blaukarierte Zelt, wo man Ruderboote mieten konnte, war nicht mehr an seinem Platz, und die Boote selber lagen kieloben am Ufer und zeigten ihre geteerten Unterseiten. Ein paar Männer sammelten am Strand Abfälle ein, und als der Muschelpfad nun in eine gepflasterte Straße überging, kam ihr ein mit Strandkörben beladenes Fuhrwerk entgegen.

Den schweren Mann auf dem Bock kannte Camilla; es war Kleinhans, Tante Lenkas Nachbar. Er brachte sein Fahrzeug zum Stehen, und auch Camilla hielt ihr Rad an und stieg ab. Kleinhans tippte an die schwarze verschossene Mütze und sagte in seiner mundfaulen Art: »Draußen gewesen?«

»Ja, ich war draußen.« Camilla hatte mit einem Blick festgestellt, dass Tante Lenkas Besuch immer noch da war; die Tante stand mit Witte im Vorgarten bei dem Pfefferkraut; Witte war bereits zum Gehen angezogen, und Camilla hoffte, es würde ihr vielleicht doch erspart bleiben, ihn begrüßen zu müssen. Sie trat etwas näher an das Fuhrwerk, um ihr Gespräch mit Kleinhans fortzusetzen. »Ich habe Sturmschwalben beobachtet, ein ganzer Schwarm.«

»So. Früh im Jahr. Frühe Schwalben, frühe Winter.« Er musterte Camillas Hose und ihre dünne Bluse. »Wärmer anziehn.«

»Winter?«, sagte sie. »Was ist mit dem Herbst? Gibt es hier keinen Herbst?«

»Herbst kennen wir nicht, nur lange Winter. Sie bleiben dies Jahr hier, hör' ich?«

»Ja, wir werden bleiben.« Ihre Augen gingen zu dem verlassenen Strand, und sie versuchte sich vorzustellen, wie es hier wohl im Winter sein würde, aber es gelang ihr nicht. Bisher hatte sie den Gedanken, dass sie auch den Winter hier verbringen würde, immer von sich geschoben, wie so viele andere Dinge, die mit der Zukunft zusammenhingen.

Kleinhans kratzte sich am Hinterkopf, wobei seine Mütze nach vorne rutschte: »Langweilig für'n Mädchen wie Sie. Nichts los.« Wie viele Einheimische hatte auch Kleinhans sich auf die neue Zeit eingestellt, auf die Verwandlung Warnemündes aus einem Fischerdorf in ein Seebad; er hatte die Fischerei an den Nagel gehängt und arbeitete seit einigen Jahren für die Badeverwaltung: pflegte Tennisplätze, reparierte Strandkörbe; im Winter bemalte er kleine Holztafeln – am liebsten oval geschnittene Birkenstämme – mit Vierzeilern, dem Warnemünder Leuchtturm oder dem Stadtwappen, die dann im Sommer in den Andenkenläden verkauft wurden. Er nahm die Zügel auf. »Muss weiter. Noch zwei Fuhren. Witte – der wartet wohl auf Sie?«

Camilla folgte dem Blick des Mannes hinüber zu dem Haus der Tante. Lenka und der Apotheker Witte standen jetzt an der Gartenpforte, und eine Begegnung ließ sich nicht mehr umgehen. »Ordentlicher Mann«, hörte sie Kleinhans sagen, »nich arm ...«, und sie musste fast lachen, wie er sich nach Kräften bemühte, Witte anzupreisen; vielleicht hatte gar die Tante ihn dazu abgerichtet.

Sie schob das Rad auf das Haus zu. Es war ein einstöckiger Backsteinbau, dem man irgendwie ansah, dass er einmal einem Kapitän gehört hatte; in dem schmalen Vorgarten, der hier zu jedem Haus gehörte, wuchs wenig, denn der aufgeschüttete Humus wurde immer wieder vom Sand geschluckt.

Hermann Witte, der Am Strom eine Apotheke besaß, öffnete Camilla das Gartentor. Sie kannte ihn, seit sie als Kind das erste Mal nach Warnemünde gekommen war; nie war sie am Schaufenster seiner Apotheke vorbeigegangen, ohne das große Kugelglas mit den Blutegeln zu betrachten, und im Hintergrund war dann auch immer die Gestalt des Apothekers gewesen mit dem Backenbart. »Du kommst spät! Wir haben lange auf dich gewartet. Herr Witte wollte dich unbedingt noch sehen.«

Hermann Witte konnte Camilla nicht die Hand reichen, weil sie die Lenkstange des Rades hielt. Er sagte auch nicht gleich etwas, sondern griff in die dreiviertellange dunkelgraue Jacke, die noch zugeknöpft war, und hielt ihr dann eine silberne Dose hin.

»Man kann nicht vorsichtig genug sein bei diesem Wetter«, sagte er. »Es ist gesund, aber man muss daran gewöhnt sein und sich dementsprechend anziehn.« Er musste wohl fürchten, sie könnte seine Worte als Kritik auffassen, denn er fügte schnell hinzu: »Wenn man so jung ist, spürt man kein Wetter, wie? Es wird noch mächtig auffrischen. Vom Norden her, da kommt was auf uns zu. Regen, der ganze Himmel hängt voller Regen, aber das hat uns gefehlt.«

Sie nahm eine der kleinen braunen Pastillen, die der Apotheker Witte selber produzierte. Auch das gehörte zum Leben an der See, die ungeheure Bedeutung, die dem Wetter beigemessen wurde; das Wetter bestimmte die Gespräche, bestimmte das Wohlergehen, die Erinnerungen und die Zukunft.

Tante Lenka war es deutlich anzusehen, dass sie Wittes Versuch, die Unterhaltung in Gang zu bringen, reichlich ungeschickt fand.

»So schlimm wird es nicht werden mit dem Wetter«, griff sie ein. »Der September ist oft der schönste Monat hier, und der Oktober ...«

»Ja«, sagte Witte wie ein Echo, »... sind oft die schönsten Monate.«

»Herr Witte wollte dich nämlich zum Corso einladen ...«, half Tante Lenka ihm weiter.

Wieder nahm der Apotheker dankbar das Stichwort auf. »Natürlich, deshalb bin ich gekommen. Der Corso! Die Badekommission hat tief in die Kasse gegriffen. Die ›Königin Christine‹ wird in der Warnow ankern, als Festschiff ausstaffiert, zum Abschluss der Saison. Es wird Tanz geben, ein Feuerwerk ...«

»Tut mir Leid«, unterbrach Camilla ihn, »aber ich habe versprochen, nicht zu tanzen, nicht dieses Jahr.« Sie hatte es einfach so gesagt, weil ihr nichts anderes eingefallen war, um seine Einladung abzubiegen.

»Ich wusste nicht«, sagte Witte irritiert. »War ein Todesfall in der Familie? Das täte mir Leid, wenn ich Sie mit meiner Einladung ...« Er zog seine grauen Handschuhe an, tat es mit solcher Umständlichkeit, streifte jeden Finger nach, schloss die zwei Druckknöpfe so zeremoniös, dass darin seine ganze Verlegenheit zum Ausdruck kam, und Camilla bedauerte ihn, und fast noch mehr ihre Tante, die genauso betreten schien. Da fiel ihr die Versteinerung ein, die sie gefunden hatte; sie bat Witte, das

Rad zu halten, und holte das Gesteinsstück, in dem klar ein Seeigel abgedrückt war, aus dem Beutel.

»Sie verstehn doch etwas davon.«

»Darf ich?« Er nahm das Stück in die Hand und drehte es im Licht. »Ein Micraster. Und in einem ausgezeichneten Zustand. So findet man sie selten. Haben Sie noch mehr Stücke?« Er wollte ihr die Versteinerung zurückgeben, aber sie schüttelte den Kopf.

»Das gehört Ihnen. Sie sammeln doch diese Dinge.«

»Sie nicht?«

»Nein.« Sie hatte dieses eine Stück wirklich nur mitgenommen, weil der Abdruck so außergewöhnlich klar gezeichnet war. Das war eine ihrer schlimmsten Erinnerungen, als der Vater sich von seinen Sammlungen, vor allem von den Uhren hatte trennen müssen; sie hatte sich damals vorgenommen, selber niemals etwas zu sammeln. Was hatte es für einen Sinn, sein Herz an Dinge zu hängen, die man eines Tages doch wieder verlor. »Nein«, sagte sie. »Ich sammle nicht. Es gibt genug Sammler. Sogar Kleinhans sammelt.«

»Kleinhans sammelt? Das ist das Neueste.«

»Er sammelt Zigarrenbinden. Bauchbinden von Zigarren aus aller Welt, nach Ländern geordnet, er hat ganze Kartons davon.«

Witte räusperte sich. »Jedenfalls, vielen Dank. Ein prachtvolles Stück, wirklich, eine Seltenheit ... wird mich an Sie erinnern.« Und damit verabschiedete er sich schnell, ging aus dem Gartentor und unter den Kugelakazien davon, in seiner grauen Jacke und den Kniehosen in derselben Farbe mit Wickelgamaschen.

Die Tante schüttelte den Kopf, als sie neben Camilla auf das Haus zuging.

»Warum musst du immer so mit ihm sein. Er kennt sich bei dir überhaupt nicht aus.«

»Sollte er das?«

»Ach was! Wo warst du den ganzen Tag?«

»Am Strand ... Es wird bald vorbei sein. Kleinhans sagt, der Winter sei hier lang.«

»Sammelt er wirklich Zigarrenbinden?«

»Ja. Er hat sie mir erst gezeigt, Hunderte und Aberhunderte; eine ganze Genealogie von Königshäusern kannst du da studieren ...«

»Deine Schuhe!« Sie hatten den kleinen Vorraum betreten, eine Art Windfang vor dem eigentlichen Flur; am Boden, längs der Wände, standen viele Schuhe, ein Paar neben dem anderen; sie wurden hier gewechselt, darauf bestand die Tante. Nichts konnte sie mehr aufbringen, als wenn man Sand ins Haus schleppte; früher, in den kurzen Ferienwochen, war Camilla dieser pedantische Zug an der Tante nicht weiter aufgefallen, aber jetzt fühlte sie sich davon befremdet.

Die beiden Frauen hatten den großen Wohnraum betreten. Die schweren Möbel – ein Renaissance-Büfett, ein Umbausofa, Plüschsessel und Bilder mit massiven Goldrahmen – passten nicht zu den Proportionen des Hauses, zu den kleinen Fenstern und der niedrigen Decke. Es war, als hätte man einen Fischkutter mit den Überbleibseln aus dem Salon eines Luxusdampfers möbliert, so jedenfalls empfand es Camilla. In der Glasveranda, von der aus man aufs Meer sehen konnte, stand der Tisch, auf dem Tante Lenkas Aufschlagkarten ausgebreitet waren; die Karte, die den *Herrn* darstellte, lag an der Seite, herausgenommen; offensichtlich hatte die Tante dem Apotheker die Karten gelegt.

»Das war übrigens sehr aufmerksam von dir, ihm die Versteinerung zu schenken. Du hast ihm eine große Freude damit gemacht.« Die Tante hatte begonnen, das Teegeschirr auf ein Tablett zusammenzustellen; es war nicht das Zwiebelmuster, das sie gewöhnlich benützte, sondern das Chinageschirr, dünnes, fast durchsichtiges Porzellan mit einem rotgoldenen Drachenmuster. Camilla nahm der Tante das Tablett ab, um es in die Küche zu tragen.

»Sag mal, Tante, du willst mich doch nicht ernsthaft mit dem Apotheker verkuppeln? Das wäre ein ganz neuer Zug an dir.«

Die Tante ließ sich Zeit mit der Antwort. Sie setzte sich in einen der Plüschsessel und nahm ihr Häkelzeug. »Ich denke nur ein bisschen weiter als du, das ist alles. Oder kannst du mir sagen, was du für Pläne hast? Jetzt geh, zieh dich lieber um.« Außer der Küche gab es im Erdgeschoss nur noch Tante Lenkas Schlafzimmer. Im ersten Stock befanden sich ein Bad und zwei weitere Räume, die jetzt von Camilla und ihrem Vater bewohnt wurden. In all den Jahren, wo sie die Sommerferien hier verbracht hatte, war ihr die Enge im Haus der Tante nie störend aufgefallen, sondern sie hatte sie als heimelig empfunden, doch jetzt hatte sie manchmal das Gefühl, als fiele ihr das Dach auf den Kopf. Nicht einmal auf ihrem Zimmer war sie wirklich allein, sie hörte dort jeden Schritt der anderen und wusste, dass jeder ihrer Schritte gehört wurde.

Auch ohne die Ermahnung der Tante, die sie bei aller Toleranz lieber im Rock als in Hosen sah, hätte Camilla sich umgezogen, denn es war ihr kühl geworden in den leichten Sachen. Wieder im Wohnzimmer, setzte Camilla sich jetzt zu der Tante, nahm ein Buch, aber es gelang ihr nicht, sich zu konzentrieren. Pläne? Ja, was für Pläne hatte sie, außer einen Tag nach dem anderen hinter sich zu bringen, einer dem anderen zum Verwechseln gleich. In einer Stunde würde der Vater kommen, sich zum Essen an den gedeckten Tisch setzen, die Tagesneuigkeiten aus Warnemünde zum Besten geben, sich auf sein Zimmer zurückziehen, sich für den Abend umkleiden und wieder verschwinden. Oder war auch das vorbei, jetzt, wenn immer mehr Sommergäste Warnemünde verließen? Würde er wieder den ganzen Tag zu Hause herumsitzen, so wie in den ersten Monaten des Jahres, nachdem sie Berlin verlassen hatten? Die Erinnerung daran war mit dem Sommer verblasst, aber jetzt, als sie wieder daran dachte, merkte sie, dass sie nichts davon vergessen hatte: Der Regen, der kein Ende nahm, der Himmel, der sich wochenlang nicht auftat, die Kälte, der Wind, der unentwegt blies, und der Vater, der sich tagelang in sein Zimmer einschloss; der Augenblick, wenn er dann wieder auftauchte, im

Schlafrock und unrasiert. Er hatte sich sein Leben lang nicht selber rasiert – »nicht einmal auf meiner Afrikareise« –, und er weigerte sich auch jetzt, es zu tun. Nie hatte Camilla ihn so gesehen, nie erlebt, dass er ein Hemd länger als einen Tag trug. Aber auch an sich selber hatte sie Veränderungen beobachtet; immer war sie bedient worden, ein Dienstmädchen hatte ihr Zimmer aufgeräumt, ihr Bett gemacht, eine Zofe hatte ihr die Schuhe zugeknöpft und den Schleier umgebunden – und jetzt stand sie in der Küche von Tante Lenka und wusch Geschirr ab, fegte den Gang, lüftete die Betten ...

»Woran denkst du?«

»An Vater«, sagte sie, weil sie nicht von sich sprechen wollte, »an die ersten Monate hier.«

Mit dem Frühling war es dann besser geworden, für den Vater und auch für sie. Sie hatte hinaus ins Freie gekonnt, hatte Ausflüge machen können. Der Vater hatte einen Barbier gefunden, zwar keinen, der ins Haus kam, aber er reservierte für Hofmann jeden Vormittag eine bestimmte Zeit. Er hatte das Lesezimmer im Badepavillon entdeckt, wo alle Berliner Blätter auslagen; außerdem gab es den Konzertplatz am Schweizerhaus, die Hotelterrassen, das Billardzimmer im Hotel Hübner, und schließlich auch einen Spielsalon, obwohl Camilla nicht wusste, wie ihr Vater zu dem Geld kam, das er dafür brauchte.

»Weißt du, woher er das Geld hat zum Spielen?«

»Erstens spielt er vorsichtiger, und dann, das Publikum, das hier verkehrt, das sind keine Leute, die ihm gewachsen sind.« Es war kein beruhigender Gedanke, ein Vater, der harmlosen Sommerfrischlern das Geld abknöpfte, und dabei auch noch ganz zufrieden schien. »Du meinst, er gewinnt?«

»Ich nehme es an. Er hat mich jedenfalls in letzter Zeit nicht mehr um Geld angepumpt.« Sie legte das Häkelzeug beiseite. »Camilla, es tut mir Leid, aber finde dich endlich damit ab – so ist er! Im Grunde ist er sehr zufrieden mit diesem Leben. Er will nicht mehr, er hat vielleicht nie mehr gewollt, als zu seinem Vergnügen zu leben. Er ist glücklich, alle Verantwortung los zu sein.«

»Er sprach davon, dass er neue Pläne habe; Freunde, die ihm das Kapital vorschießen für eine neue Fabrik; vielleicht, dass wir den Winter schon wieder in Berlin ...«

»Nein, nein, nein ... glaub ihm doch so was nicht! Er sagt das nur dir zuliebe. Vielleicht glaubt er es in dem Augenblick, wo er es sagt, selbst, aber nur für den Augenblick! Er ist wirklich glücklich so. Verlass dich auf mich, darin kenne ich mich aus. Mein Vater hatte einen Freund, einen Spieler, der im Jahr seine dreißigtausend Rubel im Spiel gewann, wie ein anderer ein Beamtengehalt bezieht. Dein Vater erinnert mich an ihn; auch er möchte am liebsten so leben, so nebenbei dreißigtausend Rubel gewinnen ... Hast du so schnell vergessen? Auf deinen Vater kannst du nicht zählen, du musst dein Leben selber in die Hand nehmen.«

»Witte?« Sie hätte nicht einmal beschreiben können, wie er aussah, nur seine graue Jacke und die grauen Handschuhe.

»Warum so sarkastisch? Frage dich lieber, was du willst. Willst du eine Familie? Willst du Kinder? Dazu gehört ein Mann, das ist nun einmal so. Die ...«

»Ich weiß, ich weiß ... die Zeit vergeht schnell, und wenn ich nicht zusehe ... bitte, Tante, was glaubst du, wie oft ich das gehört habe, wenn Mutter predigte. Hat ein Mädchen keine andere Wahl? Witte – er könnte mein Vater sein.«

»Sei nicht so gereizt. Er ist zweiundvierzig, wenn schon, ein Mann in dem Alter ...«

»Ordentlicher Mann. Nicht arm.«

»Was sagst du da?«

»Nichts!« Wieder fragte sie sich, wie er eigentlich aussah. Alles hätte sie besser beschreiben können als sein Gesicht; das große Kugelglas mit den Blutegeln zum Beispiel, oder die braunen Pastillen gegen Halsweh, die er ihr schon als Kind angeboten hatte. O ja, und die Käfersammlungen, die er in Glaskästen verkaufte. Sogar in einer Berliner Zeitung hatte sie einmal eine seiner Annoncen entdeckt: »Deutsche Käfer, nach Gattungen zusammengestellt, das ideale Geschenk für Jungen, auch zum

Anschauungsunterricht in Schulen bestens geeignet.« Hatte die Tante etwas gesagt? »... der so lange wartet, bis er einer Frau etwas bieten kann, sagt das nicht, dass eine Frau gut bei ihm aufgehoben wäre? Er verfügt über ein beträchtliches Vermögen. Zwei Apotheken, die hier und die in Rostock, und beide Häuser gehören ihm. Dazu die Konzession der Warnemünder Brunnenhalle. Er hat es mir gesagt, ich habe es nur vergessen, wie viele tausend Raschen er monatlich verkauft, dazu sein Chinalikör, Wittes Chinalikör ...«

Es klopfte an das Fenster. Der Kopf von Kleinhans erschien, diesmal saß die Mütze im Nacken; ein Schopf brauner Haare kräuselte sich auf der Stirn.

»Barometer fällt mächtig«, sagte er, nachdem Camilla das Fenster geöffnet hatte. »Nur wegen der Winterfenster. Morgen? Morgen hätt' ich Zeit.«

Tante Lenka nickte. »Gut, setzen wir die Fenster ein. Wir müssen sie dann heute noch putzen.«

Kleinhans füllte fast das ganze Fenster aus, so breit war er. »Besser so! Barometer fällt mächtig. Wasser is ganz grau. Mit dem Sommer ist's vorbei dies Jahr.«

»So weit sind wir schon«, die Tante blickte versonnen vor sich hin. »Wie schnell die Zeit vergangen ist.«

Camilla musste daran denken, wie es war, wenn in Berlin die Doppelfenster geputzt wurden, eine Prozedur, die sich über zwei volle Tage hinzog. Sie war in Gedanken oft in dem leer stehenden Haus in Steglitz; sie stellte sich dann vor, wie sie ganz allein durch die Räume lief, die nur von dem schwachen Lichtschein erhellt wurden, der durch die verschlossenen Fensterläden sickerte. Ein Wachtraum, der eine eigenartige Faszination besaß, sodass er nach und nach fast die qualvolle Erinnerung an den Auszug verdrängt hatte.

Es war gleich in der ersten Januarwoche gewesen: Die Mutter hatte das sinkende Schiff als Erste verlassen; dann waren die Dienstboten gefolgt, bis auf das Gärtnerehepaar Willeke, das blieb, um sich auch weiterhin um Haus und Park zu kümmern.

Sie selber war zusammen mit dem Vater für die letzten Tage in ein Hotel gezogen und nur noch einmal nach Steglitz hinausgefahren, aber da waren die Teppiche bereits zusammengerollt gewesen, die Möbel unter Schonbezügen versteckt, die Vorhänge abgenommen und eingemottet. Keine der vielen Uhren hatte mehr an ihrem Platz gestanden; der Vater hatte sie zur Versteigerungsmasse gegeben, ebenso wie seine anderen Sammlungen, und den gesamten Vorrat im Weinkeller, hundertfünfzig Flaschen Château Gruand, zweihundert Flaschen Les Clos Grand-Cru, dreihundert Flaschen Kiedricher Auslese, fünfhundert Flaschen Champagner der verschiedensten Sorten und Jahrgänge. Dennoch war sie immer überzeugt gewesen, dass es nur ein Abschied auf Zeit war; dass sie bald zurückkehren würden; daran hatte es keinen Zweifel für sie gegeben.

»Weißt du, was ich manchmal träume«, sagte sie, »dass ich im Park unseres Hauses spazierengehe, aber es sind keine Wege mehr da, es ist alles überwachsen, und ich kenne mich überhaupt nicht mehr aus, verirre mich.«

»Camilla! Wie oft habe ich dir gesagt: Hör auf, daran zu denken.«

»Aber es ist wichtig, dass ich daran denke!« Sie trat in die Glasveranda. Kleinhans hatte Recht gehabt, das Meer hatte seine blaue Färbung verloren und war schmutzig grau; ein Kahn schaukelte auf den Wellen; er schien nicht vorwärts zu kommen, obwohl der Mann kräftig ruderte. »Wann willst du mit den Fenstern anfangen?«

»Das machen wir morgen Früh.«

»Dann gehe ich vielleicht noch etwas nach draußen. Nur eine halbe Stunde.«

»Zum Zug nach Berlin? Komm mal zu mir. Setz dich. Und jetzt hör mir zu. Einer muss es dir ja sagen, und da dein Vater nicht den Mut dazu aufbringt ... das Haus ...«

»Was ist damit?«

»Ich will es dir ja sagen! Das Haus gehört euch nicht mehr. Hast du gehört? Du wirst nie mehr dahin zurückkehren; sehr wahrscheinlich wohnen schon andere Leute darin. Es ist verkauft. So«, sie seufzte, »jetzt weißt du es.«

Camilla stand ganz still da, dann machte sie jene Geste, mit der sie früher die langen Zöpfe auf den Rücken gelegt hatte.

»Wie kann es verkauft sein?«, fragte sie. Natürlich hatte sie damals erfahren, dass der Vater das Haus nicht ihr überschrieben hatte, sondern dass es Eigentum der Mutter war. Sie hatte sich damit getröstet, dass es dadurch auf jeden Fall vom allgemeinen Konkurs ausgenommen war. Damals war ihr das wichtiger gewesen als alles andere, dass mit dem Haus nicht passierte, was sie in der Fabrik erlebt hatte: Die Männer, die kamen und die Maschinen herausrissen, die Versteigerung des Warenlagers, der Fahrzeuge, des übrigen Inventars. Davon war das Haus nicht bedroht, nur daran hatte sie gedacht, und daran, dass sie eines Tages zurückkehren würde. »Seit wann weißt du es?«

»Seit einer Woche. Sie haben geschrieben, wegen der Hausschlüssel. Sie wussten, es gab insgesamt sechs, und zwei fehlten; sie wollten sie haben, weil sie sonst das Schloss an der Haustür hätten auswechseln müssen.«

»Du hast ihnen die Schlüssel geschickt?«

»Mit welchem Recht hätte ich es verweigern sollen?«

»Auch meinen Schlüssel?«

»Ja. Jetzt nimm doch endlich Vernunft an! Ihr könnt von Glück sagen, dass deine Mutter sich das Haus hat überschreiben lassen, jetzt hat sie wenigstens das Geld; dadurch muss dein Vater nicht mehr für ihren Unterhalt aufkommen. Schließlich ist sie seine Frau. Man könnte manchmal meinen, du hättest das Haus gebaut ... Halt! Du läufst mir jetzt nicht weg und sperrst dich in dein Zimmer ein. Man kann im Leben nicht vor allen Dingen davonlaufen.«

»Ich hatte nicht die Absicht«, sagte Camilla mit einer kühlen hohen Stimme.

»Wohin willst du denn?«

»Ich werde die Fenster putzen. Bleib nur, ich mach das allein;

es ist mir lieber, ich habe es getan, vielleicht wird es morgen doch wieder schön und ich kann an den Strand.«

Sie verließ das Haus durch die hintere Tür. Der Wind hatte noch mehr aufgefrischt, und sobald man den Schutz des Hauses verließ, hatte man mit dem Gleichgewicht zu kämpfen, so rau kamen die Böen. Die Doppelfenster wurden während des Sommers in einer alten Laube aufbewahrt; Camilla holte sie einzeln ins Haus, wusch sie, polierte die Scheiben mit Zeitungspapier und stellte sie bereit, damit Kleinhans sie am anderen Morgen nur einzusetzen brauchte.

Die Arbeit machte sie ruhiger; besser, als wenn sie mit einem Buch, in dem sie doch nicht gelesen hätte, untätig herumgesessen hätte. Allmählich gelang es ihr sogar, Ordnung in ihre Gedanken zu bringen. Das Haus war verkauft. Andere Menschen wohnten jetzt darin. Würden sie Veränderungen am Haus vornehmen? Tapeten auswechseln, den Garten anders anlegen ... An diesem Punkt angelangt, war sie bereits zu Ende mit ihrer Vernunft. Nein, sie würde sich nie damit abfinden, das Haus verloren zu geben. Es war jetzt in fremden Händen, gut, trotzdem war es nach wie vor ihr Haus und würde immer ihr Haus bleiben. Eines Tages würde sie wieder dorthin zurückkehren, aber wie sollte das geschehen? Auf den Vater konnte sie nicht zählen, nicht einmal auf Tante Lenka. Nur sie selber konnte sich helfen!

Aber was vermochte sie schon – sie hatte Sprachen gelernt, Französisch und Englisch, und ein wenig Russisch von Tante Lenka; sie spielte leidlich gut Klavier, konnte hübsch zeichnen; das hieß, sie konnte allenfalls den Weg einschlagen, den viele Mädchen aus gutem Haus ohne Mitgift gehen mussten, und eine Stellung als Erzieherin annehmen; aber wie sollte sie damit genug verdienen, um das Haus zurückzukaufen. Und sonst? Eine Stellung in einem Büro oder in einem Ladengeschäft war auch nicht besser bezahlt. Sie kannte einige Fabrikanten aus der Parfümeriebranche; aber auch das würde sie ihrem Ziel nicht näher bringen. Wenn sie es nüchtern betrachtete, hatte ein junges Mädchen nur eine Chance: einen reichen Mann zu heiraten – und die hatte sie schließlich schon einmal gehabt; was für eine Ironie, dass sie damals alles getan hatte, um der Falle zu entrinnen, und jetzt tat sich dieselbe Falle erneut vor ihr auf.

Sie nahm ein wollenes Viereckstuch, legte es um die Schultern und ging nach draußen, um das Haus herum, durch den Vorgarten, überquerte die Promenade und kämpfte gegen Sand und Wind an. Es war gut, sich die Gedanken aus dem Kopf blasen zu lassen. Das Boot, das sie zuvor schon beobachtet hatte, war immer noch draußen. Es verschwand in den Wellentälern, tauchte dann wieder auf, und sie glaubte sogar zu sehen, wie das Wasser von der schwarzen Kleidung des Mannes ablief. Er war noch nicht weit vorangekommen, aber er kämpfte unverdrossen weiter, zog die Ruder durch das Wasser in langen kräftigen Schlägen. Einen Augenblick wünschte sie an seiner Stelle in dem Boot zu sein: er hegte sicher keine unnützen Gedanken, ob er zum Beispiel umkehren oder einfach aufgeben sollte; er konnte sich keine Schwäche erlauben, sondern wusste, er hatte einfach weiterzurudern ...

Sie stand dort und wartete, bis das Boot kleiner wurde und schließlich hinter der Mole verschwand; die grauen Wellen klatschten hoch gegen die Steinmauer, aber dahinter, das wusste sie, war das Wasser ruhig.

2

»Am Strom« – das war in den Augen der eingesessenen Warnemünder die beste Adresse, die man haben konnte. Die Bismarck-Promenade, parallel zum Strand, mochte gut sein für Hotels und Pensionen, für die Fremden also; aber Am Strom – gemeint war damit die Alte Warnow – war man sozusagen unter sich: Auf dem Uferweg neben dem etwas tiefer gelegenen Flussbett ging man spazieren; auf den grünen Bänken längs der Böschung, deren Grasbewuchs trotz liebevoller

Pflege immer schütter blieb, ruhte man sich aus; und in den Häusern jenseits der Allee wohnte man. Dass sich im Erdgeschoss vieler Häuser Geschäfte befanden, tat der Vornehmheit keinen Abbruch, es kam allein auf die Hausnummer an, je höher sie war, desto besser, und Hermann Wittes Haus hatte die Nummer 93.

Nach drei stürmischen, nasskalten Tagen war das Wetter über Nacht umgeschlagen und wieder klar, ruhig und sonnig geworden; das Thermometer an der Apotheke zeigte jetzt am frühen Nachmittag 22 Grad, wie bestellt also für den Corso, der am Abend stattfinden würde. Die beiden Festschiffe lagen bereits in der Alten Warnow vor Anker; Zuschauer hatten sich eingefunden und verfolgten interessiert die Verschönerungsarbeiten, die auf den Schiffen im Gange waren. Auch Camilla hatte eine Weile zugeschaut; aber als die letzte Kette bunter Lampions über der Reling festgemacht war, hatte sie sich einen Ruck gegeben und sich auf den Weg zur Apotheke gemacht.

Das eine der beiden Schaufenster war wie immer mit Wittes eigenen Produkten dekoriert: sein Chinalikör, Dr. Wittes Reduktionspillen, Wiocitin, ein Nähr- und Kräftigungsmittel für Blutarme; daneben natürlich eine Parade von Tafel- und Gesundheitswassern – »im Laufe weniger Jahre zu Weltruf gelangt«.

Niemals zuvor hatte Camilla alle diese Dinge mit einer Gründlichkeit studiert wie jetzt. Das andere Schaufenster war neu dekoriert worden, etwas voreilig, denn die Mittel gegen Sonnenbrand, aufgesprungene Lippen, entzündete Augen und Mückenstiche waren daraus verschwunden und hatten Arzneien gegen Heiserkeit, Husten, Rheuma und Hexenschuss Platz gemacht; und als Blickfang diente nicht mehr der rot-weiße Badeball, sondern ein funkelnder Inhalator. Der Anblick dieser Dinge, die ihr von Kindheit an vertraut waren, ließ Camilla im letzten Augenblick fast wieder umkehren; es war vor allem der Apothekengeruch, den sie fürchtete. Sie glaubte, ihr würde davon übel werden, sobald sie im Laden war; aber sie wusste auch, dass sie sich das nur einbildete, und so betrat sie schließlich die Apotheke. Sie hatte einen günstigen Zeitpunkt erwischt, denn es waren nur wenige Kunden da. Zwei alte Frauen saßen auf dem schwarzen Wachstuchsofa auf der linken Seite und warteten wohl auf ein Rezept; eine jüngere Frau mit einem Kind an der Hand stand an der Theke und wurde von einem Angestellten bedient. Witte selber war nicht zu sehen. Auf einer schwarzen Lack-Etagere, feierlich wie ein Kultgegenstand, prangte das große Kugelglas mit den Blutegeln; an der Wand dahinter hingen bis unter die Decke die Glaskästen mit den Käfersammlungen. Außerdem gab es noch eine Personenwaage und einen kleinen Springbrunnen, auf dessen Wasserstrahl eine blaue Kugel tanzte.

»Was kann ich für Sie tun?« Ein zweiter Angestellter war aufgetaucht. »Oh, das Fräulein Hofmann! Wie geht es? Und wie geht es dem Herrn Vater? Er hat die Fabrik aufgegeben, habe ich gehört. Wirklich? Aber warum? Wissen Sie, wie viel wir verkauft haben von Hofmann's Handseife, ein Schlager, sage ich Ihnen, die Leute verlangen sie nach wie vor ... Oh, Sie wollen sicher Herrn Dr. Witte sprechen. Ich sage ihm gleich Bescheid.«

Die Kundin an der Theke war aufmerksam geworden; sie blickte zu Camilla herüber, unterzog sie einer eingehenden Musterung, beugte sich dann zu dem Verkäufer und flüsterte ihm etwas zu. Camilla trat etwas zur Seite; sie war nicht erpicht, das Gespräch mitzuhören; sie konnte sich an den fünf Fingern abzählen, worum es sich drehte: Ein reicher Mann wie Hermann Witte, der nach einer ersten Ehe wieder zu haben war, lieferte den Warnemündern immer neuen Gesprächsstoff, vor allem den Familien mit heiratsfähigen Töchtern. Camilla war froh, als der Angestellte zurückkam und sie bat, ihm zu folgen. Er ging voran bis zu dem Rundbogen an der holzgetäfelten Stirnseite des Raums.

»Nur geradeaus. Am Ende des Ganges.«

Der Apothekengeruch verstärkte sich, als sie die bezeichnete

Tür öffnete; in die Wände des länglichen Raumes waren Regale und Glasschränke eingelassen. In der Mitte stand der große Rezeptiertisch mit vier Arbeitsplätzen, die durch geschnitzte Holzleisten deutlich voneinander getrennt waren. Witte hatte eben den weißen Kittel abgelegt und war dabei, in den grauen Rock zu schlüpfen. Er kam auf sie zu, noch damit beschäftigt, die lange Reihe der Knöpfe zu schließen; er verhedderte sich und musste ein zweites Mal anfangen.

»Ja, das ist es also, mein Reich«, sagte er, »ein Teil davon. Ich habe schon lange auf einen Besuch von Ihnen gehofft.«

Weißes, milchiges Licht erfüllte den Raum; im Hintergrund führte eine eiserne Wendeltreppe nach oben. Wenn es eine direkte Verbindung mit der Wohnung war, dann herrschte dort derselbe Geruch wie hier unten, so wie man in der Apotheke des Vaters in Neukölln noch im Speicher die kochende Seife in der Nase hatte.

»Ich hoffe, Sie sind gekommen, um mir zu sagen, dass Sie doch mit auf den Corso gehen!«

Camilla nickte und zwang sich, ihn anzusehen, aufmerksam, als wäre er ein Fremder, der ihr das erste Mal gegenüberstand. Er trug eine randlose Brille und einen Backenbart. Sonst machte das oft einen Mann, eine Brille und ein Bart; das Porträt an der Wand neben der Tür zeigte auch nichts anderes. Hermann Witte, der Camillas Interesse an dem Gemälde anders deutete, erklärte: »Das ist mein Vater.«

Camilla versuchte sich vorzustellen, wie Witte ohne den Bart aussehen würde.

»Die Ähnlichkeit ist auffallend«, sagte sie, Vater und Sohn vergleichend, »aber vielleicht kommt das nur vom Bart, er macht älter.«

»Finden Sie?«

»Doch, viel älter.« Sie hatte plötzlich das Gefühl, dass ihr alles andere auch glücken konnte, wenn sie es fertig brachte, dass Witte sich den Bart wegrasierte. Eigentlich fiel er gar nicht auf, denn er war kurz geschnitten, und das Haar war sehr hell, möglicherweise schon ein wenig ergraut. Man sah dem Bart an, dass Witte ihm sorgfältige Pflege angedeihen ließ; vielleicht war der Bart sein ganzer Stolz; vielleicht kam es einem Verrat am Vater gleich, sich von ihm zu trennen, aber gerade dann war es ein guter Prüfstein. »Er muss Ihnen viel Mühe machen, dieser Bart.«

»Ja, das tut er.«

»Sie tragen ihn schon immer, nicht wahr?«

Witte schien sich nach einem Spiegel umzusehen, da jedoch nirgends einer hing, fasste er mit der rechten Hand an den Bart, fast so, als müsste er ihn schützen. »Wie ist es, wollen wir nicht einen Spaziergang machen, ich meine, wenn Sie Zeit haben.« Er nahm Hut, Handschuhe und Stock, sagte dann aber doch: »Er missfällt Ihnen, sagen Sie es mir ehrlich, der Bart missfällt Ihnen.«

»Ich glaube nur, dass Sie jünger aussehen würden ohne ihn – das ist alles, viel jünger sogar. Und wissen Sie, mein Vater hat nie einen Bart getragen.«

»Stimmt, stimmt.« Witte war das Gespräch peinlich, aber gleichzeitig schmeichelte ihm ihr Interesse. »Wahrscheinlich haben Sie recht. Wahrscheinlich würde ich jünger aussehen, wahrscheinlich ... Man könnte es ausprobieren. Man sieht sich selber ja nie richtig an, ich meine, man achtet nicht weiter darauf; es ist einfach eine Gewohnheit, weiter nichts; man hat einmal damit angefangen und macht so weiter. Das ganze Leben besteht aus solchen Gewohnheiten.« Er schien seine Sicherheit wieder zurückgewonnen zu haben. Energisch knöpfte er die Handschuhe zu, ergriff erneut den Stock und schritt zügig aus, ihr voran. »Es ist wirklich zu dumm, wenn Menschen so an Gewohnheiten hängen«, sagte er, als wollte er ihr damit ein Versprechen geben.

Sobald sie die Apotheke verlassen hatten, bot er ihr den Arm. »Das Wetter spielt mit.« Er wies zu den Schiffen auf der Alten Warnow »Gegen Abend wird es abkühlen, aber immer noch warm genug sein. Ich sagte es ja, der September bringt hier oft solche Überraschungen. Sie werden sehen, das ist ein Vorurteil, dass es nur im Sommer an der See schön ist. Mit der Zeit wird sich das immer mehr durchsetzen, dass die Leute auch im Herbst und Winter kommen.« Er blieb stehen und deutete hinüber zu dem Baugelände zwischen Alter und Neuer Warnow: »Das dort wird der neue Trajektbahnhof, rechts die Station für die Züge, links das Becken, das sie ausbaggern, wird der Anlegeplatz für die Dampfer. In zwei Jahren spätestens wird er in Betrieb genommen, die beiden Fährschiffe sind bereits in Rostock in Bau. Ein Projekt von sieben Millionen, alles in allem. Wissen Sie, was das heißt: Wir haben schon jetzt gute Verkehrsverbindungen; aber dann wird Warnemünde die besten von allen Ostseehäfen haben – sechs Stunden nach Kopenhagen, vier Stunden nach Hamburg, vier Stunden nach Berlin. Mit knapp zehntausend Badegästen pro Jahr liegen wir ohnehin an der Spitze, aber sobald wir den Trajektbahnhof haben, wird sich das verdoppeln.«

»Vier Stunden nach Berlin?«, sagte sie.

»Ja, knapp vier Stunden.«

Sie gingen weiter, am leeren Konzertplatz und am Leuchtturm vorbei, und schlugen dann den Weg zur Mole ein. Witte grüßte immer wieder Leute, und die neugierigen Blicke, mit denen man sie bedachte, waren nicht zu übersehen; auch nicht, dass man stehen blieb, wenn sie vorüber waren, und ihnen nachschaute.

»Wissen Sie«, sagte Camilla, »dass Sie genau beobachtet werden?«

»O ja, daran bin ich gewöhnt.«

Witte galt als Witwer; nach der offiziellen Version war seine Frau kinderlos, nach einer kurzen Ehe, vor zehn Jahren gestorben. Daneben aber hielt sich hartnäckig das Gerücht, dass sie ihn verlassen hatte und später eine Scheidung erfolgt war.

»Jeder fragt sich, wen wird Apotheker Witte eines Tages heiraten, so ist es doch?«

»Sie geraten in Verdacht, jawohl. Jede Frau gerät in Verdacht, die ich irgendwie auszeichne oder die ich häufig besuche. Auch Ihre Tante ist bereits in Verdacht geraten. Ein Spaziergang auf die Mole ist allerdings das Kühnste, was ich mir erlauben kann. Macht es Ihnen etwas aus?«

»In Berlin könnte uns das nicht passieren.«

Die stärker aufkommende Brise machte eine Unterhaltung mühsam, und sie strebten der verglasten Kabine am Ende der Mole zu; es war niemand dort, und sie hatten die runde Bank ganz für sich. Der Badestrand von Warnemünde lag verlassen; da und dort stand noch ein einzelner Strandkorb; und weit draußen vor dem Herrenbad, nur an den bunten Badehauben erkennbar, schwammen zwei Unentwegte in der Brandung.

»Es ist einsam hier im Winter, nicht wahr?«, sagte sie.

»Wie man es nimmt. Für mich ist der Herbst und der Winter die schönste Zeit. Weniger Fremde, weniger Trubel. Man kommt zu den Dingen, die man während des Sommers liegen lassen musste. Im Sommer ist zum Beispiel nicht daran zu denken, meine Sammlungen zu ordnen. Sie haben noch keinen Winter hier erlebt, aber Sie werden ihn mögen, da bin ich ganz sicher.«

»Ehrlich gesagt, ich habe ein wenig Angst davor. Immer in den letzten Tagen, wenn ich am Bahnhof war, um für meinen Vater Zeitungen zu holen, und den abfahrbereiten Zug nach Berlin sah ... ich musste mich beherrschen, nicht im letzten Augenblick aufzuspringen.« Sie hatten sich gesetzt. Es war windstill und warm in der Glaskabine, und selbst der Anprall der Wellen gegen das Steinfundament klang gedämpft. »Dies ist die Zeit, in der wir sonst immer nach Berlin zurückkehrten. Es muss Heimweh sein, was ich habe, einfach Heimweh.« Sie hatte ganz vergessen, dass es kein Haus mehr gab, in das sie zurückkehren konnte. »Ich bin gern hier, im Sommer. Aber immer hier leben?«

Witte bekam wieder den irritierten Gesichtsausdruck wie vorher in der Apotheke, als sie von seinem Bart gesprochen hatte. »Warten Sie es ab.«

Camilla schüttelte den Kopf. »Winter. Ein halbes Jahr Kälte und Einsamkeit. Ich würde es nicht aushalten.«

Er hob beunruhigt die Hände. »Halt, halt. Sie vergessen Rostock!« Er sah sie an. »Da haben Sie das alles: Theater, Konzert, Geschäfte. Meine Eltern lebten im Winter über immer in Rostock. Viele Warnemünder tun das. Sehen Sie, ich ... Ich meine, wenn man so lange allein gelebt hat wie ich, dann verliert man die Maßstäbe. Sie haben recht, meine Mutter hätte es im Winter in Warnemünde auch nicht ausgehalten.« Er redete sich allmählich in Feuer. »Sie werden staunen, was Rostock alles zu bieten hat, eine Hansestadt, da versteht man sich nicht nur aufs Geldverdienen, sondern auch aufs Leben. Ausgezeichnete Restaurants, sage ich Ihnen. Und Rostock ist nicht aus der Welt. Ein Katzensprung in Wirklichkeit. Mit dem Zug sind es fünfzig Minuten. Achtzehn Züge am Tag.«

»Sie haben ein Haus dort?«

»Ja, das Haus meiner Eltern. Mitten in der Stadt, am Neuen Markt, beste Geschäftslage. Ich habe einen Geschäftsführer in der Apotheke, aber ich meine, das könnte man jederzeit ändern; das ist nur eine Frage des Arrangements, er könnte zum Beispiel im Winter hier die Apotheke übernehmen, der Gedanke ist mir schon einmal gekommen ...«

»Nein, nein, so war das nicht gemeint, daran sollten Sie nicht denken. Das Haus, in dem man aufgewachsen ist, da ist man zu Hause. Bei Ihnen ist es Warnemünde, bei mir Berlin.« Sie war versucht, von dem Haus in Steglitz zu sprechen; im Grunde tat sie die ganze Zeit schon nichts anderes. Dass sie zu Witte gegangen war, dass sie jetzt mit ihm hier auf der Mole saß – alles geschah nur für das Haus. Die Tatsache, dass es verkauft war, ließ ihr keine Ruhe. Es war, als hätte man sie ihrer Wurzeln beraubt; sie hatte gar keine Wahl, sie musste einen Weg finden, das Geschehene rückgängig zu machen. »Sie waren nie in Berlin?«

»In Berlin?«

»Ja. Es lebt sich dort so leicht.«

»Ich kann nicht sagen, dass ich es kenne.« Witte stützte beide Hände auf den Silberknauf seines Stocks. »Stettiner Bahnhof, ein Hotel, das Gebäude, in dem der pharmazeutische Kongress stattfand, mehr habe ich nicht gesehen. Ich will damit nichts gegen Berlin sagen, wirklich nicht.«

»Und die Sammlungen?«

»Ich sage Ihnen ja, Bahnhof, Hotel, Kongress.«

Sie sah ihn lächelnd an. »Nicht einmal den Kaiser? Jeder, der nach Berlin kommt, möchte wenigstens den Kaiser sehen.«

»Wirklich, ich ... Ich meine, ich hab's sogar einmal versucht, bei der Frühjahrsparade, aber es war kein Durchkommen. Ich war eingekeilt in eine Menschenmenge und wurde hin- und hergestoßen, das war alles.«

Sie lachte. »Das meine ich auch nicht. Ich meine nicht die Hoffeste, die Bälle, nicht Oper, Theater, Konzerte. Ich meine auch nicht die Geschäfte. Das alles ist es nicht. Ich meine die Stadt als Ganzes, die Luft dort, die ganze Atmosphäre, dass ich mich dort wohl fühle, dass ich dort freier atmen kann. Hier ... hier hätte ich das Gefühl, unter einer Glasglocke zu leben. Wenn ich daran denke, wie man uns beobachtet hat. Und bestimmt registriert man genau, wie lange wir uns hier draußen aufhalten ... Ich glaube, es ist besser, wir gehn zurück.«

»Warten Sie!« Er folgte ihr eilig. »Ich glaube, ich verstehe, was Sie meinen ...«

Sie kam sich seltsam vor in der Rolle, die sie spielte. Es war eine ganz neue Erfahrung, sich selber sprechen zu hören, in der Sprache, die sie nur von der Mutter und den Schwestern kannte. Sie hätte nie gedacht, dass sie dazu überhaupt fähig war, aber nun fiel es ihr nicht einmal schwer.

»Wäre es für Sie ausgeschlossen, in Berlin zu leben? Hier, das weiß ich, würde ich mich wie eine Gefangene fühlen.« Sie schritt schneller aus. Noch deutlicher konnte sie wirklich nicht werden. Sie stellte Forderungen, an die er sicher nicht einmal im Traum gedacht hatte; ja, ihr selber kam das Ganze plötzlich wie ein ziemlich ungeschicktes Manöver vor, leicht durchschaubar.

Witte hatte sich ihrem Schritt angepasst. Schweigend gingen sie nebeneinander her, bis er sagte: »Wenn ich Sie richtig verstanden habe, so wäre das Ihre Bedingung ... Oh, verzeihen Sie das Wort! Ich habe das nicht missverstanden, bestimmt nicht. Offen gesagt, ich schätze Ihre Ehrlichkeit. Ich meine, Sie haben sich geprüft, und Sie haben mich das Ergebnis wissen lassen, bevor ...« Er kam nicht weiter, nahm einen neuen Anlauf und sagte dann entschlossen: »Frauen rücken in der Regel immer erst nach der Hochzeit mit diesen Dingen heraus. Ist das nicht so? Sie wissen, dass ich bereits einmal verheiratet war?«

»Ja, ich weiß.«

»Aber es sind keine Kinder da, und keinerlei Verpflichtungen mehr.«

»Bitte«, sagte sie, »bitte nicht.« Er schien plötzlich größer zu werden neben ihr, seine Haltung selbstbewusster; schwungvoll klemmte er den Stock unter den linken Arm, zog die Handschuhe aus, öffnete die obersten Knöpfe des Überrocks.

»Berlin«, sagte er, mit einer ganz neuen Betonung. »Berlin! Naturwissenschaftliche Sammlungen, sagten Sie?«

»Und ein Museum für Meereskunde.«

»Für Meereskunde! Wissen Sie, was ich nach meiner Approbation machen wollte? Ich wollte – auf und davon! Ja, ich hatte mir eine Stellung auf einem großen Passagierdampfer gesucht, als Apotheker an Bord, wissen Sie. Für drei Jahre hatte ich mich verpflichtet, da hätte ich etwas von der Welt gesehen ... Und dann starb plötzlich mein Vater, und ich musste das Geschäft übernehmen – und aus war der Traum. Ich will mich nicht anders machen, als ich bin. Ich bin vorsichtig, ich scheue das Risiko, aber ich war nicht immer so. Und mit Ihnen ...« Er war stehen geblieben, ergriff nun ihre Hand. Sie hatte es darauf angelegt, und was für eine andere Wahl blieb ihr denn, wenn sie das Ziel, das sie sich gesetzt hatte, erreichen wollte. Sie hatte dazu gelernt in diesem halben Jahr, hatte Abstand gewonnen zu den Dingen und zu den Menschen: Tante Lenka – nein, so ausschließlich in der Vergangenheit leben wie die Tante konnte sie nicht. Und sie besaß auch nicht den Leichtsinn des Vaters. Sie liebte beide, aber die waren ihr kein Vorbild mehr, denn beide flüchteten vor der Wirklichkeit, beide waren im Grunde zu schwach für die Welt, sie wehrten sich nicht, sie ließen die Dinge geschehen, sie hatten nicht einmal versucht, das Haus zu retten. Aus Vernunft zu heiraten, das klang sehr nüchtern, fast bitter, was für ein Weg blieb ihr sonst?

»Wenn Sie gestatten, möchte ich mit Ihrem Vater sprechen.«

»Ja, natürlich«, sagte sie, froh, dass sie diese Frist noch hatte, keine lange Frist allerdings, denn als sie jetzt auf das Hotel Berringer zugingen, entdeckte sie den Vater auf der Terrasse, und auch er hatte sie bereits bemerkt. Er verabschiedete sich von zwei Herren und kam auf sie zu.

»Ich erwarte Sie heute Abend«, sagte Witte zu Camilla. »Ich habe einen Tisch auf der ›Königin Christine‹ bestellt.« Er verbeugte sich etwas steif vor Fritz Hofmann, der einen weißen Leinenanzug mit braun paspeliertem Revers und Taschen trug. »Wir sprachen eben von heute Abend«, sagte Witte, »vom Corso. Ich darf Sie doch auch erwarten?«

»Sehr liebenswürdig, aber ich weiß nicht recht, Tanz, das ist etwas für junge Leute wie Sie.« Hofmann knetete seine Hände, so wie Pianisten es tun, um die Gelenke geschmeidig zu halten; aber ihm ging es nur darum, dass seine Fingerfertigkeit beim Mischen und Austeilen der Karten nicht nachließ.

»Ich hätte Sie gerne gesprochen«, sagte Witte.

Hofmann warf seiner Tochter einen Blick zu, unterließ jedoch eine Bemerkung. Es schien etwas zu geben, das ihm wichtiger war, denn er zog einen Umschlag aus der Tasche und gab ihn Camilla. »Wenn du mir das besorgst, ehe die Post schließt.« Er legte den Arm um Wittes Schulter. »So, dann wollen wir mal! Gehen wir ins Berringer? Mein Lieber, man sieht Sie nie dort! Nichts übrig für ein Spielchen? Ausgleich, sage ich, der Mensch braucht einen Ausgleich! Das Geheimnis, Witte, liegt im Ausgleich, und so ein harmloses Spielchen ...« Er beantwortete Camillas ermahnenden Blick mit einem Lächeln. »Lass uns Männer allein, Männer müssen von Zeit zu Zeit allein sein, nicht wahr, Witte?« Und er führte den Apotheker fort, den Arm immer noch um seine Schulter gelegt. Camilla sah ihnen nach, wie sie die Treppe des Hotels Berringer hinaufstiegen und dann im Portal verschwanden. Sie öffnete den Umschlag und fand den Text für ein Telegramm nach London, an ein großes Wettbüro; der Text lautete: ›Fünftes Rennen British Derby, Erster Platz Fairyqueen, dreißig Guinees‹. Kopfschüttelnd steckte sie den Zettel in den Umschlag zurück und ging schnell davon. Fairyqueen – das war der Vater, das war alles, woran er denken konnte.

3

Vom Postamt aus hatte sie sich auf den Heimweg gemacht; sie ging durch die Parkanlagen und ließ sich Zeit; für die vielen Fragen, die sie von der Tante zu gewärtigen hatte, kam sie immer noch zu früh nach Hause. Die verschlungenen Pfade zwischen den Baumgruppen und Rosenbeeten waren mit hellem Kies bestreut, aber wie jedes Jahr gegen Ende der Saison kam überall wieder der Sand durch. Sie begegnete kaum Sommergästen, sondern nur ein paar Warnemündern, die täglich um diese Zeit hier anzutreffen waren: Der Frau in dem abgetragenen Sealmantel, die am Kleinen See die Haubentaucher fütterte, und dem Herrn im Rollstuhl, der sich von seiner Pflegerin zum Krocketplatz fahren ließ. Vor dem muschelförmig gebauten Konzertpodium am Schweizer Haus waren die weißen Bankreihen entfernt worden, und Haufen zusammengerechten Laubs lagen zum Wegschaffen bereit. Es war so still, dass sie vom Tennisplatz her den Aufschlag der Bälle hörte, ein Geräusch, das sie besonders liebte und bei dem sie sich immer überlegte, an welcher Stelle im Park beim Haus in Steglitz sich ein eigener Tennisplatz am besten anlegen ließe.

Sie bemerkte den Mann, der um das Haus der Tante herumging, schon von der Straße aus. Er probierte es an der hinteren Tür und kehrte dann zum Eingang zurück. Als sie die Gartentür öffnete, stand er vor dem Fenster der Glasveranda und spähte ins Innere des Hauses. Offensichtlich war Tante Lenka nicht da, und er hatte vergeblich geklingelt. Jetzt, da er sie hörte, wandte er sich um und kam ihr entgegen, einen weißen Strohhut mit buntem Band in der Hand. »Das Fräulein Hofmann! Endlich! Ich dachte schon, ich hätte den Weg umsonst gemacht.«

Sie kannte ihn nicht, und sie hatte im letzten halben Jahr gelernt, dass fremde männliche Besucher nichts Gutes bedeuteten. Sie wollten meist den Vater sprechen, taten sehr freundlich, und dann stellte sich heraus, dass sie ausstehende Forderungen einzutreiben hatten. Alle waren sich irgendwie ähnlich gewesen, unauffällige Gesichter, unauffälliges Benehmen; sogar in ihrer Kleidung waren sie sich gleich gewesen; und auch dieser Mann trug den grauen Nadelstreifenanzug, der schon einige Jahre aus der Mode war; drei Knöpfe und schmale Revers. Nur dieser Strohhut, den er in der Hand hielt, fiel aus dem Rahmen; er war nagelneu, schien nie getragen und wirkte wie ein Passierschein für das Seebad.

»Kennen wir uns?«, sagte sie reserviert und entschlossen, ihn nicht ins Haus zu lassen.

»Kennen wir uns?« Ohne zu lachen, strahlte er über das ganze Gesicht. »Wie lange kenne ich Sie? Viele Jahre. Sie trugen Ihr Haar immer lang, aber das kurze steht Ihnen auch! Sie haben es schön hier. Und Ihr Vater – wie geht es ihm denn eigentlich?«

»Sie wollen zu ihm?«

»Er privatisiert hier? Irgendwie kann ich mir das nicht vorstellen. Wie hält er das nur aus? Berlin und Warnemünde, das sind zwei verschiedene Welten. Warten Sie, ich helfe Ihnen, geben Sie mir den Schlüssel ... Nein, Sie zuerst, treten Sie ein, Sie sind hier zu Hause ... Nein, nein, ich will nicht Platz nehmen. Ich frage mich nur, wo kann ich Ihren Vater erreichen. Ich möchte etwas mit ihm besprechen ...«

Es war, als käme sie erst bei diesen Worten zu sich. Sie standen im Wohnraum, er noch immer den Strohhut in der linken Hand; sie hatte ihm einen Platz angeboten, und dabei wusste sie nicht einmal, wie sie ins Haus gekommen waren, ganz gegen ihren Willen. Sie hatte den Schlüssel aus der Tasche genommen, und plötzlich war er in seiner Hand gewesen, er hatte aufgesperrt, und jetzt war er hier im Wohnzimmer und bewegte sich darin, als wäre ihm alles so vertraut wie einem guten Freund des Hauses, dabei war sie absolut sicher, dass sie ihn nicht kannte. Sie musste plötzlich lachen, und als er sie fragend ansah, sagte sie: »Können Sie mir sagen, wie wir ins Haus gekommen sind? Ich wollte Sie nämlich nicht hereinlassen, wissen Sie.«

»Sehen Sie mich an! Was fällt Ihnen auf?«

»Ich weiß nicht, was Sie meinen; eigentlich nichts.«

»Es fällt Ihnen im Grunde nichts auf. Das ist es. Ich bin nicht zu elegant und nicht zu einfach. Ich bin nicht zu groß und nicht zu klein. Ich bin gerade so seriös, dass man mir vertrauen kann, aber auch nicht so, dass ich jeden mit einer Amtsmiene einschüchtere. Mit einem Wort, es ist mein Beruf, in Häuser zu kommen, in die man mich eigentlich nicht hineinlassen will.«

»Sie haben Forderungen an meinen Vater?«

»Nein, nein. Ich bin Vertreter, wissen Sie. Ich bin für Ihren Vater gereist, viele Jahre, im Großherzogtum Mecklenburg-Strelitz, mein Name ist Senger, Carl Senger. Daher kenne ich Sie, aus Neukölln, wenn ich die Ware abholte.«

Bei dem Wort Vertreter sah Camilla automatisch die großen Wandkarten im Büro des Vaters vor sich, auf denen die Gebiete der Vertreter eingezeichnet waren, und die Musterkoffer dieser Männer, die trotz des handlichen Formats zentnerschwer zu sein schienen. »Sie haben wirklich keine Forderung an meinen Vater?«

»Bestimmt nicht. Im Gegenteil, ich möchte ihm einen Vorschlag machen. Ich habe das Ganze ... den Konkurs sehr bedauert. Wir sind immer gut miteinander ausgekommen, Ihr Vater und ich. Und ich habe gut verdient bei ihm. Dieser Konkurs hätte sich vermeiden lassen, das ist meine Meinung. In der Branche stecken viele Möglichkeiten. Ich bin auch schon in anderen Artikeln gereist, aber mit Seifenprodukten Konkurs zu machen, das ist so, wie wenn ... aber ich will Sie nicht langweilen. Wissen Sie, wann Ihr Vater heimkommt oder wo ich ihn treffen kann?«

»Sie finden ihn im Hotel Berringer. Aber warten Sie doch ...« Er war der erste, von dem sie hörte, dass der Konkurs sich hätte vermeiden lassen, der erste, der an ihrem Vater ein gutes Haar ließ. »Kann ich Ihnen etwas anbieten?«

»Danke, nein. Ich will das hinter mich bringen. Hotel Berringer, sagten Sie?«

»Was für ein Vorschlag ist das?«

»Ja ..., aber das bespreche ich besser mit Ihrem Vater. Jedenfalls, vielen Dank.«

Es passte ihr nicht, dass er es plötzlich so eilig hatte fortzukommen. Sie sah ihn an, und sie musste ihm Recht geben, es war nichts Auffälliges an ihm. Er hatte ein etwas breites, fast bäuerliches Gesicht, helles Haar, das sich an der Stirn vielleicht früh lichten würde. Er war ganz und gar nicht der Typ Mann, der in einem Mädchen romantische Vorstellungen wecken konnte, er besaß dafür etwas anderes, eine Ausstrahlung, die Camilla nicht genauer hätte definieren können. »Es ist das große Hotel gleich am Leuchtturm«, sagte sie.

»Ja, ich weiß. Warnemünde gehört zu meinem Gebiet.«

Camilla dachte an die Bemerkung des Angestellten in Wittes Apotheke. »War die Handseife wirklich so ein Verkaufsschlager?«

Carl Senger, der schon an der Tür war, wandte sich um. »Sieh mal an, das wissen Sie!« Aber er ging nicht weiter darauf ein, und sie brachte ihn zur Haustür. Mit raschen bestimmten Schritten ging er die Straße hinunter; den Strohhut hatte er auch jetzt nicht aufgesetzt, sondern hielt ihn noch immer in der linken Hand. Wahrscheinlich trug er ihn nie, weil das zu auffällig gewesen wäre; in der Hand jedoch war er ein wirkungsvolles Requisit: Es weckte Aufmerksamkeit, ohne zu irritieren.

Wenn er nun doch Forderungen an den Vater hatte? Wenn er sie auf besonders geschickte Art hinters Licht geführt hatte? Ein beunruhigender Gedanke, aber seltsamerweise verstimmte er sie nicht.

Sie hatte das marineblaue Jackenkleid mit dem engen Bleistiftrock für den Corso angezogen und stand vor dem Spiegel, aber die Musterung galt nicht ihrer Garderobe oder ihrer Frisur, sondern ihr selbst. Das halbe Jahr in Warnemünde hatte einen anderen Menschen aus ihr gemacht, sie wusste das nur zu gut; äußerlich allerdings war davon nichts festzustellen. Sie sah nicht älter aus – das kurze Haar ließ sie eher jünger erscheinen –, nicht unglücklicher, nicht einmal reifer. War das vielleicht der Grund, warum ein Mann wie Carl Senger es vermied, mit ihr wie mit einer Erwachsenen zu sprechen? Sie blieb vor dem Spiegel stehen, als sei es nur eine Frage der Beharrlichkeit, die Wandlung, die mit ihr vorgegangen war, auch an ihrem Äußeren abzulesen – da hörte sie den Vater die Treppe heraufkommen. Während er Hut und Stock ablegte und zu seinem Zimmer ging, das dem ihrem gegenüberlag, summte er eine Melodie vor sich hin. Sonst war sie immer erleichtert, wenn er in guter Stimmung nach Hause kam, doch jetzt störte sie seine Fröhlichkeit: Wahrscheinlich war ihm das Kunststück geglückt, Witte zu einem Spiel zu verleiten, oder schlimmer noch, er hatte ihn vielleicht sogar um Geld angegangen. Sie nahm die Quittung, die ihr der Beamte auf der Post ausgestellt hatte, und dachte voller Bitternis an die peinliche Szene, die sie dort erlebt hatte.

Wie immer, wenn sie das Zimmer des Vaters betrat, eine Mansarde mit zwei kleinen Fenstern in den tiefen abgeschrägten Dachnischen, und ihr der Unterschied zu seinem geräumigen, geradezu luxuriösen Arbeitszimmer im Haus in Steglitz in die Augen sprang, verflüchtigte sich ihr Zorn gegen ihn; angesichts dieser sichtbaren Bestrafung, wie konnte da auch sie ihm noch Vorwürfe machen. So hielt sie ihm jetzt nur die Quittung hin. »Ich habe alles für dich bezahlt.«

»Gut, gut, das ist also noch weggegangen. Leg es auf den Nachttisch!« Er stand vor dem Wäscheschrank, in dessen Seitenfach er seine Bücher aufbewahrte, und suchte etwas. Leise begann er wieder die Melodie von vorher zu summen, und obwohl sie sich dagegen wehrte, wallte ihr Zorn von neuem auf.

»Ich habe fast hundert Mark für dich ausgelegt – für sämtliche Telegramme der letzten vierzehn Tage.«

»Ich suche ein schwarzes Heft, schwarzer Leineneinband mit Lederrücken, Format lang und schmal, und dann noch ...«

»Du könntest mir zumindest zuhören!«

Er wandte sich um, warf einen Blick auf die Quittung, aber er blieb ungerührt.

»Fairyqueen, das ist eine sichere Wette. Wenn ich in Berlin wäre, wüsste ich jetzt schon das Ergebnis.«

»Und glaubst du, du würdest in Berlin einen Postbeamten finden, den du überreden kannst, dir Telegramme aufzugeben, die du nicht bezahlst?«

Sie glaubte das verlegene Gesicht des Beamten wieder vor sich zu sehen, wie er herumdruckste, bis er endlich mit der Wahrheit herauskam, so als wäre er an allem schuld. »Wie kannst du nur so etwas machen. Dieser arme Kerl – du hast ihm die Ohren vollgeblasen. Am Gewinn sollte er beteiligt werden. Aber natürlich, so schnell geht das nicht, bis die Gewinne überwiesen werden ... zwei Wochen lang hat er das Geld für dich ausgelegt, aus seiner Tasche ... mehr, als er verdient in einem ganzen Monat. Er hätte es auch noch mal getan, wenn er es gehabt hätte. Wie kannst du nur einem kleinen Fretter die paar Kröten aus der Tasche ziehen. Und er hat sich noch tausend Mal entschuldigt, dass er seine Auslagen zurückverlangt.«

»Er hat sein Geld immer bekommen, und seinen Anteil am Gewinn auch. Diesmal hatte ich eine schlechte Serie, das ist alles.«

»Darum hast du mich hingeschickt. Du hast gewusst, dass er

sein Geld zurückfordern würde. Selbst warst du zu feige. Mir hast du es zugemutet. Eigentlich hätte ich das Telegramm nicht aufgeben sollen, und erst recht nicht deine Schulden bezahlen! Wenn du schon bei kleinen Postbeamten Schulden machst, dann frage ich mich, wo pumpst du noch überall herum?«

Der Vater nahm eine Zigarette aus der Dose auf dem Tisch und zündete sie an. Solange sie denken konnte, hatte er immer nur eine Sorte geraucht, englische Three Castles, die es in Berlin nur in einem Geschäft Unter den Linden gab, und die nur in Fünfzigerpackungen geliefert wurden, jede Zigarette mit seinem Monogramm versehen, in Gold. Jetzt rauchte er alles Mögliche durcheinander, und Camilla wusste, es waren die billigsten Sorten. Sie rechnete es ihm hoch an, dass er sich nie beklagte. Im Gegenteil: Die neuen Zigaretten waren besser für seine Verdauung; dass er nicht mehr mit der Kutsche fuhr, war besser für seine Gesundheit; die Menüs in teuren Restaurants waren zu reichhaltig, das Benehmen teurer Schneider zu arrogant – sein Optimismus war ungebrochen. Aber jetzt brachte gerade das Camilla gegen ihn auf.

»Und wie willst du deine Schulden bezahlen? Soll das wieder losgehen wie in Berlin! Kleinigkeiten, ja, Bagatellen, hier hundert Mark und dort, bis daraus wieder eine Lawine wird.«

Er schüttelte den Kopf. »Nicht doch. Vielleicht habe ich gute Nachrichten. Ich war nicht müßig, musst du wissen. Ich habe mehrere Eisen im Feuer ...«

»Bitte, hör auf, dir etwas vorzumachen.«

»Komm«, sagte er, »setz dich.«

Und dann: »Sag mal, willst du ihn wirklich heiraten, diesen Apotheker Witte?«

»Weißt du etwas Besseres? Du solltest eigentlich froh sein! Deine Tochter ist versorgt ohne Mitgift, und du hast einen Schwiegersohn, der dir Geld zustecken kann.«

Er blickte dem Rauch seiner Zigarette nach. »Was würdest du sagen, wenn wir Ende des Monats nach Berlin gehen? Zuerst in ein Hotel, und dann suchen wir uns eine kleine Wohnung.«

Sie musste sich zur Ruhe zwingen. »Bitte, Vater, das ist vorbei. Nicht, dass ich dir nicht glauben möchte. Es wäre zu schön. Aber ich kann nicht mehr. Es muss sich zwischen uns nichts ändern, aber dass ich dir noch einmal glaube, wenn du Luftschlösser baust – nein, das ist vorbei, für immer. Ich kann dich nicht ändern, nur, ich habe mich verändert.«

»O ja«, sagte er in einem Versuch zu scherzen, »eine Schönheit bist du geworden.«

»Wenn es nach den Gedanken in meinem Kopf ginge, müsste ich hässlich geworden sein.«

»Was du für Sachen sagst! Jetzt ist es dir wirklich gelungen, mir die gute Laune zu verderben. Nein, so war es nicht gemeint, bleib da. Ich ändere mich vielleicht wirklich nicht mehr. Ich hätte nie eine Familie haben sollen, das ist es. Ich habe immer so gelebt, als ob ich allein auf der Welt wäre; aber lass uns davon aufhören. Und das mit Berlin meine ich ernst. Eine Goldader muss man anschlagen! Komm, hilf mir suchen. Lang, schmal, schwarz, mit Lederrücken.« Er begann wieder die Bücher durchzuwühlen, und dann nahm er auch sein Lied wieder auf »Valencia, auf nach Valencia ...«

Sie wäre am liebsten gegangen, aber da sah sie ihn einen Arm voll Bücher aus dem Schrank nehmen und auf einen freien Sessel werfen; aus der Lücke, die entstanden war, zog er einen schwarzen Band hervor. »Meine Goldader!« Er klappte den Band auf und ließ ihn wieder zufallen. »Hier ist sie, meine Goldader! Weißt du, dass ich einen gravierenden Fehler gemacht habe – dieses Riesensortiment, das wir im Laufe der Jahre zusammengekriegt haben, noch ein Parfüm, noch ein Badesalz, noch eine Nagelpolitur, und immer noch ein Puder und noch ein Wangenrot und wieder neue Kristallflakons, und dann das Parfüm in fester Form für Ihre Königliche Hoheit die Kronprinzessin von Rumänien, Mary – drei Koffer mussten meine Vertreter schleppen, und das bei einem Markt, der schon mehr als reichlich versorgt war. Meine Seifen, meine Seifenflocken, dabei hätte ich bleiben sollen. Eine Hand voll Produkte, und die durchpauken, bis sie in jedem Haushalt benützt werden ... Ah, da ist ja auch Nummer zwei. Immer, wo man zuletzt schaut.« Er zog ein breites, ebenfalls schwarzes Leinenheft hervor und klopfte den Staub heraus. Er klemmte beide Bände unter den Arm: »Ich muss noch einen Sprung weg. Vielleicht sehen wir uns auf der ›Königin Christine‹, und vielleicht schon mit guten Nachrichten.«

»Warte!« Dass ihr Vater sich ernsthaft Gedanken darüber machte, welche Gründe zu seinem wirtschaftlichen Ruin geführt hatten, war neu. Die Argumente, die er vorgebracht hatte, klangen so, als hätte ein anderer sie ihm in den Mund gelegt. Der Reisende etwa, dieser Carl Senger? »Darf ich mal sehen?« Sie nahm ihm die zwei Bände ab und schlug sie auf; beide waren mit seiner akkuraten Handschrift gefüllt, Seite um Seite; das eine enthielt pharmazeutische Rezepte und chemische Formeln, das andere eine lange Liste von Namen und Adressen.

»Da steckt ein Vermögen drin; wenn du auch denkst, ich übertreibe wieder.«

»Was ist das?«

»Das Rezeptbuch und meine vollständige Kundenliste. Jetzt habe ich endlich gefunden, was mir immer gefehlt hat – einen guten Partner. Weißt du, ich verstehe mich zwar auf chemische Formeln, aber Verkaufen, das war nie meine Sache. Ich habe jetzt den Mann, den ich brauche. Gib mir die Bücher. Ich möchte mich nicht verspäten.«

»Ein früherer Reisender von dir?«

Der Vater schien nicht erstaunt über ihre Frage. »Ich hätte sein Talent früher erkennen müssen.«

»Was hat er dir geboten? Wie sieht eure Partnerschaft aus? Willst du ihm beides«, sie deutete auf die Bücher, »einfach aushändigen?« Allein dass der Vater diese beiden Bücher aufbewahrt und mit nach Warnemünde genommen hatte, sagte ihr, dass sie einen Wert darstellen mussten.

»Das ist sozusagen das Kapital, das ich einbringe.« Er nahm ein frisches Einstecktuch aus einer Schublade und schob es mit geübtem Griff in die Brusttasche seiner Jacke.

»Und er? Was bietet er dir?«

»Er ist ein Verkaufsgenie. Mecklenburg-Strelitz lag prozentual immer an der Spitze, und das war sein Gebiet. Er kennt den Markt in- und auswendig, er hat sogar die Rohstoffpreise im Kopf. Er ist alt genug, um nicht leichtsinnig zu werden, und jung genug, um etwas aufzubauen. Und das Wichtigste, er hat eine Witterung für Produkte, die man den Leuten verkaufen kann. Ich mag mich in vielem täuschen, dafür, dass er ein Renner ist, dafür habe ich einen Blick.«

»Das beantwortet meine Frage nicht. Du willst deine Kundenliste und dein Rezeptbuch aus der Hand geben, ohne jede Sicherheit? Er war ein Reisender von dir, der beste, was sagt das, außer, dass er geschickt ist. Er war hier, ich habe ihn gesehen und gesprochen ...« Sie musste daran denken, wie er sich Eintritt in das Haus verschafft hatte. Kein Wunder, dass er auch wusste, wie man ihren Vater zu behandeln hatte, wie leichtgläubig er war, wie einfach es war, ihn zu beeinflussen und zu begeistern. »Er mag alles das sein, was du sagst, aber was habt ihr konkret abgemacht?«

»Siehst du, er muss erst investieren. Er muss ein Gelände kaufen, die Rohstoffe. Er muss ein fertiges Produkt haben, bevor er auf den Markt kann, dann muss er Reisende einstellen, werben ...«

»Das hat er dir alles schon erklärt. Und allein daraufhin ...«

»Wir haben zehn Prozent ausgehandelt.«

»Ausgehandelt! Zehn Prozent? Zehn Prozent von was?«

Er sah sie an und sagte dann: »Du bist wirklich verändert. Du ... hast einen harten Kern, den man nicht in dir vermuten würde. Also, er hat mir zehn Prozent vom Gewinn versprochen.«

»Vom Gewinn – und davon ziehst du schon nach Berlin! Vom Gewinn, weißt du, was das heißt – nichts. Er wird keinen Gewinn machen, er wird investieren, Gelände kaufen, Rohstoffe, werben. Alles wird ganz ordnungsgemäß vor sich gehen, du kannst die Bücher prüfen lassen, sicher hat er gesagt, du kannst die Bücher prüfen, und man wird feststellen, die Firma hat keinen Gewinn gemacht.«

»Du sagst, du hättest mit ihm gesprochen. Das traust du ihm zu?«

»Es ist nicht die Frage, ob ich es ihm zutraue – auf jeden Fall wäre es möglich. Hast du vergessen, wie Menschen sind, oder sagen wir besser, sein können. Hat die Bank dir damals einen Aufschub gegeben? Sind deine Schwiegersöhne eingesprungen? Hast du vergessen, was wir verloren haben – das Haus?«

Er setzte sich. Den Kopf gesenkt, blickte er auf seine Hände. »Es tut mir Leid. Ich konnte einfach nicht darüber sprechen, ich dachte, besser nicht an die Wunde rühren – lass es mich jetzt sagen, ich war nicht ehrlich dir gegenüber mit dem Haus, das weiß ich, und das vergesse ich auch nicht. Ich dachte immer, vielleicht kann ich es eines Tages wiedergutmachen. Aber du hast recht, das sind nur Wünsche, schöne Vorsätze, hinter denen nichts steckt – auf mich kann man nicht bauen.«

»Schau, ich wollte dir nicht den Wind aus den Segeln nehmen. Wahrscheinlich hast du Recht, diese beiden Bücher sind eine Goldader, sonst würde ein Mann wie Senger sie nicht haben wollen.«

»Meinst du?« Er hob den Kopf, sofort bereit, aus ihren Worten nur das Angenehme herauszuhören.

»Ich wünsche mir genauso wie du, dass aus der Sache etwas wird. Aber ich bilde mir nicht ein: Jetzt sind wir schon in Berlin, jetzt ziehen wir in ein Hotel, jetzt suchen wir eine Wohnung. Geld ausgeben, das ich noch nicht habe, das ich vielleicht irgendwann einmal bekommen werde – das kann ich nicht. Ich werde nie im Leben vergessen, wie wir aus dem Haus mussten; ich werde nie die Stimme des Versteigerers in der Fabrik vergessen. Ich werde nie vergessen, wie die Schröter ihr Geld zurückhaben wollte, und ich werde nie die Gläubiger vergessen, die dir hierher nachreisten. Du hast sie nicht empfangen, du warst nie zu Hause, wenn sie kamen. Wir waren hier, die Tante und ich, und die Tante hat bezahlt. Du bist ihr mehr als sechstausend Mark schuldig, weißt du das? An sie musst du zuerst denken, wenn wieder Geld ins Haus kommt.« Sie nahm die beiden Bücher an sich. »Wo hast du dich mit Senger verabredet?«

»Im Hotel Seestern. Das ist in der ersten Querstraße. Aber Moment mal, was soll das? Was hast du vor?«

»Ganz einfach, ich werde zu ihm gehen und mit ihm sprechen.« Der Gedanke war ihr ganz plötzlich gekommen, eigentlich nur durch die Frage des Vaters provoziert. Und jetzt wartete sie darauf, dass er widersprach, dass er sie auslachte, aber weder das eine noch das andere geschah. Er saß dort, die Hände auf den Knien, und dann machte er eine resignierende Bewegung.

»Soll ich nicht wenigstens mitkommen?«

»Ich gehe besser allein. Ich höre mir an, was er zu sagen hat, dann sehen wir weiter.« Wenn ihr voll bewusst gewesen wäre, was sie tat, hätte sie wahrscheinlich nicht den Mut aufgebracht, so zu handeln; erst nachträglich begriff sie, dass sie das erste Mal in ihrem Leben ihren Willen gegen den Vater durchgesetzt hatte, mühelos fast. Sie empfand darüber nicht Triumph, nicht einmal Freude, eher Staunen und eine gewisse Traurigkeit, als ahnte sie, dass der Preis für die Selbständigkeit, die sie eben gewonnen hatte, ihre Jugend war.

4

Das Hotel Seestern war ein altes Fachwerkhaus; seine Lage nahe am Bahnhof und an der Chaussee nach Rostock deutete schon auf die Gäste hin, die dort abzusteigen pflegten: Der »Seestern« gehörte zu den wenigen Häusern, die das ganze Jahr über geöffnet hatten, denn seine Kunden waren nicht Badegäste, sondern Geschäftsleute, Ingenieure, die an der Trajektfähre arbeiteten, und Handlungsreisende; es war ein solides, unscheinbares Haus, und irgendwie war es typisch, dass Senger es gewählt hatte.

Vor dem Eingang lag eine schwarzweiß gefleckte Dogge; das riesige Tier erhob sich und trottete voran, als Camilla das Haus betrat. In der Empfangshalle brannten bereits die Lampen; Warnemünde hatte seit einigen Jahren ein Elektrizitätswerk, das den Ort mit Strom versorgte, aber in diesem Hotel wurden die Wandleuchter noch mit Öl gespeist; sie mussten eben entzündet worden sein, denn in der Luft schwebte noch immer der Geruch der Schwefelhölzer und der ölgetränkten Dochte.

Es herrschte Stille im Haus, das einzige Geräusch waren die Pfoten der Dogge auf den Steinfliesen. Der Mann auf dem Stuhl hinter der Portiersloge schien eingenickt zu sein. Erst als Camilla die Klingel bediente, kam er langsam hoch und wischte sich die Hände an seiner grünen Schürze ab. »Was kann ich für Sie tun?«

»Ich möchte zu Herrn Senger. Carl Senger.«

Der Hausdiener deutete auf eine Glastür, deren bleigefasste Scheiben Schiffsmotive zeigten: »Die Herrschaften sind beim Essen. Gehen Sie nur rein.«

Das Restaurant war eine Mischung aus Wohnstube und Seemannskneipe. An dem hohen gekachelten Kamin hing altes Kupfergeschirr, auf dem Boden lagen Brücken, über dem Schanktisch schwebte ein präparierter Schwertfisch, und auf den Tischen brannten kleine Petroleumlampen mit grünen Glaszylindern. Es waren nur wenige Leute da, zwei Männer, jeder für sich in einer Ecke, und ein Paar, Carl Senger und eine Frau. Senger trug immer noch den grauen Nadelstreifenanzug, aber die Garderobe der Frau konnte man nicht gerade als unauffällig bezeichnen: Ihr weißes Organdykleid war mit rotem Klatschmohn bedruckt, und das Hütchen, das sie trug, tief in der Stirn auf hellblonden Locken, besaß ebenfalls eine Klatschmohngarnitur. Camilla, die nicht darauf vorbereitet war, Senger in Begleitung anzutreffen, war an der Tür stehen geblieben. Die beiden einzelnen Herren, die an irgendwelchen Notizen arbeiteten, blickten jetzt auf, hinter dem Schanktisch erschien ein Kellner. Aber inzwischen hatte auch Carl Senger sie bemerkt;

er stand auf, die Serviette glitt ihm vom Schoß, er fing sie im Fallen, legte sie beiseite und kam auf sie zu. »Sie! Ich habe Ihren Vater erwartet.«

»Wäre Ihnen das lieber gewesen?« Sie wusste nicht, was sie veranlasste, die nächsten Worte zu sagen: »Mit ihm wären Sie wohl leichter ins Geschäft gekommen.«

»Sie sind also an seiner Stelle da?«

»Wenn es Ihnen nichts ausmacht.«

»Durchaus nicht. Ich hoffe, Sie glauben mir inzwischen, dass ich keine Forderungen an Ihren Vater hatte.«

»Ich weiß nicht, ob das, was Sie mit ihm vorhaben, viel besser ist.«

»Nun, wir können ja darüber reden. Kommen Sie. Setzen wir uns erst einmal. Wir sind zwar gerade mit dem Essen fertig geworden, aber vielleicht darf ich Ihnen etwas bestellen.« Er ging voran, machte einen Stuhl für sie frei und stellte vor: »Frau Gilchowski, Fräulein Hofmann ... Sie ist die Tochter.«

»Ich dachte, er wollte selber kommen. Hast du das nicht gesagt?« Camilla fühlte sich von einem hellen Augenpaar gemustert, das unmittelbar unter dem Rand des Hütchens zu sitzen schien. Aus der Nähe sah die Frau älter aus, als Camilla vermutet hatte; das rundwangige Gesicht mit dem herzförmigen Mund verriet, dass sie nicht gerade sparsam mit Rouge und Puder umging. Das Glas, das vor ihr stand, und die Serviette neben ihrem Teller zeigten deutliche Spuren von Lippenstift. »Sagen Sie, dieser Corso – welches Schiff hat die bessere Kapelle?«

»Da bin ich überfragt ...«

Der Kellner war an den Tisch gekommen.

»Wollen Sie nicht doch eine Kleinigkeit bestellen?«, fragte Senger »Die Kuchen sind ausgezeichnet.«

»Dänischen Apfelkuchen, Johannisbeerbaiser, Nusstorte«, schaltete sich der Kellner ein.

»Nein, vielen Dank«, sagte Camilla.

»Aber mir können Sie noch mal nachschenken.« Die Frau

hielt dem Ober ihr Glas hin. »Hoffentlich spielen sie nicht nur langweiliges Zeug«, sagte sie. »Ich für mein Teil ...«

»Wie wäre es«, unterbrach Senger sie, »wenn du uns jetzt einen Augenblick allein lässt. Wir haben etwas zu besprechen, und ich weiß, es langweilt dich nur.«

»O ja, das tut es.« Sie schlug die Augen zum Himmel und schnitt eine Grimasse. »Sei-ei-fe-e! Na, macht es kurz. Sie werden sehen, er ist unausstehlich, wenn er vom Geschäft anfängt. Er findet kein Ende. Geschäfte, Geschäfte, als wenn es nichts anderes gäbe auf der Welt. Und Sie verstehen was davon? Von Seife?« Sie erhob sich und trank im Stehen ihr Glas leer. »Ich gebe euch eine Viertelstunde und keine Minute mehr.« Sie nahm ihre Handtasche, gab ihrem Hütchen einen Stoß und ging davon.

»Sie meinen also, mein Angebot sei nicht reell?«

»Wie? Ach so ... nun, wenn Sie meinen Vater gut kennen, dann wissen Sie, wie leicht er für etwas zu begeistern ist.« Sie hatte nicht erwartet, dass Senger so übergangslos zur Sache kommen würde, während sie noch der Frau nachsah und sich fragte, in welchem Verhältnis die beiden zueinander standen; er gab keine Erklärung, sondern ging einfach darüber weg. Er war ein Reisender, und vermutlich gab es mehrere solcher Frauen in seinem Leben an verschiedenen Orten. »Was haben Sie meinem Vater konkret vorgeschlagen?«

»Damit keine Missverständnisse entstehen – ich habe nicht die Absicht, ihn zu etwas zu überreden, was gegen seine Interessen ist.«

»Lassen Sie seine Interessen mal beiseite, und sagen Sie mir lieber, wo Ihre Interessen liegen! Was genau wollen Sie?« Sie betrachtete seine Hände, wie er die Serviette zusammenfaltete; er hatte erstaunlich gepflegte Hände, mit Nägeln, die manikürt zu sein schienen; sie waren alle kurz geschnitten, bis auf den Nagel am kleinen Finger der linken Hand, was ein wenig extravagant wirkte, so wie der weiße Strohhut, den er am Nachmittag dabeigehabt hatte; einen Ring trug er nicht.

»Ich muss von Seife reden.« Er lehnte sich in seinem Stuhl zurück.

»Tun Sie es nur. Nehmen Sie an, es interessiert mich.«

»Ich bilde mir ein, das Geschäft sehr gut zu kennen. Ich spreche jetzt nicht von der Herstellung, sondern vom Verkauf. Die Herstellung ist eine relativ simple Sache. Seife kochen, das ist die primitivste industrielle Produktion, die es gibt. Ein paar Kessel, Verpackungsmaschinen; jeder kann das anfangen, und es gibt genug, die es versuchen, allerdings mit wenig Erfolg. Ich kenne eine Unzahl kleiner Fabrikanten. Ihre Produkte unterscheiden sich kaum. Sie haben einen kleinen lokalen Markt, aber darüber hinaus kommen sie nicht, und so krebsen sie eben dahin. Ihr Vater war da schon auf einem besseren Weg. Erstens waren seine Produkte erstklassig. Zweitens hatte er den großen Berliner Markt. Sein Fehler war, meine ich, sein Ehrgeiz, mit den Luxusprodukten Lorbeeren einzuheimsen. Toilettenseifen, Badesalze, Parfüms, auf diesem Gebiet ist der Markt mit einigen lang eingeführten Firmen versorgt. Großer Profit am Einzelstück, aber beschränkter Absatz. Kaum Ausweitungsmöglichkeiten. Was alle Fabrikanten bisher übersehen, das ist der Markt für Massenprodukte. Langweile ich Sie auch nicht?«

»Sie meinen Artikel wie Hofmann's Handseife.«

»Ich meine noch primitivere – Kernseife, Seifenflocken. Das ist der Markt! Die feine Dame als Kundin – die ist uninteressant. Die verirrt sich nicht in die Waschküche. Sie weiß nicht einmal, was dort verwendet wird. Die einfachen Leute, vor allem die Arbeiterfamilien, dort wird am meisten gewaschen, denn dort gibt es den meisten Schmutz. Auf diese Leute muss man die Produkte abstellen; das ist eine riesengroße Schicht, die immer größer werden wird, die immer mehr verdienen wird; und glauben Sie mir, Seifenprodukte sind das erste, wo Mehrverdienst sich niederschlägt, besonders bei uns. Reinlichkeit, das ist der Luxus der Armen. Diesen Markt sehe ich vor mir, und ...«

Er unterbrach sich, und als Camilla seinem Blick folgte, sah sie seine Begleiterin an der Glastür stehen. Senger erhob sich. »Sie entschuldigen mich einen Moment.«

Dann verließ er mit der Frau das Restaurant. Man hörte die helle Stimme der Frau durch die Tür. Einzelne Worte waren nicht zu verstehen, aber der Tonfall sagte Camilla genug; sie kannte ihn von den Auseinandersetzungen der Eltern, und wenn die Mutter diesen Ton anschlug, hatte der Vater immer nachgegeben. Jetzt wurde es still, und gleich darauf kam Senger wieder zurück. Camilla fragte sich, ob sie ihm den Vorschlag machen sollte, die Unterredung auf morgen zu verschieben, aber zu ihrer Verwunderung nahm er ganz selbstverständlich wieder Platz. Vielleicht war er etwas blasser als zuvor, vielleicht wirkte er etwas abwesend, doch sonst war ihm nichts anzumerken. Er hatte sich vollkommen in der Gewalt, und wieder fand er es nicht nötig, irgendeine Erklärung abzugeben. »Wollen Sie nicht doch etwas trinken?«

»Vielleicht einen Tee.«

»Nicht doch einen Punsch?«

»Gut, einen Punsch, wenn er mit Zimt gemacht ist.«

»Anders bekommen Sie ihn hier gar nicht.«

»Sie haben viel über das Projekt nachgedacht«, sagte sie dann. »Ich habe das Gefühl, in Ihrem Kopf ist alles fertig. Wozu brauchen Sie meinen Vater? Brauchen Sie ihn überhaupt?«

»Ich brauche seinen Namen, ja, vor allem seinen Namen. Wissen Sie, wie zum Beispiel Kernseife in der Regel verkauft wird? Nicht in Apotheken und Drogerien. In einfachen Kolonialwarenhandlungen. Sie wird offen verkauft, vom Stück, ohne Verpackung, ohne Namen. Der Kunde verlangt eine bestimmte Menge, ein Pfund oder drei Pfund, und das wird ihm abgeschnitten und ausgewogen. Der Kunde weiß nicht, wer die Seife hergestellt hat und woher sie kommt, er verlangt Kernseife, aus, und so ist das auch mit den Seifenflocken. Das ist das Übliche. Ihr Vater hat damit angefangen, Kernseife in Einzelstücken zu verpacken, zuerst ohne Beschriftung, dann mit einem Namenszug, dann mit einem Markenzeichen, und schließlich haben wir

Gutscheine beigelegt. Das war vor fünf Jahren, und wir haben seither jedes Jahr den Umsatz ganz beträchtlich steigern können; die Kunden wussten plötzlich, was sie zu verlangen hatten – Hofmann's Kernseife und Hofmann's Seifenflocken, die mit der lachenden Wäscherin auf dem Etikett. Ich habe aus der Konkursmasse alles aufgekauft, was noch da war. Ich kann Ihnen sagen, ich hätte das Zehnfache brauchen können.«

»Aus der Konkursmasse!« Er hatte einen wunden Punkt berührt; die Szene stand schlagartig wieder vor ihr, der Fabrikhof, die dichten Reihen der Interessenten, die Stimme des amtlichen Auktionators, die über den Hof hallte, der dreimalige Schlag seines Hammers, wenn ein Posten einen Abnehmer gefunden hatte. Wie hatte sie den Auktionator gehasst! Wie die Käufer, die sich mit dem Heben einer Hand den Besitz des Vaters aneigneten. Und Carl Senger war also einer von ihnen gewesen! »Daher haben Sie wohl das notwendige Startkapital?«

»Daher auch, ja, und ich schäme mich nicht, das zuzugeben. Ich habe Ware ersteigert und eine Reihe von Maschinen, zu einem Spottpreis.«

»Warum haben Sie nicht früher mit meinem Vater über Ihre Pläne gesprochen?«

»Vergessen Sie nicht, wer ich bin! Ein kleiner Reisender, nichts weiter.«

»Jetzt noch ...«

Er sah sie an, Überraschung in seinem Blick. Sie kam aus einer Welt, die ihm bisher verschlossen geblieben war; ihre Hände hatten Klaviersonaten geübt, Blumen gezeichnet, mit feinen Bleistiften, die andere Leute für sie spitzten; sie hatte Sprachen gelernt – alles an ihr erinnerte ihn unablässig an diesen Standesunterschied zwischen ihnen, auch wenn sie es ihn nicht spüren ließ, auch wenn sie ihm voller Aufmerksamkeit zuhörte.

»Sie wollen wirklich, dass ich weiter von Seife rede?«

Sie lachte. »Tun Sie es nur. Wissen Sie, dass es für mich als Kind nichts Schlimmeres gab als Seifengeruch? Nie, nie wollte ich etwas damit zu tun haben. Wenn ich aus meinem Fenster schaute, sah ich an der Brandmauer gegenüber ›Die lachende Wäscherin‹; ich hätte sie mit den Fingernägeln abkratzen können.«

»Und genau das war der beste Einfall, den Ihr Vater je hatte. Das ist der zweite entscheidende Punkt neben der Qualität des Produkts – Reklame. Die meisten Fabrikanten scheuen die Ausgabe und finden es außerdem unseriös, marktschreierisch, und so bleiben sie auf ihren kleinen Abnehmerkreis beschränkt. Was mir vorschwebt, ist so etwas wie ein Monopol mit einem Produkt aufzubauen, und das kann ich nur mit Reklame, groß angelegter Reklame, in Zeitungen, auf Litfasssäulen, in Bahnhöfen, in Zügen, auf jedem Stadtbahnbillett und meinetwegen auf Brandmauern, überall, wo Millionen es täglich sehen. Und das mit einem Produkt, höchstens zwei – und damit den Markt erobern, dann kann man weitersehen.«

»Das haben Sie alles meinem Vater gesagt?«

»Nicht so im Detail.«

»Sie meinen, er wollte es gar nicht so genau wissen. Nein, Sie brauchen ihn nicht in Schutz zu nehmen, sagen Sie mir lieber, warum Sie ihn als Partner wollen, denn das weiß ich immer noch nicht.«

»Erstens ist es der Kundenstamm. Zweitens die eingeführten Produkte, der Name, wie ich schon sagte; damit habe ich sozusagen schon ein gewisses Terrain, das mir sicher ist. Ganz von vorn anzufangen, dazu hätte ich nicht genug Mittel.« Wieder sah er sie forschend an. »Sie sind nicht ungeschickt, Sie lassen mich sagen, wie viel mir die Partnerschaft Ihres Vaters wert ist.«

»Zehn Prozent vom Gewinn, der in den Sternen steht. Nennen Sie das Partnerschaft?«

»Das war sein Vorschlag. Ich habe versucht, ihm klarzumachen, dass die Gewinne in den ersten Jahren klein bleiben werden. Der Überschuss muss sofort wieder in die Firma gesteckt werden. Aufbau, das bedeutet Investitionen.«

»Aber irgendeine Sicherheit müssen Sie Vater doch bieten.«

»Die einzige Sicherheit, die ich ihm anbieten kann, ist meine

Person, dass ich der richtige Mann bin und dass meine Idee richtig ist. Genau das habe ich ihm auch gesagt. Natürlich könnte ich ihm eine gewisse Summe zusichern, aber dann wäre ich gezwungen, noch einen weiteren Partner zu suchen, aber das möchte ich nicht, ich will allein bleiben. Ganz offen: Ich habe ein erspartes Kapital von zwanzigtausend Mark, einen Teil der Maschinen und die Aussicht auf ein Gelände. Ich werde jeden Pfennig von meinem Kapital brauchen, für die Rohstoffe, für die Löhne; selbst wenn ich am Anfang keine Reisenden einstelle und den Verkauf allein mache ...«

»Wann wollen Sie anfangen?«

»Sofort. Der Herbst ist eine gute Zeit, und außerdem geraten die Produkte mit jedem Tag mehr in Vergessenheit.«

»Und wo?«

»In Neustrelitz.«

»Warum dort?« Irgendwie hatte sie erwartet, dass er Berlin sagen würde. Neustrelitz – der Name weckte in ihr die Vorstellung einer kleinen verschlafenen Residenzstadt; immerhin lag sie auf der Strecke nach Berlin, auf halbem Weg.

»Ich habe lange an Berlin gedacht«, sagte er, als hätte er ihre Gedanken erraten. »Berlin böte viele Vorteile, aber ich habe mir ausgerechnet, dass ich dort das dreifache Kapital brauchte. Berlin übersteigt meine Möglichkeiten. Mieten, Arbeitslöhne, in Neustrelitz zahle ich dafür einen Bruchteil. Ich kann dort eine in Konkurs gegangene Fassfabrik kaufen, ein gutes Gelände mit Stromversorgung und Bahnanschluss und Vorkaufsrecht auf weiteren Grund. Ich habe das erste Jahr genau durchgerechnet, jeden Posten, wenn es Sie interessiert ...«

Am Anfang, als er davon gesprochen hatte, dass eines Tages in ganz Deutschland nur noch eine Seife gekauft werden würde, hatte Senger sie an ihren Vater erinnert, ein Phantast, der von Illusionen lebte. Jetzt, da er von Geld sprach, von Arbeitslöhnen, Rohstoffpreisen, Stromanschluss, entpuppte er sich als ein nüchterner Realist. Vielleicht war er beides, ein Phantast und ein Realist, und vielleicht musste ein Mann, der viel erreichen wollte, beides in sich vereinigen. Die Frage war nur, welche Seite war bei Senger stärker ausgeprägt. Was geschah im entscheidenden Moment? Sie war misstrauisch, nicht so sehr gegen ihn, sondern mehr gegen das Vertrauen, das er ihr einflößte. So hatte sie ihrem Vater auch einmal vertraut.

Er hatte zu reden aufgehört. Sie waren ganz allein in dem Restaurant; die beiden einzelnen Gäste waren gegangen, und auch der Kellner hatte sich nicht mehr blicken lassen. Es gab keine Uhr im Raum, und im Hotel herrschte Stille. Auch zwischen ihnen war Schweigen eingetreten, aber Camilla war nicht beunruhigt von diesem Schweigen; es war, als wollten sie beide erproben, ob sie sich auch ohne Worte verständigen konnten.

»Ich glaube, wir sollten es miteinander versuchen«, sagte sie schließlich, ohne die Worte zu überlegen.

»Das heißt, Sie werden Ihrem Vater zureden?«

»Wenn Sie wollen, können wir zu ihm gehen.«

»Jetzt gleich?«

Erst seine Frage erinnerte sie wieder daran, dass er erwartet wurde, und auch an Witte; bestimmt war er bereits auf der »Königin Christine« und hielt Ausschau nach ihr. »Natürlich möchte ich nicht, dass Sie den Corso versäumen.«

»Versäumen wir da etwas?«

Die Straße längs der Alten Warnow war ein einziger Lampionwald. Dass ein Teil der Feriengäste bereits abgereist war, fiel nicht ins Gewicht, dafür schien halb Rostock nach Warnemünde gekommen zu sein. Es wimmelte nur so von Menschen bei den Ständen am Ufer und auf den beiden Festschiffen. Musik klang über das Wasser, eine Polka von dem einen Schiff, ein Dreher vom anderen. Wenn sie zum Vater wollten, war dies ein Umweg; und doch hatten sie ihn gewählt, in wortlosem Einverständnis. Sie bahnten sich einen Weg durch den Strom der Menschen, und Camilla begegnete einigen der Damen, die sich am Nachmittag bei ihrem Spaziergang mit Witte nach ihr umgedreht hatten; dasselbe Spiel wiederholte sich nun, allerdings war die Neugier nicht mehr so diskret und auch nicht mehr ganz so wohlwollend. In der Nähe des Laufstegs, der auf die »Königin Christine« führte, blieben sie stehen. Am Heck befand sich die Tanzfläche, und in dem Durcheinander von Gestalten erkannte Camilla die Blondine. Sie wirbelte in den Armen eines Matrosen an der Reling vorbei. Camilla war sicher, dass auch Senger sie bemerkt hatte, und so sagte sie zu ihm: »Sie können den Corso immer noch mitmachen.«

Senger gab keine Antwort, sondern wies mit einer Kopfbewegung zum Ende des Laufstegs am Schiff »Ich glaube, da meint jemand Sie«, sagte er.

Noch ehe Camilla Witte sah, hörte sie seine Stimme. Er rief ihren Namen. Vielleicht hatte er dort gewartet, vielleicht war er immer wieder von seinem Tisch aufgestanden und nach draußen gelaufen, um sie zu suchen; jedenfalls setzte er sich nun in Bewegung, rufend, winkend, und blieb dann abrupt stehen, als er gewahrte, dass sie nicht allein war. Er trug einen weißen Anzug mit einem dunklen Einstecktuch, als versuchte er, Camillas Vater zu kopieren; und aus seinem Gesicht war der Bart verschwunden.

»Lassen Sie uns gehen«, sagte Camilla zu Senger. »Wissen Sie, ich habe jemanden versetzt.«

Auf Sengers Gesicht trat ein ungläubiges Lächeln, dann fasste er sie am Arm und führte sie weg.

Erst vom Leuchtturm an wurde es ruhiger. Hier waren nur noch einzelne Paare unterwegs, die sich ähnlich wie sie abgesondert hatten, und Kindermädchen, die ihre Schutzbefohlenen nach Hause brachten, nachdem sie die Festschiffe hatten besichtigen dürfen. Schließlich waren sie ganz allein, nur begleitet vom Geräusch ihrer Schritte und den Stimmen des Wassers, die jetzt in der Dunkelheit anders waren als am Tag, vielfältiger und ernster; mit dem gemessenen Rhythmus schwerer langer Wellen. Sie stiegen eines der Treppchen hinab, die in regelmäßigen Abständen von der Promenade zum Strand führten, und gingen auf dem Sand weiter, rechts von sich den dunklen Streifen, auf dem die Brandungswellen ausrollten.

»Was ist das für ein Leben«, fragte sie unvermittelt, »wenn man reist, wenn man immer unterwegs ist?«

»Ich kenne kein anderes Leben.«

»Und was haben Sie schon alles verkauft?«

»Spielzeug aus dem Erzgebirge, Schaukelpferde, Teepuppen, Heiligenfiguren und Zinnsoldaten. Einmal habe ich eine Husarenkapelle verkauft, das heißt, vermietet, landauf, landab, ein großer Erfolg. Schließlich bin ich bei den Waschmitteln gelandet, zuerst in einer anderen Firma, dann bei Ihrem Vater.« Seine Antworten kamen zögernd; er schien es nicht gewohnt zu sein, über diese Dinge zu sprechen.

»Und wie kommt man zu diesem Beruf?«

»Ja, wie – ich glaube, das liegt einem im Blut. Mein Vater war auch sein ganzes Leben unterwegs.«

»Als Reisender?«

»Wenn Sie so wollen, ja. Er war beim Zirkus, ›auf dem gelben Sand tätig‹, wie er es nannte. Die ›Fünf Exzentriks‹, das war eine Clownstruppe, kombiniert mit Akrobatik, Turmseillaufen und solchen Scherzen.«

»Dann müsste mein Vater ihn einmal gesehen haben. Er versäumte kein Programm in Berlin; und als ich alt genug war, hat er mich immer mitgenommen, in den Zirkus Busch am Spreeufer und zu Schuman am Schiffbauerdamm ...«

»Er war bei einem kleinen Zirkus, nicht Busch und Schuman. Sidoli hieß er. Ich habe meinen Vater auch nie auftreten sehen, ich kenne nur Bilder; er hatte einen Unfall, eine Rückgratverletzung nach einem Sturz, und er musste aufhören. Aber er blieb beim Zirkus, als Pressemann: Er reiste voraus und sorgte dafür, dass Artikel in die Zeitungen kamen und Bilder, er ließ Plakate aufhängen, Programme drucken, Luftballons verteilen. Er hatte großartige Ideen, ganz neuartig; er sprach zum Beispiel in Schulen vor. Kinder sind ein wichtiges Publikum. Sie zahlen zwar nicht, aber sie bringen die Eltern ins Zelt. Er ging also zu den

Schuldirektoren, überredete sie, ihn vor den Klassen sprechen zu lassen – Tierdressur, das war so ein Paradestück von ihm –, und abends hatte er dann meist dieselben Kinder mit ihren Eltern geschlossen in der Vorstellung. Er konnte wunderbar reden ...«

»Sie sind mit ihm gereist?«

»Ja.«

»Und Ihre Mutter? War sie auch ...«

»Nein«, sagte er schnell, »ich kenne nur meinen Vater.«

Eine Weile gingen sie schweigend weiter; sie waren schon weit draußen, fast an der Rettungsstation, die sich etwa auf gleicher Höhe mit Tante Lenkas Haus befand. Um diese Zeit war sie von keinem Posten besetzt; ein Boot lag kieloben neben der Hütte, und darauf setzten sie sich.

»Und wo waren Sie zu Hause?«, fragte Camilla. »Gab es ein Haus, in das Sie zurückkehrten, im Winter zum Beispiel?«

»Wir wohnten immer in Hotels, und mein Vater starb auch in einem Hotel, aber ein Haus gab es. Mein Vater war da etwas absonderlich, er hatte nichts gegen Hotels, er liebte sie, er wohnte immer in den gleichen Häusern, und es mussten immer die gleichen Zimmer sein; er hatte seine eigenen Bettbezüge dabei, Handtücher, sogar ein eigenes Besteck für uns, und er trank seinen Kaffee nur aus einer bestimmten Tasse. Sobald wir in einer neuen Stadt ankamen, ging das los: Innerhalb einer halben Stunde sah jedes Hotelzimmer gleich aus, sogar ein paar Bilder, die er überall aufhängte, schleppte er mit. Und er hatte ein Haus. Er besaß eine Fotografie davon, und die zeigte er mir oft. Er beschrieb mir den Garten, die Zimmer, die Einrichtung – eines Tages würden wir dort hinziehen. Dieses Haus war sein Traum. Er kaufte dafür schöne Dinge zusammen und stellte sie bei Freunden unter, für später.«

»Und er ist nie dort eingezogen?«

»Nein.«

»Warum nicht?«

»Weil es das Haus gar nicht gab. Die Fotografie, die er mir

zeigte, hatte er irgendwoher. Nach seinem Tod habe ich bei seinen Freunden und Kollegen rumgefragt, aber die schmunzelten nur und meinten, das sei ein Spleen von ihm gewesen. Ich wollte ihnen zuerst nicht glauben, und ich dachte, eines Tages finde ich etwas heraus über das Haus, aber es war so, es hat nur in seiner Fantasie existiert.«

»Besitzen Sie sie noch?«

»Die Fotografie? Ja. Ich habe sie aufgehoben.«

»Ich möchte sie gern einmal sehen, irgendwann.«

Er erwiderte nichts darauf, sondern erhob sich und machte ein paar Schritte auf das Wasser zu. Sie sah ihn dort stehen und dachte, dass er im Grunde ein Fremder für sie war, und doch hatte sie das Gefühl, ihn schon lange zu kennen. Sie stand ebenfalls auf und trat neben ihn, als könnte sie es nicht ertragen, dass er sich von ihr entfernte.

»Kommen Sie oft hierher?«, fragte er.

»Ich habe einen Platz weiter draußen, eine halbe Stunde westlich von Warnemünde. Es ist schön dort im Sommer.«

»Und im Winter? Was macht man hier im Winter?«

»Auf den Sommer warten.«

»Ihr Vater sagte, sie würden zurück nach Berlin gehen.«

»Er möchte es gern, aber damit ist es wie mit dem Haus, das es nur auf der Fotografie gibt; auch mein Vater glaubt an Dinge, die nicht existieren.«

»Und Sie?«

»Ich? Ich weiß nicht – ich glaube, ich möchte nur die Dinge festhalten, die ich liebe.«

»Wie alt sind Sie?«, fragte er.

»Sehr alt, uralt.« Sie konnte plötzlich lachen. Seine Gegenwart flößte ihr ein Gefühl der Sicherheit ein, ohne dass sie hätte sagen können, was der Grund dafür war; vielleicht wollte sie das auch gar nicht wissen, sie wollte nur, dass es so blieb. Sie verließen den Strand, stiegen zur Promenade hinauf und gingen auf das Haus der Tante zu. Sie dachte an den Nachmittag, als sie ihn das erste Mal gesehen hatte, vor der Veranda, als er durch das Fenster ins Haus spähte. Sie hatte befürchtet, der Besuch dieses Fremden würde etwas Unangenehmes bedeuten. Jetzt lachte sie bei der Erinnerung, und als er sie fragend ansah, sagte sie: »Ich weiß immer noch nicht, wie Sie ins Haus gekommen sind, ganz genau weiß ich es immer noch nicht ...«

5

Die Parade war bereits in vollem Gange, als eine Droschke die Absperrung des Tempelhofer Felds passierte und auf dem Vorplatz hielt, um eine einzelne Dame aussteigen zu lassen. Ordnungsmänner patrouillierten auf und ab, und ein paar zweifelhafte Gestalten drückten sich herum; Frühjahrs- und Herbstparaden waren ein bevorzugter »Arbeitsplatz« für Taschendiebe, und man sagte, dass sie zu diesen Veranstaltungen von weither anreisten und dass ihre Beute beträchtlich war.

Die Zuschauer, die keinen Tribünenplatz hatten, standen dicht aufgeschlossen am Rand des Exerzierfelds, in mehreren Reihen, immer noch stoßend und drängend, sodass Lou von Reden um die Spitzeneinsätze ihres Kleides zu fürchten begann und Ausschau nach jemandem hielt, der ihr den Weg auf die Haupttribüne frei machen würde.

Dass sie einmal zu spät zu einer Parade kommen würde und dass es ihr nicht das Geringste ausmachte, hätte sie sich nicht träumen lassen: Das Tempelhofer Feld voller Soldaten, ein Meer leuchtender Farben, funkelnder Helme, wehender Federbüsche – während ihrer Mädchenzeit war ein Tribünenplatz die Summe all ihrer ehrgeizigen Wünsche gewesen. Ein Platz auf der Haupttribüne, damit war offiziell dokumentiert, dass man *dazu gehörte,* dass man auf der Hofliste stand, dass man zu jenen Privilegierten zählte, die sich im unmittelbaren Strahlenkranz des Kaisers sonnen durften. Aber seit ihrer Heirat waren ihr die Paraden verleidet, denn eine ganze Woche vorher schon war ihr Mann unausstehlich und tyrannisierte sie und die Angestellten mit den Vorbereitungen, die nötig waren, bis seine Gala in Ordnung war.

Einer der Lakaien vom Hoftross hatte sie endlich erkannt, nahm ihr Billett entgegen – Reihe 14, Platz 32 – und versuchte, ihr Platz zu schaffen. Sie klappte den Sonnenschirm zusammen, raffte den Rock und stieg hinter ihm die schmale Treppe am Rand der Tribüne aufwärts. Schon begann ihr die Nase zu jucken von dem Staub, der vom Exerzierplatz aufstieg; sie presste die Lippen aufeinander, als könnte sie dadurch weniger davon einatmen, und tröstete sich mit dem Gedanken an die Überraschung, die sie für die Mutter parat hatte; nur der Eilbrief des Vaters hatte den Ausschlag gegeben, dass sie in letzter Minute doch noch zur Parade herausgefahren war.

Sie lächelte und murmelte Entschuldigungen, während sie sich durch die Reihe zwängte; der Platz lag ziemlich in der Mitte, und es war recht mühsam, denn die Hüte der Damen hatten in diesem Herbst noch einmal an Umfang zugenommen; Gelb und Grün waren die vorherrschenden Farben. Endlich entdeckte sie den leeren Platz und den riesigen Florentinerhut der Mutter. Sie ließ sich aufatmend nieder, stellte den Schirm neben sich und blickte zuerst einmal hinunter auf die große gelbe Fläche, wo sich die Regimenter jetzt bereits zum Defilee formierten.

»Was soll das!«, sagte Emmi Hofmann. »Entweder du bist pünktlich, oder du bleibst gleich zu Hause. Meinst du, man merkt sich das nicht? Willst du deinem Mann partout schaden?« Sie zog das Programmheft zu Rate, das sie vor sich hatte, und nahm dann wieder das Opernglas an die Augen.

»Ich habe eine große Neuigkeit! Von Camilla. Du wirst staunen.« Aber die Musik hatte eingesetzt und übertönte alles. Es war ein klarer, sonniger, wenn auch schon etwas kühler Herbsttag, der den Farben eine besondere Leuchtkraft verlieh, aber Lou spürte nur den Staub, der ihr die Kehle immer mehr reizte. Sie beugte sich an das Ohr der Mutter. »Du, ich glaube, ich bin schwanger.« Doch nicht einmal mit dieser Nachricht gelang es ihr, die Aufmerksamkeit der Mutter auf sich zu ziehen, denn jetzt war der große Augenblick gekommen; da die Regimenter sich der Kaiserloge näherten.

»Die Gardekürassiere«, sagte Emmi Hofmann. »Ich glaube, ich sehe deinen Mann. Ich muss sagen, zu Pferd sieht er blendend aus. Die Schultern an seinem neuen Rock sind etwas zu stark ausgepolstert für mein Gefühl. – Du, er schaut zu uns herauf. Willst du das Glas?«

»Ich weiß, wie er aussieht, einschließlich seines weißen Galarocks. Sein Schneider hat mir diese Woche erst wieder die Rechnungen präsentiert, die noch ausstehen. Wenn ich wirklich schwanger bin, muss ich was unternehmen.«

Wieder wurde es zu laut, um die Unterhaltung fortzusetzen; die Trommeln, die Fanfaren, das Stampfen der Pferde, die Hochrufe der Zuschauer, alles schwirrte durcheinander. Voller Ungeduld wartete Lou auf die Schlusszeremonie, wenn der Kaiser seine Loge verlassen würde; in Gedanken war sie wieder bei dem Brief des Vaters, den sie bei sich trug: Camilla schien das Große Los gezogen zu haben; Lou wollte die Sache immer noch nicht in den Kopf. Und sie saß da mit einem Mann, der sich alles aus ihrer Tasche zahlen ließ. Es war wirklich die verkehrte Welt!

Endlich war es so weit, dass alle sich von den Plätzen erhoben und so verharrten, bis der Kaiser die Tribüne verlassen hatte; am Rande des Platzes standen blaue Zelte für die Ehrengäste, die im Anschluss an die Parade zu einem Umtrunk geladen waren, und dorthin drängte nun alles. Die beiden Damen, in solchen Dingen erfahren, blieben an ihren Plätzen, bis die Tribüne sich ziemlich geleert hatte. Emmi Hofmann riss sich schließlich vom Anblick der Uniformen los. »Was hast du gesagt? Du bist schwanger?«

»Möglicherweise, ja.« Es war typisch, dass die Mutter danach fragte, und nicht, welche Neuigkeit es von Camilla gab. Camilla und ihr Vater, die beiden waren tabu für die Mutter, nie wurde von ihnen gesprochen; sie hatte damals gesagt, dieses Thema sei für sie abgeschlossen, und sie hielt sich daran mit eiserner Konsequenz.

»Ein Kind; vielleicht gar nicht schlecht. Meistens ändert das einen Mann zu seinem Vorteil; auf jeden Fall gibt es der Frau die Möglichkeit, ihre Rechte in der Ehe auszudehnen.«

»Bist du wahnsinnig! Ich will kein Kind. Ich habe gehofft, dass du mir hilfst, wenn sich meine Befürchtung bewahrheiten sollte. Es ist sowieso eng genug in der Wohnung. Und die Mehrausgaben! Weißt du, was es kostet, ein Leben zu führen, wie wir es tun? Und alles geht aus meiner Tasche, der Haushalt, die Miete, die Dienstboten – verlangt die Cilly doch zwanzig Mark mehr Lohn! – und vergiss nicht Geerd. Das nächste, was er braucht, ist ein neues Pferd! Weißt du, dass Geerd in zwei Jahren die Hälfte meiner Mitgift durchgebracht hat! Übrigens, ich habe gehört, du hast das Haus verkauft.«

Emmi Hofmann steckte das Opernglas in das Etui und stand auf. »Ich könnte jetzt einen Imbiss vertragen. Komm, du musst dich sowieso sehen lassen, sonst ist der Klatsch fertig.«

»Ist das Haus nun verkauft? Ja oder nein.«

»Wer verbreitet solche Gerüchte?«

»Das ist aus zuverlässiger Quelle. Ich bin auch über die Summe informiert. Hundertachtzigtausend. Ein stolzer Preis! Nun, wie gut ist meine Quelle! Wem steht das Geld eigentlich zu?«

Emmi Hofmann suchte etwas in ihrer Handtasche. »Du hast letzthin erwähnt, dass eure Miete erhöht werden soll. Das musst du deiner Schwiegermutter sagen, nicht mir! Erinnere sie an ihr großartiges Versprechen, euch eine Wohnung in einem ihrer Häuser zur Verfügung zu stellen. Sie besitzt schließlich drei. Mit Warten kommst du bei dieser Dame nicht weiter, du musst ihr schon die Zähne zeigen, damit sie etwas Familiensinn entwickelt.« Die Worte kamen leise, sozusagen nur aus den Mundwinkeln, während sie lächelnd nach links und rechts grüßte. Lou kannte dieses gefrorene Lächeln auf dem Gesicht der Mutter und wusste, im Moment würde sie nicht weiterkommen. Seit dem Auszug aus dem Haus in Steglitz und seit die Mutter allein lebte, war etwas Erstaunliches eingetreten: Sie war geizig geworden. Früher hatte sie nie danach gefragt, woher das Geld kam, das sie mit vollen Händen ausgab; nun jedoch, da es sich um ihr eigenes Geld handelte, drehte sie jeden Pfennig dreimal um. Wenn sie sich in der Stadt trafen, zum Mittagessen oder Kaffee, was ein-, zweimal in der Woche geschah, ließ die Mutter sich grundsätzlich einladen. Und wenn Lou einmal versuchte, ihr die Rechnung zuzuschieben, hatte die Mutter prompt nur noch das Kleingeld für die Heimfahrt in der Börse.

Sie waren die Tribüne hinuntergestiegen. »Warte, wo willst du denn hin?«, protestierte die Mutter, als Lou dem Vorplatz zustrebte. »Vor einer halben Stunde sind keine Kutschen zu haben.«

»Du tust gerade so, als sei ich das erste Mal auf einer Parade. Ich habe meine Droschke warten lassen. Heute kam von Vater ein Brief, darüber wollte ich mit dir sprechen. Du wirst staunen.«

Wieder ging die Mutter nicht darauf ein, sondern sagte: »Na schön, wenn du es dir leisten kannst, eine Droschke warten zu lassen.« Nachher, in der Droschke, nörgelte sie über die geflickten Lederpolster, die schlechte Federung und die verstopften Straßen. Sie kamen nur schrittweise voran, blieben dann wieder ganz stecken, bis sie endlich aus dem größten Gewühl heraus waren und die Pferde in einen leichten Trab fielen. Lou hatte den Brief des Vaters aus der Tasche geholt.

»Am besten, du liest selbst.«

Emmi Hofmann blieb steif in ihrer Ecke sitzen und schob die Hand ihrer Tochter mit dem Brief von sich, als sei ihr schon die Berührung zu viel.

»Wie oft soll ich es dir noch sagen? Ich bin damit fertig, ein für allemal.«

Lou betrachtete den Umschlag, die Handschrift des Vaters, die Marken und den Stempel, und den Vermerk in roter Tinte, dass vom Empfänger Nachporto einzuziehen ist. »Du verteilst immer so weise Ratschläge, zum Beispiel, dass man sich nicht von Gefühlen leiten lassen soll. Jetzt begehst du selber den Fehler. Deine unversöhnliche Haltung ...«

»Das musst du schon mir überlassen.«

»Du bist also gar nicht neugierig?«

»Was wird er schon zu schreiben haben! Er braucht Geld. Er wird immer von jemandem Geld brauchen. Sei froh, dass wir da heraus sind. Oder willst du dich wieder reinziehen lassen? Darum geht es doch ...«

Lou hatte eine Dose mit Fruchtdrops aus der Tasche geholt und schob eines der Bonbons in den Mund, um endlich den Staubgeschmack und die Trockenheit im Hals loszuwerden. Zuerst hatte sie es eilig gehabt mit ihrer Neuigkeit, aber jetzt fand sie Spaß daran, ihre Mutter noch ein wenig hinzuhalten.

»Von Geld schreibt er zwar, da hast du Recht, aber nicht, dass er welches braucht. Ich würde sagen, im Gegenteil. Übrigens, bist du etwa grau geworden? Oder täuscht das? Grau wird dir nicht schlecht stehen. Man sagt, Rothaarige bekommen das schönste weiße Haar.«

»Ich war nie rothaarig! Also, was ist nun mit dem Brief?«

Lou blieb in die Betrachtung ihrer durchbrochenen Handschuhe vertieft. Aber lange hielt sie nicht durch. »Unser Nesthäkchen, Camilla, sie heiratet!«

»Sie tut was? Sie heiratet?«

»Richtig, keine Verlobung, keine Wartezeit, keine Vorankündigung, auch keine offizielle Einladung. Sie heiratet einfach, Hals über Kopf.«

»Wer ist es?«

»Jetzt stellst du vernünftige Fragen. Ich wusste es doch. Nun, rate mal! Was passt zu Camilla? Ein Maler? Ein Musiker?«

»Das sähe ihr ähnlich.«

»Dachten wir! Aber es scheint, wir haben uns getäuscht in unserem stillen Wasser. Sie hat sich einen reichen Fabrikanten geangelt! Da staunst du! Unsere liebe, kleine, unschuldige Camilla. Ein reicher Fabrikant.«

»Was schreibt er genau?«

»Nun, du kennst Vaters Briefe, er kommt vom Hundertsten ins Tausendste, und du musst die Tatsachen zusammenklauben, aber so viel ist sicher, wenn nur die Hälfte stimmt, muss der Mann ein Glückstreffer sein. Er besitzt eine große Fabrik in Neustrelitz.«

»Wo kann sie ihn nur kennen gelernt haben?«, fragte Emmi Hofmann, als interessiere sie diese Frage am meisten. »Schreibt er, wann die Hochzeit stattfindet?«

»Schon in vierzehn Tagen. Der Brief ist bereits aus Neustrelitz!« Die Droschke hielt mit einem Ruck. Lou blickte aus dem Fenster und sah, dass sie vor dem Haus in der Jägerstraße angekommen waren. Es war ein dreistöckiges Gebäude im typischen Berliner Milchkaffeebraun, aber die Fassade mit dem Quadratmuster hätte längst neu gestrichen werden müssen.

»Willst du nicht mit heraufkommen?« Aber die Miene der Mutter sagte ihr, was sie von Lous Wohnung hielt, und Lou konnte ihr nur beipflichten; sie hatte die Wohnung nie gemocht, und in diesem Augenblick war sie der sichtbare Beweis, wie ungerecht es auf der Welt zuging: Ihre Mutter, die auf dem Geld saß; Camilla, die einen reichen Mann heiratete; und sie, die ihr Leben in den drei Zimmern der früheren Junggesellenwohnung ihres Mannes fristen musste. Ursprünglich hatte es nur eine Übergangslösung sein sollen, und so hatte sie sich nicht einmal die Mühe gemacht, die hässlichen Tapeten entfernen zu lassen, die mit ihrem düsteren Violett, Ochsenblut und Blaugrün die kleinen Räume noch enger erscheinen ließen. »Dann lass uns noch ein paar Schritte gehen.«

Die beiden stiegen aus. »Was ist mit der Droschke?«, fragte Lou. »Ich lasse sie warten, du willst sie sicher benützen, um nachher weiterzufahren.«

Aber die Mutter kannte Lou zu gut, um ihre Absicht nicht zu durchschauen, die darauf zielte, die Mutter die ganze Hin- und Rückfahrt zahlen zu lassen.

»Nein, schick sie nur weg. Ich laufe gern das Stück bis nach Hause.«

Lou zahlte zähneknirschend die Droschke, und dann gingen die beiden Frauen in Richtung Gendarmenmarkt. Die Straße war auf einer Seite aufgerissen, Pflastersteine stapelten sich auf dem verengten Bürgersteig. Emmi Hofmann schüttelte den Kopf.

»Wie oft wollen sie eigentlich die Straße hier noch aufreißen?«

»Das ist das Hauptfernsprechamt hier.«

»Früher haben sie wenigstens nur im Sommer gebuddelt, wenn man in den Ferien war.« Der Gedankenkreis schien sich damit zu schließen. »Wie kann man so jemanden nur in Warnemünde kennen lernen?«

»Einer von uns muss hinfahren, finde ich.«

»Wie heißt er denn?«

»Senger.«

»Kein Adliger?«

»Seit wann sind Fabrikanten adlig.«

»Was produziert er?«

»Seifen!«

»Seifen? Senger? Nie gehört.«

»Vater schreibt, über kurz oder lang wird er den ganzen deutschen Markt beherrschen.«

»Ich kann nicht weg.« Emmi Hofmann steuerte auf den Stand zu, an dem es Sodawasser »ohne« und »mit« gab; das »mit« bedeutete einen Schuss Himbeersaft. »Abgesehen davon, dass am 1. Oktober die Saison beginnt, ich will auch nicht ... Ein Glas ›mit‹. Und geben Sie mir bitte zwei Strohhalme.«

»Ein junges Mädchen braucht die Mutter vor der Hochzeit.«

»Komm, du hast doch was ganz anderes im Sinn.«

»Nun, ich meine, die Situation hat sich irgendwie geändert. Vater wird auch davon profitieren. Fändest du nicht eine Aussöhnung richtig, zu diesem Zeitpunkt?«

»Ich gebe zu, das ändert einiges.« Um ihren Mund lag das Paradelächeln. Zwischen Lou und der Mutter herrschte ein instinktives Verstehen; es war nie stark genug gewesen, das gegenseitige Misstrauen ganz auszuschalten, aber manchmal tat es seine Wirkung. »Vielleicht fährst du und sondierst das Terrain erst einmal. Zahlst du mein Glas, bitte.«

Lou zahlte und führte die Mutter vom Stand weg. »Hör zu, das muss klar sein zwischen uns. Ich hoffe, du glaubst nicht, du kannst das ganze Geld für das Haus allein einstecken.«

Emmi Hofmann blickte auf die Uhr, die sie an einer langen Kette um den Hals trug. »Es wird Zeit für mich.«

»O nein.« Lou legte die Hand auf den Arm der Mutter. »Ich könnte Camilla davon berichten. Eigentlich steht das Geld ihr zu. Das Haus war als ihre Mitgift gedacht.«

»Gib dir keine Mühe. Damit erreichst du nichts bei mir« Emmi Hofmann schien äußerlich ganz gelassen; die Puderschicht auf ihrem glatten rosigen Gesicht war makellos, nur auf der Oberlippe standen feine Schweißperlen. »Rechtlich könnt ihr mir nichts anhaben.«

»Du hast mal gesagt, wenn du es gut verkaufen kannst, dann ließe sich vielleicht darüber reden.«

»Das ist immerhin ein anderer Ton.«

»Ich habe es dir ja vorgerechnet. Ich reiche hinten und vorne nicht. Ich muss dauernd auf das Kapital zurückgreifen, und wenn das so weitergeht, bringt Geerd in weiteren drei Jahren den Rest meiner Mitgift durch. Weißt du, was er seit seiner Beförderung bekommt? Hundertfünfundsiebzig Mark Sold im Monat. Das geht allein schon für seine Hemden und Lackschuhe drauf.«

»Ich kann dir nur wieder sagen, halte dich an seine Mutter. Nichts als schöne Worte; und du fällst darauf herein. Ich habe dich gleich am Anfang gewarnt. Dieses lächerliche Hochzeitsgeschenk! Was heißt das schon, alte Familienstücke, wenn sie wertlos sind. Mit Worten sind sie groß, die Mutter und der Sohn, aber es steckt nichts dahinter. Sie sind beide hundertprozentige Egoisten. Sie haben es nur darauf abgesehen, dich auszunützen. Das heißt, wenn du es dir gefallen lässt. Stell dich auf die Hinterfüße.«

»Das führt nur zu Streit. Ich revanchiere mich auf meine Art.« Sie blieb stehen und hielt auch ihre Mutter zurück. Eine Droschke kam die Straße herunter und hielt vor dem Haus. Ein Mann in Uniform sprang heraus und eilte sporenklirrend mit nachschleppendem Säbel ins Haus. Auch wenn er nicht zu Pferd saß, hatte er die leicht vorgebeugte Haltung des Reiters.

Die beiden Frauen wechselten einen Blick. »Jetzt geht die Umzieherei wieder los!«, sagte Lou. »Dreimal am Tag. Dieses Theater solltest du einmal erleben. Wenn es sich herausstellt, dass ich wirklich schwanger bin, musst du unbedingt mit Doktor Clevins reden.«

»Es ist unverschämt, was für Honorare er verlangt.«

»Das wird deine Tochter dir doch noch wert sein.«

»Was hast du gegen ein Kind?«

»Wenn du es genau wissen willst, ich bin nicht sicher, ob es von Geerd ist.« Sie lachte innerlich über den Schock, den sie der Mutter mit diesem Eingeständnis versetzt hatte; außerdem war ihr klar, dass es kein besseres Druckmittel gab. »Das ist es eben, ich bin mir nicht sicher ...«

»Bitte!«, fiel ihr die Mutter ins Wort. »Ich werde mit Doktor Clevins sprechen.«

»Es sind hundertachtzigtausend, nicht wahr, die du für das Haus bekommen hast?«

»Da geht so viel weg davon. Und wenn ich dir etwas abgebe, was ist dann mit Alice und Maxi?«

Lou fand, sie hatte genug erreicht für den Augenblick. »Überleg es dir in Ruhe. Wir können ja noch darüber reden. Es war nie meine Absicht, dich unter Druck zu setzen.«

»Du wirst zu Camilla fahren?«

»Muss sich nicht einer von der Familie um sie kümmern? Ich schreibe dir gleich. Vielleicht kannst du dich dann doch noch überwinden. Du bist in diesen Dingen einfach nicht zu übertreffen, und wer weiß, vielleicht ist dieser Senger ein sehr netter, zugänglicher Mann.«

»Immerhin wäre es etwas Neues, ein Schwiegersohn, der

nicht mein Geld will.« Sie winkte einer Droschke, die vorüberkam. Sie hatte nie die Absicht gehabt, zu Fuß nach Hause zu gehen. »Also schreib mir sofort«, sagte sie aus dem Fenster der Droschke. »Vielleicht entschließe ich mich doch noch. Du hast Recht, man sollte derartige Dinge nüchtern betrachten. Und schließlich geht es um Camilla.« Lou sah dem Wagen nach, bis er bei der Französischen Kirche abbog. Im Hausgang war es kühl. Der rote Läufer auf der Marmortreppe war so erneuerungsbedürftig wie der Verputz des Hauses. Die Mutter hatte Recht, sie musste sich auf die Hinterfüße stellen. Am besten, sie setzte einfach mit der Zahlung der Miete aus. Dann wurden sie gekündigt, und die Schwiegermutter musste einspringen.

Als sie in ihrer Wohnung war, nahm sie den Hut ab. Sie wusste, welchen Anblick sie vorfinden würde, wenn sie das Schlafzimmer betrat, aber sie wollte ihm als Erstes sagen, dass sie für ein paar Tage verreisen würde. Sie öffnete die Tür: Der weiße Galarock lag am Boden, der Säbel quer über dem Bett, eine Hose rittlings über einer Sessellehne. Die Stiefel waren achtlos am Bettende hingeworfen. Am Schrank hing der Frack für den Abend, und wie immer hatte er ein halbes Dutzend Hemden herausgerissen, weil ihm keines steif genug gestärkt war. Ihn selber hörte sie aus dem Bad.

Sie zog die Tür hinter sich zu und ging ins Wohnzimmer. Sie klingelte dem Mädchen und wollte eben ihre Anweisungen zur Vorbereitung ihrer Abreise besprechen, als die Stimme ihres Mannes durch die Wohnung hallte: »Wie oft soll ich noch sagen, tut Spanner in die Lackschuhe! Wozu sind sie sonst da, zum Teufel! Kein Wunder, dass die Schuhe Falten kriegen. Cilly!«

Lou nickte dem Mädchen zu. »Gehen Sie nur.« Mit ihren Gedanken war Lou bereits woanders; sie saß im Zug, in einem eleganten Abteil erster Klasse: Auf Reisen hatte sie immer besonders romantische Eroberungen gemacht.

6 Der Herr hatte das letzte Gepäckstück dem Dienstmann aus dem Zugabteil herausgereicht und trat nun zur Seite, um Lou aussteigen zu lassen. »Es war mir ein Vergnügen! Wann immer Sie einmal der Weg nach Wien führt ...« Er zückte eine Visitenkarte. »Das ist meine Klubadresse.« Er zwinkerte ihr zu. »Ehefrauen nicht zugelassen, aber eine Nachricht erreicht mich jederzeit. War wirklich ein Vergnügen, eine so charmante, namenlose Reisebegleitung ...«

»Man soll nichts ausschließen. Möglich ist alles.« Sie raffte die Konfektschachtel und die Modehefte auf dem roten Polstersitz zusammen.

Der Schaffner, der um Lou nicht weniger bemüht war als der Herr aus Wien, stand bereit, um ihr beim Aussteigen behilflich zu sein.

»Mit allem zufrieden? Sie werden abgeholt? Gut. Hier ist Ihr Gepäck.« Er deutete auf den hochbeladenen Karren, auf dem sich Koffer, Reisetaschen, Hutschachteln und der längliche Leinensack mit den Schirmen türmten. »Einen angenehmen Aufenthalt wünsche ich. Der Regen, das ist nur ein Spritzer. Das ist gleich vorüber ...«

Ein Schauer bei strahlendem Sonnenschein trommelte auf das Glasdach über dem Perron. Lou hatte den Bahnhof von Neustrelitz nur von der Durchfahrt in Erinnerung, als sie im Jahr vorher mit ihrem Mann an die See gefahren war. Es hatte damals nur für eine Tasse Milchkaffee gereicht, die sie sich vom Büfett hatten holen lassen. Es war ein schmuckloser Bahnhof, aber sie befand sich in einer so guten Stimmung, dass er ihr heute geradezu einladend vorkam.

Eskortiert von Schaffner und Dienstmann schritt sie auf die Sperre zu, wobei sie Ausschau nach ihrem Vater hielt. Sie entdeckte ihn etwas abseits, in einem hellgrauen Dreiviertel-Paletot, hellgrauen Beinkleidern mit Stegen über den Stiefeletten sowie Hut und Stock, mit einem Wort, elegant wie eh und je. Sie eilte ihm entgegen, beugte sich über die Absperrung, um ihn auf die Wange zu küssen.

»Nicht so stürmisch, Kind. Hattest du eine gute Fahrt?«

»Ist Camilla nicht mitgekommen? Ich bin ja so neugierig! Dein Brief war vielleicht eine Überraschung. Wie geht es ihr? Wie fühlt sie sich? Gibt es eine große Hochzeit? Es war gar nicht so einfach, mich loszueisen; aber ich musste einfach sofort herkommen. Wie ist er? Du musst mir alles ganz genau erzählen.«

»Du, ich glaube, da meint man dich. Dreh dich mal um.« Der Zug hatte sich in Bewegung gesetzt; Lous Reisebekanntschaft stand am offenen Abteilfenster, winkte und rief etwas, das man nicht verstehen konnte.

»Eine Eroberung?«

»Er besitzt Schiffe auf der Donau, eine ganze Flotte. – Steht schon fest, wohin sie die Hochzeitsreise machen? Bei Wertheim am Leipziger Platz haben sie jetzt eine Weltreise im Programm, nach Indien zum heiligen Ganges, Rangoon, Honolulu, Ceylon. Sie werden doch eine Hochzeitsreise machen?« Sie hatten die Bahnhofshalle verlassen, blieben aber unter dem Vordach stehen, um das Ende des Regenschauers abzuwarten. Der Dienstmann mit dem Karren hielt sich in der Nähe auf.

»Ist das alles dein Gepäck?«

»Dachtest du, ich bleibe nur eine Nacht?«

»Nach deinem Telegramm glaubte ich, du kommst nur für ein paar Stunden und fährst abends wieder zurück.«

»Das kann ich Camilla doch nicht antun.«

»Na, dann wollen wir mal.« Er trat einen Schritt vor und streckte die Hand aus. »Der Regen ist vorbei.« Er reichte seiner Tochter den Arm und schritt mit ihr auf den Droschkenplatz zu. Lou konnte sich nur wundern.

»Du, in einer Mietkutsche? Das hat es nie gegeben. Du hast immer gesagt ...«

Er unterbrach sie mit einem Lachen. »Wenn man älter wird, achtet man mehr auf seine Gesundheit. Laufen – der Arzt hat mir Laufen verordnet. Und hier, das ist nicht Berlin. Keine Entfernungen, man kann alles zu Fuß erledigen, das ist der Vorteil einer Provinzstadt.« Er beobachtete die gemeinsamen Anstrengungen von Dienstmann und Kutscher, das Gepäck auf dem Dach und dem Bock unterzubringen.

Die Mütze in der Hand, trat der Dienstmann auf Fritz Hofmann zu. Er machte keine Anstalten, seine Börse zu suchen, sondern wandte sich ohne Verlegenheit an seine Tochter.

»Würdest du das erledigen.«

»Du bist ja schlimmer als Mutter.«

»Wie geht es ihr?«, fragte er ganz natürlich.

»Nun, du weißt, die Saison steht vor der Tür, da ist sie in ihrem Element. Wenn du erwartet hast, dass sie kommt – vergiss nicht, du hast mir geschrieben.«

»O nein, damit habe ich nicht gerechnet. Ich habe nicht einmal erwartet, dass du kommst. Aber ich freue mich um so mehr« Er half ihr beim Einsteigen, und bevor er den Schlag schloss, rief er dem Kutscher zu: »Hotel de Pologne!«

»Du bringst mich in ein Hotel?«, fragte sie, als er neben ihr saß. »Schau dich ein bisschen um, wir kommen gleich am Schloss vorbei.«

»Bin ich nicht Gast in ihrem Haus?«

»Aber Lou! Sind das die neuen Berliner Sitten? Ich wohne selber auch im Hotel.«

Die Antwort schien sie zufrieden zu stellen, denn sie lehnte sich nun genüsslich in die Ecke der Kutsche. »Erzähl! Wie ist er? Wo hat sie ihn kennen gelernt?«

»Alles der Reihe nach. Das erzählt dir Camilla besser selber. Lass dich erst mal richtig anschaun. Du wirst immer noch hübscher. Kein Wunder, dass du Eroberungen machst. Und Geerd ist befördert worden, hab ich gelesen. Und dass du dich einfach in den Zug gesetzt hast – sag selbst, das ist keine Entfernung von Berlin, zweieinhalb Stunden, und gute Verbindungen den ganzen Tag. Man kann spielend an einem Tag hin- und zurückfahren.«

»Aber sie werden doch eine Wohnung in Berlin nehmen? Zusätzlich, meine ich.«

»Schon möglich. Mein Brief ging ja fantastisch schnell. Einen Tag hat er gebraucht.«

»Wie kam das alles?«

»Nun, für uns war das genauso überraschend.«

»Das denke ich mir. Unsere Camilla! Wer hätte ihr das zugetraut. Sich so in den Honigtopf zu setzen. Wie ist er?«

»Er ist ein Renner, wenn du verstehst, was ich damit meine. Siehst du, bei einem Rennen da gibt es die erklärten Favoriten und dann die Außenseiter. Man steht im Führring und schaut sich die Pferde an, und alle flüstern sich die Namen der Favoriten zu, aber die Kenner, die wirklichen Kenner, die schauen nach was anderem; und manchmal entdecken sie ein Pferd und wissen, der macht das Rennen. So einer ist Senger.«

»Und er hat sein Geld mit Seife gemacht?«

»Ich weiß, was du denkst, aber mich darfst du nicht zum Maßstab nehmen. Er macht nicht meine Fehler. Der zieht die Sache anders auf; Waschmittel sind ein Massenartikel ...«, die Pause war so gut einstudiert wie der Text, »... also, nehmen wir einmal an, er hat nur einen Marktanteil von zwanzig Prozent bei Haushaltsseife und Seifenflocken, das sind bei einem Verbrauch von zirka fünfzehn Pfund pro Kopf und Jahr und bei einem Reingewinn von fünf Pfennig pro Einheit allein in Berlin mit seinen zwei Millionen Einwohnern ... hörst du mir überhaupt zu?«

Das Wort Seife hatte Lou einen Moment ernüchtert, aber die Art, wie ihr Vater mit Millionen jonglierte, hatte ihrer Fantasie willkommene Nahrung gegeben; nicht umsonst war sie unter seinen Töchtern diejenige, die auch seinen Leichtsinn geerbt hatte.

Die Droschke verlangsamte ihr Tempo und kam schließlich zum Stehen.

»So, wir sind da.« Fritz Hofmann stieg als Erster aus. Lou ließ den Blick die Straße hinauf und hinunterwandern: Wohnhäuser, Geschäftshäuser, aber nirgends ein Hotel des luxuriösen Stils, wie sie es erwartet hatte.

Es gab überhaupt nur eines: ein schmales Haus, das mehr als bescheiden wirkte mit dem eisernen Vordach über dem Eingang und dem naturfarbenen Kokosabstreifer, auf dem in schwarzer Schrift »Hotel de Pologne« stand.

»Hier wohnst du?«

Fritz Hofmann sagte mit seiner unerschütterlichen guten Laune: »Abwarten! Es macht nicht die Fassade. In solchen Häusern ist der Service oft individueller als in einem großen Hotel. Heute, wo jeder schon im Grandhotel absteigen kann, bist du dort nur noch eine Nummer.«

Der Kutscher hatte das Gepäck vor dem Eingang des Hotels abgestellt, wartete auf seine Bezahlung, und wieder blieb Lou nichts andres übrig, als die Börse zu zücken. Schließlich standen sie allein vor dem Hoteleingang, neben dem Berg Gepäck, aber nichts rührte sich, und ehe Lou es verhindern konnte, hatte der Vater zwei von den Koffern gepackt. Der Anblick verschlug ihr die Sprache: Ihr Vater – der es früher schon als Zumutung empfunden hätte, nur ein Reiseplaid zu tragen, geschweige denn eine Tasche – mit zwei Koffern in der Hand! Das Foyer mit den zwei kümmerlichen Palmen und dem Durchblick in einen Frühstücksraum mit Korbmöbeln machte es nicht besser; auch nicht das Faktotum, das hinter einem Pult hervorkam, eine Mütze aufsetzte und ratlos das Gepäck anstaunte, das sich da neben der Treppe ansammelte.

Mit den Zimmerschlüsseln stieg Fritz Hofmann voran ins zweite Stockwerk, schloss selber auf und ließ Lou eintreten. Sie tat nicht mehr als einen Schritt in das Zimmer. Es war ein freundlicher, heller, wenn auch kleiner Raum mit zwei Fenstern, die auf einen Innenhof gingen, mit einem »Ausblick ins Grüne«, wie der Vater betonte, während er eines davon öffnete – aber weit von Lous Vorstellungen einer herrschaftlichen Hotelsuite entfernt; der rostrot gestrichene Dielenboden, der schmale Läufer, der kleine Schrank, in dem sie nicht einmal die Hälfte ihrer Sachen unterbringen konnte, das Bett aus Messing, und wo war die Tür zum Bad? »Gib dir keine Mühe! Der Blick ins Grüne interessiert mich nicht. Du meinst nicht im Ernst, dass ich hier bleibe.« Sie musterte ihren Vater, um endlich eine Erklärung für diese Ungereimtheiten zu finden, aber er war wie immer teuer gekleidet, ja aufwändig; auch bei genauester Prüfung konnte sie nichts an ihm entdecken, was auf Sparsamkeit – welch ein Wort in Verbindung mit dem Vater – schließen ließ. Aber gerade dieses Ergebnis ihrer Musterung gab ihr eine Erleuchtung ein, die einzig mögliche Erklärung, die sich ihr in diesem Augenblick anbot: »Das ist es also! Der Herr Senger ist ein Knauser! Keine Kutsche. Ein Arme-Leute-Quartier. An der Verwandtschaft wird gespart – so kommen sie zu ihrem Geld, diese Herren! Arme Camilla! An so einen ist sie geraten. Und du machst da mit. Mutter hätte das nie geduldet. Ein Knauser, da heißt es, sich auf die Hinterfüße stellen, und zwar sofort, nicht erst, wenn es bereits zu spät ist. Diese Kur muss man ihnen vor der Hochzeit verabreichen.«

Wie zur Bekräftigung ihrer Argumente ließ sie sich kurz am Rand des Bettes nieder: »Seegras! Ich dachte es mir doch.«

Der größte Teil des Gepäcks stand auf dem Gang vor der Tür, und das Hotelfaktotum schleppte gerade die letzten Stücke heran. Lou rauschte an ihm vorbei, mit der kurzen Bemerkung, er solle das Ganze wieder nach unten schaffen. Fritz Hofmann folgte ihr bis hinaus vor das Hotel, wo ihm Lou ihren Entschluss verkündete. »Wir fahren jetzt sofort zu Camilla. Wo bekommen wir eine Kutsche?«

»Ich führ dich hin.« Er hätte kaum gelassener sein können, wenn alles programmgemäß verlaufen wäre. Und während er mit ihr jetzt durch eine Anlage mit grünen Bänken und Rosenbeeten schritt, wurde auch Lou wieder versöhnlicher gestimmt. »Es tut mir Leid, aber wenn ich etwas hasse, dann ist es Geiz. Mutter zum Beispiel ...« Sie hielt es für ratsam, das nicht weiter auszuführen. »Bekommen wir hier wirklich eine Kutsche?«

»Ich mache dir einen Vorschlag. Es ist so schön, wir zwei machen einen Spaziergang, ich zeige dir die Stadt, und dann gehen wir mit Camilla essen. Das habe ich so verabredet mit ihr.

Sie weiß, dass du kommst. Und es war ihr Vorschlag; ich habe einen Tisch für uns bestellt, in einem netten Restaurant.«

»So nett wie das Hotel?«

»Ich habe mich so darauf gefreut, mit euch zusammen zu sein.«

»Keine Ausflüchte mehr, bitte. Wie ist die Adresse?«

»Am Birkicht sieben. Aber am Schluss verfehlt ihr euch.«

»Da ist doch etwas, das du mir verheimlichst? Ist es wieder in letzter Minute in die Brüche gegangen?«

»Nicht alles wiederholt sich im Leben.«

»Was ist es dann?«

»Vielleicht war mein Brief missverständlich. Senger steht erst am Anfang, sein Kapital steckt in seinem Unternehmen. Er ist ein Mann mit Zukunft ...«

Seine Worte gingen in ihrem Lachen unter, ein Lachen, das zuerst belustigt klang, aber dann fast in einen hysterischen Lachkrampf ausartete. »Jetzt fällt der Groschen!« Sie konnte nicht zusammenhängend sprechen, immer wieder geschüttelt vom Lachen. »Der schwerreiche Fabrikant – ein Herr Habenichts ... ein Renner, wie? Wie konnte ich nur auf deinen Brief hereinfallen. Und ich lass alles liegen und stehen und setze mich in die Bahn ... Tu nicht so, als ob dir die Welt gehört!«

Fritz Hofmann stand wirklich dort, die eine Hand leicht auf den Spazierstock gestützt, den Kopf etwas zurückgelegt, wie ein reicher, vornehmer Müßiggänger.

»Und ich setze mich sofort in den Zug!« Diesmal gelang es ihr, das aufkommende Lachen zu unterdrücken. Ihre Mundwinkel zogen sich abwärts und machten ihr Puppengesicht plötzlich hart und alt. »Lass alles liegen und stehen und setze mich in diesen elenden Bummelzug, der an jeder Station hält, und muss mir das Geschwätz von so einem Kerl anhören ... dieser aufdringliche Wiener ... Lügen ... zu was seid ihr Männer überhaupt sonst fähig ...«

»Sprich noch ein bisschen weiter.« Fritz Hofmann war zum ersten Mal ganz ernst.

»Was soll das nun wieder?«

»Es tut mir gut. Es ist, als hörte ich deine Mutter. Sie hat mich dreißig Jahre damit in Schach gehalten, und mir wird klar, dass es endgültig vorbei ist.« Aber dann gewann das verbindliche Element seines Wesens wieder die Oberhand. »Ich gebe zu, es war ein Fehler. Meine Fantasie ist wieder einmal mit mir durchgegangen, aber das ist doch kein Grund, dass wir uns streiten, und ...«

Er wollte sie in die Arme nehmen, aber sie trat einen Schritt zurück. »Wann geht der nächste Zug?«

»Es gehen immer Züge, jede Stunde.«

»Ich werde den nächsten nehmen. Bemüh dich nicht; du brauchst mich nicht zu begleiten.« Sie machte auf dem Absatz kehrt und ging den Weg zurück, ohne sich darum zu kümmern, ob er ihr folgte oder nicht.

Erst später, bereits in der Kutsche, mit ihrem ganzen Gepäck auf dem Weg zum Bahnhof, als ihr Zorn an Hitze verlor, ging ihr auf, wie wenig sie im Grunde erfahren hatte. Sie wusste immer noch nicht, wer dieser Senger war, wie er aussah, wie Camilla ihn kennen gelernt hatte; alles Fragen, mit denen die Mutter sie durchlöchern würde. Die Fahrt durch die Stadt mit den auffallend breiten Straßen und den reichen Bürgerhäusern weckte auch ihre eigene Neugier wieder, und so stieß sie mit der Spitze ihres Schirms gegen die Trennwand und nannte dem Kutscher die Adresse: »Am Birkicht sieben!«

Sie blickte weiter aus dem Fenster und stellte fest, dass immerhin der Teil des väterlichen Briefs zutraf: Die Residenz strahlte Wohlstand aus; und als der Weg dann durch ein Villenviertel führte – großzügige weiße Häuser inmitten weitläufiger Gärten –, da fand sie ihr Gleichgewicht vollends zurück und rechnete eigentlich damit, dass die Kutsche jeden Augenblick anhalten würde. Ein erneuter Regenschauer zwang sie, das Fenster zu schließen. Die Scheiben beschlugen, und bis sie wieder etwas sehen konnte, hatte sich das Bild völlig verändert: kleine Arbeiterhäuser aus unverputzten Ziegeln, lang gestreckte Fabrikbauten mit gezackten Glasdächern.

Die Straße wurde schlechter, die Häuser traten zurück und machten Lagerschuppen, Stapelplätzen, abgestellten Eisenbahnwagen und hässlichen rostigen Gaskesseln Platz. Eine Ziegelei mit einem qualmenden Schornstein bildete den Abschluss, und dann dehnte sich rechts und links Ödland, nur in der Ferne, sozusagen als Zielpunkt der Straße, war eine Pappelgruppe zu sehen, die dürr in den Himmel ragte.

Lou beugte sich aus dem Fenster, versuchte dem Kutscher einen Wink zu geben, damit er anhielt und kehrtmachte, aber er reagierte nicht, sondern fuhr geradewegs in den Lagerhof, der hinter den Pappeln aufgetaucht war. Lou blieb sitzen, bis der Kutscher den Schlag öffnete.

»Wo haben Sie mich eigentlich hingebracht?«

»Am Birkicht sieben. Da wollten Sie doch hin.«

Sie setzte zögernd den Fuß auf den Tritt. Um den viereckigen Hof lagen Schuppen und offene Remisen, in denen sich Fässer stapelten. An einem der Schuppen war ein Schild angebracht: Fassfabrik F. X. Paal. Ein Arbeiter stand auf einer Leiter und war gerade dabei, es abzunehmen. Überhaupt schien das Ganze eine Baustelle, und der Regen hatte den aufgewühlten Boden noch grundloser gemacht.

»Zu wem wollen Sie denn?«

»Herrn Senger.«

»Das soll der neue Besitzer sein. Jedenfalls, hier gibt es nichts anderes. Soll ich reingehen und nachfragen?«

Sie hatten unmittelbar vor dem einzigen festen Gebäude gehalten, dem Wohnhaus, einem hohen dreistöckigen Kasten, mit ziemlich flachem Dach und kleinen Fenstern; es war aus denselben unverputzten Ziegeln erbaut wie die Arbeiterhäuser, die sie unterwegs gesehen hatte, nur dass ihr das Gelb der Ziegel hier noch hässlicher erschien. An einem der Fenster wurde ein Kopf sichtbar – und einen Augenblick konnte Lou nichts anderes, als nur hinaufstarren, nicht vorbereitet auf das kurze Haar, das Camilla trug; und doch war es nicht das, was sie so betroffen machte, sondern etwas anderes, eine undefinierbare Faszination, die von diesem Gesicht dort oben ausging. Die Reaktion des Kutschers bestätigte ihr das nur: Mit offenem Mund blickte er zu dem Fenster empor und begann erst wieder zu atmen, als die Gestalt verschwand.

»Ist das seine Frau?«, sagte er schließlich, und die offene Bewunderung in seiner Stimme brachte Lou wieder in die Realität zurück. Sie raffte ihr Kleid und balancierte über das Brett, das ausgelegt war, damit man trockenen Fußes zum Haus gelangen konnte, in dessen Eingang nun Camilla erschien.

Beide hatten sich diese Begegnung so anders vorgestellt, dass sie sich nun fremd, fast feindlich gegenüberstanden.

»Ich muss sagen, die Fahrt hier heraus, das ist eine Zumutung.«

»Es war mir klar, dass du es so empfindest, deshalb habe ich vorgeschlagen, wir treffen uns in der Stadt. Aber wenn du schon den Weg gemacht hast, willst du nicht reinkommen?«

Lou folgte der Schwester. Camilla hatte ein einfaches Kattunkleid mit halblangen Ärmeln an. Mit einem Blick sah Lou, dass Camilla kein Korsett darunter trug und dass der Ausschnitt des Kleids mit der kleinen Brosche ziemlich tief war.

Auch im Haus wurde gearbeitet. Es roch nach Farbe, man hörte es Klopfen und Hämmern, und im Flur mussten sie ein paar Leitern ausweichen.

»Hier geht im Augenblick alles drunter und drüber.« Camilla öffnete eine Tür. »Das ist der einzige Raum, der schon halbwegs in Ordnung ist.«

Es schien sich um ein Büro zu handeln, nüchtern und schmucklos, mit einem Mobiliar, das offensichtlich aus zweiter Hand stammte; das einzige Persönliche in diesem Raum waren zwei gerahmte Fotografien, die auf dem Schreibtisch standen, an dem Camilla sich jetzt niederließ. Lou setzte sich auf einen der unbequemen Holzstühle; gleich neben ihr stand ein Geldschrank, von dem der dunkelgrüne Lack abblätterte, und sie konnte die Bemerkung nicht unterdrücken: »Ist der für euer vieles Geld?«

Früher war es immer sehr leicht gewesen, Camilla verlegen zu machen oder zu ärgern, aber Lou musste erleben, wie ihr Pfeil an dieser neuen Camilla wirkungslos abprallte. Sie saß dort, mit diesem Gesicht – was zum Teufel war mit ihrem Gesicht! Was war das Besondere daran, warum hatte der Kutscher sie mit offenem Mund angestarrt? Das Gesicht war nicht »hergerichtet«, kein Puder, kein Rouge, keine ausgezupften Augenbrauen, nichts; aber vielleicht war es gerade das, was es so vollkommen machte.

»Lou, hör mich an! Ich hatte kein Bedürfnis, euch in irgendeiner Weise zu unterrichten, ob du das nun verstehst oder nicht. Es war Vater, der meinte, eine Familie sei schließlich eine Familie. Und ich habe es ihm überlassen, euch zu schreiben oder nicht. Offen gesagt, ich habe nicht damit gerechnet, dass jemand von euch kommt. Da du einmal da bist, wollen wir es möglichst nett und höflich hinter uns bringen. Wie geht es dir und Geerd? Was macht Mutter? Entschuldige bitte ...«

Es hatte an eines der Fenster geklopft, die zum Hof hinausführten. Camilla öffnete es, und der Arbeiter, der draußen stand, sagte: »Wir sind jetzt auf zehn Meter Tiefe, aber es sieht nicht gut aus. Sollen wir weitergraben oder es an einer anderen Stelle versuchen?«

»Nehmen Sie lieber die Stelle, die Haase angezeichnet hat. Manchmal versteht ein Wünschelrutengänger mehr von diesen Dingen als alle anderen.« Sie schloss das Fenster und sagte: »Wir haben Probleme mit dem Wasser. Wir haben zwar einen Brunnen, aber der reicht nicht für die Mengen, die wir brauchen.« Sie lächelte zum ersten Mal. »Zu einem Viertel besteht Seife aus Wasser, weißt du, das ist das billigste daran.«

»So, dein Zukünftiger produziert also wirklich Seife? Ich kann mich erinnern, wie dir von dem Geruch regelmäßig schlecht wurde.«

»War das so?«

»Bekommt man ihn zu sehen?«

»Ich kann deine Neugier leider nicht stillen.«

»Wo ist er denn?«

»Verreist. In Hamburg.«

»Hamburg? Hat Vater da nicht immer das schreckliche Zeug ersteigert, Talg, Palmöl und ...«

»Gib dir keine Mühe, Lou. Ich weiß, auf was ich mich eingelassen habe.«

»Weißt du das wirklich?« Mehr aus Schadenfreude und Neugier als aus echtem Mitgefühl gab sie sich den Anschein der besorgten älteren Schwester. »Er verreist und lässt dich hier allein mit der ganzen Arbeit.«

»Nimm an, es würde mir Spaß machen.«

»Nun, Camilla, dann kann ich nur sagen, du bist sehr tapfer und opferbereit. Und wie werdet ihr wohnen?« Sie machte eine Geste, die deutlich ausdrückte zu welchem Urteil sie gekommen war. »Doch nicht hier, in diesem schrecklichen Haus!«

»Es hat mehr Platz, als man meint«, erwiderte Camilla und hoffte, dass Lou nichts von ihren wahren Gefühlen erriet. Das Haus war tatsächlich alles andere als einladend. Die Aussicht, darin leben zu müssen, hatte auch ihr im ersten Moment einen Schrecken eingejagt, und wenn sie ganz ehrlich war, hatte sie ihn auch jetzt noch nicht überwunden. Platz bot das Haus genug, aber die zum Teil schon lange nicht mehr bewohnten Räume waren in einem unbeschreiblich verwahrlosten Zustand; ganz abgesehen von der Umgebung, in der es stand, neben der Fabrik in einem verwilderten Garten voller Brennesseln und ausgewachsener Stachelbeerstauden. Dabei hätte es gar nicht dieses Haus zu sein brauchen. Carl Senger hatte mit ihr ein anderes besichtigt, am Fasanenpark, eine halbe Stunde entfernt, in der »guten Gegend«. Der Preis und auch die Zahlungsbedingungen wären ausgesprochen günstig gewesen. Aber Camilla hatte wohl bemerkt, wie Senger sich wegen dieser zusätzlichen Ausgaben Sorgen machte; und so war sie es gewesen, die schließlich darauf bestanden hatte, es nicht zu kaufen, sondern sich hier draußen einzurichten. »Wart einmal ab, bis es neu hergerichtet ist.«

»Du, in so einem Haus – was ist das für ein Mann, der dir so etwas zumutet!« Lou erhob sich, bereit ihre Schwester zu umarmen, aber der kühle abwehrende Blick Camillas ließ sie innehalten. »Mein Gott, begreifst du nicht, dass du dabei bist, einen großen Fehler zu machen! Da es dir niemand zu sagen scheint, muss ich es tun. Wer immer dieser Herr Senger ist, kein Mann hat das Recht, das von einer Frau zu verlangen! Du musst sehr verzweifelt gewesen sein, in Warnemünde ...«

Wieder wurden sie unterbrochen. Diesmal erschien einer der Arbeiter im Büro. Es ging um eine Sendung Natriumhydroxid, die eingetroffen war, zwanzig Säcke. Er wollte wissen, wo sie gelagert werden sollten. Wieder konnte Lou beobachten, mit welcher Selbstverständlichkeit und Bestimmtheit Camilla ihre Entscheidung traf, aber das spornte Lou nur noch mehr an.

»Ist das dein zukünftiges Leben? Ein Glück, dass ich rechtzeitig gekommen bin. Komm zu dir, Camilla! Ich will gar keine Fragen stellen. Es gibt Dinge, die passieren. Ganz andere Frauen, viel erfahrenere, gehen Männern auf den Leim.«

»Sprichst du jetzt von dir?«

»Ich kenne den Zustand. Man will einfach nicht zugeben, dass man sich geirrt hat, aber noch ist es nicht zu spät. Noch kannst du zurück.«

»Willst du mich nach Berlin einladen?«

»Warum nicht. Alles wäre besser als das hier. Vergiss doch nicht, wer du bist! Wie hat dieser Mensch das nur fertig gebracht?« Das war die Frage, die Lou am meisten beschäftigte.

»Ich glaube, wir sollten das Gespräch beenden.« Camilla lachte, ein leichtes, befreites Lachen, das Lou nur noch entschlossener machte, der Schwester vor Augen zu führen, was für einem trostlosen Leben sie entgegenging. Es wollte ihr nicht in den Kopf, dass Camilla freiwillig diese Entscheidung getroffen hatte, und vor allem, dass sie sogar glücklich und zufrieden dabei schien. Ganz offensichtlich war sie das, und Lou empfand das fast als eine persönliche Beleidigung. »Glaubst du etwa auch an das Geschwätz von Vater«, sagte sie schließlich, »bist du auch schon so weit, dir die Reichtümer auszumalen, die ihr einmal besitzen werdet?«

»Lass gut sein, Lou.«

»Du glaubst daran, wie? Das tapfere Mädchen, das auf die Zukunft baut. Und wie sieht das aus? Schön, vielleicht schafft ihr es und seid in zwanzig Jahren reiche Leute! Zwanzig Jahre – weißt du, was du dann bist? Eine alte Frau, die das Leben hinter sich hat! Du weißt nicht, was du tust. Wenn ich dich anschaue, du bist so hübsch geworden! Jemand, der aussieht wie du – du hättest alle Möglichkeiten, dich in ein gemachtes Nest zu setzen ... Aber ... Ich gehe wohl besser.«

»Siehst du Vater noch, oder nimmst du den nächsten Zug?«

Einen Moment schien es, als wollte Lou einen letzten Anlauf nehmen, um die Schwester »zu retten«, ein Blick in Camillas Gesicht sagte ihr allerdings, dass jedes weitere Wort vergeblich sein würde. Es ging gegen Lous Temperament, so eine Schlappe einfach einzustecken. Sie würde diesen Raum erst verlassen, wenn sie sich revanchiert hatte. Irgendetwas würde sie schon finden. Sie ließ den Blick durch das Büro gehen, und schließlich entdeckte sie die zwei gerahmten Fotografien, die am Schreibtisch standen. Die eine zeigte ein Haus in einem Garten, die andere einen Mann mit einem Jungen an der Hand vor einem Zirkuszelt. Lou nahm die zweite zur Hand, eigentlich nur, weil eine Bewegung Camillas ihr verriet, dass sie es gerne verhindert hätte. Lou betrachtete das Bild, aber es bot keinen Anhaltspunkt, denn es war alt und vergilbt und ohne Bezug zu Camillas gegenwärtiger Situation. Eine Fotografie von Senger hätte sie interessiert. Wie sah dieser Mann wohl aus, der es fertig gebracht hatte, Camilla an sich zu binden? Was für Eigenschaften besaß er, dass er diese Wandlung an ihr bewirkt hatte?

»Gefällt es deinem Zukünftigen, wenn du so herumläufst und so freizügig deine Reize zeigst?«

Camilla nahm der Schwester die Fotografie aus der Hand

und stellte sie zurück. Sie öffnete die Tür und ging schweigend voraus.

Die Droschke stand nicht mehr vor der Haustür, sondern hatte einem Möbelwagen Platz gemacht. Die Packer hatten bereits die Planen entfernt, und man sah, dass auch diese Stücke aus zweiter Hand waren.

»Dann alles Gute«, sagte Lou.

»Das wünsche ich dir auch. Es war ein kurzer Besuch.«

»Nun, man lernt immer noch dazu.«

»Wenn du zur Hochzeit kommen willst ...«

»Ich bin nicht sicher, ob ich es zeitlich einrichten kann.«

»Grüße Mutter und Alice, wenn du sie siehst.«

»Oh, natürlich.«

»Also dann, auf Wiedersehen!« Sie wussten beide, dass es leere Worte waren.

Camilla blieb unter der Tür stehen. Sie hatte Lou eigentlich fragen wollen, wer das Haus in Steglitz gekauft hatte. Nach wie vor kreisten ihre Gedanken um diesen Punkt; trotzdem war sie froh, dass sie sich vor Lou nicht diese Blöße gegeben hatte. Sie sah dem Wagen nach; der Berg von Gepäck auf dem Dach schwankte leise in den Gurten, und als der Wagen jetzt aus dem Hof rollte und auf die Straße abbog, tauchte Lous Kopf noch einmal kurz am Fenster auf. Besser, das alles zu vergessen, Lou und die Welt, die sie verkörperte; aber das war leichter gesagt als getan. Camilla hatte zu lange in dieser Welt gelebt, um von heute auf morgen alle Bande, die sie damit verknüpften, zu zerschneiden.

»Wir könnten jetzt mit dem Ausladen anfangen, junge Frau. Wohin sollen die Sachen?«

Sie musste sich besinnen. »In den ersten Stock. Ich komme gleich nach und zeige Ihnen, wo sie stehen sollen.«

Sie ging ein paar Schritte vom Haus weg, sodass sie den ganzen Innenhof überblicken konnte. Das alte Schild der Fassfabrik war inzwischen verschwunden und das neue angebracht; weiter weg, am unteren Ende der Lagerhalle, waren Arbeiter dabei, die Fundamente für die Seifenkessel auszumauern; dort, wo man vergeblich nach Wasser gegraben hatte, lag ein Berg dunkler Erde.

Eine falsche Vorstellung von dem, was sie in den nächsten Jahren erwartete, hatte sie nicht; ein Honigschlecken würde es nicht werden. Sie verstand Lou. Sie selber war auch entsetzt gewesen, als sie das erste Mal herkam. Und in den zwei Wochen, die sie nun hier war, hatte es keinen Tag gegeben, an dem sie nicht irgendwann einmal der Mut verlassen hätte, allerdings nur für Augenblicke. Sie brauchte nur auf den Lärm der Bauarbeiten zu lauschen, und sie wusste wieder, dass bald alles ein anderes Gesicht haben würde. Als sie jetzt zum Haus zurückkehrte, mit schnellen Schritten, kam die Sonne hinter den abziehenden Regenwolken hervor und ließ die vielen Fenster des Hauses hell auffunkeln.

DRITTER TEIL

1 Es hatte seit Wochen nicht mehr geregnet, und die Pferde, die ihre Trainingsrunden liefen, waren fast unsichtbar in den Staubwolken. Es war nur eine kleine Bahn, ein Oval von achthundert Metern. Die niedrigen Hecken zu beiden Seiten waren weiß vom Staub, und die wenigen Büsche und Bäume längs der Außenbahn hatten eine grüne und eine graue Seite. Die Anlage war als private Reitbahn eines adligen Gutsbesitzers entstanden und später vom Rennverein Neustrelitz übernommen worden; je nach Bedarf hatte man neue Boxen angebaut, was an dem unterschiedlichen Verwitterungszustand der Dächer und des ockergelben Anstrichs abzulesen war. Hinter den Ställen befanden sich Koppeln für Jungpferde. Die Tiere hatten sich in den Schatten der Bäume zurückgezogen; die Nacht hatte keine Abkühlung gebracht, keinen Tau, und schon jetzt, am Morgen, lag über der ebenen Moor- und Heidelandschaft brütende Hitze.

Die zwei Männer, die am Rand der Bahn standen und das Training der Pferde verfolgten, waren ein ungleiches Paar. Groß und elegant der eine, ganz in Hellgrau und trotz der Hitze mit weißen Handschuhen. Der andere, fast gnomenhaft klein, trug ein knappes Jackett aus knallgelber Seide, verbeulte Reithosen und safranfarbene Stiefel. Seit die Pferde auf den Kurs gegangen waren, hatte er noch keinen Ton von sich gegeben, nur seine Miene war langsam immer verdrossener geworden.

»Mörderische Bahn«, sagte er, »mörderisch uneben.«

»Das ist nur die Trockenheit. In Wahrheit ist es ein Paradies. Ruhe. Das beste Wasser weit und breit. Hier kann man etwas machen aus einem Pferd. Die Pferde, die hier stehen, haben gute Nerven. Und nicht jeder schaut einem über die Schulter.«

Der Jockey beobachtete die Pferde, die jetzt an ihnen vorbeikamen, mit steinernem Gesicht. »Hier habe ich genug gesehen. Jetzt zeigen Sie mir mal Ihr Pferd.«

Die beiden Männer gingen auf die Stallungen zu. Wer sie nebeneinander sah, hätte unsicher werden können, wer der ältere von ihnen war, der Jockey mit dem sorgenvollen zerknitterten Gesicht oder der vornehme Herr an seiner Seite. Fritz Hofmann näherte sich den Siebzig. Natürlich war er älter geworden in diesen dreizehn Jahren, aber man musste genau hinschauen, und eigentlich verriet nur sein Gang das Alter, dieses zögernde, behutsame Setzen der langen Beine.

Die Schilder an den Stalltüren trugen die Namen adliger Familien; Hofmann war der einzige Bürgerliche darunter, und seine Box unterschied sich von den anderen auch dadurch, dass keine Medaillen und Prämienzeichen daran prangten. Sie wurde geöffnet, noch bevor sie sich bemerkbar machen mussten, und mit einer Geste, als führe er jemanden in eine Schatzkammer, forderte Hofmann den Jockey zum Eintreten auf.

»Das ist er, mein lieber Quittel, ein Fuchswallach, fünfjährig. Ist das ein Tier!«

Der Jockey ließ seine Augen wandern: Er erkannte ein Pferd schon an dem Stall, in dem es stand; und es war vorgekommen, dass er kehrtmachte, ohne das Pferd, das er reiten sollte, auch nur eines Blickes gewürdigt zu haben. Die Angewohnheit hatte Quittel fast ebenso berühmt gemacht wie seine Siege. Aber das war lange her, und heute musste er froh sein über jedes Angebot. Er wusste es, und jeder, der sich im Rennsport auskannte, wusste es; nur dieser Hofmann, der ihn hierher nach Neustrelitz gerufen hatte, ließ es ihn nicht spüren, jedenfalls bis jetzt noch nicht.

Hofmann winkte dem Stallburschen, der ihnen geöffnet hatte: Leo war ein aufgeschossener Junge mit einem hellblonden Krauskopf, den er jeden Morgen mittels Wasser und einer Metallbürste zu bändigen versuchte, eine Anstrengung, die nie länger als eine halbe Stunde vorhielt. Er war seit vier Jahren in Hofmanns Diensten, seit dieser auf einer Auktion in Altstrelitz den einjährigen Fuchswallach gekauft hatte. Leo hatte außer Pferden nichts im Kopf; er redete von Pferden, er träumte von Pferden; und abends, nach der Arbeit, wenn er mit den anderen Stallburschen zusammensaß und die Älteren von großen Pferden und großen Jockeys erzählten wie von Helden und Heiligen, konnte er nicht genug davon bekommen. Quittel war in diesen Geschichten oft vorgekommen; Leo kannte alle seine Siege und alle seine Niederlagen, und er war sehr aufgeregt, den berühmten Mann leibhaftig vor sich zu sehen; aber der beachtete ihn kaum, sondern trat in die Box, in der Hofmanns Pferd stand, ein kräftig gebauter Hengst mit überraschend schlanken Beinen. Quittel schob das Tier, dem er kaum bis an die Kruppe reichte, zur Seite, um mehr Platz zu haben.

»Wie hat er gefressen?« Hofmann ließ Quittel nicht aus den Augen. »Frisst wie ein Ackergaul. Danach müsste er jedes Rennen gewinnen ...«

Hofmann schlug den Deckel der Futterkiste auf; er nahm eine Hand voll.

»Zu wenig Haferflocken.«

»Genau die Mischung, die Sie angegeben haben.«

Im Stall war es heißer als draußen, trotz der offenen Tür. »Und was ist mit dem Knöchel?«

»Alles in Ordnung. Troja ist in Hochform. Nur das Wetter, Sie wissen ja, dieses Wetter schmeckt ihm nicht. Ein trockenes Geläuf ist Gift für ihn. Regnen müsste es. Er braucht eine schwere Bahn, je schwerer, desto besser für ihn. Wissen Sie noch, damals in Doberan, das war eine Schlammschlacht, so mag er's. Wenn es nicht regnet, brauchen Sie ihn gar nicht erst nach Berlin zu schicken.« Hofmann holte aus seiner Jacke eine kleine Arzneiflasche. »Reib ihm damit den Knöchel ein. Das ist eine ganz neue Mixtur. Zweimal am Tag gut einmassieren, eine halbe Stunde einwirken lassen und dann runterwaschen.«

Leo nickte; Hofmann brachte immer wieder solche Wunderpräparate an, die er selber fabrizierte; genauso war es mit dem Futter, für das er sich alle paar Monate eine neue Zusammensetzung ausdachte.

Quittel war noch immer mit dem Pferd beschäftigt, und Hofmann deutete das als gutes Zeichen. Der Kauf von Troja war mehr als eine Laune gewesen; seitdem er Rennen besuchte und auf Pferde setzte, hatte er nie ohne Neid zusehen können, wenn die Besitzer nach dem Rennen die siegreichen Pferde am Zügel von der Bahn führten.

Lange hatte er dem Wunsch, selber ein Pferd zu besitzen, widerstanden; und selbst, als er ihn sich endlich erfüllte, hatte er den Besitz Trojas geheim gehalten. Nicht, dass er sich Sorgen um das investierte Geld machte – Troja würde eines Tages alles wieder hereinbringen, zehnfach, hundertfach, und dann würde er sein Geheimnis lüften, nach der ersten großen Siegprämie.

Er hatte Troja bereits in einige Rennen geschickt, auf kleinen Bahnen freilich. Bisher war dabei nur ein Sieg herausgekommen, eben in Doberan, bei einem Nebenrennen. Doch das hatte Hofmann nicht entmutigt, denn die Schuld lag nicht bei Troja, sondern ausschließlich bei ihm selber. Er hätte das Pferd eben nicht auf Rennen über tausend und fünfzehnhundert Meter schicken dürfen; Trojas Stärke waren lange Strecken, nicht von ungefähr war Doberan ein Jagdrennen über viertausendfünfhundert Meter gewesen. Und dann hatten ihn bisher nur drittklassige Leute geritten, bessere Stallburschen, kein Mann wie Quittel, der die Qualitäten eines Pferdes zur vollen Entfaltung bringen konnte.

Der Jockey hatte seine Musterung beendet. Seine Miene verriet nichts von seinem Urteil.

»Erinnern Sie sich an Husar II und an Tannhäuser«, sagte Hofmann, »hat er nicht Ähnlichkeit mit den beiden? Sie waren schwach am Start, aber keiner konnte sie auf den letzten achthundert Metern schlagen. Wenn Sie ihn reiten, denken Sie daran, am Anfang ist er schwach, aber dann kommt er.«

»Mörderische Bahn, steinhart.«

»Ich werde die Zeit nehmen, danach können Sie sich entscheiden.« Quittel warf einen letzten Blick auf Troja und nickte. Der Vergleich mit Tannhäuser hatte ihn aufgerüttelt, denn mit diesem Pferd hatte er viele Siege gemacht.

Leo hatte den Fuchs gesattelt – Quittel hatte sein eigenes Sattelzeug mitgebracht – und führte ihn jetzt in die Bahn. Längs der Hecke versammelten sich die Stallburschen der anderen Pferdehalter, und ihre Neugier schmeichelte Fritz Hofmann nicht wenig.

Die Bahn war frei, der Staub hatte sich gelegt, und Quittel, bereits im Sattel, wartete auf das Startzeichen. Von den zwei Stoppuhren, die Hofmann umhängen hatte, reichte er Leo eine, dann zog er das weiße Taschentuch aus der Brusttasche und ließ Pferd und Reiter ab.

»Das Pferd liegt ihm«, sagte Hofmann nach der ersten Runde, obwohl Quittels Reitstil ihm Kopfzerbrechen machte.

Leo warf einen Blick auf die Stoppuhr; er stellte befriedigt fest, dass Quittels Zeit für die ersten tausend Meter um nichts besser war als seine eigene Trainingszeit; er träumte davon, eines Tages selber ein großer Jockey zu sein und große Rennen zu reiten.

»Er macht zu viel mit ihm. Troja muss man die Zügel lassen.«

»Er hat über fünfhundert Rennen gewonnen.«

»Vor langer Zeit, ja. Er muss bald sechzig sein.«

»Das Alter spielt bei einem Jockey keine Rolle, wenn er in Form bleibt.«

»Aber er hat kein Glück mehr.« Leo wiegte den Kopf. »Glück ist genauso wichtig wie ein gutes Pferd.«

»Er lässt ihn in der Kehre ziemlich weit nach außen, oder?«

»Das ist Troja. Er mag die Innenbahn nicht, besonders, wenn er in einem Feld läuft. Er versucht immer außen an den anderen vorbei zu gehn.«

»Und wie ist die Zeit?«

»Besser«, musste Leo zugeben, »er kommt allmählich.«

Mit zunehmendem Tempo wurde der Fuchs gelöster, temperamentvoller, der Galopp raumgreifender. Auf der Bahn schien er noch größer und kräftiger, und der Jockey auf seinem Rücken noch zwergenhafter.

»Gute Zwischenzeit!« Leo schien zu vergessen, dass ein anderer auf seinem Pferd saß. »Und das ohne Feld. In einem Feld wäre er bestimmt noch schneller.«

»Du wirst sehen, in Berlin, das wird sein Durchbruch. Und es ist wie für ihn zugeschnitten – viertausendfünfhundert Meter.« Hofmann gab dem Jockey das verabredete Zeichen und stellte sich dann am Ziel auf. Als Troja dann über die Ziellinie ging, nahm Hofmann dem Stallburschen die Stoppuhr wieder aus der Hand. »Er wird sie alle um Längen schlagen.«

Er eilte Quittel entgegen; Leo nahm Troja am Zügel und führte ihn von der Bahn; aber erst vor dem Stall, erst, nachdem Leo den Fuchs in die Box zurückgebracht hatte, um ihn trockenzureiben, ließ Quittel sich herbei zu sagen: »Kein schlechtes Pferd.«

»Bei der Zeit! 4500 Meter in 5-57-3!« Hofmann hielt dem Jockey die Stoppuhr hin. »Eine solche Zeit auf dieser Bahn und ohne Feld.« Quittel nickte. Enthusiasmus schien er nicht zu kennen. Sein Gesicht war salztrocken, nicht ein Anflug von Schweiß. »Schwer zu reiten. Tut, was er will. Aber kein schlechtes Pferd. Und keine schlechte Zeit. Aber eine mörderische Bahn, knochenhart.«

»Sie werden Troja in Karlshorst reiten?«

»Sie haben ihn gemeldet?«

»Ja. Alle Formalitäten sind erledigt, das Nenngeld ist hinterlegt. Sie brauchen ihn nur noch zu reiten.«

»Und der Transport nach Berlin?«

»Wir haben einen Wagen. Die Bahn mag er nicht.«

»Sonst Schwierigkeiten bei Ortswechsel? Verdauung?«

»Alles bestens, besonders, wenn Leo dabei ist.«

»Könnte ihn noch auf der Bahn trainieren«, sagte Quittel entgegenkommend, als nähme er den ganzen Enthusiasmus, dessen er fähig war, zusammen.

»Sie reiten ihn also! Ich wusste es ja, mein lieber Quittel. Ich hätte die Meldung zurückgezogen, wenn ich Sie nicht bekommen hätte.«

»Da wäre noch das Honorar.«

»Natürlich, das Honorar ... Nun, machen Sie einen Vorschlag.«

»Tausend Mark Fixum, plus zehn Prozent von der Siegprämie.« Ob Fritz Hofmann auf die Summe vorbereitet war oder nicht, war ihm nicht anzumerken. »Fair«, sagte er, »durchaus fair, aber ich will Sie nicht übervorteilen. Habe ich nie getan. Ein Pferd kann noch so gut sein, den Sieg macht der Jockey. Also, ich gebe Ihnen zwanzig Prozent von der Siegprämie.«

»Und das Fixum?«

»Sagen wir – vierhundert.«

Quittel senkte den Kopf. »Für vierhundert bin ich nie geritten.«

»Fünfundzwanzig Prozent der Siegprämie.«

Die Augen des Jockeys wanderten hinüber zu den Stallungen und dann zu der Rennbahn. Es war lange her, seit man bei Verhandlungen mit ihm von der Siegprämie gesprochen hatte. Sein letzter großer Sieg lag Jahre zurück. Iffezheim, 1908, vor sechs Jahren; und sechs Jahre, das war eine Ewigkeit, wenn man kein Glück mehr hatte. 1908 war eine glänzende Saison für ihn, eine seiner besten, mit neunundzwanzig ersten Plätzen. Aber danach war es wie abgeschnitten gewesen; das Glück hatte ihn verlassen, vielleicht auch das Können, die Nerven; er lebte nur noch von seinem Namen und seiner Vergangenheit, aber auf einer Bahn wie Karlshorst hatte er lange kein Pferd mehr geritten. Er hätte abtreten müssen. Jeder gab ihm das zu verstehen; und hier stand jemand und redete von Sieg. »Wie war die Zeit?«, fragte Quittel.

»5-57-3.« Jetzt erst ließ der Jockey sich die Uhr geben, blickte kurz darauf; mehr Auftrieb allerdings gab ihm die lebhafte Diskussion, die zwischen den Stallburschen im Gange war, die seinen Ritt verfolgt hatten.

»Also, ich reite ihn, zu Ihren Bedingungen.« Pferdehalter waren für Quittel zeit seines Lebens ein Greuel gewesen, Leute, die in seinen Augen nichts von Pferden und noch weniger vom Rennsport verstanden; aber dieser Hofmann hatte ihn mit seinem Optimismus angesteckt, sodass Quittel jetzt ganz gegen seine Gewohnheit hinzufügte: »Wenn wir wirklich vorne liegen, haben Sie eine Option für alle restlichen Rennen der Saison.«

»Eingeschlagen!« Hofmann zog den rechten Handschuh aus, und die beiden Männer vollführten das Ritual von zwei Pferdehändlern, die einen Kaufabschluss bekräftigen. »Wir sehen uns in Berlin. Leo wird sich um alles kümmern. Sie brauchen ihm nur Ihre Anweisungen zu geben.« Er rief nach dem Stallburschen, teilte ihm die gute Nachricht mit und fuhr dann fort: »Ich kann leider nicht länger bleiben. Ich komme sowieso schon zu spät zur Schlussfeier. Was ist mit dem Geburtstagsgeschenk für Max? Wird alles rechtzeitig fertig?« Max war der älteste von Camillas drei Söhnen.

»Bis Sonntag ist alles fertig. Gestern haben sie das Zaumzeug geliefert, rotes Leder, wie Sie es angeschafft haben. Sieht großartig aus auf dem weißen Fell. Drüben in der Remise steht alles; die beiden Böcke sind prächtig im Futter.«

Fritz Hofmann kämpfte mit sich, zu gerne hätte er sich alles angeschaut. Im Grunde war es Hofmanns Jugendtraum, den er sich selber erfüllte, ein Gespann von zwei schneeweißen Ziegenböcken mit rotem Zaumzeug vor einem leichten Wagen. In Bad Neuenahr, wo seine Eltern jedes Jahr die Sommerfrische verbrachten, hatte es in den Kuranlagen für die Kinder ein solches Gefährt gegeben, und es war kein Tag vergangen, an dem er nicht eine Rundfahrt mitmachte.

Er blickte auf seine Taschenuhr.

»Ich muss zurück nach Neustrelitz. Also, du weißt Bescheid, am Sonntag fährst du mit dem Gespann vor, sagen wir, nach dem Frühstück, so gegen neun Uhr. Du fährst in den Hof und drehst eine Runde. Aber sei pünktlich. Neun Uhr, bei den Sengers.«

»Ich werde auf die Minute da sein. Wir gehn also wirklich auf das Rennen nach Karlshorst?«

Hofmann hielt es nicht für notwendig, auf diese Frage zu antworten. Das Rennen war mit fünfunddreißigtausend Mark dotiert, davon zweiundzwanzigtausend für den Ersten; dieser Gedanke und die Berechnungen, die sich daran schlössen, füllten ihn vollständig aus, während er zu dem wartenden Automobil ging, das ihn nach Neustrelitz zurückbringen sollte.

2

Das zweistimmige A-cappella-Madrigal, vom Schulchor vorgetragen, klang bereits seit Minuten so, als würde es gleich zu Ende sein, aber es dehnte und dehnte sich, und Fritz Hofmann wartete mit wachsender Ungeduld auf das Ende. Er war zu spät gekommen, unter dem strafenden Blick des Pedells, der die Tür der Aula bewachte, hatte er es nicht gewagt, einen Sitzplatz zu suchen, sondern war im Schatten der Empore stehen geblieben. Eine Schlussfeier mit Eintrittskarten und gedrucktem Programm – das war typisch für den Rektor des Herzog-Karl-Realgymnasiums. Dr. Minding, Professor für Mathematik, Physik und Chemie, liebte es, Veranstaltungen aufzuziehen. Seine Feiern zum Sedan-Tag, zur Kaiserproklamation, zum Geburtstag des Großherzogs und natürlich zum Schulschluss hatten einen derartigen Zulauf, dass er Eintrittskarten ausgeben musste. Die Preise, die er mittlerweile dafür verlangte, waren so gesalzen, dass es sich fast um eine Art Subvention handelte, die er sich auf diese Weise verschaffte. Um gegen die Langeweile anzukämpfen, die ihn während des Chorgesangs befiel, zählte Hofmann die dichtbesetzten Stuhlreihen ab und rechnete aus, dass allein diese Feier der Schule einen runden Tausender einbrachte. Trotzdem, für einen Mann wie Minding, der so hochfliegende Pläne hatte wie den Bau einer Sternwarte, war das nur ein Tropfen auf den heißen Stein. Vor fünf Jahren erst hatte Dr. Minding es durchgesetzt, dass seine Anstalt dem Humanistischen Gymnasium gleichgestellt wurde, damit war sein Ehrgeiz aber keineswegs gestillt, was sich in seinem neuesten Projekt, der Sternwarte, deutlich zeigte.

Endlich war das Madrigal zu Ende. Das Publikum spendete anhaltenden Beifall. Der Chor verließ das Podium. Im Gänsemarsch kamen die Schüler die Seitentreppen herunter, um auf ihre Plätze zurückzukehren. Hofmann brauchte seine Enkel nicht darunter zu suchen, denn sie waren alle drei ebenso unmusikalisch wie er selber, sowohl Max, der Älteste, der am Sonntag zwölf wurde, wie auch die beiden jüngeren, der zehnjährige Konrad und Georg, der mit seinen neun Jahren der jüngste Sextaner im ganzen Großherzogtum Mecklenburg-Strelitz war, weil er einfach nicht allein zu Hause hatte bleiben wollen, als Konrad in die Schule kam, sodass die beiden seither immer dieselbe Klasse besuchten. Bei allem großväterlichen Stolz war Hofmann so viel Eifer etwas unheimlich, denn er selber dachte noch heute mit Schrecken an seine eigene Schulzeit. Und nichts schien sich seit damals geändert zu haben, weder die engen blauen Sonntagsanzüge noch die frisch geschnittenen Haare. Dieses dumme Gerede, dass die Jugend die schönste Zeit des Lebens sei! Er selber hatte an sich das Gegenteil erfahren. Erst im Alter konnte er so leben, wie er es sich immer gewünscht hatte.

»Amelung, Attenhofer, Berkel ...«

Dr. Minding, einen Stapel von Zeugnissen vor sich auf dem bekränzten Pult, hatte damit begonnen, die Schüler der ersten Klasse aufzurufen und ihnen die Zeugnisse auszuhändigen. Es war ein geburtenstarker Jahrgang, 1904, und die Klasse, die Konrad und Georg besuchten, umfasste über dreißig Schüler. »Sachtleben, Sandner, Schadow ...« Jetzt musste er aufpassen, und er verlegte seinen Standort etwas nach rechts. Sorgen brauchte er sich um die beiden nicht zu machen; sie hatten in der Volksschule nie etwas anderes als Einser nach Hause gebracht, und nach den Notenprämien, die sie bei ihm ausgehandelt hatten, würden sie auch ihr erstes Jahreszeugnis am Gymnasium nicht zu verstecken brauchen.

»Senger, Georg; Senger, Konrad!« Er sah sie nach vorn gehen,

beide in blauen Matrosenanzügen, beide blond, und das allgemeine Interesse, das sie bei den Anwesenden hervorriefen, war nicht nur großväterliche Einbildung.

Die Sengerjungen kannte jeder in Neustrelitz. Eine junge aufstrebende Stadt, deren Magistrat sein Hauptaugenmerk darauf konzentrierte, möglichst viele Industriebetriebe herzuziehen, brauchte immer Vorbilder, und seit Jahren war es die Familie Senger. Jeder hatte den Aufstieg des Unternehmens zu einem der größten Steuerzahler der Stadt verfolgt, zuerst mit Skepsis, dann mit Staunen und schließlich voller Stolz, wenn auch ein Rest von Fragen offen blieb. Bei der Zurückgezogenheit, in der die Familie lebte, konnte man sich nur an die drei Jungen halten, und natürlich an Hofmann. Er lebte nach wie vor in der Stadt und tat sein Bestes, die Geschichte vom Aufstieg seines Schwiegersohnes mit immer neuen Glanzlichtern zu versehen. Und wenn Quittel auf Troja das Karlshorster Jagdrennen gewinnen sollte, würde die »Mecklenburger Woche« Stoff für einen großen Bericht haben. Er durfte nicht vergessen, in Berlin einen Fotografen zu bestellen ...

»Senger, Max ... Senger, Max ...«

Hofmann hatte die Zeugnisverteilung nicht mehr verfolgt. War tatsächlich die dritte Klasse schon an der Reihe? Noch einmal hallte die Stimme des Rektors durch die Aula, ungehalten wiederholte er den Namen ein drittes Mal, aber kein Schüler erhob sich von seinem Sitz. Ein Getuschel wollte anheben, wurde aber vom Rektor durch den Aufruf des nächsten Namens erstickt.

Fritz Hofmann zog sich unter den neugierigen Blicken, die ihn trafen, tiefer in den Schatten der Empore zurück. Dass Max der Schlussfeier ferngeblieben war – dafür gab es nur eine Erklärung, und die war keineswegs angenehm, denn er wusste, dass ein gut Teil der Schuld auch ihn traf. Die braune Fliege, die er anstelle einer Krawatte trug, beengte ihn plötzlich und erinnerte ihn daran, dass er nicht einmal mehr dazu gekommen war, das Hemd zu wechseln, was sonst nach einem Besuch auf der Rennbahn in Altstrelitz immer das erste war. Dr. Minding verlas weiter Namen, und das würde so fortgehen, bis die Matura-Klasse an der Reihe war. Hofmann trat den Rückzug an, leise und unauffällig näherte er sich der großen Tür, begegnete dem stummen Protest des Pedells mit einer beschwichtigenden Handbewegung, und dann endlich war er draußen auf dem Gang mit den Nischen, in denen Gipsbüsten großer Deutscher standen. Wie es sich für ein Realgymnasium gehörte, überwogen die Naturwissenschaftler, und darunter wieder die Mathematiker. Mathematik – sicher hatte ein Ungenügend in diesem Fach bei Max zu einer Katastrophe geführt ...

Die Versuchung, es seinem Enkel gleichzutun und sich aus dem Staub zu machen, war groß, aber Hofmann widerstand und wartete im Schulhof das Ende der Feier ab. Ausgerechnet Mathematik! Das Fach, das er mit Max gepaukt hatte! Wie sollte er sich nur vor Camilla rechtfertigen? Er liebte seine Tochter; mehr noch, er bewunderte sie; er wusste, wie groß ihr Anteil an den Erfolgen Sengers war, aber in gewissen Dingen war mit ihr nicht gut Kirschen essen. Geld war das eine. Nicht, dass sie ihn kurz hielt, das konnte er ihr nicht vorwerfen. Er wohnte immer noch im Hotel de Pologne, auf eigenen Wunsch; er hatte dort eine richtige kleine Wohnung für sich, drei Zimmer im obersten Stock, mit dem Blick ins Grüne und eigenen Möbeln, und wenn er wollte, wurde ihm das Essen aus dem Restaurant heraufgebracht. Alles das wurde von Camilla bezahlt; außerdem beglich sie großzügig und ohne viele Diskussionen seine anderen Rechnungen; aber mit Bargeld hielt sie ihn knapp. Zum Glück hatte er seine eigenen geheimen Quellen und seinen Schwiegersohn, der ihm regelmäßig etwas zusteckte. Das war der zweite Punkt: Sein vermeintlicher schlechter Einfluss auf ihren Mann; sie fürchtete, er könnte ihn zum Leichtsinn verleiten; zu teuere Hotels, zu aufwändige Geschenke, ja, sie verdächtigte ihn sogar, Senger zum Spiel verführen zu wollen. Natürlich hatte er es versucht, aber ohne jeden Erfolg. Das dritte war die Erziehung der Kinder, wo sie ihm ebenfalls vorwarf, »ihre Prinzipien zu untergraben«. Es half alles nichts, er musste die Suppe auslöffeln, so oder so.

Als er hörte, dass die Aulatüren geöffnet wurden und die Ersten herauskamen, kehrte er in das Gebäude zurück. War es die Gegenwart der Lehrer, die jedes laute Wort verbot, oder der Ernst der Stunde – auf jeden Fall vollzog sich auch dieser letzte Akt der Schlussfeier in strenger Disziplin, und Hofmann hätte sich nicht gewundert, wenn die Schüler in Klassen geordnet und in Zweierreihen die Aula verlassen hätten.

Konrad und Georg entdeckten den Großvater eher als er sie und hielten ihm unaufgefordert und voller Stolz ihre Zeugnisse hin. Aber er interessierte sich nicht dafür, sondern nahm die beiden Jungen beiseite und fragte: »Wo steckt Max? Was ist passiert?«

»Willst du unsere Zeugnisse nicht sehen? Du hast versprochen, für jeden Einser ...«

»Ich will sofort wissen, wo Max ist.«

Die Brüder wechselten einen Blick. Sie hätten Zwillinge sein können, so ähnlich waren sie einander; sie hatten den kräftigen Körperbau ihres Vaters, sein rundes, immer gesund wirkendes Gesicht, und auch sein feines blondes Haar, was sie beide älter, fast gesetzt aussehen ließ.

»Ich bin sicher, ihr wisst, wo er ist.«

Sie nickten, aber schwiegen beharrlich.

»Schön, ihr braucht nichts zu sagen, aber ihr schickt ihn auf der Stelle hierher.«

»Ich dachte, wir wollten zusammen Eis essen gehen.«

»Hört zu! Er muss sofort herkommen. Es ist mein Ernst. Ich will ihm helfen ... Ich denke, ihr könnt euch ausmalen, was ihn sonst zu Hause erwartet. Also, holt ihn. Er soll sich beim Rektor melden. Keine Sorge, ich werde ebenfalls dort sein. Er muss kommen, sagt ihm das, sonst kann ich nichts für ihn tun ... Hinterher essen wir dann unser Eis.«

Im Kreis der Abiturienten mit ihren bunten Mützen erschien jetzt in der Flügeltür der Aula Rektor Minding; Hofmann gab seinen Enkeln einen Wink zu verschwinden.

Er wartete, bis Minding sich von seiner Klasse und einer Reihe von Eltern verabschiedet hatte, wobei der Rektor, fast alle überragend, Hofmann mehrmals einen Blick zuwarf, der besagte, dass auch er ein Gespräch für dringend angebracht hielt. Schließlich tauschte er den letzten Händedruck und kam dann auf Hofmann zu, nur noch das eine blaugraue Zeugnisheft in der Hand.

Dr. Minding war ein robuster, fast athletischer Mann und, obwohl erst ein Vierziger, bereits kahl. Er war berühmt für seine plattdeutschen Kraftausdrücke, und Hofmann war auf etwas Derartiges zur Begrüßung gefasst, aber der Rektor sagte nur: »Die Eltern haben keine Zeit zu kommen, wie? Nicht einmal zur Schlussfeier ... Na, lassen wir das. Jedenfalls, das ist mir in vierundzwanzig Jahren Schuldienst noch nicht passiert, die Schlussfeier schwänzen!«

Er ging voraus zu seinem Büro.

Hofmann kannte den Raum; nach dem Zwischenzeugnis im Winter, in dem sich das drohende Unheil bereits ankündigte, hatte er Dr. Minding das erste Mal aufgesucht; verglichen mit den Rektorzimmern, die Hofmann aus seiner eigenen Schulzeit kannte, war das Büro freundlich, hell, ohne den düsteren Pomp verstaubter Samtvorhänge, schwarzer Möbel und goldgerahmter Fürstlichkeiten; es glich eher einem Labor, mit dem Regal voller Geräte für den Anschauungsunterricht in Physik, Chemie und Anatomie. Dr. Minding nahm hinter dem ausladenden Schreibtisch aus Natureiche Platz. Hofmann war vor dem Regal stehen geblieben.

»Fehlt eigentlich nur der Knochenmann.«

»Haben wir«, versicherte Minding, »der ist nur in Reparatur, ein Opfer der Putzfrau. Sie hat ihm buchstäblich das Genick gebrochen.«

»Vielleicht ist sie eine Katholische und wollte ein gutes Werk tun.« Minding schien es nicht leicht zu fallen, Hofmanns Gedankengang zu folgen, doch dann lachte er. »Richtig, sie hat immer ein Kreuz geschlagen.« Er schüttelte den Kopf. »Wenn man denkt, dass für viele Leute gleich unterm Kartoffelacker die Hölle beginnt.«

»Meine Mutter wollte mich von der Schule nehmen, als sie dahinterkam, dass wir die Knochen der Hand auswendig lernen mussten. Dabei war sie eine Lutherische.«

»In Berlin?«

»In Neukölln.«

»Dann waren Sie beim alten Kuhn! Der war der Erste, der solche Ketzereien wagte.« Minding zog eine Schublade seines Schreibtischs auf. »Kennen Sie das Neueste auf dem Gebiet?« Er entnahm der Schublade etwas, das wie ein Besteckkoffer aussah; auf dem blauen Stoffpolster lag eine Hand. »Bakelit«, erklärte Minding, »zusammensetzbar wie ein Puzzle, das prägt sich den Schülern ein. Leider sündhaft teuer!«

Hofmann wäre gerne länger bei diesem Thema verweilt, aber Minding hatte plötzlich wieder das Zeugnis in der Hand. Mit gerunzelter Stirn las er es durch und reichte es dann Hofmann.

»Kein Ruhmesblatt.«

Es kostete Hofmann Überwindung, das Zeugnis in die Hand zu nehmen; die beiden Ungenügend sprangen ihm förmlich entgegen, das eine in Geschichte, das zweite, wie er vermutet hatte, in Mathematik.

»Er wird also nicht versetzt?«

»Wie denn? Dabei könnte er gerade in der Mathematik der Klassenbeste sein; vor einem Jahr noch ein ›Sehr gut‹, und jetzt ein glattes ›Ungenügend‹. Aus purer Faulheit. Der junge Herr ist sich zu gut zum Lernen. Wenn er gerade mal bei Laune ist, tut er was, wenn nicht, lässt er es, und im letzten halben Jahr hat er es gelassen. Auch in den anderen Fächern macht sich das bemerkbar. Sie sehen ja, im Vergleich zu vorigem Jahr ein richtiger Bergrutsch. Die Geduld der Lehrer hat auch mal ein Ende ...«

Hofmann holte Luft. »Leider geht davon viel auf mein Konto. Als das Zwischenzeugnis kam, gab es natürlich zu Hause Ärger. Da habe ich mich bereit erklärt, mit dem Jungen zu lernen. Er ist nach der Schule zu mir gekommen, ich habe seine Hausaufgaben überwacht, ihn abgehört. Es trat dann auch eine gewisse Besserung ein, die Noten kletterten wieder etwas höher in den kritischen Fächern, und da habe ich wohl die Zügel etwas zu früh lockergelassen.« Er konnte nicht gut eingestehen, dass er seinen »Nachhilfeunterricht« ganz aufgegeben – nachdem sein Enkel ihm versichert hatte, er komme nun schon selber zurecht – und mit Max, der als einziger in sein Geheimnis eingeweiht war, die Nachmittage auf der Rennbahn in Altstrelitz verbracht hatte, statt in der Studierstube. »Also, mich trifft bestimmt genauso viel Schuld wie den Jungen.«

»Der Junge ist alt genug, um zu wissen, was er zu tun und zu lassen hat. Nachsicht ist da ganz fehl am Platz. Was der Junge braucht, ist eine strenge Hand.«

»Die bekommt er schon zu spüren, darauf können Sie sich verlassen. Nicht von mir, das gebe ich zu, aber meine Tochter lässt ihm nichts durchgehen. Max ist der Älteste; und das brauche ich Ihnen nicht erst zu sagen, dass Mütter immer mit dem Ältesten besonders streng sind. Ich fürchte eben, wenn er mit dem Zeugnis nach Hause kommt ...« Er ließ den Satz unvollendet. Sein Blick fiel auf das Modell der Sternwarte, das, in Sperrholz angefertigt, auf einem Tisch in der Ecke stand; er war nicht sicher, ob es richtig war, jetzt abzulenken, aber er versuchte sein Glück: »Wann ist es denn so weit?« Und als Minding seiner Handbewegung nur unwillig folgte, fügte er hinzu: »In der Zeitung stand, Sie hätten Schwierigkeiten mit der Finanzierung.«

»Für alles haben sie Geld, und wir müssen um jedes Lehrmittel betteln. Ein ganzer Ordner Schriftwechsel wegen eines Globus! Zum Verrücktwerden. Ja, das humanistische Gymnasium, da stiftet der Adel; aber für uns interessieren sich diese Herrschaften nicht, wir sind das proletarische Fußvolk.« Dr. Minding starrte auf das Modell. »Seit einem Jahr sind die Pläne fertig.«

»Ich dachte, Treibel hätte das Protektorat über die Sternwarte übernommen.«

Minding erhob sich und begann durch den Raum zu wandern. »Das war seine Frau. Seit ihrem Tod ist der Hahn zugedreht. Privatinitiative! Ich kann das nicht mehr hören. Ich lese immer, wie viel reiche Leute wir in Neustrelitz haben, aber ...«

Er blieb vor Hofmann stehen. »Nehmen Sie es mir nicht übel, die Familie Senger gehört leider nicht zu den Spendierfreudigen. Was man so hört, gehen die Geschäfte doch ausgezeichnet. Dreihundert Arbeiter, vollbeschäftigt.«

»Das ist es nicht; meine Tochter hat drei Söhne auf Ihrer Schule, und sie will nicht, dass ihre Söhne es leichter haben, nur weil die Eltern reich sind. Sie ist darin überempfindlich, ja, das ist der Grund. Aber vielleicht gibt es einen anderen Weg. Wie hoch belaufen sich denn die Kosten für die Sternwarte?«

»Dreißigtausend, mit den notwendigen Umbauten.«

»Wie viel haben Sie zusammen?«

»Ein Drittel, knapp. Sobald wir fünfzig Prozent Eigenmittel haben, gibt mir die Stadt eine Bankbürgschaft für den Rest. Bei siebeneinhalb Prozent Zins – wie zurzeit der Marokkokrise; ungesund, im höchsten Maße ungesund. Wenn sich da nur nicht wieder was zusammenbraut.«

»Dann fehlen Ihnen fünftausend Mark?« Hofmann dachte an die Siegprämie des Karlshorster Jagdrennens, und im Vergleich dazu waren die fünftausend eine Kleinigkeit. »Wenn Sie mir das Konto angeben, für die fünftausend stehe ich Ihnen gerade. Nur eine Bedingung habe ich, keine Namen, bitte, die Spende muss anonym bleiben, unter allen Umständen. Sie könnten vielleicht noch während der Sommerferien mit dem Bau beginnen.«

Rektor Minding musterte Hofmann; ein bemerkenswerter Mann, und eine bemerkenswerte Familie. Allein ihre äußeren Lebensgewohnheiten: Eine der reichsten Familien in Neustrelitz, und sie wohnten noch immer im Haus der alten Fassfabrik. Der Mann ging auf Reisen wie irgendein Vertreter, lehnte sämtliche Titel und Ehrenämter ab, die man ihm antrug. Und die Frau arbeitete im Betrieb, eine schöne junge Frau, die Tag für Tag Punkt halb acht an ihrem Schreibtisch saß und die wegen ihrer Tüchtigkeit gerühmt und gefürchtet wurde. Im Grunde imponierte das Minding, denn als Sohn eines Bahnarbeiters hatte er ein Faible für Menschen, die ihren Aufstieg ausschließlich der eigenen Tüchtigkeit verdankten; nur sein mathematischer Verstand hatte gewisse Schwierigkeiten mit dieser Familie: Die Sengers und Hofmann, das war eine Gleichung, die nicht aufging; es gab darin eine unbekannte Größe, die er nicht fassen konnte. Das beharrliche Schweigen des Rektors beunruhigte Hofmann nicht, und noch weniger die Summe, die er ihm versprochen hatte; die Siegprämie des Karlshorster Jagdrennens betrug zweiundzwanzigtausend Mark, und als hätte er das Geld schon in der Tasche, entschloss Hofmann sich, das Angebot, das er Minding gemacht hatte, notfalls sogar noch zu erhöhen. Es klopfte an die Tür. Minding entschuldigte sich, ging nach draußen, und als er nach einer Weile zurückkam, sagte er: »Der Sünder. Er hatte eine ziemlich fadenscheinige Entschuldigung, aber immerhin.« Er deutete auf das Zeugnis. »Und was machen wir damit?«

Fritz Hofmann hob die Hände, und sein Mienenspiel sagte: Wie immer die Entscheidung auch ausfallen würde, in erster Linie würde sie ihn treffen.

Minding blickte auf das Zeugnis und dann auf das Modell der Sternwarte: »Wenn wir ihn versetzen, dann nur probeweise. Eine Nachprüfung vor Eintritt in die nächste Klasse müsste er in jedem Fall ablegen.«

»Das scheint mir eine vertretbare Lösung.«

Der Rektor zog seine Uhr. »In ein paar Minuten beginnt unsere Lehrerkonferenz. An dem ›Ungenügend‹ in Mathematik ist nicht zu rütteln, dazu hat der Junge seinen Professor zu sehr gegen sich aufgebracht mit seiner himmelschreienden Faulheit. Aber bei Dr. Capobus könnte ich es versuchen; vielleicht kann man die Note in Geschichte anheben.« Er ließ den Deckel der Taschenuhr zuschnappen. »Ich erwarte den Jungen in einer Stunde. Und noch eines, wegen der Nachhilfestunden, besser, Sie halten sich diesmal raus. Nehmen Sie den alten Laue, der weiß, wo es langgeht.«

Hofmann fand seinen Enkel vor der Schule in die Betrachtung eines dort parkenden Automobils vertieft. Von Gewissensbissen schien er nicht geplagt, sondern überfiel den Großvater sofort mit einer Beschreibung des Wagens, seiner Pferdestärke und technischer Daten, die er mit dem Seufzer abschloss: »Und Vater fährt immer noch seinen uralten Opel.«

Nach der unangenehmen halben Stunde beim Rektor wäre es nur verständlich gewesen, wenn Hofmann der offenkundige Leichtsinn seines Enkels in Zorn versetzt hätte, stattdessen wäre auch er am liebsten ohne ein weiteres Wort über die Angelegenheit weggegangen. Er musste sich Gewalt antun, um die notwendige Strafpredigt vom Stapel zu lassen: »Das war unverantwortlich, nicht zur Schlussfeier zu kommen. Man sieht den Konsequenzen ins Auge. Wusstest du, dass es zwei ›Ungenügend‹ geben würde?«

»Damit musste ich rechnen, ja.« Im Gegensatz zu seinen jüngeren Brüdern hatte er nichts von seinem Vater, sondern war ein »waschechter Hofmann«, wie der Großvater es nannte, größer als die meisten seiner Altersgenossen, dabei schmal und feingliedrig, Haar und Augen dunkel. Er trug einen braunen Anzug mit langen Hosen; das weiße Hemd saß tadellos, ebenso die Schleife, und zwischen dem Knopfloch des Revers und der Brusttasche hing eine goldene Uhrkette. Der Großvater war sein Vorbild, vor allem in der Kleidung, und am liebsten wäre er wie dieser bereits mit Hut und Stock gegangen.

»Ist das alles, was du dazu sagen kannst?«

»Ich habe mich beim Rektor entschuldigt, wie du verlangt hast.«

»Und wie geht es jetzt weiter?«

»Ich denke, du hast mit ihm gesprochen ...«

»Und was, meinst du, ist dabei herausgekommen?«

»Was weiß ich – allzu unglücklich siehst du nicht aus.«

»So, seh ich nicht aus ...« Warum brachte er es nicht fertig, dem Jungen eine richtige Standpauke zu halten? Es musste einfach sein, er musste ihm ins Gewissen reden. Wenn der Junge den Eindruck bekam, dass auch der Großvater die Sache auf die leichte Schulter nahm ...

Eine Weile gingen sie schweigend nebeneinander her, bis Hofmann sich schließlich aufraffte. »›Ungenügend‹ in Mathematik, katastrophal. Geschichte ging noch mal gut, gerade noch ›Ausreichend‹. Du wirst am Ende der Ferien eine Nachprüfung ablegen müssen, darüber bist du dir im klaren.«

»Das heißt, ich bin versetzt?«

»Eine Nachprüfung. Pauken, beim alten Laue, während der Ferien, das hast du dir selber eingebrockt.«

»Aber versetzt bin ich?«

»Sitzenbleiben! Das wäre noch schöner. Ein Jahr verlieren. Deine Mutter ... Ich meine, es wird auch so noch ein Donnerwetter geben.«

Sie gingen weiter.

»Warte mal«, sagte der Junge unvermittelt. Er wies auf eine Bank am Rand des Wegs. »Stell den Fuß darauf, zuerst den linken.« Hofmann tat, wie ihm geheißen, und sein Enkel wischte ihm mit einem Taschentuch, das offensichtlich nur diesem Zweck diente, denn es war schon mehr schwarz als grau, den Staub von den Schuhen.

»Danke.«

»Du warst heute Morgen schon auf der Rennbahn? Der Staub auf deinen Schuhen war gelb.«

Hofmann nickte. »Du hättest dabei sein sollen!«

»Wird Quittel ihn reiten?«

»Sie müssten jetzt bereits unterwegs sein nach Berlin.«

»So gut war Troja? Trotz der Hitze?«

»4500 Meter in 5-57-3.«

»Du meinst, er kann damit gewinnen?«

»Er kann ... Er kann ... Er wird gewinnen. Tricolore ist das nicht gelaufen, auch Gay Paris nicht, und Erzherzogin hatte unter Captain Joe eine schlechtere Zeit über die Distanz.«

»Und ich bin also wirklich versetzt?«

»Ja.«

»Würdest du mir einen Gefallen tun? – Wette für mich bitte auf Troja. Setze zwanzig Mark.«

»Oh, jetzt glaubst du mir also, dass er gewinnen wird. Zwanzig Mark, sagst du. Darf ich fragen, woher das Geld kommt?

Wenn du meinst, dass man mit fremdem Geld mehr Glück hat ...«

»Nein, nein, mit meinem Geld! Mit den zwanzig Mark, die ich von dir für das Zeugnis bekomme.«

»Moment mal! Zwanzig Mark für das Zeugnis! Ich habe dir versprochen ...«

»Zwanzig Mark, wenn ich versetzt werde – und ich bin versetzt worden, oder?«

»Arme Camilla«, murmelte Hofmann, ohne dass er recht wusste, was er damit meinte; und bis er vor dem Café Sturm ankam, war diese Anwandlung von Nachdenklichkeit und Verantwortungsgefühl bereits wieder verflogen. Seine beiden Enkel, Konrad und Georg, saßen im Vorgarten. Ein Ober räumte eben zwei Silberbecher weg und ersetzte sie durch zwei neue, hochgefüllt mit Zitroneneis.

3

Sie war zum Fenster gegangen, hatte es geöffnet und blickte hinunter in den Hof, um zu sehen, was geschehen war. Sie trug ein blaues Leinenkleid, dessen einziger Schmuck aus zwei Reihen weißer Knöpfe bestand, die längs der Seitennähte bis zur halben Wade liefen, wo der Stoff auseinandersprang. Das Kleid machte sie noch schlanker, beinahe auf verführerische Weise mager, und die beiden Männer, die mit ihr im Büro waren, konnten nicht umhin, sie genau anzusehen, wenn sie auch darauf bedacht waren, sich sofort wieder auf die Arbeit zu konzentrieren, falls sie sich umdrehen sollte. Die Frau jedoch war vorerst noch von den Vorgängen im Hof in Anspruch genommen. Einer der Vorarbeiter half dem Arzt aus dem Wagen, nahm ihm die Tasche ab und eilte dann, fast im Laufschritt, voran zu dem Verletzten. Doktor Oesterreicher trug trotz der Hitze einen dunklen Gehrock.

Der Unfall war im Auslieferungslager passiert, auf der langen

Rampe, wo die Eisenbahnwaggons beladen wurden, und die Ankunft des Arztes lockte weitere Neugierige an. Aus allen Richtungen liefen sie zusammen, Frauen und Männer in den hellblauen Kitteln und Arbeitsanzügen, die ihnen vom Werk gestellt wurden. Die Stimme des Vorarbeiters, der sie auseinander treiben wollte, klang bis zu ihr herauf, aber die Leute ließen sich nicht so leicht verscheuchen. In kleinen Gruppen diskutierten sie, benützten die Gelegenheit, sich eine Zigarette anzuzünden. Camilla konnte es nicht länger mit ansehen; sie schloss heftig das Fenster.

»Immer muss so was am Freitag passieren! Immer freitags, wenn wir gerade ausliefern.«

Die zwei Buchhalter, auch sie in hellblauen Kitteln mit dem verschlungenen weißen H in einem blauen Kreis auf der Brust, wussten, dass die Frau keinen Kommentar von ihnen erwartete; so blieben sie über ihre Papiere gebeugt, und eine Weile war das Rasseln der Rechenmaschine das einzige Geräusch in dem Büro. »Wo waren wir stehen geblieben?«

»Thüringen. Der Wochenumsatz von Glasbrenner.« Der Buchhalter, der geantwortet hatte, zog einen Streifen aus der Rechenmaschine.

»Ist das alles?«

»Einschließlich der Aufträge, die heute mit der Post eingegangen sind.«

»Und Sachsen?«

»Sie können es schlecht mit Sachsen vergleichen. Glasbrenner fehlt Erfurt und Gotha, die Stüler sich vorbehalten hat; da muss mal eine Bereinigung der Vertretergebiete erfolgen. So kann Glasbrenner ...«

»Wie schaut es in Sachsen aus?« Sie studierte die Aufstellung, die der Buchhalter ihr gab. »Es liegt gut dreißig Prozent höher.«

»Thüringen ist schwieriger. Mehr kleinstädtische Kundschaft. Und dann haben wir dort erst die Lida-Werke übernommen mit Restbeständen, die den Markt blockieren.«

»Dafür haben wir doppelt so viel in die Werbung gesteckt in seinem Gebiet – nein, Glasbrenner lässt nach. Die Zahlen beweisen das, ganz egal, welches Gebiet man nimmt. Wir haben im Durchschnitt in diesem Jahr bereits ein Umsatzplus von zwölf Prozent, und er liegt bei der Hälfte, das stimmt doch.«

»So etwa, sechs bis sieben Prozent. Aber er wird das aufholen.«

»Glauben Sie das wirklich?«

»Immerhin, er ist unser ältester Reisender. Er ist von Anfang an dabei, seit dreizehn Jahren. Er ...«

»Wir sind alle seit dreizehn Jahren dabei, Sie und ich, und bei Ihnen, Wagner, sind es jetzt auch schon zehn. Das ist kein Grund, nachzulassen und bequem zu werden, oder?« Sie lächelte, eigentlich nur mit den Augen, in die ein Ausdruck von Milde und Nachsicht trat, und die beiden Männer wussten nicht, wo sie hinsehen sollten. Es war seltsam: Mit den einfachen Arbeitern kam sie spielend zurecht; die Chauffeure, die Packer, die Sieder – alle schworen auf ihre Chefin, und sie hielten mit ihrer Bewunderung nicht hinterm Berg, wie der stadtbekannte Ausspruch »Unsere Chefin sticht alle Weiber aus« zeigte. Nicht ganz so problemlos gestaltete sich ihr Verhältnis zu den Angestellten im Büro. Für diese Leute war Carl Senger, trotz seiner häufigen Abwesenheit, das alleinige Oberhaupt der Firma, und Camilla eben nur seine Frau. Dreizehn Jahre hatten nicht genügt, dieses eingefleischte Vorurteil zu beseitigen, und Camilla hatte sich nicht nur damit abgefunden, sondern sogar gelernt, gewisse Vorteile daraus zu ziehen, indem sie nämlich die Distanz zwischen sich und den Leuten zu einem Prinzip machte.

»Wenn Sie die Bestellungen draußen haben«, sagte sie, »machen Sie mir bitte eine Aufstellung über Glasbrenners Umsätze; sagen wir, während der letzten zwei Jahre; und schlagen Sie Erfurt und Gotha ruhig dazu. Noch etwas?«

»Wenn Sie diese Rechnungen abzeichnen würden, damit ich sie bezahlen kann.«

Sie sah die Belege durch, zeichnete sie mit einem steilen S ab und stutzte bei einem. »Tippen Sie mal«, sagte sie und gab dem Buchhalter die einzelnen Rechnungsposten an, ließ sich die Endsumme geben und verglich sie mit dem Beleg. »Sie haben sich zwar zu unseren Gunsten verrechnet, aber genauso gut könnte es umgekehrt sein.«

Sie korrigierte den Betrag, zeichnete auch diese Rechnung ab und verließ das Büro.

Sie war jemand, der Wärme brauchte, der sich im Sommer am wohlsten fühlte, und als sie jetzt ins Freie trat, hinaus in die brütende Hitze des Julitags, merkte sie plötzlich, wie kalt ihr war, so kalt, dass sie sogar einen Moment fröstelte. Die Fabrik hatte sich immer mehr ausgedehnt, ein Trakt nach dem anderen war entstanden: das moderne zweistöckige Verwaltungsgebäude, aus dem sie kam; das Labor, neue Fertigungsanlagen, neue Lagerhallen, eine neue Auslieferungszentrale, Werkswohnungen. Und alles war längst mit der Stadt zusammengewachsen; und die Reisenden, die öfter die Strecke Neustrelitz-Berlin fuhren, wussten genau, wann der Schornstein mit der Lichtreklame auftauchte, das weiße H im blauen Kreis.

Unter all den Zweckbauten war das Wohnhaus, auf das sie nun zuschritt, ein Anachronismus.

Es passte einfach nicht mehr hierher. Innen hatte man es natürlich weitgehend modernisiert, aber die Verschönerungen, die man an seinem Äußeren vorgenommen hatte, der weiße Anstrich, die neuen Fensterstöcke, die Läden, der vergrößerte Eingang, die angestückelte Terrasse und der Garten, waren vergebliche Liebesmüh gewesen; vor allem der jüngste Versuch vor zwei Jahren, zwei steinerne Adler auf den Pfosten des neuen Gartentors, war vollkommen misslungen. Das Haus blieb ein Bastard, fast schon rührend in seiner aufgeputzten Hässlichkeit.

Von der Fabrik tönte die 12-Uhr-Sirene, als sie das Haus betrat. Sie hatte ihr Privatbüro hier. Es war derselbe Raum im Erdgeschoss, wo einst alles seinen Anfang genommen hatte. An die ursprüngliche Einrichtung erinnerte allerdings nur noch das schmale zweisitzige Sofa, und auch das war inzwischen neu aufgepolstert und bezogen worden. Sie ging in den kleinen Nebenraum, um sich die Hände zu waschen und das Haar zu ordnen. Sie hatte es wieder wachsen lassen und trug es sehr weich und füllig zu einem Chignon aufgesteckt, was ihr schmales Gesicht und ihren schlanken Hals besonders vorteilhaft zur Geltung brachte. Sie konnte zufrieden sein mit ihrem Aussehen; sie gefiel sich jetzt mit einunddreißig besser als mit achtzehn; das bestätigte ihr nicht nur täglich der Spiegel, sondern vor allem das Verhalten der Männer. Es war schwer zu erklären, worin dieses Mehr bestand, das sie mit den Jahren gewonnen hatte; ihr Vater hatte einmal gesagt, alle Berlinerinnen wären Spätblüher – vielleicht war es einfach das.

Auf ihrem Gesicht lag ein Lächeln, als sie sich am Schreibtisch niederließ; zum ersten Mal an diesem Morgen fühlte sie sich entspannt. Sie nahm sich eine Arbeit vor, aber es fiel ihr schwer, sich zu konzentrieren. Auf dem Schreibtisch standen verschiedene Attrappen für die Verpackungen neuer Produkte; auch auf ihnen war das *H* verwendet. Hofmann war der Firmenname geblieben; ihr Mann hatte es selber so gewollt, weil es unklug gewesen wäre, ihn zu ändern; und sie war irgendwie stolz darauf, obwohl sie sich manchmal fragte, ob er es nachträglich nicht doch bereute.

»Ja, herein.«

Es war die Haushälterin, Frau Ewers, die mit einem Tablett hereinkam, sich selbstbewusst auf dem Schreibtisch Platz machte und dann, beide Hände in die Hüften gestemmt, dort stehen blieb. »Das trinken Sie jetzt. Ich mache mir nicht die Mühe, und Sie rühren es dann nicht an.«

»Darf ich wenigstens warten, bis es nicht mehr so heiß ist, dass ich mir die Zunge verbrenne?«

»Von der Luft allein kann kein Mensch leben. Zum Frühstück ein halbes Brötchen, und seitdem nichts mehr.«

»Es ist die Hitze.«

»So, die Hitze! Sie treiben Raubbau. Man kann Sie ja bald umblasen. So ganz ohne Reserven. Braucht nur eine Krankheit daherzukommen ... Bei der Gelegenheit, was ist mit Sonntag, mit dem Geburtstagsessen?«

»Das überlasse ich Ihnen.«

»Der Junge wünscht sich Schokoladensuppe und hinterher sauren Aal. Es ist sein Geburtstag, und Ihr Mann isst es auch gern. Aber was ist mit Ihnen?« Frau Ewers war eine Mecklenburgerin, und sie hielt die Mecklenburger Küche hoch, unterstützt von den männlichen Mitgliedern des Haushalts.

»Wenn die Hitze so bleibt, dann genügt mir eine Kaltschale.«

»Eine Kaltschale, dacht ich es mir doch. Und Ihr Vater, ist der auch damit zufrieden?«

»Nun, was der mag, das wissen Sie doch am besten.«

Frau Ewers, eine Frau von fünfzig, hatte nie geheiratet, weil sie immer Männer geliebt hatte, die für sie unerreichbar waren; Camillas Vater war so einer, sie verehrte ihn, in aller Heimlichkeit, versteht sich, was sich auf die vielfältigste Weise äußerte: sie warf ihre Speisepläne seinetwegen um; sie inspizierte von Zeit zu Zeit sein Abteil im Weinkeller des Hotels de Pologne; sie nahm sich persönlich seiner Hemden an, und sie hob in einer Schachtel seine abgelegten Schals und Handschuhe auf, was Camilla durch einen Zufall entdeckt hatte.

»Dann werde ich sehn, ob ich für Sonntag Wild bekomme. Juli ist allerdings schlecht. Wildschwein mag er nicht, Wildente ist noch zu früh, aber es müsste Sumpfschnepfen geben ...«

»Sie werden bestimmt das richtige finden.«

»Bleibt er heute zum Essen da?«

»Er müsste schon hier sein mit den Kindern.« Die Haushälterin ging ihr allmählich auf die Nerven, und sie hatte auch nicht den geringsten Appetit auf die Fleischbrühe. Sie wusste nicht, wo der Vormittag hingekommen war, nur, dass sie nicht die Hälfte von dem erledigt hatte, was sie sich vorgenommen hatte.

»Warum sind Sie eigentlich nicht zur Schlussfeier! Jetzt, wo Sie alle drei Jungen dort haben. Und überhaupt, die Mühe, die sie sich gegeben haben, so ein Madrigal, a cappella, das ist das Schönste, was es gibt. Die Jungen, die singen wie die Engel.« Frau Ewers hatte viele Jahre im Kirchenchor mitgesungen, und die Oratorienkonzerte zur Oster- und Weihnachtszeit versäumte sie nie. »Wirklich, ich habe mir eine Probe angehört, wie die Engel haben sie gesungen.«

»Wir müssen die Sachen für die Jungen herrichten und die Koffer vom Speicher holen. Wenn sie am Montag nach Warnemünde an die See fahren ... Mein Gott! Das hätte ich jetzt bald vergessen! Lenka hat Geburtstag dieser Tage.« Sie zog eine Schublade auf und blätterte einen Kalender durch. »Am Dienstag schon! Dann muss ich heute noch in die Stadt und ein Geschenk suchen.« Sie blickte auf den Tageskalender, der vor ihr lag. »Nein, das geht nicht, heute Nachmittag stellt sich der neue Vertreter vor, und ... Hören Sie, Frau Ewers, ich kann das jetzt wirklich nicht trinken, nehmen Sie es weg, und lassen Sie mich allein. Und wenn Doktor Oesterreicher kommt und mich sehen will, tun Sie mir bitte den Gefallen, und wimmeln Sie ihn ab. Ich kann ihn mir nicht auch noch anhören ...«

Aber die Haushälterin Ewers blieb neben dem Schreibtisch stehen. »Früh um sechs aufstehn, dann den ganzen Tag hier sitzen. Gestern brannte um Mitternacht noch das Licht.«

»Liebe, liebe Ewers, wie oft haben wir das Spielchen schon gemacht? Ihre Mütterlichkeit in Ehren, es ist alles in bester Ordnung. Ich habe ein bisschen viel am Hals, aber es kommen auch wieder ruhigere Zeiten.«

»Das höre ich seit dreizehn Jahren.«

»Habe ich mich jemals beklagt?«

»Wenn Sie es nur tun würden!«

»Was?«

»Auch einmal an sich selber denken. Der Haushalt, die Kinder, Ihr Mann, die Fabrik, um alles kümmern Sie sich, alles würden Sie am liebsten selber machen. Das ist einfach zu viel. Eines Tages bekommen Sie die Quittung.«

Camilla versuchte die Diskussion mit einem Lachen zu beenden, aber Frau Ewers war einmal am Zug. »Ich nehme also an, die Jungen fahren wieder allein nach Warnemünde! Das ist dann schon das dritte Jahr. Früher haben Sie sich wenigstens dafür Zeit genommen, ein paar Wochen an der See, nicht einmal das gönnen Sie sich mehr. Nein – Sie klagen nicht! Das stimmt. Da würden sich auch alle wundern, wenn sie plötzlich aus Ihrem Munde hören würden, dass Sie müde sind, dass Sie mal Ihre Ruhe haben wollen. Meine Schwester, die ist wie Sie: Beherrscht, ausgeglichen, lässt sich nie etwas anmerken, aber wehe, wenn sie sich einmal wehrt, dann stehn alle Kopf, und sie muss sich am Schluss noch dafür entschuldigen.«

Es klopfte, und bevor Camilla es verhindern konnte, stand Doktor Oesterreicher unter der Tür. Er war seit dreizehn Jahren ihr Hausarzt und ging ein und aus, als gehörte er zur Familie. Er hatte sie von ihren drei Söhnen entbunden, ihren Mann bei einer zu spät erkannten Blutvergiftung durch eine kurzentschlossene Operation gerettet und betreute natürlich auch die übrigen Mitglieder des Haushalts sowie die Arbeiter in der Fabrik. Hin und wieder schaute er auch ungerufen herein, mit Vorliebe zur Essenszeit, denn er hielt große Stücke auf die Kochkünste von Frau Ewers. Sein erster Blick, nachdem er die Tasche abgestellt hatte, galt denn auch dem Tablett mit der Bouillon.

»Ob man in der Küche für mich auch noch eine Tasse übrig hat?«

»Wenn ich Ihnen diese anbieten darf, sie dürfte jetzt gerade die richtige Temperatur haben«, sagte Camilla.

Der Arzt blickte der Haushälterin nach, die wortlos das Feld räumte. »Mehr sollte sie nicht mehr zunehmen, die gute Ewers. Sagen Sie ihr doch, dass ihr das nicht steht. Gut, gut, Sie möchten hören, was mit dem Arbeiter passiert ist. Also, es sah schlimmer aus. Typischer Unfall beim Ankoppeln von zwei Waggons. Diese Burschen bilden sich immer wieder ein, sie könnten so einen Waggon mit der Brust stoppen. Drei Rippen gebrochen. Ich habe ihm eine Bandage verpasst, damit hat sich die Sache.«

Doktor Oesterreicher trank die Bouillon, leicht schlürfend.

»Das ist der dritte Unfall beim Zusammenkoppeln, obwohl mein Mann genaue Anweisungen gegeben hat.«

Der Arzt trat auf Camilla zu. Sie wusste, was kam, und ließ es geschehen. Seit er festgestellt hatte, dass sie etwas blutarm war, schaute er sich jedes Mal ihre Augen an.

»Stillhalten! Nehmen Sie das Eisenpräparat, das ich Ihnen verschrieben habe?«

Sie sagte ja, damit er sich zufrieden gab. Dabei hatte sie die braune Flasche, die in ihrem Medizinschrank stand, schon lange nicht mehr angerührt, denn nach der Einnahme wurde ihr regelmäßig übel. »Wie schlafen Sie?«, fragte er weiter und musterte sie kritisch.

»Hören Sie, mir fehlt gar nichts. Immer nörgeln Sie an mir herum, dabei bin ich die Gesündeste im ganzen Haus.«

Der Arzt knüpfte seinen Gehrock auf. Sie hatte in gewisser Weise Recht.

Von der Familie Senger hatte sie seine Dienste bisher am wenigsten beansprucht. Unkompliziertere Schwangerschaften und Entbindungen wie die ihren waren ihm während seiner ganzen zweiundvierzigjährigen Tätigkeit als Arzt nicht untergekommen. Nach acht Tagen hatte er sie jedes Mal wieder hier im Büro gefunden, mitten in der Arbeit. Aber in jüngster Zeit beobachtete er an ihr gewisse Symptome, die ihm Sorge machten. »Sie arbeiten zu viel, und Sie schlafen zu wenig. Alle vier grad sein lassen, das braucht jeder mal, auch Sie. Ich wäre ein schlechter Arzt, wenn ich warten würde, bis es zu spät ist. Sie können doch mal ein halbes Jahr ...«

»Ich bin nicht mehr zwanzig; das ist alles. Das nächste Mal, wenn Sie kommen, werde ich Rouge auflegen, und Sie werden zufrieden sein.«

»Sonst sind Sie so vernünftig ...«

»Bitte, verschonen Sie mich damit. Ich habe das alles gerade von der Ewers zu hören bekommen, und Sie wissen ja, wie sie auf etwas herumreiten kann.«

Ihre Stimme klang ruhig und freundlich, aber sie saß dabei steif in ihrem Stuhl hinter dem Schreibtisch, und ihre Haltung drückte so viel Abwehr aus, dass der Arzt es aufgab, weiter in sie zu dringen. Er schloss seinen Gehrock, nahm seine Tasche, reichte ihr die Hand. »Sie kennen die Villa neben meinem Haus. Ihr Mann ließ mal so eine Bemerkung fallen, dass er unter Umständen daran interessiert wäre. Sie steht jetzt zum Verkauf. Großer Garten, alter Baumbestand, Treibhaus. Ein Besitz, der eigentlich auch nach Ihrem Geschmack sein müsste. Und der Preis, soweit ich informiert bin, hält sich in Grenzen. Die Gegend allein ist Gold wert. Frei wird dort ganz selten was.«

»Das Grundstück links von Ihrem Haus?«

»Richtig.«

»Und mein Mann sagte, er sei daran interessiert?«

»Ich hatte den Eindruck. Suchen Sie nicht schon seit Jahren etwas Derartiges?«

Dr. Oesterreicher war nicht der Einzige, der sie immer wieder auf solche Projekte aufmerksam machte. Niemand verstand, dass sie immer noch hier wohnten. Von der Öffentlichkeit wurde es fast schon als Affront empfunden, zumal erst der beispiellose Aufstieg, der wachsende Reichtum und der gute Ruf der Firma die Gesellschaft von Neustrelitz – das war der Hof des Großherzogs, der Mecklenburger Adel und die Hofbeamten – dazu bewogen hatte, eine Ausnahme zu machen und sich so weit herabzulassen, einem Seifenfabrikanten in ihren Kreisen Zutritt zu gewähren. Um so größer war das Staunen, dass die Familie Senger gar keinen Wert darauf legte. Man fand keinen vernünftigen Grund für dieses Verhalten. Dr. Oesterreicher erging es damit nicht anders, und auch jetzt bekam er wieder eine vage unbefriedigende Antwort: »Sie werden es vielleicht nicht glauben, aber ich hänge inzwischen an diesem Haus.« Eine Lüge war es nicht, die Wahrheit jedoch auch nicht; aber wie konnte sie einem Fremden eingestehen, was sie sich selber hartnäckig abstritt.

»Nun, wie wäre es, wenn Sie mich mal wieder mit Ihrem Mann besuchten. Zum Glück kann ich jetzt wieder Gäste empfangen. Mit meiner neuen Haushälterin habe ich einen guten Griff getan. Kommen Sie, begleiten Sie mich hinaus. Wirklich, diesmal habe ich eine Perle erwischt; lachen Sie nur, für einen Witwer ist das nicht so einfach: Die Jungen haben es auf einen abgesehen, und die Alten sind dauernd krank. Sie sehen, auch ich habe meine Probleme.« Sie hatte ihn immer hinausbegleitet, und sie tat es auch jetzt, obwohl er ihr schon eine halbe Stunde ihrer Zeit gestohlen hatte. Der Himmel war wolkenlos, die Sonne fast weiß. Es war die Stunde der größten Hitze, und doch spürte sie nichts davon, so, als wäre eine gläserne Glocke über sie gestülpt, von der die Sonnenstrahlen wirkungslos abprallten; und als sie nun dem Arzt die Hand reichte, merkte sie, wie kalt die ihre war. Aber Dr. Oesterreicher machte diesmal keine Bemerkung darüber; er wies auf die Zinnien mit ihren goldroten Blüten. »Bei mir werden sie nichts. Muss wohl am Boden liegen.«

»Wollen Sie einen Strauß mitnehmen?«

»Nein, im Haus mag ich keine Blumen. Meine Frau wusste das, aber meinen Damen das begreiflich zu machen ...«

Ein intensiver Duft stieg aus den Blumenbeeten auf, nicht süß wie im Frühling, sondern streng, fast herbstlich, wie ihr schien. Sie blickte auf die Fülle der Blüten, und ihr war zu Mute, als stünde sie in einem fremden Garten, in dem eine Jahreszeit herrschte, die nicht ihre eigene war.

»... bis auf die Augen. Da muss etwas geschehen. Er wird auf die Dauer um eine Operation nicht herumkommen. Sie kennen ihn ja, der Gedanke, dass er Gläser tragen muss, ist das Schlimmste für ihn.«

»Sie meinen Vater? Eine Brille?«

»Man vergisst bei ihm, dass er neunundsechzig ist. Die Brille braucht er unbedingt, aber er weigert sich strikt. Er hat mir auch verboten, mit Ihnen darüber zu sprechen. Es muss irgendwann sein; bei dem Verkehr auf den Straßen heute läuft er glatt einmal in ein Auto. Sonst ist er in bester Verfassung. Ein wahrer Lebenskünstler, Ihr Vater. Sie könnten von ihm lernen.«

»Warten Sie es ab. Ich werde es schon noch lernen. Man muss sich auch etwas aufheben. Vielleicht werde ich mal eine ganz leichtsinnige alte Dame, die mit dem Geld nur so um sich wirft und es verschwendet; so was soll es geben. Sie sagten etwas von einer Operation?«

Dr. Oesterreicher winkte ab, denn ein Automobil fuhr in den Hof ein und hielt vor dem Haus. »Wir reden noch darüber.«

Der Chauffeur hatte nur kurz gehalten, um Hofmann und die drei Jungen aussteigen zu lassen, und fuhr dann weiter auf das Fabrikgebäude zu. Es mochte nach Luxus aussehen, dass er die Kinder jeden Tag zur Schule brachte und wieder abholte, aber für Camilla war es dadurch gerechtfertigt, dass der Fahrer am Morgen die Post vom Hauptamt abholte und mittags die ausgehende Post wegbrachte. Ihr Vater benützte manchmal die Gelegenheit und kam mit dem Wagen heraus, um ein paar Stunden im Labor zu verbringen; es gab unter den Chemikern welche, die sagten, er verstünde mehr als sie alle zusammen, aber für ihn war es nur eine Abwechslung, und sicher rechnen konnte man nicht mit ihm. Camillas Verhältnis zu ihrem Vater war zwiespältig. An der Oberfläche war es gut; durch die finanzielle Regelung, die sie getroffen hatte, gab es kaum noch Reibungsflächen, was damit allerdings nicht beseitigt war, das war die Vergangenheit. Der Vater rief Erinnerungen in ihr wach, die auch nach all den Jahren immer noch sehr schmerzlich waren; diese Angst, von heute auf morgen alles verlieren zu können, saß tief eingewurzelt in ihr. Das war der Motor, der sie antrieb, der ihr die Kraft gab, sie aber andererseits unfähig machte, einmal alles liegen- und stehen zu lassen, die Arbeit zu vergessen und sich einen schönen Tag zu machen.

Der Arzt und ihr Vater hatten sich begrüßt, die Jungen hielten sich im Hintergrund; das mochte sehr wohlerzogen wirken, Camilla jedoch deutete es anders: Vermutlich hatten sie zu viel Eis gegessen und waren froh, dass es nicht gleich an den Mittagstisch ging; mit den Zeugnissen schien es auch nicht zum Besten zu stehen, denn sie machten keine Anstalten, damit herauszurücken. Nur Konrad wollte seines aus der Tasche ziehen, steckte es aber schnell zurück, als Max ihm einen Stupser gab. Camilla tat, als sehe sie nichts; sie wollte nicht davon anfangen, jetzt nicht, später nicht, sie wollte überhaupt nichts Unangenehmes wissen.

»Geht ins Haus«, sagte sie zu den Kindern, »zieht euch um. In einer Viertelstunde essen wir.«

Fritz Hofmann ergriff sofort die Gelegenheit und sagte: »Lauft! Könnt ihr nicht hören? Tut, was eure Mutter sagt.«

Der Arzt hatte sich verabschiedet, und Camilla ging mit ihrem Vater aufs Haus zu. Sie wies auf die Bank, die im Halbschatten stand. »Setzen wir uns noch etwas?«

Fritz Hofmann nahm den weißen Panamahut mit dem braunen, zur Krawatte passenden Band ab und legte ihn neben sich. Er hatte Vorwürfe erwartet – »Musst du sie immer mit Eis vollstopfen!« und als Zweites die Frage nach den Zeugnissen; dass beides nicht erfolgte, war ungewöhnlich, ebenso, dass sie sich die Zeit nahm, hier mit ihm in aller Ruhe auf der Bank vorm Haus zu sitzen. Aber so war das eben: Er hatte heute einen glücklichen Tag, und da ging ihm alles gut hinaus. »Es war eine schöne Schlussfeier«, sagte er, »das muss man Minding lassen, so was aufzuziehen, das versteht er. Überhaupt, die Art, wie er die Schule führt, das verdient Unterstützung. Man sollte was tun, damit er seine Pläne mit der Sternwarte verwirklichen kann. Er hat mir das Modell gezeigt; es fehlt ihm noch ein Betrag von fünftausend Mark.«

»Sag mir lieber, was mit deinen Augen ist. Dr. Oesterreicher ...«

»Er übertreibt schrecklich. Findet immer was. Mir fehlt doch überhaupt nichts. Was hältst du davon – könntest du für die Sternwarte nicht etwas lockermachen?«

»Eine Sternwarte. Das ist das Nötigste!«

»Ich erinnere mich an ein Mädchen. Es war neun Jahre, als ich es zum ersten Mal mitnahm in die Sternwarte in Berlin; man konnte damals gerade diesen Kometen sehen, und du warst nicht wegzubringen. Ich sehe dich, wie du auf dem Stuhl sitzt, ein kleines Mädchen vor dem Riesenfernrohr, und am Abend sind wir noch einmal hingegangen, und ich habe dir die Sternbilder erklärt.«

Sie schwiegen eine Weile. Aus den offenen Fenstern im ersten Stock hörte man die Stimmen der Jungen. Unvermittelt fragte Camilla: »Hab ich mich sehr verändert? Ich denke nicht so weit zurück wie du. Ich denke nur an die letzten Jahre.«

»Du weißt, was die Arbeiter von dir sagen.«

»Sei einmal ernst. Habe ich mich verändert?«

»Natürlich hast du dich verändert.«

»Zu meinen Ungunsten?«

»Fühlst du dich so?«

»Manchmal.«

»Das ist Unsinn. Du könntest manchmal ein bisschen, wie soll ich es sagen, sorgloser sein, weniger streng, vor allen Dingen mit dir selbst.« Er beobachtete, wie sie die Arme vor der Brust verschränkte; es war eine Geste, die er seit ihren Kindertagen an ihr kannte; so hatte sie versucht, wortlos etwas abzuwehren. Aber jetzt las er Müdigkeit daraus, und das traf ihn mehr als ihre Worte.

»Warum lässt du nicht alles liegen und stehen und kommst mit mir nach Berlin. Du warst schon eine Ewigkeit nicht mehr da.«

Sie lachte. Aber es war nicht das Lachen, das er sich gewünscht hätte. »Ich kann nicht weg, nicht heute. Carl kommt morgen Abend zurück von der Reise. Du triffst ihn in Berlin, hat er gesagt.«

»Ja. Er kommt gegen Mittag an. Wir wollen den Nachmittag noch bleiben und dann abends mit dem letzten Zug zurückfahren.« Er gefährdete damit seinen Besuch auf der Rennbahn, dennoch fuhr er fort: »Es ist zwar nur ein Tag. Ein Tag, Camilla. Mach mir die Freude.«

»Max hat am Sonntag Geburtstag. Am Montag fahren die Kinder an die See. Lenka hat Geburtstag. Und heute Nachmittag ... Es ist unmöglich. Am Schluss bleibt doch alles an mir hängen.«

Er merkte, wie sie etwas von ihm wegrückte, als wollte sie sich seinem Einfluss entziehen. »Komm mit. Und du sagst Carl, wenn er heute noch anruft, nichts davon, sondern bist einfach da! In vier Stunden können wir in Berlin sein. Wir nehmen

Zimmer im Bristol, wir essen schön zu Abend; vielleicht gibt es im Theater etwas, das dich interessiert. Und morgen Früh schläfst du, solange du magst, lässt dir das Frühstück ans Bett bringen. Dann holen wir Carl vom Zug ab ...«

»Es wäre angerichtet.« Frau Ewers war unter der Tür erschienen. »Sie sind da, Herr Hofmann? Wenn ich das gewusst hätte; so gibt es nur, was die Jungen sich gewünscht haben für den ersten Ferientag ...«

»Schon gut, Frau Ewers. Wir kommen sofort. Sagen Sie den Kindern Bescheid.« Camilla erhob sich. Fritz Hofmann nahm Stock und Hut.

»Bleibst du zum Essen?«, fragte sie.

Er wusste, das Thema Berlin war für sie abgeschlossen. Er folgte ihr ins Haus. Die Jungen kamen die Treppe heruntergestürmt und wurden dann ruhig unter dem Blick der Mutter. Sie begaben sich in das Speisezimmer, stellten sich hinter ihren Stühlen auf und warteten. Auf dem Tisch stand bereits eine große Terrine.

»Nun?«, fragte Camilla ihren Vater. »Soll ich für dich decken lassen?« Fritz Hofmann trat an den Tisch. Hut und Stock in einer Hand, hob er mit der anderen den Deckel der Terrine ab. Ein süßlicher Geruch verbreitete sich, und er trat vom Tisch zurück. »Eigentlich habe ich gar keinen Hunger. Die Hitze, weißt du, und die Zeit wird mir auch knapp.«

»Was gibt es denn? Blaubeersuppe etwa?«

Vater und Tochter sahen sich an, und in einer plötzlichen Übereinstimmung lachten sie beide, ein lautes befreiendes Lachen, das sogar Frau Ewers auf den Plan rief.

»Geh nur«, flüsterte Camilla ihrem Vater zu. »Und denk an mich, bei einem schönen, gut gesurten Eisbein. Das nächste Mal, komme ich bestimmt mit nach Berlin.«

4

Es war das letzte große Rennereignis vor Saisonende, und auf der Karlshorster Bahn hatte man eigentlich mit mehr Zuschauern gerechnet. Ob es daran lag, dass viele Berliner wegen der großen Hitze die Stadt bei Ferienbeginn fluchtartig verlassen hatten, oder ob der Grund in der erneuten Anhebung der Reichsbank-Zinssätze zu suchen war – diese zwei Versionen wurden von den Zuschauern eifrig diskutiert.

Fritz Hofmann hatte mit der Karlshorster Bahn nie recht warm werden können. Sein Herz hing an der alten Charlottenburger Bahn. Karlshorst fand er stillos, ernüchternd sachlich, und ähnlich lautete sein Urteil über das Publikum: Die Sitten verwilderten; nur wenige waren dem Ereignis angemessen gekleidet; der klassische graue Überrock mit Samtrevers war in der Minderzahl, und eine Malmaison-Nelke am Aufschlag, wie er sie trug, war eine Seltenheit geworden. Das Bild wurde beherrscht von einer neuen sportlichen Herrenmode; grobe Tweedstoffe, die Hofmann ein Greuel waren, Hosen und Jakken ohne Passform, weiche Hemdkragen, grelle Pullover, bunte Schals und Staubmäntel!

Leider machte auch Carl Senger darin keine Ausnahme, und Hofmann musste froh sein, dass er wenigstens den Staubmantel – wenn diese Epidemie noch weiter um sich griff, würde man den Chauffeur bald nicht mehr vom Herrn unterscheiden können – im Wagen zurückgelassen hatte. Die Kodak-Kamera samt Zubehör, die Senger umhängen hatte, verzieh Fritz Hofmann, weil sein Schwiegersohn davon fleißig Gebrauch machte, um das große Ereignis im Bild festzuhalten.

Die zwölf Pferde, die das Hauptrennen bestreiten sollten, waren bereits im Führring. Gegen Troja wirkten die anderen schmächtig, überreizt, nervös; selbst Fanal, eine Stute, die als Favorit des Rennens galt, hatte nach Hofmanns Meinung gegen seinen Fuchs keine Chance. Quittel saß bereits im Sattel, ernst wie immer, in einer giftgrünen Seidenbluse mit weißen Sternen, und auch Leo, der Troja am Zügel führte, trug zur Feier des Tages einen schwarzen Binder zu seinem langen Rock. Troja hatte die Startnummer 11 gezogen, eine schlechte Position, aber dafür spielte das Wetter mit; bis in die frühen Morgenstunden hatte es gewittert und gegossen, und wenn es jetzt auch aufgeklart hatte, die Bahn war noch immer schwer. Hofmann trat zu seinem Schwiegersohn. »Nun, was sagst du? Ist es ein prachtvolles Tier?« Er hoffte auf enthusiastische Zustimmung, aber Carl Senger war zu sehr mit seiner Kamera beschäftigt, und Hofmann bekam nur ein trockenes »Es muss Mecklenburger Blut haben« zu hören. Dennoch gab er sich damit zufrieden; einmal weil es überhaupt schon ein Wunder war, dass er Senger hatte überreden können, mit ihm auf das Rennen zu gehen; zum anderen, weil sein Schwiegersohn es sehr gelassen aufgenommen hatte, als er ihn im letzten Augenblick davon unterrichtet hatte, dass eines der laufenden Pferde in seinem Besitz sei. Senger hatte keine Fragen gestellt, nicht von dem Geld gesprochen, das es zweifellos kosten musste, ein Pferd zu halten. Aber dieses Verhalten war im Grund nicht weiter verwunderlich, sondern nur kennzeichnend für das Verhältnis der beiden Männer zueinander; sie, die so grundverschieden waren, hatten im Laufe der Jahre eine echte Freundschaft entwickelt.

Von Anbeginn hatte sich Fritz Hofmann seinem Schwiegersohn angeschlossen, vor allem auf Reisen, die für ihn eine willkommene Abwechslung waren. Auch diese Reisen legten Zeugnis davon ab, wie es mit der Firma von Jahr zu Jahr aufwärts gegangen war. Zuerst, so erinnerte er sich, hatten sie nach Berlin nur Tagesreisen unternommen, um die Übernachtung zu sparen. Dann fuhren sie in der Bahn nicht mehr in der dritten Klasse, sondern wechselten zur zweiten über und dehnten auch schon mal den Aufenthalt etwas aus. Am Anfang waren es die Pensionen und kleinen Hotels in unmittelbarer Nähe des Stettiner Bahnhofs, in denen sie übernachteten, Häuser wie der Baltische Hof oder das Montevideo; aber nach und nach waren sie weiter in die Stadt vorgerückt, schließlich bis ins Bristol Unter den Linden. Die treibende Kraft dabei war zweifellos Fritz Hofmann gewesen; wenn es nach Senger gegangen wäre, würden sie immer noch im Baltischen Hof wohnen. Mit wahrem Missionarseifer hatte Hofmann versucht, seinem Schwiegersohn die Vorteile von guten Hotels, guten Restaurants und guten Schneidern vor Augen zu führen. Bei den Hotels war es ihm, unter Hinweis auf Repräsentation und Steuervorteile, schließlich auch gelungen; beim Schneider machte Senger schon nicht mehr mit, er kaufte seine Anzüge weiterhin von der Stange – und es gab noch eine Grenze: Alle Versuche Hofmanns, ihn für den Besuch vornehmer Lokale, eines Theaters, eines Kabaretts oder gar eines Spielklubs zu gewinnen, stießen auf totale Verständnislosigkeit. Carl Sengers Tage und Abende in Berlin blieben mit Terminen gespickt, jede Stunde war eingeteilt für Gespräche mit Vertretern, Verhandlungen mit Ex- und Importfirmen, Terminen bei Banken; mit dem gleichen Fanatismus, mit dem Hofmann auf seine Zerstreuung bedacht war, betrieb Senger seine Geschäfte; und so hatten die beiden Männer sich schließlich darauf geeinigt, jeden Versuch der gegenseitigen Bekehrung aufzugeben, wobei Fritz Hofmann freilich immer wieder rückfällig wurde. Dass sein Schwiegersohn ihn heute zum Rennen begleitet hatte, war ein so unverhoffter Erfolg, dass Hofmann sich ermuntert fühlte, noch einen Schritt weiter zu gehen.

»Sieh dir das Pferd an«, sagte er, »du musst zugeben, er ist in prächtiger Form. Ich hoffe, du setzt einen Hunderter auf ihn.«

»Ich werde dir die Daumen halten.«

Er sah seinen Schwiegersohn von der Seite an.

»Die Daumen halten! Du verschenkst bares Geld. Komm jetzt.«

Er verließ den Führring und schlug den Weg zu den Wettkassen des Totalisators ein. Er sah auf der Anzeigetafel, dass sich in der letzten halben Stunde nicht viel geändert hatte: Fanal war weiter Favorit, während Troja noch mehr heruntergewettet worden war, ein hoffnungsloser Außenseiter.

»Hundert Mark auf Troja«, sagte Hofmann, diesmal beschwörend. »Ich finde, das solltest du riskieren. Das bringt dir bei einem Sieg eintausendneunhundert. Ist das ein Geschäft?«

»Du weißt, ich wette nicht. Ich habe es nie im Leben getan und fange jetzt auch nicht mehr an.«

»Du hast noch nie so leicht und so schnell Geld verdient.«

Senger blickte auf die Tafel. »Du meinst, noch nie habe ich so sicher hundert Mark weggeschmissen.«

»Aber, Carl. Danach darfst du nicht gehen. Gerade ein Neuling wie du kann gewinnen. Wenn du Troja nicht traust – setz blind auf ein anderes Pferd. Geh nach deinem Gefühl.«

»Mach ich. Und mein Gefühl sagt, lass es bleiben, du kannst nicht gewinnen.«

»Gewinnen! Man wettet nicht allein, um zu gewinnen.«

»Ich dachte doch.«

»Gewinnen ist nur ein Aspekt. Ein Einsatz – das heißt, das Glück in Versuchung führen! Und je geringer deine Chancen sind, um so größer ist der Reiz.«

»Gut, ich setze zehn Mark auf Troja. Dir zuliebe. Und ich stifte hundert Mark in deine Wettkasse.«

Hofmann schüttelte den Kopf. »Hoffnungslos.« Er gab Senger sein Billett. »Mittel-Tribüne, Eingang A. Ich komme nach.«

Ihm lag daran, allein zu sein, wenn er Kassensturz machte, und ungestört vor allem, wenn er seine Wette plazierte. Quittel hatte er im voraus bezahlt, und er stellte fest, dass ihm nach Abzug der Kosten für den Rücktransport etwas über fünfhundert Mark blieben; es war seine gesamte Barschaft, denn er hatte am Tag zuvor alle Konten geleert. Das machte ihm allerdings kein Kopfzerbrechen; selbst vorsichtige Anwandlungen, wie sie ihm in Gegenwart seines Schwiegersohns schon einmal kamen, waren nun wie weggeblasen. Er beschloss, die fünfhundert zu setzen, nicht auf Troja selbstverständlich; dazu hatte er nur Senger überreden wollen; brachte ihm Troja einen Sieg, konnte er diese fünfhundert Mark leicht verschmerzen, wenn nicht, hatte er ein zweites Eisen im Feuer.

Fanal hatte er in Gedanken bereits ausgeschieden – Favoritensiege konnten ihn nicht reizen –, und er traf seine Wahl jetzt ganz spontan, halb sah er dabei die Pferde vor sich, halb lauschte er auf das Stimmengewirr um sich, die Namen, die geflüstert von Mund zu Mund gingen. Dies war der große Augenblick, schöner und aufregender als alles, was nachher noch folgte, und er dehnte ihn aus, bis der Mann hinter dem Schalter ungeduldig wurde; dann setzte er die Zahlen für eine Dreierwette auf den Wettabschnitt, schlafwandlerisch fast, 2-8-4; Äbtissin – Russisch Blut – Kaiserkrone. Mit der Miene eines Mannes, für den so ein Betrag eine Bagatelle ist, blätterte er die Scheine hin – nagelneue, wie man sie bei seiner Bank immer für ihn bereithielt – und begab sich zur Tribüne. Ausgerechnet Fanal hatte den ersten Start verpatzt; jetzt führten die Jockeys ihre Pferde ein zweites Mal an die Startlinie. Auf der Tribüne wurde es still, und als dann die Glocke des Starters ertönte, antwortete aus den Reihen ein Geräusch, das wie ein großer tiefer Seufzer klang.

Das Feld war ab, und ein giftgrüner Fleck, der wie ein Fähnchen über einem braunen sich bewegenden Gegenstand hing – mehr sah Hofmann nicht –, lag ganz am Ende. Daran änderte sich auch nichts im ersten Bogen, nichts nach dem ersten Hindernis; der Abstand zwischen Giftgrün und den anderen Farben schien eher noch zu wachsen. Erst als die Pferde das dritte Mal an der Tribüne vorbeikamen, tauchte Grün im Mittelfeld auf.

Senger, den urplötzlich so etwas wie Lokalpatriotismus erfasst hatte, machte seinem Schwiegervater laufend und in immer größerer Lautstärke über Trojas Position Meldung, über Stürze, über das reiterlose Pferd. Fanal, das dem Feld vorangaloppierte. Hofmann nahm es gelassen auf und wies sogar den Feldstecher zurück; er saß dort, die Augen halb geschlossen, als fände das Rennen um ihn herum statt, als entnähme er seine Informationen der Luft, dem Raunen, den auf und abschwellenden Stimmen und einzelnen Aufschreien.

»Er ist an der Spitze!«, rief Senger neben ihm. »An der Spitze. Hättest du das geglaubt? Er schafft es, wenn er durchhält ... Was ist das? Sieh doch!«

Aber Hofmann reagierte nicht; mit abwesendem Gesicht lauschte er um sich: Zuerst war das Wort nur einmal gefallen, leise, zaghaft, ungläubig – Äbtissin? Doch dann hörte er es öfters heraus, es pflanzte sich wie ein Echo fort, Äbtissin – Äbtissin. Auch die zwei anderen Namen begannen zu kursieren, Russisch Blut, Kaiserkrone, aber der andere blieb doch wichtiger, und als es jetzt wie ein Schrei über die Tribüne ging, zornig von einem Teil, verblüfft vom anderen, schloss er selig die Augen, um es ein letztes Mal zu genießen: Äbtissin, Äbtissin, Äbtissin! Er blieb sitzen, während um ihn herum die Zuschauer heftig diskutierten und andere die Tribüne bereits verließen. Auch Senger gehörte zu denen, die sich geprellt vorkamen.

»Ich versteh es immer noch nicht – er lag an der Spitze, vierhundert Meter vor dem Ziel, und dann fiel er noch zurück.«

»Auf welchen Platz?«

»Den vierten! Was ist nur mit dir? Du scheinst gar nicht enttäuscht zu sein.«

»Ein vierter Platz, in einem solchen Feld! Dem Pferd fehlt lediglich die Erfahrung! Im Herbst wird er ganz groß herauskommen ...«

»Das versteh ich nicht. Wie kann man nur so ruhig sein. Sicher hast du auch noch beim Wetten verloren.«

»Lass uns mal nachsehn.« Sie gingen gemeinsam zurück zu den Wettschaltern. Der Andrang dort war weitaus geringer als vor dem Rennen, und der Boden vor dem Büro war mit weggeworfenen Wettscheinen übersät.

»Wie viel hast du verloren?«

Hofmann legte den Finger auf die Lippen. »Verschrei es nicht. Warte, bis die Quoten feststehen.« Er ließ kein Auge von der Tafel, auf der ein Mann mit Kreide den Einlauf der Pferde notierte und dann wieder von vorne anfing mit den Quoten.

Senger beobachtete seinen Schwiegervater, wie er den Wettschein, den er in der Hand hielt, mit der Tafel verglich, aber selbst als Hofmann sich an den Schalter begab, zweifelte er daran, dass er wirklich gewonnen haben sollte. Erst als er den Aufruhr bemerkte, den Hofmann verursachte, als er seinen Schein hergab, wurde er stutzig. Hofmann war plötzlich umringt von anderen Zuschauern, Fremden, die genau wie Senger mit grenzenlosem Staunen verfolgten, wie Hofmann ausbezahlt wurde: Schein um Schein schob der Beamte ihm hin, und Hofmann zählte nach, mit liebevoller Umständlichkeit, bis er schließlich die Brieftasche zu sich steckte, die Handschuhe langsam anzog und den Stock nahm, den er neben sich hingehängt hatte. Er schien weder von dem Aufsehen beeindruckt, das er verursachte, noch von dem Gewinn, den er gemacht hatte und der beträchtlich sein musste; irgendwann bei dreitausend Mark hatte Senger die Übersicht verloren.

»Wie viel hast du gewonnen?«

»Äbtissin – Russisch Blut – Kaiserkrone. Das ist ein überraschender Einlauf. Sie zahlen 19 :1.«

»Und wie viel hast du gesetzt?«

»Fünfhundert.«

»Das ist dann ...«

»Neuntausendfünfhundert.« Wieder sah Senger die Geldscheine vor sich, die Nonchalance, mit der Hofmann sie eingesteckt hatte. Es war ihm immer etwas gegen den Strich gegangen, dass Camilla ihren Vater in finanziellen Dingen wie ein unmündiges Kind behandelte, aber jetzt verstand er sie plötzlich. »Neuntausendfünfhundert, sagst du?«

Hofmann klopfte sich an die Brust, an die linke Seite, die nun etwas dicker war.

»Akkurat.«

»Aber du warst doch felsenfest davon überzeugt, dass Troja das Rennen machen würde. Wie konntest du dann ...«

»Ich könnte versuchen, es dir zu erklären, Carl, aber ich fürchte, wir verschwenden beide unsere Zeit. Lass uns lieber gehen und Quittel trösten.«

Der Jockey hatte Zuspruch bitter nötig gehabt; dabei gab er die Schuld nicht dem Pferd, sondern nur sich: »Ich hätte ihn außen laufen lassen sollen, wie er es wollte, und ihn nicht auf die Innenbahn zwingen dürfen.«

Sie hatten den Jockey mit sorgenvoller Miene zurückgelassen. Hofmann war mit angenehmen Gedanken ausgefüllt: Geld zu gewinnen war erfreulich, aber nichts im Vergleich zu dem gesteigerten Lebensgefühl, das einen überkam, wenn man es mit großer Geste ausgab – und als er neben Senger zu dem Platz schritt, wo dieser das gemietete Automobil abgestellt hatte, formte sich bereits eine Idee in ihm ...

Carl Senger war ein passionierter Automobilist. Gemäß seinem Charakter begnügte er sich in Neustrelitz seit vielen Jahren mit einem alten Opel, aber in Berlin mietete er für Tage die neuesten Modelle. Hofmann machte sich nichts daraus, und als er nun zusah, wie sein Schwiegersohn sich mit Staubmantel, hellgelbem Wollschal und einer unförmigen Staubbrille verunstaltete, meinte er: »So eine Kutsche ist schon ein vornehmes Gefährt. Ich hoffe, du rast nicht so. Denk an die letzte Strafe. Sie sollen die Autofallen um Berlin herum noch verstärkt haben, und nach solchen Veranstaltungen sind sie besonders scharf.«

»Ich werde Rücksicht nehmen. Ich muss sagen, dieser Bugatti enttäuscht mich. Der Benz, den wir neulich gefahren haben – das wäre mein Auto; genauso schnell, weitaus komfortabler und nicht so problematisch mit Reparaturen. Der Benz hat mir gefallen, und das neue Modell, das jetzt herausgekommen ist, soll noch besser sein. Und er sah gut aus, fandest du nicht? Übrigens, macht es dir etwas aus, wenn wir einen kleinen Umweg fahren?«

»Fahr, wie du willst, nur rase nicht. Der Benz, wie?« Sie hatten das neue Modell kurz vor dem Rennen in dem Ausstellungsraum der Firma, ganz in der Nähe des Hotels, besichtigt. Hofmann erinnerte sich an den Preis, und seine Idee verdichtete sich. Für Dr. Mindings Sternwarte würde dann zwar nichts mehr bleiben von dem Gewinn, aber dieses Problem war im Moment zweitrangig; er war guter Zuversicht, dass es sich auch irgendwie lösen lassen würde. So mit seinen Gedanken beschäftigt, hatte er nicht aufgepasst, wohin die Fahrt ging, und als ihm die Gegend immer bekannter vorkam und es schließlich keinen Zweifel mehr gab, als der Turm der Steglitzer St.-Anna-Kirche auftauchte, verharrte er in seinem Schweigen. Er war nie mehr hergekommen, seit dreizehn Jahren nicht, weder mit Camilla noch mit Senger; es zog ihn nichts her, im Gegenteil, er mied die Vergangenheit und die Erinnerungen daran. Und wenn er einmal an das Haus dachte, so stellte er es sich immer in einem verwahrlosten Zustand vor, von den neuen Besitzern heruntergewirtschaftet, vielleicht sogar leer stehend, auf jeden Fall mit blinden Fenstern, abbröckelndem Putz, schadhaftem Dach und einem verwilderten Park, als könnte er so sein schlechtes Gewissen am besten beruhigen. Aber bis auf den neuen Anstrich – ein eigenartiges stumpfes Rot anstelle des lichten Grau – fand er nun alles unverändert.

Senger hatte den Wagen zum Stehen gebracht. Er schien um eine Erklärung verlegen, und da auch Hofmann schwieg, sagte er: »Das ist es doch? Entschuldige, wenn ich dich damit überfalle. Ich ... wollte es immer schon mal sehen ... Soll ich weiterfahren?«

Ohne Kommentar öffnete Hofmann den Wagenschlag, stieg aus, und Senger folgte zögernd seinem Beispiel. Hofmann ging zu dem geschlossenen schmiedeeisernen Tor. Es hatte eine kleine Seitentür, und Hofmann suchte nach dem Mechanismus, den er hatte anbringen lassen, um niemand herausklingeln zu müssen, wenn er spätnachts nach Hause kam, aber er fand ihn nicht mehr.

»Lass nur«, sagte Senger, »es war nur so eine Idee von mir. Besser wir gehn, wer weiß, wer jetzt hier wohnt.«

Aus dem Park scholl Hundegebell. Ein Mann tauchte in der Ferne auf, kam näher, weißhaarig, eine große Schürze umgebunden, und blieb dann ein paar Meter vom Tor entfernt stehen.

»Willeke!«, rief Hofmann. »Sie gibt es also noch! Können wir mal kurz reinspitzen, oder geht das nicht?«

»Der Herr Hofmann!« Der Gärtner wischte sich die Hände an der Schürze ab. »Warten Sie, ich lass Sie rein. Die Herrschaften sind weg, in den Ferien. Ist das die Möglichkeit! Der Herr Hofmann persönlich, und das nach so viel Jahren. Kommen Sie nur, die Biester sind im Zwinger.«

Dann standen sie sich gegenüber, Hofmann in seinem grauen

Überrock, die Malmaison-Nelke im Knopfloch, und der Gärtner. Willeke, weiß geworden, versteckte seine gichtigen Hände nach der Begrüßung schnell wieder hinter dem Rücken, so als schämte er sich vor Hofmann, dass er so gealtert war.

Das Gebell der Hunde wurde stärker, und jetzt sahen sie auch den Zwinger, an dessen Gitter die Tiere hochsprangen. »Doggen!« Willeke schüttelte den Kopf. »Können Sie sich vorstellen, wie die im Garten wüten, wenn sie frei herumlaufen? Doggen, so ein Unverstand – aber solange ich hier allein bin, kommen sie mir nicht raus, die Biester.«

»Sonst scheint nicht viel verändert.«

»Na ja, der Anstrich! Dieses scheußliche Rot, das sind nun mal die Italiener. Und das Spalierobst! Überall musste Spalierobst hin, sehn Sie nur, die ganze schöne Fassade des Hauses voller Spaliere; war vorher schöner.«

»Es gehört Italienern?«

»Gehören wohl nicht! Gehört wohl immer noch der Bank. Haben es gemietet, der italienische Botschafter, der zweite Mieter, wohnen aber auch schon wieder sieben Jahre hier. Ich dachte immer, wann schaut er denn mal vorbei, der Herr Hofmann. Und das Fräulein Camilla? Dass sie nie gekommen ist! Mit ihr habe ich sicher gerechnet. Haben sehr gewartet, meine Frau und ich. Dachten immer, einmal steht sie da, so wie Sie jetzt.«

Willekes Blick ging fragend zwischen Hofmann und Senger hin und her. »Ist er das? Ist das Camillas Mann? Er will das Haus mal sehen? Ich sag Ihnen, sie war sehr glücklich hier, das war sie, unser Fräulein ... Mein Gott, was red ich alles; es ist nur die Überraschung, das ist es, das kommt so unerwartet. Plötzlich steht er da, der Herr Hofmann. Und das ist also der Mann von Fräulein Camilla.«

Hofmann stellte seinen Schwiegersohn vor, und Willeke fragte, ob sie sich nicht den Park ansehen wollten, während er eine kleine Erfrischung richtete, etwas ganz Leichtes, selbst Angesetztes, gerade richtig für einen Tag wie diesen. Sie gingen durch den Park, der unverändert war, mit den sauber bereinigten Wegrändern und dem kurz geschnittenen Rasen, auf dem nicht ein abgebrochener Zweig lag. Senger stellte einsilbige Fragen, jede von langem Schweigen unterbrochen, Fragen, auf die keine Antworten nötig waren: »Das müssen die Fenster von ihrem Zimmer sein?« – »Ist das die Linde?« – »Und dort konnte man wirklich Schlittschuh laufen?« Die Fragen zeigten, wie sehr ihn das alles beschäftigt haben musste, obwohl er gerade diesen Eindruck nicht aufkommen lassen wollte, nur einmal sagte er etwas Verräterisches: »Ich war mir nie sicher, ob es wirklich existiert, dieses Haus.«

»Nicht einmal ich war mir da mehr ganz sicher.« Es war das Erste, was Hofmann sagte.

Sie gingen langsam den Weg zurück. Vor den meisten Fenstern waren die Läden vorgelegt. Sie hatten die sinkende Sonne im Rücken, und die Fassade des Hauses leuchtete brandrot. Willeke hatte ein kariertes Tuch über den Tisch vor dem Gärtnerhaus gebreitet und Likörgläser bereitgestellt. Er hielt die bauchige Flasche mit beiden Händen, als er einschenkte.

»Ich weiß nicht, ist er noch so gut wie früher oder nicht«, sagte er. »Manchmal denke ich, nur meine Frau konnte die Beeren richtig ansetzen.«

»Ich habe Ihre Frau noch gar nicht gesehn.«

»Sie lebt nicht mehr.« Schweigen breitete sich aus; vom Park her scholl das Zwitschern der Vögel, die jetzt gegen Abend wieder munter wurden; und im Zwinger klang von Zeit zu Zeit ein Bellen auf. Die Männer tranken die Gläser leer, und Hofmann sagte: »Das Haus ist unverändert, aber wir sind älter geworden.«

»Wollen Sie es innen sehen?«

»Nein, lieber nicht«, sagte Hofmann schnell. »Wir wollten nicht lange bleiben.«

Willeke nickte. »Es würde Ihnen nicht gefallen, was Sie zu sehen bekämen. Hier draußen kann ich ein bisschen darauf achten, aber innen – die Italiener haben einen komischen Geschmack. Und dem Fräulein Camilla geht es gut? Meine Frau sagte immer, wer die bekommt, der hat das Große Los gezogen. Wird sie mal herkommen? Sie müssen sie mal herbringen, tun Sie's mal; ich hab' da was, das sollten Sie ihr mitbringen, hab's immer aufgehoben, weil ich dachte, mal kommt sie doch vorbei.« Er ging ins Haus und kam mit einem breitrandigen Strohhut zurück, gelb mit einem verblichenen blauen Seidenband.

»Der gehörte ihr?« Senger nahm den Hut wie etwas sehr Zerbrechliches.

»Gehörte ihr, lief immer damit herum, auch im Regen. Vielleicht, wenn sie ihn sieht, dass sie doch mal Lust bekommt, hier vorbeizuschauen. Sind den ganzen Sommer fort, die Italiener, lassen mir nur ihre Hunde da. Was die fressen und kaputtmachen.«

Er begleitete sie zum Tor, schimpfte weiter auf die Italiener, nahm Hofmann und Senger zum Abschied das Versprechen ab, bald mit Camilla herzukommen, und kehrte dann langsam zurück, eine verlorene Gestalt in dem großen Park. Die beiden Besucher gingen zu ihrem Automobil. Senger legte den Mädchenhut auf den Rücksitz, und die Behutsamkeit, mit der es der kräftige Mann tat, hatte etwas Eigenartiges.

Dann saßen sie nebeneinander, aber Senger startete den Wagen nicht. Das Gebell der Hunde hatte aufgehört, und ohne Übergang sagte Senger: »Wie war sie damals, als junges Mädchen?«

»Camilla? Das weißt du nicht – sie war ein junges Mädchen, als du sie geheiratet hast!«

Senger nickte. »Das schon, aber ganz am Anfang, da sagte sie einmal, sie fühle sich uralt.« Er spürte, wie der Mann neben ihm vor dieser Unterhaltung zurückschreckte. Sie hatten bisher nie diese Dinge berührt, auch Sengers Art war das nicht, aber jetzt musste er weitersprechen: »Manchmal kann sie wirklich sehr alt sein. Vernunft ist ein wichtiger Teil ihres Wesens, und das war es immer, was ich wollte, eine vernünftige Frau, die keinen unerfüllbaren Wünschen nachhängt. Ohne sie hätte ich es nie so weit gebracht, aber manchmal denke ich, der Preis war zu hoch, den sie dafür gezahlt hat. Ich hätte mich nicht täuschen lassen dürfen.«

»Du machst dir zu viel Gedanken.«

»Zu wenig. Ist sie wirklich glücklich, so wie sie jetzt lebt? Ich weiß nicht, wie lange ich mich das nicht mehr gefragt habe.«

»Hast du nicht gehört, was Willeke sagte – sie ist ein Mädchen, das auch bei Regen im Garten herumläuft.«

»Ich wusste, es gab dieses Mädchen ...« Die Gedanken der beiden Männer schienen in verschiedene Richtungen zu gehen. »Deshalb wollte ich hierher kommen. Ich wollte den Park sehen und das Haus.«

»Und jetzt, wo du es gesehen hast?«

»Sie hat nicht ein einziges Mal den Wunsch ausgesprochen, mit mir hierherzu fahren. Und wenn ich es ihr vorschlug, kam immer etwas dazwischen. Jetzt glaube ich, verstehe ich sie. Ich habe mich immer gefragt, warum besteht sie darauf, dass wir in dem Haus bei der Fassfabrik bleiben, warum wehrt sie sich so gegen die Häuser, die ich ihr in Neustrelitz vorgeschlagen habe?«

»Ja, warum eigentlich?«

»Das Haus bei der Fabrik, das blieb immer eine Art Improvisation. Etwas, das man jederzeit verlassen konnte. Ein anderes Haus, daran hätte man sich vielleicht gewöhnt, und dann ist es schwerer, auszuziehen. Ich habe es lange nicht begriffen, erst jetzt, wo ich dieses Haus hier gesehen habe – sie will hierher zurück. Das war immer ihr Ziel, das sie nie aus den Augen gelassen hat, und sie wollte einfach keine andere Zwischenstation mehr.«

»Hat sie das gesagt?«

»Nein, nein, das ist nicht ihre Art.«

»Sie hat nie davon gesprochen?«

»Eben, und das hätte mir auffallen müssen, viel eher schon.«

»Weißt du, dass es eigentlich ihr gehört«, sagte Hofmann. »Ich meine, es sollte ihr gehören. Sie kam mit mir nach Steglitz heraus, als das Haus noch gar nicht stand, und ohne sie wäre es vielleicht nie gebaut worden.« Er sah hinüber zu dem Haus. »Es ist vielleicht das einzige Sinnvolle, was ich getan habe in meinem Leben, aber ich konnte es nicht halten.« Er zog seine Uhr, entschlossen, solchen Schuldbekenntnissen und trüben Gedanken ein Ende zu machen. »Lass uns fahren. Und nimm keine Rücksicht auf mich; wenn du schnell fahren willst, tu es; ein bisschen Wind wird mir nicht schaden. Nur eine Bitte hätte ich. Es ist lediglich ein kleiner Abstecher. Aber jetzt fahr erst mal zum Hotel, dann zeige ich dir den Weg.«

Senger warf einen Blick zu dem Hut auf dem Rücksitz. Er schien ihm dort plötzlich nicht sicher genug, denn er nahm ein Plaid und schlug den Strohhut darin ein, dann erst startete er den Wagen.

5

Der Dachboden war ein Teil des Hauses, den sie für gewöhnlich mied; die Vorstellung, was sich dort im Lauf der Jahre angesammelt hatte, mochte dabei eine Rolle spielen. Tatsächlich fand sie, als sie diesmal eine Ausnahme machte und mit Frau Ewers hinaufstieg, den Speicher so voll gestopft, zum Teil mit Dingen, von denen sie geglaubt hatte, sie wären längst weggeworfen, dass sie als Erstes sagte: »Sobald die Kinder weg sind, misten Sie hier aus. Nehmen Sie sich zwei Arbeiter.« Sie stieß an eine Schachtel, bunte Glaskugeln fielen heraus und sprangen über den Boden. »Und fangen Sie nicht an auszusortieren. Die Kinder haben sowieso zu viel Spielzeug. Verschenken Sie die Sachen, tun Sie, was Sie wollen, nur schaffen Sie Platz.«

»Auch die Kinderbetten?«

»Die Kinderbetten erst recht.«

Trotz der Abendstunde war es unter dem Dach heiß, eine trockene Hitze, als stünde man in einem flammenlosen Feuer. Frau Ewers machte sich an der Kofferpyramide zu schaffen, um die Stücke für die Jungen herauszusuchen für die Reise nach Warnemünde. Camilla entdeckte den schweren Schiffskoffer, der noch vom Vater ihres Mannes stammte, und dann sah sie den Koffer aus Strohgeflecht mit den abgestoßenen Lederecken und dem Ledergurt um die Mitte; als junges Mädchen war sie immer mit diesem Koffer gereist, an die See, mit dem Vater nach Paris; ein paar Orts- und Hoteletiketten klebten noch daran, sogar das runde hellblaue Schild von Genf. Auch dort war sie mit ihrem Vater gewesen; er hatte ihr die deutsche Kirche von Ciarens am Genfer See gezeigt, in der er und ihre Mutter geheiratet hatten. Wie lange das her war und wie unwirklich; damals in der Kirche, vor dem Altar, hatte sie sich vorgenommen, sich eines Tages ebenfalls dort trauen zu lassen.

»Mir ist es hier zu heiß«, sagte sie, »ich gehe wieder.« Sie warf einen Blick auf die Koffer, die Frau Ewers bereitgestellt hatte. »Das genügt.«

»Nur drei Koffer für die Jungen?«

»Max bleibt hier.«

»Aber warum denn? Vielleicht nur wegen der paar schlechten Noten?«

»Er bleibt hier, und wenn er gut lernt, kann er vielleicht später nachfahren.«

»Er wird besser lernen, wenn er vorher an der See war.«

»Beenden wir die Diskussion. Sie packen für die zwei Jungen. Genug, dass sie zum Wechseln haben, aber nicht wieder so viel wie im letzten Jahr. Sagen Sie, war das schon der Wagen?« Sie hatte die ganze Zeit über gelauscht, um die Ankunft des Wagens nicht zu verpassen.

»Sie haben noch genügend Zeit!«

Zeit zu haben – gerade dieses Gefühl hatte sie nicht. Sie beeilte sich hinunterzukommen, sich umzuziehen, zu frisieren und schönzumachen. Sie war kaum fertig damit, als sie den Wagen wirklich hörte, und sie lief die Treppe hinunter zur Haustür, ihm entgegen.

Es war der Chauffeur, der draußen stand, allein, in dem blaugrauen Tuchanzug mit den Ledergamaschen. Er hatte die Mütze in der Hand und schien verlegen.

»Es ist niemand gekommen mit dem Zug. Ich war pünktlich, aber niemand war da, weder Ihr Mann noch Ihr Vater. Soll ich mich noch bereit halten?«

»Es ist doch der letzte Zug? Oder gibt es jetzt noch einen späteren?«

»Nein, das ist der letzte aus Berlin. Daran hat sich nichts geändert. Also, wenn Sie mich noch brauchen.«

»Nein, Franz, vielen Dank.«

»Also, übersehen kann ich sie wirklich nicht haben.«

»Alles in Ordnung. Gute Nacht.« Sie blieb einen Augenblick unter der Tür stehen. Der Wagen startete, und später hörte sie, wie der Chauffeur die Metalltür der Garage schloss. Sie sah ihn über den Hof gehen, der von einigen Laternen erleuchtet wurde: eine große Gestalt, und dann öffnete sich die Tür eines der Häuser auf dem Werksgelände, Licht fiel heraus, und eine Frau stand dort, umarmte ihn und zog ihn ins Haus.

Camilla schloss die Haustür hinter sich, ging zum Telefon und wählte die Nummer des Hotels in Berlin; sie erfuhr, dass ihr Mann und ihr Vater vor einer Stunde das Hotel verlassen hatten. – Sicher erst vor einer Stunde? Ganz sicher. Keine Nachricht für sie? Keine Nachricht. – Vor einer Stunde, da konnten sie allerdings den Zug nicht mehr erreicht haben. Und sie hatte sich so beeilt ...

»Was war? Ist er nicht gekommen?«, rief Frau Ewers vom oberen Treppenabsatz, aber Camilla antwortete nicht, sondern schloss das Wohnzimmer auf; hier war bereits alles hergerichtet für den Geburtstag. Der Tisch war festlich gedeckt, die verpackten Geschenke lagen an ihrem Platz auf der Anrichte, viel zu viele wie immer, und es würden noch mehr werden mit denen, die ihr Mann mitbrachte. Es gab hier nichts zu tun für sie. Als sie den Raum verließ, war sie einen Augenblick in Versuchung; sich hinzulegen, auszuruhen, aber dann ging sie in ihr Büro. Sie zog das Telefon zu sich heran, überzeugt, dass bald ein Anruf kommen würde. Sie wartete; zuerst horchte sie noch auf die Geräusche von draußen, dann löschte sie alle Lichter bis auf die Lampe neben sich am Schreibtisch und nahm sich die letzten Abschlüsse vor, begann sie durchzusehen und sich Notizen zu machen.

War das ein Wagen? Sie arbeitete weiter. Nicht größer als der

Lichtkreis der Lampe war ihre Welt in diesem Augenblick; weißes Papier, Buchstaben und Zahlen. Alles andere waren Eindringlinge, Geräusche, Schritte, die Stimme, die ihren Namen rief, die Tür, die aufging.

Das Deckenlicht flammte auf, sodass sie die Augen schließen musste. Dann sah sie auf. Der lange helle Staubmantel mit dem straff geknoteten Gürtel, das von der Autokappe fest an den Kopf gepresste Haar, und in dem staubigen Gesicht die hellen Ringe der Autobrille um die Augen. So stand er da und lachte.

»So, da bin ich! Etwas spät. Ich lege nur den Mantel ab und wasch mich. Ich bin sofort wieder da. Alles in Ordnung, hoffe ich.« Dann war er auch schon verschwunden; im Haus wurde es laut, die Kinder rührten sich. Sie saß immer noch an ihrem Schreibtisch, als er zurückkam. Er trug etwas bei sich, in Papier eingeschlagen. Er legte es beiseite, um sie zu umarmen, und als er merkte, wie steif sie blieb, ließ er sie los, um ihr Zeit zu geben.

»Schön, dass du aufgeblieben bist, aber musstest du arbeiten?«

»Möchtest du noch etwas essen?«

Es war typisch für sie, dass sie danach zuerst fragte; nicht, warum er so spät kam und wie er überhaupt um diese Zeit noch kommen konnte. Er lachte.

»Nein, nur nichts zu essen! Ich möchte nichts anderes, als mit dir noch eine Stunde zusammensitzen. Ich hab so viel zu erzählen. Und morgen, an Max' Geburtstag, habe ich mir gedacht, machen wir einen Ausflug. Erinnere mich, ich habe noch ein paar Geschenke draußen; aber dies hier, das ist für dich ...« Er wollte schon das Papier entfernen, aber der Ausdruck auf ihrem Gesicht hielt ihn zurück. »Es ist doch alles in Ordnung? Ärger?«

»Schau dir Max' Zeugnis an.«

Er wusste, es hatte keinen Sinn, die Sache zu verschieben oder mit einem Scherz zu überspielen. Er hatte einen glücklichen Tag hinter sich, und bei ihr schien nicht alles erfreulich gewesen zu sein. »Sehr schlimm?«

»Sieh es dir an. Er ist gerade noch versetzt worden.«

»Was soll ich sagen, eine große Leuchte war ich ja auch nicht. Und sonst?«

»Wieder ein Unfall. Doktor Oesterreicher musste kommen. Aber vor allem – ich habe mir die Absatzzahlen von Glasbrenner herausschreiben lassen. Wenn du dir das ansiehst ...«

»Aber Camilla! Doch nicht jetzt ... Also gut, ich seh es mir an.« Er setzte sich an den Rand des Schreibtisches, studierte die Aufstellung, nahm auch das zweite Blatt, das sie ihm reichte, und sagte dann: »Die Zahlen kenne ich.«

»Du kennst die Zahlen?«

»Ich kenne das Problem und in etwa auch die Zahlen; allerdings habe ich Gotha und Erfurt noch dazugerechnet. Glasbrenner ist ein Problem, ich weiß das. Ich habe mich mit ihm ausgesprochen auf dieser Reise. Es sind persönliche Gründe bei ihm, eine Scheidung nach dreißig Jahren Ehe, das hat ihn aus dem Tritt gebracht. Aber er wird sich wieder aufrappeln, da bin ich sicher, zumindest die Chance muss ich ihm geben. Er war schließlich mal unser bester Mann. Du siehst, ich hatte dieselbe Idee wie du. Ich war nur nicht sicher, ob meine Zeit reichen würde, ihn zu treffen, sonst hätte ich es dir gesagt. Zufrieden?«

Sie brauchte nur ja zu sagen. Sie brauchte ihn nur anzusehen, und sie würde ihn wieder als den erkennen, der er wirklich war. Sie hasste sich fast dafür, dass sie es nicht konnte und weiter vor sich auf den Schreibtisch starrte, gelähmt von Müdigkeit und einer seltsamen Trauer. Ihr Kopf wirbelte, so viele Fragen, und sie stellte die erstbeste: »Ist etwas daran, an den Gerüchten, die man aus Berlin hört, in der Reichsdruckerei sollen sie heimlich Seifenkarten gedruckt haben, wegen der politischen Lage?«

»Natürlich hab ich davon gehört. Geredet wird viel. Ich glaube nicht, dass etwas Wahres dran ist. Trotzdem wird es gut sein, wenn wir unsere Bestände an Rohstoff erhöhen. Wir brauchen dafür zwar Kapital, aber ... jetzt bin ich auch mittendrin. Das hast du erreicht. Jetzt ist aber Schluss, einverstanden?«

Sie merkte, wie der harte Panzer, der sie eingeschnürt hatte, sich lockerte. Sie sah auf. »Einverstanden. Nur eines noch. Die

Werbeunterlagen für die Gutscheinaktion, die du aus Berlin mitbringen wolltest – ist ihnen etwas Brauchbares eingefallen?«

»Ausgezeichnet. Die Leute können was; ich habe schon fertige Andrucke und einen Streuplan für die Anzeigen. Ich werde dir eine Prämie zahlen müssen für die Idee.«

»Zahl es mir mit Zeit«, sagte sie.

Er sah sie betroffen an und schwieg lange, ehe er sagte: »Ja, das ist unser Problem, nicht wahr? Aber ich glaube, ich habe heute den Anfang gemacht. Ich war in dem Haus in Steglitz.«

Er versuchte, den verpackten Gegenstand, den er mitgebracht hatte, vom Papier zu befreien, und riss es dann ungeduldig herunter. Er hielt ihr den Strohhut hin; in dem künstlichen Licht war das blaue Seidenband fast weiß. »Komm, setz ihn mal auf? Erkennst du ihn nicht?«

Er hatte eine spontane Reaktion erwartet, ein freudiges Aufleuchten ihrer Augen, aber sie stand schweigend da, mit verschlossener Miene. So war es immer gewesen, das Haus war ein Teil ihrer Vergangenheit, zu dem sie keinem Menschen Zutritt gewährte. »Der alte Gärtner ist noch da, wie heißt er? Jedenfalls er hat den Hut aufgehoben, die ganzen Jahre, für dich. Ich dachte, ich mache dir eine Freude damit.«

Er legte den Strohhut auf den Schreibtisch. Ihr Schweigen machte ihn befangen. Er fürchtete falsche Worte zu benützen, und so beschränkte er sich auf das Sachliche: »Deine Mutter hat das Haus damals einer Bank verkauft. Sie haben es zwar langfristig vermietet, aber sie sind durchaus bereit, über einen Verkauf zu sprechen. Ich kenne das Haus zwar nicht von früher, aber es scheint in unverändert gutem Zustand.«

»Du warst ... du warst dort?«

»Es war eine Idee, die ich schon lange hatte.«

»Du warst dort ohne mich?«

»Aber Camilla. Jedes Mal, wenn du in Berlin warst, wollte ich mit dir hinausfahren.«

»Was hätte es auch genützt. Glaubst du, die Jahre hier wären leichter geworden, wenn ich immer nur an das Haus gedacht hätte?« Sie streckte die Hände nach dem Hut aus und ließ sie dann sinken. »Warum hast du ihn nicht gelassen, wo er war.« Sie wandte sich ab, vielleicht um ihre Tränen zu verbergen. »Dieser dumme alte Hut. Was soll ich damit? Soll ich ihn aufsetzen und mich im Spiegel ansehn und feststellen, dass ich zu alt dafür geworden bin?«

»Zu alt! Wann begreifst du endlich, wie jung du bist! Du wirst ihn morgen tragen, bei unserem Ausflug. So wie es aussieht, wird es ein schöner Tag; wir fahren alle raus, suchen uns eine schöne Stelle am Zierker See. Essen nehmen wir mit und bleiben den ganzen Tag. Und dann, wenn die Kinder in Warnemünde sind, machen wir Ferien, richtige lange Ferien, eine Italienreise, oder Griechenland, ich habe mir Routen zusammenstellen lassen. So, und jetzt wird dieses Büro abgeschlossen, und vor Montag bekommst du den Schlüssel nicht wieder. Komm. Ich muss dir sowieso noch etwas zeigen. Du hast gar nicht gefragt, wie ich hergekommen bin.« Tatsächlich sperrte er die Tür ab und steckte den Schlüssel zu sich. Camilla nahm ein Tuch von der Garderobe, ehe sie ihm nach draußen folgte. Aber es hatte kaum abgekühlt. Das Tuch in der Hand ging sie neben ihm auf dem Seitenweg, der vom Haus zum Werk führte. Der große Hof lag verlassen, und mitten auf der weiten asphaltierten Fläche im hellen Licht der Laternen stand das Automobil mit zurückgeschlagenem Verdeck und schräg herausragendem Steuerrad.

Sie stutzte, wollte nicht weitergehen, aber er zog sie mit sich zu dem lang gestreckten Ding mit den großen kreisrunden Scheinwerfern vorne an der Kühlerhaube und einem zweiten Paar an der Seite, mit der starrenden Garbe der Schaltgestänge, dem großen schwarzen Ball, der als Hupe diente, und den Schutzblechen, die sich wie Flügel über die weißen Pneus schwangen – und das Ganze elfenbeinfarben.

»Bist du wahnsinnig!«

»Ein Benz. Das neueste Modell. Keine drei Stunden haben wir damit gebraucht von Berlin bis hierher.« Er versuchte sie zum Einsteigen zu bewegen. »Wollen wir ihn ausprobieren?«

»Ist das ein Mietwagen?«

»Aber nein! Er gehört uns.«

»Und was kostet so etwas?«

»Frag doch nicht so was. Sag lieber – ist er nicht eine Schönheit, wie er dasteht! Wollen wir nicht doch eine Runde ...«

Sie sah seine Freude, seine Begeisterung, und doch sagte sie: »War das deine Idee? Oder steckt Vater dahinter? Natürlich war es Vater ...«

»Der Wagen ist ein Geschenk von ihm.«

»So – und wie bezahlt er so ein Geschenk? Auf seinem Konto stehen keine solchen Beträge. Es ist ein Wunder, dass er keine Schulden hat.«

»Er hat beim Rennen gewonnen.«

»Das sagt er immer.«

»Aber ich habe es gesehen.«

»Du gehst mit ihm auf Rennen? Und wettest vielleicht? Was hat der Wagen gekostet?«

»Etwas über neuntausend.«

Sie blieb stumm, angesichts der Summe. Nach einer Pause sagte sie: »Kann er es nicht lassen, andere auch noch da hineinzuziehen! Und ich dachte immer, auf dich hätte er keinen Einfluss.« Sie legte sich das Tuch um die Schultern und verschränkte die Arme vor der Brust. »Manchmal hasse ich ihn. Mit ihm hat alles begonnen ...«

»Auch das Gute, oder? Es gibt nichts anderes, als so zu leben, dass man glücklich ist. Das tut dein Vater, und er möchte, dass auch die anderen glücklich sind. Ich weiß nicht, was daran hassenswert ist.« Er stieg in den Wagen und sammelte die Pakete zusammen, die auf dem Rücksitz lagen. Noch bevor er sie alle im Arm aufgeschichtet hatte, hörte er, dass sie voranging, zurück zum Haus.

6

»Er beißt! Er beißt! Zieh ihn doch raus!«

Die Rufe kamen irgendwo vom Ufer, aus der Ferne. Camilla lag ausgestreckt im Ruderboot, das Gesicht halb vom Strohhut bedeckt, und im Halbschlaf war ihr, als schwebe sie einmal im schwankenden Wasser und dann wieder hoch am Himmel. Sie öffnete die Augen etwas. Durch das feine Geflecht des Strohhuts war die Sonne ganz gelb; sie war schläfrig von all der Hitze, gesättigt von der kräftigen Luft am Wasser – und glücklich.

Sie richtete sich langsam auf und schob den Hut auf den Hinterkopf. Sie waren weit draußen auf dem See; ihr Mann hatte die Ruder aufgenommen und lenkte das Boot, das schwer war, mehr ein Fischerkahn, zum Ufer zurück. Er kehrte ihr den Rücken zu, und sie sagte nichts; das blau-weiß gestreifte Hemd klebte ihm auf der Haut, bei jedem Ruderschlag zeichneten sich die Schulterblätter und ihre Bewegungen deutlich ab. Es war ein breiter, muskulöser Rücken, und auch der sonnengebräunte Nacken zeugte von der Kraft des Mannes. Er war jetzt zweiundvierzig, aber sie fand, dass er viel jünger aussah. »Lass dir Zeit.«

Er stellte die Ruder fest und setzte sich zu ihr herum. »Wieder da?«

»Hab ich richtig geschlafen?«

»Über eine Stunde.«

Sie blickte zum Himmel; obwohl die Sonne den Zenit längst überschritten hatte, war sie immer noch eine flammende gelbe Masse. »Dann muss es bald fünf sein.«

»Meinem Hunger nach, ja. Ich hoffe, sie lassen uns was übrig von den Fischen.« Er griff wieder zu den Rudern.

Am Ufer, dort wo die Jungen waren, stieg Rauch auf, weiße Schwaden, die ganz durchsichtig waren in dem hellen Sonnenlicht. Sie hatten das Grundstück am westlichen Ufer des Zierker Sees vor Jahren gekauft, aber alles so gelassen, wie es war, mit dem lichten Kiefern- und Fichtenbestand und dem verschilften Ufer; sie hatten es nicht einmal eingezäunt, nur einen Steg hatten sie ins Wasser gebaut und ein Boot herbeigeschafft, weil ihr

Mann manchmal in aller Frühe, noch vor der Arbeit, für eine Stunde zum Angeln herfuhr.

Er half ihr aus dem Boot, nachdem er am Steg festgemacht hatte. Die Stimmen der Jungen klangen ihnen entgegen, nicht mehr ganz so aufgedreht nach dem langen Tag in der Sonne. Sie waren bei der Feuerstelle, die Leo gebaut hatte und über der Fische zum Braten hingen. Etwas abseits standen der Benz – die Reifen gegen die Sonne abgedeckt – und das Gespann mit den Ziegenböcken, das der Großvater Max zum Geburtstag geschenkt hatte. Als Camillas Blick jetzt darauf fiel, musste sie wieder daran denken, wie ihr Vater damit aufgetaucht war. Sie hatten noch am Frühstückstisch gesessen, als sie durch das offene Fenster plötzlich das Peitschenknallen und das Klingeln der Glöckchen am Geschirr hörten. Sie hatte ihren Augen nicht getraut: Der Wagen, von ihrem Vater kutschiert, und davor die zwei Ziegenböcke, schneeweiß, mit den Hörnern, dem spitzen Kinnbart und dem roten Geschirr. Die Verrücktheit ihres Vaters sprach daraus, seine bedenkenlose Art, sich jeden Wunsch, der ihm in den Sinn kam, zu erfüllen und für einen Moment schien ihr der ganze Tag verdorben; jetzt verstand sie nicht mehr, wie sie so hatte reagieren können, und auch ihr Verhalten am Abend zuvor, bei der Ankunft ihres Mannes, war ihr unbegreiflich.

Der Vater hatte es sich am Picknickplatz bequem gemacht. Er saß auf einer Decke, unter einem großen Sonnenschirm aus sandfarbenem Segeltuch, der in der Erde steckte, und fächelte sich mit dem Panamahut Kühlung zu. Rundum lagen Decken am Boden, Schmetterlingsnetze, Botanisiertrommeln. Sie setzte sich zu ihm, während ihr Mann zum Wasser zurückging, um die Flaschen zu holen, die dort zur Kühlung lagen. Sie holte Gläser aus dem Picknickkorb, Teller, Servietten und Besteck, aber ihr Vater sagte: »Ich trinke nur einen Schluck mit euch, dann breche ich mit den Kindern auf. Wir sind doch nicht so schnell mit unserem Gespann wie ihr.«

»Willst du nicht lieber mit uns fahren? Der Wagen ist sehr geräumig.«

»Ich habe den Jungen noch ein paar Karussellfahrten versprochen. Es soll in Jechow einen Jahrmarkt geben. Vielleicht treffen wir uns dort.« Seine Augen blinzelten in der Sonne. »Ihr braucht euch nicht zu beeilen.«

Sie lachte. »Ich werde auf dich hören«, sagte sie, »in Zukunft werde ich überhaupt mehr auf dich hören.«

»Darf man erfahren, worüber ihr lacht?« Senger war zurückgekommen. Er hatte die Hemdsärmel aufgerollt; seine Arme waren heller als die dunkel gebräunten Hände, die feinen hellen Härchen glänzten nass; Camilla sah ihm zu, wie er die Flaschen entkorkte, und wieder überkam sie ein Gefühl der Geborgenheit, wie im Boot, als sie ihn beim Rudern beobachtete.

»Nun, was gibt es zu lachen?«

»Ich habe eine Entdeckung gemacht.«

»Eine Entdeckung?« Er goss die Gläser ein und reichte sie herum. »Ja, und ihr werdet euch alle wundern. Ihr habt mir Vater immer als Vorbild hingestellt, dabei bin ich ihm vielleicht viel ähnlicher, als ihr denkt. Ihr werdet schon sehen in Zukunft ...«

Sie lehnte sich zurück an eine der Föhren. Sie trank und lachte, ein Lachen, das dunkler war als ihre Stimme.

Die Jungen brachten die gebratenen Fische; die Familie saß zusammen und aß und trank, und später halfen alle zusammen, die Sachen wieder einzupacken. Leo hatte die weißen Ziegenböcke vorgespannt, und ihr Vater nahm die Zügel. Mit Peitschenknallen und klingelndem Zaumzeug fuhren sie davon, verschwanden in einer Wolke Staub, und Camilla sagte: »Er ist wirklich beneidenswert, mein Vater. Und vielleicht tut er das einzig Richtige. Er nimmt sich die schönen Dinge des Lebens, wo er sie findet. Die meisten Menschen laufen blind daran vorbei, und dann ist es zu spät. Uns wäre es fast auch so gegangen, nicht wahr?«

»Nein«, sagte er, »das habe ich nie befürchtet, nur ...«

»Nur was?«

»Ich glaube, wir müssen nicht darüber reden.«

»Vielleicht doch. Was habe ich für schlechte Eigenschaften?«

»Vielleicht hast du zu wenige. Du verlangst sehr viel von dir, und das ist für die anderen manchmal sehr lästig.«

»Für dich auch?«

»Nein, ich habe dich nie anders gewollt. Ich weiß, wie du wirklich bist. Ich habe es nie vergessen.«

Sie stellte das Glas weg; sie wollte nicht mehr trinken. Diese Stunde war eine von denen, die sie ganz bewusst erleben wollte. Sie lehnte sich an ihren Mann, und er legte den Arm um sie.

»Erzähl mir, wohin fahren wir?«

»Sie haben eine Reise, die mich besonders reizen würde, nach Ägypten. Mit dem Zug nach Venedig, dann mit einem Adriaschiff nach Kairo. Dort mietet man ein Nilschiff; und du kannst fahren bis Luxor und Assuan und die Felsentempel von Abu Simbel besichtigen und die Denderah-Tempel.«

»Das klingt sehr gut.«

»Aber es ist mehr eine Winterreise, ich meine, wenn es hier Winter ist. Wollen wir so lange warten?«

»Willst du?«

»Nein. Bei der anderen könnten wir in vierzehn Tagen fahren, am 7. August. Zuerst auch nach Venedig. Von Venedig mit dem Schiff weiter nach Griechenland, und von dort aus eine Inselrundfahrt nach Korfu, Ägina, Marathon, Epidauros, Delos.«

»Lass uns so schnell wie möglich fahren. Vierzehn Tage; ich werde jeden Tag Angst haben, dass im letzten Augenblick noch etwas dazwischenkommt.«

»Es wird nichts dazwischenkommen.«

»Ich muss mir Koffer kaufen. Weißt du, dass ich nur einen einzigen Koffer habe?«

»Wir werden uns ein Dutzend bestellen.«

»Und wir fahren mit einem richtigen Schiff?«

»Ja, für diese Reise wäre es die ›Proserpina‹. Ich habe die Unterlagen alle mitgebracht.«

»Ein richtiges großes Passagierschiff? Mit einem Schwimmbad an Bord, mit Speisesaal, Salons und einer Tanzkapelle?«

»Ich glaube, sogar mit zwei Kapellen.«

»Du wirst mit mir tanzen müssen! Weißt du, dass wir seit unserer Hochzeit nie mehr miteinander getanzt haben? Die dreizehn Jahre nicht. Und nur achtmal waren wir in Berlin im Theater.«

»Das hast du mitgezählt?«

»O ja, weil es jedes Mal eine ziemliche Qual für dich war.«

»Weißt du, Theater ...«

»Solange du mit mir tanzt, ist dir alles vergeben ...«

»Wenn es nicht gerade dieser neue Tanz ist.«

»Tango, meinst du?«

»So heißt er, glaube ich. Das muss ein schöner Anblick sein, ich und ein Tango.«

»Komm her, ich werde es dir zeigen. Komm schon!«

Sie nahm ihn und versuchte, ihm die Schritte und Bewegungen zu zeigen, der Boden war uneben; er schüttelte den Kopf, lachte, und dann stolperte er. Dann ließ er sich ganz einfach fallen, immer noch lachend, und zog sie mit sich zu Boden.

»Das war doch Absicht, reine Absicht. So lernst du es nie!«

Aber er lachte und drehte sie um, sodass sein Gesicht über ihr war, und dann küsste er sie.

Zuerst war es, als würde er fortfahren zu lachen, während er sie küsste, und auch sie selber spürte das Lachen in sich, es war in ihrem ganzen Körper, eine sorglose Heiterkeit ...

Sie hatten die Decken und die zwei Picknickkörbe in den Wagen geräumt. Nach einem letzten Blick, ob sie nichts vergessen hatten, nahm sie Platz neben ihm. Noch immer stach die Sonne, und sie setzte den Strohhut auf.

Sie fühlte, wie er sie von der Seite beobachtete, und sie sagte: »Ich weiß nicht, was gestern Abend mit mir los war, dass ich mich nicht freuen konnte.«

»Wichtig ist nur, dass ich es weiß.«

»Du weißt es?«

»Wir werden das Haus kaufen.« Und weil sie nichts erwiderte, fuhr er fort: »Du hast es nie vergessen. Es war immer dein Ziel, das ist mir klar geworden.«

»Es war mein Traum, aber ich habe mir immer vorgesagt, die

Gegenwart ist wichtiger als ein Traum. Es war vielleicht ein Fehler, so daran zu hängen, schließlich ist es nur ein Haus, nichts weiter. Hast du es ernst gemeint, dass wir es kaufen sollten?«

»Ja. Ich habe mit der Bank gesprochen. Der Preis scheint mir vernünftig. Wir werden es festmachen, nach den Ferien. Natürlich können wir nicht gleich einziehen. Der Mietvertrag wurde auf zehn Jahre geschlossen. Das gibt uns Zeit zu überlegen. Ein Umzug nach Berlin, das bringt Probleme mit sich; die Übersiedlung der Fabrik ist sowieso nur in Etappen möglich. Zuerst die Verwaltung, und erst wenn das eingespielt ist, die Fabrikation. So denke ich mir das. Und dann der Schulwechsel für die Kinder, das sollte man auch so einrichten, dass es nicht mitten ins Schuljahr fällt. Alles solche Dinge, das will gut bedacht sein, aber darüber reden wir später in aller Ruhe.«

Sie legte die Hand auf seinen Arm. »Du tust es für mich?«

»Das wäre kein schlechter Grund, oder? Aber das ist es nicht allein. Nachdem ich das Haus gesehen habe – erinnerst du dich, was ich dir von meinem Vater erzählt habe? An die Fotografie des Hauses, die er immer bei sich trug. Als ich in Steglitz war und durch den Park ging, da dachte ich: Das also hat mein Vater sich ein Leben lang gewünscht, daran hat er gedacht in den Hotelzimmern. Und plötzlich habe ich gewusst, dass auch ich mir das wünsche: Ein Zuhause, einen Platz, wo man für immer bleiben möchte. Und da wurde mir auch klar, was es für dich war, damals, als ihr dort weg musstet.«

Er startete den Wagen, ehe sie etwas erwidern konnte.

Die Wege waren sandig, und wo sie fuhren, hinterließen sie eine hohe Staubfahne. Camilla war ein paarmal mit ihrem Mann hier gewesen, aber heute fehlte ihr jede Orientierung, bis dann die Föhren und Fichten zurücktraten und die ersten Gehöfte und ein Kirchturm sichtbar wurden. Am Wegrand blühten Kornblumen und Mohn; der Weizen war schon sehr weit für die Jahreszeit, an den Ähren zeichneten sich bereits deutlich die prallen Körner ab.

Ein fremder Ton mischte sich plötzlich in das Motorengeräusch, eine helle, blecherne Drehorgel, und dann sahen sie auch schon am Rand des Dorfes das Karussell, die Jahrmarktsbuden, und etwas abseits das Gespann mit den zwei weißen Ziegenböcken. Das Karussell setzte sich gerade wieder in Bewegung, und die Drehorgel schmetterte den Triumphmarsch aus »Aida«.

Nachdem sie aus dem Auto gestiegen waren, hängte Camilla sich bei ihrem Mann ein.

»Fährst du mit mir?«

»Wenn er uns mitfahren lässt.« Es roch nach türkischem Honig, nach gebrannten Mandeln; von der Schießbude hörte man das Knallen der Büchsen, vom »Starken August« die dumpfen Hammerschläge auf den Amboss und die heisere Stimme des Ausrufers. Camillas Vater stand bei dem Luftballonverkäufer und verhandelte mit ihm, und dann kam er mit einem ganzen Bündel bunter Ballons auf sie zu. »Gut, dass ihr kommt«, sagte er. »Ich bringe sie nicht weg vom Karussell, das Kleingeld geht mir langsam aus.« Er löste für Camilla einen roten Ballon von dem kleinen Stock, an dem sie befestigt waren, und Camilla band ihn mit der Schnur am Handgelenk fest, wie sie es als Kind getan hatte, aus Angst, er könnte ihr aus den Fingern gleiten und davonfliegen.

Senger war bereits voraus zum Karussell gegangen, um nach den Jungen zu sehen, und Hofmann benützte diese Gelegenheit sofort: »Was ich noch sagen wollte, wegen Max. Hast du es dir noch einmal überlegt! Willst du ihn wirklich nicht mit nach Warnemünde fahren lassen? Auch wenn es prinzipiell vielleicht richtig wäre, aber an einem Tag wie heute ...«

»Kann ich dir nichts abschlagen, meinst du?«

»So ungefähr. Und du solltest auch noch mal darüber nachdenken, ob du für Rektor Minding nicht doch eine Spende lockermachen könntest, für seine Sternwarte.«

»Du bist raffiniert. Du rechnest damit, dass ich heute zu nichts nein sagen werde. Aber jetzt will ich erst Karussell fahren.«

Sie eilte ihrem Mann nach, zu dem Karussell mit dem spitzen, weißroten Dach. Ein vierschrötiger Glatzkopf in einer ausgedienten schwarzen Frackhose und einer gestreiften Weste turnte zwischen den glitzernd aufgezäumten Pferden, den rosa Schweinen und Fahrzeugen hin und her, um abzukassieren.

»Womit willst du fahren?«, fragte sie ihr Mann.

»Der Feuerwehrwagen war mir immer das Liebste, aber da werden wir nicht hineinpassen.« Sie zwängte sich auf eine Rundbank, die sich während der Fahrt drehte. »Kommst du nicht?«

»Er wird mich nicht lassen«, und wirklich warf der Besitzer einen besorgten Blick auf Senger und sagte dann zu Camilla: »Das ist nur für Kinder.«

»Sehn Sie nicht, dass ich eins bin?«

Er kassierte mit verbissener Miene, blickte in die Runde, ergriff den Klöppel seiner Glocke und läutete die nächste Fahrt ab. Dann verschwand er hinter dem Motorengehäuse. Die Drehorgel setzte ein, aber das vollbesetzte Karussell schien zuerst kaum voranzukommen. Von irgendwoher hörte Camilla die Stimmen ihrer Jungen, die sie entdeckt hatten, und sie sah ihren Mann, der neben ihr herlief, und allmählich wurde das Karussell schneller. Sie schloss die Augen, und plötzlich kam ihr die Fahrt rasend schnell vor. Das Dröhnen des Motors, die Musik der Drehorgel, die Autohupen, Fahrradklingeln, das Gebimmel des Feuerwehrwagens, alles vermischte sich, und als sie nun die Augen öffnete, sah sie, dass sich das Karussell wirklich so schnell drehte, dass ihr Mann Mühe hatte mitzukommen. Wie immer kam das Ende zu schnell.

»Bezahl ihn für dreimal«, rief sie ihrem Mann zu, »ohne Halt!« Wieder setzte sich das Karussell in Bewegung, wieder hüllten die Geräusche sie ein; alles schien lauter und schneller diesmal. Nur für Momente tauchte das Gesicht ihres Mannes neben ihr auf, sonnengebräunt, mit lachenden Augen. Sie rief seinen Namen, und als er wieder begann mitzulaufen, rief sie: »Wann habe ich dir das letzte Mal gesagt, dass ich dich liebe?«

»Was sagst du?« Immer wieder durch die Zuschauer behindert, konnte er mit dem Karussell kaum noch Schritt halten.

»Ich liebe dich.« Aber rund um sie waren nur fremde Gesichter, und sie schloss die Augen wieder.

Als das Karussell schließlich zum Stehen kam, sah sie ihn nicht sofort. Sie fühlte sich schwindelig, als sie wieder auf der Erde stand. Sie blickte sich suchend um, ging ein paar Schritte, immer noch unsicher vom Schwindelgefühl, das den Boden unter ihr nachgiebig machte. Sie wartete einen Moment, in der Hoffnung, dass er gleich auftauchen würde, aber das Gedränge rund um das Karussell wurde immer dichter. Sie bahnte sich einen Weg durch die Menschen. Und dann sah sie ihn.

Er stand mit ihrem Vater und einem dritten Mann am Rand der Festwiese, wo sie den Benz abgestellt hatten. Der dritte Mann trug eine graublaue Chauffeursuniform und dunkle Ledergamaschen, aber sie erkannte in ihm nicht auf den ersten Blick ihren eigenen Werkschauffeur, so fremd wirkte sein dunkler Anzug unter all den hell und sommerlich gekleideten Menschen.

Die drei Männer verstummten, als Camilla zu ihnen trat; sie senkten die Blicke, und keiner sagte etwas. Sie verstand nicht, was geschehen war, bis sie das Telegramm in der Hand ihres Mannes entdeckte.

»Was ist los?«

Die Männer wechselten einen Blick, und dann sagte der Chauffeur: »Es tut mir Leid, aber ich dachte, es ist wichtig genug, dass ich herausfahre. Ich wollte zum See, und dann sah ich zufällig den Wagen hier.«

Camilla nahm ihrem Mann das Telegramm aus der Hand. Sie las den Text, und zuerst waren es nur Worte ohne Inhalt. Sie hörte die Stimmen um sich, Lachen, Drehorgelmusik, das Knallen von der Schießbude. Die Jungen kamen angerannt, aber Hofmann nahm sie beiseite, redete auf sie ein und führte sie weg.

»Wann ist es passiert?«, fragte sie.

»Wohl am frühen Nachmittag. Das Telegramm ist vor zwei Stunden aufgegeben worden. Wir fahren am besten gleich zurück.«

Sie blickte auf das Telegramm, die aufgeklebten Streifen,

suchte nach dem Ort – 14.30 Uhr, Warnemünde – und starrte auf den Namen des Absenders: Dr. Hermann Witte.

»Aber wie ist das möglich. Ich habe gestern noch mit ihr am Telefon gesprochen, und in zwei Tagen hätte sie Geburtstag gehabt.«

Ihr Mann nahm sie am Arm, und sie gingen zum Wagen. Erst als sie neben ihm Platz genommen hatte, bemerkte sie, dass sie noch immer den roten Ballon an ihrem Handgelenk trug. Sie löste den Knoten und ließ die Schnur los. Der Ballon schwebte aufwärts, zuerst ganz steil, und dann trieb er nach Westen davon.

7

Im Haus war es still, und sie wünschte, die Kinder würden vom Strand zurückkommen und die Räume mit ihren Stimmen erfüllen. Sie saß vor dem Sekretär in Tante Lenkas Schlafzimmer, vor ihr auf der Schreibmatte aus grünem Filz lagen die vielen Schlüssel, nun schon nach den Räumen geordnet; der kleinste Bund bestand nur aus zweien, und sie gehörten zu den Schubfächern des Sekretärs, an dem Lenka so viele Stunden verbracht hatte. Vor einer Woche war die Tante in Berlin beerdigt worden, und seitdem hatte Camilla die notwendige Reise nach Warnemünde von Tag zu Tag verschoben und damit auch die Entscheidung, was mit dem Haus werden sollte, und das Ordnen der Hinterlassenschaft.

Sie war am frühen Morgen angekommen, und sie spielte bereits mit dem Gedanken, noch am selben Abend wieder nach Neustrelitz zurückzufahren, nur um die Nacht nicht im Haus der Tante verbringen zu müssen. Dabei war alles wie zu Lebzeiten der Tante; man hätte meinen können, sie wäre nur auf einen Sprung weggegangen und müsste jeden Moment wieder zur Tür hereinkommen.

Im Flur standen die Schuhe, die Lenka zu wechseln pflegte,

wenn sie das Haus betrat, um den Sand nicht in die Räume zu tragen. Im Wohnzimmer hing ihre gehäkelte Stola über einem Stuhl, und sogar die Aufschlagkarten lagen auf dem Tisch beim Fenster. Die Kinder hatten nicht die geringste Beklommenheit gezeigt; sie waren nicht leiser aufgetreten und hatten nicht leiser gesprochen als sonst. Sie waren nach oben gestürmt, um die Spielsachen zu suchen, die sie im Jahr zuvor hier zurückgelassen hatten. Weder die Nachricht vom Tod der Tante noch das Begräbnis hatte einen tiefen Eindruck auf die Jungen gemacht, und nur aus diesem Grund hatte Camilla sie heute nach Warnemünde mitgenommen. In den ersten Stunden hatte die Gegenwart der Kinder ihr geholfen, aber nicht jetzt, als sie allein am Sekretär der Tante saß.

Der Abreißkalender mit den Tagessprüchen zeigte noch das Todesdatum der Tante. Um endlich einen Anfang zu machen, riss sie die alten Blätter bis zum 31. Juli ab. Oder war heute schon der 1. August? In einer Woche würde ihre Griechenlandreise beginnen; auf der Heimfahrt vom Jahrmarkt hatte sie gedacht, dass aus den geplanten Ferien nun bestimmt nichts werden würde, aber ihr Mann hatte darauf bestanden; sie hatte nur zu gern eingewilligt, und einen Tag nach dem Begräbnis in Berlin hatten sie gemeinsam die Koffer gekauft, wirklich ein ganzes Dutzend, wie er gesagt hatte.

Lenkas Tod – im Grunde begriff sie es immer noch nicht recht, und in diesem Haus seltsamerweise noch weniger. Die Tante war einundsechzig gewesen, aber was sagte das schon bei jemandem, der die Gesundheit selber war. Einmal vor Jahren, während einer Grippeepidemie, als Camillas ganze Familie erkrankt war, einschließlich der Ewers und der gerufenen Krankenschwester, war Tante Lenka als Einzige gesund geblieben, hatte allein den Haushalt weitergeführt, die Kranken gepflegt, gut gelaunt und unermüdlich von früh bis spät auf den Beinen. Herzversagen, hatte der Arzt auf dem Totenschein vermerkt, aber weitere Fragen hatte er mit einem Heben der Hände und einem Achselzucken beantwortet, bis er schließlich zugab, dass auch er vor einem Rätsel stand. Lenka hatte immer den Wunsch gehabt, an der Seite ihres Mannes begraben zu werden; sie hatte deshalb damals gleich ein Doppelgrab gekauft auf neunundneunzig Jahre –, und wie sich bei ihrem Tod herausstellte, existierten auch genaue Anweisungen für ihre eigene Beerdigung und die Beschriftung des Grabsteins. Camilla hatte nur noch die notwendigen Formalitäten erledigen müssen, die Überführung von Warnemünde nach Berlin, die Wahl des Sargs, die Todesanzeigen und das Arrangement für den Leichenschmaus.

Wenn sie rückblickend daran dachte, hatte sie das Gefühl, dass all dies nichts mit Lenka zu tun hatte. Es war ein heißer Tag gewesen, mit einem wolkenlosen Himmel und einem trockenen Ostwind. Die Familie hatte vor dem Friedhof die Automobile verlassen müssen, denn wegen Ausbesserungsarbeiten an der Kanalisation war die Straße in ganzer Breite aufgerissen. Längs der Friedhofsmauer war es besonders windig gewesen; und sie sah die Mutter und die Schwestern immer noch vor sich auf dem schmalen Gehsteig im Kampf mit den Hüten und Schleiern, die ihnen der Wind vom Kopf zu reißen drohte; die Männer, die ihre Zylinder mit den Krücken der Stöcke festhielten, und die Lackschuhe, die grau vom Staub waren, und die Kinder, denen weder die Hitze noch der Wind etwas ausmachten und die vollauf damit beschäftigt waren, sich nach der langen Zeit, die sie einander nicht gesehen hatten, alles zu erzählen, was sie erlebt hatten.

Die Familie war bei dieser Gelegenheit seit vielen Jahren zum ersten Mal wieder geschlossen beisammen. Alle hatten sich eingefunden zu dem Essen im Blauen Salon des Bristol, ihre Mutter und der Vater freilich weit auseinander platziert, die Schwestern mit ihren Männern und Kindern. Die Gespräche hatten sich um die Erbschaft gedreht, um das Testament, dessen Inhalt zu diesem Zeitpunkt noch nicht bekannt war. Man diskutierte über den Wert des Hauses in Warnemünde, stellte Vermutungen über die Wertpapiere der Tante an und ging bereits daran, den Schmuck unter sich aufzuteilen, das Porzellan, die Pelze. Alice wollte unbedingt das China-Geschirr haben, und Maxi überwand ihre Hemmungen und erinnerte daran, dass die Tante ihr die Zobelgarnitur versprochen hätte. Weit mehr allerdings hatten sich alle für Carl Senger interessiert, Camillas Mann, den die meisten Familienmitglieder bisher nur dem Namen nach kannten und durch die Gerüchte über seinen Reichtum, die in der Familie die Runde machten, und so war eigentlich er die Hauptperson gewesen ...

Aus der Ferne kam der lang gezogene Ton einer Schiffssirene und mahnte Camilla daran, wo sie war. Sie lauschte, hoffte auf die Kinder, auf Frau Kleinhans, die sie zum Einkaufen weggeschickt hatte, aber im Haus blieb alles still. Sie konnte lange hier warten, nie mehr würde Lenka zur Haustür hereinkommen, die Schuhe abklopfen, im Sommer vom Sand, im Winter vom Schnee. Sie würde nie mehr am Fenster sitzen und die Karten auflegen, nie mehr mit einer ungeduldigen Bewegung ein Blatt, das nicht aufging, zusammenschieben.

Camilla gab sich den Befehl, endlich etwas zu tun. Sie warf die alten Kalenderblätter in den Papierkorb und schloss die beiden Schubfächer auf. Das Testament war in Berlin von dem Notar, bei dem es hinterlegt war, eröffnet worden; und es hatte bei der Mutter und den Schwestern ziemliche Entrüstung ausgelöst, als sich herausstellte, dass Camilla das Haus erben würde, der Vater den größten Teil der Wertpapiere, den übrigen Familienmitgliedern aber nur Erinnerungsstücke zugedacht waren. Es gab darüber eine Liste, drei Seiten lang, und wie das Testament war sie bereits vor Jahren gemacht. Camilla zog die erste Schublade auf und fand sie mit kleinen Schachteln angefüllt; sie lagen dort, neben- und übereinander, in verschiedenen Größen, alle mit rotem Ripsband verschnürt und mit roter Tinte beschriftet. Die Päckchen mussten schon lange Zeit hier liegen, denn die Tinte war verblasst.

Camilla nahm eines der Päckchen. *Für Emmi* stand darauf, und in der rechten oberen Ecke eine Nummer; sie verglich mit der Testamentsliste und fand dort den Vermerk: Karneolring für Emmi. Wann hatte die Tante diese Dinge verpackt? Vor wie viel Jahren? Camilla öffnete die zweite Schublade, und es bot sich dasselbe Bild: Päckchen, rote Ripsbänder, rote verblasste Schriftzüge. Wer machte so etwas? Jemand, der fortwährend ans Sterben dachte?

Sie stand vor einem Rätsel. Die Tante war sehr wichtig gewesen in ihrem Leben, ihr großes Vorbild. Hatte sie nicht einmal gesagt, dass sie selber so werden wollte wie die Tante? Sie hatte Lenka nicht als Tote gesehen, und sie hatte abgelehnt, als man ihr anbot, den Sarg noch einmal zu öffnen. An allen Menschen, die sie kannte, waren die Jahre deutlich abzulesen. Der Vater war gealtert, trotz allem; seine Bewegungen waren vorsichtiger geworden, seine Sehkraft schwächer. Die Schwestern hatten sich verändert, und vor allem die Mutter hatte sie jedes Mal von neuem erschreckt in ihrer rosaroten, kurzatmigen Unförmigkeit. Auch sie selber war älter geworden. Die einzige, an der die Zeit spurlos vorüberzugehen schien, war Lenka gewesen. Sie war sich immer gleich geblieben, nicht jung, nicht alt.

So viele Fragen, aber wo sollte sie die Antwort finden? Sie räumte die Päckchen aus den Schüben, in der Hoffnung, vielleicht doch noch auf etwas zu stoßen, das ihr weiterhalf, und tatsächlich fand sie am Boden der einen Schublade ein schmales blaues Heft. Sie öffnete es und erkannte die Handschrift der Tante, noch kleiner und engzeiliger als sonst. Es war klar, dass es sich um Tagebuchnotizen handelte, sehr weit zurückliegende, die schon seit vielen Jahren nicht mehr weitergeführt worden waren, denn der größere Teil des Hefts war leer.

Camilla blätterte darin, aber etwas hielt sie zurück, wirklich zu lesen, bis sie zu der Seite kam, auf der die Eintragungen endeten; sie brachen mitten in einem Satz ab, so wie Lenkas Leben aufgehört hatte:

Im Leben gibt es keine Gerechtigkeit.

Das waren die letzten Worte in der Mitte der halb leeren Seite, kein Punkt dahinter, kein Komma. Camilla starrte auf diesen Satz, auf diese bitteren Worte. Im Leben gibt es keine Gerechtigkeit – damit hatte Lenka ihr Leben abgeschlossen, irgendwann vor vielen Jahren. Camilla erhob sich so rasch, dass der Stuhl umstürzte. Der laute Krach war fast eine Wohltat in der Stille, die sie umgab. Als sie den Stuhl wieder aufhob, fiel ihr Blick auf den Spiegel an der Wand. Sie trat näher, betrachtete sich darin und suchte aufmerksam nach Zeichen, die ihr sagten, dass sie nicht mehr siebzehn war, sondern dreißig. Manchmal während der letzten Jahre hatte sie sich vor dem Älterwerden gefürchtet, aber nun empfand sie ein Gefühl der Beruhigung und Erleichterung, als sie mit dem Finger die feinen Linien in den Augenwinkeln nachfuhr. Älterwerden war etwas Natürliches. Ein Gesicht ohne Alter – hieß das nicht, dass ein Mensch nicht wirklich lebte?

Draußen im Garten klang plötzlich lautes Geschrei auf, Weinen, und dann die Stimme von Frau Kleinhans. Ein Blick auf die Uhr sagte Camilla, dass sie fast eine Stunde untätig an dem Sekretär verbracht hatte.

Sie hatte es plötzlich eilig, alles hinter sich zu bringen, und sie dachte auch an die anderen Räume, an die Kommoden und Schränke voller Dinge, die aussortiert und verschenkt werden mussten. Sie räumte beide Schubfächer des Sekretärs aus und legte die Päckchen zum Verschicken bereit. Nur das Heft nahm sie an sich, entschlossen, es ungelesen zu verbrennen.

Die Jungen waren bereits wieder auf dem Weg zurück zum Strand, und sie fand nur Frau Kleinhans in der Küche, beschäftigt mit dem Auspacken der großen Einkaufstasche. Es roch nach Jod, und auf dem Küchentisch lag Verbandszeug.

»Was hat es gegeben?«

»Nicht weiter schlimm. Konrad hat sich an einer Muschel geschnitten. Das wird noch ein paarmal passieren am Anfang. Stadtkinder sind nicht gewöhnt, barfuß zu laufen. Wenn sie erst mal zwei Wochen hier sind ... Sie bleiben doch hier, den Sommer über?«

»Die Kinder auf jeden Fall. Ich weiß noch nicht, wie ich es mache. Vielleicht kommt Frau Ewers – oder meine ältere Schwester.«

»Aber das Haus gehört doch Ihnen. Sie hat es doch Ihnen vermacht. Sie behalten es doch? Und wegen der Kinder, da könnte ich mich drum kümmern. Ich könnte hier ins Haus ziehen, solange sie da sind, da würde es ihnen an nichts fehlen. Auskommen würden wir schon, glaube ich. Sie folgen mir aufs Wort, und es hat ihnen immer geschmeckt, was ich koche. Sie sind ja wieder so gewachsen in dem einen Jahr. Daran sieht man, wie die Zeit vergeht. Wissen Sie noch, wie wir so alt waren? Ich weiß noch, wie Sie das erste Mal kamen! Wissen Sie es noch? Die Möweneier, die wir gesucht haben?« Camilla sah Frau Kleinhans an. War es das dunkle einfache Baumwollkleid und die strenge unkleidsame Frisur, was sie so viel älter machte? Auf jeden Fall hatte Camilla schon all die Jahre nicht mehr das Gefühl gehabt, eine Frau vor sich zu haben, die etwa gleichaltrig mit ihr war.

»Ein Jahr, und noch eines, die Zeit rast«, sagte Frau Kleinhans, während sie fortfuhr, die Sachen in den Vorratsschrank zu räumen. »Wer hätte das mit Ihrer Tante gedacht. Am Morgen noch hat der Apotheker sie abgeholt zum Konzert.« Sie senkte die Stimme. »Man sagt, Witte habe allen Ernstes um ihre Hand angehalten – und wissen Sie was, ich glaube, da war was dran. Witte verehrte Ihre Tante, das merkte doch jeder; wie oft er kam, und nie ohne Blumen oder sonst ein Geschenk. Aber sie wollte wohl nicht mehr. Ganz in Weiß war sie an dem Sonntagmorgen gewesen, so elegant, da wäre niemand auf die Idee gekommen, dass sie das Kleid selber genäht hatte.«

»Die Kleider hat sie Ihnen hinterlassen. Etwas Geld für Ihren Mann, und für Sie alle Kleider, die Sie haben wollen. Ich glaube, es passt Ihnen alles.«

»Sie meinen, ihre Kleider? Ich habe nie jemand gesehen, der so nähen konnte. Wenn sie einen Stoff zuschnitt, wie das ging; ohne Schnittmuster, nur mit Stecknadeln und Schneiderkreide markierte sie. Und der Geschmack, den sie hatte! Wenn ich nur so was gekonnt hätte! Sie hätte jederzeit ein Atelier aufmachen können überall, in jeder Stadt. Und mit Witte, glauben Sie mir, das war Ernst von seiner Seite. Er war nicht der einzige Bewerber. Sie hätte oft wieder heiraten können ... verzeihen Sie, ich wollte ja gar nicht wieder davon anfangen. Sie hat mir also die Kleider vermacht?«

»Ja. Suchen Sie sich heraus, was Ihnen gefällt.«

»Und Sie behalten das Haus auch wirklich?« Ihre Stimme hatte plötzlich einen ängstlichen Unterton. »Sie verkaufen es doch nicht?«

»Bestimmt nicht.«

»Wir kümmern uns schon darum, wenn es leer steht, mein Mann und ich. Und auf die Kinder pass ich gern auf. Machen Sie mit Ihrem Mann Ferien?«

»Ja.«

»Ich hab eine Bitte, wenn es nicht unbescheiden ist.« Sie errötete und brachte die Worte kaum heraus. »Ich habe mir das immer gewünscht – einmal nur, aber Ihre Tante ... Ich hab mich einfach nicht getraut, sie zu fragen.«

»Was ist es denn?«

»Das neue Bad, wissen Sie. Sie werden mich auslachen. Immer, wenn ich es geputzt habe, also, sie hat immer gesagt, was putzen Sie nur so lange in dem Bad herum ... Also, das neue Bad mit der eingebauten Wanne und den schönen Kacheln und den vielen Spiegeln – einmal, dachte ich mir, einmal möchte ich zu gern darin baden, abends am liebsten, wenn die schönen Lampen brennen, und das Badesalz in der Kristallflasche möchte ich auch benützen ... Ist das schlimm, dass ich es gesagt habe?«

Camilla konnte die Frau nicht ansehen, und sie konnte auch nicht lachen; im Gegenteil, die Bitte der Frau, dieser einfache Wunsch, machte sie nachdenklich und traurig; eine Frau, die sich nicht mehr wünschte als das ...

»Natürlich können Sie das Bad benützen, jederzeit, solange Sie im Haus sind.«

»Wirklich? Oh, mein Gott, vielen Dank, und ich hab es mich nicht zu sagen getraut, einmal dort zu baden ... und mir ganz viel Zeit zu lassen. Aber jetzt muss ich mich um das Essen kümmern. Die Seeluft macht hungrig. Ich werde sie schon versorgen, die Kinder, sie haben immer feste gegessen, was ich gekocht habe. Es gibt ganz was Einfaches, Blutwurst durcheinander, und hinterher heißen Reisbrei. In einer guten halben Stunde bin ich so weit.«

Camilla hatte plötzlich das Verlangen nach Sonne und Luft. Sie trat vor das Haus. Es war ein heißer Tag geworden, dabei fast windstill; der Himmel war ein einziges Leuchten, sodass man nicht erkennen konnte, wo das Meer begann. Die Stimmen vom Strand klangen gedämpft, wie durch einen Schleier.

Während sie unter der Haustür stand und durch den Garten blickte, gingen ihre Gedanken zurück zu dem Tag, an dem dieser Fremde zum ersten Mal hier aufgetaucht war, mit dem weißen Strohhut in der Hand, der Mann, den sie nicht ins Haus lassen wollte. Und dann der Abend dort unten am Strand bei der Rettungsstation, wie sie nebeneinander auf dem Boot saßen, das kieloben im Sand lag ... Der Druck, der sich in den letzten Stunden auf sie gelegt hatte, begann sich zu lösen. Sie wechselte die Schuhe und verließ den Garten.

Sie lief schon eine ganze Weile den Strand entlang, vom Ort weg, durch die leuchtende von Sonne erfüllte Landschaft. Ihre Füße versanken im warmen trockenen Sand, und ihr wurde heiß. Am Nachmittag, wenn es abkühlte, würde sie das Rad nehmen und wie in alten Zeiten zu ihrem Platz fahren, eine oder zwei Stunden allein dort verbringen, ihre Gedanken ordnen; aber gleichzeitig empfand sie bereits Ungeduld, am Abend wieder nach Neustrelitz zurückzukommen; noch nie war ihr die Trennung von ihrem Mann so schwer gefallen, schon der halbe Tag schien ihr eine Ewigkeit zu sein. Sie machte sich auf den Rückweg. Die Akazien entlang der Seepromenade waren größer geworden und der Bewuchs der Gärten dichter, sodass man von manchen Häusern nur noch die Dächer sah. Sie ging am Saum des Wassers entlang; träge und fast ohne Geräusch rollten die Wellen heran, brachten keine Kühlung mit; dahinter dehnte sich das Meer, spiegelglatt und regungslos. Der ganze Tag schien stillzustehen.

Die Kinder waren nicht mehr am Strand gegenüber dem Haus. Überhaupt, das ganze Ufer war menschenleer; die Sandburgen und Strandkörbe standen verwaist, und im Sand lagen ein paar vergessene Bälle. Nur weiter in der Ferne, auf den Leuchtturm zu, bei den Verkaufsbuden, drängten sich Menschen.

Frau Kleinhans kam ihr am Gartentor entgegen. »Es ist alles fertig. Die Kinder warten nur noch auf Sie. Gut gezogen sind sie, das muss man sagen, sie haben sich sogar freiwillig die Hände gewaschen. Ich geh jetzt, mein Mann wird bald nach Hause kommen. Das ist einmal ein Tag! Kein Lüftchen.«

In der Stille klang eine Fahrradklingel auf. Sie blickten beide die Straße hinunter; der Radfahrer war noch ziemlich weit entfernt, aber an der Uniform und der Mütze mit dem roten Schild sofort als Postbote kenntlich.

»Es scheint, er will zu Ihnen«, sagte Camilla.

»Zu mir?« Zwischen ihren dichten dunklen Augenbrauen bildete sich eine tiefe steile Falte. »Wir bekommen ein paar Karten zu Weihnachten, das ist alles.«

Der Briefträger hatte vor dem Nebenhaus angehalten. Er lehnte das Rad gegen das Gatter, nahm die Mütze ab und wischte sich mit einem Taschentuch den Schweiß von der Stirn.

»Scheint wirklich zu mir zu wollen. Da bin ich ja neugierig.« Aber aus ihrer Stimme klang eher ein Erschrecken, und die Eile, mit der sie jetzt zu ihrem Haus lief, war mehr ein Ausdruck von Ängstlichkeit.

Camilla blieb am Gartentor stehen, festgehalten von einem seltsamen Gefühl der Kraftlosigkeit.

Der Postbote hatte einen Brief aus dem schwarzen Lederfutteral gezogen, das vorne an seinem Rad angebracht war. Frau Kleinhans schüttelte den Kopf, als er ihr den Brief hinhielt. Der Mann sagte etwas und drückte ihr dann gegen ihr Widerstreben den Brief in die Hand, während sie immer noch abwehrend den Kopf schüttelte. Das nächste geschah fast gleichzeitig: Der Postbote, der sich auf sein Rad schwang, die Frau, die den Brief aufriss, und der Schrei. Der gellende Schrei der Frau zerriss die Stille wie eine Explosion. Dann erst wurden einzelne Worte verständlich: »Nein! Nein! Nein! Niemals geb ich ihn her. Nein!«

Camilla wollte hinüberlaufen, aber sie blieb wie gelähmt stehen. Erst als der Schrei nicht aufhörte, raffte sie sich auf und ging zu Frau Kleinhans. Der Postbote radelte fluchtartig davon. Frau Kleinhans stand dort, weiß im Gesicht, das Kuvert in den Händen.

»Was ist denn, um Gottes willen?«

Frau Kleinhans starrte Camilla an, als wäre sie eine Fremde, feindselig fast, und dann schrie sie wieder: »Niemals geb ich ihn her! Niemals! Niemand kann mir meinen Mann nehmen. Nein! Nein! Nein!« Es war eine wilde, fremde Stimme und eine fremde Frau ... Alles, was an diesem Tag noch geschah – die ersten genaueren Nachrichten über die Mobilmachung, die Extrablätter, die den Verkäufern aus den Händen gerissen wurden, die Anschläge, um die sich die Menschen drängten, und selbst das, was Camilla am Tag darauf erlebte, bei der Rückfahrt nach Neustrelitz, in dem überfüllten Zug –, es bedeutete alles nichts im Vergleich zu dem Schrei der Frau.

Noch Jahre danach blieb das der lebendigste von den vielen Eindrücken, die mit dem Ausbruch des Krieges zusammenhingen. Nicht die überstürzte Rückkehr nach Neustrelitz, nicht die vielen Fragen der Jungen, auf die sie keine Antwort wusste, nicht das ernste Gesicht ihres Mannes, der sie vom Bahnhof abholte, nicht die Schlangen der Freiwilligen, die sich vor den Meldestellen drängten, nicht die Kapelle, die am Hauptplatz von Neustrelitz Märsche spielte – der erste Tag des Krieges, das war für sie der Schrei der Frau. Und noch etwas: Die neuen Koffer, die der Größe nach gestapelt im Schlafzimmer standen, in grauen Schonbezügen mit dem schwarz eingestickten Monogramm C. S., bereit für die Reisc, die sie nun nicht mehr antreten würden ...

VIERTER TEIL

1 Es war, als ob der Zug in den Sog eines starken Magnetfelds geraten sei, seitdem er sich im Bannkreis Berlins befand; er fuhr jetzt doppelt so schnell, hielt nirgends mehr an: Eine Station huschte vorbei, ein Backsteingebäude, ein Schild, dessen Beschriftung nicht zu erkennen war, und dann waren sie wieder eingehüllt in dichtes Schneetreiben.

Der Zug hatte Verspätung, und er würde kaum noch viel aufholen. Daran war man gewöhnt; Fahrpläne existierten in diesem vierten Kriegswinter nur noch auf dem Papier, und über Verspätungen verlor niemand mehr ein Wort.

Sie waren von Neustrelitz bereits zwanzig Minuten zu spät abgefahren, weil sie einen Truppentransport vorlassen mussten, und vielleicht spielte auch das Wetter eine Rolle. Am Morgen, in Neustrelitz, hatte nichts auf Schnee hingedeutet; der Himmel war ausgefegt gewesen, frostklar, aber dann, auf halbem Weg, waren sie in eine tintenblaue Wetterwand hineingefahren, und seit einer Stunde herrschte Schneetreiben.

Wieder tauchte schemenhaft eine Station auf, ein paar vermummte Gestalten auf einem offenen Bahnsteig. Camilla rückte etwas vom Fenster ab, durch dessen Fugen es hereinzog, steckte die Hände tiefer in den Muff und sah ihren Vater an, der ihr gegenübersaß. »Wir haben es bald geschafft. Das muss eigentlich schon Bahnhof Gesundbrunnen gewesen sein.«

Der Vater antwortete nicht. Das Abteil erster Klasse war überfüllt, die Gepäcknetze hochbeladen, und was dort nicht Platz gefunden hatte, stand am Boden zwischen den Beinen der

Reisenden; auch daran war sie gewöhnt von ihren Fahrten nach Berlin, denn Mecklenburg war immer noch eine gute Gegend zum Hamstern, und wer es sich irgendwie leisten konnte, fuhr erste Klasse, weil dort die Kontrollen aus unerfindlichen Gründen oberflächlicher gehandhabt wurden, was allerdings nicht mehr viel nützte, seitdem die Kontrollen auf den Berliner Bahnhöfen immer schärfer wurden. Man sah auch dem Abteil die Kriegsjahre an; die rote Samtpolsterung war durchgewetzt, der Bodenläufer an den Rändern eingerissen, und an den Fenstern waren die Gurte abgeschnitten, sodass man nicht einmal mehr lüften konnte. Auch den Reisenden sah man den Krieg an, nicht nur an den verhärmten, abgemagerten Gesichtern, sondern auch an den abgetragenen Stoffen der Mäntel, den geflickten Schuhen, den Fäustlingen, die aus Wollresten gestrickt waren, und den Kopftüchern der Frauen. Camilla war sich bewusst, dass sie in ihrem Mantel aus Zobel und ihr Vater in dem Gehpelz mit dem Biberkragen wie Fremdkörper wirkten, und sie wurden immer wieder mit Blicken bedacht, die ihnen das deutlich zu verstehen gaben.

Hofmann lockerte den Schal, öffnete den Mantel und holte seine Taschenuhr heraus. Die stumme Ablehnung im Abteil verstärkte sich angesichts der Uhrkette aus massivem Gold, dass er so etwas noch besaß, mochte noch angehen, dass er aber wagte, es so öffentlich herzuzeigen, trotz der jüngsten Aufrufe, alles Gold abzuliefern, erregte doch äußerste Missbilligung.

Hofmann überhörte die gemurmelten Bemerkungen; bedächtig ließ er den Deckel der Uhr aufspringen. Er hielt das Zifferblatt weit von sich, aber Camilla wusste, dass er auch so nichts sah – es war einfach seine Eitelkeit, die ihn diese Fiktion aufrechterhalten ließ, und so fragte er denn auch nicht nach der Zeit, sondern meinte mit einem Kopfschütteln »Ich weiß nicht, geht meine Uhr richtig oder nicht. Wie spät hast du es?«

Sie schob den Ärmel ihres Pelzmantels zurück.

»Gleich elf.« Sie waren um acht Uhr in Neustrelitz abgefahren, hatten also eine volle Stunde Verspätung.

»Gerade die richtige Zeit für ein zweites Frühstück im Palmengarten. Ist das nicht ein guter Gedanke? Was hältst du davon? Ein Stück Prager Schinken, frisch aus dem Ofen.«

Er meinte das Büfett im Kaufhaus Wertheim, bei der Fontäne, wo sie sich früher manchmal verabredet hatten, aber es gab dort seit langem keinen Prager Schinken mehr, und er wusste das; auch das war eine seiner Fiktionen, an denen er hartnackig festhielt; aber für Camilla war alles, was sich vor 1914 abgespielt hatte, eine weit zurückliegende Vergangenheit.

»Wir werden sofort in die Klinik fahren.«

Der Vater schloss die Uhr und steckte sie ebenso umständlich zurück, wie er sie herausgeholt hatte.

»Muss das sein? Kann ich nicht wenigstens eine Nacht mit ins Hotel kommen? Jetzt im Januar müsste das Puppentheater geöffnet sein, wir könnten uns eine Vorstellung ansehn, heute Abend. Was macht das denn schon aus, ein Tag früher oder später?«

Sie ließ sich gar nicht erst auf eine Diskussion ein. Lange genug war es ihm gelungen, seinen wahren Zustand vor ihnen allen, sogar vor Doktor Oesterreicher, zu verheimlichen, bis er vor zwei Wochen direkt in ein Automobil gelaufen war. Zum Glück war er mit ein paar Hautabschürfungen und Prellungen davongekommen. Danach erst hatte er eingestanden, dass er schon seit geraumer Zeit alles wie durch einen dichten Schleier wahrnahm, Dinge und Menschen nur noch als Umrisse erkennen konnte. Die Diagnose eines Spezialisten hatte auf grauen Star gelautet – und dass nur eine sofortige Operation beider Augen seine Sehkraft wiederherstellen konnte. »Gut, gut«, meinte er, »lassen wir das. Aber das eine sage ich dir, ich lasse mir nicht alles gefallen. Schwestern können einem furchtbar auf die Nerven gehen. Es sind doch Ordensschwestern? Und wenn sie meinen, dass sie mich bekehren können ... Ich weiß, sie versuchen immer, einen zu bekehren, wenn man hilflos ist.«

Camilla zog es vor zu schweigen. Der Zug verminderte seine

Geschwindigkeit nach und nach, als er jetzt das Vorfeld des Bahnhofs erreichte; ein Netz von Schienen und Weichen zog sich durch den Schnee, und aus dem wirbelnden Weiß blinkten rote und grüne Signallichter auf.

Früher, vor dem Krieg, als sie selten nach Berlin kam, hatte sie diesem Augenblick des Einlaufens in die Station immer entgegengefiebert; doch jetzt, wo sie so oft nach Berlin musste, bedeutete es nur den Beginn eines langen Tages, der vollgepackt war mit unangenehmen Dingen: Bittgänge von Behörde zu Behörde, um Genehmigungen einzuholen; Verhandlungen im Kriegsbeschaffungsamt; Termine beim Zoll, um Rohstofflieferungen aus dem Ausland freizubekommen.

Der Zug ruckte ein paar Mal und kam dann mit kreischenden Bremsen und pfeifenden Ventilen zum Stehen. Hofmann war einer der Ersten, der sich von seinem Sitz erhob. Als ginge es darum, keine Minute zu verlieren, griff er hinauf zum Gepäcknetz, erwischte unter den vielen Stücken tatsächlich seinen Koffer, schwang ihn über die Köpfe der anderen Reisenden und stellte ihn auf seinen Sitz. Mit wachsender Ungeduld verfolgte er die Bemühungen eines Mannes, die vereiste Tür zu öffnen; und als sie dann endlich mit einem Knall aufsprang, drängte er sich energisch vor, das heißt, er schob Camilla vor sich her, denn so vernünftig war er doch, ihr den Vortritt zu lassen, damit sie ihm beim Aussteigen über das verschneite Trittbrett helfen konnte. Aber dann auf dem Bahnsteig übernahm er sofort wieder die Initiative. »Träger!«, rief er laut. »Gibt es hier keine Träger!«

Menschen drehten sich nach ihm um, eilten dann weiter, und Camilla nahm die beiden Koffer.

»Wir können von Glück sagen, wenn wir eine Droschke bekommen. Jetzt komm, bleib hinter mir.«

»Was sind das für Zeiten.« Er folgte ihr, zornig mit dem Stock aufstoßend. »Kein Träger, keine Droschke. Gib mir meinen Koffer. Ich möchte ihn selber tragen. Ich bin kein Invalide.« Er ließ es sich nicht nehmen, seinen Koffer selber zu tragen; er hatte ihn auch allein gepackt und das Anerbieten von Frau Ewers, ihm dabei behilflich zu sein, zurückgewiesen.

Vor den Sperren standen Tische, an denen Beamte das Gepäck der Reisenden kontrollierten, und es hatten sich dort bereits lange Schlangen gebildet. Es ging langsam vorwärts; die Beamten machten es gründlich. Sie hatten schließlich nur noch eine Frau vor sich, in einem alten Herrenmantel, der notdürftig für sie umgeändert war, und schwarzen Ohrenklappen über einer Krimmerkappe. Kartoffeln kollerten plötzlich über den Tisch, fielen zu Boden. Camilla bückte sich, um der Frau beim Aufsammeln zu helfen, aber sie erntete dafür nur einen misstrauischen Blick der Frau.

Auch das hatte sich geändert; früher, in der ersten Zeit, hatte man die Kontrollen gelassen hingenommen, ja man hatte Witze gerissen über die lästige Prozedur, und die Beamten hatten sogar mitgelacht. Ein Gefühl der Zusammengehörigkeit hatte alle erfüllt, aber davon war jetzt nichts mehr zu spüren, nur noch Gleichgültigkeit, Kälte und Feindseligkeit bestimmten die Atmosphäre.

Die Frau hatte ihre Tasche genommen und ging davon. Camilla wollte ihren Koffer auf den Tisch heben, als der Beamte sie ansah, und dann ihren Vater.

»Sie gehören zusammen?«

»Ja. Das ist mein Vater.«

»Sie können passieren.« Sein Nicken war schon fast eine Verbeugung.

»Nun, macht mal Platz für die junge Dame hier.«

Aber sie blieben eingekeilt zwischen den Menschen, die sich durch die Sperre drängten und gar nicht daran dachten, jemand vorzulassen. Als sie endlich in die weite Halle hinaustraten, in der die Menschen sich rasch verliefen, schmunzelte Fritz Hofmann vor sich hin: »Wenn der gewusst hätte, was ich in meinem Koffer habe! Aber so ist das, Kleider machen noch immer Leute.«

»Das hätte genauso gut schief gehen können.«

»Ein paar Stück Seife wird man wohl noch dabeihaben dürfen! Wer weiß, wie das Essen in der Klinik ist; gegen Seife kannst du alles haben.«

Sie wollte etwas Heftiges erwidern, da hörte sie, dass jemand ihren Namen rief. Sie blickte sich suchend um; ihr Gesicht wurde noch um einen Schatten ernster, als sie Dr. Kautsky erkannte, aber dann dachte sie: Sicher hat er eine Droschke.

Dr. Kautsky war der Anwalt der Firma, und sie hatte gewisse Reserven ihm gegenüber; er war ihr etwas zu glatt und etwas zu gerissen, aber das hatte natürlich auch sein Gutes, vor allem in einer Zeit wie dieser, wo man sich sein Recht eigentlich nur noch auf Umwegen verschaffen konnte. Er kam heran, klein, das linke Bein leicht nachziehend, die Folgen einer Kinderlähmung; der relativ junge Mann war dadurch vom Militärdienst befreit.

»Wie du nur mit einem solchen Mann auskommen kannst«, flüsterte Hofmann.

»Er ist tüchtig, nur darauf kommt es an, nicht, dass er mir sympathisch ist. Also, leg dich nicht gleich wieder mit ihm an wie letzthin, bitte.«

Dr. Kautsky nahm kurz den Hut ab, sodass sein dunkles, stark gekräuseltes Haar sichtbar wurde. Einen Augenblick schien er zu überlegen, ob er eine Bemerkung über das Wetter und die Verspätung des Zuges machen sollte, aber dann kam er wie immer direkt zur Sache.

»Sie haben den Termin der Verhandlung vorverlegt. Ich habe es selbst erst vor einer Stunde erfahren und konnte Sie in Neustrelitz nicht mehr erreichen.«

»Wann ist der neue Termin?«

»Um zwei Uhr im Kriegsbeschaffungsamt, zweiter Stock, Saal IV. Ich war nicht sicher, ob Sie sich noch vor Mittag bei mir melden, deshalb bin ich hergekommen. Es gibt da noch einiges zu besprechen.«

»Haben Sie eine Droschke?«

»Ja. Kann ich Sie ins Hotel bringen?« Er deutete auf die Koffer. »Ist das Ihr ganzes Gepäck?«

»Macht Ihnen ein kleiner Umweg etwas aus? Wir könnten während der Fahrt reden.«

»Nicht das Geringste. Wo soll ich Sie hinbringen?«

»In die Wallbaum-Klinik. Sie liegt ziemlich am Weg; wenn Sie Monbijou-Platz fahren, zeige ich Ihnen, wo wir abbiegen müssen.«

»Ich werde dem Fahrer Bescheid sagen.«

Dr. Kautsky nahm Camilla den Koffer ab und ging voraus. Als sie aus der Halle ins Freie traten, hatte das Schneetreiben aufgehört, und Camilla bedauerte es fast, denn das hätte den tristen Anblick, den der Bahnhofsplatz bot, vielleicht etwas gemildert: Die Menschenschlangen vor den Geschäften jenseits des Platzes, oft zwei, drei Häuserfronten lang; die verrosteten Karren der Schneeräumkolonne, die sich aus Frauen und Halbwüchsigen rekrutierte; die Litfasssäulen, die nicht mehr mit bunten Reklameplakaten beklebt waren, sondern nur noch mit öffentlichen Bekanntmachungen, im Moment war es die Ausschreibung der fünften Kriegsanleihe.

Die Ankunft in Berlin, früher ein Fest, war jetzt immer ein Schock für Camilla; jedes Mal wurde der schrittweise Verfall der Stadt sichtbarer. Manchmal schien es ihr, als gäbe es die Stadt, die sie so liebte, nicht mehr – ihr Berlin ... Sie hatten damals, 1914, das Haus in Steglitz von der Bank gekauft, noch im August, zu einem besonders günstigen Preis. Als im Mai 1915 Italien zum Feind überging und die Italienische Botschaft in Berlin ihre Zelte abbrach, war es plötzlich leer gestanden, aber sie hatten sich nicht entschließen können einzuziehen und hatten die Übersiedlung für die Dauer des Kriegs aufgeschoben. Eine sehr weise Entscheidung, wie sich inzwischen gezeigt hatte, denn in Neustrelitz war es mit allem besser, angefangen bei den Arbeitskräften bis hin zu den Lebensmitteln. Das unbewohnte Haus war dann beschlagnahmt und in ein Lazarett umgewandelt worden ...

Sie hatten in der Droschke Platz genommen, und Camilla hätte am liebsten die Rollos heruntergezogen, um sich weitere deprimierende Bilder zu ersparen. Ihr Vater hatte den Anwalt in eine Unterhaltung verwickelt, die sich um die neuen Kriegsanleihen drehte.

»Sie als der Anwalt meiner Tochter sollten ihr eigentlich dringend abraten, weiter zu zeichnen.«

»Wir haben schon die letzte nicht mehr gezeichnet.«

»Dann sollten Sie die alten verkaufen. Alles abstoßen, was Sie haben. Dass man unser Friedensangebot abgelehnt hat – man kann sich an den fünf Fingern ausrechnen, was das bedeutet, wenn Amerika wirklich in den Krieg eintritt! Sachwerte, die können überdauern. Nur gut, dass ihr das Haus gekauft habt, damals.«

Dr. Kautsky ergriff die Gelegenheit, Hofmanns Redeschwall zu unterbrechen. Er sah Camilla an, die ihm gegenübersaß. »Das wollte ich Ihnen auch noch sagen, es gibt da Ärger mit dem Haus.«

»Wieso? Haben sie die Mieterhöhung nicht akzeptiert?«

»Nein, nicht damit. Die haben sie anstandslos geschluckt, schließlich steigen alle Preise. Nein, es geht um die Kanalisation. Die alte reicht nicht mehr aus für die Belegung des Hauses, hundert Patienten; sie haben auf eigene Faust angefangen, neue Rohre zu legen, und der Gärtner, Willeke, protestiert dagegen und rennt mir das Büro ein; er behauptet, der ganze Garten würde verschandelt. Ich hatte bisher keine Zeit hinauszufahren und es mir anzuschaun.

Irgendwie scheint mir die Beschwerde berechtigt, und ich weiß, der Boden dort draußen ist schwierig, das Wasser versickert nicht ...«

»Ich werde mich darum kümmern.«

»Tut mir Leid, dass ich immer nur Unangenehmes habe.«

»Ich wollte ohnehin mal hinausfahren.«

»Wirklich, ich könnte sonst einen Sachverständigen ...«

»Ich will es mir erst mal selber ansehn. Und was ist nun mit der Verhandlung? Warum überhaupt dieser neue Termin?«

»Ich glaube, die Sache steht schlecht. Es ist besser, Sie sehn dem ins Auge.«

Die Anzeige war vier Wochen alt und aufgrund einer anonymen Denunziation erhoben worden: Die Firma hatte das Hotel Bristol mit Seife und Waschmitteln beliefert, die der allgemeinen Rationierung unterlagen, allerdings in einer besseren Qualität, wie sie nur für die Truppe hergestellt werden durfte. Gewinndenken hatte dabei nicht den Ausschlag gegeben, sondern eine alte Verbundenheit, denn das Bristol war eines der ersten großen Berliner Hotels gewesen, das zu ihren Stammkunden zählte. Natürlich hatte Camilla gewisse Vorteile davon: Es stand jederzeit ein Zimmer zu ihrer Verfügung, und wenn sie dort Gäste zum Essen ausführte, kamen Dinge auf den Tisch, die man sonst nur noch dem Namen nach kannte.

»Ich habe so den Eindruck, man will ein Exempel statuieren«, nahm Dr. Kautsky wieder das Wort. »Die Stimmung unter der Bevölkerung ist schlecht, und man denkt sich, ein drastisches Urteil, das wird die Gemüter für eine Weile beruhigen. Ich rate Ihnen dringend zu einem Vergleich.«

»Wie ist das möglich, wenn sie ein Exempel statuieren wollen.«

»Ein Vergleich ist immer möglich.«

»Und wie sähe der aus?«

Dr. Kautsky war nicht sicher, wie sie seinen Vorschlag aufnehmen würde. Früher hatte er ausschließlich mit Carl Senger zu tun gehabt; Camilla hatte er erst zu Beginn des Krieges kennen gelernt, als feststand, dass ihr Mann keine Aussicht mehr hatte, zurückgestellt zu werden, und sie die Geschäfte für die Dauer des Krieges allein weiterführen musste. Ihre erste Verabredung war ihm noch gegenwärtig. Weibliche Klienten, das bedeutete nach seinen Erfahrungen meistens einen Rattenschwanz von Ärger, und so war er ihr ziemlich voreingenommen gegenübergetreten. Doch schon ihr Äußeres hatte ihn überrascht, und mehr noch ihr klarer Verstand und ihre Fähigkeit, ihn zu benützen. Er hatte in seiner Praxis einige ähnliche Fälle, aber keine der anderen Frauen war mit der neuen Situation so gut zurechtgekommen wie diese Camilla Senger.

Und sie hatte nicht nur die Geschäfte weitergeführt, sie hatte das Unternehmen sogar noch ausgeweitet, mit Heereslieferungen, mit Ersatzprodukten für den Inlandsmarkt. Das war allerdings nur möglich gewesen durch fortgesetzte und oft haarscharf am Rand der Legalität sich bewegende Transaktionen, vor allem bei der Rohstoffbeschaffung. Mit einer verblüffenden Findigkeit hatte sie sich durch den Dschungel von Bestimmungen und Paragrafen bewegt, und er hatte mehr als einmal erlebt, wie auch die unangenehmsten Typen in den Ämtern sich plötzlich in ganz manierliche Menschen verwandelten, wenn sie dieser Frau gegenübersaßen. Diesmal jedoch lag der Fall anders.

»Eine heikle Sache. Ich hatte mit einer Geldstrafe gerechnet, und ich hätte gesagt: Zahlen Sie anstandslos. Aber sie haben das entsprechende Gesetz verschärft. Auf dieser Art Schwarzhandel steht nunmehr Gefängnis, und wie ich schon sagte, es sieht so aus, als hätte man die Absicht, den Fall dem Gericht zu übergeben.«

»Hör mal, wovon redet ihr eigentlich«, mischte sich Hofmann ein. Camilla legte die Hand auf den Arm des Vaters, und es war fast eine Geste, wie man ein quengelndes Kind beruhigt.

»Was schlagen Sie also vor?«

»Ich hatte Gelegenheit, mit dem Vorsitzenden zu sprechen, privat. Ich weiß, dass bei ihm ... eine gewisse Bereitschaft besteht, die Sache niederzuschlagen. Einmal spielen persönliche Beziehungen zum Besitzer des Bristol eine Rolle, und dann, nun ja, verspricht er sich von Ihrer Seite eine angemessene Honorierung.«

Sie fing den forschenden Blick des Anwalts auf und reagierte darauf mit einem unvermittelten Lächeln. »Also pure Bestechung.«

»Ich würde das Wort nicht verwenden. Und wenn Sie meinen, er verlange Geld, unterschätzen Sie ihn. Er hat einen Bruder. Er möchte, dass Sie ihm einen Posten in der Fabrik anbieten mit einem gut dotierten Zehnjahresvertrag. Nebenbei, er ist Chemiker und durchaus qualifiziert.«

Sie senkte den Kopf, sodass der Rand der Zobelkappe ihre Augen überschattete. »Und Sie schlagen mir vor, darauf einzugehn?«

»Ich halte diesen Weg, die Sache aus der Welt zu schaffen, auf jeden Fall für überlegenswert – unter den gegebenen Umständen.«

»Wie ist sein Name?«

»Blessing. Wir könnten zusammen essen.«

Sie ließ sich Zeit mit der Antwort. Sie blickte hinaus, um sich zu orientieren, wo sie waren, sah rechts das Schloss Monbijou auftauchen und erklärte Dr. Kautsky, wo der Fahrer abbiegen sollte. Dann sagte sie: »Ich denke, ich nehme das Risiko auf mich und gehe in die Verhandlung. Wenn er Geld verlangt hätte, wäre ich darauf eingegangen. Aber jemanden gezwungenermaßen in die Firma hereinnehmen, einen Fremden – niemals.«

Der Anwalt kannte sie gut genug, um zu wissen, dass jeder Versuch, sie doch noch umzustimmen, erfolglos sein würde.

»Sehen wir uns dort?«

»Lassen Sie mich allein gehn – unter den gegebenen Umständen. Aber vielleicht erwarten Sie mich danach.« Sie lächelte. »Falls wir doch in die Revision gehen müssen.«

»Gegenüber ist ein Café, das Otéro, da werde ich Sie erwarten.« Eine Weile herrschte Schweigen, dann fragte Dr. Kautsky: »Wie lange werden Sie in Berlin bleiben?«

»Ein paar Tage schon. Das hängt vom Verlauf der Operation ab. Jetzt die nächste Querstraße links, dann sind wir da. Ich weiß die Nummer nicht, aber es ist nicht zu übersehen.«

Hofmann, der es nur mit Mühe ertragen hatte, so lange nicht im Mittelpunkt zu stehen, beugte sich vor.

»Ich hoffe nur, dieser Professor Klier ist wirklich so gut, wie das Honorar gesalzen, das er verlangt. Kennen Sie ihn?«

Dr. Kautsky war ein vorsichtiger Mann in derlei Auskünften.

»Ich könnte Ihnen sagen, wer ein guter Anwalt in Berlin ist, aber Ärzte ...«

»Hüten Sie sich vor Ärzten. Sie sind noch schlimmer als die

Anwälte. Allesamt Halsabschneider. Operieren, bis ihnen das Skalpell aus der Hand fällt. Wie alt, hast du gesagt, ist dieser Professor Klier, Camilla?«

»Da ist es, jetzt sind wir schon vorbei ...«

Als die Droschke hielt, wollte Camilla als Erste aussteigen, aber der Anwalt war schneller, bat sie zu warten, spannte einen Schirm auf – es hatte wieder zu schneien begonnen – und streckte ihr dann die Hand entgegen und half ihr beim Aussteigen.

Sie dankte ihm, fast verwirrt, so ungewohnt waren dergleichen Aufmerksamkeiten ihr bereits geworden.

Die Klinik lag zurückgesetzt in einem Garten, eine Villa im gotischen Stil mit einem modernen Anbau. Sie schellte an dem eisernen Tor, während Dr. Kautsky den Koffer ihres Vaters aus der Droschke holte.

»Soll ich Ihr Gepäck mit ins Hotel nehmen? Sie steigen doch im Bristol ab. Ich komme sowieso daran vorbei.«

»Das wäre nett. Und halten Sie sich nicht mehr auf. Da kommt schon jemand.«

Ein Hausdiener mit einem großen schwarzen Schirm tauchte auf, und Hofmann machte einen letzten Versuch. »Können wir es nicht wenigstens einen Tag aufschieben? Einen Tag im Hotel könntest du mir doch gönnen!«

Der Hausdiener griff nach dem Koffer, nahm Hofmann unter den Schirm und ging mit ihm voraus. Der Eingang lag im alten Haus, und in der Halle, die sie nun betraten, roch es mehr nach Kirche als nach Krankenhaus. Die bunten Glasfenster schufen ein gedämpftes Licht; in einer Wandnische stand eine Muttergottesstatue, und davor brannte das Ewige Licht.

»Du bist sicher, dass wir hier richtig sind?« Hofmann, der die Einzelheiten kaum erkennen konnte, zog die Luft geräuschvoll durch die Nase ein. »Sag mal, ist das Weihrauch?«

Eine Frau in einem Ordensgewand erschien, ein helles, blankes Gesicht, wie ausgeschnitten vom Rand der dunklen eng anliegenden Haube. Sie nickte Camilla zu und wandte sich dann an Hofmann: »Da ist ja unser Patient. Sie haben etwas gegen Krankenhäuser, hab ich von Ihrer Tochter gehört.«

»Ich war nie in meinem Leben in einem Krankenhaus«, sagte Hofmann störrisch.

»Nun, wie in einem Krankenhaus sieht es hier doch wirklich nicht aus, oder? Man wird Sie jetzt auf Ihr Zimmer bringen. Ich bin sicher, wir werden uns wunderbar vertragen.«

»Kann ich das Zimmer auch sehen?«, fragte Camilla.

»Selbstverständlich, wir wollen nur erst die Formalitäten erledigen.« Sie winkte eine zweite Schwester heran, die Hofmann beim Arm nahm und ihn wegführte.

»Es ist immer besser, man lässt sie zuerst allein«, sagte die Schwester, als der Lift sich hinter den beiden geschlossen hatte.

»Ich verstehe jetzt, was Sie meinten, dass Ihr Vater schwierig sei. Aber machen Sie sich keine Sorgen. Schwester Regina versteht es mit alten Herren.« Sie deutete auf eine Tür, und wie schon beim ersten Besuch fiel Camilla die Nüchternheit des Raumes auf, der einfache Schreibtisch, das Telefon darauf, die Stahlschränke an der Wand.

»Nehmen Sie doch Platz.«

»Ich kann die Anzahlung sicher mit Scheck begleichen?«

»Aber natürlich.«

»Sind fünfhundert genug?«

»Für die Aufenthaltskosten in jedem Fall. Sie können allerdings auch eine Anzahlung auf die Operationskosten leisten. Professor Klier sieht das nicht ungern.«

Camilla schrieb einen Scheck aus, dann einen zweiten; erst als sie die beiden über den Tisch reichte, kamen die Hände der Schwester aus den weiten Ärmeln der Ordenstracht, schmale, gepflegte Hände, mit sehr kurz geschnittenen Nägeln.

»Ich schreibe Ihnen eine Quittung.« Sie griff zu dem bunt markierten Federhalter, tauchte ihn in das Tintenfass und trocknete die Schrift schließlich mit einer Löschwiege.

»So. Die Personalien haben wir ja schon das letzte Mal aufgenommen. Sonst noch etwas, ich meine, irgendwelche Eigenheiten Ihres Vaters, die wir vielleicht wissen sollten, Sonderwünsche ...«

»Sie haben es ja gehört, er war noch nie in einem Krankenhaus. Sie werden es nicht leicht haben mit ihm.«

»Wie ist sein Schlaf? Braucht er Mittel?«

»Er nimmt nie etwas.«

»Und wie ist es mit dem Essen? Muss er eine bestimmte Diät einhalten?«

»Machen Sie sich darauf gefasst, dass er sich genau das wünscht, von dem er sicher ist, dass Sie es nicht haben.«

»Ich verstehe. Nun, wir werden uns bemühen.«

»Steht schon fest, wann er operiert wird?«

Die Schwester warf einen Blick auf die Tabulatur mit den vielen eingesteckten Zetteln, die neben ihrem Schreibtisch hing. »Er ist morgen Früh der Erste. Er kommt gleich um sieben Uhr dran.«

»Und die zweite Operation?«

»Das hängt davon ab, wie der Heilungsprozess beim ersten Auge abläuft. Im Normalfall vier bis fünf Tage später. Wenn Nachblutungen eintreten, verzögert sich das Ganze etwas. Aber machen Sie sich keine Sorgen. Er ist bei Professor Klier in den besten Händen. Besuche, wenn ich das jetzt gleich sagen darf, in den ersten Tagen so wenig wie möglich.«

Camilla dachte an ihre Mutter, an Alice, an Lou – da erübrigten sich Ermahnungen in dieser Richtung; wahrscheinlich würden sie nicht ein einziges Mal den Weg hierher finden. Wie immer würde alles an ihr hängen bleiben, und einen Augenblick wünschte sie fast, sie selber könnte sich hier in eines der Krankenzimmer legen. Sich pflegen und bedienen lassen, einfach untertauchen, für niemanden erreichbar – und eine Ewigkeit schlafen ...

»Nein, es werden keine anderen Besucher kommen.«

»Sie sind die einzige Tochter?«

Camilla nickte. Was sollte sie lange Erklärungen abgeben. »Ihr Mann ist im Krieg?«

»Ja.« Sie begegnete dem Blick der Schwester, und etwas darin gab ihr den Mut, eine Frage zu stellen, die sie schon lange mit sich herumtrug. Als sie versucht hatte, mit Doktor Oesterreicher darüber zu sprechen, hatte sie schon nach der ersten Andeutung eine unmissverständliche Absage erhalten.

»Was für ein Mann ist Professor Klier?«

»Wie meinen Sie das?«

»Es geht um meinen ältesten Sohn. Er wird bald sechzehn, macht in diesem Jahr sein Einjähriges. Er hat bereits seinen Aufruf zur Musterung erhalten, und ich ...«, sie stockte, hatte Angst, die falschen Worte zu benützen und damit von vornherein alles zu verderben. »Ich werde jetzt zu meinem Vater gehn.«

»Hat Ihr Sohn Augenbeschwerden?« Die Schwester hatte sie sehr wohl verstanden und versuchte ihr eine Brücke zu bauen.

Sie brauchte nur ja zu sagen, aber sie brachte es nicht fertig. Warum musste man lügen, wenn es um etwas so Natürliches ging wie den Wunsch, dass ein sechzehnjähriger Junge nicht Soldat werden musste ... »Welches Zimmer, sagten Sie, hat mein Vater?«

Die Schwester erhob sich hinter dem Schreibtisch. »Ich kann nicht sagen, wie der Professor reagieren würde«, sagte sie. »Eigentlich müsste er Verständnis dafür haben. Er hat zwei Söhne im Krieg verloren. Versuchen können Sie es, aber versprechen kann ich Ihnen nichts, wirklich. Dieser Krieg ... Manchmal denke ich, draußen ist es nicht so schlimm wie hier. Dort weiß man, wer Feind und wer Freund ist, aber hier weiß man es nicht mehr ... Ihr Vater liegt im ersten Stock, Zimmer 34, zum Garten hin.«

Während Camilla die ruhigen Gänge entlangging, überkam sie wieder der Wunsch nach Schlaf. Sie begegnete niemandem; in einem Heizkörper klopfte es, und vor den Fenstern fiel dichter Schnee. Als sie das Zimmer des Vaters betrat, sah sie als Erstes den unausgepackten Koffer. Der Vater stand in dem Erker, immer noch im Mantel. Er wandte sich sofort um, kniff die Augen zusammen, um zu erkennen, wer eingetreten war.

»Du bist noch im Mantel?«

»Ich bleibe nicht hier. Das soll ein Zimmer erster Klasse sein? Hast du gesehen, der Speisenaufzug ist genau gegenüber meiner Tür. Und dieser impertinente Ton der Schwester, als ich mir die Bemerkung erlaubte, es sei hier überheizt.«

»Dann zieh deinen Mantel aus.«

»Schau, Camilla. Bist du sicher, dass diese Operation notwendig ist, ich meine, dass eine Operation das Richtige ist?«

»Du hast den grauen Star. Wie willst du ihn anders kurieren? Du hast schon viel zu lange damit gewartet.«

»Ich habe von einem Mann gehört, im Harz; der soll auch ohne Operation Erfolge haben, die ans Wunderbare grenzen. Ich meine, ein Versuch könnte nicht schaden.«

»Wir haben das hundert Mal diskutiert.«

»Und diese Tapete in diesem Zimmer. Ich werde verrückt, wenn ich denke, ich muss sie eine Woche lang anstarren.«

Der Raum hatte überhaupt keine Tapete, sondern nur einen blassgrünen Anstrich; Camilla war nahe daran, die Geduld zu verlieren, aber sie schwieg und begann den Koffer des Vaters auszupacken. Er ließ es geschehen, ließ sich auch schließlich aus dem Mantel helfen. »Ich muss dich jetzt allein lassen«, sagte Camilla dann. »Ich werde heute Abend noch einmal vorbeikommen. Möchtest du sonst jemand sehen?«

»Wenn du dafür sorgen würdest, dass jemand kommt, um mich zu rasieren.«

»Das werden sie hier im Haus bestimmt für dich regeln. Ich meinte, jemand von der Familie? Lou oder Alice?«

»Bitte nicht.«

»Sie haben beide Telefon, du kannst sie jederzeit anrufen.«

»Ich versteh dich nicht – sie kommen alle nur, wenn sie etwas von dir wollen. Deine Mutter, Lou, Alice, Maxi. Haben sie jemals etwas für dich getan? Nichts, aber auch gar nichts.«

»Das verstehst du nicht.«

»Aber ich sehe es! Selbst Maxi, von der ich immer dachte, sie wäre nicht ganz so schlimm wie die andern. Was tut sie, seitdem sie in Neustrelitz wohnt? Dich ausnützen!«

»Sie hat den Mann verloren, und sie hat ihr Zuhause verloren durch den Krieg, und sie stand mit den Kindern da ohne ein Dach über dem Kopf. Und ich hatte Platz genug. Schließlich ist sie meine Schwester.«

Noch im August 1914 hatte Maxi mit ihrer Familie vor der heranrückenden russischen Armee von ihrem Gut Pillkallen in Ostpreußen fliehen müssen, und im selben Monat war auch noch ihr Mann Otto von Donath gefallen, bei Allenstein. Im Jahr darauf hatte Lou ihren Mann verloren, im April 1915, in der zweiten Schlacht von Ypern.

»Ist das ein Grund, dass sie sich benimmt, als wäre sie die Herrin im Haus, die Hände in den Schoß legt, sich bedienen lässt, deine Kleiderschränke ausräumt und herumlamentiert, dass du nicht genug für ihre Kinder tust. Und das Haus in Warnemünde hat sie auch mit Beschlag belegt, als gehöre es ihr. Ich sehe nur, wie sie sich alle an dich hängen. Lass mich mit der Familie in Ruhe.«

»Eine Familie muss zusammenhalten, und in Zeiten wie jetzt muss eben derjenige helfen, der helfen kann, und das bin nun einmal ich. Wenn man auch noch in der eigenen Familie zu rechnen anfängt und alles auf die Goldwaage legt ... Nein! Ich bin ein Familienmensch. Es hat mir sehr weh getan damals, als alles auseinander brach. Wen hat man denn sonst auf der Welt als die paar Menschen, die zu einem gehören. Du solltest froh sein, dass ich so bin. Schließlich verdankst du dein schönes Leben mir. Tut mir Leid, dass ich das einmal sagen musste. Also, mach es mir nicht noch schwerer, bitte.«

Er senkte den Kopf.

»Bleib in Berlin«, sagte er, »mach dir ein paar schöne Tage, kauf dir etwas Hübsches, geh ins Theater oder in ein Konzert, vergiss einmal alles ...«

Sie war ans Fenster getreten und blickte in den Garten mit

seinen alten Bäumen, die in dem dichten Schneetreiben nur schemenhaft wahrzunehmen waren. Seine Klagen und sein Egoismus, damit wurde sie besser fertig, als wenn er sie daran erinnerte, was sie alles versäumte. Sie dachte nicht an Kleider dabei, nicht an Abende im Theater – ihr ganzes Leben versäumte sie, und nicht erst seit dem Krieg war das so, auch die Jahre davor ... Es waren Gedanken, denen sie sonst wenig Raum gab, die sie vor sich wegschloss. Trotzdem existierten sie, genauso wie das Dutzend neuer Koffer auf dem Speicher in Neustrelitz, die sie damals gekauft hatten für die große Reise und die dann nie gepackt worden waren.

Sie drehte sich um. Er hätte es nicht sehen können, wenn sie Tränen in den Augen gehabt hätte, aber das Band zwischen ihnen war so stark, dass er spürte, wie ihr zu Mute war.

»Machst du dir Sorgen wegen der Verhandlung? Musst du das wirklich selber ausfechten? Wozu hast du einen Anwalt?«

Seine Bemühung, sich in ihre Lage zu versetzen und einmal einen Augenblick lang nicht an sich zu denken, war geradezu rührend. »Es wird schon gut ausgehn.«

»Und du kommst bestimmt vorbei?«

»Ganz bestimmt.«

Er begleitete sie zur Tür. »Vielleicht sprichst du doch noch mit dem Professor. Ich meine, diese Ärzte brauchen das Gefühl, dass man ihnen auf die Finger schaut.«

»Ich werde es versuchen.«

»Am Schluss operiert so ein Kerl gar nicht selber, steckt nur das Geld ein und lässt einen Assistenten ran.«

Sie sah ihn an: Nein, er würde sich nie ändern, er würde immer derselbe bleiben; aber in diesem Augenblick war das fast ein tröstlicher Gedanke, in einer Welt, in der alles auf dem Kopf zu stehen schien.

2

»Wollen Sie noch etwas?« Die Bedienung räumte den kleinen Marmortisch leer und nahm die Zeitungen an sich.

»Irgendetwas, vielleicht einen Kaffee.« Dr. Kautsky saß am Fenster; er hatte die halbhoch angebrachten Gardinen zur Seite geschoben und blickte hinaus auf den Platz vor dem Finanzministerium und der Singakademie.

»Kaffee würde ich Ihnen nicht empfehlen. Vielleicht ein Tee? Es ist allerdings nur deutscher ...«

»Bringen Sie irgendetwas, und ich möchte dann gleich bezahlen.« Das Otéro war fast leer um diese Stunde; erst etwas später, nach Büroschluss, würden einige Beamte kommen, um die Abendzeitungen zu lesen. Ein kümmerlicher, nadelnder Weihnachtsbaum stand in einer Ecke. Es schneite nicht mehr, und Dr. Kautsky beobachtete das breite Portal der Singakademie, in dem das Kriegsbeschaffungsamt untergebracht war. Er hatte seinen Mantel anbehalten, denn es war kaum geheizt in dem Café, außerdem wollte er auf dem Sprung sein, und er erhob sich jetzt sofort, als er die Frau in dem langen Pelzmantel und der Kappe aus dem Gebäude treten sah. Ein Schwarm Tauben flog über den Platz und ließ sich im Relief des Giebels nieder. Es begann bereits dunkel zu werden.

Dr. Kautsky eilte ihr über den Platz entgegen, zögerte dann aber, direkt zu fragen. Die Sitzung hatte fast zwei Stunden gedauert, und er hätte nicht zu sagen gewusst, ob das ein gutes oder ob das ein schlechtes Zeichen war. Er deutete zum Café Otéro.

»Sie bekommen dort nichts, nur deutschen Tee, was immer das ist, und warm ist es auch nicht. Soll ich Sie ins Hotel bringen?«

Sie war dankbar, dass er keine Fragen stellte, aber natürlich erwartete er einen Bericht von ihr. »Ich würde gern ein Stück zu Fuß gehn.«

»Ich will nicht in Sie dringen, aber – wie war es?«

»Gut.« Sie waren in Richtung Kupfergraben gegangen, und vor ihnen tauchte nun der Wasserarm auf.

»Wollen Sie damit sagen, Sie hatten Erfolg?«

»Ja ... das Verfahren ist eingestellt.«

»Wie ist das möglich?«

»Sie hatten etwas übersehen, das mir zum Glück einfiel. Es gibt ein Ausnahmegesetz, danach darf Seife der Kategorie A weiterhin an Truppenoffiziere geliefert werden.«

»Aber Sie haben an das Bristol geliefert.«

»Das zu neunzig Prozent von Offizieren belegt ist. Das Hotel hat die Ware ausschließlich an sie weitergeleitet, zumindest war das Gegenteil nicht zu beweisen. Ich muss sagen, die Beisitzer hatte ich von Anfang an auf meiner Seite. Diesmal waren Sie es, der zu schwarz gesehen hat.«

»Offen gesagt, ich hielt es für ein Ding der Unmöglichkeit, da herauszukommen.«

Sie hätte erleichtert sein müssen, zufrieden mit dem Erreichten, aber sie fühlte sich nur erschöpft. Sie sah immer noch den Sitzungssaal vor sich, einen zweckentfremdeten Übungsraum: Der abgedeckte Flügel in einer Ecke, die Schabracken aus grauem Filz, die bis zur halben Höhe der Fenster reichten, um die Kälte abzuhalten; die tief hängenden Lampen über dem Tisch, an dem die Mitglieder der Kommission saßen; die Wassergläser, nach denen manchmal eine Hand griff. Sie konnte sich an keines der Gesichter erinnern, nur an Stimmen, vor allem an Blessings abgehackte Sprechweise, immer ungeduldiger und gereizter im Lauf der Verhandlung.

»Ich gratuliere Ihnen.«

Sie fühlte seine Hand auf ihrer Schulter, nicht eine Geste plötzlicher Vertrautheit, sondern ein Ausdruck männlich kollegialer Anerkennung. Aber das schmeichelte ihr nicht, sondern tat ihr weh. Was sie in diesem Augenblick gebraucht hätte, war das Bewusstsein, dass man ihr einfach als Frau Bewunderung zollte, und nicht dem, was sie getan oder geleistet hatte.

Dr. Kautsky, der das positive Ergebnis der Verhandlung immer noch nicht fassen konnte, sagte: »Kein Mann hätte es besser machen können.«

Es war das Falscheste, was er ihr hatte sagen können, aber vielleicht half es ihr gerade deshalb. Sie lachte. »Mein Vater sagt auch immer, es wäre nicht auszudenken, wenn ich auch noch Jura studiert hätte! Jedenfalls vielen Dank, dass Sie auf mich gewartet haben.«

»Sie wollen wirklich laufen?«

»Ja. Das wird mir gut tun.« Ohne Ziel zu laufen, ohne nach der Zeit zu fragen, das war alles, was sie sich im Augenblick wünschte. Und nachdem Dr. Kautsky sich von ihr verabschiedet hatte, ging sie den Kupfergraben entlang, am Zeughaus vorbei. Das Wasser war während der starken Nachtfröste der letzten Tage zugefroren, und sie sah den Kindern zu, die eine Bahn vom Schnee frei fegten, um Schlittschuh laufen zu können. Aber ihre Gedanken konnten sich nicht lösen von dem Punkt, den Dr. Kautsky angerührt hatte.

Ihr Leben selber in die Hand zu nehmen, das war nach dem Konkurs des Vaters und dem Auseinanderbrechen der Familie ihr großes Ziel geworden. Es war ihr gelungen; sie hatte gelernt, sich zu behaupten, sich durchzusetzen, aber sie hatte dabei Fähigkeiten entwickeln müssen, die sie verändert hatten, sodass sie manchmal vor sich selber erschrak. Wenn sie an die Mutter und die Schwestern dachte, wusste sie, dass sie den richtigen Weg eingeschlagen hatte. In Stunden wie dieser jedoch schien ihr der Preis, den sie dafür gezahlt hatte, fast zu hoch, und sie fragte sich, ob sie jemals wieder so wie früher sein könnte.

Spaziergänger begegneten ihr, ein Mann musterte sie aufmerksam, blieb nach einigen Schritten stehen, drehte sich nach ihr um. An nichts denken! Diese eine Stunde Pause von allem machen – auch von den Wünschen.

Wünsche – auch dieses Wort bedeutete etwas ganz anderes als früher. Die einzigen Wünsche, die sie noch hatte, bestanden darin, dass der nächste Tag nichts Schlimmes bringen sollte. Es war fast dunkel, als sie den Platz am Zeughaus erreichte, von wo aus man den Blick hinüber zu der Straße Unter den Linden hatte. Sie wandte sich dorthin. Nur jede dritte Laterne brannte; und viele der Läden, die sonst um diese frühe Abendstunde das größte Geschäft gemacht hatten, waren bereits geschlossen. Die Auslagen waren nur schwach beleuchtet, und die dürftige Dekoration zeugte von dem Mangel, der an allem herrschte. Ein Herrenschneider, bekannt für seine englischen Stoffe, hatte lediglich einen Uniformrock ausgestellt; das Fenster eines Porzellangeschäfts enthielt nur eine Reihe von Steingutvasen und Wandtellern mit der Aufschrift *Gott strafe England.* Und der Uhrmacher, bei dem ihr Vater seit vielen Jahren Kunde war, hatte nur ein blaues Samtkissen mit Orden im Fenster. Sie hörte den Schlag einer Kirchenuhr, viermal hell und sechsmal dunkel; es konnte nur die Hedwigskirche sein. Bis zum Bristol war es nicht mehr weit. Seit zwölf Stunden war sie jetzt ununterbrochen auf den Beinen, und der Gedanke, endlich aus den Kleidern zu kommen und ein Bad zu nehmen, war sehr verlockend, aber auf die eine Stunde für einen Besuch bei der Mutter kam es jetzt auch nicht mehr an. Der Vater mochte Recht haben, wenn er die Mutter und die Schwestern eigennützig nannte, aber Camilla sah nur, dass der Kontakt durch den Krieg wieder enger und trotz mancher Vorbehalte, die wohl nie auszuräumen waren, herzlicher geworden war. Vor allem mit der Mutter traf sie sich fast jedes Mal, wenn sie in Berlin zu tun hatte. Sie machten zusammen Einkäufe, verabredeten sich zum Essen, und wenn die Zeit zu knapp war, telefonierten sie wenigstens; in das Haus bei der Hedwigskirche, in dem die Mutter wohnte, kam sie allerdings ziemlich selten.

Es war eines jener typischen Stadthäuser des Adels, die den Hof wie Satelliten umkreisten, in diesem Fall das Palais der Kaiserin Friedrich und das des Kronprinzen am Opernplatz. Nur wenige Fenster waren an diesem Abend erleuchtet, und auch die steile Treppe hinauf zum Hochparterre lag im Halbdunkel niedriggeschraubter Gaslichter. Von den Marmorstufen waren die roten Läufer verschwunden, und aus den Wandnischen hatte man die großen China-Vasen entfernt.

Sie klingelte im ersten Stock an der Tür mit den matten Glasscheiben, in die Blumengirlanden geritzt waren. Es verging eine lange Zeit, bis sich innen etwas rührte, und dann öffnete nicht wie früher ein Dienstmädchen, sondern Frau von Schack selber. Sie schien über Camillas Besuch so überrascht, dass sie kein Wort der Begrüßung fand und Camilla auch nicht hereinbat.

»Ist meine Mutter denn nicht da?«

»O doch«, sagte Frau von Schack. »Natürlich ist sie da, nur ... Ach, kommen Sie doch herein.« Die Freundin der Mutter war eine kleine, zierliche Person mit weißgepudertem Haar. Sie standen in dem Vorraum mit dem riesigen Spiegel und der Garderobe, an der viele Mäntel hingen.

»Sie haben Besuch?«, fragte Camilla. »Ich störe doch nicht?«

»Nur ein paar Damen vom Roten Kreuz.« Frau von Schack hatte die klare überdeutliche Sprechweise einer Lehrerin und auch den Blick, dem nichts entging. Sie musterte Camilla und zog sie dann zu der Blumenetagere, auf der allerdings nur ein verdorrter Asparagus und ein kümmerliches Alpenveilchen standen. »Da Sie schon einmal da sind – kann ich mit Ihnen ein Wort über Ihre Mutter sprechen?«

»Aber ja, natürlich, was ist denn?« Camilla hatte ihre Vermutungen, denn aus gelegentlichen Bemerkungen der Mutter hatte sie entnommen, dass diese Wohngemeinschaft der beiden Frauen auf Kosten der gutmütigeren Frau von Schack ging, aber was nun kam, überraschte sie doch. »Es ist wegen dieser Heiratsvermittlung.«

»Wegen was?«

»Oh, vielleicht können Sie ihr ins Gewissen reden. Sie wissen, man ist bei Hof sehr liberal, aber es gibt gewisse Grenzen – und gewerbsmäßige Heiratsvermittlung, das gehört nun einmal zu den Dingen, die man nicht duldet. Würde das bekannt, ich müsste unverzüglich meinen Abschied nehmen, nach vierzig Jahren bei Hof, Entlassung und Abschied. Ich flehe sie immer schon an, es sein zu lassen, aber sie dehnt es noch aus, denkt daran zu inserieren, unter *dieser* Adresse. Dabei geht es sowieso schon zu wie in einem Taubenschlag, ein fortwährendes Kommen und Gehen; jetzt gerade ist wieder ein Herr bei ihr. Vielleicht können Sie mit ihr sprechen. Kommen Sie, wollen Sie nicht ablegen?«

Camilla hängte ihren Mantel zu den anderen, behielt aber die Kappe auf. Frau von Schack ging voraus, in den Salon. An dem vierundzwanzigarmigen Kronleuchter brannte nur ein Teil der Birnen, und darunter saßen in einem Kreis acht Damen und zupften in dem trüben Licht Scharpie. Sie hoben nur kurz die Köpfe und wandten sich dann wieder ihrer Arbeit zu: Sie hatten die Leinwand- und Baumwollstoffe vor sich auf dem Schoß, und die ausgezupften Fäden zur Weiterverarbeitung als Verbandszeug lagen in kleinen weißen Häufchen vor ihnen auf dem Boden.

Frau von Schack deutete auf eine Schiebetür: »Ich weiß nicht, wollen Sie gleich zu ihr? Unter Umständen bleibt so ein Besuch lange.« Wieder hoben die Damen die Köpfe, in einer gleichförmigen, fast wie einstudierten Bewegung, und Frau von Schack sah Camilla so beschwörend an, dass sie gar nicht anders konnte, als zu nicken.

Der Raum hinter der Schiebetür war größer als der Salon und erfüllt von strahlender Helligkeit. Emmi Hofmann thronte in ihrer ganzen Fülle hinter einem verschnörkelten Schreibtisch mit feuervergoldeten Beschlägen, und ihr gegenüber saß ein Herr; er war im Mantel, Hut und Stock hielt er auf den übereinander geschlagenen Beinen. Offensichtlich war er ohnehin im Begriff gewesen zu gehen, denn er erhob sich nun, verabschiedete sich von Emmi Hofmann; auf dem Weg zur Tür – einer zweiten, die auf den Flur führte – blieb er stehen und blickte voller Interesse Camilla an, schien auch eine Bemerkung machen zu wollen, aber Emmi Hofmann kam ihm zuvor. Sie lachte laut heraus, ein Lachen, das ihren ganzen schweren Leib erschütterte, und sagte: »O nein, o nein, mein lieber Carow, die ist bereits vergeben! Wir bleiben schön bei unserer Abmachung. Was wollen Sie in Ihrem Alter mit so einer Jungen!« Sie wartete, bis die Tür sich hinter ihm geschlossen hatte, und sagte dann, jetzt wieder ernst, ja fast angeekelt: »Je älter sie werden, desto widerwärtiger sind sie!«

Emmi Hofmann lehnte sich in ihrem Sessel zurück, aber ihr Körper blieb auch in dieser Haltung eine unförmige Masse, dem kein Korsett mehr Kontur zu geben vermochte. Sie war immer korpulent gewesen, in den drei Kriegsjahren jedoch war sie, man konnte es nicht anders nennen, aus dem Leim gegangen. Camilla schien es sogar, als setzte die Mutter ihren Ehrgeiz darein zuzunehmen, während die meisten anderen Menschen abmagerten. Wenn sie zusammen im Bristol aßen, schlug sie sich auf jeden Fall voll, als würde sie die nächsten acht Tage keinen Bissen mehr bekommen: nicht eine Vorspeise, sondern zwei, und nach einem Menü mit mehreren Gängen und einem üppigen Dessert sofort Likör und ein Stück Torte; ihre Gespräche drehten sich mit Vorliebe ums Essen, und nach ihren Briefen, die regelmäßig in Neustrelitz eintrafen, hätte man meinen können, sie wäre schon seit Jahren nie mehr wirklich satt geworden. Was ihre Kleidung betraf, war sie mehr als nachlässig, wenn sie auch nach wie vor keinen anderen Stoff als reine Seide trug, mit der Begründung, von Wolle und Baumwolle Ausschlag zu bekommen. Auf ihr Gesicht und ihre Frisur allerdings verwandte sie die größte Sorgfalt, und so betrachtet, war sie immer noch eine bemerkenswert hübsche Frau, mit ihrem glatten rosigen Gesicht und den hellblond gefärbten Haaren, die sie zweimal in der Woche neu ondulieren ließ. Auf dem Schreibtisch vor ihr lag ein Bündel Banknoten, offensichtlich ein Honorar, das der Besucher ihr entrichtet hatte; Emmi Hofmann zog die Scheine hastig an sich, als sie Camillas Blick bemerkte, und ließ das Geld in einer Schublade verschwinden. Dann öffnete sie das Seitenfach, holte ein Glas und eine Flasche mit Danziger Goldwasser heraus und bediente sich. »Sag mal, warum machst du das, Mutter?« Camilla trat näher und entdeckte nun auch die zahlreichen Fotografien, die auf dem Schreibtisch lagen, Bilder von Heiratskandidatinnen.

»Mach' ich was?«

»Heiratsvermittlung! Das kann nicht dein Ernst sein.«

»Schneist hier herein und machst mir Vorwürfe – was ist das für eine Art. Erst mal, guten Abend. Seit wann bist du in Berlin?«

»Frau von Schack macht sich Sorgen. Sie hat mich ...«

»So, die liebe Schack macht sich Sorgen. Aber ihren Damen von meinem Kaffee anbieten, das kann sie. Scharpie zupfen! Sie kommen sich furchtbar patriotisch vor, aber das Zeug ist unhygienisch bis dorthinaus.«

»Sie hat Angst, sie könnte ihre Stellung bei Hof verlieren. Wirklich, warum tust du das? Du hast das doch nicht nötig. Du hast genug Geld, und wenn du was gebraucht hast, war ich immer da.«

»So, genug Geld! Das kannst auch nur du sagen! Du hast alles. Ihr, in Neustrelitz, sitzt im Vollen, aber wir hier in Berlin! Was weißt du schon davon, wie alles teurer wird, täglich. Willst du mir Vorwürfe machen, dass ich Geld verdienen muss? Geld verdienen muss, auf meine alten Tage, weil ich an so einen Nichtsnutz von Mann geraten bin und Töchter habe, die nur an sich selber denken. Weißt du, was heute ein Pfund Kaffee kostet?«

Klagen, Vorwürfe, Forderungen – wie hatte sie etwas anderes erwarten können. »Ich wollte nur vorbeischauen, weil ich in der Nähe war. Ich habe Vater in die Klinik bringen müssen.«

Eine Pause trat ein; die Mutter schien im Kampf mit sich, ob sie auf die Bemerkung Camillas eingehen sollte oder nicht.

»In die Klinik, sagst du? Dann muss es was Ernstes sein.«

»Er liegt in der Wallbaum-Klinik, bei Professor Klier. Seine Augen wurden immer schlechter, grauer Star. Professor Klier wird ihn operieren.«

»Ach so. Nichts weiter ...« Sie schien enttäuscht; das war ihre fixe Idee, und vielleicht hing damit sogar ihre unmäßige Esslust zusammen: Sie wollte ihren Mann unbedingt überleben. »Nun, er wird danach eine Brille tragen müssen, und das bei seiner Eitelkeit.«

»Ist das alles, was du zu sagen hast?«

»Was erwartest du von mir? Bei dem, was er mir angetan hat. Vergeben und vergessen ...« Sie schüttelte den Kopf »Ich kann das nicht. Und nicht einmal gestraft ist er worden dafür. Er führt das schönste Leben. Er hat alles. Du bringst ihn in die Klinik ... Als ich dich im Herbst gebeten habe, mich nach Bad Neuenahr zu bringen, wolltest du nicht, da hattest du nur Ausreden.«

»Weil du partout mit Wagen und Chauffeur fahren wolltest.«

»Na und? Habt ihr keinen Wagen? Habt ihr keinen Chauffeur?«

»Nicht dafür, nein. Ich fahre auch mit dem Zug nach Berlin.«

»Wer hat denn noch Benzin, nur ihr Fabrikanten. Euch wirft man doch alles nach. Hast du meinen Brief eigentlich nicht bekommen? Seit vierzehn Tagen warte ich ...«

»Tut mir Leid, aber Kakao und Schokolade sind seit Dezember beschlagnahmt. Da bin ich machtlos.«

Emmi Hofmann zog eine Pralinenschachtel hervor, nahm zwei Stück heraus und stellte sie zurück. »Das ist mein letzter Vorrat.« Sie kaute genüsslich, hob die Hände, um die Kämme, die ihre Frisur hielten, festzudrücken, und stand auf. Sie trat an eines der hohen Fenster, die zum Opernplatz hinaus lagen. »Was war das sonst für ein Monat«, sagte sie mit einem tiefen Seufzer, »der Januar! Was meinst du, ob er wenigstens zu seinem Geburtstag nach Berlin kommt?«

»Von was sprichst du?«

»Von was ich spreche! Mein Gott – in was für einer Zeit leben wir! In drei Tagen ist der 27 Januar Sein Geburtstag. Der Geburtstag unseres Kaisers. Aber davon wisst ihr nichts mehr. Was für ein Niedergang.« Sie stand dort, ernst, fast feierlich, so als zöge unten die große Geburtstagsparade vorbei, vom Brandenburger Tor her, Unter den Linden entlang zum Schloss. Sie löste die Halterung der gefütterten Seidenvorhänge und ließ sie vor das Fenster fallen. »Es gab Zeiten, da haben sie mir hundert Mark für einen Fensterplatz geboten.«

Camilla konnte nicht umhin zu sagen. »Und jetzt nimmst du fünfhundert von deinen Herren.«

»Stell dir das nicht so einfach vor. Für gewöhnlich zahlen sie gar nicht. Die Damen zahlen. Vergiss nicht, es gibt weit mehr Frauen als Männer, und der Überschuss nimmt täglich zu, durch all die Witwen ... Was ist eigentlich mit Maxi? Auch deswegen habe ich dir geschrieben. Hast du mit ihr gesprochen?

»Du kennst doch ihre Meinung zu dem Punkt, und daran hat sich nichts geändert. Sie will nicht heiraten. Nicht, solange Krieg ist.«

»Der Bewerber, den ich für sie hatte, dem kann der Krieg nicht mehr gefährlich werden, außer, dass er noch ein bisschen reicher wird.«

»Müssen denn alle heiraten bei dir? Kannst du dir nicht vorstellen, dass eine Frau wie Maxi sich noch etwas mehr vom Leben erwartet, als nur versorgt zu sein?«

»Mehr vom Leben, wenn ich das schon höre. Was kann sie mehr haben als einen Mann mit Geld. Ein Schuhfabrikant mit großen Heeresaufträgen, vielleicht etwas primitiv, kein Adliger, aber bei so viel Geld, was sagt das. Und bald dreiundsechzig, den wird sie spielend überleben.«

Alles konnte Camilla der Mutter nachsehen, die grundlosen Klagen, die ungerechten Vorwürfe, aber nicht, wenn sie zynisch wurde. In diesen Momenten gab es nichts Gemeinsames mehr zwischen ihnen, und die Mutter war für sie nichts anderes als eine dicke weiche Masse mit einem harten Herzen darin.

»Ich gehe besser.« Sie erhob sich »Ich weiß nicht, wie lange ich bleibe. Ich rufe dich an.« Ihr Blick fiel auf die Familienfotografien, die auf dem Flügel standen, da waren alle versammelt, die Töchter, die Schwiegersöhne, die Enkel, nur das Bild ihres Vaters fehlte.

»Wirst du Lou sehen?«

»Möglich. Man wird sehen. Ich sagte schon, ich weiß nicht, wie lange ich bleibe.«

Sie wollte allein sein. Die Tür des Hotelzimmers hinter sich zuziehen, den Schlüssel umdrehen, niemand sehen, niemand sprechen. Sie würde in der Zentrale Bescheid sagen, dass man keine Anrufe auf ihr Zimmer durchstellte.

»Auch Lou macht mir Sorgen! Die Nächte durchbummeln und die Tage verschlafen, und jede Woche einen anderen Galan. Vertut die besten Jahre ihres Lebens mit Zufallsbekanntschaften. Jetzt ist es ein Fliegeroffizier, und stell dir vor ...«

»Bitte! Verschone mich damit ...«

»Du hast eben Glück gehabt im Leben!« Es war ein Satz, der immer wiederkehrte; je nach der Laune der Mutter drückte er Bewunderung aus oder Neid oder, wie jetzt, eine feindselige Anklage. Aber dann lenkte sie wieder ein. »Warte noch einen Augenblick. Ich hätte dir ein gutes Geschäft vorzuschlagen. Ich verlange auch gar nichts dafür. Nur in deinem Interesse. Ich habe jemand an der Hand, der zahlt für Gemälde in holländischen Gulden. Ich habe ihm von einigen Bildern erzählt aus dem Haus in Steglitz. Du hast sie ja sowieso eingelagert. Und Gulden! Bist du interessiert? Ich könnte das vermitteln. Ich will wirklich nichts daran verdienen, es sei denn, du gibst mir freiwillig etwas ab.«

»Bei deinem großen Bekanntenkreis, da gibt es bestimmt einige darunter, die gerne Bilder verkaufen.« Es kostete Camilla große Überwindung, sachlich zu bleiben.

»Gulden«, fing die Mutter wieder an, »in dieser Zeit. Ich möchte das Geschäft dir zukommen lassen.« Sie war zum Schreibtisch zurückgekehrt und goss sich wieder von dem Danziger Goldwasser ein.

»Überleg es dir noch einmal«, sagte Camilla, »ob du das nicht lassen kannst mit der Heiratsvermittlung. Für Frau von Schack wäre es eine Katastrophe, wenn sie Abschied nehmen müsste. Dir hat es doch auch mal viel bedeutet, dass sie bei Hof ist. Wenn es nur um das Geld geht, ich will dir gern etwas zuschießen.«

Emmi Hofmann stellte das Glas hin und ließ sich in den Sessel fallen, und wieder schüttelte sich ihr ganzer Leib, als sie lachte: »Oh, glaub nicht, ich tu das nur wegen des Geldes!« Sie schenkte sich wieder ein. »Es macht mir Spaß. All diese betriebsamen Herren, die nicht schnell genug zu einem Weib kommen können. Und was für Wünsche sie haben, und was für Illusionen, obwohl sie alle in einem Alter sind, wo sie eigentlich aus Erfahrung wissen müssten ... diese alten Esel ... Und wie ich ihnen alles in den höchsten Tönen schildere – und mir dabei ausmale, was ihnen in Wirklichkeit bevorsteht. Das Geld – pah! An meinem Mann konnte ich mich nie rächen, für das, was er mir alles angetan hat. Ihm ist immer alles zum Guten ausgeschlagen. Aber diesen Herren kann ich alles heimzahlen ...«

Noch draußen hörte Camilla ihr Lachen.

3

Er wusste, es gab Gäste, für die rangierte ein Nachtportier ziemlich unten in der Hierarchie des Hotelpersonals. Ihm machte das nichts aus; Makowsky liebte den Nachtdienst, und in den zwanzig Jahren, die er nun schon Nachtportier im Bristol war – 1897 war er für den Posten engagiert worden –, hatte seine Stellung für ihn nichts von ihrem Reiz eingebüßt, nur dass er jetzt, mit sechzig, die nötige Abgeklärtheit besaß, um über alles zu schmunzeln.

Sicher, als Tagesportier kassierte man höhere Trinkgelder, aber dafür blieb ihm die Hektik der An- und Abreise erspart. Wenn er seinen Dienst antrat, hatten die Gäste andere Anliegen als vertauschte Koffer, verlorene Fahrscheine und Reklamationen über zu hohe Telefongebühren, das war dann bereits alles vorüber.

Das Hotel war voll belegt, und mit dem Abend breitete sich jene Atmosphäre aus, die er so liebte; daran hatte der Krieg nichts geändert, es sei denn, dass es jetzt noch interessanter war als früher. Ein Grund dafür waren die Offiziere, die einen großen Teil der Gäste ausmachten; Männer, die selten länger als vierundzwanzig oder achtundvierzig Stunden blieben und die in dieser kurzen Spanne Zeit möglichst viel erleben wollten. Sie alle konnten auf Makowsky zählen; er hielt immer noch ein paar Billetts für Theater, Revuen und Cabarets bereit, und natürlich verfügte er über bestimmte Adressen. Schon im Frieden hatte sein Notizbuch eine Reihe einschlägiger Namen enthalten, aber seit Ausbruch des Kriegs war daraus eine regelrechte Liste geworden.

Das hieß nicht, dass sich alles nur außer Haus abspielte; er bekam auch von seiner Portiersloge aus genug zu sehen. Gegen neun, zehn Uhr abends, wenn die Herren Offiziere frisch gebadet aus ihren Zimmern kamen, nicht mit dem Lift, sondern die große Freitreppe herunter, weil sie von dort gleich einen ersten Überblick gewinnen konnten – war die Halle bereits gefüllt mit wartenden Damen. Abend für Abend wiederholte sich das, so als schlüpften Schmetterlinge aus.

Nicht alle diese Damen hätten früher Zugang zum Bristol gehabt, und manche benützten auch jetzt noch den Seiteneingang. Aber selbst einem so erfahrenen Mann wie Makowsky fiel es nicht immer leicht, da einen klaren Trennungsstrich zu ziehen. Zu viele wirkliche Damen waren darunter, Mitglieder der ersten Gesellschaft, wie etwa die verwitwete Baronin von Reden, die er jetzt durch die Drehtür hereinkommen sah, pünktlich auf die Minute wie immer, Schlag zehn, man konnte die Uhr danach stellen. Sie blieb selten länger als eine Stunde, kam immer allein und ging meist in Herrenbegleitung, aber niemals nach oben in eines der Zimmer, denn bei allem Leichtsinn und aller Lebenslust war sie eine Frau, die wusste, was sie ihrem Namen und ihrer Familie schuldig war. Makowsky kannte sie alle seit vielen Jahren, ihren Vater, ihre anderen Schwestern und deren Männer.

Sie kam geradewegs auf seine Loge zu, ganz gleichgültig, wie es schien, gegenüber der Aufmerksamkeit, die sie erregte.

»Guten Abend, Frau Baronin.«

»Guten Abend, mein lieber Makowsky. Und das ›Baronin‹ lassen wir.«

»Sie sehen heute wieder blendend aus, darf ich das sagen?«

Es war ein eingespielter Dialog, der trotzdem nichts Falsches hatte. Sie kannten sich so lange, und sie wussten so viel voneinander, fast wie Vater und Tochter.

»Kriegsbemalung. Manchmal frage ich mich, für was eigentlich? Das Schlimmste ist das Essen. Ich nehme schon zu, wenn ich ein Stück Torte nur anschaue. Das muss ich von meiner Mutter haben. Auf meinen fünfzig Kilo zu bleiben, das ist ein dauernder Kampf. Aber vier Pfund mehr, und ich kann mich nicht mehr sehn. Wenn man wenigstens ungestraft trinken könnte. Aber ein Glas Orangenlikör – und an ein Abendessen ist nicht mehr zu denken.«

Ein Page hatte ihr den Mantel abgenommen, und sie lehnte an der Brüstung der Loge, ihre Handtasche neben sich. »Was macht das Fieber Ihrer Frau?«

»Ist runter. Wird wohl keine Lungenentzündung mehr. Sie bedankt sich noch herzlich für den Mantel. Aber das dürfen Sie nicht mehr tun. Sie schenken alles her. Übrigens hab ich was für Sie.« Er griff unter die Theke und legte ein Hotelkuvert vor sie hin. »Dreihundert – hoffentlich sind Sie nicht enttäuscht.«

»Dreihundert finde ich einen sehr guten Preis.«

»Es geht; immerhin, das Etui war nur Silber vergoldet; und dann ist es so, Eingravierungen senken einfach den Wert.«

Makowsky hatte für Lou den Verkauf jener Geschenke übernommen, die sie von ihren Herrenbekanntschaften als Souvenir zum Abschied bekam: Zigarettenetuis vor allem, auch schon mal einen Ring, ein Armband, eine Brosche. Sie genierte sich, die Sachen selber zu verkaufen, und so hatte sie sich Makowsky anvertraut. Es war ihr nicht einmal so sehr um das Geld zu tun, obwohl sie auch das immer brauchen konnte als Zubrot zu ihrer schmalen Pension und ihrem geschrumpften Vermögen; sie wollte einfach diese Dinge nicht dauernd um sich haben, die sie fortwährend daran erinnerten, dass es für sie zwar ein Leichtes war, einen Mann zu erobern, ihn schnell zu entflammen und zu begeistern, aber dass sie keinen halten konnte. »Wollen Sie nicht nachzählen?«

Aber sie hatte das Kuvert bereits an sich genommen und in ihre Tasche geschoben.

»Irgendwas Besonderes?«

Makowsky verstand die Frage sofort; sie gehörte zum abendlichen Ritual. »Ein paar Fliegeroffiziere«, informierte er sie, »sind heute Morgen eingetroffen; sie waren den ganzen Tag in Johannisthal, um neue Flugzeugtypen zu testen. Jetzt sind sie im Festsaal im ersten Stock, unter sich, ohne Damen. Die Zimmer wurden nur für zwei Nächte bestellt.«

»Also das Übliche.« Lou blickte hinüber zum Eingang der Bar. Manchmal, wenn der Samtvorhang aufging, hörte man die Kapelle. Die dreihundert Mark reichten gerade für zwei Flaschen Champagner.

»Ein paar Türken, in Zivil, wahrscheinlich Waffenhändler, und ein Amerikaner; kam gestern spät in der Nacht von Hamburg an. Und Ihre Schwester. Aber das werden Sie wissen ...«

»Camilla! Seit wann ist sie da?«

»Heute Morgen gekommen. Sie ist bereits auf ihrem Zimmer, seit einer Stunde. Will nicht gestört werden.«

Lou lächelte. »Also wirklich das Übliche. Niemand würde glauben, dass wir Schwestern sind, oder?«

»Das will ich nicht sagen.«

»Können Sie sich vorstellen, dass sie sich in eine Bar setzt? Dass sie Schmuck verkauft?«

»Das sagt gar nichts. Vielleicht würde sie manchmal gern mit Ihnen tauschen.«

»Mein lieber Makowsky, nein, nein, nicht Camilla. Und ich möchte auch nicht an ihrer Stelle sein.«

»Vielleicht doch.«

Lou schüttelte den Kopf. »Das wird mir zu ernst«, sagte sie,

»um diese Zeit will ich keine ernsten Gespräche führen. Grüßen Sie Ihre Frau. Sie soll aufpassen und nicht zu früh aufstehen, damit es keinen Rückfall gibt.«

Sie ging durch die Halle auf die Bar zu, und zwei Pagen waren plötzlich neben ihr, öffneten vor ihr die Samtportiere. Es war der Augenblick, den sie besonders liebte, wenn sie flankiert von den zwei Pagen in die Bar eintrat und am Eingang stehen blieb, plötzlich eingehüllt in Halbdunkel, Rauch, Wärme und Musik, und den Raum überblickte. Es war jeden Abend dasselbe und doch immer wieder herrlich aufregend: die Blicke, die sich ihr zuwandten, die Gäste, die sie erkannten, der Leiter der Kapelle, der die Hand hob und ihr zuwinkte und manchmal, wenn gerade ein Stück zu Ende war, eine bestimmte Melodie anstimmen ließ, eigens für sie. Der lange unnütze Tag, der hinter ihr lag, war dann vergessen, die leere Wohnung, die ihr zu groß war, zu still und zu aufgeräumt seit dem Tod ihres Mannes. Die Pagen waren immer noch bei ihr, als sie jetzt weiterging, machten ihr den Weg zur Bar frei und zogen sich erst zurück, als sie den Eckplatz, der als einziger noch unbesetzt war, eingenommen hatte. Der Barmixer unterbrach ein Gespräch mit einem Gast, kam zu ihr, nahm das Reserviert-Schild weg und stellte einen Champagnerkelch hin und eine Schale, auf der drei Zigaretten lagen.

»Guten Abend, Frau Baronin.« Auch er war davon nicht abzubringen. Er goss einen Probierschluck in das Glas, wartete, bis sie gekostet hatte. »Kühl genug?« Und erst nachdem sie genickt hatte, goss er das Glas voll. Dann holte er das Feuerzeug aus seiner Weste und gab ihr Feuer.

Auch er hatte seine Informationen für sie, die er jetzt mit gedämpfter Stimme anbrachte: »Wenn Sie mit Albert sprechen, heute ist Kaviar eingetroffen. Und dort, etwa in der Mitte der Bar, das ist der Amerikaner. Weißes Jackett, kehrt Ihnen den Rücken zu.«

»Allein?«

»Seit einer Stunde sitzt er da. Tanzt nicht, trinkt seinen eigenen Whisky. Traut unserem wohl nicht.« Er rückte den Aschenbecher etwas näher zu ihr hin. »Wirklich kühl genug, der Champagner?«

Die Bar war wie immer überfüllt, und er musste sich wieder um die anderen Gäste kümmern; aber sie konnte seiner Aufmerksamkeit jederzeit sicher sein. Natürlich hing das mit ihrem adligen Namen zusammen, und mit den Trinkgeldern, die sie gab, dass alle so bemüht um sie waren, aber den Ausschlag gab etwas anderes: man mochte sie einfach, weil es immer laut und fröhlich wurde, wenn sie auftauchte.

Sie saß dort, den Kopf an die holzvertäfelte Wand gelehnt, nippte hin und wieder an ihrem Champagner, ließ die Augen schweifen, summte die Melodie der Kapelle mit. Sie trug das Haar tief in der Stirn, in der Mitte gescheitelt und so stark gelackt, dass es genauso glänzte wie das Seidenband, das es zusammenhielt. Sie beobachtete den Amerikaner, seinen Rücken, und das dunkle Haar, das er länger trug als alle anderen hier. Sie war nicht in Eile, seine Aufmerksamkeit in irgendeiner Form auf sich zu lenken. Das tat sie eigentlich nie. Sie ließ die Dinge an sich herankommen. Das war besser als alles Folgende, diese Stunde der Erwartung, was geschehen würde. Unmittelbar neben ihr saßen drei junge Offiziere. Sie tranken viel und schnell und würfelten die nächste Runde auf der Theke aus. Das Telefon in der Bar läutete; der Mixer nahm den Hörer ab, nickte und ging dann zu den drei Offizieren. Lou hörte nicht, was er sagte, aber als sie dann sofort zahlten und gingen, wusste sie, dass sie vermutlich schon in einer Stunde in einem dunklen Zug sitzen würden, Richtung Front.

In dem Aufbruch hatte sie nicht bemerkt, dass auch der Amerikaner sich erhoben hatte und dabei war, die Bar zu verlassen. Er wimmelte zwei Mädchen ab, die sich an ihn hängen wollten. Er kam an ihr vorüber, stutzte, blieb stehen, streckte die Arme weit aus. »Lou! Nein, so was!«

Sie sah in sein Gesicht, hörte seine Stimme, lächelte automatisch und war sich dennoch nicht klar, woher sie ihn kannte. Er küsste sie auf beide Wangen, trat zurück, um sie genau zu betrachten.

»Sag nicht, dass du mich nicht mehr erkennst. Wie lange ist das jetzt her? Sechzehn Jahre?«

Sie wusste immer noch nicht, wen sie vor sich hatte. Sechzehn Jahre ...

Das hieß, sie war damals zwanzig gewesen. Sechsunddreißig war sie jetzt.

»Wenn du mich nur erkennst.«

Sechzehn Jahre ... Das Gesicht des Mannes war tief gebräunt, und dann, als ihm eine Haarsträhne in die Stirn fiel, dämmerte es ihr: ein Silvesterabend, das Festessen, der Ball, das Bügelzimmer ... Immer noch zweifelnd, sagte sie: »Keith, nicht wahr?«

»Du hast lange gebraucht.«

»Das ist auch lange her.«

Er setzte sich neben sie und machte eine Bewegung in den Raum. »Ich weiß nicht. Ich hatte etwas andere Vorstellungen von Deutschland; ich habe so was wie hier nicht für möglich gehalten. Ich habe meinen eigenen Whisky mitgebracht und eine Wolldecke, denn ich dachte, die Hotels hier sind nicht geheizt. Nach dem, was bei uns in den Zeitungen steht, hungert und friert ganz Deutschland.«

»Was du hier siehst, das ist ein anderes Land.«

»Das habe ich gemerkt.«

»Seit wann bist du hier?«

»Seit gestern Nacht.«

»Oh, dann bist du der Amerikaner!« Sie lachte über sein Gesicht. »Wir sehen nicht viele hier, nicht mehr. Was tust du hier? Außer einer alten Liebe nachspüren. Wir sind doch eine alte Liebe.«

Sie hätte jetzt immer noch nicht sagen können, was damals zwischen ihnen geschehen war, wie weit die Sache gegangen war. Sie erinnerte sich an einen sehr, sehr jungen Mann, gegen den sie sich schrecklich erwachsen vorkam, während sie jetzt das Gefühl hatte, dass er der Ältere von ihnen beiden war. Mit einem versonnenen Lächeln summte sie den Schlager *Das ist lange her, aber unvergessen,* und als sie merkte, dass er nicht verstand, sagte sie: »Was tust du wirklich hier?«

»Was Langweiliges. Ich kaufe Patente auf. Solange das noch möglich ist.«

»Ihr habt Brauereien, nicht wahr?«

»Richtig. Aber lass uns über was anderes reden. Gibt es hier einen Platz, der etwas ruhiger ist?«

Sie winkte dem Barkeeper, und nach ein paar geflüsterten Worten sagte sie: »Wir bekommen eine ungestörte Ecke.« Sie ging voran, mit einer Hand das lange Abendkleid gerafft. Ein Mann in Uniform machte ihr im Vorbeitanzen ein Zeichen, und sie erwiderte es mit einem leichten Heben der Hand.

Es war eine halbrunde Nische, rot gepolstert und von der Kapelle und der Tanzfläche weit entfernt, und auch hier verschwand das Reserviert-Schild, sobald sie saßen. Sie tuschelte mit dem Ober und sagte dann, als er gegangen war: »Ich darf dich doch einladen, oder ist das unschicklich?«

»Ungewohnt.« Der Kellner brachte einen silbernen Kübel mit Eis, aus dem der Kopf der Champagnerflasche ragte. Lou fühlte sich wohl hier, denn sie wusste, dass sie in dem rötlichen Halbdunkel, das in der Nische herrschte, jünger aussah. Sie nahm ihr Glas, legte die andere Hand auf Keiths Arm und prostete ihm zu: »Auf dich, auf den Zufall und alles, was er bringt.«

Er stellte sein Glas zurück. »Bist du oft hier?«

»Jeden Abend.«

»Allein?«

»Hier bleibt man nie lange allein.«

»Ich verstehe.«

»Vielleicht. Vielleicht auch nicht. Es ist nicht wichtig. Bleibst du länger?«

»Man weiß es nicht, so wie die Situation ist im Augenblick. Wenn es geht, bleibe ich länger. Ich würde sie gerne alle wiedersehn, deine Familie. Wie geht es Camilla?«

»Ist dir der Champagner kühl genug?«

»Ich habe versucht, sie anzurufen, aber es hieß, sie sei in Berlin.«

»Du hast sie angerufen?«

»Ich hatte nur ihre Nummer.«

»Ich stehe im Telefonbuch.«

»Daran habe ich nicht gedacht. Und dein Vater?«

»Unverändert. Vater war immer ein Lebenskünstler.«

»Wie alt ist er jetzt?«

»Warte – er wird zweiundsiebzig.«

»Und deine Mutter? Früher, solange Tante Lenka lebte, wusste ich mehr. Sie war die Einzige, die lange Briefe schrieb. Deine Eltern leben immer noch getrennt?«

»Daran wird sich auch nichts mehr ändern.«

»Und du hast deinen Mann verloren?«

»Ja, aber mach dir keine Gedanken. Es war schrecklich, weil es so sinnlos war, aber nicht, weil ich ihn verloren habe. Wenn wir bitte nicht davon sprechen könnten. Erzähl mir lieber von dir. Du bist verheiratet?« Er trug keinen Ehering, aber das sagte nichts.

»Nicht mehr.«

»Oh, das wusste ich nicht. Darf man nach dem Grund fragen?«

»Wenn ich das wüsste. Vielleicht warst sogar du ein Grund. Lenka hat mir mal ein Bild von dir beigelegt. Du hattest darauf so ein Kleid an wie jetzt, ziemlich tief ausgeschnitten. Meine Frau regte sich furchtbar auf darüber, machte mir eine Eifersuchtsszene. Sie machte ununterbrochen Szenen. Am Schluss hatten wir nur noch ein Thema, über das wir vernünftig miteinander reden konnten: die Brauerei. Sie war sehr geschäftstüchtig.«

»Das klingt nach Camilla.« Sie hätte sich auf die Zunge beißen mögen, dass sie das Gespräch wieder auf Camilla gebracht hatte, und sie erhob sich schnell. »Tanzt du mit mir?«

Er tanzte gut. Ihr Kopf hatte gerade an seiner Schulter Platz, und ihre Finger spielten mit den Haaren in seinem Nacken. »Ich hatte den ganzen Tag über ein gutes Gefühl«, sagte sie leise. Er antwortete nicht, aber sie spürte, dass er sie enger hielt.

»Es ist eigentlich ein Wunder!«, sagte sie. »Wie kommt man hierher, mitten im Krieg?«

»Mit einem Schiff.«

»Und du fährst auch mit dem Schiff zurück?«

»Natürlich.«

»Ein großes Schiff?«

»Ziemlich groß.«

Sie schloss die Augen. Die Vorstellung, dass es noch Schiffe gab, Luxusschiffe, die hellerleuchtet den Ozean überquerten, faszinierte sie. Sie stellte sich New York vor, das Einlaufen des Schiffes in den Hafen. Sie dachte weiter an andere Dinge: nicht an die Brauerei, es genügte ihr, sich all das Geld vorzustellen, das er damit verdiente.

»Du tanzt sehr gut.«

»Es ist das erste Mal seit vielen Jahren. Meine Frau fand diese Tänze skandalös.«

»Damals hast du gesagt, für dich käme nur eine Frau aus Deutschland in Frage.«

»Habe ich das gesagt? Vermutlich wäre es richtig gewesen.«

Und unvermittelt fügte er hinzu: »Weißt du, wo Camilla gewöhnlich wohnt, wenn sie in Berlin ist?«

»Hat man es dir nicht gesagt, als du in Neustrelitz angerufen hast?«

»Nein. Sie hatten Anweisung, es nicht zu sagen.«

»Das ist typisch für sie: Man soll nicht von ihr denken, dass sie sich einen solchen Luxus leistet.«

Zum Glück war der Tanz in diesem Augenblick zu Ende, aber als sie wieder an ihrem Tisch waren, setzte er das Gespräch fort: »Bist du mit Camilla zerstritten?«

»Hast du schon mal gehört, dass man mit einer Heiligen streiten kann? Camilla ist unsere Familienheilige. Man weiß, dass es sie gibt, aber sie zeigt sich nur selten. Sie verteilt ihre

Gaben über das Land und verschwindet in einer Wolke Weihrauch.«

»Das klingt nicht nach großer Liebe.«

»Das war es nie zwischen uns. Wir sind Feuer und Wasser.«

»Du das Feuer? Sie das Wasser?«

»So ungefähr. Jedes Mal, wenn ich sie treffe, bin ich für zwei oder drei Tage nicht mehr ich selber. Ich meine plötzlich, ich müsste was Nützliches tun. Sie braucht gar nichts zu sagen. Das verbreitet sie einfach. Sie kennt nichts anderes als Arbeit. Meinst du, ich hätte sie auch nur ein einziges Mal hier in der Bar gesehn in den letzten Jahren, wenn sie hier wohnt ...«

Es war ihr einfach so herausgerutscht, gegen ihren Willen, und schon fragte Keith: »Sie wohnt hier, im Bristol?«

»Ja.«

»Du meinst hier im Hotel? Weißt du, ob sie da ist? Wir könnten doch vielleicht zusammen ...«

»Du kannst es versuchen. Ja, sie wohnt hier, und ich weiß, sie ist auf ihrem Zimmer. Ich sage dir doch, sie ist manchmal mehrere Tage da, und ich bekomme sie nicht zu Gesicht. Wenn wir uns verabreden wollen, hat sie jedes Mal ein Getue mit ihrem Terminkalender. Sie trifft ihren Anwalt, muss auf Ämter, was weiß ich. Eine Frau mit einem Terminkalender! Und jedes zweite Wort von ihr dreht sich um Seife!«

»Schwer, sich das vorzustellen.«

»Das verträumte Mädchen von damals? Du wirst dich wundern. Sie hat nur das Geschäft im Kopf. Eine hundertprozentige Materialistin – nicht übertrieben.«

»Dieser Mann, den sie geheiratet hat ...«

»Oh, das war ein Glücksfall. Ein unscheinbarer Kerl. Als ich davon hörte, damals, da hab ich sie bedauert. Aber wir haben uns alle getäuscht. Vater würde sagen, nur ein Außenseiter bringt hohe Gewinnquoten. Jedenfalls, sie hat auf ihn gesetzt ...«

Sie fand, dass sie nun genug von Camilla geredet hatten, und forderte ihn wieder zum Tanzen auf; aber sie merkte, dass er nicht ganz bei der Sache war. Von Zeit zu Zeit wandte er den Kopf, blickte zum Ausgang der Bar, als könnte Camilla dort auftauchen. Zu dumm, dass ihr das herausgerutscht war mit dem Hotel! Am besten sie brachte Keith hier weg, irgendwo anders hin, wo er nicht mehr daran denken würde, dass er mit Camilla unter einem Dach war. »Ich bekomme langsam Hunger«, sagte Lou. »Das ist immer meine Zeit. Ich kenne ein Restaurant in der Nähe. Was hältst du davon? Ein kleiner Spaziergang und ein gutes Essen. Und anschließend ...« Sie vollendete den Satz nicht. Es gab Männer, die mochten es nicht, wenn man ihnen zu direkte Vorschläge machte; sie hatten es lieber, wenn sie selber darauf kamen und die Frau sich sogar etwas zierte. »Was wir anschließend machen, sehen wir später. Auf jeden Fall, so ein Wiedersehen muss man feiern.«

Sie kehrten gar nicht mehr zu ihrem Tisch zurück, sondern verließen sofort die Bar. Der Page brachte ihr den Mantel, und während sie wartete, dass Keith von seinem Zimmer zurückkam, schwebte ihr wieder das Schiff vor, der große Luxusdampfer, schneeweiß auf einem dunkelblauen Meer; das konnte wirklich ein Glückstag werden, wenn sie es richtig anstellte. Und dabei sah er auch noch gut aus. Ein Bild von einem Mann, wie er nun die breite Treppe herunterschritt, groß, dunkel, das gebräunte, ein wenig melancholische Gesicht. Mit Genugtuung stellte sie fest, dass er auch auf andere Eindruck machte; Konkurrenz hatte sie nie abgeschreckt. Er gab dem Nachtportier seinen Schlüssel, fragte etwas. Lou konnte nicht hören, was Makowsky antwortete, sie sah nur, dass er den Kopf schüttelte. Keith ließ sich Papier geben, schrieb etwas auf, und Makowsky steckte den gefalteten Bogen in eines der Fächer hinter sich.

Draußen schneite es, einzelne Schneeflocken, die senkrecht zur Erde schwebten, angestrahlt vom hellerleuchteten Portal des Hotels. Lou hakte sich bei Keith ein. Er hatte die Hände in den Taschen seines Mantels; als Lou ihre Hand ebenfalls in seine Tasche schob, zögerte er einen Augenblick, dann umschloss er mit seiner Hand die ihre, und in ihr entstand langsam jenes

Gefühl, das vielleicht nicht Liebe war, dem aber Lou vor allen anderen den Vorzug gab: Er hatte keine Chance, ihr zu entkommen.

4

Sobald der Steglitzer Wasserturm auf dem Fichtenberg von der Bahn aus zu sehen war, hielt es die Kinder nicht mehr auf ihren Plätzen. Dick vermummt, Schlittschuhe an Riemen über den Schultern, drängten sie sich an den Fenstern. Ihre Stimmen erfüllten das Abteil, und ihr Geschrei und ihre Fröhlichkeit verstärkten sich, als auf der Station auch aus den anderen Wagen Jungen und Mädchen ins Freie stürmten.

Es hatte die ganze Nacht geschneit, aber nun war der Himmel wolkenlos und sonnig. In der Stadt konnten weder Schnee noch Sonne das Bild der dunklen Menschenschlangen vor den Lebensmittelgeschäften und den Wärmestuben mildern, hier draußen aber schufen das verschwenderische Weiß und der blaue Himmel die Illusion einer friedlichen Welt, und Camilla war froh, dass sie sich entschlossen hatte, so früh herauszufahren. Die Station war genau wie in ihrer Erinnerung, sogar die alten Reklametafeln waren noch da, der Sarotti-Mohr, die Senoussi-Karawane, das Luftschiff, das nur Burgeff-Sekt an Bord führte. Und neben dem Ausgang entdeckte sie nun auch den Horoskop-Automaten. Rost hatte die bunte Bemalung zerstört, aber er schien immer noch in Betrieb: Der Zeiger ließ sich mühelos auf November – Camillas Sternzeichen war der Skorpion – einstellen, der Apparat schluckte ihre Münze, aber dann geschah nichts weiter; er gab weder eine Horoskop-Karte heraus noch das Geld zurück, und Camilla empfand dieses Versagen fast wie eine menschliche Reaktion, so als gäbe der Apparat ihr damit seine Missbilligung für ihre sentimentale Anwandlung zu verstehen.

Sie suchte nach dem alten Weg, einer Abkürzung, die an dem

Flüsschen entlangführte, das in den Teltower See mündete, aber der Wasserlauf musste begradigt worden sein oder zugeschüttet, jedenfalls konnte sie ihn nicht finden und kehrte auf die Straße zurück. Als sie 1914 von der Bank das Haus zurückgekauft hatte und nach dreizehn Jahren zum ersten Mal wieder nach Steglitz gekommen war, hatte sie sehr viel verändert gefunden, und auch jetzt gab es wieder Dinge, die neu für sie waren: Häuser, die man inzwischen aufgeführt hatte; Baustellen, an denen man wegen des Krieges die Arbeiten hatte einstellen müssen; und natürlich Gärten, die in Rüben- und Kartoffeläcker umgewandelt waren. Und überall an den Häusern die entstellenden schwarzen Rohre der Kanonenöfen, nur behelfsmäßig durch die Fenster ins Freie geführt.

Sie ging schneller, als sie in der Ferne den Giebel des Hauses auftauchen sah, halb ungeduldig, halb ängstlich, welche Veränderungen sie dort vorfinden würde. Das Tor der Einfahrt stand auf, und eben rollte ein Ambulanzwagen vom Roten Kreuz heraus. Ohne den Wagen hätte man meinen können, das Haus sei unbewohnt. Die Läden waren zwar geöffnet, aber das Fehlen der Gardinen hinter den Fenstern ließ den Eindruck leerer Räume aufkommen. Sie blickte die Front des Hauses ab: Ihr Haus. In Neustrelitz war der Gedanke an das Haus immer etwas, aus dem sie neue Kraft schöpfte, aber jetzt empfand sie nur, dass es ihr gehörte und doch nicht gehörte. Der Krieg erschien ihr plötzlich wie eine steigende Flut, vor der sie nun schon lange davonlief und die dennoch unaufhaltsam höher und höher stieg und eines Tages über ihr zusammenschlagen würde.

Ein Geräusch ließ sie aufhorchen, ein Rauschen und Klirren in der Luft, gefolgt von einem dumpfen Aufprall, als der Schnee, der sich vom Dach gelöst hatte, auf die Erde schlug.

Das relativ flache Dach hatte schon früher im Winter oft Ärger gemacht; bei Frost musste man die Eiszapfen von der Dachrinne schlagen, und nach starkem Schneefall musste das Dach geräumt werden, damit die Belastung nicht zu groß wurde.

Auf dem Dach, etwas unterhalb eines Kamins, stand ein Mann mit einer breiten Schneeschaufel in den Händen, und als er jetzt ein Stück weiterstapfte, glaubte Camilla zu hören, wie die einzelnen Schieferplatten unter seinen schweren Tritten zerbrachen.

Wieder ging eine Schneelawine nieder, wieder stand für Sekunden eine weiße Staubsäule in der Luft, sank dann zusammen. An den geräumten Stellen wurde das Rote Kreuz sichtbar, das man auf das Dach gemalt hatte. Würde man die Farbe später einfach entfernen können, oder würde man neue Schieferplatten einsetzen müssen? Sie lächelte über sich und dachte: Es ist wirklich *mein Haus!*

Die drei flachen Stufen zum Haupteingang waren gefegt und mit rötlichem Salz bestreut. Die Steinplatten hatten tiefe Sprünge. An der Haustür fehlten sowohl das Namensschild als auch der Klingelzug. Ein Lederpolster am Türstock sorgte dafür, dass die Tür immer einen Spalt aufstand.

Zögernd trat sie ein, blieb aber schon nach ein paar Schritten wieder stehen, befremdet von dem Geruch, der ihr entgegenschlug. Der ganz besondere Duft des Hauses war ihr immer so gegenwärtig geblieben, dass sie nie auf den Gedanken gekommen wäre, daran könnte sich etwas ändern: der Duft der Holzvertäfelungen, vermischt mit dem der Blumen, die zweimal in der Woche auf einem großen Tragbrett ins Haus gebracht und dann auf viele Vasen verteilt in den vielen Zimmern aufgestellt wurden. Aber jetzt erfüllte ein penetranter Geruch das Haus, eine Mischung aus Speisen und Medikamenten, sodass sie für einen Moment fast fürchtete, ihr würde übel werden.

Sie musste noch mehr Veränderungen registrieren, und jede berührte sie so schmerzlich, als hätte man sie ihrem eigenen Leib zugefügt: Die Nägel, die man in die Holzverkleidung der Halle geschlagen hatte, weil die Garderobe nicht mehr ausreichte; die abgestoßenen Türrahmen, die abmontierten Messingklinken der Türen, die man durch Eisengriffe ersetzt hatte, und die herausgebrochenen Seitensprossen am Geländer der großen Treppe, die aus der Halle nach oben führte.

Die Flügeltür des Speisesaals öffnete sich; eine Schwester schob einen Wagen mit Verbandszeug und Instrumenten heraus, und Camilla sah durch die offene Tür eine Reihe eiserner Bettgestelle, eines neben dem anderen, und darin Gestalten, die flach auf dem Rücken lagen, die meisten mit dick verbundenen Köpfen.

Die Schwester schien sie im Halbdunkel der Halle nicht zu bemerken. Ohne nach rechts oder links zu sehen, schob sie ihren Wagen vor sich her, auf einen anderen Raum zu – es war der Salon –, und als sie die Tür öffnete, bot sich Camilla dasselbe Bild wie vorher, nur dass sie diesmal ein Stöhnen zu hören glaubte und der scharfe medizinische Geruch, der die Halle erfüllte, den Beigeschmack von Fäulnis bekam.

Nachdem die Schwester verschwunden war, trat Stille ein; das Haus wirkte plötzlich wie ausgestorben; und Camilla hatte das Gefühl, als hätte sie Dinge gesehen, die gar nicht existierten, ein Gefühl das so stark war, dass sie auch dem Geräusch misstraute, das sie jetzt vernahm: das Anschlagen von einzelnen Tönen auf einem verstimmten Klavier. Es kam vom Wintergarten, und sie folgte ihm. Die Pflanzen dort waren verschwunden, bis auf einen ausgewachsenen Gummibaum. An der Fensterfront standen einige von den alten Korbsesseln, auf einem Tisch lagen Zeitungen. Der Mann am Flügel trug einen Schlafanzug aus verwaschenem blauem Flanell und spielte mit der linken Hand gebrochene Akkorde, Terzen, Quarten, Quinten. Sie wartete darauf, wann er auch die rechte Hand benützen würde, bis sie bemerkte, dass der rechte Ärmel lose von der Schulter herunterhing.

Er hörte unvermittelt auf zu spielen. Seine Schultern zogen sich in die Höhe, und dann wandte er den Kopf. Im ersten Moment wirkte sein Gesicht grau und alt, aber dann mit dem Lächeln wurde es ganz jung; er hatte den Mund eines Kindes, und vermutlich war er nicht viel älter als Max.

»Suchen Sie jemand? Jemand, der hier liegt? Es ist keine Besuchszeit. Sie sind sehr streng damit.«

»Ich hörte Sie nur spielen«, sagte Camilla.

»Leider gibt es mehr Stücke für vier Hände als für eine.« Es klang nicht bitter, eher so, als wollte er ihr über ihre Verlegenheit weghelfen.

»Ich suche den Gärtner. Lassen Sie sich nicht stören.« Sie hatte nur den einen Wunsch, ins Freie zu kommen, in die frische Luft. Sie stieß mühsam die klemmende Tür nach draußen auf. Der junge Mann hatte wieder zu spielen begonnen. Sie atmete tief durch und blickte in den Park, über die weite Schneefläche, die in der Sonne glitzerte, die Bäume, den blauen Himmel.

Sie sah niemanden beim Gärtnerhaus, aber über dem Kamin stand Rauch. Sie ging darauf zu, sicher, dass Willeke sich bald zeigen würde. Die Treibhäuser waren anscheinend in Betrieb, denn die Scheiben waren nicht zugefroren, sondern vom Dunst beschlagen. Sie hörte Lachen, das dunkle eines Mannes und das helle einer Frau, und dann sah sie durch die beschlagenen Scheiben die Silhouette eines eng umschlungenen Paares, das dort stand, zwischen den Pflanzen, und sich küsste.

Sie ging weiter, kam an einem Wall aufgeworfener Erde vorbei, der jetzt vom Schnee zugedeckt war; sie war fast schon beim Gärtnerhaus, als sie Willekes Stimme hörte, laut und drohend: »Wie oft soll ich das noch sagen! Sucht euch einen anderen Platz!«

Als Camilla sich umwandte, sah sie einen Mann und eine Krankenschwester aus dem Treibhaus kommen, Willeke hinter ihnen her. Er fuchtelte mit den Fäusten in der Luft, stieß Flüche aus, aber die Schwester lachte nur und steckte im Laufen die Haube wieder auf dem Haar fest.

Willeke war immer ein Mann gewesen, der auf sein Äußeres genauso viel Sorgfalt verwandte wie auf seine Wege, aber als er jetzt auf sie zukam, bedeckte ein ungepflegter Bart sein Gesicht, Rostbraun mit etwas Weiß vermischt, und an seiner dreiviertel langen Joppe war eine Tasche ausgerissen. Er trug keinen Hut, hatte nur einen schwarz-grünen Schal zweimal um den Hals geschlungen.

Er kam auf sie zu, die Augen misstrauisch zusammengekniffen, bis er sie erkannte und im Schritt innehielt, sie verstört anstarrte. Zögernd streckte er ihr die Hand hin.

»Entschuldigen Sie die Ausdrucksweise, aber eine andere Tonart verstehen die überhaupt nicht. Ausgerechnet mein Treibhaus ... Die Schwestern treiben's bunt. Wenn ich da nicht jeden Abend abschließen würde ... Das Fräulein Camilla ... Ich darf doch noch so sagen, kann mich an was anderes so schlecht gewöhnen. Hat mir niemand Bescheid gesagt, dass Sie kommen. Hätte mich sonst ein bisschen fein gemacht.« Er blickte hinüber zum Haus, und auf sein Gesicht kehrte der feindselige Ausdruck zurück. »Waren Sie drinnen?«

»Ja, aber ...«

»Oh, ich führe über alles Buch, da können Sie ganz ruhig sein. Melde alles Ihrem Anwalt, jeden Messingbeschlag, den sie abmontieren, jedes Waschbecken, das sie rausreißen. Verhindern kann ich nichts, nicht im Haus, aber ich bin dahinter her, und lass mir alles unterschreiben in meinem Heft, vom Verwalter, jedes Stück, mit dem Datum; der fürchtet mich schon. Das müssen sie Ihnen alles ersetzen, eines Tages.«

Camilla dachte an den Geruch im Haus, und ob man ihn je wieder daraus vertreiben konnte, und sie sagte: »Es ist gut, Sie hier zu haben, Willeke.«

»Über hundert sind es manchmal. Sie stopfen rein, was geht. Und dann noch das Personal. Manchmal denke ich, es wär doch besser gewesen, Sie selber hätten es bezogen, damals.«

Ein Schweigen entstand, dann fuhr Willeke fort: »Ich weiß nur, ich möcht es noch erleben, dass Sie wieder hier einziehn. Ich tue, was ich kann. Ich rühr mich schon gar nicht mehr weg hier. Im Haus kann ich nicht viel verhindern, aber hier draußen, da halte ich sie schon in Schach, wenn's sein muss, mit dem Gewehr. Wollten sie doch den Nussbaum umhaun, neulich, als ihnen das Holz knapp wurde. Den Walnussbaum, den

Ihr Vater gepflanzt hat; und wie wir alle gewartet haben, bis er das erste Mal trug. Sechs Jahre keine einzige Nuss, und dann fing es an, wissen Sie noch, zwölf Nüsse im siebten Jahr, war es nicht so?«

Sein ganzes Aussehen schien sich zu ändern, während er sprach, er hielt sich gerader, seine Augen bekamen Licht, und dann machte er eine weite Handbewegung. »Dem Park wird nichts geschehen, darauf können Sie sich verlassen! Ein Tag ist das heute, wie? Sie haben sich wirklich den schönsten ausgesucht. Und gut schauen Sie aus. Ein bisschen blass. Früher, ich weiß noch, da hatten Sie auch im Winter Ihre Sommerfarbe. Aber das kommt wieder, Sie werden sehen, sobald Sie hier sind. Und Ihr Mann? Haben Sie gute Nachrichten? Ich vergesse es nie, wie er das erste Mal kam, mit Ihrem Vater, und hier durch den Park ging. Und was für Augen er machte! Der hat sich gleich verliebt in das Haus, das brauchte er mir nicht sagen; das hab ich ihm angesehn. Sie haben doch gute Nachrichten von ihm?«

»Ja.« Vor zehn Tagen war der letzte Brief gekommen. Eine lange Zeit im Krieg, in der viel geschehen sein konnte ... Die Gegenwart des Gärtners hatte ihre Ängste für einen Moment eingeschläfert, aber jetzt standen sie wieder auf und mit ihnen das Bild der steigenden Flut.

»Dafür lebe ich, für diesen Tag, den möchte ich noch erleben, wo hier wieder alles so ist wie früher.«

»Was ist mit der Kanalisation? Dr. Kautsky sagte mir, es gäbe Ärger damit.«

»Ist das ein Wunder? Über hundert Leute, und plötzlich soll es an den zu kleinen Rohren liegen und an der Sickergrube. Und was für Ärger es gab! Das Wasser stand schon im Keller, aber wo soll das Wasser denn versickern bei dem Verbrauch; wir haben hier Lehm bis in zwei Meter Tiefe, und natürlich versickert da kein Wasser.«

»Und was ist zu tun?«

»Sie wollten den ganzen Park dränieren, alles aufbuddeln,

was überhaupt, nichts genützt hätte. Ich habe mich geeinigt mit ihnen, sie können neue Rohre bis zum Anschlusskanal legen, das müsste genügen; wir machen es jetzt und zum Frühjahr kann ich dann frisch einsäen.«

Er wandte sich um, der Auffahrt zu, wie jemand, der Witterung aufnimmt. Dann hörte auch Camilla das Motorengeräusch.

»Sie bringen Koks«, sagte Willeke. »Wenn Sie mich entschuldigen, da muss ich dabei sein. Wenn ich einmal nicht aufpasse, werfen sie mir die ganze Ladung auf die Beete am Haus. Sie bleiben doch noch etwas? Ich habe die Nüsse im letzten Herbst geerntet. Ein paar müssen Sie sich mitnehmen.«

»Ich geh noch etwas durch den Park.«

»Tun Sie das. Einen Teil der Wege habe ich geräumt. Sehn Sie, wie ich gesagt habe, der steuert direkt auf die Beete zu«, und damit eilte der Gärtner davon.

Der Park war wie früher, und die Wege waren freigeschaufelt wie früher, mit sauber begradigten Rändern. Die Sonne hatte nun mehr Kraft als am Morgen, und manchmal fiel etwas Schnee von einem Zweig. Wenn sie stehen blieb und zum Haus zurückblickte, wurde sie an die Dinge erinnert, die sie dort gesehen hatte, aber je länger sie lief, um so weiter rückten sie ab von ihr; in der Stille, die sie umgab, in der Weite des Parks kam allmählich ein anderes Gefühl in ihr auf: Hoffnung, sie würde überleben. Sie würde diesen Krieg überleben. Sie musste nur daran glauben, so wie sie daran geglaubt hatte, dass dieses Haus eines Tages wieder ihr gehören würde. Es gehörte ihr, und eines Tages würde sie auch wieder darin leben ... »Camilla! Camilla!«

Sie blieb nicht stehen, denn sie hielt die Stimme nicht für real. Sie gehörte zu ihren Vorstellungen von der Zukunft; jemand, der sie rief, weil im Treibhaus eine besondere Blüte aufgegangen war, jemand, der ihr eine Wildspur zeigen wollte.

»Camilla ... Camilla ...«

Sie wandte den Kopf, und sie war sicher, dass die Augen, blind von dem vielen Licht, ihr einen Streich spielten: Der Mann kam durch den tiefen Schnee, zuerst nur eine schmale Silhouette in dem Weiß. Die Sonne blendete sie so, dass sie sein Gesicht immer noch nicht erkennen konnte, aber dann fiel ihr die Nachricht ein, die am Morgen in ihrem Hotelfach gesteckt hatte.

Er hatte sie jetzt eingeholt, außer Atem von dem Lauf durch den hohen Schnee stand er vor ihr. Er nahm die Hände nicht aus den Taschen seiner Jacke. »Was für ein schöner Tag«, sagte er, noch immer atemlos.

Er hatte sich kaum verändert; nur an den Linien um die Augen und auf der Stirn war die Zeit abzulesen, die seit damals verstrichen war. Irgendwie bedauerte sie es, dass er sie aus ihren Zukunftsträumen in die Wirklichkeit zurückgeholt hatte.

»Warum du läufst davon vor mir?«

»Läufst du ... das Verbum steht im Deutschen vor dem persönlichen Fürwort bei der Frage.«

»Wenigstens weiß ich jetzt, dass du es bist! Also, warum läufst du davon vor mir?«

»Hab ich das getan?«

»Hast du meine Nachricht nicht bekommen?«

»Doch, natürlich. Aber ich musste sehr früh weg. Wie wusstest du, dass ich hier bin?«

»Als man mir sagte, dass du schon fort bist und auch keine Nachricht hinterlassen hast, habe ich den Portier gefragt. Er meinte, du bist bestimmt in die Klinik gegangen.«

»Ich musste um sieben Uhr dort sein.«

»Ja, ich weiß. Ich bin hingefahren, aber du warst schon weg.«

»Du warst bei ihm in der Klinik?«

»Ja. Und er sagte mir, dass du vorhattest, hier herauszufahren.«

Er knüpfte sich die Jacke auf und sah sich um. »Es ist alles noch wie damals. Dein Vater sagte, ihr habt das Haus zurückgekauft.«

Sie nickte und schlug den Weg zurück zum Gärtnerhaus ein.

»Erinnerst du dich noch an meinen letzten Tag? Ich wünschte mir Schnee, und wirklich fiel er dann in der letzten Nacht.«

»Seit wann bist du in Deutschland?«

»Seit vorgestern Abend.«

»Kann man so einfach aus Amerika herüberkommen?«

»Nicht so einfach, aber mit guten Beziehungen zur Botschaft geht es.«

»Bleibst du lange?«

»Wenn du mir versprichst, nicht mehr vor mir davonzulaufen, ja.« Aber dann wurde er ernst. »Ich kann es nicht sagen. Noch sind wir nicht im Krieg, aber es sieht so aus, als sei es unvermeidbar. Ich hatte heute Morgen ein Gespräch in unserer Botschaft. Die Dinge stehen nicht gut.«

Seine Worte hatten sie jetzt vollends in die Wirklichkeit zurückgebracht. Der penetrante Medizingeruch aus dem Haus, der junge Mann mit dem leeren rechten Ärmel an dem Flügel im Wintergarten – alles kehrte zurück. Sie sah Keith an, und nun fand sie ihn vollkommen verändert, ein ganz anderer als der, den sie in Erinnerung hatte.

Sie hatten das Haus des Gärtners erreicht; es war ganz mit Efeu überwachsen. Vor dem Haus, an der Seite, die Morgensonne hatte, stand eine Bank. Sie setzte sich, um auf Willeke zu warten. Keith blieb vor ihr stehen.

»Was unternehmen wir heute?«, fragte er.

»Wieso?«

»Ich dachte, wir könnten irgendetwas zusammen unternehmen, was dir Spaß macht. Es ist ein so schöner Tag.«

»Das wird nicht gehen. Ich muss heute Abend zurückfahren. Ich muss noch einmal zu Vater in die Klinik, und dann habe ich noch ein paar Besprechungen. Ich habe mich hier schon zu lange aufgehalten.«

»Dann hat Lou also recht?«

»Lou? Du hast Lou gesehen?«

»Sie lief mir über den Weg. Gestern Abend im Hotel.«

»Und ihr hattet nichts Besseres zu tun, als über mich zu sprechen.«

»Es ergab sich so. Bist du so tüchtig, wie sie sagt?«

»Hat sie das Wort wirklich gebraucht? Oder hat sie gesagt, dass ich eine schreckliche Materialistin geworden bin, die nichts anderes im Kopf hat als ihre Geschäfte?«

»So ungefähr klang es.«

»Dann warst du ja darauf vorbereitet, was du finden würdest.«

Er kam nicht dazu, ihr zu antworten, denn Willeke erschien. Zunächst war er überrascht, noch jemand anderen vorzufinden, aber dann, als die Erinnerung einsetzte, war er außer sich vor Freude. Wie eine Quelle, die angeschlagen worden war, so ergoss sich ein Schwall von Reminiszenzen über Keith. Geschichten und Begebenheiten von damals, die selbst Camilla längst vergessen hatte; er fand kein Ende, immer fiel ihm noch etwas ein, bis sie es schließlich nicht mehr aushielt und zum Aufbruch drängte. Er begleitete sie zum Tor, immer noch redend, glücklich, die Gegenwart zu vergessen, die ihn nur allzuschnell wieder einholen würde.

»Das war fast grob, die Eile, mit der du plötzlich wegkommen wolltest«, sagte Keith.

»Was hat das für einen Sinn? Alle diese Erinnerungen. Man kann nicht von Erinnerungen leben.« Sie blickte verwundert auf das Automobil mit Chauffeur, das vor dem Tor parkte und auf das Keith jetzt zuging. »Ist das dein Wagen?«

»Wir können ihn benützen. Den ganzen Tag, wenn wir wollen. Die Botschaft hat ihn mir zur Verfügung gestellt.«

»Ein Wagen von der Botschaft? Bist du so ein wichtiger Mann?«

»Nun, wie ist es?«

»Nein«, sagte sie. »Ich habe die Zeit nicht.«

»Aber Camilla! Einen Tag! Ich müsste eigentlich nach Oranienburg und Neu-Ruppin, sehr dringend, und sehr wichtige Verabredungen. Ich werde sie versetzen, für dich.«

Sie schüttelte den Kopf.

»Kann ich dich wenigstens in die Stadt mitnehmen? Und wir verabreden etwas für heute Abend. Du musst doch nicht unbedingt zurückfahren.«

»Vielen Dank. Aber ich laufe gern das Stück zur Station. Wirklich. Und es war schön, dich wiedergesehen zu haben. Ich komme vielleicht schon in ein paar Tagen wieder nach Berlin, und wenn du dann noch da bist und Zeit hast, dann können wir vielleicht zusammen essen, im Hotel.«

Er versuchte nicht mehr, sie zu halten, und während sie davonging, hörte sie das Automobil starten. Warum warst du so zu ihm, fragte sie sich. Warum gönnst du dir nicht mal eine kleine Abwechslung? Dreh dich um und ruf ihn zurück! Aber sie tat es nicht.

An der Station in Steglitz standen schon zwei grün-weiße Wagen bereit; es war noch etwas Zeit bis zur Abfahrt, und die wenigen Leute, die um diese Stunde in die Stadt fuhren, gingen vor den offenen Wagen auf und ab, vermutlich, weil es in der Sonne wärmer war als in den Abteilen. Camilla hatte eben ihr Billett gelöst, als am Straßenrand ein Automobil hielt und Keith heraussprang. Er hob die Hände. »Keine Angst! Ich will dich zu nichts überreden. Wir haben uns nur nicht einmal richtig verabschiedet.«

Er entdeckte den Horoskop-Automaten. Vielleicht erinnerte er sich; jedenfalls holte er eine Münze aus der Tasche und wollte sie einwerfen.

»Er geht nicht mehr«, sagte Camilla. »Ich habe es vorhin versucht, als ich ankam. Er schluckt das Geld, aber er gibt nichts heraus.«

»Nicht?« Keith schlug mit dem Handballen gegen den Automaten, einmal, zweimal, und plötzlich gab er rasselnde Geräusche von sich, eine Karte fiel heraus, und kurz darauf klirrend auch noch eine Münze. Keith hielt beides in die Höhe, die Horoskop-Karte und das Geldstück, und seine Augen lachten.

»Skorpion – bist du das?«

»Ja.«

»Soll ich es dir vorlesen?«

»Aber schnell.« Eine Schaffnerin war inzwischen aufgetaucht; in einem langen Mantel, der ihr um die Beine schlug, und um den Hals eine Trillerpfeife, ging sie die Wagen entlang und mahnte mit einer heiseren, erkälteten Stimme zum Einsteigen.

Keith blickte auf die Horoskop-Karte: »Sie muten sich zu viel zu. Ihre Kräfte sind nicht unerschöpflich. Denken Sie auch einmal an sich. Sie sind nicht für die ganze Welt verantwortlich.«

»Das steht doch nie da! Zeig mal her!« Sie hörte, wie die Schaffnerin die erste Tür zuschlug. »Ich muss einsteigen.«

»Natürlich«, sagte er, »sonst verpasst du ja den Zug.«

Sie trat an eine der offen stehenden Türen. »Stand das wirklich auf der Karte?«

»Einsteigen«, sagte er, »sonst kommst du nicht mit.« Er beugte sich vor, nahm sie in die Arme und küsste sie, ohne Hast, ohne ungeschickte Heftigkeit, so als hätten sie unbegrenzt Zeit. Es war so unerwartet gekommen und war doch so natürlich, dass sie es geschehen ließ und dann erst sagte: »Was tust du?«

»Tut man das nicht?«, sagte er. »Das tun doch alle, wenn sie sich verabschieden, oder nicht?«

Nicht gerade so, dachte sie, aber sie sprach es nicht aus. Irgendwie erwartete sie, dass er mit ihr einsteigen würde, aber er reichte ihr nur die Hand, und sie stieg das Trittbrett hinauf, und dann schlug jemand die Tür zu. Sie wollte das Fenster öffnen, aber es klemmte. Sie sah ihn draußen stehen. Seine Lippen bewegten sich, aber sie verstand nicht, was er sagte durch das geschlossene Fenster, und dann fuhren die Wagen an.

Eine Weile sah sie ihn noch, er stand dort und winkte ihr nach, aber als die Bahn schneller wurde, verschwand er aus ihrem Blickfeld.

Camilla setzte sich an einen Fensterplatz und lehnte sich zurück. Durch die Scheiben hatte die Sonne mehr Kraft und Wärme als im Freien.

Warum muss ich eigentlich heute unbedingt nach Neustrelitz

zurückfahren, überlegte sie. Sie schloss die Augen, genoss die Wärme, die allmählich in sie eindrang und sich in ihrem Körper ausbreitete. Ruhe kam in sie, nichts mehr war wichtig, nichts mehr hatte Eile. Eine Weile so bleiben dürfen – mehr wünschte sie nicht.

5

Um acht Uhr übernahm Makowsky den Nachtdienst. Es gab dann Routinesachen zu erledigen, bis er sich häuslich machen konnte, was bei ihm hieß, dass er die Hefte mit den Kreuzworträtseln für die ruhigen Nachtstunden bereitlegte und seinen mitgebrachten Tee – er musste auf seine Galle achten – von einem Pagen in die Küche bringen ließ. Danach nahm er sich die neu geschriebene Liste der Abreisen und Ankünfte vor, und er wollte eben damit beginnen, sie durchzugehen, als die Frau des Fabrikanten Senger zur Halle hereinkam.

Ein Blick auf die Abreiseliste sagte ihm, dass ihr Name nicht eingetragen war. Er nahm ihren Schlüssel vom Haken – 308 – und das Kuvert, das in ihrem Fach für sie bereitlag. Er konnte nicht umhin, seiner Verwunderung Ausdruck zu geben: »Ich dachte, Sie reisen heute ab. Bleiben Sie länger?«

»Ja, kann sein.«

Er suchte für sich nach einer Erklärung, und die einzige, die ihm einfiel, war: »Ist die Operation gut verlaufen? Es hat doch hoffentlich keine Komplikationen gegeben?«

»Nein, nein, es ist alles in Ordnung. Ich war am Nachmittag nochmals in der Klinik. Er lässt sich bedanken für Ihre Grüße und guten Wünsche.«

»Dann ist also alles gut gegangen. Und Sie bleiben, bis auch die zweite Operation gemacht ist.«

Sie hatten am Morgen ausführlich darüber gesprochen; Makowsky war jemand, der bei allem persönlichen Interesse, das er zeigte, nie das Gefühl aufkommen ließ, dass er sich aufdrängte. Trotzdem dachte Camilla in diesem Moment: Ist das der einzige Grund, den er sich vorstellen kann, dass ich wegen meines Vaters bleibe? Fast war sie versucht, eine Bemerkung zu machen, aber sie unterließ es. »Ich kann noch nicht sagen, wie lange ich bleibe.«

»Wissen Sie, Ihr Vater, für mich, wenn ich das sagen darf, verkörpert er einfach die guten alten Zeiten. Jeder hier im Haus hat sich gefreut, wenn er kam: Jeder hat ihn gern bedient. Ich sage immer, es liegt auch an den Gästen, wie die Atmosphäre in einem Hotel ist. Schlechte Gäste, schlechte Bedienung. Wie ist es? Darf ich Ihnen einen schönen Tisch reservieren lassen?«

Sie nahm den Schlüssel und das Kuvert. Das Kuvert trug den Stempel des Kriegsbeschaffungsamtes und enthielt vermutlich den schriftlichen Bescheid, dass man das Verfahren eingestellt hatte. »Sonst keine Nachrichten für mich?«

Der Portier kontrollierte noch einmal das Fach und zog wirklich einen Zettel heraus. »Entschuldigen Sie, das habe ich übersehen, eine Nachricht von der Telefonzentrale: Sie möchten in Neustrelitz anrufen.«

»Ach so. Das ist erledigt.«

»Und wie ist es nun mit einem schönen Tisch?«

»Ich werde auf dem Zimmer essen.«

»Ich schicke Ihnen Albert.«

»Vielen Dank, aber das ist nicht nötig. Ich nehme dasselbe wie immer.«

»Wirklich? Also Tee, doppelte Portion mit kalter Milch, Weißbrot, Butter, etwas Schinken, etwas Käse, alles in einer Stunde.«

»So ist es.«

Makowsky zog den Weck-Block hervor. »Und morgen um sechs Uhr dreißig wecken.«

»Das habe ich nicht gesagt. Morgen möchte ich mal nicht geweckt werden.« Er nickte, aber die Art, wie er den gezückten Bleistift sinken ließ, verriet, wie verdutzt er war. Eine natürliche Reaktion, bei der er sich bestimmt nichts weiter dachte; ein

Portier war nun einmal dazu da, sich die Gewohnheiten der Gäste zu merken, und sechs Uhr dreißig, das war ihre normale Zeit. Und doch blieb sie nachdenklich, während sie durch die Halle ging und die Treppe hinaufstieg, weil ihr zu viele Leute vor dem Lift warteten. Ihre Mutter war nie vor zehn Uhr aufgestanden, und ihre Schwestern hielten es darin genauso. Maxi tauchte nie vor Mittag aus ihren Räumen auf, und vom ersten Tag an in Neustrelitz hatte ihr Frau Ewers das Frühstück ans Bett bringen müssen. Wenn sie, Camilla, plötzlich dasselbe verlangen würde – nicht auszudenken, was für ein Staunen sich im Haus ausbreiten würde.

Die Flügeltüren zum Blauen Salon im ersten Stock standen auf. Zwei Kellner waren damit beschäftigt, die große Tafel zu decken; zwölf silberne Platzteller standen schon dort, die Gläser, die Blumendekoration, und in der Mitte eine große vielstöckige Torte mit einem Flugzeug aus heller Schokolade auf der Spitze.

Der Blaue Salon war so etwas wie eine feste Institution für Berliner Familienfeiern, und Camilla hätte nicht sagen können, wie oft ihre Familie ihn schon in Anspruch genommen hatte: Die Verlobungen der Schwestern hatten sie hier gefeiert, die Taufe von Maxis erstem Kind, die Beförderung von Lous Mann zum Oberleutnant, oder war es der Rittmeister gewesen? Und zuletzt hatten sie sich nach Tante Lenkas Beerdigung hier versammelt. Würden sie je wieder alle um diesen Tisch dort sitzen? Sicher nicht. Die Männer von Lou und Maxi waren gefallen, und wer weiß, was noch alles geschah, bis dieser Krieg zu Ende war ...

»Gestatten Sie!«

Sie trat zur Seite, um den Kellner mit dem Wagen vorbeizulassen, auf dem das polierte Silberbesteck lag.

Was würde noch alles geschehen? Früher, in den Jahren vor dem Krieg, war das ein Gedanke voller angenehmer Erwartungen gewesen, voller Neugier und ungeformter Wünsche an die Zukunft. Jetzt war er nur noch ein Ausdruck von Ängsten und

Sorgen, und man musste froh sein, wenn nichts geschah, wenn die Zeit stillstand. Sie ging schnell weiter, und die Aussicht, gleich in ihrem Zimmer zu sein und die Tür hinter sich zu schließen, beruhigte sie.

Sie mochte dieses Zimmer; es war nicht das Doppelzimmer, das sie immer mit ihrem Mann zusammen bewohnt hatte. 308 war ein Einzelzimmer im obersten Stockwerk, am Ende eines Ganges. Es lag nach Norden, mit dem Blick auf die Sandsteinfassade eines Ministeriums auf der gegenüberliegenden Straßenseite, und wenn sie in dem kleinen Erker stand, konnte sie die Posten vor der geschlossenen Russischen Botschaft beobachten.

Es gab ruhigere Zimmer, zum Garten hinaus, aber sie mochte die Geräusche von der Straße, vor allem in den frühen Morgenstunden. Der Raum war klein, ein wenig verwinkelt durch seine Ecklage, mit grauer Seide ausgeschlagen, und das Marmorbad war fast größer als der Raum selbst. Wie immer, wenn sie nach einem langen Tag hierher kam, war dies das Erste, nachdem sie den Mantel abgelegt hatte, dass sie ins Bad ging und die Hähne aufdrehte, um die Wanne einlaufen zu lassen. Bei dem Anblick der violetten Toilettenseife auf den Porzellanhaltern des Waschbeckens und der Wanne musste Camilla lächeln.

Auf dem Bett lag, noch eingepackt, der Karton mit dem Hausmantel, den sie am Vormittag gekauft und ins Hotel hatte schicken lassen.

Das Telefon auf dem Nachttisch erinnerte sie für einen Augenblick wieder an das Gespräch, das sie von der Klinik aus mit Neustrelitz geführt hatte: »Sie kommen heute nicht zurück?« Zuerst war Frau Ewers am Apparat gewesen, dann Maxi, und zuletzt hatte sie mit den Jungen gesprochen, und alle hatten getan, als ginge die Welt unter. – »Aber dann kommst du doch morgen mit dem ersten Zug? Nein? Ja, was ist denn passiert?« – Musste denn unbedingt etwas passiert sein! Musste sie immer funktionieren wie ein Uhrwerk? Hatte sie kein Recht darauf, sich einmal eine Pause zu gönnen? Musste sie vorher um Erlaubnis fragen? Rechenschaft ablegen, warum und wieso? War es schon so weit gekommen?

Sie hängte das *Nicht-stören-Schild* nach draußen, entkleidete sich und stieg ins Bad. Sie mochte Hotels; sie fühlte sich wohl dort, vielleicht, weil ein Hotel genau das Gegenteil von einem Zuhause war. Nur ein Hotel hatte so viele verschiedene Geräusche, und das Badezimmer mit seinem Marmorboden und seinen vielen Rohren und Leitungen war wie ein großes Ohr, das alle diese Geräusche auffing. Und auch das mochte sie: Die Vorstellung der vielen Zimmer und der vielen Menschen, Hunderte von Fremden unter einem Dach, alle mit etwas beschäftigt, meist ganz einfachen Dingen und Gedanken, was man anziehen sollte, wohin man gehen sollte, was man essen würde. Wahre Fluchtburgen waren diese Räume. Was immer in ihnen geschah, sie behielten es für sich, immer bereit, den Nächsten aufzunehmen und ihm den gleichen Schutz zu gewähren.

Sie blieb länger als sonst im Bad, und dann, das große, angewärmte Badetuch um die Schultern, schnürte sie das Paket auf. Sie war sparsam und konservativ, was ihre Kleidung betraf, aber bei ihren Hausmänteln war sie verschwenderisch, fast extravagant. Sie besaß schon mehr als ein Dutzend, aber als sie den Kimono in Schwarz und Violett, mit Seide wattiert, heute Vormittag bei »Demuth« im Schaufenster entdeckte, war sie sofort entschlossen gewesen, ihn zu kaufen, und als sie ihn jetzt anzog und sich im Spiegel betrachtete, war der verrückt hohe Preis, den sie dafür gezahlt hatte, bereits vergessen.

Sie holte das *Nicht-stören-Schild* wieder herein, ließ die Tür diesmal unverschlossen, dämpfte die Lichter und setzte sich bequem in den Erker. Die Straße war ruhig; sie würde sich erst später wieder beleben, wenn die Theater sich leerten. Sie erhob sich nicht, als es klopfte; der Etagenkellner öffnete langsam die Tür und schob den Servierwagen herein. »Guten Abend, gnädige Frau, ich bringe das Bestellte.«

Sie hatte noch nie nach seinem Namen gefragt, und sie wollte es gerade nachholen, als sie bemerkte, dass zwei Gedecke auf dem Wagen standen, zwei Terrinen mit Warmhaltehauben darüber, und ein Eiskübel, aus dem der Hals einer Weinflasche ragte.

»Haben Sie sich nicht geirrt? Dreihundertacht. Ich habe dasselbe wie immer bestellt.«

Er schob den Wagen noch etwas näher. »Das ist die Bestellung für Dreinullacht.« Er zog die Rechnung unter einer Serviette hervor. »Dreinullacht. Stimmt genau. Wenn Sie bitte abzeichnen würden.«

»Aber ich sage Ihnen doch, da liegt ein Irrtum vor!« Sie beugte sich vor und hob den Deckel von einer runden Silberkasserolle hoch. »Kartoffelsuppe ... niemals.«

»Ich werde mich erkundigen.«

»Nehmen Sie den Wagen nur wieder mit.«

Der Kellner blickte auf die Rechnung und dann auf sie, unschlüssig, wie er sich verhalten sollte.

Sie mussten beide das Klopfen überhört haben, oder vielleicht hatte er überhaupt nicht geklopft, jedenfalls stand Keith bereits mitten im Zimmer, als sie jetzt auf ihn aufmerksam wurden. In seiner Haltung und in seinem Schritt war etwas Zögerndes. Offenbar hatte er einen Teil ihrer Diskussion mitbekommen, denn er sagte: »Das geht in Ordnung mit der Bestellung. Ich habe das geändert. Ich dachte, nach so einem langen Tag haben wir eine richtige Mahlzeit verdient.« Und zum Kellner gewandt: »Es ist gut. War nicht Ihre Schuld. Sie können jetzt gehn.«

Der Kellner verbeugte sich und ging rückwärts zur Tür. Als er verschwunden war, sagte Keith: »Wenn du mich fragen würdest, was ich mir unter europäisch vorstelle, dann würde ich antworten, so ein Kellner im Bristol. – Es macht dir doch nichts aus, dass ich das umbestellt habe? Nein, bleib sitzen, ich schiebe dir den Tisch heran. Und das meinte ich ganz ernst, wir haben beide einen langen Tag hinter uns.«

Er schob den Wagen – eigentlich ein regelrechter fahrbarer Tisch in den Erker, stellte die Beine fest, nahm sich einen Stuhl und setzte sich ihr gegenüber.

Er machte dies alles mit der gleichen Selbstverständlichkeit, mit der er sie am Zug geküsst hatte, und plötzlich musste sie lachen.

»Hast du Übung in solchen Überfällen?«

»Ich springe über meinen Schatten, das ist alles.«

»Warst du wirklich in Oranienburg und Neu-Ruppin?«

»Natürlich! Die Pflicht zuerst. Du hast mich gerade noch rechtzeitig daran erinnert. Aber nun haben wir unsere Pflicht getan.«

Er nahm seine Serviette und faltete sie auseinander. »Du bist also doch geblieben.«

»Ich habe mir gedacht, warum nicht.«

»Du bist über deinen Schatten gesprungen. Und niemand hat protestiert?«

»Und ob sie protestiert haben. Ich glaube, das hat mich nur noch bestärkt. Ich habe mir so oft gesagt: Eines Tages, irgendwann, streikst du einfach.«

»Du lernst dazu.«

»Oh, das würde ich schnell lernen. Aber wie wusstest du eigentlich, dass ich hier bin?«

»Ich habe dir nachspioniert. Die alte klassische Methode. Warte in der Halle, hinter einer Zeitung versteckt.«

»Du warst in der Halle?«

»Ja, und als ich dich sah, dachte ich, gib ihr eine Stunde Zeit. Dann habe ich den Zimmerservice angerufen und deine Bestellung geändert.«

»Dann lass mal sehen, was du zu bieten hast.«

»Ich wollte nichts übertreiben. Kein Champagner. Nur ein Wein für dich und ein Bier für mich. Und zum Essen was ganz Einfaches. Eine Kartoffelsuppe, die hier besonders gut sein soll, und Fischklößchen und Kräutersauce. So viel ich mich erinnere, hast du das früher ...«

»Bitte«, unterbrach sie ihn, »tu mir den Gefallen. Jeder fängt heute damit an. Weißt du noch, früher ... Ich möchte nichts mehr hören von früher, von der Vergangenheit, von gestern, von dem, was mal war. Und nichts von morgen, und irgendwann, was mal sein wird. Heute – das möchte ich, diese Stunde. Nichts anderes als heute und diesen Augenblick. So, und nun lass uns anfangen. Ich glaube, ich bin wirklich hungrig.«

Das war etwas, das er nicht wissen konnte: Als Kind hatte sie viel und mit wahrer Leidenschaft gegessen, wenn dabei auch »nichts an sie hin wurde«, wie ihre Kinderfrau immer geklagt hatte. Um so weniger machte sich Camilla jetzt aus dem Essen. Es war zu einer Pflicht geworden, und wenn sie vom Tisch aufstand, wusste sie meistens schon nicht mehr, was es gegeben hatte. Aber heute Abend war sie wirklich hungrig und aß mit Lust; es war, als entdeckte sie eine Fähigkeit wieder, die ihr verloren gegangen war.

Vielleicht war es nur, dass sie einmal nicht an andere denken musste wie in Neustrelitz, wo sie immer mindestens neun Personen bei Tisch waren – sondern dass jemand an sie dachte, sich um sie kümmerte, jeden Augenblick darauf bedacht, ihren Wünschen zuvorzukommen, der ihr das Salz reichte, noch ehe sie die Hand ausstreckte.

Sie sprachen nicht mehr von früher, und sie vermieden es auch, allzu Persönliches zu berühren, aber es blieb ihnen auch so genug. Sie erzählte von dem Kauf des Kimonos bei »Demuth«, er von den Verhandlungen, die er in Neu-Ruppin geführt hatte. Camilla versuchte das Essen hinzuziehen, und als es klopfte und der Kellner erschien, um abzuservieren, hatte sie das Gefühl, dass alles andere nun auch zu Ende sein würde, wenn dieser Tisch wieder davonrollte, und so sagte sie: »Lassen Sie alles da, und bringen Sie uns noch irgendein Dessert ... ein Eis vielleicht, ja, eine große Portion Vanille-Eis.« Als er damit kam, bat sie ihn um einen Tee, allerdings erst für später, kurz bevor die Etagenküche schloss. Aber auch diese Frist verstrich, das Tablett mit dem Tee stand vor ihr, und sie saß dort in der

Stille. Und als Keith sich erhob, wusste sie, was er sagen würde, und er gebrauchte genau die Worte.

»Es war ein netter Abend.«

Sie wollte nicht, dass es schon zu Ende war, aber was konnte sie tun, um diesen Abend zu verlängern. Sie hatte von Anfang an gewusst, dass es nur diese kurze Stunde geben würde, nur ein Heute, kein Morgen.

Sie trat an das Fenster im Erker. Schneebedeckte Dächer und darunter dunkle Gebäude; nur in dem Ministerium genau gegenüber war ein Fenster erleuchtet, und sie erinnerte sich, dass es auch in früheren Nächten so war.

»Das Horoskop«, sagte sie, »heute Morgen. Das hast du erfunden, nicht wahr?«

»Es klang doch sehr echt, oder?«

»Wer denkt sich so was aus? Jemand, der die Menschen sehr gut kennt?«

»Ich weiß nicht, ich fürchte, nein.«

Wer da drüben im Ministerium wohl Nacht für Nacht saß? Jemand, der arbeitete? Jemand, der Angst hatte, nach Hause zu gehen? Jemand, der jetzt auch dort am Fenster stand so wie sie?

»Wann wirst du wieder weggehn?«, fragte sie.

Er legte den Arm um sie. »Du brichst deine eigenen Regeln. Kein Gestern, kein Morgen!«

»Gibt es das überhaupt, kein Gestern, kein Morgen? Hängt nicht alles zusammen? Und wünschen wir uns nicht, dass die Dinge dauern?«

»Aber sie dauern nicht.«

»Es ist gut, dass du es sagst.«

»Das andere zu sagen wäre leichter. Es war wirklich ein schöner Abend.«

Sie hatte kein Recht, ihn zu halten, und doch wollte sie nicht, dass er ging. Mit ihm war etwas gekommen, das sie glücklich machte, und sie wollte, dass es andauerte – wenn auch nur heute.

Sie war sicher, dass er genauso empfand. Worauf wartete er dann, warum nahm er ihr die Entscheidung nicht ab?

Er stand stumm und reglos neben ihr, und schließlich sprach er die Worte aus, vor denen sie sich die ganze Zeit gefürchtet hatte: »Ich glaube, ich werde jetzt gehen.«

Ich kann es nur sagen, wenn ich ihn nicht ansehe, dachte sie. Aber dann wandte sie sich zu ihm und blickte ihm in die Augen. »Bleib«, sagte sie.

Es verstrich eine Weile, bis er antwortete: »Ich hätte es sagen sollen.«

»Vielleicht ist es besser, ich habe es gesagt. Ich wollte, dass du bleibst, ich wollte es. Du kannst mich immer daran erinnern.«

Sie hatte nicht geglaubt, dass sie die Worte über die Lippen bringen würde, aber jetzt hatte sie ein Gefühl der Erlösung.

Er nahm sie in die Arme, und es geschah mit einem Zögern, das sie daran erinnerte, wie er vor Stunden in das Zimmer eingetreten war. Und als er sie küsste, tat er es wie am Morgen in Steglitz, ohne Hast, und gab ihr dabei das Gefühl, dass sie alle Zeit der Welt hatten.

6

Sie erwachte aus Gewohnheit zu dieser frühen Stunde, und selbst nach so vielen Tagen gab es immer einen ersten kurzen Augenblick der Verwunderung, dass es nicht ihr Zimmer war, in dem sie sich befand. Er lag neben ihr; er schlief auf der linken Seite, das Gesicht tief im Kissen, als brauchte er nachts nicht zu atmen, und hatte einen Arm nach ihr ausgestreckt. Er erwachte immer, wenn sie sich von ihm löste, das heißt, er kam an die Oberfläche seines tiefen Schlafs, konnte reden, als wäre er hellwach, aber später wusste er nichts mehr davon.

»Ist es schon wieder so weit?«

Sie langte im Dunkeln hinüber zum Nachttisch, tastete nach der Uhr. Sie hielt sie nahe an die Augen und legte sie dann zurück. »Schlaf nur weiter.«

»Nein, nein, ich stehe mit dir auf.« Sie schmiegte sich an ihn.
»Musst du heute fort?«
»Ja.«
»Heute Abend? Derselbe Zug?«
»Ja, derselbe Zug. Schlaf weiter.«

Sie ließ es geschehen, dass er sie fester an sich zog. Sie brauchte nur ein paar Minuten stillzuhalten, dann würde sie wieder seinen ruhigen Atem hören, irgendwann einen tiefen Seufzer, und danach würde sein Atem leiser und leiser werden, die Umarmung schwächer. Es war ein Leichtes, sich dann zu erheben, ohne dass er es bemerkte, so tief war dieser Morgenschlaf, in den er zurückfiel, und als sie ihn jetzt dabei beobachtete, empfand sie fast so etwas wie Eifersucht. Sie stieg aus dem Bett. Um sechs Uhr herrschte im Hotel noch Stille, eine ganz andere Stille als am Abend; jetzt, am Morgen, konnte man eher die Vorstellung haben, sie beide wären die einzigen lebenden Wesen darin.

Sie machte kein Licht, der helle Schein der Winternacht in den Fenstern genügte ihr, und sie hatte ohnehin nichts in seinem Zimmer außer der Uhr, dem Kimono, den Pantoffeln und ihrem Zimmerschlüssel. Bevor sie ging, trat sie noch einmal an das Bett; er schlief ganz tief, den Kopf im Kissen vergraben, nur sein dunkles Haar war zu sehen und der ausgestreckte Arm, dort wo sie gelegen hatte. Sie beugte sich hinunter, küsste ihn leicht, dann nahm sie Uhr und Schlüssel vom Nachttisch und verließ den Raum. Unter der Tür blieb sie einen Moment stehen und blickte den Gang entlang; sein Zimmer lag im zweiten Stock, und sie musste den Gang vorgehen, die Treppe hinauf und dann wieder bis ans andere Ende eines Ganges.

Eigentlich hätte es anders sein müssen. Er hätte es sein müssen, der sie am Morgen verließ, aber so war es nun einmal; sogar die erste Nacht hatten sie nicht in ihrem Zimmer verbracht, sondern bei ihm. Warum? Der Vorschlag war von ihr gekommen, und als sie ihn machte, hätte sie keinen Grund dafür angeben können, aber dann, am anderen Morgen, als sie in ihr Zimmer zurückkehrte, war sie froh darüber gewesen: Alles war noch so, wie sie es verlassen hatten, mit zugezogenen Vorhängen, mit dem Tisch, an dem sie gegessen hatten, und sie fand es gut, dass die Erinnerung an diesen Abend getrennt blieb von dem anderen.

Auf den Gängen brannte die Nachtbeleuchtung; manchmal waren die eingesammelten und geputzten Schuhe schon wieder vor die Zimmertüren zurückgestellt, manchmal noch nicht; sie war dem Hausdiener, der diese Arbeit besorgte, noch nie begegnet, aber sie war auch noch nicht hinter seine Zeiteinteilung und sein System gekommen; manchmal begann er im obersten Stockwerk, manchmal unten.

Als sie jetzt die Treppe hinaufeilte, hörte sie ihn, diesmal von unten.

Es war schon eigenartig, dieses ... Verhältnis – wie sollte sie es anders nennen. Die Unannehmlichkeiten, die damit verbunden waren, trafen nur sie. Die ersten zwei Tage nach jenem Abendessen auf ihrem Zimmer war sie in Berlin geblieben, aber seither fuhr sie jeden Morgen nach Neustrelitz und kam abends zurück nach Berlin. Jeden Morgen eilte sie, wie jetzt, in ihr Zimmer, zog sich dort an, frühstückte nebenbei und ließ sich dann zum Bahnhof fahren, zum Frühzug nach Neustrelitz. Der war ziemlich leer, und so hatte sie meist ein Abteil für sich und konnte noch etwas schlafen. Aber der Abendzug war so überfüllt, dass sie oft die ganze Fahrt über stehen musste. Keith holte sie am Bahnhof ab, und sie fuhren gleich ins Hotel.

Nur einmal war sie wieder zwei volle Tage in Berlin geblieben, am Ende der ersten Woche, als das zweite Auge ihres Vaters operiert wurde.

Es waren praktisch zwei Leben, die sie lebte. Die Nächte verbrachte sie hier in Berlin, die Tage in Neustrelitz; sie wurde dort wirklich gebraucht, denn immer wieder waren Entscheidungen zu treffen, die nicht mit einem Telefongespräch abzumachen waren. Hinzu kam ihr Pflichtgefühl; gerade in dieser Situation wollte sie sich keine Nachlässigkeit zu Schulden kommen lassen.

Sie hatte nun das oberste Stockwerk erreicht. Hier waren die Schuhe schon ausgetragen; warum hatte er ein Stockwerk überschlagen? 308 war das letzte Zimmer auf dem langen Korridor, und die höchste Nummer, mehr Zimmer gab es im Bristol nicht. – Das waren, wie sie sich später erinnerte, ihre Gedanken gewesen, während sie auf ihre Tür zuging; dazu das Gefühl einer bleiernen Müdigkeit, und der Kampf, den sie jeden Morgen auf diesem Weg auszufechten hatte, den Zug nach Neustrelitz nicht zu nehmen und sich in ihr Zimmer einzuschließen und zu schlafen, zu schlafen ...

Der rote Benachrichtigungszettel hing zusammen mit dem *Nicht-stören-Schild* am Türknauf. Sie nahm beides herunter und schloss die Tür auf. Der Raum lag im Halbdunkel der kleinen Nachttischlampe, die sie immer brennen ließ und deren Schirm seinen Schatten auf die Wand hinter dem Bett warf – auch das war etwas, das sich ihr für alle Zeiten einprägte.

Das Erste war sonst immer, dass sie das unberührte Bett durcheinander brachte, so als hätte sie darin geschlafen, aber jetzt nahm sie den Hörer des Telefons auf.

Es dauerte länger als sonst, bis der Nachtportier sich meldete. »Ich habe die Benachrichtigung eben erst gefunden«, sagte sie. »Wann ist das Telegramm gekommen?«

»Vor einer Stunde«, antwortete Makowsky und fügte hinzu: »Sie müssen tief geschlafen haben.«

»Schicken Sie es mir herauf. Wissen Sie, woher es ist?«

»Nein. Aber es scheint Ihnen nachgeschickt worden zu sein, von Neustrelitz. Ich hoffe ...«

Sie legte schnell auf, sie wollte nicht hören, was er noch sagte. Sie blickte auf den Apparat, so als treffe ihn die Schuld an allem. Und da war noch etwas anderes, das eigenartige Gefühl, als hätte sie diesen Augenblick schon einmal erlebt, genauso. Oder war nur eingetreten, was sie schon die ganze Zeit kommen fühlte – das Ende? Was immer in dem Telegramm stand, eines wusste sie genau, es würde das Ende bedeuten.

Sie stand da, neben dem Telefon, unfähig, etwas zu tun. Sie hatten auch gestern Abend hier in ihrem Zimmer gegessen, bevor sie zu ihm gegangen waren. Der Tisch stand noch dort. Sie ließen sich nicht mehr so viel Zeit wie am ersten Abend, aber diese Stunde war wichtig für sie, um sich aus dem Tag zu lösen und zurückzufinden zu sich und zu ihm. Diese gemeinsamen Essen an dem Tisch vor dem Erker waren alle wie das erste Mal, bis auf ihre Gespräche: Er war es gewesen, der die Regel verletzt hatte und eines Abends begonnen hatte, von der Zukunft zu sprechen, von gemeinsamen Plänen ... Sie hatte ihm zugehört, stumm, aber sie hatte nie vergessen, dass jede Stunde die letzte sein konnte; sie war immer darauf vorbereitet gewesen.

Es klopfte. Sie öffnete die Tür und nahm das Telegramm entgegen. Der Page hielt es ihr auf einem silbernen Tablett hin, mit weißen Handschuhen, das runde Käppi tief in der Stirn.

Und auch dieses Bild sollte ihr bleiben: das silberne Tablett und darauf das Telegramm auf grauem Kriegspapier. Sie öffnete es nicht. Sie legte es auf den Nachttisch neben das Telefon. Dann ging sie ins Bad, wusch und frisierte sich, nicht langsamer als sonst, aber auch nicht schneller. Als sie fertig angekleidet war, und man ihr das Frühstück gebracht hatte, begann sie ihren Koffer zu packen. Dann war auch das getan, und sie sah noch einmal den Schrank und die Schübe und Fächer durch; zuletzt brachte sie das Bett in Unordnung.

Sie setzte sich an den Bettrand, nahm das Telegramm vom Nachttisch und betrachtete die Stempel; sie hatte Mühe, das Kuvert zu öffnen und das Papier auseinanderzufalten. Sie las den Text und ließ die Hände sinken, blickte auf den Koffer, der bereits an der Tür stand.

Sie las das Telegramm ein zweites Mal, und diesmal erst kam der Schmerz, ganz plötzlich, als zerrisse etwas in ihr.

Sie faltete das graue Papier zusammen und wählte die Nummer der Telefonzentrale.

»Ja, bitte, was kann ich für Sie tun?«

Sie musste mit jemandem sprechen; aber dann sah sie ihn vor sich, wie er im Bett lag, den Kopf tief in den Kissen, sah, wie er aufschreckte beim Läuten des Telefons, nach dem Hörer tastete ... »Hallo! Was wünschen Sie?«

Und dann – was konnte sie ihm schon sagen? Sie legte den Hörer auf und wählte eine andere Nummer. Diesmal war Makowsky sofort am Apparat, so als hätte er darauf gewartet.

»Schicken Sie jemand, der meinen Koffer holt«, sagte sie. »Und bitte, machen Sie die Rechnung fertig. Ich reise ab.«

Sie steckte das Telegramm in ihre Handtasche, nahm Kappe und Mantel und ging zur Tür. Sie hatte den Wunsch, sich noch einmal umzudrehen und in das Zimmer zurückzublicken, zu dem Erker mit dem Tisch, der dort noch von gestern Abend stand, aber sie tat es nicht.

7

»Douai!«, sagte jemand neben ihr. »Die nächste Station. Sie wollten doch in Douai aussteigen. Das ist jetzt Douai.«

Sie hatte nicht gewusst, dass es einen Ort dieses Namens gab, bis zu dem Moment, wo sie das Telegramm geöffnet hatte. Und selbst später, als sie die Fahrkarte in der Hand hatte, war es ein Ort geblieben, den man erfunden hatte, den es in Wirklichkeit gar nicht gab. Sie reagierte nicht gleich auf die Stimme, als könnte sie dadurch den Ort von der Landkarte tilgen, und am liebsten hätte sie sich auch tot gestellt, als eine Hand sie jetzt bei der Schulter fasste und wachrüttelte.

Sie hatte nicht geschlafen, und doch wäre der tiefste Schlaf leichter abzuschütteln gewesen als diese tödliche Erschöpfung. Vierzig Stunden, ein Tag, eine Nacht, wieder ein Tag und nun bereits wieder eine halbe Nacht auf der Bahn, hatten sie in einen Zustand der Lähmung und Empfindungslosigkeit versetzt.

Sie spürte keine Kälte mehr, keinen Hunger, keinen Durst; sie reagierte nicht mehr auf die vereinzelten Detonationen oder auf die Leuchtraketen, die manchmal den Himmel erhellten.

An Schlaf war sowieso nicht zu denken in diesem Zug, der mit gelöschten Lichtern durch die Nacht schlich, langsam, als müsste er sich den Weg ertasten, der immer wieder auf der Strecke anhielt, ohne dass man wusste, wann es weitergehen würde. Seit vierzig Stunden hatte sie nicht mehr richtig geschlafen, und zuletzt hatte sie es auch gar nicht mehr versucht. »Das ist jetzt Douai, Schwester.« Sie hatte sich daran gewöhnt und widersprach nicht mehr, dass alle sie Schwester nannten, weil sie sich wohl nicht vorstellen konnten, was eine Frau sonst in diesen Zügen voller Männer zu suchen gehabt hätte.

Camilla wickelte sich aus der Decke, die sie um die Beine geschlagen hatte, und gab sie zurück. Es war stockdunkel, und sie konnte die Gesichter der Männer im Abteil nicht erkennen. Sie hätte nicht einmal sagen können, ob es noch dieselben Soldaten waren, die mit ihr in Aachen in diesen Zug eingestiegen waren. Für sie hatten alle, die ihr während dieser langen Fahrt gegenübersaßen, dasselbe Gesicht und denselben Geruch, nach Erde und Schweiß, der so scharf war, dass nicht einmal der Zigarettenrauch ihn überdecken konnte. Und noch etwas war allen gemeinsam: eine vorwurfsvolle Hilfsbereitschaft. Was immer sie taten, ob sie ihr eine Decke zur Verfügung stellten, von dem Grog anboten, den sie in ihren Feldflaschen hatten, oder, wie jetzt, den Koffer für sie aus dem Netz holten, es geschah auf eine Art, die ihr zu verstehen gab, dass sie sich durch ihre Gegenwart irritiert fühlten, fast so, als hätte sie ihre Welt durcheinander gebracht.

Als der Zug jetzt plötzlich mit einem Ruck hielt, verlor sie das Gleichgewicht und prallte mit ein paar Leibern zusammen. »Aufpassen!« Jemand stieß die vereiste Tür mit einem Fußtritt auf.

Im ersten Moment nahm die grimmige Kälte ihr fast den Atem. Die Nacht war pechschwarz und der Bahnsteig ohne die geringste Beleuchtung, nur manchmal blinkten Taschenlampen auf, ähnlich wie die Zündhölzer, die im Zugabteil von Zeit zu Zeit hinter der vorgehaltenen Hand eines Mannes aufgeflammt waren. Sonst war nirgends ein Lichtschein zu entdecken oder ein Anzeichen, dass es jenseits des Bahnsteigs eine Stadt gab. Die Abteile leerten sich: ein Gewirr halblauter Stimmen, das Aneinanderschlagen des Blechgeschirrs an den Tornistern und schließlich das Geräusch der genagelten Stiefel, als die Männer sich in Kolonnen entfernten. Camilla hatte den Koffer neben sich gestellt. Die Kälte der Nacht war besser als die stickige Luft im Abteil, und sie spürte, wie ihre Lebensgeister allmählich erwachten. Am Zug wurden bereits wieder die Türen zugeschlagen, und plötzlich bekam sie Zweifel, ob sie nicht zu früh ausgestiegen war. Voller Schrecken packte sie ihren Koffer und rannte los, zwei Männern direkt in die Arme.

»Ist das überhaupt Douai? Sagen Sie! Ist das Douai?«

Die zwei Männer trugen Stahlhelme, Pistolen in dunklen Lederhalftern, hohe Stiefel und Schals, die ihren Mund bedeckten.

»Das ist schon Douai, Schwester. Wo soll es denn hingehn? Dürfen wir Ihre Papiere sehn?«

Die Frage nach den Papieren kannte sie; wie viele Kontrollen hatte sie während dieser Fahrt nicht schon über sich ergehen lassen müssen. In Berlin hatte es damit begonnen; den ganzen Vormittag hatte es sie gekostet, und es hatte ihrer ganzen Überredungskunst bedurft, um die notwendigen Bescheinigungen zu erhalten. Und seither waren noch weitere hinzugekommen, neue Papiere, neue Laisser-passer. Jeder Feldgendarm schien wieder andere zu verlangen.

»Die Papiere, Schwester.« Der Strahl einer abgeblendeten Taschenlampe richtete sich auf ihr Gesicht.

Sie holte den Lederbeutel hervor, den sie unter dem Mantel um den Hals trug. Der Schein der Taschenlampe senkte sich, die beiden Männer steckten die Köpfe zusammen. »Dann kommen Sie mal mit.« Es klang weder freundlich noch unfreundlich, aber daran war sie gewöhnt, und es beunruhigte sie auch nicht mehr, dass die Männer ihre Papiere vorerst behielten.

Sie nahm ihren Koffer auf. Er war klein und enthielt nur das Notwendigste. Der Bahnsteig war inzwischen vollkommen leer. Die beiden Feldgendarmen steuerten auf eine Holzbaracke zu. Von der Stadt war immer noch nichts zu sehen oder zu hören.

Der Mann mit den Papieren ging in die Baracke, der andere blieb bei ihr. Es fiel kein Wort, und als der Erste wieder zurückkam, machte er ihr nur ein stummes Zeichen einzutreten.

Der Raum war klein, und es war dort noch kälter als im Freien, zumindest schien es Camilla so. Ihre Papiere lagen auf einem primitiven Holztisch. Eine Frau saß dort und tippte auf einer Schreibmaschine; sie trug einen dicken Mantel mit einer Rotkreuzbinde am Ärmel und grobgestrickte graue Handschuhe, die vorne abgeschnitten waren, sodass die Finger – sie waren bläulich vor Kälte – herausragten. In dem grellen Licht der Blechlampe, die von der Decke hing, genau über der Schreibmaschine, konnte Camilla nicht erkennen, ob die Frau blond war oder weiß, jung oder alt. Sie tippte an einer Liste, offensichtlich Namen, und dahinter folgten Daten; es erinnerte Camilla daran, dass sie während der ganzen Fahrt keine Zeitung angerührt hatte, aus Angst, auf die Gefallenenlisten zu stoßen, sie, die sonst immer und in allem Gewissheit haben wollte ... Mit einem Ruck zog die Frau das Blatt aus der Maschine und legte es in eine blaue Mappe. Nachdem sie die Lampe, die an einer verstellbaren Schnur hing, etwas höher gehängt hatte, lehnte sie sich zurück. »Sie sind also keine Schwester«, sagte sie. Camilla deutete auf ihre Papiere.

»Die hab ich gesehen. Wir haben hier sonst nur mit Schwestern zu tun, nicht mit Frauen, die aus Berlin anreisen, zu Besuch ...« Sie musterte Camilla, und vielleicht bemerkte sie, dass ihr Mantel aus Zobelfell war, auf jeden Fall wurde ihr Ton noch eine Spur schärfer. »Von mir hätten Sie die Genehmigung nicht bekommen. Wir sind hier zwanzig Kilometer von der Front entfernt und auf Besuche nicht eingerichtet. Ich weiß nicht, ob ich Ihnen helfen kann, gern tu ich es nicht.«

Die Frau hatte mit einer Feindseligkeit gesprochen wie bisher noch keiner der Männer, aber vielleicht kam es Camilla nur so vor, weil sie von einer Frau mehr Verständnis erwartet hatte.

»Von Berlin hier anreisen. Das gäb was, wenn mehr Frauen damit anfingen.«

»Bitte, helfen Sie mir.« Camilla nahm das Telegramm aus der Handtasche. Die Faltstellen waren schon ganz brüchig vom wiederholten Knicken.

Die Frau nahm es entgegen und schüttelte den Kopf. »Das ist über zwei Tage alt, und es steht nicht einmal die Truppeneinheit drin.«

»Er ist Leutnant der Reserve. XII. Transport-Corps. Und es heißt Douai.«

»Wir haben hier ein halbes Dutzend Lazaretts in- und außerhalb der Stadt.«

»Aber Sie haben seinen Namen – und den Namen des Arztes, Dr. Kraußneck. Er hat das Telegramm aufgegeben. Mein Mann ist schwer verwundet.«

»Und er liegt vielleicht gar nicht mehr hier. Haben Sie daran nicht gedacht, oder auch ...«

Camilla war während der Fahrt vielen Krankentransporten begegnet, Wagen mit dem Roten Kreuz, und sie war jedes Mal versucht gewesen, hinzulaufen und nach ihrem Mann zu fragen.

»... oder auch, dass er tot sein könnte?«

Camilla wich dem Blick der Frau aus. Was hatte sie davon, sie zu quälen? Neben der Schreibmaschine hatte ein kleiner Stehrahmen seinen Platz; Camilla konnte die Fotografie nicht sehen, die er enthielt, aber vielleicht war das der Grund, warum die Frau dort so geworden war.

»Helfen Sie mir«, sagte Camilla, »ich bitte Sie!«

Die Frau blickte auf das Telegramm, machte sich eine Notiz und reichte es ihr dann zusammen mit den anderen Papieren über den Tisch. Sie schob den Stuhl zurück und erhob sich. Sie war nicht so groß und nicht so robust, wie Camilla vermutet hatte, nur der dicke Mantel hatte sie so erscheinen lassen.

»Ich werde Ihnen ein Zimmer beschaffen, für diese Nacht.«

»Ich brauche kein Zimmer. Kann ich nicht hier bleiben? Ich könnte doch nicht schlafen.«

»Ich habe Ihnen gesagt, ich muss erst herausfinden, wo Ihr Mann liegt. Jetzt haben wir nach Mitternacht. Was erwarten Sie von mir. Ich habe anderes zu tun.«

»Bitte ...« Sie war am Ziel und doch weiter davon entfernt denn je, und plötzlich spürte sie, wie ihre Kräfte sie verließen. Ihr wurde schwarz vor den Augen; es war, als liefe alles Blut aus ihrem Kopf. Sie kämpfte dagegen an, griff haltsuchend nach einer Stuhllehne, bis der Boden allmählich wieder fest unter ihr wurde.

»Jetzt kippen Sie nur nicht um«, hörte sie die Frau sagen. »Ich werde schon herausfinden, wo Ihr Mann liegt, aber das braucht seine Zeit; und dann muss ich erst noch jemand auftreiben, der Sie hinbringt. Also, ich tue alles, aber hier bleiben können Sie nicht, hier ist kein Platz; und nun trinken Sie das erst einmal.« Sie goss aus einer Thermosflasche ein rotes Getränk in einen Pappbecher.

»Danke«, sagte Camilla. Sie umschloss den Becher mit beiden Händen. Der Duft von Zimt und Nelken stieg davon auf, und erst jetzt begriff sie, dass es Punsch war, richtiger heißer Punsch.

»Nun trinken Sie schon.« Sie gehorchte.

»Sie haben lange nichts Warmes bekommen, wie?«

»Nein.«

»Und nicht viel geschlafen.«

»Nein.«

»Also, dann gehn Sie jetzt erst einmal in das Hotel gegenüber vom Bahnhof. Wenn Sie aus der Station kommen, nur über den Platz. Sie können es gar nicht verfehlen. Hotel ist übertrieben, aber was Besseres haben wir hier nicht. Ich werde Sie avisieren. Und wenn er nicht gleich aufmacht, klopfen Sie ihn nur heraus, das ist der Besitzer selber.«

»Ich ...«

»Ja, ja! Sobald ich etwas weiß, gebe ich Ihnen Nachricht. Ich tue mein Bestes. Hier, vergessen Sie Ihre Papiere nicht.«

Ein verschlafener Mann, voll angezogen, in schwarzem Anzug und weißem Hemd, öffnete ihr. Er war sofort da gewesen, und sie sah in der Halle ein Lederkanapee, auf dem er ein provisorisches Nachtlager aufgeschlagen hatte. Die Begrüßung war ein unverständliches Murmeln gewesen, das in einem trockenen Husten endete. Er ließ sie ihren Koffer selber tragen und stieg mit schlurfenden Filzschlappen vor ihr die Treppe hinauf. Im Zimmer überprüfte er zuerst die Verdunkelung des Fensters, bevor er Licht machte. »Lassen Sie die Fenster in Ruhe«, sagte er, »das hagelt sonst Strafen, und die muss nur ich bezahlen.« Er hatte denselben barschen Ton wie alle hier in Frontnähe, nur dass er mit französischem Akzent sprach. Die Einrichtung des Zimmers bestand aus einem Stuhl, einem Tisch, einem Schrank und einem Messingbett: ein paar braune Decken lagen zusammengerollt am Fußende.

»Bettwäsche kann ich nicht stellen. Wüsste nicht, mit was ich sie waschen sollte. Wer müde genug ist, kann auch so schlafen.« Camilla hätte nicht sagen können, ob der Raum geheizt war oder nicht; der heiße Punsch, den sie in der Baracke der Rotkreuzschwester getrunken hatte, begann seine Wirkung zu tun, und ihr war fast zu warm im Mantel.

»Ich erwarte eine Nachricht«, sagte sie. »Geben Sie mir sofort Bescheid, bitte.«

»Das bin ich gewöhnt, nachts.« Er ging zur Tür. »Noch Wün sche?« Aber dann musste ihm wohl plötzlich aufgehn, wie absurd die Frage war, die er da gestellt hatte, denn er strich sich durch das graue Haar, das widerborstig von seinem schmalen knochigen Kopf wegstand, und lächelte verlegen. »Nicht, dass ich Ihnen viele erfüllen könnte. Etwas heißes Wasser, morgen Früh, das könnte ich Ihnen schon machen.« Er hielt noch immer die Klinke in der Hand. »Versuchen Sie zu schlafen. Schlafen ist noch das Beste in dieser Zeit.«

»Ich hätte einen Wunsch.«

»So?«

»Sie haben Telefon, habe ich gesehen.«

»O ja. Wir hatten eines der ersten hier. 439, eine der niedrigsten Nummern.«

»Könnten Sie versuchen, für mich ein Gespräch anzumelden?«

»Ein Gespräch um diese Zeit, mitten in der Nacht. Wohin denn?«

»Nach Berlin.«

»So, nach Berlin?« Er starrte sie an, und dann schien er Gefallen zu finden an dem Gedanken, denn er kam ins Zimmer zurück. »Also nach Berlin wollen Sie telefonieren? Und Sie meinen, das geht?« Er war kleiner als sie und blickte zu ihr hinauf, erwartungsvoll. »Einmal hatten wir einen Gast, der telefonierte mit London, stellen Sie sich vor, London. Aber das war vor dem Krieg. Also, Berlin ...«

»Ich schreibe Ihnen die Nummer auf.« Sie suchte nach Papier und Bleistift in ihrer Handtasche; die Nummer brauchte sie nicht nachzusehen, die hatte sie im Kopf.

Er nahm den Zettel, betrachtete ihn, noch immer skeptisch: »Ich weiß nicht, wie lange es dauert. London damals, das war sofort da, ich meine, es ging relativ schnell. Sie kommen am besten mit, dieses Zimmer hat keinen Anschluss. Berlin, so.«

»Ich komme sofort nach. Melden Sie es nur schon an.« Er ging.

Eine Weile hörte sie noch das Schlurfen seiner Filzpantoffeln, dazwischen ein Husten, dann wurde es still. Sie hob den Koffer auf den Stuhl, nahm ihre wenigen Sachen heraus. Sie legte Mantel und Pelzkappe ab und hängte sich eine Wollstola um die Schultern. Sie war aus Berlin weggefahren, ohne Keith eine Nachricht zu hinterlassen. Nachdem sie ihre Papiere für die Reise nach Douai beisammen hatte, waren ihr noch zwei Stunden bis zur Abfahrt des Zuges geblieben, aber die hatte sie damit verbracht, ihren Vater in der Klinik zu besuchen und mit

Neustrelitz zu telefonieren. Im Bristol anzurufen hatte sie nicht über sich gebracht, und dann war etwas Seltsames eingetreten: Je weiter sie sich von Berlin entfernte, desto seltener hatte sie daran gedacht. Und selbst, wenn sie sich daran zu erinnern versuchte, waren es nur vage, unscharfe Bilder geworden. Nur jenen einen Augenblick hatte sie deutlich vor sich gesehen: Sie, auf dem Flur, vor ihrem Zimmer, und der rote Benachrichtigungszettel, der an der Klinke hing. Alles andere, was davor lag, war so weit abgerückt von ihr, als gehörte es einer fernen Vergangenheit an.

Dennoch wollte sie sich nicht vor diesem Anruf drücken. Vermutlich hatte Keith längst alles von ihrem Vater erfahren, aber sie musste auch noch selber mit ihm sprechen, das war sie ihm und sich selber schuldig; vielleicht hatte sie nur diesen zeitlichen Abstand gebraucht. Schon auf der Treppe klang ihr von unten die Stimme des Hotelbesitzers entgegen, aufgeregt und mit verstärktem Akzent. Er hatte sich seiner Jacke entledigt, sie hing hinter ihm über der Stuhllehne, und er saß vor der Telefonanlage am Empfangstisch, in weißen Hemdsärmeln, die oberhalb des Ellbogens von einem Gummiband zusammengehalten wurden. Die Anlage war alt, vorsintflutlich: ein Sprechgerät, das man in der Hand halten musste, und davon getrennt eine Hörmuschel an einem langen schwarzen Strick. Er legte sie gerade zurück, als Camilla dazukam, und sah sie mit einem Achselzucken an: »Jetzt heißt es warten und Daumen drücken.«

Er ließ den Apparat nicht aus den Augen. »Das London-Gespräch«, sagte er, »was meinen Sie, haben sie da ein Kabel unter dem Wasser?«

»Vermutlich.«

»Ich würde Ihnen ja einen Kaffee machen, aber wenn ich jetzt weggehe, dann kommt es bestimmt in dem Augenblick.« Er bot ihr keinen Platz an, und sie stand neben ihm, in dem engen Geviert hinter der Empfangstheke und dem Kasten mit den Fächern für die Zimmerschlüssel. Sie zählte achtzehn Fächer, dreimal sechs, aber nur zwei Schlüssel hingen dort, und sie fragte sich, ob die anderen Räume wirklich alle belegt waren. Sie warteten; und als dann die Glocke anschlug, erschrak der Mann mehr als sie. Einen Augenblick saß er erstarrt dort, dann riss er die Hörmuschel an sich, das Sprechgerät. »Hallo, Berlin!« Er nickte und machte seinen Platz für sie frei; er drückte ihr die Hörmuschel ans Ohr, gab ihr das Sprechgerät in die Hand, aber dann ging er nicht weg und ließ sie allein, sondern blieb dicht neben ihr stehen, den Kopf herabgebeugt, als sei das Gespräch für ihn ebenso wichtig wie für sie.

Camilla lauschte in die Hörmuschel: Ein Rauschen, in dem nur hin und wieder die Stimmen der Telefonistinnen vom Amt vernehmbar wurden, wenn sie andere Verbindungen herstellten, bis dann endlich jemand sagte: »Sprechen Sie jetzt.«

»Hallo, Makowsky, sind Sie es?«

»Ich verbinde.«

»Hotel Bristol, Nachtportier.«

»Makowsky?«

»Hallo, wer ist da?«

»Verstehn Sie mich? Ich möchte, dass Sie mich ...«

»Hallo! Jetzt ist es besser ... Frau Senger?«

»Ja. Sagen Sie, ist 121 auf dem Zimmer? Können Sie mich verbinden?«

Sie wusste nicht, warum sie den Namen nicht aussprach. Sie hatte vergessen, dass jemand neben ihr stand; es nahm ihre ganze Konzentration in Anspruch, die Stimme in der Ferne zu hören.

»Hallo, Sie haben mich verstanden?«

»Ich höre Sie ganz klar. Sie wollen Zimmer 121.«

»Ja, und lassen Sie es bitte lange klingeln ...«

Sie hörte nur noch ein Rauschen, und dann plötzlich kam die Stimme ganz deutlich. »Es tut mir Leid, aber ...«

»Ist 121 abgereist?« Sie hatte die Soldaten auf der Bahn immer wieder davon sprechen gehört, der Kriegseintritt Amerikas lag in der Luft, und einige hatten zu wissen geglaubt, dass man dem amerikanischen Botschafter bereits die Pässe ausgehändigt hatte.

»Nein, nicht abgereist, aber er ist nicht im Hotel. Der Schlüssel ist hier bei mir. Aber ich kann Ihnen die Nummer geben. Er hat eine Telefonnummer hinterlassen für den Fall, dass ihn jemand erreichen will. Sie reden in Berlin alle davon, dass die Amerikaner ... Hallo, hören Sie mich noch? Soll ich Ihnen die Nummer durchgeben?«

»Ja, bitte.«

»Haben Sie was zum Mitschreiben?«

Vor ihr, auf dem Tisch neben dem Apparat, lagen Stifte, und noch während er ihr die Nummer durchgab und sie die Zahlen am Rand der grünen Schreibunterlage notierte, wusste sie, welcher Anschluss es war.

»Soll ich noch einmal wiederholen?«

»Nein, danke; ich habe es mitbekommen.«

»Tut mir Leid, dass ich nicht mehr tun kann. Ich hoffe, es ist alles in Ordnung?«

»Ja, und entschuldigen Sie den späten Anruf. Gute Nacht.«

Sie legte Sprechgerät und Hörmuschel aus den Händen und blickte auf die Nummer von Lou. Sie wurde sich auch wieder des Mannes neben sich bewusst, der von einem Bein auf das andere sprang. »Haben Sie wirklich mit Berlin gesprochen? Und wie schnell das Gespräch da war! Nicht einmal eine halbe Stunde Wartezeit. Berlin – die haben eben einen anderen Mumm dort. Sie wollen noch ein zweites Gespräch führen? Soll ich es gleich anmelden?« Er drängte sie förmlich vom Stuhl weg.

Camilla blickte auf die Uhr an der Wand, die kurz vor ein Uhr zeigte. Sie schüttelte den Kopf. »Nein, ich glaube nicht.«

»Eine halbe Stunde nur! Und ich dachte, sie nehmen das Gespräch überhaupt nicht an.«

»Vielen Dank. Ich werde versuchen zu schlafen. Und Sie wecken mich sofort, wenn eine Nachricht für mich kommt.«

Sie hatte den Fuß eben auf die unterste Stufe der Treppe gesetzt, als das Telefon noch einmal läutete. Einen Moment glaubte sie, dass es nur Keith sein konnte, dass er ins Hotel zurückgekommen war und nun ... Aber dann wurde ihr klar, wie unsinnig dieser Gedanke war. Der Mann legte den Hörer wieder hin, und aus seiner Stimme klang Enttäuschung, als er sagte: »Nur die Gebühren. Es ist nicht mal so viel, wenn man bedenkt, dass es bis nach Berlin war. Ich schreibe es Ihnen auf die Rechnung. Also dann, gute Nacht.«

Sie war sofort in einen tiefen Schlaf gefallen, und sie wachte auch nicht um sechs Uhr auf wie sonst jeden Morgen.

Sie hatte sogar vergessen, die Tür abzuschließen, und sie wurde erst wach, als der Hotelbesitzer schon bei ihr im Zimmer war; er ließ das Verdunkelungsrollo am Fenster zur Hälfte in die Höhe, goss eine Kanne heißes Wasser in die große Porzellanschüssel auf dem Tisch und trat dann mit der leeren Kanne an ihr Bett.

»Sie müssen entschuldigen. Ich habe geklopft und geklopft, aber ich habe Sie nicht wach bekommen.«

»Wie spät ist es denn?«

»Kurz nach acht. Ein Wagen ist für Sie da.«

»Ein Wagen für mich?«

»Ja. Er wird Sie nach Schloss Vernou rausbringen. Mein Gott, das war einmal ein Besitz, bekannt für seine Rosenzucht, wissen Sie.«

»Schloss Vernou?«

»Die schönsten Rosen weit und breit. Ich nehme an, Sie wollen in das Lazarett dort.«

»Und der Wagen ist schon da für mich?«

»Ja, aber lassen Sie sich nur Zeit. Ich mach Ihnen jetzt erst mal ein Frühstück. Hoffentlich haben Sie nicht gefroren. Wenn Sie länger bleiben, werde ich Ihnen noch eine Decke geben, und vielleicht finde ich auch noch eine Garnitur Bettzeug.«

Er hatte für sie in einem lang gestreckten Raum mit einer Efeutapete das Frühstück hergerichtet. Durch die hohen Rundbogenfenster sah man hinaus auf den Bahnhofsplatz. Es gab also wirklich eine Stadt mit Namen Douai: Häuser, Geschäfte, in der Mitte ein Denkmal, und dahinter das Bahnhofsgebäude. Der Wagen, von dem der Hotelbesitzer gesprochen hatte, parkte vor der Tür des Hotels, ein Sanitätsfahrzeug; der Fahrer ging daneben auf dem Gehsteig auf und ab und schlug sich die Arme um den Körper, um sich zu wärmen.

Sie frühstückte, bezahlte ihre Rechnung, fragte, ob sie ihren Koffer einstweilen dalassen dürfte, und der Hotelbesitzer versicherte, dass er nirgends besser aufgehoben wäre und dass er das Zimmer für sie reserviert halten würde, falls sie doch länger bleiben sollte. Er begleitete sie bis an die Tür, und er blieb dort stehen, bis sie eingestiegen war.

Es war ein offener Wagen; er hatte Holzkisten mit Medikamenten geladen, und sie saß mit dem Fahrer vorne. Trotz der grauen Wollmütze, die von seinem Gesicht nur Augen, Nase und Mund freiließ, sah man, dass er sich noch nicht rasieren musste, so glatt und weich war seine Haut; nicht einmal auf der Oberlippe war ein Flaum zu entdecken.

Er hatte sie stumm begrüßt und blieb auch während der Fahrt schweigsam. Er konzentrierte sich auf die Straße, die sehr schlecht wurde, sobald sie aus der Stadt heraus waren. Es lag hier nicht so viel Schnee wie in Berlin, nur eine dünne hart gefrorene Schicht, aber es herrschte eine klirrende Kälte, und in den Schlaglöchern stand Eis, das unter den Reifen zersplitterte, und auch in den Wiesen links und rechts von der Straße waren große Flächen vereist.

»Wie weit ist es eigentlich?«, fragte sie schließlich.

»Nicht mehr sehr weit. Eine Viertelstunde. Das Wäldchen dort hinten. Wenn wir dort durch sind, sieht man es schon.«

Sie musste an die Worte des Hotelbesitzers denken. »Es ist ein ehemaliges Schloss?«

Er nickte nur stumm mit dem Kopf, so, als läge ihm daran, weitere Fragen von vornherein abzubiegen. Aber sie hatte sowieso nicht die Absicht, ihn nach ihrem Mann zu fragen. Jetzt, fast schon am Ziel, war sie froh um jede weitere Minute Aufschub, die ihr noch verblieb.

»Es soll bekannt sein für seine Rosenzucht ...«

Zum ersten Mal wandte er den Kopf und sah sie an: »Sie wissen von den Rosen?« Der Wagen holperte über ein Schlagloch, dem er nicht rechtzeitig ausgewichen war, und er konzentrierte sich wieder auf den Weg, aber mit seiner Schweigsamkeit war es vorbei: »Solche Rosen hab ich nie gesehen. Dabei kümmert sich seit Jahren keiner darum. Nicht gedüngt, nicht zurückgeschnitten, nichts ist gemacht worden, und die Treibhäuser ... Sie werden es ja sehen ... das hier war lange Frontgebiet und hat ein paarmal den Besitzer gewechselt. Mal wir, mal die Franzosen, mal die Engländer, dann wieder wir. Für die Rosen hat niemand Zeit.«

»Sie verstehn etwas davon?«

»Ich bin ein gelernter Gärtner, wissen Sie. Im Herbst habe ich sie zurückgeschnitten, vor allem die am Haus. Kletterrosen, eine dunkelrote Sorte; und so gefüllt, wie ich es nie bei einer Kletterrose gesehen habe. Ich habe einen Stock ausgegraben und nach Hause verfrachtet, aber ich weiß natürlich nicht, ob er angehn wird.«

Sie hatten nun das Wäldchen erreicht, und er fiel in seine Schweigsamkeit zurück. Als die Bäume auseinandertraten, bog er nach rechts ab, auf ein großes Tor zu, von dem nur noch ein Pfosten stand; der andere war zerschossen und lag zusammen mit dem Gitter im Schnee. Am Ende der langen Pappelallee stand das Schloss, ein Hauptbau und zwei etwas zurückgesetzte Seitenflügel. Auf allen drei Dächern war das Rote Kreuz aufgemalt. Das Schloss selber war unversehrt, dafür hatte der Krieg rundum seine Spuren um so deutlicher zurückgelassen: die zerstörten Treibhäuser, der zusammengestürzte Brunnen, der von Granateinschlägen aufgewühlte Garten, die verwilderten Buchsbaumhecken.

Vor dem Haupteingang stand bereits ein anderer Wagen. Camillas Fahrer hielt dahinter. »Gehen Sie nur einfach hinein. Die Schwester an der Pforte sagt Ihnen, wo Sie Doktor Kraußneck finden.«

Dass er den Namen des Arztes wusste, der ihr das Telegramm geschickt hatte, überraschte und erschreckte sie. Plötzlich war da wieder die Angst, die sie auf der ganzen Fahrt nicht losgelassen hatte: die Angst, zu spät zu kommen. Sie stieg aus. Ihr Blick ging über das Haus, und sie bemerkte, dass die Rosenspaliere an den Seitenflügeln mit Fichtenzweigen und Rupfen abgedeckt waren. Sie wollte sich umwenden und den Fahrer fragen, ob das sein Werk war, aber er hatte den Wagen schon wieder gestartet. Der Platz vor dem Eingang war frei von Schnee und mit feinem weißen Kies aufgeschüttet; obwohl ihre Schuhe dicke Sohlen hatten, glaubte sie die Spitzen der Steine zu spüren.

Vier flache Stufen, in der ganzen Breite des Mitteltrakts, führten hinauf zum Haupteingang. Sie war eben dort angelangt, als die Tür aufging: Eine Schwester trat heraus, blieb dort stehen und ließ den Feldgeistlichen und den Ministranten an sich vorbei. Der Priester war ein großer kräftiger Mann, und die Steinplatten klapperten unter seinen Stiefeln. Die schweren Militärstiefel kontrastierten seltsam mit dem geistlichen Gewand, und Camilla fragte sich, wie er darin leise an das Bett eines Sterbenden treten konnte. Seinem Begleiter war der weiße Ministrantenrock, den er über der Uniform trug, zu eng und zu kurz. In den Händen trug er die Gerätschaften für die Letzte Ölung.

Der Priester blickte zu Camilla hin und dann zur Schwester; er schien erleichtert, als sie den Kopf schüttelte, und ging schnell weiter zu dem wartenden Wagen.

Die Krankenschwester kam auf Camilla zu. »Sie sind die Frau aus Berlin?«

»Ja.« Sie versuchte im Gesicht der Schwester zu lesen, aber sie fand darin nur Müdigkeit. Der Wagen des Feldgeistlichen fuhr an. Wieder ließ Camilla ihren Blick über die Hausfront wandern. Irgendwo, hinter einem der vielen Fenster, lag ein Sterbender. Was kümmerte sich ein Sterbender darum, ob der Priester mit schweren Stiefeln an sein Bett trat. Das Motorengeräusch entfernte sich. Von einem der Simse tropfte es.

»Wenn Sie mir bitte folgen«, sagte die Schwester.

Die Steinplatten bei der Tür waren lose und klapperten auch unter ihren Füßen. Als sie hinter der Schwester das Haus betrat, war nur ein Gedanke in ihr: »Lass ihn leben«, dachte sie. »Bitte, lass ihn leben.«

FÜNFTER TEIL

1 Er lauschte auf das Geräusch aus dem Bad. Er schloss sogar die Augen, um sich ganz darauf zu konzentrieren. Er liebte dieses Geräusch, wenn Schütte das Rasiermesser am Streichriemen schärfte. Keiner der Barbiere, mit denen er sich während so vieler Jahre hatte behelfen müssen, hatte es mit ähnlicher Liebe und Sorgfalt getan; das Geräusch war manchmal hell, so wie ein sich dehnender Sattelriemen bei leichtem Trab, dann wieder dunkel, wie wenn jemand durch feuchtes Herbstlaub ging. *Rasch ... Rasch ... Rasch ...* Fritz Hofmann war ganz vernarrt in das Geräusch, wenn er nachrechnete, waren es zwanzig Jahre, in denen er die Dienste von Schütte hatte entbehren müssen. Erst 1921 waren sie wieder nach Steglitz gezogen, und auch jetzt, nach drei Jahren noch, konnte Hofmann sich jeden Tag neu darüber freuen.

»Ich bin gleich so weit«, kam die Stimme aus dem Bad. »Machen Sie sich schon mal bereit.«

Aber Hofmann hatte es nicht eilig. Er blickte auf den Abreißkalender. Einen Moment war er unsicher: Hatte er das alte Blatt gestern Abend noch entfernt oder nicht? Es war eine seiner unumstößlichen Gewohnheiten, den Tag damit zu beschließen, und es irritierte ihn, dass er es nicht mehr wusste.

»Ich werde alt«, sagte er.

Das Rasiermesser in der Hand, tauchte Schütte in der Tür auf. »Was haben Sie gesagt?«

»Ich werde alt, Schütte.«

»Wir alle werden alt. Aber so wie Sie alt zu werden, da hätte ich nichts dagegen. Sie können sich doch wirklich nicht beklagen, oder?«

Nein, Hofmann konnte sich nicht beklagen. Aber er hatte auch vorgesorgt! Schütte, zum Beispiel: Damals, als er ihn zum ersten Mal herbestellte, vor fünfunddreißig Jahren, war Schütte ein junger Bursche von neunzehn gewesen, gerade ausgelernt. Keiner hatte Hofmanns Wahl damals verstanden. Ein Barbier musste gesetzten Alters sein. Aber jetzt hatte er den Lohn. Schütte war vierundfünfzig, und mit Sicherheit würde er ihn bis zu seinem Tod rasieren können. Wie wichtig das war! Was nützte einem schon die eigene Gesundheit, wenn einem die gleichaltrigen Freunde nacheinander wegstarben. Plötzlich war eine Kartenrunde nicht mehr komplett und ein Ersatz nicht zu finden, dann ging auch noch eine zweite in die Brüche, und man blieb deprimiert zurück und fragte sich, wen es das nächste Mal treffen würde. Da war es beruhigend, wenn man wenigstens seinen Barbier und seinen Schneider so jung gewählt hatte, dass man sie nicht vorzeitig verlieren würde; und jeden Morgen, wenn Schütte mit seiner schwarzen Tasche draußen vor dem Haus auftauchte, lobte sich Hofmann selber für seine weise Voraussicht.

Er nahm die Brille ab, zog den Rock aus, löste den aufgesetzten Kragen und setzte sich ans Fenster in den Lederstuhl mit der verstellbaren Rückenlehne. Der Stuhl war eine Neuanschaffung wie so einiges im Raum. Das Haus war in einem schlimmen Zustand gewesen, und manche Dinge, wie etwa die eingebauten Glasvitrinen für seine Sammlungen, hatten nicht mehr repariert werden können; aber viel wichtiger war, dass er wieder in dem Haus lebte, das er einst mit so viel Hoffnungen erbaut hatte, dass er sogar dieselben Räume bewohnte, das Arbeitszimmer mit angrenzendem Schlafzimmer und Bad zu ebener Erde; wie weise auch das von ihm, denn obwohl er mit seinen neunundsiebzig Jahren noch gut zu Fuß war, Treppensteigen hasste er. »Ich bin jetzt bereit.«

Bis Schütte kam, war er immer schon eine Stunde auf; ein anderes Zeichen, dass er alt wurde: er brauchte weniger Schlaf.

Im Sommer hatte er dann meist einen Spaziergang von einer halben Stunde hinter sich, besonders jetzt im August, wo es ihm unter Tags doch oft zu heiß war im Freien.

Der Barbier schob dem fahrbaren Tisch, auf dem sein ganzes Handwerkszeug aufgebaut war, neben Hofmann. Er benützte für ihn immer dasselbe Messer, die Klinge war schon sehr schmal, und der Messinggriff war einmal vergoldet gewesen; er besaß eine dazu passende Schere, von der auch die Goldauflage durch den Gebrauch abgegangen war; beide Stücke hatte er einmal bei einem Wettbewerb gewonnen, und es war die Frage gewesen, sollte er sie aufheben oder benützen, auch wenn die Vergoldung mit der Zeit verschwinden würde.

Schütte band Fritz Hofmann den weißen Umhang am Hals fest. »Gottvoller Tag heute, wie?«

»Aber es wird heiß.«

»Richtige Hundstage. So muss es sein. Vielleicht ist es Einbildung, aber seit die Zeiten besser sind, ist auch das Wetter wieder besser.«

»Sagen Sie, was für einen Tag haben wir eigentlich? Ist heute der 21. oder schon der 22.?«

»Freitag natürlich, der 22.«

»Ganz sicher?«

»Aber ja! Haben Sie noch keine Zeitung gelesen? Feierlicher Empfang des mexikanischen Präsidenten. Da wird was los sein Unter den Linden. Das erste ausländische Staatsoberhaupt, das uns wieder die Ehre gibt. Es geht aufwärts. Und im Börsenteil kündigen sie heute die ersten Anleihen eines ausländischen Schuldners an. Soll man so was zeichnen?«

»Da würde ich lieber noch warten. Ich glaube, in die Rentenmark, da können wir Vertrauen haben. Und Sie sind ganz sicher, dass Freitag ist? Dann rasieren Sie mich mal besonders gründlich aus heute, dass es bis zum Abend reicht.«

»Warum, ist ein besonderer Tag?«

Hofmann war jetzt fertig eingeseift und nickte nur. Sie hatten ein ganz bestimmtes Schema entwickelt für ihre Unterhaltungen: Bei den Vorbereitungen und auch noch beim Einseifen war es einfach, da redeten beide; aber dann, beim Rasieren, bestritt Schütte allein das Gespräch, mit etwas Klatsch über andere Kunden, mit Wetterprognosen und Politik, oder er stellte nur solche Fragen, die mit einem Nicken oder Kopfschütteln von Hofmann zu beantworten waren.

»Gehn Sie aus heute Abend?«

Kopfschütteln.

»Sind die jungen Herren aus dem Urlaub zurück?«

Nicken.

»Man hört, in Warnemünde, das sei ein richtiger Massenbetrieb geworden.«

Nicken.

»Überhaupt, dieses stundenlange Braten in der Sonne, ob das wirklich gesund sein soll?«

Kopfschütteln.

»Ein gutes Herz muss man haben, davon hängt alles andere ab.«

Nicken.

»Und gute Verdauung. Nicht zu wenig essen. Die Organe brauchen Arbeit, sonst stocken die Säfte. Die Maschine muss in Schwung bleiben.«

Er tupfte den Rest der Seife ab, legte Hofmann die vorbereitete heiße Kompresse aufs Gesicht, dann eine kalte. Der Duft von Kampfer verbreitete sich, als er eine Flasche aufschraubte; er goss sich etwas davon in den Handteller und massierte damit Hofmanns Wangen ein.

»So, wir sind fertig. Das dürfte vorhalten bis heute Abend, sonst muss ich eben noch mal vorbeikommen.«

»Es wird reichen. So nahe kommen die jungen Damen mir nicht mehr.«

Der Barbier schob den Wagen ins Bad zurück, und nachdem er seine Sachen zusammengeräumt hatte, wollte Hofmann ihn nach draußen begleiten, denn es war für ihn Zeit zum Frühstück geworden. Doch Schütte zögerte, er schien etwas auf dem

Herzen zu haben, und schließlich sagte er: »Können Sie mir einen Tipp für das Rennen morgen in Weißensee geben?«

»Sie wissen doch, dass ich nicht mehr wette.«

»Natürlich. Es ist auch nicht für mich. Der Wrede geht mich immer darum an.«

Fritz Hofmann setzte tatsächlich nicht mehr auf Pferde. Im Krieg hatte es keine Rennen gegeben; und dann kam hinzu, dass er Troja verloren hatte; bis Mitte 1917 hatte er das Pferd halten können, dann war es ihm weggenommen worden, ganz offiziell eingezogen, wie man anderen Leuten die Automobile beschlagnahmte. Er hatte versucht, Trojas Weg zu verfolgen; ja, nach dem Krieg hatte er sogar in allen möglichen Blättern Kleinanzeigen aufgegeben, mit einer Beschreibung des Pferdes, das Brandzeichen, das Gestüt, aber vergeblich. Über andere Dinge, die er verloren hatte – seine Firma, seine Uhrensammlung –, hatte man von ihm nie ein Wort der Klage gehört, aber noch heute sprach er von Troja, und wenn er einen Fuchs-Wallach sah, der Troja nur im Geringsten ähnelte, konnte es geschehen, dass er den Besitzer aufsuchte und ihn mit Fragen überschüttete.

Vielleicht war das der Grund, warum er keine Rennen mehr besuchte und nicht mehr wettete, obwohl er sich nach wie vor die Rennzeitungen hielt. Immerhin hatte er noch seine Kartenrunden, wenn er auch mit minimalen Einsätzen spielte; und er besaß zahlreiche 1/1-Lose, immer die gleichen Nummern von allen möglichen Lotterien; die Familie belächelte ihn deswegen, aber niemand ahnte, dass er regelmäßig Gewinne machte, hin und wieder sogar von erstaunlicher Höhe.

»Sagen Sie dem Wrede, er soll sich einfach auf sein Gefühl verlassen.«

»Aber Sie verstehen doch immer noch genug davon. Könnten Sie nicht einmal eine Ausnahme machen? Wrede schwört auf Ihre Tipps. Er glaubt übrigens nicht, dass Sie nicht mehr wetten.«

»Nennen Sie ihm irgendeinen Namen. Wenn er verliert, wird er Sie in Zukunft in Ruhe lassen.«

Er zog die Börse und bezahlte Schütte. Früher hatten sie immer am Ende eines Monats abgerechnet, aber in der Inflationszeit war das unmöglich geworden, und das lag noch so kurz zurück, dass er die Gewohnheit beibehalten hatte.

Er ging voraus zur Tür. Sie klemmte ein wenig. Man hatte alles unternommen, den Schaden zu beheben, aber keiner hatte ihn ganz weggebracht. In der Halle duftete es nach Rosen, und im Frühstückszimmer, dessen Tür offen stand, wechselte ein junger Mann gerade die Vasen aus. Hofmann und Schütte traten vor das Haus. Es hatte wieder seinen ursprünglichen hellgrauen Anstrich, aber der Vorgarten war verändert; anstelle der Rhododendronsträucher gab es drei Rosenrondelle, von Buchs eingefasst, und längs der mit weißem Kies aufgeschütteten Wege zogen sich schmale Rosenrabatten hin.

»Ich frage mich schon immer«, sagte Schütte, »was ist das eigentlich für eine Sorte?«

»Teehybriden, vermutlich – genau weiß ich es aber auch nicht.«

»Dass die hier so blühen. Wir haben hier doch überhaupt keinen Boden für Rosen.«

»Das ist der neue Gärtner«, sagte Hofmann, »er hat eine Hand dafür.«

»Das war schon traurig, mit Willeke! So lange hat er hier ausgehalten. Wie ein Cerberus hat er gewacht, und dann, gerade, dass er noch erlebt hat, wie Sie wieder eingezogen sind. Ein halbes Jahr später ... nicht mal ein letzter Sommer war ihm vergönnt.« Schütte beugte sich über eine Rose. »Aber wissen möchte ich die Sorte. Gibt es hier nirgends sonst. Und die Kletterrosen, gottvoll!«

»Machen Sie jetzt auch schon diese Mode mit! Worte werden heutzutage benützt! Gottvoll – was soll das.«

Schütte lächelte. »Ich muss den Gärtner doch mal fragen, woher er diese Rosen hat. Hat Ihre Tochter ihn engagiert?«

»Ja. Das macht alles sie, da halte ich mich raus. Es wird ein heißer Tag heute.«

»Wird es, ja. Hundstage. Das kann eine Weile anhalten. Also dann, auf morgen.«

»Bis morgen.«

Hofmann machte sich auf den Rückweg zum Haus. Am Himmel war kein Wölkchen, nur ein feiner Dunst, in dem sich die Hitze wie in einer Glasglocke fing. Er durfte nicht vergessen, die Läden seiner Fenster zu schließen, bevor die Sonne um das Haus wanderte.

Dass die Familie vollzählig zum Frühstück erschien, geschah eigentlich nur am Sonntag, und auch dann nicht regelmäßig, denn die jungen Herren blieben dann mit Vorliebe lange im Bett. Unter der Woche hing es bei den beiden jüngeren, Konrad und Georg, von ihren Vorlesungen an der Universität ab, und bei Max, ob er vor oder nach Mitternacht ins Bett gekommen war.

Sicher war eigentlich nur, dass Camilla, ihr Mann und er zusammen jeden Morgen um sieben hier am Frühstückstisch saßen, aber heute war von Senger nichts zu sehen, und das Gedeck von Camilla war bereits benützt. Fritz Hofmann setzte sich, keineswegs unglücklich darüber, allein zu sein, denn so hatte er die Zeitungen für sich. Die kurzstieligen Rosen in der Kugelvase dufteten stark; auch auf der Anrichte und auf einer Konsole standen Sträuße, und Hofmann fand wieder einmal, dass der neue Gärtner es etwas übertrieb mit dem Blumenschmuck im Haus; aber wahrscheinlich befolgte er nur Camillas Anweisungen. Von Zeit zu Zeit behauptete sie, das Haus röche immer noch nach Lazarett, und sie ließ dann einen Vormittag lang alle Fenster aufreißen; niemand sonst stimmte ihr darin zu, und Hofmann hatte sich ausgebeten, dass seine Räume von diesen radikalen Lüftungsaktionen verschont blieben.

Man kannte im Haus seine Pünktlichkeit, und er hatte kaum die große weiße Serviette aus dem Silberring gezogen und in den Westenausschnitt gesteckt, als das Mädchen erschien.

»Hat meine Tochter schon gefrühstückt?«

»Ja, die gnädige Frau ist schon fort, in die Stadt.«

Das Mädchen war neu, deshalb die »gnädige Frau«. Mit ihrer

Vorgängerin und Max hatte es etwas gegeben; Hofmann hatte es nur am Rande mitbekommen, nach Möglichkeit ließ er sich nicht in diese Dinge hineinziehen. Zufrieden mit sich und der Welt, sah er dem Mädchen zu, wie sie vor ihm alles aufbaute, den Korb mit den frischen Brötchen, das Ei, viereinhalb Minuten gekocht, die drei Sorten Marmelade, die heiße Milch, eine Kanne Kaffee, eine magenschonende Sorte, die für ihn nach Karlsbader Rezept gefiltert wurde. »Gut, mein Kind. Sie machen das sehr nett. Nur etwas fehlt, die Dorschleber, das wissen Sie vielleicht noch nicht. Lecithin, mein Kind, wichtig für den Körper.«

Nachdem sie gegangen war, legte er sich die Tabletten zurecht – eine für die Verdauung und eine zur Stärkung des Herzens, nach eigenem Rezept von einem befreundeten Apotheker angefertigt – und rückte näher an den Tisch. Er hatte sich innerlich bereits so darauf eingestellt, beim Frühstück allein zu bleiben, dass er es fast als Störung empfand, als jetzt Max zur Tür hereinkam.

»Morgen.«

»Guten Morgen«, sagte Hofmann, »du bringst mal wieder die Zähne nicht auseinander. Und so gehst du ins Büro?«

Max war sein Lieblingsenkel, gewissermaßen der Sohn, den er selber nicht hatte; er sah in ihm sein Ebenbild, nicht nur was das Äußere betraf, sondern auch in seiner Art, sich zu bewegen, wie er jetzt etwa das Jackett, das er über dem Arm trug, auf die Stuhllehne hängte, ehe er sich setzte. Aber gerade deshalb war er ihm gegenüber auch besonders kritisch. Vor allem an seiner Kleidung nahm er häufig Anstoß: diese Hose, die er da heute trug, der Stoff viel zu hell und der Schnitt viel zu weit, das weiße Hemd, das am Hals offen stand, der ärmellose kanariengelbe Pullover und dazu die karierte Jacke. »Die jungen Herren heute! Ohne Krawatte! Findest du das wirklich schön? Und diese weiten Hosen! Wenn das elegant sein soll! Ich wiederhole mein Angebot, du kannst zu meinem Schneider gehen.«

»Nein, nein, nicht dein Schneider, nur das nicht. Der ist hoffnungslos altmodisch. Reichst du mir den Kaffee?«

»Soweit kommt es noch. Ich würde vorschlagen, du stehst auf und schenkst erst einmal mir ein.«

Max tat es, ohne Widerspruch, und dabei bemerkte er das benützte Gedeck an der Stirnseite. »Hat Mutter etwa schon gefrühstückt?«

»Halt! Nicht so viel Kaffee. Mehr Milch. Das solltest du langsam wissen. Ja, so.«

»Mutter ist schon weg?«

»Scheint so. Gehört habe ich sie nicht. Aber das Mädchen sagt, sie ist eben fort, in die Stadt. Was passt dir daran nicht?«

Auf dem Weg zu seinem Platz blieb Max bei dem Stuhl der Mutter, der vom Tisch etwas abgerückt war, stehen. Er lachte zornig auf. »Und ich dachte mir, tue ihr den Gefallen, überwinde dich mal. Sie hasst es, wenn du zu spät kommst. Sie kann es nicht vertragen. Ihr Sohn, das muss ein Vorbild sein. Also stelle ich den Wecker. Zwei Wecker! Und was geschieht – sie ist weg!« Er redete auf den leeren Stuhl ein, als säße seine Mutter noch leibhaftig dort. »Demnächst werde ich mal um vier Uhr aufstehn. Aber wahrscheinlich bin ich dann auch wieder zu spät dran. Und ich stelle mir extra zwei Wecker.«

»Jetzt setz dich endlich.« Hofmann klopfte lustlos an seinem Ei herum. Auseinandersetzungen dieser Art ging er tunlichst aus dem Weg; davon hatte er früher mehr als genug gehabt. Jetzt wollte er seinen Frieden. Aber Max brachte es immer wieder fertig, ihn mit hineinzuziehen. Das hatte schon in der Schule angefangen; er hatte für ihn ausfechten müssen, dass er nach dem Einjährigen abgehen und eine Banklehre machen konnte; das nächste war die Sache mit dem Militär gewesen, und es war nicht gerade einfach gewesen, eine Freistellung zu erwirken; und auch jetzt riss es nicht ab, vor allem wegen seiner vielen Mädchen gab es immer wieder Ärger. Bei Konrad und Georg war er mit derlei Unannehmlichkeiten nie behelligt worden, da war alles glattgelaufen. Sie hatten ihr Abitur gemacht, und jetzt studierten beide, wie Camilla es sich gewünscht hatte: Der eine würde Chemiker werden, der andere Jurist. Nur Max war der

Unruhestifter in der Familie geblieben. »Du bist wohl mit dem falschen Fuß aufgestanden?«

»Bin ich eben. Aber muss sie immer die Erste sein? Und die Letzte natürlich! Sie muss uns ununterbrochen beweisen, wie tüchtig sie ist und wie viel Arbeit auf sie wartet. Sie geht mir damit auf die Nerven, verstehst du! Alles will sie selbst tun. Hier und in der Firma. Aber die Firma geht ihr vor. Das ist ihre eigentliche Familie. Ich frage mich wirklich, wozu gehe ich überhaupt ins Büro. Sie braucht mich überhaupt nicht. Keinen von uns. Wenn du mich fragst, nicht mal Vater ...«

Fritz Hofmann hob protestierend die Hand. »Jetzt gehst du zu weit. Was wäre noch da ohne sie. Dieses Haus bestimmt nicht!«

»Schon gut.«

»Nein, nichts ist gut. Geht es nicht in deinen Kopf, dass sie vielleicht lieber ein anderes Leben geführt hätte?« Gegen seinen Willen waren sein Temperament und sein Gerechtigkeitsgefühl mit ihm durchgegangen, aber nun, fand er, waren es genug der Worte, sonst brachte er sich noch um sein Frühstück. Leider hatte Max dafür keinerlei Verständnis.

»Sie wollte es selber so«, sagte er. »Sie hätte es auch anders haben können.«

»So, meinst du?«

»Nun beruhige dich ...«

Aber Hofmann zerrte die Serviette aus der Weste und warf sie auf den Tisch. Er war nicht sicher, ob er die richtigen Worte finden würde; wenn er Camillas Anwalt spielen musste, fühlte er sich immer irgendwie gehemmt, fast schuldbewusst. »Jetzt sag mir mal, wann konnte sie tun, was sie wollte? Die ersten dreizehn Jahre in Neustrelitz vielleicht? O ja, ich erinnere mich, sie wollte mit deinem Vater ins Ausland fahren, Ferien machen, nach all den Jahren der Arbeit. Das wollte sie. Nur, es kam gar nicht dazu. Und der Krieg? Die ersten Jahre ohne deinen Vater. Und dann? Als sie ihn zurückbrachte, und keiner glaubte, dass er je wieder einen Schritt selber tun könnte. Und die Zeit nach dem Krieg, die Inflation, und zu Hause ein hilfloser Mann.

Rechne mal nach. Du bist doch gut im Rechnen. Rechne nur die Jahre, nichts sonst. Achtzehn war sie, als sie heiratete, nicht mal ganz achtzehn. In drei Monaten wird sie einundvierzig. Mehr als zwanzig Jahre – und man sagt, es seien die schönsten im Leben einer Frau. Ich bin gleich fertig. Damals, als dein Vater zurückkam, da gab es keinen einzigen Arzt, der ihm Hoffnung gemacht hätte. Und mit schönen Worten sind die sonst sehr leicht bei der Hand. Aber bei ihm nicht. Absolut hoffnungslos. Ich glaube sogar, er hatte sich selber aufgegeben. Deine Mutter nicht: Sie glaubte daran, dass er eines Tages den Rollstuhl nicht mehr brauchen würde, und auch keine Krücken – sie als Einzige. Wenn du es vergessen hast, geh hinaus in den Geräteschuppen. Schau dir den Rollstuhl an. Er steht noch dort. Sie war es, sie hat daran geglaubt, dass dein Vater wieder wird. So. Meinst du wirklich, dass jemand sich so ein Leben wünscht?«

Er schwieg erschöpft. Er nahm die Tasse, wollte sie zum Mund führen, setzte sie aber wieder ab, denn der Kaffee war kalt geworden. Er schob das Ei von sich weg und legte die Tabletten in die kleine silberne Dose zurück. Es waren berechnete Gesten, die seinen Worten Nachdruck verleihen sollten, aber dunkel fühlte er, dass er damit sein Eintreten für Camilla eher verkleinerte und abwertete; es war ihm klar, dass er Max nur bis zu einem gewissen Grad überzeugt hatte; dieser Enkel besaß die Fähigkeit, Dinge, die er nicht hören wollte, an sich abprallen zu lassen. Hofmann durchschaute und verstand das alles, denn Max war ihm auch darin ähnlich. Warum nur hatte er sich hinreißen lassen? Aber noch mehr beschäftigte ihn die Frage, wie er nun zu einer neuen Tasse Kaffee kommen konnte, ohne sich dabei etwas zu vergeben.

»Tut mir Leid.« Max, der ihm gegenübersaß, beugte sich etwas vor. »Willst du eine neue Tasse Kaffee?«

»Wenn er noch heiß ist.«

»Ich bestelle dir neue heiße Milch.«

»Dann soll man mir auch eine neue Tasse bringen. Warte. Und vielleicht doch noch ein Ei. Dieses ist kalt geworden.«

Max klingelte, das Mädchen erschien, Hofmanns Wünsche wurden erfüllt, und Großvater und Enkel frühstückten eine Weile schweigend.

»Was ist heute Abend eigentlich los?«, fragte Max.

»Wieso, was soll sein?«

»Dieses Gartenfest, das Mutter gibt.«

»Eben ein Gartenfest. Jetzt ist das richtige Wetter für so was. Wer weiß, wie lange es anhält.«

»Kein besonderer Anlass?«

Hofmann blickte auf seinen Teller. »Nicht, dass ich wüsste.«

»So, kannst du mir mal zuhören? Ich habe da ein Problem.«

»Etwas Geschäftliches?«

»Privat. Weiblich.«

»Hast du je andere Probleme?«

»Diesmal ist es ernst.«

»Auch das kommt mir bekannt vor. Lass mich aufzählen. Nur dieses Jahr. Die Turnierreiterin, die Medizinstudentin, das Mädchen vom Rohrpostamt in der Oberwallstraße. Alles sehr ernst. Sicher habe ich einige vergessen.«

»Ich möchte heiraten.«

Hofmann seufzte. »Du weißt, was ich davon halte. Heiraten – das ist der Anfang vom Ende. Es genügt, wenn du dich in zehn Jahren unglücklich machst. Meinetwegen kannst du so viele ›ernste‹ Affären haben, wie du willst, nur nicht heiraten.«

»Aber diesmal ist es die Richtige.«

»Die Richtige – das ist ja noch schlimmer, als ich dachte. Bei mir war es auch die Richtige; ich wäre bereit gewesen, mir eine Kugel in den Kopf zu schießen, wenn ich sie nicht bekommen hätte. Ich habe sie bekommen und dafür gebüßt. Ich zittre noch heute, wenn ich denke, dass zwischen ihr und mir keine zehn Kilometer Entfernung liegen. Ich träume manchmal davon, sie stünde plötzlich da und ergriffe Besitz von allem ... Hat sie wenigstens Geld?«

»Das würde dein Urteil beeinflussen?«

»Geld ist wichtig, sehr wichtig sogar.«

»Sie hat keines. Die Eltern haben ihr Vermögen verloren. Aber du weißt, ich bin auf das Geld nicht angewiesen. Ich verdiene nebenbei das Doppelte von dem, was ich von Mutter als Gehalt beziehe.«

Es war nicht übertrieben. Hofmann wusste es, denn er war eingeweiht – als einziger – in die Privatgeschäfte von Max. Auch darin war er sein Enkel: Max hatte dauernd irgendwelche »Eisen im Feuer«, so wie er es gehabt hatte, nur dass sein Enkel dabei nüchtern vorging und mit seinen dreiundzwanzig Jahren bereits sein eigenes Vermögen besaß. Max, daran gab es keinen Zweifel, war ein Finanzgenie; es waren nicht unbedingt alles Geschäfte, die man an die große Glocke hängen konnte; er hatte mit Grundstücken spekuliert, er hatte während der Inflation wertvolle Gemälde, für die es ein Ausfuhrverbot gab, gegen Gulden oder Dollar ins Ausland vermittelt; in jüngster Zeit, seit das Geld wieder stabil war, finanzierte er Ausstattungsrevuen. Camilla waren diese Privatgeschäfte ihres Ältesten von jeher ein Dorn im Auge gewesen, und Hofmann, der nichts moralisch Verwerfliches in diesen Transaktionen sah, eher ein Glücksspiel, hatte Max immer wieder verteidigt.

In Erinnerung daran sagte er milder: »Kenne ich das Mädchen?«

»Nein.«

»Und du willst sie wirklich heiraten? Ist deine Mutter auf so etwas vorbereitet?«

»Eben nicht. Deshalb wollte ich mit dir sprechen. Ich zähle da auf dich. Vielleicht könntest du es ihr schonend beibringen.«

»Da sehe ich keine Schwierigkeiten. Sie hat dich sogar immer ermuntert, alle Mädchen mit ins Haus zu bringen. Und sie ist immer sehr nett zu ihnen.«

»O ja. Sie ist immer besonders nett mit den Mädchen. Nett und zuvorkommend und aufmerksam; und meist war es dann ein paar Wochen später aus zwischen den Mädchen und mir. Ich weiß nicht, wie sie es macht. Es ist mir ein Rätsel. Und die Mädchen finden sie auch immer nett, besonders nett. ›Du hast eine tolle Mutter!‹ Ich glaube, dass es daran liegt. Ganz automatisch vergleichen sich die Mädchen mit ihr und merken, dass sie nicht mitkommen. Es geht ja mir schon so. Ich sage mir vor, deine Mutter ist eine Frau von einundvierzig, aber wenn ich sie dann zusammenstehen sehe mit den Mädchen und vergleiche, dann gefällt mir keine mehr.«

»Willst du deiner Mutter daraus einen Vorwurf machen?«

Max hatte sich erhoben. Er nahm die Jacke von der Stuhllehne und warf sie über den Arm. »Wenn du ein Wort für mich einlegen willst, gut, wenn nicht – ich werde sie in jedem Fall heiraten.«

Auch Hofmann war aufgestanden und verließ zusammen mit Max das Frühstückszimmer. Sie waren draußen in der Halle, als eine der Türen sich öffnete und Carl Senger erschien, in einem weißen Frotteemantel, ein Handtuch über die Schultern, das Gesicht schweißnass. Es gab im Souterrain einen Raum mit medizinischen Gymnastikgeräten, Wandsprossen, Ringen, Hanteln, Gewichten, Bällen, und Senger verbrachte jeden Morgen eine halbe Stunde dort. Dreimal in der Woche kam der Masseur, an den anderen Tagen übte er allein; er duldete niemand von der Familie dort, aber in der Nähe konnte man hören, mit welcher Verbissenheit er übte. »Morgen, Vater«, sagte Max.

»Hattest du eine gute Nacht?«, fragte Hofmann.

»Ich glaube, das Wetter schlägt um.« Senger wischte sich mit dem Tuch über das Gesicht. Sein helles Haar war etwas gelichtet, aber sein Gesicht, von der Anstrengung leicht gerötet, strahlte Kraft und Gesundheit aus. Wenn man ihn sah, war es schwer vorstellbar, dass er zwei Jahre gelegen und weitere zwei Jahre im Rollstuhl verbracht hatte. Er deutete hinüber zur offenen Tür des Frühstückszimmers. »Hat sie schon gefrühstückt? Ja?« Er wandte sich an seinen Sohn. »Kannst du mich mit in die Stadt nehmen?«

»Selbstverständlich.«

»Gut, ich mache schnell. Viertelstunde, länger brauche ich nicht.«

»Willst du nicht erst frühstücken?«, fragte Hofmann, aber Senger stieg bereits die Treppe hinauf. Er hatte eine Hand am Geländer, doch das schien mehr aus Gewohnheit zu geschehen, als dass er wirklich diesen Halt gebraucht hätte.

»Du kannst bei mir warten«, sagte Hofmann zu Max, »ich habe dir etwas zu zeigen.« Er holte sich noch die Zeitungen aus dem Frühstückszimmer, jetzt, da niemand sie mehr brauchte, und legte sie bei sich auf den Tisch, wo die Wochenblätter und Fachzeitschriften aufgereiht waren. Dass er die Tageszeitungen heute ungelesen bekam, stimmte ihn versöhnlich; eine gelesene Zeitung hatte für ihn nur noch den halben Wert, auch wenn sie wieder ordentlich zusammengelegt war.

Er hatte sich an seinem Schreibtisch niedergelassen und aus einem Fach einen Brief mit ausländischen Marken herausgenommen.

»Er muss sich von mir mitnehmen lassen«, sagte Max. »Mutter hat ihren Wagen, ich habe meinen, aber er ist davon abhängig, dass einer von uns ihn mitnimmt.«

»Du weißt, er soll nicht allein fahren«, sagte Hofmann abwesend, denn in Gedanken war er bei dem Brief. Er war schon gut eine Woche alt, und seitdem plagte er sich damit herum. Zuerst war ihm die Frist lang erschienen, aber nun war der Tag da, und er musste etwas unternehmen. Er sah auf. »Heute ist doch der 22.?«

»Ja.« Hofmann zog den Brief aus dem Umschlag. »Nur eine Frau kann so viel Worte um nichts machen. Drei Seiten braucht sie, wo es eine halbe Seite auch getan hätte.« Er räusperte sich. »Deine Tante, Lou, kommt heute in Berlin an.«

»Tante Lou aus Amerika?«

»Ja. Zu allem Überfluss. Und wenn wir da nicht gleich einen Riegel vorschieben, dann ... Sie war so schön weit vom Schuss.«

»Was schreibt sie denn?« Max war plötzlich interessiert. Er hatte keinen ausgeprägten Familiensinn. Er drückte sich meist, wenn seine Tanten zu Besuch kamen, so selten das auch geschah. Und Hofmann war es gelungen, ihm eine fundierte Abneigung gegen seine Großmutter einzuimpfen. Wohl erklärte er sich bereit, seine Mutter gelegentlich nach Potsdam in das Damenstift hinauszufahren, in dem Emmi Hofmann seit dem Tod der Frau von Schack lebte, aber er wartete dann unten im Wagen. Bei Tante Lou war das etwas anderes.

»Sie kommt heute an, um 11.10 Uhr, am Lehrter Bahnhof. Und sie erwartet, dass ich sie abhole. Nie hat sie sich um mich gekümmert, und jetzt soll ich sie abholen und mir anhören ...«

Tante Lou – bei dem Essen nach Tante Lenkas Beerdigung im Blauen Salon im Bristol hatte Max neben ihr gesessen, und noch oft hatte er sich an den Duft ihres Parfüms erinnert, vor allem aber an ihr raschelndes Taftkleid; er hatte kurze Hosen angehabt, und der Stoff streifte an seine Schenkel, was ihn in eine sehr eigenartige Stimmung versetzt hatte, die er erst später richtig zu deuten wusste. Seither hatte er Tante Lou nie mehr gesehen, nur Bilder von ihr; aber jenes Erlebnis und die Tatsache, dass man hier im Haus immer hinter vorgehaltener Hand von ihr sprach, hatte seine Neugier wach gehalten.

»Ein völlig konfuser Brief.«

»Kann ich ihn sehen?« Max glaubte das Parfüm zu riechen. »Kommt sie allein oder mit ihrem Mann?«

»Allein, mein Junge, das ist ja der Haken an der Sache.« Er steckte den Brief zurück und machte keine Anstalten, ihn herzugeben. »Ich weiß nicht, wie sie es fertig brachte, sich einen so netten Mann zu schnappen, aber jetzt scheint er genug von ihr zu haben.«

»Was ist dein Problem?«

Hofmann sah auf. »Ich will sie nicht hier haben. Mein Gott – Lou hier im Haus! Ich hätte keine ruhige Minute mehr. In einem Tag hätte sie alles durcheinander gebracht.«

»Hast du mit Mutter nicht darüber gesprochen?«

Hofmann hob beschwörend die Hände. »Oh, nein, nein, die sind wie Feuer und Wasser. Würdest du sie abholen?«

»Ich? Ja, warum nicht. Ich fand sie eigentlich immer sehr nett.«

»Da sieht man, wie ahnungslos du bist in Bezug auf Frauen. Bitte, ich rede mit deiner Mutter. Ich tue alles, damit heute Abend alles gut geht, aber nimm mir das ab. Und hör zu: Sie soll in ein Hotel gehn. Geld hat sie sicher genug aus ihm herausgeholt, oh, da bin ich sicher. Nur – in keinem Fall bring sie hier heraus. Versprich mir das. Du wirst dich nicht erweichen lassen! Durch nichts. Mach dich auf alles gefasst.«

»Das klingt wie der Teufel.«

»Mit Engelszungen. Mein Junge, ich kann nur hoffen, dass dir so etwas erspart bleibt. Und bitte, nochmals, lass dich nicht einwickeln! Und Dienstmänner kannst du gleich zwei mitnehmen. Ich sehe schon die ganzen Koffer. Geh jetzt, lass deinen Vater nicht warten. Und denk daran, bring sie nur nicht hierher, denn dann ist es mit meinem Frieden vorbei.«

Wenig später, allein, kam ihm erst voll zu Bewusstsein, was man ihm an diesem Morgen bereits alles zugemutet hatte. Er beschloss zu läuten und sich einen frischen Kaffee bringen zu lassen, wirklich heiß diesmal. Er bereitete die Morgenzigarre vor, schnitt sie mit seinem kleinen damaszierten Taschenmesser ein – Zigarrenschneider waren ihm ein Greuel – und entfernte behutsam die Bauchbinde; er sammelte sie noch immer für Kleinhans, obwohl er fand, dass sie längst nicht mehr mit so viel Fantasie gemacht wurden wie früher.

Der Kaffee kam, kochend heiß; er zündete sich die Zigarre an, die erste und einzige des Tages, und nahm eine Rennzeitung zur Hand. Weißensee? Zwölf Pferde im ersten Rennen.

Scheherazade – eine Stute, siebenjährig. Scheherazade wäre kein schlechter Tipp gewesen. Aber dann, was hatte Schütte gesagt, ein gutes Herz, darauf kam es an. Er hatte genug Aufregungen in seinem Leben gehabt. Er musste schließlich auf sein Herz achten.

2 »Hände ausstrecken, Augen schließen, zügig gehen.« Der Arzt beobachtete die Muskelbewegungen auf dem vernarbten Rücken des Mannes. »Geht doch tadellos. Noch einmal zurück. Bleiben Sie auf dem Strich. Gut. Sie können sich wieder anziehn.«

Carl Senger trat hinter den Wandschirm in der Ecke des Ordinationszimmers. Er hörte das Wasser laufen, als der Arzt sich die Hände wusch, dann das Rücken des Sessels, als er sich setzte, und wenig später das Kratzen der Feder auf dem Karton des Krankenblattes, nicht leicht und flüssig, sondern wie von einer Hand, für die Schreiben eine ungewohnte und unliebsame Tätigkeit war.

Der Chirurg war ein hünenhafter Mann, und Carl Senger schmerzte noch der Rücken von den Griffen, die der Arzt bei der Untersuchung angewendet hatte. Dabei war es kein Schmerz, der sich genau lokalisieren ließ; vom Nacken ausstrahlend zog er sich über den ganzen Rücken, mehr ein Gefühl lastender Schwere als ein direkter konzentrierter Schmerzpunkt. Jahrelang hatte er mit diesen Schmerzen gelebt; sie waren zur Selbstverständlichkeit geworden, etwas, mit dem er sich abgefunden hatte. Dann, nach der fünften Operation, nach der Wiederherstellung, hatte es eine Zeit gegeben, wo die Erinnerung daran fast ausgelöscht war, aber seit ein paar Wochen waren die Schmerzen plötzlich wieder da, in alter Stärke, vor allem nachts, sodass er davon aufwachte und das Gefühl hatte, auf einem Feuerrost zu liegen.

Er blickte in den Spiegel, der an der Wand hing, bevor er das Hemd zuknöpfte, und er fand darin das Bild eines gesunden kräftigen Mannes. Das war für ihn eigentlich das Schrecklichste gewesen, dass die Verletzung, die ihn so lange ans Krankenbett gefesselt hatte, seinem Blick entzogen war; dasselbe galt für die Narben der Operationen. Nur die Schmerzen kannte er, und so war es ihm manchmal vorgekommen, als existiere alles nur in seiner Einbildung oder als hätte ein böser Zauber ihn befallen. Vielleicht hing dieses Gefühl auch mit der Art und Weise zusammen, wie er sich diese Verletzung zugezogen hatte: keine Verwundung an der Front, sondern ein Verkehrsunfall. In den zweieinhalb Jahren an der Front war ihm nicht das Geringste zugestoßen, und dann, in jenem Januar 1917, war er mit einem Wagen, den er nicht einmal selber steuerte, auf der vereisten Straße bei hoher Geschwindigkeit verunglückt.

Die Erinnerung an Ursache und Ablauf des Unfalls war getrübt. Um so genauer aber wusste er, wie er wieder zu sich gekommen war, in einem Bett, in einem verdunkelten Zimmer. Er hatte keine Verbände an sich gesehen, hatte nichts weiter gespürt als eine Schwere in den Beinen, und er hatte geglaubt, aufstehen zu können. Er war verwundert gewesen, als ihm Arme und Beine nicht gehorchten, und hatte es sich nicht anders erklären können, als dass man ihn am Bett festgeschnallt hatte.

Und dann, als er alle seine Kräfte zusammennahm und versuchte, den Oberkörper aufzurichten, hatte jemand im Zimmer laut aufgeschrien, bis er merkte, dass er ganz allein war, dass er selber es war, der schrie, und dass nichts anderes ihn ans Bett fesselte als seine eigene Bewegungslosigkeit. Und dann war auch der Schmerz gekommen, dieses Gefühl, als läge er auf einem Feuerrost.

»Kommen Sie.« Professor Hahn wies auf den Stuhl vor seinem Schreibtisch. »Ich muss sagen, Ihr Anruf hat mich beunruhigt. Eine Verschlechterung, damit war nicht zu rechnen. Kommen Sie, setzen Sie sich zu mir. Stört Sie die Sonne? Dann ziehen Sie die Vorhänge zu. Nicht? Ich muss sagen, ich fühle mich bei diesen Temperaturen, ab fünfundzwanzig Grad im Schatten, ausgesprochen gut. Erinnert mich an die Zeiten in Nkongsamba. Das war ein Flecken Erde! Der beste Kaffee der Welt kam von dorther. Darf ich Ihnen eine Tasse anbieten?«

»Vielen Dank.«

»Ja oder nein?«

»Nein.«

Das war das erste, was Carl Senger damals aufgefallen war an diesem Ordinationszimmer: die afrikanischen Masken an den Wänden. Hahn war bis zum September 1914, bis zur Besetzung durch die Franzosen und Engländer, Arzt in Kamerun gewesen, wo sein Vater die so genannte Bananen-und-Kaffee-Bahn von Bonaber nach Nkongsamba gebaut hatte.

Der Arzt schob die Karteiblätter zur Seite, so als erwarte er davon keine Hilfe. »Mal genau, wann ist die Verschlechterung eingetreten?«

»Seit einigen Wochen.«

»Und wie äußert es sich eigentlich? Taubes Gefühl in den Beinen?«

»Nein.«

»In den Händen? Bewegen Sie mal die Hand.«

»Es ist nichts Bestimmtes. Mehr eine allgemeine Kraftlosigkeit. Gewisse Beschwerden bei langem Sitzen, als würde ich im nächsten Augenblick zusammenknicken, laienhaft gesprochen. Aber das ist alles nicht so schlimm. Es ist wieder das alte, die Angst, nachts. Ich wache auf und habe das Gefühl, ich sei wieder gelähmt: Und manchmal passiert es auch am Tag. Ich sitze in meinem Büro und denke, ich komme nicht mehr vom Stuhl hoch ...«

»Fricke kommt weiter regelmäßig zum Massieren?«

»Ja.«

»Sie machen die vorgeschriebenen Übungen?«

»Natürlich.«

»Keine Experimente? Ich meine Tennis oder Reiten?«

»Nein!«

»Keine langen Autofahrten?« Der Arzt stellte seine Fragen nicht wegen der Antworten, sondern um Zeit zu gewinnen, den Mann dort zu beobachten, ihn gewissermaßen zu durchleuchten: ein besonders kräftiger, besonders gut aussehender Mann für seine einundfünfzig Jahre, sonnengebräunt, durchtrainiert, wirklich ein Sportsmann. »Das ist Ihnen ja klar, dass gewisse Beschwerden immer wieder auftreten können, dazu eine gewisse neuralgische Empfindlichkeit, vor allem bei Witterungsumbrüchen. Aber das meinen Sie wahrscheinlich nicht mit der Verschlechterung.«

»Nein, das meine ich nicht.«

»Gut.«

Professor Hahn erhob sich. »Dann wollen wir uns einmal zusammen die Aufnahmen ansehn.«

Der Arzt knipste den Lichtschirm an, vor dem die drei Röntgenaufnahmen hingen. »Das war vor zwei Jahren, das vor einem Jahr, und diese haben wir heute Morgen gemacht. Hier C 5/6, da fängt es an, und diese Querfortsätze am siebten Halswirbel, das sind die Schmerzen, die Sie manchmal bis ins Handgelenk spüren. Aber ich will gar nicht in Einzelheiten gehn. Ich meine, ganz normal sieht das nicht aus, das wissen wir. Sie haben schließlich fünf Operationen hinter sich. Was ich Ihnen zeigen möchte, ist dies: Vergleichen Sie die neue Aufnahme mit den alten Aufnahmen. Bemerken Sie einen Unterschied?«

Die beiden Männer standen nebeneinander vor den Aufnahmen, der Arzt fast einen Kopf größer als sein Patient.

»Wie sollte ich, als Laie.«

»Nein, nein, so kommen Sie mir nicht aus. Also noch mal, hier ... hier ... hier ... Wo ist der Unterschied?«

»Ich sehe eigentlich keinen.«

»Sehr gut! Sie können auch keinen sehen. Denn es gibt keinen! Keinerlei Anzeichen für eine Verschlechterung. Im Gegenteil. Gut verwachsene Narben, das Gewebe ausgezeichnet regeneriert. Da, sehen Sie, dieser Schnitt, vor drei Jahren war das Narbengebiet noch so breit, jetzt ist es eine dünne Naht. Die Narben verwachsen immer noch mehr, das heißt, dass eigentlich auch die Schmerzen immer mehr verschwinden müssten.«

Er deutete auf eine andere Stelle. »Es ist überall dasselbe. Das zerstörte Gewebe normalisiert sich zusehends.«

»Woher dann meine Beschwerden?«

Der Arzt knipste das Licht aus und kehrte hinter seinen Schreibtisch zurück. Er wartete, bis auch Senger wieder Platz genommen hatte. Er fühlte, dass die Aufnahmen Senger nicht überzeugt und beruhigt hatten; ihm selber erging es nicht anders. Diese Beweisführung anhand der Aufnahmen bot sich zwar an, aber die Symptome, über die Senger klagte, deuteten auf eine andere Wurzel des Übels. Dennoch sagte der Arzt: »Alles in bester Ordnung. Wirklich, was soll ich mehr sagen. Sie können zufrieden sein. Sie sind, alles in allem, in einer blendenden körperlichen Verfassung. Manche Männer mit einundfünfzig würden Sie um Ihre Vitalität beneiden.« Er wusste, dass er leicht übertrieb, aber er tat es mit Absicht.

»Für Sie bin ich das vielleicht.«

Der Arzt nahm das Totemholz, das auf seinem Schreibtisch lag; es war nur ein Bruchstück einer großen Figur, dunkles, glattpoliertes Holz mit Resten einer weißen und roten Bemalung. Er umschloss es mit seinen großen Händen, fast so, als wollte er Kraft daraus ziehen. »Machen Sie mir keinen Kummer, Senger! So, wie Sie da vor mir sitzen, sind Sie ein medizinisches Wunder. Erinnern Sie sich mal. Wie war das vor fünf Jahren? Mit dem Rollstuhl hat Ihre Frau Sie hier reingefahren. Sie waren ein Krüppel, entschuldigen Sie, ein hilfloser Krüppel. Ein gutes Dutzend von meinen Kollegen hatte Sie aufgegeben. Man hatte Sie voll gestopft mit Betäubungsmitteln, sonst hatte man nichts für Sie getan. Erinnern Sie sich?« Er wies mit dem Totemholz auf den Stapel von Sengers Krankenblättern; er brauchte nicht nachzusehen, er hatte das Datum im Kopf. »Am 16. März 1919 waren Sie das erste Mal bei mir.« Er suchte Sengers Blick, und dann sprach er etwas aus, das er in all den Jahren, die Senger jetzt sein Patient war, niemals berührt hatte: »Kurz zuvor hatten Sie versucht, sich das Leben zu nehmen, nicht wahr?« Sengers erste Reaktion war Abwehr, aber was Hahn sagte, stimmte: Ein Dutzend Ärzte hatten ihn behandelt und ihm mehr oder weniger direkt zu verstehen gegeben, dass er ein hoffnungsloser Fall war. Sie konnten ihm das Leben erhalten. Sie konnten mit Medikamenten seine Schmerzen lindern – gelähmt würde er bleiben. Ganz am Anfang war er einfach dankbar gewesen, dass er noch lebte; aber als ihm klar wurde, dass er nur dahinvegetieren würde, hatte dieses Leben keinen Wert und keinen Sinn mehr für ihn gehabt, und er hatte Schluss machen wollen.

»Ich hatte meine Gründe damals«, sagte er.

»Ich weiß. Oder sagen wir lieber, ich ahne es.«

»Sie war eine junge Frau, und ich war, wie Sie sagten, ein Krüppel.«

»Gut, dass Sie sich daran erinnern. Sie waren tatsächlich ein hoffnungsloser Fall. Ich hatte keinen Grund, Ihnen große Versprechungen zu machen. Meine Operationsmethode war neu, und sie hatte in einigen Fällen versagt. Ihr Risiko war größer als meines. Sie haben es auf sich genommen!«

»Es war kein Risiko für mich. Im Gegenteil, ich hoffte ...«

»Sie hofften, dass Sie auf dem Operationstisch bleiben ... auch das war nicht schwer zu vermuten. Aber nachher haben Sie mitgeholfen. Die Operation allein hätte nicht genügt, Sie wiederherzustellen. Das Entscheidende war Ihr neuerwachter Wille, wieder ein gesunder Mensch zu werden. Wollen Sie die Wahrheit von mir hören? Ich glaube, wir sind wieder an einem ähnlichen Punkt!«

»Möglich. Ja, vielleicht denke ich auch heute wieder, es wäre besser gewesen, wenn ich damals nicht zu Ihnen gekommen wäre. Meine Frau ...«

»Nun sagen Sie bloß, es wäre Ihnen lieber gewesen, Ihre Frau hätte Sie Ihrem Schicksal überlassen. Sie sollten dankbar sein, dass sie sich damals in den Zug gesetzt hat und an die Front gefahren ist, um sie dort herauszuholen. Dass sie nie aufgegeben hat. Dass sie mehr als wir alle immer daran geglaubt hat, dass Sie wieder ein gesunder Mann werden. Entschuldigen Sie, aber wenn ich etwas nicht vertragen kann, dann ist es Selbstmitleid. Ich bin bereit, einen Toten wieder zum Leben zu erwecken, aber ich bin der falsche Arzt für einen Gesunden, der sich selber aufgibt. Wie ich gesagt habe, Sie sind wieder an einem Punkt, an dem Sie sich nur selbst helfen können.« Ein Schweigen trat ein, und fast schien es, als wäre das Gespräch beendet; dabei drängte es Senger, sich dem Arzt anzuvertrauen. Eigentlich war er nur deshalb hergekommen, um sich auszusprechen. Es war absurd, sonst kannte er solche Hemmungen nicht, er konnte mit Worten alles ausdrücken, das war eine angeborene Gabe, nur wenn es um ihn selber ging, befiel ihn eine fast unüberwindliche Scheu. Dann war er darauf angewiesen, dass man ihm half, dass man ihm entgegenkam und ihm Brücken baute.

Das Gesicht des Arztes blieb steinern; er hatte die Hände weit vorgestreckt, so als wollte er sagen: Damit konnte ich Ihnen helfen, mehr dürfen Sie nicht erwarten. Dennoch waren es diese Hände, die Senger sprechen ließen.

»Sehen Sie, ich war immer ein Mann ... wie soll ich sagen, ein Mann der Mobilität. Ich brauche das, ich fühle mich nur wohl, wenn ich in Bewegung bin. Vielleicht wissen Sie es nicht, ich war ursprünglich Reisender, und im Grunde bin ich das immer geblieben. Unterwegs sein, heute hier, morgen dort, eine Gruppe von anderen Reisenden anwerben, einweisen, einen neuen, schwierigen Markt erschließen, die Konkurrenz aus dem Feld schlagen; solange ich das machen konnte, war ich in meinem Element. Damit habe ich die Firma in den ersten Jahren hochgebracht. Ich war nichts, und ich hatte nichts. Das war mein Kapital. Und jetzt ... Ich habe nie mehr reisen können.«

»Sie hätten es ohnehin nicht mehr getan, oder? Bei der Größe, die Ihre Firma erreicht hat, wären Sie wohl kaum noch selber als Reisender gegangen. Sehe ich das richtig? Vielleicht von Zeit zu Zeit, aber sicher wäre das nicht mehr im Vordergrund gestanden. So viel verstehe ich nicht davon, aber ich nehme an, es ist nicht viel anders als bei mir in der Klinik. Je größer der Apparat wird, um so mehr muss ich mir die Zeit zum Operieren stehlen. Verwaltungskram. Ihnen wird es nicht anders gehen. Und jetzt bauen Sie hier in Berlin, habe ich gelesen, eine neue Fabrik und ein neues Bürogebäude?«

»Ja, wir bauen. Ich werde ein wunderschönes Büro bekommen. Und ich werde dort sitzen und mich fragen, was habe ich hier zu tun? Was kann ich tun, was sie nicht besser kann?«

»Jetzt hören Sie mal gut zu: Machen Sie Ihrer Frau daraus etwa einen Vorwurf? Was blieb ihr denn anderes übrig, als sich um alles zu kümmern? Sie musste schließlich alles allein tun, weil Sie ...«

»Weil ich zu nichts mehr taugte. Jetzt sagen Sie es selber. Ja, ich weiß, was ich ihr verdanke. Es ist großartig, eine so tüchtige Frau zu haben, aber nicht immer leicht, wenn man sich vorkommt wie ein Wrack.«

»Ich fürchte, wir geraten da auf ein Gebiet, wo ich Ihnen nicht helfen kann. Es hat einige solcher Klippen gegeben, schwarze Tage, da haben Sie genauso geredet. Ich dachte, das wäre vorbei. Wirklich, Senger, ich kann dazu nichts weiter sagen. Die Lösung für dieses Problem müssen Sie selber finden. Tun Sie was! Verkaufen Sie meinetwegen die Firma.«

»Ich habe so was Ähnliches im Sinn.«

»Na, also.« Professor Hahn stand auf. »Es gibt immer einen Weg, wenn man nur will. Sie haben sich da einfach in eine fixe Idee verrannt. Pure Selbstquälerei. Und vor allen Dingen, sprechen Sie mit Ihrer Frau darüber. Sie haben es nie getan, nicht wahr?«

»Nein.«

»Tun Sie es. Und das nächste Mal, hoffe ich, trinken Sie einen Kaffee mit mir. Ich lasse ihn mir selber rösten; westafrikanischer Kaffee, so eine Bohne bekommen Sie in der ganzen Stadt nicht. Mein Gott, Senger, was erwarten Sie vom Leben! Sehn Sie mich an: Ich bin das, was man eine Koryphäe nennt. Ich werde auf Kongressen herumgereicht. Ich verdiene mich dumm und dämlich. Ich kann mir alles leisten, und was freut mich? Die Tasse Kaffee nach einer Operation. Mehr ist es nicht. Und ich habe nicht Ihre Frau!«

Er ging mit bis zu der gepolsterten Tür. Dort blieb er noch einmal stehen. »Sie haben mir etwas eingestanden, das man nicht leicht sagt. Ich will Ihnen auch etwas gestehen. Und bitte, verstehn Sie mich nicht falsch. Ich bin ein eingefleischter Junggeselle, das wissen Sie. Aber Ihre Frau – ich habe manchmal gedacht, was würdest du tun, wenn sie zu haben wäre. Sie ist immer bei Ihnen geblieben. Denken Sie mal nach, warum wohl.«

3 Links in ihrem Blickfeld war der Kanal, fast eine Idylle; der schwer beladene Frachtkahn auf dem Weg zur Spree lag tief im Wasser; Wäsche hing hinter dem Deckshaus, und ein Hund rannte an der Reling hin und her. Am Görlitzer Ufer standen ein paar Angler. Noch nie hatte sie beobachtet, dass einer etwas fing, aber sie blieb freilich nie sehr lange am Fenster. Ganz rechts konnte sie das Hochbahn-Dreieck sehen, ein eisernes Spinnennetz aus Schienen, aber auch das interessierte sie im Moment nicht sonderlich. Es war das unmittelbare Gegenüber, das ihre Aufmerksamkeit fesselte, die Baustelle, die Ausschachtungen im Vordergrund und das Schlachtfeld von Schutt und kreuz und quer stehenden Balken, wo die alte Fabrik und das Wohnhaus eingerissen worden waren. Nur eine Mauer stand noch, und dorthin blickte sie, auf das große Reklamebild mit der »Lachenden Wäscherin«. Ein gelber Kran hatte sich dort postiert, eine mächtige Eisenkugel hing von seinem schwenkbaren Arm herunter und wurde nun zum Pendeln gebracht. Camilla erfasste eine gewisse Ungeduld, während sie zusah. Einmal schlug die Kugel gegen die Mauer, ein zweites Mal, ohne dass etwas geschah, so als sei es nur ein Gummiball, aber dann, noch ehe die Kugel ein drittes Mal zurückschwang, lief ein Zittern durch das Mauerwerk, und die ganze Fassade knickte in sich zusammen.

Als die Staubwolke sich gelegt hatte, war nichts mehr zu sehen als ein Berg von Ziegeln.

Das Bild der Zerstörung hatte für Camilla nichts Deprimierendes, im Gegenteil, es versetzte sie fast in eine euphorische Stimmung, denn sie sah darin nicht das Ende von etwas, sondern den Beginn von etwas Neuem. Wo einst die ersten Seifenkessel des Vaters standen, würden bald die Mauern der neuen Fabrik emporwachsen. Dass sie einmal diese Gegend und alles, was mit Seife zusammenhing, gehasst hatte, dieser Gedanke kam ihr nicht. Für sie bedeutete dieser Augenblick einfach, dass der Kreis sich geschlossen hatte: sie war wieder zurück in Berlin.

Sie wandte sich vom Fenster ab. Ihr Büro war einfach, fast provisorisch eingerichtet und befand sich im vierten Stockwerk einer ehemaligen Kartonagenfabrik. Während der Inflation hatten sie das Gebäude zusammen mit den Grundstücken und Liegenschaften aus dem früheren Hofmannschen Besitz erwerben können; nach dem Umzug in das Haus in Steglitz hatten sie hier die Büros untergebracht – die Fabrikation war in Neustrelitz verblieben –, aber von vornherein war ein Neubau geplant gewesen, und zwar in zwei Bauabschnitten, zuerst eine neue Fabrik auf dem alten Hofmannschen Gelände, und dann ein Verwaltungsgebäude.

Seit einigen Tagen hatte sie das Modell in ihrem Büro. Sie blieb jetzt kurz davor stehen; die Lage war ideal, mit direktem Gleisanschluss zum Görlitzer Bahnhof, direktem Zugang zu den Wasserwegen, und obendrein billiges Kühlwasser aus dem Kanal.

Sie kehrte an ihren Schreibtisch zurück. Es war heiß in dem Büro, aber sie konnte die Fenster nicht öffnen, sonst hatte sie den Staub von den Abbrucharbeiten und den Lärm der Maschinen im Zimmer. Sie nahm sich die Unterlagen für das Gespräch mit den Bankleuten vor, begann sie durchzuarbeiten, sich Notizen zu machen; dann drückte sie auf den Summer, der eine Fünfzigerin mit gewelltem Bubikopf aus dem Nebenzimmer herbeirief.

Die Palleck, wie sie genannt wurde, arbeitete schon seit vielen Jahren bei ihr. Sie war vorher Beamtin am Finanzamt in Neustrelitz gewesen, und Camilla hatte sie dort wegengagiert, nachdem sie ihre Tüchtigkeit in einer für die Firma höchst unangenehmen Weise kennen gelernt hatte. Die Palleck bearbeitete die Steuersachen, aber sie nannte sich die Sekretärin der Chefin, weil sie auch die Termine machte und die Schreibkräfte unter sich hatte. Sie kam wie immer im Eilschritt herein, zwei dicke Mappen unter dem Arm. Sie hatte ein Hüftleiden und musste orthopädische Schuhe tragen, aber sie glich ihr Leiden durch eine besonders quirlige Art aus.

Camilla deutete auf die Unterlagen auf ihrem Tisch.

»Hat mein Sohn sie nicht durchgesehen? Er hat nirgends abgezeichnet.«

»Doch, er hatte sie gestern. Letztes Blatt. Ich muss sagen, er hat doch wahrhaftig noch einiges gefunden, auf das nicht einmal ich gekommen bin; das sind gut hunderttausend, die wir an Steuern hereinbringen können. Er ist ein Genie auf dem Gebiet.«

Sie legte die beiden Mappen ab. »Ich unterschreibe die Post später.«

Aber die Palleck schüttelte den Kopf. »Dann geht sie nicht mehr rechtzeitig raus, nicht am Freitag. Und in einer halben Stunde kommen die Inspektoren vom Wasserwirtschaftsamt wegen der Auflagen. Und zwölf Uhr dreißig müssen Sie dann zu dem Rendezvous mit den Herren von der Bank. Der Tisch ist bestellt. Übrigens, Ihre Mutter hat schon zweimal angerufen. Sie wollte mir nicht sagen, um was es sich handelt. Sie ruft wieder an, aber ob ich sie ein drittes Mal abwimmeln kann ... Sie wissen ja, wie hartnäckig sie ist.«

Camilla wehrte ab: »Wenn es irgendwie geht, heute bitte nicht.« Sie hatte begonnen, ihre Unterschrift auf die Originale und Kopien zu setzen, die ihr die Palleck einzeln hinreichte. Camilla achtete eigentlich nie auf ihre Unterschrift, aber jetzt plötzlich fiel ihr auf, dass sie sich im Laufe der Jahre verändert hatte und dem Schriftzug ihres Mannes zum Verwechseln ähnlich geworden war, *CamillaSenger,* zu einem Wort zusammengezogen, genauso wie er sein *CarlSenger* schrieb. Der gleiche Anfangsbuchstabe ihrer Vornamen machte es nicht allein aus, die Ähnlichkeit ging tiefer, bis hinein in den hochgezogenen Bogen, in dem das *r* von Senger auslief. Sie unterbrach sich und horchte.

»Ist das nicht mein Mann?«

»Das könnte sein, ja.«

Sie machte die erste Mappe fertig und schob die andere beiseite. »Das unterschreibe ich später. Sagen Sie, ist der Ventilator im Büro meines Mannes installiert worden?«

»Gestern Abend noch, wie Sie es angeordnet hatten.«

Camilla erhob sich. »Die Mädchen sollen Tee machen. Kalt, mit viel Zitrone und wenig Zucker, in einer Thermosflasche. Ich bin bei meinem Mann.«

Nachdem Frau Palleck gegangen war, nahm Camilla die Unterlagen für die Besprechung mit den Bankleuten an sich und trat hinaus auf den Gang. Es war dort ziemlich eng durch die Aktenschränke, die man zwischen den Türen und Fenstern aufgestellt hatte; überall im Haus herrschte dasselbe Provisorium, mit übernommenen Möbeln, engen Räumen, weiten Wegen, eben eine Übergangslösung, bis das neue Verwaltungsgebäude erstellt sein würde. Nur das Büro ihres Mannes, das am Ende des Ganges lag, hatte Camilla damals vollkommen neu einrichten lassen; es war vor der fünften, der letzten Operation gewesen, als hätte sie damit beschwören wollen, dass er bald wieder seinen Platz einnehmen und die Verantwortung tragen würde, die so lange ganz allein auf ihren Schultern gelegen war. Vor der Tür zögerte sie einen Augenblick. Es war still innen, und sie wusste, was für ein Bild sich ihr beim Eintreten darbieten würde: Ihr Mann hinter dem schweren Schreibtisch, der zu dieser Stunde genauso aufgeräumt war wie am Abend. Sie klopfte, eine Angewohnheit, die noch aus den Tagen seiner Krankheit stammte.

Es war, wie sie erwartet hatte: Er saß hinter seinem Schreibtisch, der wirklich leer war, bis auf den Kalender, das Telefon, ein paar Zeitungen und die Schreibgarnitur, die immer noch so neu aussah, als wäre sie eben ausgepackt und hingestellt worden.

Er war sofort auf den Beinen, kam ihr entgegen, um sie zu begrüßen. »Du warst früh dran, heute Morgen.«

»Du weißt ja, Freitag. Und dann habe ich am Nachmittag noch einige Dinge zu besorgen, für abends.« Sie legte die Mappe, die sie mitgebracht hatte, auf seinen Schreibtisch. »Das sind die Unterlagen für die Besprechung mit der Bank, der Voranschlag für die Baukosten, Finanzierungsplan. Ich möchte, dass du es dir vorher anschaust. Aber sag zuerst, wie war es beim Arzt?«

»Ich hätte mir den Weg sparen können.« In dem Raum, der auf zwei Seiten Fenster hatte, war es noch heißer als in ihrem Büro.

Er ging zum Fenster, öffnete es, schloss es sofort wieder, als das Rattern eines Generators einsetzte.

»Ich habe dir einen Ventilator einbauen lassen.«

»Ich habe es gesehen. Vielen Dank.«

Er sagte es förmlich, fast wie zu einem Fremden. Sie kannte das an ihm; von seinen Besuchen beim Arzt war er immer in dieser Stimmung zurückgekommen. Sie betrachtete ihn, wie er dort stand, zum Fenster hinausblickte, mit der leicht hochgezogenen Schulter und den eng an den Körper gezogenen Armen, wie gut kannte sie diese Abwehrhaltung. Seinen Wunsch, alles mit Schweigen zu übergehen, was mit seiner Krankheit zusammenhing, hatte sie immer respektiert, aber seit einiger Zeit fragte sie sich, ob es richtig war.

»Was hat er gesagt?«

»Du kennst ihn ja.«

Er verließ seinen Platz am Fenster und kehrte zum Schreibtisch zurück, als fühlte er sich dort sicherer.

»Er hat mir einen Vortrag über die Vorzüge gewisser Kaffeesorten gehalten.«

»Sicher nicht nur das.«

»Also, bitte. Die Röntgenaufnahmen haben nichts ergeben. Meine Beschwerden sind pure Einbildung. Zufrieden? Ich bin in seinen Augen ein völlig gesunder Mann, vielleicht ein bisschen gesünder als andere in meinem Alter.«

Auch den aggressiven Ton kannte sie; er nahm zu ihm Zuflucht, um sich abzukapseln. Auch das hatte sie ihm immer zugestanden, ein Mann, der so lange hilflos an einen Rollstuhl gefesselt war und der sich sonst kein Wort der Klage gestattete, musste von Zeit zu Zeit so reagieren, um sich wenigstens auf diese Weise Luft zu machen. Aber auch da fragte sie sich jetzt, ob sie nicht vielleicht zu lange dazu geschwiegen hatte.

»Vielleicht hat Doktor Hahn recht«, sagte sie. »Dann seid ihr euch ja einig, ihr beiden.«

Sie merkte, wie er sich noch mehr in sich zurückzog, noch unerreichbarer wurde für sie. Von draußen drangen die Geräusche der Baustelle verstärkt in den Raum, und das half ihr über den Augenblick hinweg: Die neue Fabrik, das war das Zauberwort, das bisher immer noch seine Wirkung getan hatte, in allen schweren Stunden. Vorwärtsblicken, die nächste Aufgabe in Angriff nehmen – aber seit einiger Zeit merkte sie, dass sie mit ihren Kräften an einer Grenze angelangt war.

Sie ging zu ihm und legte die Hand auf seine Schulter. »Was machen wir falsch, Carl? Wir machen etwas falsch, in letzter Zeit.«

Er sah auf. Er dachte an die letzten Worte des Arztes. Ja, warum war sie bei ihm geblieben? Die Frage ließ ihn nicht mehr los. Warum stellte er sie nicht? Aber er sagte stattdessen: »Ich käme nie auf die Idee, du könntest etwas falsch machen.«

Sie trat einen Schritt zurück. »Du verlangst sehr viel von mir.«

»Tut mir Leid. Sprechen wir nicht mehr davon.«

»Wir machen etwas falsch.«

»Ich habe gesagt, es tut mir Leid. Ich hätte nicht zu Doktor Hahn gehen sollen. Wollen wir nicht die Unterlagen durchgehen?«

Das Telefon auf seinem Schreibtisch schellte. Er machte keine Anstalten, den Hörer abzunehmen, er blickte sie vielmehr an und sagte: »Es wird für dich sein.«

Doch dann hob er ab, lauschte und sagte mit einem fast entschuldigenden Lächeln: »Es ist für dich.«

Es war bereits durchgestellt und der Wortschwall ihrer Mutter überfiel sie, bis sie endlich unterbrechen konnte. »Ja, ich habe zwei Karten für ... Natürlich. Warum glaubst du nur immer, man würde dich vergessen ... Zwei ... Nein, Sperrsitz, fünfte Reihe ... Hör mir doch mal zu ... Es war ausverkauft ... Tut mir Leid, aber diese zwei Karten zu bekommen, das hat mich ... Wenn du mich nicht ausreden lässt kann ich es dir nicht erklären. Das Stück ist ausverkauft! Außerdem, fünfte Reihe Sperrsitz, da siehst du sogar noch besser ... Nein, keine Loge ... Ich sage es das letzte Mal ... Das Stück ist ausverkauft, auf Wochen hinaus ... Nein ... Also entscheide dich, willst du die Karten haben oder nicht? Also schön, warum dann immer zuerst dieses Theater ... Nein, der Chauffeur kann dich nicht abholen. Am Sonntag hat auch ein Chauffeur frei ... Ja, ich zahle das Taxi ... Wie bitte? Das muss ich mir erst überlegen. Und jetzt entschuldige. Ich rufe dich heute Abend an ... Was ist denn noch? ... Das glaube ich nicht. Frau Palleck würde dich nie dumm anreden, wie du es nennst. Sie hatte nur von mir die strikte Weisung, kein Gespräch durchzustellen ... Nein, auch dich nicht ...« Sie hielt den Hörer einen Augenblick von sich, und man hörte eine hohe Stimme, weinerlich, fast schluchzend, die allerdings rasch in einen harten, keifenden Ton verfiel.

»Bis heute Abend«, sagte Camilla abschließend, »ja, natürlich werde ich es mir überlegen.« Als sie den Hörer aufgelegt hatte, spürte sie, dass ihr während des Gesprächs mit der Mutter der Schweiß ausgebrochen war. Sie nahm sich einen Stuhl und setzte sich.

»Klagen, Vorwürfe, Forderungen, sie hat ihre Methode nie geändert.«

»Was wollte sie denn?«

»Es ging um zwei lächerliche Theaterkarten.«

»Nein, ich meine am Schluss.«

»Sie sagte, sie müsste unbedingt vier Wochen nach Bad Neuenahr, sonst überlebe sie dieses Jahr nicht. Dabei sah sie blühend aus, als ich das letzte Mal bei ihr war. Sie hat wirklich alles dort – und fünfzig Kilo zu viel.«

»Du hättest ebenso gut gleich ja sagen können. Hinterher

gibst du ja doch immer nach und bezahlst ihre ganzen Extras und Reisen und Kuren.«

»Was bleibt mir denn anderes übrig. Sie hat ihr ganzes Geld verloren.« Sie sah ihren Mann an; spürte er nicht, wie das alles an ihren Kräften zehrte? Warum konnte er nicht aufstehn, seinen Arm um sie legen, nur das, nicht mehr, nur ein Zeichen, dass er sie verstand.

Es klopfte, und eines der Mädchen brachte den geeisten Tee. Als sie wieder allein waren, sagte Camilla: »Gut, sprechen wir über den Finanzierungsplan. Wenn du die erste Seite aufschlägst, findest du die wichtigsten Zahlen. Übrigens, wir treffen uns mit den Herren von der Bank um zwölf Uhr dreißig.«

»Muss ich dabei sein?«

Auch darauf war sie vorbereitet. Sie hatten immer alles miteinander besprochen, die Entscheidungen gemeinsam getroffen, aber was den Neubau betraf, so hatte er es von Anfang an so einzurichten gewusst, dass er bei wichtigen Verhandlungen immer fehlte. Schon beim Ankauf des Geländes war es so gewesen, als er nicht zur Verbriefung beim Notar erschien; vor den Besprechungen mit dem Architekten hatte er jedes Mal eine besonders schlechte Nacht gehabt, und an dem Modell in ihrem Büro ging er vorbei, als existiere es nicht. »Ich finde schon, dass du dabei sein solltest. Es geht um einen Kredit in Höhe von vier Millionen, wenn auch in Raten. Wir müssen das auf uns nehmen. Wir brauchen die neue Fabrik. Die Belastungen in den nächsten Jahren werden allerdings ziemlich hoch sein.«

»Die Sache ist doch entschieden, oder? Die Bank hat so gut wie zugesagt.« Er blätterte in den Akten.

Sie hielt ihr Glas immer noch in den Händen. Ihre Hände waren heiß ihr Gesicht war heiß, aber innerlich fröstelte sie. »Du hast die projektierte Umsatzsteigerung für realistisch gehalten. Wenn das so ist, müssen wir vergrößern.«

Er sah von den Papieren auf. »Vergrößern. Immer wieder kommen wir an diesen Punkt, nicht wahr. Hast du dich mal gefragt, wofür?«

»Nein. Das war nie eine Frage für mich. Glaubst du, ich hätte das alles tun können, wenn ich mich das gefragt hätte? Ich habe immer mit dir gerechnet, und auch mit den Kindern natürlich.«

»Lass mich mal aus dem Spiel. Und unsere Söhne? Was macht dich so sicher, dass sie das Unternehmen eines Tages wirklich weiterführen werden? Bei Kindern weiß man nie. Vielleicht haben sie ganz andere Pläne. Max, zum Beispiel, er geht schon jetzt seine eigenen Wege. Kannst du in sie hineinsehn?«

»Vorläufig geht es um uns, das heißt, um dich. Ich kann die Verantwortung nicht allein tragen. Ich will auch nicht. Du musst dich daran gewöhnen, dass sie wieder bei dir liegt. Wie oft haben wir darüber gesprochen.«

»Ja, zu oft bereits. Und deshalb möchte ich dir einen anderen Vorschlag machen.«

»Ja?« Sie stellte das Glas ab und blickte ihn gespannt an. Es war das erste Mal seit langer Zeit, dass er von sich aus mit einem Vorschlag kam.

»Dieser Bankkredit, gut und schön. Wir könnten das verkraften. Drei, vier strenge Jahre, je nach der wirtschaftlichen Gesamtlage. Ich sehe da einige Unsicherheitsfaktoren. Vielleicht nimmt die Arbeitslosigkeit noch mehr zu. Sicher aber werden wir mehr Konkurrenz bekommen.«

»Die hast du nie gefürchtet, früher.«

Er senkte den Kopf und drehte den Bleistift leicht in den Händen. »Früher war ich ein anderer Mann.«

»Warum sagst du so etwas?«

»Weil es stimmt. Aber lassen wir das. Du weißt, wir sind nicht mehr allein auf dem Markt. Wir haben Konkurrenz bekommen, von draußen, die Engländer zuerst, und jetzt auch noch die Holländer. Sie kaufen an Fabriken auf, was sie bekommen können, und man wirft sie ihnen nach, für ein Butterbrot.«

»Das war einer der Gründe für diese zweite Fabrik, die wir hier in Berlin bauen.«

»Aber das ist erst der Anfang. Das sind Weltunternehmen, Camilla. Sie werden weiter aufkaufen und in den Markt drängen. Das sind nicht die Konkurrenten, die wir bisher hatten. Sie arbeiten mit unseren Methoden, nur dass sie dabei noch raffinierter verfahren als wir. Sie werden sich nicht begnügen mit kleinen Marktanteilen. Sie wollen den ganzen Markt. Sie werden versuchen, uns an die Wand zu drücken, und sie haben die besten Voraussetzungen dafür: genügend Kapital, eine ausgeklügelte Reklame, gute Produkte. Sich dagegen zu behaupten wird nicht leicht sein. Dazu braucht es, ich muss das leider sagen, jemand, der im Vollbesitz seiner Kraft ist.«

»Du wolltest einen Vorschlag machen.«

»Ja. Ich denke, wir sollten einen Partner in die Firma nehmen. Ob ich nun der Bank Geld schulde oder einen Teilhaber in die Firma nehme, ich sehe da keinen Unterschied. Im Gegenteil, ich finde, es hätte in der gegenwärtigen Situation nur Vorteile. Also, ich habe da in letzter Zeit ein paar Gespräche geführt.«

»Du hast nie etwas darüber gesagt.« Sie zwang sich zur Ruhe; das Wichtigste war sein erwachtes Interesse. »Ein stiller Teilhaber? Warum nicht. Aber wieso kommst du damit erst jetzt heraus, im letzten Moment?«

»Ich war nicht sicher, ob du nicht von vornherein dagegen sein würdest. Und dann, ich wollte zuerst ein konkretes Angebot haben.«

»Und du hast eines?«

»Ja. Von den Holländern. Ziemlich großzügig. Wir könnten die Fabrik bauen, ohne einen Pfennig von der Bank. Die ganze Belastung durch die Zinsen fiele damit weg. Wir hätten mehr Luft ...«

»Und der Haken dabei?«

»Ich sehe keinen, aber du wirst das vielleicht anders beurteilen. Ich bitte dich nur eines zu berücksichtigen, ich habe dabei vor allem an dich gedacht.«

Sie war aufgestanden.

»Was ist der Haken daran?«

Er schloss den Schreibtisch auf und holte einige lose geheftеte Schreibmaschinenseiten heraus. »Willst du dir nicht erst ansehn, wie das Angebot im Einzelnen ist?«

»Was wollen sie?«

»Nun, sie stellen eine Bedingung: Sie beteiligen sich nur, wenn sie einundfünfzig Prozent der Anteile übernehmen können.«

Einen Moment herrschte Stille, dann sagte sie: »Niemals, niemals stimme ich dem zu. Niemals.«

Er hatte mit einer derartigen Reaktion gerechnet, genauso eindeutig, genauso heftig, und während er sie dort stehen sah, stieg ein Bild aus der Vergangenheit vor ihm auf: Sein Krankenzimmer in dem Lazarett bei Douai. Sie war schon seit zwei Wochen da; die ganzen Tage verbrachte sie bei ihm. Der Arzt hatte zugegeben, man konnte nichts für ihn tun, aber gleichzeitig lehnte er es ab, dass sie ihn nach Hause transportierte. Das Gespräch war in seinem Beisein geführt worden; und dem Arzt war herausgerutscht, dass er den Transport für sinnlos halte, weil auch zu Hause niemand ihm helfen könnte und dass es außerdem unmöglich sei, einen Wagen für den Transport zu bekommen. – »Niemals können Sie mich daran hindern!« Es war, als hörte er die Stimme wieder, dieselbe Heftigkeit, und sie hatte es tatsächlich fertig gebracht, einen Wagen aufzutreiben, und sogar einen Krankenpfleger zur Begleitung. Sie waren vier Tage unterwegs gewesen von Douai nach Neustrelitz. Er hatte kaum eine Erinnerung daran: Das Innere eines halbdunklen Wagens, die Kontrollen, Taschenlampen, die im Dunkel aufleuchteten, Aufenthalte, wenn das Benzin ausgegangen war. Was von dieser Fahrt geblieben war, das war auch nicht die Erinnerung an Schmerzen, das war ausgelöscht; geblieben war nur eines: das Gefühl ihrer Gegenwart, wie sie neben seiner Bahre in dem engen Wagen saß, und damit verbunden ein Glückszustand von einer Dauer und Tiefe, wie er ihn nie zuvor erlebt hatte. Und er fragte sich jetzt, was war daraus geworden? Was hatten sie falsch gemacht? »Niemals«, sagte sie, »und ich kann nicht glauben, dass du im Ernst daran denkst.« Sie machte eine Handbewegung, die mehr als den Raum einschloss. »Hier sollen in Zukunft Fremde bestimmen, was geschieht?«

»Ich habe dabei an dich gedacht.«

»Auch daran, dass ich für das alles ein halbes Leben hingegeben habe?«

»Ein halbes ist genug. Soll es ein ganzes werden? Sieh dir den Vorschlag an. So viel ändert sich gar nicht. Du oder ich, einer von uns kann im Vorstand bleiben, und für jeden unserer Söhne ist ein Direktorposten vorgesehen ...«

»Ich möchte nicht weiter darüber diskutieren.« Es war noch nie geschehen, dass sie ein Gespräch auf diese Weise beendete. Sie drehte sich um. Wo war die Tür? Sie spürte keinen Boden mehr unter den Füßen. Sie hörte auch nicht mehr, was er sagte. Sie war unfähig, einen Gedanken zu fassen; sie wusste nur, dass sie jetzt ihre ganze Kraft brauchte, um die Tür zu erreichen ...

4

Der Sportwagen kam von der Wiener Brücke, überquerte den Kanal, bog mit unverminderter Geschwindigkeit in die Toreinfahrt der Kartonagenfabrik ein, kam gerade noch an den dort gestapelten leeren Ölfässern vorbei und hielt dann vor der privaten Tanksäule der Firma Senger.

Es war ein Zweisitzer mit Ledergurten über dem Kühler und offenem Verdeck; der Wagen war hier bekannt, ebenso die Fahrweise seines Besitzers, und allenfalls der alte Pölzig, der den Wagenpark der Firma betreute, reagierte noch mit einem Kopfschütteln, denn er hatte es auf den Ohren, und quietschende Bremsen und lautes Hupen gingen ihm durch Mark und Bein. Um den Junior wenigstens am Hupen zu hindern, trat er jetzt schnell von der Hebebühne weg und eilte nach draußen, in seinem blauen Kittel, einen alten Schal um den Hals, in beiden Ohren Wattepfropfen. Max Senger stemmte sich aus dem Wagen; durch die kleinen Türen auszusteigen wäre bei seiner Länge noch unbequemer gewesen. Er zog die Schlüssel ab, deren Anhänger das Vereinszeichen eines vornehmen Berliner

Ruderclubs war, und warf sie dem Wagenmeister zu, der die Hände bereits fangbereit hielt. »Waschen, Tanken, Ölwechsel, und hinten könnte ein Satz neue Reifen nicht schaden.«

»Junge, Junge.« Pölzig musterte die Profile. »Bei der Fahrweise wundert mich das nicht.« Er richtete sich auf. »Aber da sprechen Sie mal lieber erst mit der Chefin.«

Max Senger war schon halb auf dem Weg zur Pförtnerloge; dem alten Pölzig seinen Wagen zu übergeben und ihn später frisch poliert und aufgetankt wieder vorzufinden, das war für ihn so selbstverständlich, dass er den Wagenmeister überrascht ansah. »Was ist das nun wieder?«

Pölzig spielte mit den Schlüsseln. »Die Chefin hat Ihre Monatsabrechnung kontrolliert. Das war 'ne Menge Treibstoff diesen Monat, dazu die Reparatur, zwei neue Scheinwerfer, kam eine Menge zusammen diesen Monat. Sie hat eben kontrolliert, alle Wagen, und ich hab Anweisung, kürzer zu treten. Ich tanke auf und mache alles, nur einfach, dass Sie es der Chefin sagen ...«

»Ich werde mit ihr sprechen.« Er musste die letzten Worte schreien, um den Lärm eines einsetzenden Baggers zu übertönen. Die Chefin – wenn er das schon hörte! Sein morgendlicher Zorn erwachte wieder, und er schritt, die Jacke unter dem Arm, auf den Glaskasten des Pförtners los. Vermutlich hatte der Mann ihm nur freundlich zugenickt, aber er sah darin etwas anderes und sagte: »Na, rufen Sie schon bei der Chefin an. Sie müssen doch notiert haben, wie lange ich nicht an meinem Arbeitsplatz war. Los, rufen Sie hinauf.«

Er wusste, er benahm sich kindisch, und dass er sich dazu hinreißen hatte lassen, brachte ihn noch mehr auf. Am liebsten wäre er auf der Stelle umgekehrt. Nach Grünau hinausfahren, an den Langen See, sich die Wut aus dem Leib rudern, das wäre besser, als sich in sein Büro setzen. Sein Büro, der Gedanke brachte ihn vollends zum Kochen; ein Schlauch war das, im Sommer heiß zum Ersticken, im Winter ein Eiskeller. Und er hatte es nicht einmal mehr für sich allein, seitdem sie ihm den Rohstoffeinkäufer hineingesetzt hatten. Anordnung der Chefin.

Zwei Leute arbeiten mehr als einer, sehen sich gegenseitig auf die Finger. Gut, dass er wenigstens im August in Urlaub war ...

Das Büro lag im zweiten Stockwerk. Hier standen in einem Saal Maschinen, die man umgerüstet hatte, sodass auf ihnen jetzt die Verpackung einer Seifenflockensorte hergestellt werden konnte. Er hätte auch anders zu seinem Büro kommen können, aber er wählte gerade den Weg durch den heißen Saal und das Dröhnen der Maschinen, das manchmal bis in sein Büro zu hören war. – Grünau! Er konnte immer noch hinausfahren. Er riss die Tür zu seinem Büro auf; am Morgen hatte er die Rollos heruntergelassen, sodass der Raum in einem ungewissen Licht lag. Er sah sie sofort, und doch traute er seinen Augen nicht, so ungewöhnlich war es, dass seine Mutter einmal zu ihm kam; es war in den ganzen Jahren höchstens ein- oder zweimal geschehen.

Sie saß dort, auf einem der einfachen Holzstühle, hatte, was er ebenfalls als auffallend registrierte, nichts in den Händen, keine Papiere, keine Akten, hatte auch sonst ganz offensichtlich nichts getan, in seiner Abwesenheit nichts gesucht – saß einfach dort und sah ihm entgegen, wahrhaftig so, als hätte sie seit langem auf ihn gewartet. Und irgendetwas in ihrer Haltung, in der Art, wie sie ihn anblickte, ließ ihn die Tür leise hinter sich schließen.

»Guten Morgen, Max. Dieser gelbe Pullover – ist der neu? Ich muss sagen, die Farbe steht dir gut.«

Die Jacke noch über dem Arm, stand er da und fühlte nur, wie sie ihm allen Wind aus den Segeln nahm. »Großvater fand den Pullover scheußlich.«

»Nein, er steht dir gut.«

Er sah sie an, und, wie immer in den Momenten, in denen er geladen war auf sie, entschlossen, sich ihrem Einfluss auf Biegen oder Brechen zu entziehen, wurde ihm deutlicher als sonst bewusst, was für eine schöne Frau sie war: das volle dunkle Haar mit den ersten grauen Fäden, die sie nicht färbte, die dunklen Augen, der Mund, der schmale biegsame Hals, die zarte Haut. Das war immer so, wenn er sie gleichsam als Fremde betrachtete. Aber diesmal kam noch etwas hinzu. Lou, von der er eben kam, hatte da gewisse Andeutungen gemacht. Er war nicht einmal sicher, ob er sie richtig verstanden hatte, aber sie genügten, um die Frau dort noch auf merksamer anzusehen.

Er wusste, wie schwer diese ganzen Jahre für sie gewesen waren. Wie hatte sie das alles durchgestanden und war dabei die Frau geblieben, die dort saß? Woher nahm sie ihre Kraft? Woher ihre Gelassenheit? Aus welcher Quelle schöpfte sie? Ob sie heimlich Liebschaften hatte? Er stellte sich die Frage zum ersten Mal. Es war so abwegig, so unvorstellbar, und doch brachte der Gedanke sie ihm näher. Er hatte plötzlich den Wunsch, sie in die Arme zu nehmen, ohne Erklärung, aber dann setzte ein Warnsystem bei ihm ein: Sie wickelt mich schon wieder ein, dachte er.

Er hängte den Rock über einen Bügel und holte das Etui aus der Tasche. Er legte es so auf den Schreibtisch hin, dass sie es bemerken musste. Als sie nichts sagte dazu, klappte er es auf und hielt es ihr hin. In dem grauen Samtpolster steckte ein schmaler Platinring mit einem rundgeschliffenen Saphir, umgeben von kleinen Diamanten. »Willst du nicht wissen, für wen der ist?«

»Für ein Mädchen, denke ich.«

»Ja, für ein Mädchen. Du wirst sie heute Abend kennen lernen. Ich werde sie heiraten.« Er wartete auf eine spöttische Bemerkung, auf Widerstand, er wünschte es fast herbei, um eine neue Angriffsfläche zu haben, aber sie saß nur schweigend da.

»Wenn es dir nicht allzu schwerfällt, sei nett zu ihr. Hast du gehört? Ich werde sie heiraten.«

»Ich habe es gehört.«

»Kein Einspruch? Bedenken? Nicht mal die Frage, ob sie Geld hat?« Als wollte sie ihm den Gefallen tun, sagte sie: »Nun, hat sie Geld?«

»Das klingt schon besser! Das ist doch etwas Gewohntes.« Er riss die Rollos hoch, dass es plötzlich blendend hell im Raum wurde. Seine Mutter hob den Arm vor die Augen; es war eine hilflose Geste, und ihre Stimme klang ebenso.

»Was habt ihr nur alle gegen mich?«

»Soll ich es dir sagen? Ich kann es dir sagen. Weil du alles so selbstverständlich nimmst.«

»Bitte, kannst du nicht wieder die Rollos herunterlassen?«

Er tat, als hätte er ihre Bitte nicht gehört. »Weil immer alles nach deinem Kopf gehen muss. Nimm uns drei, Konrad, Georg und mich. Was sind wir mehr für dich als eine gute Kapitalanlage. Aktienpakete. Wie fein du dir das ausgedacht hast. Was brauchst du in der Fabrik? Einen guten Chemiker. Einen guten Juristen. Und einen, der was von Geld versteht. Und was geschieht? Konrad studiert Chemie, Georg studiert Jura. Und sogar der Dritte im Bund, der hoffnungslose Fall, macht brav eine Banklehre und entpuppt sich als genau das, was man von ihm erwartet hat. Alle drei Söhne tun brav das, was Mama immer wollte. Und freiwillig noch dazu. Alles geschieht freiwillig. Niemand wird zu etwas gezwungen. Die liebe Familie gehorcht ganz von selbst. In einer so großartigen Familie, wie wir es sind, ist das eben so. Und eines Tages werden die drei Söhne sich freiwillig in die Firma teilen, jeder auf seinem Posten ...«

»Ja, das war mein Ziel. Ist das so schlimm? Ich wusste nicht, was mit Vater wird. Und auch ohne das, mir war immer klar, dass eines Tages ihr die Verantwortung übernehmt.«

»Verantwortung übernehmen! Und dann meine Benzinrechnung kontrollieren!« Der enge Raum, die Hitze, die Frau dort, die ihm nicht widersprach – die Idee kam ihm ganz spontan: »Nichts werde ich übernehmen. Der Junior. Der Sohn der Chefin. Bitte, darf ich tanken? Entschuldige, dass ich zu spät komme. Ich kann auf eigenen Beinen stehen. Ich werde es dir beweisen. Aber nicht hier. Vielleicht wandere ich aus. Amerika. Ja! Dieses Europa ist sowieso am Ende. Amerika, da liegt die Zukunft ...« Der Schweiß stand ihm auf der Stirn, der Hals wurde ihm trocken, und nachdem er sich Luft gemacht hatte, war auch sein Zorn so gut wie verraucht. Er zog die Rollos herunter, setzte sich, und nahm noch einmal einen Anlauf. »Also, reden wir meinetwegen über meinen Benzinverbrauch. Deshalb bist du doch wahrscheinlich hier.«

»Nein, deshalb eigentlich nicht.«

Wieder, wie beim Eintreten, machte ihn etwas in ihrer Stimme stutzig. Sie hatte sich mit einem Arm auf den Schreibtisch gestützt, als böte der Stuhl ihr nicht genug Halt. Er hatte das Bedürfnis, die Hand auf ihren Arm zu legen, aber er tat es nicht. »Weshalb bist du dann gekommen?«

»Muss ich immer einen Grund haben? Vielleicht wollte ich einfach nur hier sitzen und ein bisschen Ruhe haben. Vielleicht wollte ich mit dir reden. Vielleicht aber einfach hier sitzen.«

Er blickte sich in dem Raum um, mit den alten Büromöbeln, den abgestoßenen Stahlkästen, der Weltkarte für Rohstoffmärkte an der weißgetünchten Wand, und er dachte: Hier muss sie Ruhe schöpfen?

»Das war nicht so gemeint«, sagte er, »das mit Amerika.«

»Nicht? Bist du sicher? Heute würde mich nicht einmal das überraschen. Vielleicht hast du Recht mit deinen Vorwürfen. Man kann nur sein eigenes Leben planen. Nicht das anderer. Du musst mich verstehen. Es war einfach eine Idee, an die ich mich geklammert habe: Drei Jahre noch, dann ist wenigstens Max so weit! Ich habe mir oft dasselbe gedacht wie du eben: Ich mag nicht mehr. Ich habe genug! Tag für Tag aufstehn. Tag für Tag hier reinlaufen. Egal, wie ich mich fühle. Ist dir nie in den Sinn gekommen, dass auch ich andere Wünsche haben könnte?«

Eigentlich gab es keinen Zusammenhang, aber er musste plötzlich an die Szene am Bahnhof denken: Er war um einige Minuten zu spät gekommen, und Lou war bereits auf dem Bahnsteig gestanden, neben einem Berg von Koffern, ganz in Lila, von den spitzen, geknöpften Schuhen bis zu dem radgroßen Hut. Nicht etwa allein, nicht hilflos, sondern umringt von den Herren, die sie auf der Reise kennen gelernt hatte, und von Trägern, die sich darum rissen, ihr Gepäck zum Taxi zu befördern. Zwei hatte sie gebraucht, und im Hotel hatte sich das Ganze wiederholt; Pagen und Hausdiener, die sich um sie drängten, als habe ihr Parfüm eine besondere Anziehungskraft. Fast wunderte er sich, dass er nicht danach roch. Diesmal legte er die Hand auf den Arm der Mutter. »Ja, ich glaube, ich verstehe dich. Weißt du was? Ich lade dich ein! Nach Grünau! Wir nehmen uns ein Boot, und ich rudere dich hinaus. Es ist zwar ziemlicher Betrieb dort, freitags, nicht der Zierker See. Ob es die Badehütte noch gibt? Und den alten Kahn? Weißt du noch, damals, mein Geburtstag, als Großvater mir das Gespann mit den zwei weißen Ziegenböcken schenkte. Er hatte immer so ausgefallene Ideen.« Er blickte auf die Uhr an seinem Handgelenk. »Du – es ist halb eins! Hattest du nicht einen Termin bei der Bank?«

Sie sah ihn an und dachte: Er hat nur das Gespann mit den Ziegenböcken im Gedächtnis behalten; das war für ihn der Geburtstag, nicht das Telegramm mit der Nachricht von Lenkas Tod. Und mir geht es auch so; ich denke nur daran, wie er seine Hand eben auf meinen Arm legte, nur daran, und alles andere ist dann vergessen. »Der Termin bei der Bank? Der ist abgesagt.«

»Aber wieso denn! Das war doch alles in Ordnung. Hat es Schwierigkeiten gegeben? Genügten ihnen die Sicherheiten nicht? Das war doch so günstig, was du da ausgehandelt hattest, viereinhalb Prozent Zins, und als zweite Hypothek.«

»Vater hat eine andere Idee. Er will verkaufen.«

Max Senger sprang von seinem Stuhl auf. »Was will er? Verkaufen? An wen denn? So ein Wahnsinn – verkaufen! Du hast doch nicht etwa zugestimmt?«

Sie versuchte, ihm die Pläne des Vaters so sachlich wie möglich wiederzugeben, ohne selber dazu Stellung zu nehmen, aber sie fühlte sich bereits besser, einfach, weil sie darüber sprechen konnte und weil ihr Ältester so spontan reagiert hatte. »Er meint, es sei besser, einen Teilhaber hereinzunehmen«, schloss sie. »Der Konkurrenzkampf auf unserem Markt würde härter, und er fühlte sich dem nicht gewachsen.«

»Einundfünfzig Prozent – er muss wahnsinnig sein!«

»Du könntest deine Pläne verwirklichen, wenn wir verkaufen. Du könntest dir deinen Anteil auszahlen lassen. Und da sind noch Konrad und Georg. Vielleicht sind sie dafür. Es ist eine Entscheidung, die wir alle zu treffen haben. Und wenn ihr alle dafür stimmt, das habe ich mir inzwischen überlegt, werde ich nichts mehr einwenden.«

»Aber Mutter! Du darfst das nicht ernst nehmen, was ich vorhin gesagt habe. Wir alle hängen an dem Geschäft. Und Vater – hast du dir auch mal überlegt, dass vielleicht etwas ganz anderes dahinter steckt?«

»Er hat mit den Leuten verhandelt! Er hat von ihnen ein konkretes Angebot.« Noch einmal kam ihre ganze Empörung hoch. »Alles hinter meinem Rücken, ohne mir ein Wort zu sagen.«

»Er ist ganz einfach eifersüchtig.«

»Eifersüchtig?«

»Ja. Bist du nie darauf gekommen? Er hat das Gefühl, du könntest genauso gut ohne ihn. Er kommt sich vor wie das fünfte Rad am Wagen.«

Sie versuchte sich an die Auseinandersetzung mit ihrem Mann zu erinnern. Bisher hatte sie nur den Schmerz empfunden, den er ihr zugefügt hatte. Aber jetzt sagte sie: »Als er diesen Vorschlag machte, da wurde mir klar, wie sehr ich an dem allen hänge. Zu sehr, verstehst du! Es ist einfach so gekommen. Es bedeutet mir zu viel, ich hänge viel zu sehr daran, schließlich bin ich nur eine Frau!«

Wieder sah er sie an, und wieder musste er sie unwillkürlich mit der Frau am Bahnhof vergleichen. »Du bist du. Und ich bin stolz auf dich, ich meine, Tante Lou ... sie ist auffallend, aber du bist schön.«

»Lou. Wie kommst du jetzt auf Lou?«

Es geschah selten bei ihm, aber jetzt wurde er rot. »Ich ... ich komme eben vom Bahnhof. Ich habe sie dort abgeholt.«

»Lou?«

»Ja. Ich war nicht sicher, soll ich es sagen oder nicht. Sie hat Großvater geschrieben. Sie wollte, dass er sie abholt, und er hat es mir zugeschoben. Du hättest es sehen sollen! Großes Gepäck, große Szene, aber sie übertraf bei weitem meine Erwartungen. Vielleicht hätte ich es nicht sagen sollen ...«

»Wo ist sie?«

»Ich habe sie ins Bristol gebracht. Sie hat dort Zimmer bestellt.«

»Zimmer? Ist sie nicht allein gekommen?«

»Doch ... Mit Zimmern meine ich eine Suite. Eines hätte es für sie nicht getan ... Darf ich dich etwas fragen?«

»Frag nur.«

»Und du wirst mir ehrlich antworten?«

»Ich werde es versuchen. Oder schweigen, was auch eine Antwort wäre. Und?« Sie zwang sich, ihren Sohn anzusehen, aber die Frage, die er dann stellte, war eine ganz andere, als sie erwartet hatte. »Sag mir, warum bist du bei Vater geblieben? Es kann nicht Mitleid gewesen sein. Wenn es nur das gewesen wäre, hättest du es nicht getan, oder?«

»Was stellst du für seltsame Fragen.« Sie hatte sich noch nicht von der Überraschung erholt.

»Kannst du sie beantworten?«

»O ja. Die Antwort ist sehr einfach: Ich liebe ihn.« Und sie fügte hinzu: »Vielleicht anders, als was du dir unter dem Wort vorstellst. Ich weiß es nicht. Ich müsste darüber nachdenken.«

Sie war aufgestanden.

»Wegen heute Abend«, sagte er, »bitte, sei nett zu diesem Mädchen. Es ist gar nicht so einfach, eine zu finden, die du nicht ausstichst. Deshalb sei nett zu ihr. Es ist diesmal ernst. Ich meine, ich liebe sie. Was ist das eigentlich für ein Fest heute Abend?«

»Das Fest? Ich dachte mir, bei dem schönen Wetter sollten wir ein Fest machen, nur für uns. Und es gibt die erste Waldmeisterbowle in diesem Jahr.«

»Ich habe das Gefühl, irgendwie ist es ein besonderer Tag.«

Sie erwiderte nichts. An der Tür blieb sie noch einmal stehen. Sie wollte etwas sagen, aber er kam ihr zuvor.

»Ich weiß, meine Autokosten, sie sind zu hoch. Das wolltest du doch sagen.«

Sie lachte. »Ich fürchte, genau das war's, was ich sagen wollte.«

5 Die Jubelrufe und Hoch!-Hoch!-Hoch!-Schreie der Menge, die sich auf den Bürgersteigen Unter den Linden drängte, war bis in den Verkaufsraum des Uhrengeschäfts zu hören. Der alte Juwelier legte die goldene Uhr auf das Samttuch und nahm für einen Augenblick den altmodischen Zwicker ab. »Sie drücken mir noch die Scheiben ein.«

»Was ist eigentlich los? Warum dieser Auflauf?« Camilla blickte zur Tür, vor der es dunkel von Menschen war, und sie fragte sich, wie es ihr überhaupt gelungen war, sich den Weg hierher zu bahnen. »Irgendwas Offizielles. Ein Staatsbesuch. Irgendein Präsident aus Südamerika. Aber so sind die Berliner; wenn sie sich nur in Haufen sammeln können; für eine Sensation sind sie immer zu haben.«

»Allzu viel Abwechslung haben sie in den letzten Jahren nicht gehabt.«

Aber der Juwelier blieb bei seinem Urteil. »Kein vergnügungssüchtigeres Volk als die Berliner.« Er setzte den Zwicker auf, stellte die Uhr und zog das Werk auf. »Weiß auch keiner mehr zu schätzen, so eine Uhr! Armbanduhren, was anderes kann ich kaum noch verkaufen. Männer wie Ihr Vater, die verstanden noch etwas von Uhren. Wie geht es ihm eigentlich?«

»Gut, wie immer.«

»Er ist mein Jahrgang, wussten Sie das? Ein guter Jahrgang, haltbar wie die alten Uhren. Ein Jammer, dass er damals seine Uhrensammlung verkaufen musste. Ein paar Stücke habe ich zurückkaufen können. Armbanduhren – was für eine Zeit.«

Er ließ den hinteren Deckel der Uhr aufspringen. Seine Hände hatten Gichtknoten an den Knöcheln, aber sie waren ganz ruhig, als er ihr die Uhr hinhielt. »Ist die Gravur so richtig ... 1894 ... Ist das wirklich schon dreißig Jahre her? Da war Ihr Vater neunundvierzig, und Sie waren ein Mädchen von zehn. Sie waren oft dabei, wenn er seine Uhren zum Überprüfen herbrachte. Erinnern Sie sich noch. 1894 ... im August, in dem Jahr ...«

»Packen Sie mir die Uhr ein?« Sie wollte nicht, dass er weiter seine Erinnerungen auskramte; darin war sie immer noch eigen, das Haus war für sie etwas, das sie mit niemandem teilen wollte. »Nur ein Etui ...«

»Nicht als Geschenk? Es macht mir keine Mühe. Und das Werk wollen Sie gar nicht ansehen? Die Präzision, darauf kommt es an.« Sie nahm das Scheckbuch aus der Handtasche und schrieb den Betrag aus. Der Juwelier begleitete sie zur Tür. Man merkte ihm an, dass er das Gespräch noch gerne ausgedehnt hätte. »Wenn Ihr Vater die alten Stücke mal anschaun will, er soll nur vorbeikommen. Vielleicht will er einiges zurückkaufen. Sagen Sie ihm, ich mache ihm einen guten Preis. Ich weiß zwar nicht, was mal wird aus dem Geschäft, wenn ich nicht mehr bin. Über dreihundert Jahre in der Familie ...«

Camilla wusste, dass seine beiden Söhne im Krieg gefallen waren. »Ich werde es meinem Vater sagen. Er kommt sicher mal vorbei.« Er öffnete die Tür für sie; der Lärm von der Straße schwoll an. »Macht mal Platz für die Dame«, er schob ein paar Halbwüchsige mit der Hand weg. »Am besten, Sie gehen Richtung Wilhelmstraße, da finden Sie am ehesten ein Taxi. Ich frage mich, wohin sind die ganzen Droschken gekommen ...«

Die Menschen standen bis dicht an die Häuser heran. Einige Geschäftsleute hatten Stühle und Kisten nach draußen gestellt, um über die Köpfe der Menge hinwegsehen zu können. Die Fenster waren beflaggt, mit deutschen und mexikanischen Fahnen und Wimpeln. Sie kam nur langsam voran gegen den Strom der Zuschauer; erst in der Nähe der Wilhelmstraße wurden es weniger, und dann sah sie auch schon den Vorbau des Hotels auftauchen.

Einige Luxuslimousinen parkten vor dem Eingang, Chauffeure standen daneben. Ein roter Läufer war ausgelegt und am Portal wimmelte es von Pagen. Jemand trug eben ein großes Blumengebinde ins Hotel.

Sie konnte schlecht vorbeigehen, und halb hatte sie sowieso im Sinn gehabt, Lou aufzusuchen. Es war jetzt kurz vor fünf Uhr, und sie würde zeitig genug nach Hause kommen, um sich vor dem Gartenfest am Abend noch etwas auszuruhen.

Das Bristol zu betreten kostete sie immer noch eine gewisse Überwindung; sie mied es, wenn sie konnte, aber es gab Kunden, die dort abstiegen, und dann war es unvermeidbar.

Zögernd betrat sie die Halle. Es war ruhig dort und angenehm kühl nach der brütenden Hitze auf der Straße. Sie wollte zum Empfang gehen, als sie vor dem Kamin eine Frau in Weiß entdeckte, zusammen mit einem Mann. Sie konnte ihr Gesicht nicht sehen, nur den mit viel weißem Tüll garnierten Hut, der es verdeckte, und zwei Hände in weißen Spitzenhandschuhen, die einen Sonnenschirm drehten. Immer noch zögernd ging Camilla hin. »Lou ...«

Der Hut hob sich. Camilla blickte in ein porzellanweißes Gesicht mit einem kleinen roten Mund und einem Paar tief liegender Augen mit stark getuschten Wimpern. Wie bei einer Puppe klappten die Lider ein paarmal über den Augen auf und zu, dann stellte Lou den Sonnenschirm weg, breitete die Arme aus, sodass die weiten Ärmel des weißen Kleides wie Flügel aufflatterten, und kam auf Camilla zu. »Camilla! Schwesterherz!«

Seltsamerweise berührten die Arme Camilla nicht. Lou hielt sie weit ausgestreckt, und aus der ganzen Umarmung wurde nur eine flüchtige Berührung der Wangen.

»Na, das nenne ich eine Überraschung! Wo setzen wir uns hin? Wie wär's mit dem Garten. Wirklich, das habe ich nicht zu hoffen gewagt. So was! Einen Moment.«

Sie kehrte zu dem Tisch am Kamin zurück, nahm den Sonnenschirm, wechselte im Flüsterton ein paar Worte mit dem Mann dort und schloss sich dann Camilla an. »Diese Berliner Männer«, sie hakte sich bei Camilla ein, »immer noch wie früher. Können keine Frau in Ruhe lassen.«

Camilla hatte der Begegnung mit gemischten Gefühlen entgegengesehen, doch jetzt konnte sie nicht anders als befreit lachen. »Ist das eine so schlimme Entdeckung für dich?«

»Nicht unbedingt. Dabei war ich todmüde von der Reise. Ich habe mich sofort hingelegt, und bis vor einer Stunde hab ich geschlafen. Es muss die Luft sein. Setzen wir uns hier hin?« Sie deutete auf einen der Tische unter einem roten Sonnenschirm. »Ich hätte dich natürlich angerufen. Aber ich wollte dich nicht gleich in der ersten Stunde überfallen. Du siehst gut aus. Kann ich was für dich bestellen? Ein Eis vielleicht?«

»Ja. Ein Eis. Nur Vanille.«

Sie gaben beim Ober die Bestellung auf, und Camilla sagte: »Das kam so überraschend. Bleibst du länger?«

»Ob ich länger bleibe? Ich bleibe für ganz! Ich kann es selber noch gar nicht recht glauben. Zurück in Berlin! Und für immer. Du weißt, dass dein Sohn mich abgeholt hat? Das ist ja ein junger Mann geworden! Wie ist es mit den Mädchen? Sie müssen auf ihn fliegen! Wenn ich zwanzig Jahre jünger wäre ...« Sie stocherte mit der Spitze des Schuhs im weißen Kies. »Bin ich sehr alt geworden?«

Camilla suchte nach Worten, aber Lou ersparte ihr die Antwort, indem sie weiterfragte: »Und deine beiden anderen Söhne?«

»Auch die sind inzwischen junge Männer.«

»Ich höre, sie studieren?«

»Ja.«

»Und Vater? Weißt du, ich dachte mir, er nimmt es am gelassensten auf von allen, deshalb habe ich an ihn geschrieben. Ist er immer noch der Alte? Und Mutter? Und Maxi und Alice? Du musst mir alles genau erzählen.« Während Lou weiterfragte und sie antwortete, konnte Camilla nicht umhin, die Schwester genauer zu betrachten; dabei wollte sie eigentlich gar nicht so genau hinsehen, denn in Lous Gesicht war etwas, das ihr nicht gefiel, oder richtiger, das ihr weh tat. Ja, Lou hatte sich verändert. Man sah es nicht auf den ersten Blick. In der Halle, am Kamin, war sie dieselbe wie früher gewesen, und sie war es auch hier draußen wieder, sobald ein Mann auftauchte, an ihnen vorbeikam, sich einen Platz suchte. Aber sonst war es da, in der hellen Sonne: Die Linien auf der Stirn und um die Augen, die Nase, die spitzer und herrischer geworden war, der verächtliche Zug, der die Mundwinkel leicht nach unten bog. Es war nicht gut, das zu sehen. Es hatte nicht einmal so sehr mit Lou zu tun, oder doch nicht allein. Es war mehr die Tatsache, dass etwas, das einmal schön war, zerstört werden konnte.

»... und mir hat Mutter geschrieben, sie würde tyrannisiert in diesem Stift.«

»Besuche sie. Dann wirst du schnell dahinter kommen, wer vor wem zittert.«

»Sobald ich Zeit habe. Ich muss mich zuerst etwas akklimatisieren.«

»Was hast du vor? Wirst du dir eine Wohnung nehmen?«

»Ich weiß nicht. Wirklich, ich habe noch keine Ahnung, was ich tun werde. Das Bristol ist wohltuend. Dabei habe ich nie hier gewohnt ... Warst du damals sehr überrascht?«

»Wovon?«

»Nun, damals, als wir geheiratet haben, Keith und ich. Das muss doch ziemlich unerwartet gekommen sein für dich.«

»Das kam für uns alle überraschend. Plötzlich wart ihr beide verschwunden.«

»Das ging Knall und Fall. Am Morgen wurden wir in der Botschaft getraut, und am Abend saßen wir schon im Dampfer nach Trelleborg. Wir mussten über Schweden reisen, wegen der Kriegserklärung. Mein Gott, und bis wir dann ein Schiff bekommen haben. Und was für ein elender Kahn das war; es fing alles schon falsch an. Weißt du, ich wollte einfach raus hier, damals, und er war die einzige Möglichkeit. Ich hab mich an ihn gehängt wie eine Klette, aber zuerst sah es nicht so aus, als würde er anbeißen. Ich wollte fast schon aufgeben.«

Sie löffelte ihr Eis, das langsam zu verlaufen begann. Sie hatte Himbeereis bestellt, und es hatte genau die Farbe ihrer lackierten Fingernägel. »Hast du ihn damals eigentlich gesehen?«

»Flüchtig«, antwortete Camilla, und es kam ihr in diesem Augenblick nicht einmal wie eine Lüge vor.

»Und ich dachte schon ...«

»Was dachtest du?«

»Nicht damals. Eigentlich erst später, drüben, da kam mir

manchmal der Gedanke, er hätte mich nur genommen, weil er dich nicht kriegen konnte.« Sie blickte Camilla an. »Ich glaube sogar, ihr zwei hättet zusammengepasst. Aber was sollen die alten Geschichten. Vorbei und vergessen! Es ist nun mal so. Ich kann nicht anders leben.«

»Ihr seid geschieden?«

»Schuldlos. Ich hatte einen sehr guten Anwalt. Zahlen muss er. Also, zur Last falle ich niemandem. Ich kann in Zukunft gut leben. Aber natürlich ... Was ist das, Camilla, was mache ich falsch?«

»Bereust du etwa?«

»Nein, das nicht. Trotzdem ärgert es mich. Was ist das? Es funktioniert einfach nicht. Zuerst ist jeder Mann verrückt nach mir. Bis er mich hat. Dann bin ich zu Ende mit meinem Latein. Es ist so, ich kann einen Mann nicht halten. Mit sechsundvierzig sollte man das gelernt haben. Aber ich lerne es nie. Und eines Tages wird auch das andere nicht mehr funktionieren. Früher sagte ich mir, ich habe eben kein Glück. Aber jetzt weiß ich: Es liegt an mir, ich kann nichts festhalten. Das ist es, davon hängt alles ab. Bei dir ist das anders. Du kannst die Dinge festhalten. Du hast deine Familie, einen Mann, drei Söhne, und du wohnst wieder in dem Haus in Steglitz ...« Mehr und mehr war sie in einen rührseligen Ton verfallen. Auch das war neu an Lou. Es hätte Camilla nicht gewundert, wenn Lou, um die Wirkung ihrer Worte zu erhöhen, ein paar Tränen herausgedrückt hätte.

»Ich fürchte, ich muss jetzt gehen«, sagte Camilla. »Wir haben heute Abend ein kleines Fest. Da gibt es immer noch ein paar Vorbereitungen zu treffen. Wenn du Lust hast, du bist herzlich eingeladen.« Das Wiedersehen mit der Schwester war einfacher verlaufen, als sie geglaubt hatte, trotzdem war sie erleichtert, es nun hinter sich gebracht zu haben.

»Ihr seid also wieder in dem alten Haus?«

»Ja, schon über drei Jahre.«

»Ist es noch so wie früher?«

»So ziemlich. Nun, wie ist es mit heute Abend?«

Lou betrachtete ihre lackierten Nägel. »Wie komme ich dort hin? Es ist schrecklich weit, nicht wahr?«

»Du nimmst ein Taxi, das ist das Einfachste.«

»Ein Fest, sagst du? Werden viele Leute da sein? Interessante Leute?« Camilla lächelte. Das war wieder die alte Lou. »O nein, mehr oder weniger nur die Familie, und natürlich eine Menge junger Leute, die meine Söhne mitbringen.«

Lou begann die Spitzenhandschuhe anzuziehen, sorgsam streifte sie Finger nach Finger über. »Ich würde ja gerne kommen ...« Der Mann, der ihr vorher in der Hotelhalle am Kamin Gesellschaft geleistet hatte, war eben in den Garten herausgetreten. Er sah sich um, bemerkte sie und wählte dann den Tisch, der am weitesten von ihnen entfernt war, aber der Augenblick im Vorbeigehen hatte genügt, dass Lou und er sich mit Blicken verständigt hatten.

Camilla erhob sich. »Du kannst es dir ja noch überlegen. Ich würde mich auf jeden Fall freuen. Du kannst auch später erst kommen. Es geht meist ziemlich lange; am schönsten ist es, wenn es dunkel wird.«

»Ich weiß nicht ... gleich am ersten Abend, nach der langen Reise. Vielleicht wird es mir doch zu viel.«

Camilla wollte den Ober herwinken, um zu bezahlen, aber Lou hinderte sie daran. »Das erledige ich. Es war lieb von dir, dass du gleich gekommen bist. Vielleicht besuche ich euch am Wochenende. Ich melde mich auf jeden Fall. Soll ich dich hinausbringen?«

»Nicht nötig.«

»Ich glaube, ich bleibe noch ein wenig hier draußen sitzen. Diese Luft! Das habe ich so lange entbehrt!«

»Lass von dir hören.« Am Eingang zur Halle blickte Camilla noch einmal zurück. Der Herr hatte sich bereits erhoben, war schon auf dem Sprung. Lou aber, ganz in Weiß, saß dort, auf dem zierlichen Gartenstuhl, unter dem roten Sonnenschirm, und aus dieser Entfernung sah sie aus wie ein junges Mädchen.

6 Sie musste sich einen Augenblick besinnen, wo sie sich befand und welche Tageszeit es war. Sie hatte nicht lange geschlafen, aber tief, und dabei eine Menge wirres Zeug geträumt: Lou – ganz in Weiß, in einem Zeugenstand –, die Keith des Ehebruchs bezichtigte; Max, an der Reling eines Ozeandampfers, der eben ablegte; und sie selber unten am Pier, eingekeilt zwischen Menschen, winkend; fremde Männer, die durch das Haus gingen, die Gegenstände taxierten und mit Siegel versahen; und ihr Mann, draußen im Garten, wieder im Rollstuhl, die Hände an den Rädern, wie er mitten durch eines der Rosenbeete fuhr.

Sie hatte nicht schlafen wollen, nur etwas ausruhen nach dem Bad, bevor sie sich frisierte und fertig ankleidete. Durch das angelehnte Fenster hörte sie jetzt die Stimmen aus dem Garten, und der Raum, der fast so war wie einst in ihrer Mädchenzeit, nahm wieder seine vertraute Gestalt an; der Sekretär, das Jugendbildnis der Großmutter, die Vorhänge aus gelbem Kretonne, der Nussbaumschrank, an dem schon das Kleid für den Abend hing, blauer Chiffon, tief ausgeschnitten, mit langen, engen Ärmeln und einem breiten geschlungenen Seidengürtel, sonst ohne jeden Schmuck. Sie hatte noch mit niemandem von der Familie gesprochen, seitdem sie aus der Stadt zurückgekommen war. Max war bereits weggefahren, um sein Mädchen abzuholen; Konrad und Georg hielten sich im Garten auf, damit beschäftigt, die Lampions aufzuhängen; und ihr Mann hatte sich in sein Zimmer zurückgezogen, wie man ihr sagte.

Sie war in die Küche gegangen, wo schon die Platten für das kalte Büfett bereitstanden. Sie hatte die Waldmeisterbowle abgeschmeckt und letzte Anweisungen für den Abend gegeben. Sie hatte nicht länger geschlafen als zwanzig Minuten. Ihre Uhr zeigte halb neun. Sie ging ins Bad, um sich zu frisieren und schönzumachen; dann zog sie das blaue Chiffonkleid an. Der Raum versank allmählich in Dämmerung, aber sie machte kein Licht.

Draußen, im Garten, würde es noch lange nicht dunkel werden. An Tagen wie diesem blieb der Himmel hell, auch wenn die Sonne bereits im Westen hinter dem Park untergegangen war. Und wenn dieses Licht schwand, war immer noch das erleuchtete Haus da, mit den vielen Fenstern und den offenen Türen, das Helligkeit verbreitete, und die Lampions, die rings um die Terrasse zwischen den Bäumen hingen. Und später würde der Mond am Himmel stehen und die Wege hell machen und die gelben Rosen auf den Rabatten vor dem Haus schneeweiß erscheinen lassen.

Sie hörte Schritte den Gang entlangkommen, auf ihr Zimmer zu. Dann klopfte es. Noch bevor die Tür aufging, wusste sie, dass es ihr Vater war, denn sie kannte seinen Schritt.

»Wir warten auf dich.« Er trug einen seiner naturfarbenen Leinenanzüge.

»Ich bin fertig. Sind schon alle da?«

»Ich weiß nicht, wer alles eingeladen ist. Viele junge Leute.«

»Ist Max da? Mit seinem Mädchen? Wie ist sie?«

»Ich soll ein gutes Wort für sie einlegen, aber ich glaube, das ist nicht nötig. Sie wird dir sowieso gefallen. Ein sehr nettes Mädchen. Und stell dir vor, mit langen Zöpfen. Gehen wir?«

»Sofort.« Sie nahm das Etui, das auf dem Sekretär lag. Sie hatte es nicht eingepackt, denn Geschenkpapier und Schleifen hatten ihren Vater zeitlebens nervös gemacht. »Ich habe etwas für dich.«

»Für mich?« Er lächelte. »Ist heute ein besonderer Tag?« Er nahm das Etui. »Lass mich raten. Eine Uhr?«

»Das zu erraten, war nicht schwer.«

»Soll ich weiter raten?« Er nahm die Uhr heraus. »Ich würde wetten, sie hat eine Gravur.« Er ging mit der Uhr zum Fenster, wo es heller war. Er ließ den Deckel aufspringen und studierte den Schriftzug. »Also doch ein besonderer Tag«, sagte er, »und du hast ihn nicht vergessen.«

»Glaubst du, ich hätte ihn vergessen können?«

»Dreißig Jahre – eigentlich gar kein Alter für ein Haus. Wissen die andern auch davon?«

»Nein.«

»Weißt du, ich war nicht so sicher, ob dieser Tag für dich dasselbe bedeutet wie für mich. Mein Leben ist vorbei, ich meine, ich kann nicht mehr hoffen, dass ich je etwas anderes werde vorzuweisen haben als dieses Haus. Es ist das Einzige, was ich zu Stande gebracht habe, vielleicht, weil es das Einzige war, was ich mit Liebe getan habe.« Er ließ den Deckel der Uhr zuschnappen. »Erinnerst du dich, im Grunde war der Tag eine Katastrophe! Das Haus war fertig, genau am 22. August. Nur du und ich, nur wir beide wussten Bescheid, die andern nicht. Wir fuhren hinaus, ich wollte sie alle damit überraschen, und dann bekam deine Mutter fast einen Anfall! Den ganzen Herbst und Winter stand das Haus leer, erst im nächsten Frühjahr sind wir eingezogen. Eine Katastrophe war dieser Tag, diese Szene, die sie mir zu Hause machte, diese Tränen, vom anderen nicht zu reden ...« Camilla dachte: Wie wird dieser Tag enden? Aber sie sagte: »Das hatte ich schon fast vergessen. Ich weiß nur, hier gehöre ich hin, hier ist mein Zuhause. Das ist ein gutes Gefühl, zu wissen, hier kann mir nichts geschehen.«

Er schüttelte den Kopf. »So ernst mag ich dich gar nicht. Was soll das, an einem Tag wie heute. Du machst jetzt gleich ein anderes Gesicht. Ja, so ist es besser ...« Er stand vor ihr, sah sie an und sagte dann: »Habe ich dir je gesagt, wie hübsch du bist? Sagt ein Vater seiner Tochter das?«

»Wenn sie jung ist.«

»Ich sage es dir jetzt. Weißt du, was ich manchmal gedacht habe, mit einer Frau wie dir wäre mein Leben vielleicht ganz anders verlaufen.«

»Heute bekomme ich nur Komplimente«, sagte sie, aber es klang nicht fröhlich. »Zuerst Max und jetzt du. Nur ...« Sie ließ den Satz unvollendet. »Ich glaube, wir sollten nun wirklich hinunter zu den Gästen.«

»Einen Augenblick.« Er knöpfte seine Jacke auf, nahm die Uhr aus der Westentasche, löste sie von der Kette und befestigte die neue daran. Dann reichte er ihr den Arm.

Im Haus war es kühler gewesen als draußen, und stiller. Der Park summte; Stimmen, Lachen, und dazwischen immer wieder

der kurze dumpfe Ton, wenn ein Holzschläger auf eine Krocketkugel traf; die Ringe standen auf der Wiese, jenseits des langen Rosenbeets.

Es ist ein besonders gutes Jahr für Rosen, dachte Camilla, während sie am Arm ihres Vaters über die Terrasse ging. Im Haus, in den Vasen, hatten sie einen anderen Duft als draußen, und jetzt am Abend dufteten sie anders als am Morgen oder in der Hitze des Mittags. Es wurde nun schnell dunkel. Der Mond war noch nicht am Himmel zu sehen. Jemand begann die Kerzen in den bunten Lampions anzuzünden.

Sie hatte ihren Mann am Rand der Terrasse entdeckt; allein, ein Glas in der Hand, stand er dort und blickte in den Park.

»Ich lass dich jetzt allein«, sagte Fritz Hofmann.

»Nein, bleib bei mir.«

Aber er entzog ihr den Arm und entfernte sich, während sie noch immer zu ihrem Mann hinüberblickte, der wie ein Fremder dort stand, ein Gast, der zum ersten Mal geladen war. Vielleicht war es nur der Smoking, der diesen Eindruck hervorrief. Es war ein Kleidungsstück, in dem er sich nie wohl gefühlt und das er bestimmt nicht öfter als ein halbes Dutzend Mal getragen hatte. Sie konnte sich nicht einmal besinnen, wann sie ihn zuletzt darin gesehen hatte. Sie ging zu ihm. Auch in der Nähe blieb das Fremde; der dunkle Stoff, der sich straff um seinen Körper spannte, nahm seiner Erscheinung alles Vertraute.

»Darf ich dir ein Glas Bowle holen?«, sagte er. »Sie ist ausgezeichnet. Wann hast du sie angesetzt?«

»Heute Morgen. Manche schwören darauf, dass man den Waldmeister in einem Glasgefäß in der Sonne ziehen lässt, aber ich finde, da bekommt das Ganze einen bitteren Beigeschmack. Natürlich liegt es auch am Wein.«

Irgendwann, im Lauf des Nachmittags, hatte sie die Vorstellung gehabt, mit den ersten Worten würde alles wieder gut sein, ohne dass noch Erklärungen notwendig waren, aber so war es nicht. Er reichte ihr ein gefülltes Glas, und das machte die Erinnerung an die Auseinandersetzung in seinem Büro noch gegenwärtiger, wie sie dort das Glas mit dem geeisten Tee in der Hand gehalten hatte und nichts hatte trinken können.

»Ich sehe, du trägst die Perlen«, sagte er steif.

Sie hatte den Schmuck am Nachmittag, auf dem Weg zum Juwelier, aus dem Safe der Bank geholt. »Sie verlieren ihren Glanz, wenn man sie lange nicht trägt.« Es waren dunkle Perlen, fast schwarz, von unterschiedlicher Größe. Ursprünglich waren es drei Ketten, nach jeder Geburt hatte er ihr eine geschenkt, später hatte sie dann eine daraus machen lassen.

»Ich habe mir gewünscht, dass du sie trägst.«

Aus dem Park kamen Stimmen; die Lampions brannten jetzt alle. »Willst du nicht trinken? Sie ist wirklich gut.«

»Es ist das Rezept von Tante Lenka.« Das eine Wort, warum fand sie es nicht. »Wie geht es dir heute Abend?«

»Besser. Ich ... Wir hatten eine Unterredung, die Jungen und ich, heute Nachmittag ...«

»Warte!«, unterbrach sie ihn.

»Willst du es nicht wissen?«

»Doch. Aber was immer ihr besprochen habt und wie das Ergebnis ist – das ist nicht so wichtig. Das zwischen uns ist viel wichtiger.« Die Worte lagen ihr auf der Zunge, warum wurde es ihr nur so schwer, sie auszusprechen. »Ich brauche dich!«

Er blickte von seinem Glas auf, und es schien ihr, als wiche etwas von der Fremdheit. »Du brauchst mich? War es nicht immer umgekehrt, in den letzten Jahren, leider.«

Sie schüttelte den Kopf. »Damals, als ich nach Douai kam, als ich vor dem Lazarett stand und dieser Feldgeistliche herauskam und mich ansah, als sei ich die Frau des Mannes, dem er gerade die Letzte Ölung gegeben hatte – damals habe ich mir gedacht, *lass ihn leben*. Das war mein einziger Wunsch. Und nachher, nachher war ich so dankbar, so glücklich. Du hast überlebt, und alles andere war dagegen bedeutungslos.«

Es war nicht das, was sie hatte sagen wollen. Es wurden viel zu viel Worte. Aber sie fuhr fort. »Die Jahre, die dann kamen, sie waren für dich sehr schwer, und für mich waren sie es auch.

Nicht nur wegen der Arbeit im Betrieb, die ich weiter tun musste. Du warst da – und warst doch nicht da für mich. Aber das war nun einmal so. Irgendwie wurde ich damit fertig. Die Hauptsache war, dass du am Leben warst. Doch jetzt – jetzt ist es zu wenig!« Sie hörte Max, der nach ihr rief. Sie würde doch nie die richtigen Worte finden, für das, was sie ausdrücken wollte, und so sagte sie einfach: »Ich brauche dich. Ich brauche dich ganz.«

»Was versteckt ihr euch da ...?« Es war Max, der auf sie zugelaufen kam, ein Mädchen an der Hand. »Das ist sie«, sagte er, außer Atem. Das Mädchen trug ein helles, hochgeschlossenes Kleid mit einer Brosche, und sie hatte wirklich lange braune Zöpfe.

»Das ist Christina. Das ist meine Mutter.«

Das Mädchen beugte sich vor, ein angedeuteter Knicks, und dabei fielen die langen schweren Zöpfe nach vorne.

»Ich dachte, das gibt es gar nicht mehr«, sagte Camilla, »ein Mädchen mit Zöpfen.«

Das Mädchen sah Max an. »Er fand es zuerst schrecklich altmodisch. Jetzt hat er sich daran gewöhnt. Aber ich denke, ich werde sie bald abschneiden.«

»Sag ihr, sie soll es nicht tun«, sagte Max.

Sie wird sie abschneiden, dachte Camilla. Sie wird sie abschneiden und aufheben, wie ich es so lange getan habe, und sie eines Tages wiederfinden und sich fragen: Wo ist meine Jugend, und was habe ich dafür bekommen?

»Lassen Sie sich Zeit damit«, sagte sie.

»Siehst du, meine Mutter sagt es auch.« Er wandte sich an seine Mutter: »Hat Vater mit dir gesprochen? Hat er dir gesagt, dass er seinen Plan fallen lässt und dass wir einen neuen Termin gemacht haben, für Montag, mit den Leuten von der Bank?«

»Wir waren gerade dabei.«

»Dann ist es ja gut. Ihr entschuldigt uns jetzt?« Er nahm das Mädchen bei der Hand. »Komm, ich muss dir etwas zeigen, etwas Besonderes.«

Sie knickste wieder, lächelte und ließ sich mitziehen, und

diesmal, während sie die Stufen der Terrasse hinunterlief und dann über die Wiese, flogen die Zöpfe hinter ihr her.

»Ein nettes Mädchen«, sagte Senger.

»Ja, besonders nett. Und so jung.«

»Du möchtest noch einmal jung sein?«

»Nein, das meinte ich nicht damit.«

Sie standen dort und blickten den beiden hellen Gestalten nach, die über die nächtliche Wiese liefen und dann unter der Linde stehen blieben.

»Glaubst du, er wird ihr die Geschichte des Baumes erzählen?«, fragte er.

»O ja, das wird er.«

»Und du meinst, sie wird daran glauben?«

»Bestimmt. Wenn du so jung bist, ist es leicht zu glauben, dass alles in Erfüllung geht.«

»Und später?«

»Später weißt du, dass nichts gewiss ist im Leben. Du weißt, heute bekommst du etwas, und morgen verlierst du es schon wieder. Aber manches kann man festhalten. Nicht alles. Aber die Liebe gehört zu den Dingen, die man festhalten kann.«

Das Paar war kaum noch zu sehen, nur zwei helle Schatten vor dem Stamm des Baumes; Camilla erschien er größer und mächtiger denn je.

Ein dramatisches Schicksal im Spanien der Händler, Könige und Inquisitoren

Spanien 1476: Ferdinand II. und Königin Isabella erlangen die Macht. Für die Jüdin Orovida und ihren Ehemann David, einen der führenden Tuchhändler von Toledo, brechen schlimme Zeiten an. Juden in hohen Positionen müssen entweder zum Christentum übertreten oder ihr Hab und Gut und sogar ihr Leben geraten in Gefahr. Don David verliert sein Land an die Krone. Um weiteren Verfolgungen und Erniedrigungen zu entgehen, zieht er mit Orovida nach Villafranca. Doch auch dort ist ihr Leben nicht sicher. Bei einem mysteriösen Unfall kommt David ums Leben ...

ISBN 3-404-15098-8